Jutta Oltmanns
Die Friesenrose

Jutta Oltmanns

Die Friesenrose

Roman

fredeboldundfischer
derdeutscheautorenverlag

1. Auflage 2009

fredeboldundfischer
fredebold&partner gmbh
schaafenstraße 25, 50676 köln

Originalausgabe

Titelabbildung: Getty Images, München
pecher und soiron, Köln
Autorenfoto: © Altstadt Atelier Reiners
Umschlaggestaltung: Roland Pecher, Köln
Satz: D.I.E. Grafikpartner, Köln
Druck und Bindearbeiten: CPI – Ebner & Spiegel, Ulm
Printed in Germany
ISBN 978-3-939674-23-8

www.fredeboldundfischer.de

fredeboldundfischer
derdeutscheautorenverlag

Meiner Mutter gewidmet, stellvertretend für alle, denen das Teetrinken unverzichtbar ist, und Johann Bünting, dessen Lebensgeschichte mich zu diesem Roman inspiriert hat.

Teedrinken

De Kluntje knappt.
Tee as Ölje in`t Koppke.
En Wulkje ut Room bovenup.
Teerök treckt in d`Nös.
Stillte kruppt um mi to.
Ik laat alls sacken
un de Tied verlüst dat Seggen.

J. O.

Die folgende Aufstellung beinhaltet alle wichtigen Personen der Handlung. Die historisch verbürgten Persönlichkeiten sind mit einem * gekennzeichnet.

Inken Hinderks, Heldin des Romans
Hinderk Inkens, ihr Vater
Tine, seine Schwester
Eggo Lübbers, ihr Mann
Garrelt, Austernfischer
Cirk Hoogestraat, Blockadebrecher
Hugues Humbert*, Franzose und Cirks Freund
Trientje Homfeld*, Hugues Geliebte
Tjalda, Geldverleiherin
Bonné Behrends, Weinhändler
Sumi, Chinesin
Willem, ihr verstorbener Mann
Wiebke, verwitwete Emderin
Thomas Devon*, Engländer, Cirks Freund
Lucia Devon, seine Schwester
Reemt Neehus, Geschäftsmann aus Emden
Harm Jacobs, fährt als Kapitän mit dem Frachtschiff *Maisje* nach China
Jean François Michel*, Kaufmann auf dem Frachtschiff *Burg von Emden*
Hong, chinesischer Koch
Dirk Harms, erster Offizier auf dem Frachtschiff *Burg von Emden*
Freerk Harms, sein Bruder

Prolog

Kanton, China, 1794

Schon jetzt lag der aromatische Duft des Tees wie eine Wolke über dem Hafen von Kanton. Sumi schloss die Augen und nahm den Wohlgeruch tief in sich auf. Traurigkeit überfiel sie und für einen Augenblick auch Zweifel an ihrem Tun. Doch dann legte sich der zarte Duft des Getränkes wie Balsam auf ihren Abschiedsschmerz. Der Tee würde mit ihr gehen in die fremde Welt. Das musste als Trost genügen.

Sumis Augen wanderten zu den Schiffen am Horizont. Die Händler waren gekommen. Sie wollten den *Chiai-Catai*, den Tee der Chinesen, kaufen, und Kanton war der einzige Hafen, zu dem ihnen Zugang gewährt wurde. Dschunken umringten die Fahrzeuge, um die Kaufleute aufzunehmen. Mit Tee zu handeln, dazu war man bereit. Doch darüber hinaus glich der Versuch der Fremden, eigene Waren nach China hineinzubekommen und andere herauszubringen, dem Griff nach den Sternen.

Sumi wartete auf den Mann, der es gewagt hatte, seine Hand gen Himmel zu strecken. Ungeduldig blickte sie auf die näher kommenden Boote, mit denen die Händler in den Hafen gebracht wurden. Es waren größtenteils Holländer, aber auch Briten, Portugiesen und Spanier, die, wie die Chinesen, nicht mehr ohne Tee leben wollten. Genauso wie sie nicht mehr ohne den Mann leben wollte, der es geschafft hatte, ihre Liebe zu gewinnen. Sumi seufzte tief. Denn diese Liebe hieß sie heute Abschied nehmen!

Sumi beugte sich über eine Schale mit Wasser und betrachtete lange ihr Spiegelbild. Die dunklen Mandelaugen standen übergroß in ihrem kleinen, herzförmigen Gesicht. Ihre Haut hatte die Farbe von Elfenbein, und um den Mund mit dem traurigen Lächeln lag ein fragender Ausdruck. Würde er sie immer noch schön finden? Ihre Hände fühlten nach den Nadeln und Kämmen, die ihr schwarzes Haar hielten. Sie verbannte die Zweifel, schloss ihre Augen und lauschte den Gesprächen um sie herum. Wie bunte Schmetterlinge entflatterten die Wörter den Lippen der Chinesinnen. Wie sehr sie diesen sanften Singsang vermissen würde!

Dann, plötzlich, wie auf ein unsichtbares Zeichen hin, verstummten die Frauen. Die Händler stiegen aus den Booten. Sumis Blick glitt suchend über jedes Gesicht, bis sie das seine gefunden hatte! Seine Augen strahlten und sein Mund lachte. Ihre Unsicherheit verschwand. Sie neigte sanft lächelnd den Kopf in seine Richtung, und wie abgesprochen formten ihre Hände das Zeichen. Sumis Bündel war gepackt, sie selbst bereit.

Trotz aller Aufregung bemühte sie sich, ruhig und unbeteiligt zu wirken. So, wie es seit jeher von den chinesischen Frauen erwartet wurde. Es fiel ihr schwer, da sie seine Augen auf sich ruhen spürte. Er verfolgte jede ihrer Bewegungen. Sumi hörte ihn ungeduldig seufzen und lächelte in sich hinein. Denn bevor ihm der Stern in den Schoß fiel und sie ihrer Liebe folgte, musste noch über den Tee verhandelt werden.

Und vor dem Teetrinken kam das Mahl. Die Tische bogen sich unter erlesenen Köstlichkeiten. Speisen in Schüsseln von getriebenem Silber sollten die Gaumen der Käufer erfreuen und für den Teegenuss bereit machen.

Wie unsichtbare Geister trugen Sumi und die anderen Frauen Reiswein auf und legten den Männern vor. Die *Co-Hongs*, die chinesischen Kaufleute, die den Teehandel in der Hand hatten, würdigten sie keines Blickes, doch die ausländischen Gäste konnten kaum die Augen von ihnen lassen. Sumi spürte die Verzauberung der Männer. Sie waren wie betört von den fremdartigen Speisen, den Frauen in bunten Gewändern und vom Tee.

Die getrockneten Blätter wurden nun vor ihren Augen mit heißem Wasser übergossen. Und während das Kraut ruhte, überrollte der Duft des Tees die Händler wie eine Woge und ließ sie erschauern. Die *Co-Hongs* gaben das Zeichen, und die Frauen seihten den Tee durch blütenweiße Tücher. Sie schenkten ihn in kleine Schalen und gossen warme Milch darunter. Etwas Zucker und eine Winzigkeit an Salz vervollständigten das Getränk.

Mit großen Augen sahen die Fremden zu. Erst als die *Co-Hongs* die Teesorte nannten und schlürfend tranken, griffen auch die ausländischen Händler nach den Schalen. Begeisterte Rufe wurden laut, und die Augen der *Co-Hongs* blitzten. Die Reaktion der Fremden versprach die Aussicht auf ein gutes Geschäft, denn Tee wurde mit Silber aufgewogen. Sie würden heute viele Münzen gewinnen. Dass sie im Gegenzug dafür einen Stern verlieren sollten, ahnten diese Männer nicht.

Über den Rand der Tasse hinweg trafen sich die Blicke von Sumi und dem Mann, der ihre Liebe errungen hatte. Ein Versprechen lag in den Augen des Sternenpflückers. Sie würde ein Teil seines Lebens werden. Und wie zur Bestätigung hob er ihr die Tasse entgegen. Sumi goss ein. Mit dem Dampf des

Tees verflogen die letzten Zweifel. Außerdem ging sie nicht alleine in die neue Welt. Der Tee würde sie begleiten und die Erinnerung an China bewahren.

1. Die Flucht

Borkum, Ostfriesland, Sommer 1810

Nach der Besetzung durch die Franzosen „Départment Ost-Ems“

„Über die Britischen Inseln wird die Blockade verhängt. Jeder Verkehr und Briefwechsel mit den Britischen Inseln ist verboten. Briefe und Pakete, die nach England oder an einen Engländer gerichtet oder in englischer Sprache geschrieben sind, sollen durch die Post nicht befördert, sondern beschlagnahmt werden.
Jeglicher englische Staatsangehörige, gleich welchen Standes oder welcher Art, wird zum Kriegsgefangenen gemacht. Jeder Handel mit englischen Waren ist verboten. Jede Ware, die einem Engländer gehört oder aus englischen Fabriken und Kolonien kommt, wird für ‚gute Prise‘ erklärt. Kein Schiff, das aus England oder seinen Kolonien kommt, darf in einen Hafen des Festlandes einlaufen.“

(Öffentliche Bekanntgabe der von Napoleon Bonaparte verhängten Kontinentalsperre im Dezember 1806, Ostfriesland.)

Der Holländer

Erschrocken fuhr Inken aus einem unruhigen Schlaf hoch. Ihre Hände hielten sich für einen Augenblick an der Decke fest, doch dann schob sie vorsichtig die Vorhänge ihres Wandbettes beiseite und setzte die Füße auf den Boden. Sie glaubte, etwas gehört zu haben! Unruhig und angestrengt lauschte Inken in die Dunkelheit und blickte sich um.

Durch das Fenster drang Mondlicht ins Zimmer. Stille herrschte im Haus, doch dann hörte sie gedämpftes Rufen und Hämmern. Schnell griff Inken nach ihrem schwarzen Mantel und warf ihn sich über die Schultern.

Das Herz schlug ihr bis zum Hals. Wer konnte das nur sein? Vielleicht ihr Vater, der einen Tag eher vom Walfang zurückkehrte? Inken schüttelte unmerklich den Kopf. Er würde sie niemals so in Schrecken versetzen.

Wieder drangen Geräusche an ihr Ohr, eindringlicher und lauter diesmal. Einzelne Männerstimmen waren auszumachen.

„Mein Gott, es sind Franzosen!" Inkens Stimme war nur ein Flüstern, und erschrocken legten sich ihre Hände unwillkürlich auf den Mund.

Fieberhaft überlegte sie, was die Soldaten nur wollen konnten. War ihrem Vater etwas zugestoßen? Doch nein, für solch eine Mitteilung hätte sich kein Franzose um den Schlaf gebracht und sich mitten in der Nacht auf den Weg hierher gemacht.

Draußen im Hof wurden nun Türen aufgerissen, und Inken hörte das Meckern der Ziege. Befehle drangen durch die Nacht. Ein Schauer überlief Inken, als ihr schlagartig bewusst wurde, dass sie wehrlos und ganz allein in diesem großen Haus war. Sie rannte in die Küche, zog eine Schublade auf und nahm ein kleines, aber gefährlich aussehendes Messer heraus.

Jetzt hämmerte jemand fluchend gegen die Eingangstür. Inken wartete noch einen kurzen Augenblick, dann öffnete sie diese mit Schwung. Der davorstehende Soldat wäre fast ins Haus gefallen.

Inken verschränkte die Arme vor dem Körper. „Was fällt Ihnen ein, nachts vor unserem Haus herumzulungern und so zu schreien?“ Beherrscht und mit mehr Mut, als sie in Wirklichkeit hatte, schleuderte Inken dem Mann die Worte entgegen, und obwohl sie von der Statur her zart und zerbrechlich wirkte, wichen die Franzosen einen Augenblick überrascht vor ihr zurück. In ihrem schwarzen Mantel und mit dem schmalen Gesicht, das von tausenden unbändigen Locken umrahmt war, wirkte Inken zwar einerseits vollkommen ruhig und entschieden, doch sowohl ihre Haare als auch ihre grünen Augen sprühten Funken.

„Was soll dieser nächtliche Besuch? Ist es uns Ostfriesen jetzt nicht einmal mehr erlaubt, ruhig des Nachts in unseren Betten zu schlafen?“

Der Befehlshabende war für einen Augenblick verunsichert. Dann nickte er jedoch einigen seiner Soldaten zu, die Inken daraufhin einfach zur Seite schoben und ins Haus eindrangen.

„Ich möchte jetzt sofort wissen, was das alles bedeutet.“ Noch immer klang Inkens Stimme beherrscht und kühl, aber in ihrem Inneren fühlte sie sich zunehmend hilfloser, und ihre Angst wuchs. Dennoch stemmte sie ihre beiden Hände links und rechts von sich in den Türrahmen, um weitere Soldaten am Eindringen zu hindern.

Der Anführer redete auf sie ein, doch Inken zuckte verständnislos mit den Schultern. Sie verstand kein Französisch.

Ein Soldat drängte sich zu ihnen durch. Aus seinem hohen Tschako aus Filz lugte helles Haar, und Inken erkannte sofort, dass er kein Franzose war.

„Keine Angst, Ihnen wird nichts geschehen. Lassen Sie die Soldaten bitte freiwillig ins Haus, sonst werden sie Gewalt anwenden."

Inken ließ die Arme sinken und trat einen Schritt zur Seite. Sie maß den Soldaten argwöhnisch. „Sie sind Holländer?", stellte sie eher fest, als dass sie fragte. Der Soldat nickte.

„Was wollen die Männer?" Schützend schlang Inken ihre Arme um den Körper.

„Sie glauben, hier seien Engländer versteckt", antwortete der Soldat und beobachtete sie abschätzend. Inken konnte in seinen Augen lesen, dass er nicht damit rechnete, fündig zu werden.

„Es ist noch nicht einmal erlaubt, das Wort ‚Engländer' in den Mund zu nehmen. Und da glauben Sie, wir würden es wagen, die Feinde Napoleons zu verstecken? Mein Vater wäre niemals so unbesonnen. Er würde uns nicht in Gefahr bringen." Inkens Stimme klang bitter. Für einen Augenblick schloss sie die Augen und sah das geliebte Gesicht ihres Vaters vor sich, der, das wusste sie, alles dafür tat, um *sie* unbeschadet durch die schwierige Zeit zu bringen.

„Morgen kommt er vom Walfang zurück. Und glauben Sie mir", fügte sie mit Überzeugung hinzu, „mein Vater wird dieses nächtliche Eindringen nicht so einfach hinnehmen."

„Ihr Vater wird nicht kommen! Morgen nicht – und vielleicht sogar niemals mehr!" Die mit tonloser Stimme vorgebrachten Worte des Soldaten ließen Inken für einen Augenblick erstarren. Die Ungläubigkeit, die auf ihrem Gesicht stand, bewirkte, dass sich der Holländer immer unbehaglicher fühlte.

Seine anschließende Erklärung kam einer Rechtfertigung gleich. „Es sind Engländer auf dem Schiff Ihres Vaters entdeckt worden. Deshalb durchsuchen die Franzosen auch Ihr Haus. Man vermutet hier ein Versteck."

„Nein." Inken schüttelte entschlossen den Kopf. „Hören Sie, es muss sich um einen Irrtum handeln!"

„Vier Engländer waren es, um genau zu sein." Der Soldat bedachte Inken mit einem mitleidigen Blick, während Inken ihn nach wie vor verständnislos ansah. „Mein Vater macht keine Geschäfte mit Engländern. Er ist auf Walfang gewesen." Inken hob den Kopf, um dem Soldaten besser in die Augen blicken zu können. „Was war seine Erklärung für die Anwesenheit der Engländer auf seinem Schiff?"

Der Soldat wich Inkens Blick aus. „Er erklärte, es seien Schiffbrüchige. Vor einigen Tagen habe er sie aus dem Wasser gefischt. Und es könnte sogar stimmen, denn die Franzosen haben in der Tat erst vor Kurzem ein englisches Frachtschiff aufgebracht. Da in ihren Augen alle Engländer des Todes sind, haben sie die Besatzung kurzerhand über Bord gehen lassen.

„Napoleons kaltblütiges Wesen hat demnach also auch schon auf seine Soldaten abgefärbt. Sie verhalten sich nicht mehr wie Menschen, sondern nur noch wie Kriegshandlanger. Mein Vater aber würde jedem, der in Not ist, seine Hilfe anbieten. Und ich liebe ihn dafür!" Stolz schwang in Inkens Stimme mit.

„Aber doch keinem Engländer, zumindest nicht in diesen Zeiten!", flüsterte ihr der Soldat zu.

„Doch, jedem Menschen", bekräftigte Inken ihre Worte, „er würde selbst einen ertrinkenden Hund aus dem Wasser ziehen."

Dann, als würde ihr die Tragweite des Geschehens erst

jetzt vollkommen bewusst werden, riss sie die Augen auf. „Was meinten Sie damit, dass mein Vater nicht kommen wird?“

Sie begann zu zittern. Der Soldat bemerkte es und griff nach ihrem Arm. „Wir sollten ins Haus gehen, Sie werden sich sonst noch den Tod hier draußen holen.“

Inken nickte, entwand dem Soldaten aber ihren Arm, während sie zurücktrat und ins Wohnzimmer ging. Der Holländer folgte ihr. Tatsächlich schlugen Inkens Zähne vor Kälte bereits aufeinander, gleichzeitig fühlte sie jedoch eine siedende Hitze in ihrem Inneren aufsteigen. Kerzengrade setzte sie sich auf den Rand eines Stuhls, während sie den Soldaten eindringlich musterte.

„Wo ist mein Vater?“

Der Holländer seufzte. „Auf dem Weg nach Frankreich.“

„Nein!“ Inkens Aufschrei ließ ihn zusammenfahren.

„Doch.“ Er wollte nach ihrer Hand greifen, sie beruhigen, aber Inken ließ es nicht zu. „Sie wissen, dass Napoleon für besonders schwere Vergehen Ausnahmegerichtshöfe in Frankreich hat einrichten lassen. Ihr Vater ist unterwegs nach Valenciennes, wo Männer wie er in ein Arbeitslager gesteckt werden.“

Die Worte des Holländers ließen Inken für einen Augenblick in sich zusammensinken. Wie konnte es nur sein, dass ein Mann, der nichts anderes getan hatte, als menschlich zu handeln, als Verräter galt und wie ein solcher behandelt wurde? Ihr Blick streifte den Soldaten, der sie mitleidig betrachtete. Doch Mitleid war das Letzte, was Inken in diesem Moment ertragen konnte.

„Er ist unschuldig, und das wissen Sie genauso gut wie ich. Aber mein Vater wird sich nicht vor den Franzosen beugen. Sie, Sie dagegen haben sich kaufen lassen. Nach außen hin scheinbar unversehrt, sind Sie doch innerlich zerbrochen. Napoleon hat Sie in seine Uniform gezwungen. Wie fühlt man sich, wenn man dazu beiträgt, einen Unschuldigen auszuliefern?" Erregt sprang Inken auf, und ihre ganze Wut gegen die neuen Machthaber in Ostfriesland und die ungerechte Behandlung ihres Vaters brach sich Bahn. „Gott im Himmel, was haben die Franzosen nur aus euch Holländern gemacht? Warum habt ihr nicht aufbegehrt, als er euch seinen Bruder Louis vor die Nase setzte?"

Der Holländer schnaubte. „Was wissen Sie denn schon von unserem Leben unter der Herrschaft Napoleons? Wie es ist, jemandem zu dienen, den man eigentlich hasst. Wenn einem aber keine andere Wahl bleibt, um seine Familie zu schützen. Die Hand der Franzosen sitzt locker. Sie haben es gerade selbst erst zu spüren bekommen."

Für einen Augenblick herrschte Schweigen. Die Augen des Mannes wanderten durch den Raum und blieben an einem Fliesentableau hängen, das den Walfang thematisierte und eine dramatische Szene darstellte. Auf dem Eismeer war eine für den Walfang umgebaute Fleute, die „De Jonas im Walfis", zu sehen. Während im Vordergrund Seeleute mit ihren Schaluppen an einen riesigen Wal heranruderten. Sie hielten Harpunen und Lanzen bereit. Eines der Boote befand sich in unmittelbarer Nähe des Tieres, das seine mächtige Schwanzflosse erhoben hatte, um das kleine Boot zu zerschmettern.

Der Soldat wies auf das Tableau. „Der mächtige Wal wird mit einem einzigen Schwanzschlag das Boot und die Mannschaft vernichten. Genauso wird sich Napoleon verhalten und alle zerstören, die sich ihm entgegenstellen. Wenn man das weiß, dann ist es leichter, die Uniform zu tragen. Es bleibt einem keine andere Wahl, wenn man überleben will."

Inkens Finger wies auf die anderen kleinen Boote. „Der

Wal mag diesmal gewinnen. Er wird das kleine Boot zerstören, und die Männer werden vielleicht sterben. Doch er wird nicht siegen. Schauen Sie nur auf die nachfolgenden Boote und ihre Insassen. Rückschläge treffen die Walfänger hart. Sie bringen Leid und Verlust an Leben. Doch trotzdem werden erneut Männer auf Walfang fahren, Männer wie mein Vater, Jahr für Jahr. Und irgendwann wird der Wal den Kürzeren ziehen. Genau wie Napoleon, glauben Sie mir."

Der Soldat nahm seine Kopfbedeckung ab und fuhr sich müde mit der Hand durchs Haar.

„Holländer." Inken blickte ihm eindringlich in die Augen. „Napoleon ist nicht Gott. Keine weltliche Macht dauert ewig. Es werden auch wieder andere Zeiten kommen. Und wie wollen Sie dann Ihr Verhalten vor sich selbst verantworten? Die Franzosen mögen Holland regieren, doch über die Herzen der Menschen haben sie keine Gewalt. Legen Sie Ihre Uniform ab! Wir Ostfriesen werden Napoleons Sargnagel sein! Und schon bald wird mein Vater zurückkehren und hier vor der Tür stehen." Inken hielt kurz inne. „Was wird jetzt eigentlich mit mir geschehen?"

Der Soldat blickte zu Boden. „Ich weiß es nicht genau. Vielleicht bringt man Sie ebenfalls nach Frankreich. Ich hörte den Kommandanten bewundernd von diesem schönen Haus sprechen. Es ist eines der wenigen auf Borkum, das Gnade vor den Augen der Franzosen findet. Es wird ein Leichtes sein, Ihnen etwas anzuhängen. Und sagen Sie selbst, wäre es nicht dumm von den Franzosen, sich solch einen schönen Besitz entgehen zu lassen? Für sie wäre das ein gutes Quartier."

Seine Worte trafen Inken mitten ins Herz. „Ein gutes Quartier" – dieses Haus, das sie so sehr liebte! Ihres Vaters Haus, das sich eng an einen großen Birkenbaum schmiegte und das von Zähnen aus den Kinnladen von Walfischen umrahmt wurde. Dessen hinterer Teil mit Efeu bewachsen war und in dessen vorderem Teil es ein Wohnzimmer, eine Küche und zwei Räume mit eingelassenen Schlafbutzen gab.

Inken seufzte leise, und ihre Augen glitten durch das Wohnzimmer, in dem sie saßen. Dies war kein Quartier, dies war ihr Zuhause! Und sie liebte jeden Winkel darin. Bis unter die dicken Deckenbalken reichte der mit Delfter Fliesen gekachelte Kamin, an dessen Haken ein blanker Teekessel hing. Die handgefertigten Möbel und das Teegeschirr auf dem schweren Eichentisch vermittelten Behaglichkeit. In der kleinen Vitrine standen die Pfeifen ihres Vaters, und darüber tickte die Meerweibchenuhr. *Seewiefkes* nannten die Ostfriesen die seitlichen Figuren, mit denen das Gehäuse der Uhr geschmückt war, und Inken vermeinte noch immer die Stimme ihres Vaters zu hören, wie er ihr als kleinem Mädchen Pfeife rauchend von den lockenden Meerweibchen erzählte und die Geschichte immer mit den Worten geschlossen hatte: „Die Meerweibchen sind listig und schlau. Man sieht sie von Weitem, doch fangen kann man sie nicht. Weißt du, so ist es auch mit der Zeit, sie enteilt einfach. Du möchtest sie festhalten, doch es wird dir niemals gelingen. Was heute ist, wird morgen schon Vergangenheit sein, und alles, von dem wir glauben, dass es ewig währt, ist ständigem Wandel unterworfen."

Inken zwang sich, ihre Augen von der Meerweibchenuhr zu nehmen. Ja, alles war plötzlich anders! Wehmütig betrachtete sie den kunstvoll geschnitzten Kistenschrank an der Wand, in dem ihre Aussteuer verstaut war. Unverrückbar war er ihr als Kind immer vorgekommen. Aber unverrückbar war Inken bis vor Kurzem auch ihr ganzes Leben erschienen. Und nun würde dieses Haus in französische Hände fallen.

„Das Haus kann sich nicht dagegen wehren", ging es ihr durch den Sinn. „Doch ich kann es. Es wird den Männern nicht gelingen, mich einfach wegzuschleppen wie ein gefangenes Tier."

Ihre Hände zitterten, während die Gedanken in ihrem Kopf auf der Suche nach einem Ausweg nur so dahinrasten. Es gab nur eine Lösung: Und dazu brauchte sie die Hilfe des Holländers. Sie war sich sicher, dass er insgeheim auf ihrer Seite war, sich ihrer Sache aus Vernunftsgründen jedoch versperrte.

Das Aufreißen der Tür riss Inken aus ihren Gedanken. Ein Soldat betrat das Zimmer, bellte einen kurzen Befehl und verschwand dann wieder. Der Holländer seufzte. „Sie haben keine Engländer entdeckt, dafür aber andere Schätze im Keller Ihres Vaters. Ich glaube, das wird eine lange Nacht werden. Ich bin zu Ihrer Bewachung eingeteilt."

Je mehr die Franzosen tranken, desto lauter wurden sie. Zotige Sprüche drangen an Inkens Ohr, und mehr als einmal runzelte der Holländer missbilligend die Stirn. Schweigend saßen sie einander gegenüber. Als plötzlich ungläubiges Gelächter laut wurde und sich jemand auf die Schenkel schlug, nickte Inken in Richtung der Tür.

„Worüber amüsieren sich die Soldaten so?"

Der Holländer schaute zu Boden, und Inken hörte Betroffenheit aus seiner Stimme heraus, als er antwortete. „Gestern wurden drei Insulaner öffentlich erschossen, weil sie beim Schmuggeln erwischt worden sind. In ihren Booten befanden sich mehrere Säcke mit Tee. Die Franzosen können nicht begreifen, warum man sich wegen solch einer Schmuggelware in Gefahr begibt."

Inken beugte sich zu dem Soldaten vor und blickte ihm ruhig in die Augen. „Aber Sie können es begreifen, nicht wahr? Weil Sie Holländer sind und kein Franzose. Ihr liebt den Tee, genau wie wir. Der Tee ist unser Lebenselixier. Er tränkt unsere Wurzeln, und für ihn riskieren wir fast alles – ist es nicht so?"

Zögerlich nickte der Soldat. „Die Franzosen werden uns nie verstehen!" Niedergeschlagen schloss er die Augen.

Inken sprang auf und ergriff seine Hand. „Sie haben *uns* gesagt. Holländer, ziehen Sie die gottverdammte Uniform aus und helfen Sie mir. Ich will nicht nach Frankreich! Ich will hierbleiben und sehen, wie die Franzmänner geschlagen werden."

Der Soldat schüttelte müde den Kopf. „Ich kann die Seiten nicht mehr wechseln. Wissen Sie, was mit Deserteuren und deren Angehörigen geschieht?"

Inken nickte resigniert. „Und ich bin eine Fremde für Sie."

Der Soldat musterte das Mädchen nachdenklich. „Sie sind eine Fremde und mir doch viel näher als die Franzosen. Es wäre wirklich eine Schande, Sie gefangen nehmen zu lassen." Er seufzte tief. „Mein Gott, was soll ich nur tun?"

„Bitte helfen Sie mir." Inken trat auf ihn zu und legte ihm eine Hand auf die Schulter. Lange war es still, und Inken beobachtete, wie der Holländer mit sich rang. Trotz der Kühle des Abends traten Schweißtropfen auf seine Stirn.

Langsam hob er den Kopf. „Sie haben Recht. Ich kann nicht noch mehr Ungerechtigkeit verantworten. Ich besitze nicht genügend Mut, um offen gegen unsere Besatzer zu revoltieren, doch die Schuld an dem, was sie Ihnen antun wollen, werde ich nicht auf mich laden."

Angestrengt runzelte er die Stirn. „Es klingt nicht so, als ob die Soldaten gleich aufbrechen würden. Hören Sie gut zu, wir werden es folgendermaßen machen: Sie gehen jetzt in Ihre Schlafkammer und packen Ihr Bündel. Dagegen wird niemand etwas einwenden, denn die Soldaten können Sie ja wohl kaum im Nachthemd mitnehmen. Das Zimmer besitzt doch sicherlich ein Fenster? Nutzen Sie es! Ich verschaffe Ihnen so viel Zeit wie möglich. Wir können nur hoffen, dass die Soldaten noch etwas länger trinken und uns in Ruhe lassen. Und hier", er fasste in seine Uniformtasche und zog etwas heraus, „vielleicht hilft Ihnen das."

Inken maß den Holländer mit einem fassungslosen Blick. Doch dann stahl sich ein Hoffnungsschimmer auf ihr Gesicht. Zögernd griff sie nach den Papieren in seiner Hand. „Was ist das?"

„Die Ausweise der drei gefassten Teeschmuggler. Nur ich habe die Dokumente gesehen, denn Namen interessieren die Franzosen nicht. Morgen werden die Soldaten nach einem rothaarigen Mädchen suchen. Sie sollten Ihre Identität ändern. Vielleicht können diese Ausweise Ihnen dabei helfen. Versuchen Sie, von der Insel zu kommen, und das so schnell wie möglich."

Inken sprang auf. „Kommen Sie mit mir, Holländer!"

Der Soldat machte eine verneinende Geste. „Fliehen Sie ins Moor. Die Franzosen fürchten sich vor den ‚Wilden', die dort wohnen und vor der Unheimlichkeit des Ortes. Sie meiden die Gegend wie die Pest. Und um einer einzelnen Frau willen werden sie keine Soldaten dorthin schicken."

Inken blieb vor dem Holländer stehen, in dem sie einen Freund gefunden zu haben glaubte. Einen Herzschlag lang blickten sich der Soldat und die junge Frau in die Augen, dann wandte Inken sich ab. An der Tür blieb sie nochmals stehen.

„Es ist nie zu spät, seine Meinung zu ändern. Eine neue Zeit wird anbrechen, glaub mir. Zieh die Uniform aus und verbrenn sie. Der Wal hat die längste Zeit zugeschlagen."

Inkens Herz schlug einen wilden Rhythmus. In fiebriger Hast

riss sie die Schranktür auf und raffte einige Kleidungsstücke zusammen.

Sie hatte gerade das Fenster geöffnet, als ein Geräusch sie herumfahren ließ. Der Holländer stand mit entschlossenem Gesicht im Türrahmen. Er warf seine Uniformjacke in die äußerste Ecke des Zimmers.

„Ich will nicht weiter ein Knecht Napoleons sein. Wenn ein Mädchen wie du den Mut hat, sich gegen die Franzosen zu stellen, kann ich kein Feigling bleiben!"

Inken nickte strahlend, doch dann legte sie einen Finger an die Lippen. „Leise! Ich glaube, die Franzosen werden unruhig. Wir müssen hier weg, und das möglichst schnell." Sie winkte ihn zu sich heran. „Wir werden in die Dünen fliehen."

Im gleichen Moment drang aufgeregtes Stimmengewirr an ihr Ohr. Der Holländer erbleichte. „Mein Gott, sie haben entdeckt, dass die Wohnstube leer ist. Wir müssen uns beeilen."

Inken sprang behände vom Fenstersims und reichte dem Holländer die Hand. Im selben Augenblick ging die Tür auf.

Der Franzose erfasste mit einem Blick die Lage. „Bleiben Sie stehen. Das ist ein Befehl!"

„Sie haben mir nichts mehr zu befehlen." Stolz klang in den Worten des Deserteurs mit. Er wandte sich an Inken. „Schnell, lauf, warte nicht auf mich!"

„Sie werden beide stehen bleiben, oder ich schieße!" Der Anführer maß den Holländer mit eindringlichem Blick.

„Lauf!", brüllte der Holländer Inken zu, „versteck dich!"

Ein weiterer Franzose kam ins Zimmer und rannte auf das Fenster zu.

„Wie ich schon sagte: Den Holländern kann man nicht trauen. Sie sind keinen Deut besser als diese Wilden, diese Ostfriesen." Er spie das Wort ‚Ostfriesen' wie ein Stück Dreck aus.

„Schnapp sie dir!“ Der Befehlshaber wies mit dem Kopf in Inkens Richtung. „Ich werde derweil mit diesem Deserteur abrechnen.“

Inken verstand die Worte des Mannes nicht, doch sie wusste instinktiv, was er vorhatte. Ihr „Nein“ ging im Schuss der Pistole unter. Inken spürte, wie die Hand des Holländers erschlaffte. Blut tropfte auf den Boden.

Für einen Augenblick war Inken wie gelähmt, doch dann rannte sie los, ohne sich noch einmal umzudrehen. Vorbei an den Fischerkaten, dem alten Leuchtturm, vorbei auch an der Inselkirche, weiter und immer weiter.

Keuchend rang sie nach Luft und glaubte, das Herz werde ihr zerspringen. Nur nicht an die Verfolger denken und nicht an den Holländer! Sie hatte nicht gewollt, dass er ihretwegen erschossen wurde. War es ihre Schuld gewesen? Alles ging so schnell, so entsetzlich schnell! Es schien keine Möglichkeit zu geben, die Zeit anzuhalten, es war, als *müsse* dies alles geschehen.

Inken hörte wütendes Geschrei hinter sich, das so klang, als ob es immer näher kommen würde. Blindlings rannte sie weiter und immer weiter. Ihre Verfolger holten auf, und plötzlich wurde ihr Arm von einer Hand gepackt. Inken schrie auf, doch der Franzose lachte nur. Er griff in ihr Haar und riss ihren Kopf zurück. Fassungslos starrte Inken auf sein langes Messer, das im Mondlicht blitzte. Das Blut gefror ihr in den Adern. Doch dann erinnerte Inken der Anblick der Schneide daran, dass sie ebenfalls über eine Waffe verfügte. Zitternd tastete sie nach dem Küchenmesser unter ihrer Kleidung. Triumphierend umklammerten ihre Finger die Waffe. Und mit einer einzigen schnellen Bewegung riss sie den Arm hoch und zog dem Franzosen die Klinge über das Gesicht. Ein unmenschlicher Schrei ertönte, und der feste Griff an ihrem

Arm lockerte sich. Inken riss sich los und rannte um ihr Leben. Flüche drangen an ihr Ohr, die sie nicht verstand, deren Sinn sich ihr aber unmissverständlich mitteilte. Ihr wurde klar, dass diese Männer sie niemals am Leben lassen würden, wenn sie sie in ihre Gewalt brächten! Inken wandte sich nicht um. Sie lief und lief, bis sich endlich ein paar dunkle Wolken gnädig vor den Mond schoben und ihre Verfolger dazu zwangen, aufzugeben. Finster war es nun, und obwohl Inken jeden Fleck auf der Insel zu kennen glaubte, kam ihr die Umgebung unwirklich und fremd vor. Sie stolperte, stürzte, kam wieder hoch und rannte weiter.

Schließlich war sie so erschöpft, dass sie keinen Schritt mehr weiterkonnte. Ihre Lungen drohten zu zerplatzen, und jeder Atemzug schmerzte. Sie blieb stehen. In diesem Moment glitten auch die Wolken wieder zur Seite, und erneut tauchte der volle Mond die Insel in seinen silbrigen Schein.

Ängstlich blickte Inken sich um, doch niemand war zu sehen, und nichts war zu hören außer dem Rauschen der Wellen. Sie schienen nach ihr zu rufen, und wie von einer unsichtbaren Hand gezogen, ging sie Schritt für Schritt auf das Meer zu.

Abschied von der Insel

Bisweilen, an warmen, lichterfüllten Sommertagen, lag eine heitere, fast ausgelassene Stimmung über der Insel, doch in dieser Nacht war Borkum in eine Atmosphäre schwermütiger Melancholie gehüllt. Als ob es wusste, was geschehen war.

Wie eine Schlafwandlerin wankte Inken durch die Dünen. Sie musste fort von der Insel! Doch sie wusste nicht wie und schon gar nicht wohin! Verzweifelt sehnte Inken sich nach ihrem Vater, in dessen Arme sie sich jetzt am liebsten geflüchtet und trösten hätte lassen wollen.

„Ich bin ganz allein“, hämmerte es in ihrem Kopf, und für einen Augenblick wurde sie von Mutlosigkeit erfasst. Doch dann nahm sie wieder das Rauschen der Wellen wahr.

Als sie endlich das Wasser sah, brachen sich ihre Tränen Bahn. Schluchzend warf sie die Schuhe in den Sand, lief den Wellen entgegen und spürte unter ihren Füßen die tiefen Furchen, die das Wasser in den nassen Sand gegraben hatte.

„Sie sind wie mystische Zeichen“, ging es ihr durch den Sinn. „Die Natur gräbt sich eigene Wege, so wie auch das Schicksal nicht nach unseren Wünschen und Träumen verläuft.“

Dem Unausweichlichen konnte man nicht entrinnen, genauso wenig, wie man die Flut aufhalten konnte. Hier im Watt, in einer Welt zwischen zwei Welten – nicht Land, nicht Meer und doch ein Teil von beidem –, wurde das Unausweichliche sichtbar. Inken überließ sich der Macht des Wattenmeeres, und langsam wich das Gefühl von Schuld und Ohnmacht von ihr. Stattdessen spürte sie, dass sie Teil eines machtvollen Kreislaufs war und dass alles, was geschah, eine Bedeutung hatte. Ihre Sorgen verloren plötzlich an Gewicht. Sie gewann ihre innere Ruhe zurück und die Kraft, sich aufzumachen und den Franzosen die Stirn zu bieten.

Mit geschlossenen Augen verweilte Inken noch einen winzigen Augenblick in dieser Zauberwelt und spürte dem Gefühl von Weite und Anbeginn nach. Dann wandte sie sich entschlossen um.

„Garrelt wird mir helfen!“

Wie von selbst fanden ihre Füße in der mondhellen Nacht den einsamen Weg zur Kate des Austernfischers. Wie oft und wie gerne war sie ihn immer besuchen gegangen. Doch heute schwangen Bitterkeit und Verzweiflung in ihrem Herzen mit. Sie hämmerte gegen die Tür. „Garrelt, ich bin es, Inken, mach auf!“

Es dauerte nur eine kurze Weile, dann öffnete sich die Tür einen Spalt breit, und ein kantiges Gesicht mit einem rotblonden Vollbart kam zum Vorschein. Eine Pfeife hing im Mundwinkel des Fischers, der, als er Inken erkannte, Tür und Augen sperrangelweit aufriss.

„Mädchen, was machst du denn mitten in der Nacht hier draußen?“

Inken warf sich in Garrelts Arme, wo sie eine Weile ganz still verharrte.

„Kind, was ist denn nur los?“

Inken bemühte sich, nicht noch einmal die Fassung zu verlieren. Sie rückte von Garrelt ab und bemerkte erst jetzt, dass aus seiner Pfeife Rauch stieg. Verwundert starrte sie darauf.

„Mir scheint, ich habe dich nicht einmal aus dem Schlaf gerissen, Garrelt. Es ist Mitternacht vorbei, und du schmauchst noch ein Pfeifchen?!“

Etwas verlegen kratzte sich der Alte am Kopf. „Weißt du, Kind, ich erwarte eigentlich noch Besuch. Darum“ – er zupfte an seinem gestreiften Hemd, der Weste und den dunklen Hosen – „darum bin ich auch noch in den Kleidern.“ Erst jetzt schien ihm bewusst zu werden, dass Inken immer noch im Freien stand. „Willst du da draußen etwa festwachsen? Komm schnell rein.“ Er zog sie ins Haus. „Was ist denn bloß passiert, dass du mitten in der Nacht noch durch die Dünen gelaufen kommst?“

Inken schüttelte nur den Kopf. Für einen Augenblick hatte Garrelt sie von ihren Sorgen abgelenkt, doch nun seufzte sie tief.

„So schlimm?“ Garrelt legte den Arm um ihre Schultern und drückte sie an sich. „Du weißt doch, der alte Garrelt weiß für alles einen Rat. Und wenn er keinen weiß, weiß er zumindest jemanden, der einen weiß!“ Er strich ihr beruhigend über das Haar. „Ich mache uns jetzt erst einmal eine Tasse Tee mit Rum, und dann erzählst du mir alles.“

Inken setzte sich auf einen der Binsenstühle. Der Raum, die vertrauten Geräusche und Garrelts Anblick beruhigten sie. Die erste Tasse Tee tranken sie schweigend, und für einen Moment stand die Zeit still, und die Vergangenheit wurde wieder lebendig. Wie Inken als kleines Mädchen zusammen mit Garrelt Möweneier aufgespürt hatte. Und am Strand Muscheln, Seesterne und manchmal sogar Bernstein. Und wie oft hatte sie mit ihm frühmorgens gemeinsam nach Strandgut gesucht. Das *Strandjen* war bis heute eine ihrer großen gemeinsamen Leidenschaften geblieben, und die Fischerkate barg noch immer viele ihrer über die Jahre geborgenen „Schätze“. So wie sie noch immer lange Wintertage damit verbrachten, sich auszumalen, welche Wege diese Funde hinter sich gebracht hatten, bevor sie an den Strand getrieben worden waren. Im Sommer fuhr Inken manchmal mit Garrelt hinaus aufs Meer, um mit den Scharnetzen die Austernbänke zu befischen. Und immer hatten die Streifzüge über die Insel oder der Austernfang mit einer Tasse Tee in dieser alten Kate inmitten der Dünen geendet. Garrelt war stets da gewesen, wenn sie ihn gebraucht hatte, und er würde ihr auch jetzt helfen.

Mit einem klappernden Geräusch stellte Inken ihre Tasse ab und durchbrach damit die Stille. „Vater ist verhaftet worden und auf dem Weg nach Frankreich. Unser Haus werden sich die Franzosen einverleiben, und ich muss von der Insel fliehen.“ Mit wenigen Worten schilderte sie dem alten Fischer ihre Lage. Als die Rede auf den Holländer kam, wurde Inkens Stimme brüchig.

Garrelt war sichtlich betroffen. „Das sind schlechte Nachrichten", sagte er leise, schlug dann aber mit der Faust auf den Tisch. „Diese verdammten Franzosen. Das Meer soll sie allesamt holen." Er blickte zu Boden. „Du weißt genau, dass dein Vater noch lebt?"

„Auf das Wort dieses Holländers konnte man sich verlassen." Inken nickte traurig und goss den Tee in die tiefe Unterschale, um das Abkühlen des Getränkes zu beschleunigen.

„Dann ist es gut." Garrelts Stimme klang erleichtert. Er maß sie mit einem eindringlichen Blick. „Inken, um deinen Vater mache ich mir die wenigsten Sorgen. Er ist ein alter Haudegen. Wer Wale besiegt, für den sind Napoleons Soldaten nur kleine Fische. Hinderk hat schon viele Stürme gemeistert; er wird auch die französische Gefangenschaft überstehen. Mehr Sorgen mache ich mir um dich, mein Kind. Wohin willst du nun gehen? Auf der Insel zu bleiben wäre eine Dummheit."

Inken blickte zu Boden. „Das weiß ich. Tante Tine wird mir sicherlich helfen. Du weißt doch – die Schwester meines Vaters, die mit ihrem Mann im Moor, in Großefehn, wohnt."

„Ist das Tine Hasenfuß?" Für einen Augenblick meinte Inken einen wehmütigen Ausdruck in Garrelts Gesicht wahrzunehmen. „Ja, ich erinnere mich. Sie ist ein lieber Mensch. Ich habe sie sehr gemocht, doch ich weiß nicht, ob du bei ihr gut aufgehoben bist. Tine hat sich schon als Kind vor jeder Krabbe gefürchtet."

„Wohin soll ich denn sonst gehen? Tante Tine wird mir schon helfen." Inken sprach mit mehr Zuversicht, als sie tatsächlich hatte. „Auch wenn ich sie nie kennen gelernt habe, weil sich Vater nicht so gut mit ihrem Mann versteht."

Gelinde gesagt, hatten sich ihr Vater und Onkel Eggo überhaupt nicht verstanden. „Wie konnte Tine nur an so einen geraten", hörte Inken ihren Vater schimpfen. „Ein Trunkenbold und Schläger", und sie sah dabei die Zornesader an seinem Hals pochen. Besonders erbost war er vom letzten Brief ihrer Tante gewesen. „Sie darf uns nicht besuchen kommen, weil ihr Mann es ihr verbietet! Ich werde nie begreifen, wie Tine auf so einen hereinfallen konnte. Verlässt die Insel wegen eines Sprücheklopfers und sitzt nun im Moor fest."

Langsam hob Inken den Blick. Sie wollte Garrelt nicht beunruhigen.

„Der Holländer hat mir die Ausweise von den erschossenen Schmugglern zugesteckt."

„Zeig her." Garrelt streckte die Hand aus. Als er die Papiere in Augenschein nahm, verdunkelte sich sein Gesicht. „Ich kenne alle drei. Waren gute Männer, der eine noch ganz jung. Fuhr bei seinem Vater." Er seufzte tief, und Inken sah, wie erneut Wut in ihm hochstieg. „Verdammt will ich sein, wenn es uns nicht gelingt, diese elenden Halunken an der Nase herumzuführen. Was hast du sonst noch retten können bei deiner Flucht?"

Inken wies auf ihren Beutel. „Meinen Ausweis, einige Kleidungsstücke und etwas Geld." Garrelt blickte auf die Ausweise in seiner Hand und maß Inken dann von Kopf bis Fuß. Sie konnte sehen, wie es in seinem Kopf arbeitete.

„Gäbst 'nen guten Schiffsjungen ab. Wie würde es dir gefallen, Harm zu heißen?" Er wies auf einen der Ausweise. „Harm Harmsen, 18 Jahre, Schiffsjunge – so machen wir es. Das trifft sich gar nicht schlecht. Weißt du, heute Nacht wird ein Schiff aus Ditzum hier vor Borkum stranden, und die könnten noch einen Schiffsjungen gebrauchen. Und wenn nicht, dann bring ich sie dazu!"

Inken schaute ihn mit großen Augen an. „Ein Schiff *strandet* hier? Und das weißt du jetzt schon?“ Sie maß ihn argwöhnisch von der Seite. „Garrelt, du drehst doch keine krummen Sachen, oder?“ Der Fischer wand sich unter ihren fragenden Blicken. „Du hältst Papiere von Schmugglern in der Hand, die nicht mehr am Leben sind!“ Ihr Ton war eindringlich.

Der Austernfischer machte eine wegwerfende Handbewegung. „Kind, wir machen das schon über Jahre hinweg so. Es passiert nix. Ist nur so ’n büschen Tee und Rum und Zucker und Tabak. Ab und an eine Arznei, was so gebraucht wird halt. Inken, wir würden sonst vor die Hunde gehen! Seit vier Jahren sind wir in Ketten gelegt. Schon unter den Holländern mussten wir fast alles abliefern, was gefischt wurde. Nur ein winziger Teil blieb für uns selbst. Und dann die Steuern, die plötzlich auf allem lagen. Und glaub ja nicht, dass es unter diesen verdammichten Franzosen besser geworden wäre! Wovon sollen wir denn leben? Ohne die Schmuggelware wäre manch ein Insulaner verhungert, und“ – er hob Inken die Unterschale entgegen – „und ohne unseren geliebten Tee hätten wir das alles doch gar nicht ausgehalten.“

Garrelt war erleichtert darüber, dass Inken nun um sein Geheimnis wusste. „Unser Lieferant ist ein Ditzumer, ein ganz besonders feiner Mensch. Er ist ein französischer Zöllner mit einem ostfriesischen Herzen. Besser gesagt, hat er sein Herz einer Ostfriesin geschenkt. Hugues Humbert heißt der Mann. Und wenn Napoleon wüsste, was dieser Hugues so alles treibt, wäre er einen Kopf kürzer. Weißt du, Inken, falls der kleine Kaiser Ostfriesland überhaupt beachtet, dann doch nur, weil er eine Möglichkeit sieht, von hier aus den Handel mit England zum Erliegen zu bringen. Unser Freund Hugues macht dagegen genau das Gegenteil. Er treibt Handel mit den

Engländern. Natürlich nicht er selbst, sondern seine Blockadebrecher. Sie holen die englischen Waren von Helgoland und bringen sie hierher. Du hast doch sicherlich schon von dem legendären Cirk Hoogestraat gehört?"

Inken schüttelte den Kopf.

Garrelt schnaubte. „Aber ganz Ostfriesland spricht hinter vorgehaltener Hand von ihm! Selbst die verschärften Maßnahmen seit der Kontinentalsperre können ihn nicht schrecken. Man sagt, er habe sieben Leben, wie eine Katze."

Inken starrte Garrelt verständnislos an. Dieser fragwürdige Held war ihr gleichgültig, doch der Ditzumer Zöllner konnte für Garrelt den Tod bedeuten. „Seid ihr euch auch sicher, dass dieser Franzose vertrauenswürdig ist?"

Garrelt nickte. „Von ihm stammen die Einfälle, Schiffsladungen mit Zucker unter Sandschichten zu verbergen und Tee in Särgen zu transportieren. Er ist ein Schlitzohr, das mit der Ebbe paktiert. „Warum nicht die Gezeiten nutzen", hat er uns gefragt, und seitdem stranden vor Borkum viele Ditzumer Fischerboote. Hugues hat in ganz Ostfriesland ein Schmugglernetz aufgebaut. Wenn einer dir helfen kann, den französischen Kontrolleuren zu entwischen, dann er! Die einzige Möglichkeit, nach Großefehn zu kommen, ist mittels eines der flachgängigen Binnenschiffe, der *Torfmuttjes,* die auf den Kanälen fahren. Sie bringen Brenntorf nach Emden und von dort wieder Schlick als Dünger in die Moordörfer zurück. Hugues wird dich unbeschadet auf einen dieser Kähne bringen, glaub mir."

Garrelt erwärmte sich immer mehr für seine Idee. „Da schlagen wir den Franzosen mittels ihrer eigenen Landsleute ein Schnippchen. Fein." Er rieb sich die Hände und begann in alten Kisten nach passender Seemannskleidung zu wühlen.

Inken hatte ihre Zweifel, was die Vertrauenswürdigkeit

eines Franzosen betraf, doch sie begriff auch, dass sie das Risiko eingehen musste. Das Ditzumer Fischerboot war die einzige Möglichkeit, schnell und unerkannt von der Insel zu kommen.

„Ha“, meinte Garrelt, der fündig geworden war, „hier haben wir doch schon was Geeignetes. Zieh das mal über.“ Für Inken waren die Hosen ungewohnt, aber Garrelt gefiel sie in der Seemannskluft. „Gut, das ist sehr gut. Kind, was bist du dünn und zart. Nicht mehr als eine Hand voll Seemann bleibt da übrig. Nun noch die Jacke und die Mütze überziehen. Stopf alle Haare darunter. Es ist aber auch ein Unglück, dass du auf dem Kopf so rot bist, nicht?“

Es gelang Inken nur schwerlich, ihre widerspenstigen Locken unter der Mütze verschwinden zu lassen. Kaum war ihre Verkleidung komplett, als es auch schon an der Tür klopfte.

„Garrelt, wir sind's. Der Kahn liegt bereits auf dem Trocknen. Wir können mit dem Entladen beginnen.“

Drei Männer standen draußen, deren Gesichter bei Inkens Anblick einen etwas verstörten Ausdruck annahmen, doch Garrelt klärte sie schnell auf. „Nur nicht in die Hosen machen, Jungs. Das ist bloß ein Schiffsjunge, der auf dem Ditzumer Kahn anheuern will, verstanden.“ Eindringlich blickte er jedem der Borkumer in die Augen. „Sonst schmuggeln wir nur rein, doch heute schmuggelt der Kahn auch was raus – mehr braucht ihr nicht zu wissen. Nun kein Wort mehr darüber, und auf geht's an den Strand.“

Garrelt schulterte Inkens Bündel und griff nach ihrer Hand.

„Sind die Kontrolleure euch eigentlich noch nie auf die Schliche gekommen?“ Inken warf Garrelt einen zweifelnden Blick zu. Der Fischer schüttelte den Kopf. „Nein. Weißt du“ – er stieß Inken in die Seite – „in Nächten wie dieser bekommen die Männer eine Extraration Rum im *Klabautermann*. Okke, der Wirt, ist dann äußerst freigiebig."

„Für Okke zahlt sich die nächtliche Freigiebigkeit doch sicherlich aus", mutmaßte Inken.

„So ist es." Garrelt nickte. „Wer uns den Franzmann vom Leibe hält, mit dem teilen wir gerne!"

Offensichtlich waren viele Insulaner am Schmuggel beteiligt, denn je näher sie dem Strand kamen, desto mehr dunkel gekleidete Gestalten konnte Inken ausmachen. Wie in einem gut einstudierten Theaterstück steuerten die Männer wortlos auf das gestrandete Fischerboot zu. Das Löschen erfolgte äußerst schnell und reibungslos. Mit großen Augen sah Inken zu, wie das Schmugglergut säckeweise von Hand zu Hand weitergereicht wurde, vom Watt zum Strand und von dort bis hinein in die Dünen. Am Ende der Schlange stand schon ein Pferdefuhrwerk bereit, um die Waren in ein Versteck zu bringen. Gesprochen wurde kaum, und obwohl alle gut eingespielt waren, bemerkte Inken doch die Erleichterung auf den Gesichtern der Männer, als sich der Pferdewagen endlich in Bewegung setzte.

„So, das wäre wieder mal geschafft!" Garrelt wischte sich über die Stirn. „Und nun schnell unter Deck mit dir, Kind. Es ist alles abgesprochen. Am besten bleibst du unsichtbar, bis ihr in Ditzum angekommen seid." Mit einer unbeholfenen Geste zog er Inken in seine Arme. „Mädchen, halt die Ohren steif! Ich werde, derweil du auf Abenteuer bist, ein Auge auf euer Haus haben, und um die Ziege kümmere ich mich auch. Gräm dich nicht zu sehr. Wir Borkumer werden es schon schaffen, die Franzosen von der Insel zu vertreiben. Und wenn dieses Lumpenpack erst mal weg ist, dann kommst du wieder!" Er drückte sie an sich. „Darauf freue ich mich heute schon!"

Inken fühlte einen dicken Kloß im Hals. Sie ergriff die Hände des Austernfischers. „Garrelt, was würde ich nur ohne dich tun?“

Der Fischer wurde verlegen. „Übertreib mal nicht.“ Er schob Inken in Richtung Fischerboot. „Nu man rauf mit dir. Grüß mir Tine ganz herzlich, und Inken“ – er zwinkerte ihr zu – „tu eine ordentliche Portion Tee in das Moorwasser, sonst kann man die braune Brühe nicht trinken. Lass dich nicht von der hasenfüßigen Tine anstecken. Mädchen, du schaffst das schon. Und deinen Vater, den werden wir auch bald wieder hier haben.“

Nur zögernd kletterte Inken auf das Schiff. Helfende Hände streckten sich ihr entgegen. „Komm hoch, Junge. Wir decken dich mit Krabben zu, und dann sollen die Franzosen mal suchen!“ Die Fischer lachten, und Inken merkte, welche Genugtuung es ihnen bereitete, ihre Besatzer übers Ohr zu hauen. „Nein, im Ernst, geh ruhig unter Deck und versuch ein bisschen zu schlafen. Es wird noch dauern, bis wir hier wegkommen.“

Seufzend verschwand Inken in der Kajüte, wo sie sich auf eine Bank sinken ließ, die Arme hinter dem Kopf verschränkte und trotz all der Aufregung sofort in einen unruhigen Schlaf fiel.

Ein leichtes Schaukeln ließ Inken hochfahren. Das Schiff hatte wieder Wasser unter dem Kiel. Der Wind fuhr in die Segel, und trotzig streckte die *Frauke von Ditzum* ihren Bug in die Nordsee. Inken öffnete die Kajütentür und warf einen Blick nach draußen. Gischt spritzte vom Vorschiff aufs Deck. Die wettergegerbten Fischer bedeuteten ihr, wieder nach unten zu gehen, doch Inken ignorierte sie. Ihre Augen suchten die Insel und wollten sich nicht mehr von ihr lösen. Borkum lag schon weit entfernt und mutete inmitten des silbrig glänzenden Wassers wie ein Edelstein an. Der zweite Abschied in dieser Nacht!

Der Edelstein wurde kleiner und kleiner. Erst als die *Sandplatje*, die kleine Sandnase im Westen, nicht mehr zu erkennen war, verschwand Inken unter Deck.

„Ich werde wiederkommen", dachte sie, und ihre Worte waren wie ein Versprechen. „Ich werde wiederkommen!"

2. Der Schmugglerkönig

Emden, Sommer 1810

„In der Absicht, diesem verbrecherischen Handel ein Ende zu machen und die Urheber daselbst zu bestrafen, sind folgende Maßregeln zu ergreifen:

Jedwede Gemeinschaft mit den Engländern auf Helgoland soll als Verrat und Spionage angesehen werden.
Jedwedes Fahrzeug, überführt, auf Helgoland gewesen oder von dort zurückgekommen zu sein, soll beschlagnahmt und der Kapitän des Schiffes mit dem Tode bestraft werden.
Die Mannschaft wird dasselbe Schicksal haben, so sie schuldig ist. Wenn nicht, so sollen alle, die zum Seedienst-tauglich sind, bis Antwerpen transportiert und dort zum Dienst in der Marine übergeben werden.
Diejenigen, die nicht zum Seedienst tauglich sind, sollen mit drei Monaten Gefängnis bestraft werden."

(Reichsmarschall Prinz von Eckmühl, Groningen)

Cirk Hoogestraat

Der *Seewolf* war eine kleine Kneipe mit dunkel gebeizten Tischen und Stühlen, hinter dessen Tresen der bäuchige Wirt hantierte und eine flinke Bedienung hin und her huschte. Obwohl es schon spät war, barst das Wirtshaus noch immer geradezu vor Gästen. Und Hugues, der Ditzumer Zöllner, führte Inken am Ellenbogen mit leichter Hand durch den überfüllten Schankraum.

„Bonjour." Höflich nickte er nach allen Seiten und unterhielt sich im Vorbeigehen mit einigen Männern. Sein mit französischem Dialekt durchsetztes Holländisch hatte einen eleganten Klang, und seine zierliche Gestalt mit dem schwarzen Haar bot einen seltsamen Kontrast zu den übrigen Besuchern des Wirtshauses, die ihn überschwänglich begrüßten.

Ein vollbärtiger Fischer brüllte nach der Bedienung. „Gib dem kleinen Zöllner einen Rachenputzer auf meine Rechnung. Vielleicht wächst er dann noch!"

Dröhnendes Gelächter ertönte, in das Hugues mit einstimmte. Zwar zeigte er dem Bärtigen gespielt empört die Faust, nahm aber den Schnaps dankend entgegen.

Inken maß den Mann neben sich mit einem neugierigen Blick. Der Franzose besaß eine Zuvorkommenheit, die ihr fremd war. Ob es ihn wohl anstrengte, so höflich zu sein? Jedenfalls ging eine Leichtigkeit von ihm aus, die für Inken unverständlich war. Er schien das Leben genauso wenig ernst zu nehmen wie sich selbst.

Kein Funke von Erstaunen hatte auf Hugues Gesicht gelegen, als die Ditzumer Fischer sie bei ihm abgeliefert hatten. Als ob es selbstverständlich sei, dass ein junges Mädchen als Schiffsjunge verkleidet von einer Insel floh und bei ihm Unterschlupf suchte. Bot er tatsächlich jedem so einfach sein Haus und seine Hilfe an? Doch wie auch immer, bereits nach einem Tag in seiner Gegenwart wusste Inken, dass Garrelt Recht gehabt hatte: Hugues war wirklich ein außergewöhnlicher Mann!

Und so saßen sie nun nebeneinander in dieser überfüllten Emder Hafenkneipe und warteten auf den Schmugglerkönig.

„Eigentlich muss Cirk jeden Augenblick kommen." Der Zöllner machte ein etwas besorgtes Gesicht.

Inken starrte dagegen missmutig auf den Tisch. Sie hatte nur wenig Lust auf ein Zusammentreffen mit diesem ihr etwas anrüchig erscheinenden Helden. Aber da Hugues den Wirt außerdem auch wegen eines Zimmers für sie fragen wollte, blieb ihr nichts weiter übrig, als sich zu gedulden. Aber war die Idee, hier zu übernachten, denn wirklich eine gute? Inkens Blicke glitten abschätzend durch den Schankraum. Je mehr die Männer um sie herum tranken, desto raubeiniger benahmen sie sich.

„Gut, dass ich ein Schiffsjunge bin", flüsterte sie dem Franzosen zu und nickte bedeutungsvoll in Richtung der Schankmaid, die sich kaum noch gegen die aufdringlichen Gesten der Männer wehren konnte.

„Keine Angst, es sieht zwar gefährlich aus, weil die Gäste etwas angetrunken sind, aber eigentlich ist dies kein Ort, an dem man sich fürchten muss", beruhigte Hugues sie. „Der Wirt hält ein wachsames Auge darauf, dass es nicht zu Handgreiflichkeiten und Unziemlichkeiten gegenüber den Schankmädchen kommt. Er ist eine Seele von Mensch, aber wehe die Wut packt ihn! Und das wissen die Männer ganz genau. Ich werde gleich mal mit ihm reden, wegen eines Plätzchens zum Übernachten für dich. Und morgen kommt ja schon der Torfkahn aus Großefehn, mit dem du dann ins Moor fahren kannst. Mach dir nicht zu viele Sorgen. Komm, trink lieber ein Bier mit mir."

Inken schüttelte abwehrend den Kopf, doch Hugues ließ sich nicht beirren und hob seinen Becher. „Ein Schiffsjunge wird ja wohl kaum Tee trinken", murmelte er ihr zu, aber schon beim ersten Schluck verzog Inken angewidert das Gesicht. Für dieses Gebräu würde sie sich, im Gegensatz zu den anderen Gästen, niemals begeistern können.

„Wie kommt es eigentlich, dass es hier an einem Wochentag so voll ist? Samstags müssen sich die Gäste ja geradezu stapeln."

Hugues beugte sich flüsternd zu ihr herüber. „Es ist so gut besucht, weil Cirk heute von Helgoland gekommen ist und so einiges an Schmuggelgut von hier aus verteilt wird. Der Wirt nimmt Bestellungen entgegen und liefert sie dann auch aus." Hugues nickte in Richtung Tresen, und Inken sah, wie der Kneipenbesitzer mit zwei Gästen durch die Hintertür verschwand. „Morgen kommen das Treidelschiff von Aurich und einige Torfkähne aus den Fehndörfern. Dann verschwindet auch die restliche Ware. Oh" – der Franzose sprang auf – „na endlich, da kommt Cirk."

Inken wandte den Kopf zur Tür. Ein groß gewachsener, dunkelhaariger Mann betrat den Raum, und für einen Augenblick erstarben die Gespräche. Einige Männer nickten dem Fremden zu, andere hoben den Krug, doch dann nahmen sie ihre Gespräche wieder auf, und die gewohnte Lautstärke stellte sich ein.

Im rauchverhangenen Licht musterte Inken den Fremden. Er trug braune Hosen und ein einfaches weißes Leinenhemd. Äußerlich unterschied er sich kaum von den anderen anwesenden Gästen, und doch hatte sein Auftreten etwas, das ihn aus der Menge heraushob. Es mochte an seiner Größe und dem athletischen Körperbau liegen. Inkens Blick wanderte verstohlen zu seinem Gesicht, das scharf geschnitten und nicht eigentlich schön zu nennen war. Dennoch wirkte der Fremde auf eine bestimmte Art und Weise gut aussehend. Seine Haut wies die für Seeleute kennzeichnende tiefe Bräune auf, und an seiner rechten Stirnseite war er von einem großen Muttermal gezeichnet, das eher interessant als abstoßend wirkte. Blauschwarzes Haar fiel ihm in groben Locken bis auf die Schultern und kräuselte sich um Stirn und Schläfen. Doch was Inken mehr als alles andere in seinen Bann zog, waren seine strahlend blauen Augen! Sie schienen direkt in ihr Innerstes vorzustoßen und es zu durchdringen. Inken versuchte, den Blick von dem Fremden zu lösen, doch es gelang ihr erst, als Hugues sich erhob und dem Schmugglerkönig auf die Schulter schlug.

„Cirk, endlich, ich dachte schon, die Haie hätten dich gefressen!"

„Du meinst die Französischen?" Der Blockadebrecher verzog spöttisch die Mundwinkel. „Nein, vor dem *Seewolf* hat mir eine hübsche Maid ihre Aufwartung gemacht. Du weißt schon" – seine Hände zeichneten eine Frauengestalt mit ausgeprägten Rundungen in die Luft – „so eine mit allem Drum und Dran. Fast wäre ich der Versuchung erlegen, doch dann fiel mir wieder ein, dass hier drin so ein windiger Franzose auf mich wartet. Da musste ich der Kleinen leider den Laufpass geben."

Seine Augen wanderten nun von seinem Freund zu Inken. Neugier war in ihnen zu lesen, ebenso wie eine Spur von Unverständnis. „Lässt du jetzt schon Kinder für dich arbeiten?" Der Schwarzhaarige zwinkerte Hugues zu und zeigte gleichzeitig mit dem Finger auf Inken.

Dieser stieg die Röte ins Gesicht. „Ich bin kein Kind mehr!" Wütend funkelte sie ihn an. „Außerdem zeigt man nicht mit dem Finger auf andere Leute."

„Oh!" Der Schmuggler schüttelte seine Hand. „Der kleine Kerl hat aber Haare auf den Zähnen. Hugues, hat er dich etwa gezwungen, ihn einzustellen?"

„Cirk, mäßige dich.“ Hugues lachte und wandte sich dann an Inken. „Also, das ist Cirk Hoogestraat – wie er leibt und lebt. Und das“ – er deutete auf Inken – „ist ein Schiffsjunge, aber eigentlich ...“ Hugues wollte noch etwas hinzufügen, doch Cirk winkte ab. Er betrachtete Inken mit zusammengekniffenen Augen. Dann pfiff er leise durch die Zähne.

„Ein Schiffsjunge also“, meinte er schließlich, wobei er die Betonung auf das Wort „Junge“ legte. Inken fühlte sich unbehaglich unter seinem scharfen Blick. Ängstlich griff sie sich an den Kopf, um zu kontrollieren, ob ihre Haare auch noch alle unter der Mütze verschwunden waren. Cirk verfolgte jede ihrer Bewegungen.

„Ja, ein Schiffsjunge“, äffte Inken Cirk nach. Sie verschränkte die Arme vor dem Körper und schaute ihm wütend ins Gesicht. Was bildete sich dieser selbstgefällige Kerl eigentlich ein?

„Ach, wirklich?“ Der Schmuggler konnte sich das Lachen kaum verkneifen, und Inken wusste instinktiv, dass Cirk ihre Verkleidung durchschaut hatte.

Ihre Hand krampfte sich so fest um den Bierkrug, dass die Knöchel weiß hervortraten. Am liebsten hätte sie diesem arroganten Menschen unter dem Tisch kräftig gegen das Schienbein getreten. Und wenn er nicht bald aufhörte, sie anzustarren, würde sie das auch noch tun!

In diesem Moment beugte Cirk sich jedoch flüsternd zu Inken vor. „Verschränk die Arme möglichst nicht vor dem Körper. Für einen Schiffsjungen“ – er betonte wieder das Wort „Junge“ – „sieht man dabei zu viel Rundungen.“

Inken schnappte nach Luft und legte blitzschnell die Hände auf den Tisch. Röte stieg ihr ins Gesicht. Was fiel diesem Mann nur ein? In seinen Augen, die sie jetzt ungeniert musterten, lag ein spöttischer Ausdruck.

„Er amüsiert sich köstlich“, dachte Inken, die nicht mehr wusste, wie sie sich verhalten sollte. Ängstlich blickte sie sich um. War den anderen Gästen auch schon aufgefallen, dass sie ein Mädchen war? Kaum merklich schüttelte der Schwarzhaarige den Kopf.

„Ich habe ein gutes Auge für kleine Unterschiede.“

Was für ein widerlicher Angeber! Sie war froh, als Hugues den Schmuggler von ihr ablenkte.

„Ein Vogel hat mir gezwitschert, dass die neuen Kontrolleure scharfe Hunde sind. Cirk, es soll einen Spitzel unter den Emdern geben, der dich verraten will. Flugblätter, in denen eine Belohnung auf deinen Kopf ausgesetzt ist, finden sich in der Stadt ja fast so viele wie Blätter an den Bäumen. Sei vorsichtig, mein Freund. Du bist nicht gerade eine unauffällige Erscheinung, und eigentlich ist es leichtsinnig, hierherzukommen. Vielleicht solltest du für eine Weile untertauchen!“

„Ja, das werde ich wohl tun müssen.“ Cirk war unvermittelt wieder ernst geworden. „Die schärferen Kontrollen machen uns immer mehr Schwierigkeiten. So knapp wie heute sind wir den Franzosen noch nie entwischt!“

„Dann verschwinde, und zwar schnell.“ Hugues schob den Stuhl zurück und stand auf. „Und ich werde jetzt ebenfalls verschwinden – Trientje wartet auf mich.“ Er zwinkerte Cirk zu und wandte sich an Inken.

„Ich spreche gleich mal mit dem Wirt wegen des Zimmers. Eine gute Reise ins Moor wünsche ich dir. Hoffentlich findest du freundliche Aufnahme.“

„Vielen Dank für alles.“ Inken streckte ihm die Hand entgegen.

„Geh nur mein Freund“ – Cirk klopfte dem Franzosen auf die Schulter –, „denn liebende Frauen soll man nicht warten lassen. Du hast wahrlich Besseres vor, als mit mir einen Humpen Bier zu trinken." Anzüglich grinste er Hugues zu.

„Als ausgewiesener Frauenkenner musst du es ja wissen." Der Franzose hob die Hand zum Abschiedgruß und suchte sich einen Weg durch die überfüllte Kneipe.

Inken blickte ihm nach, dann erst wurde ihr bewusst, dass sie nun alleine mit dem Schmugglerkönig war. Der schien ihre Gedanken gelesen zu haben, denn er beugte sich zu ihr herüber und meinte: „Wie furchtbar, wenn man mit einem Widerling an einem Tisch sitzen muss, nicht wahr? Dabei" – Cirks Augen glitten über Inkens Gesicht – „finde ich deine Gesellschaft äußerst anregend. Es verbirgt sich eine Schönheit unter der derben Kleidung und dieser lächerlichen Mütze, habe ich Recht?"

Inken gab keine Antwort und schaute bewusst nicht in seine Richtung.

„Sag, welche Farbe hat dein Haar? Ist es hell wie der Weizen auf dem Feld, oder schwarz wie die Flügel eines Raben?"

Röte stieg Inken ins Gesicht. Gleich würde sie dieser Kerl auch noch fragen, wie oft sie schon geküsst worden war. Hoffentlich stand er bald auf und ging! Sie durfte ihn nur nicht anschauen! Denn dann würde sie seinen Augen nicht mehr entkommen können! Da beobachtete sie stattdessen doch lieber scheinbar fasziniert die Eingangstür des Wirtshauses.

Als diese sich öffnete und eine Gruppe französischer Soldaten eintrat, spannte sich Inkens Körper wie eine aufgezogene Feder.

„Was ist los?" Cirk flüsterte nur.

„Eine Patrouille steht in der Tür." Inken drehte sich zu Cirk um. Für einen Augenblick vermeinte sie Erschrecken in seinen Augen lesen zu können. Keine Sekunde später legte der

Blockadebrecher seine beiden Arme auf den Tisch und ließ seinen Kopf darauf sinken.

Nun hatten auch die anderen Gäste die Anwesenheit der Franzosen bemerkt, und urplötzlich verstummten alle Gespräche.

„Bonjour, Messieurs!“ Wichtigtuerisch stolzierte einer der Soldaten durch die Kneipe. „Wir suchen einen Blockadebrecher. Er soll hier öfter verkehren.“ Angewidert glitten die Augen des Soldaten durch den einfachen Schankraum. Er hob die Stimme. „Sein Name ist Hoogestraat, Cirk Hoogestraat, und wer ihn deckt oder versteckt, macht sich strafbar.“ Er musterte die Männer bedeutungsvoll. „Also, weiß jemand, wo er ist?“

„Einen ’oogestraat kennen wir nicht“, rief einer der Schiffer, und das Gesicht des Soldaten verfinsterte sich, als ihm bewusst wurde, dass der Mann sich aufgrund seiner Aussprache einen Scherz mit ihm erlaubte.

„Hier.“ Der Franzose hielt einen Steckbrief in der Hand, und Inken erschauderte, als sie erkannte, wie gut Cirk auf der Zeichnung getroffen war. „Die Belohnung ist hoch.“ Abschätzend musterte der Franzose die vor ihm sitzenden Männer. „Und es wird noch andere Begünstigungen geben für einen Freund Napoleons.“

Inken hielt den Atem an, doch keiner der Gäste rührte sich. Erleichtert seufzte sie auf, als die Männer sich desinteressiert wieder ihren Bierkrügen zuwandten. Doch das Verhalten der Gäste schien die Wut des Soldaten erst richtig anzustacheln.

„Ihr weigert euch also, uns zu helfen. Nun gut, ich kann auch anders. Wer sich nicht ausweisen kann, kommt mit auf die Wache!“ Er wandte sich an den Wirt. „Visitation, Monsieur, wir werden das ganze Wirtshaus nach Schmuggelgut durchsuchen.“ Er nickte den Soldaten zu. „Kontrolliert zuerst die Pässe der Männer, dann werden wir ja gleich sehen, ob dieser Verbrecher, dieser Hoogestraat, hier ist."

Inken versuchte, ihre Betroffenheit zu verbergen. Ihr Blick streifte Cirk, und sie sah voller Entsetzen, dass seine rechte Hand nach einem auf dem Tisch liegenden Messer tastete. Herr im Himmel, er würde es auf einen Kampf ankommen lassen. Was konnte sie nur tun?

Einer der Franzosen näherte sich ihrem Tisch, und Inken wühlte fieberhaft in ihrer Kleidung nach dem Ausweis von Harm Harmsen, dessen Identität sie angenommen hatte. Dabei glitt ein zweiter Pass in ihre Hand, und eine Idee schoss ihr durch den Kopf. Ja, so könnte es gehen! Sie rückte nahe an Cirk heran, legte einen Arm um seine Schultern und schob ihm dabei blitzschnell von oben den Pass in die Brusttasche seines Hemds. Für den Bruchteil eines Augenblicks hob Cirk den Kopf, und Inken sah seine rechte Augenbraue verwundert in die Höhe fahren.

„Monsieur." Der Soldat war an ihren Tisch getreten und hielt ihr auffordernd die Hand entgegen.

Inken legte mit klopfendem Herzen den Pass hinein. Aufmerksam studierte der Soldat die Angaben. Danach gab er den Ausweis zurück und wandte sich Cirk zu. Da seufzte Inken laut auf und zog mit einer entschuldigenden Geste den Pass aus dessen Brusttasche. Der Soldat griff danach, doch bevor er ihn eingehend studieren konnte, zupfte ihn Inken am Ärmel.

„Ach, schauen Sie nur, werter Herr, mein Bruder ist schon wieder betrunken." Sie deutete auf Cirk, der jetzt vereinzelte leise Schnarchgeräusche von sich gab. „Es ist aber auch ein Kreuz mit ihm. Erst vor drei Tagen starb unsere Mutter, Gott hab sie selig, und nun hat er schon unser halbes Erbteil versoffen." Inken versuchte einen möglichst einfältigen Eindruck zu erwecken. „Ich hab der Alten auf dem Sterbebett versprochen, auf ihn aufzupassen, aber, Sie sehen ja“ – sie wischte sich wehleidig über die Augen –, „der Alkohol ist ein zu harter Gegner für mich.“ Inken nahm dem Franzosen den ungelesenen Pass ganz nebenbei wieder ab und stopfte ihn in Cirks Tasche zurück. „Ah.“ Sie hob einen Finger und tat, als käme ihr just in diesem Augenblick eine gute Idee. „Die französische Armee sucht doch noch mutige Ostfriesen, die sich in den Dienst Napoleons stellen wollen.“ Sie zog wieder an dem Ärmel des Franzosen und blickte ihm verschwörerisch ins Gesicht. „Mein Bruder bewundert den Kaiser ungemein, und zu einer Unterschrift werde ich ihn schon bewegen können.“ Sie zwinkerte dem Soldaten zu. „Dann hätte ich wenigstens das restliche Geld gerettet, nicht wahr. Und vielleicht zahlt die Armee mir auch noch eine Auslöse? Mein Bruder ist jung und kräftig.“ Sie zeigte auf Cirks Muskeln, die sich deutlich unter dem Hemd abzeichneten. „Er kann arbeiten wie ein Pferd und stundenlang marschieren. Außerdem ...“

Inken redete und redete, bis der Soldat die Augen verdrehte und sie unterbrach. „Schluss jetzt!“ Der Franzose hatte deutlich genug von ihrem Geplapper. „Napoleon braucht keine Trunkenbolde als Soldaten. Bleib mir vom Leib mit deinem Bruder.“ Grob riss er an seinem Ärmel, den Inken immer noch festhielt, und ging dann zum nächsten Tisch.

Inken ließ sich zurücksinken; erst jetzt fingen ihre Hände an zu zittern. Unaufgefordert brachte ihr der Wirt Bier und einen Schnaps.

„Zum Wohl“, meinte er, einen Ausdruck von Bewunderung auf dem Gesicht. „Trink! Der Rum wird die Blässe aus deinem Gesicht vertreiben!“

„Was wird geschehen, wenn die Soldaten mit der Suche

nach dem Schmugglergut beginnen?“ Inkens Worte kamen fast lautlos über ihre Lippen.

Die Mundwinkel des Wirtes zuckten amüsiert. „Keine Angst! Wir haben da so ein kleines Versteck unter dem Misthaufen angelegt. Und just in diesem Augenblick sind ein Dutzend Männer damit beschäftigt, die Waren dort unterzubringen.“

Inken nickte, und ihr wurde bewusst, dass es dem Wirt und den Menschen hier ebensolche Freude bereitete, die Franzosen an der Nase herumzuführen, wie den Ditzumer Fischern. Nichtsdestotrotz ging ein Aufatmen durch die Menge, als die Soldaten unter Flüchen und Androhungen den Schankraum endlich wieder verließen.

Cirk hob den Kopf vom Tisch und blickte Inken lange nachdenklich an.

„Wo hast du so gut zu lügen gelernt?“

Inken schwieg, und Cirk griff nach ihrer Hand. Seine Augen leuchteten.

„Ich danke dir – aber warum hast du das getan? Dies wäre doch die beste Möglichkeit gewesen, um mich ganz schnell loszuwerden?“

Inken biss sich auf die Lippen. Der Schmuggler sollte sich nur ja nichts einbilden.

„Ich habe es für Hugues getan, schließlich sind Sie sein Freund“, rechtfertigte sie sich daher knapp und drehte Cirk den Rücken zu. „Das war ich ihm schuldig.“

„Für Hugues also.“ Cirk verzog gespielt schmerzhaft das Gesicht. „Ach, wie schade. Ich dachte, du hättest es für mich getan. Dass es mir vielleicht gelungen wäre, dein Interesse an meiner Person zu wecken, und du deshalb ...“ Er sprach den Satz nicht zu Ende, sondern blickte sie nur bedeutungsvoll an.

Inken schnappte vor Empörung nach Luft. Diese maßlose Selbstüberschätzung war wirklich der Gipfel, und so beschloss sie, Cirks letzten Satz einfach zu ignorieren.

„Ich habe es nicht nur für Hugues getan, sondern auch für mich. Glauben Sie, ich renne in dieser Kluft durch Emden, weil es mir Spaß macht? Nicht nur Sie werden gesucht, da kam mir die Idee mit den zwei Brüdern gerade recht."

„Wirklich schade. Mir bricht das Herz." Cirk seufzte dramatisch. „Kein Schäferstündchen also. Nun gut, dann werde ich jetzt wohl ohne Gruß und Kuss von dir gehen müssen und mir ein Versteck suchen."

Cirk griff nach dem Krug Bier auf dem Tisch und leerte ihn in einem Zug. Dann zog er den Pass aus seiner Brusttasche und wog ihn in der Hand.

„So leicht, und hat doch meinen Kopf gerettet. Dafür bin ich dir etwas schuldig. Wenn du schon kein Interesse an mir hast, dann vielleicht doch an dem hier." Cirk löste einen Beutel von seinem Gurt und hielt ihn Inken hin.

„Ich bin nicht käuflich", schüttelte sie den Kopf.

„Aber ich! Und so viel ist mir mein Leben allemal wert. Es ist genau die Summe, die auf meinen Kopf ausgesetzt ist. Du hast sie dir verdient. Hier, nimm das Geld."

Und bevor Inken etwas entgegnen konnte, warf ihr Cirk den Beutel auch schon zu.

„Kauf dir zumindest ein ordentliches Kleid dafür! Und, wenn du es nicht bar mit dir herumtragen möchtest auf deiner Reise ins Moor, gibt es immer noch Tjalda, die Geldverleiherin. Sie ist eine ehrliche Haut und zahlt einen guten Zins."

Mit dem Zeigefinger hob Cirk ihr Kinn an. Diesmal lag kein Schalk in seinen Augen, sondern etwas anderes, etwas Fragendes, Suchendes. Und wieder wollte es Inken nicht gelingen, den Blick von ihm zu lösen. Schließlich fuhr Cirk ganz sacht mit dem Zeigefinger über ihre Wange, lächelte gleich darauf aber schon wieder spöttisch.

„Ich muss jetzt leider gehen und mir ein Versteck suchen. Möchtest du vielleicht mit mir in meine Räuberhöhle kommen?" Seine Frage brachte Inken dazu, ruckartig von ihm wegzurücken.

Lachend erhob sich der Schmuggler und schritt zur Tür, ohne sich noch einmal nach ihr umzuschauen, während Inken ihm wider Willen mit einem sonderbaren Gefühl nachblickte. Obwohl seine Überheblichkeit sie zur Weißglut brachte, durchzuckte sie für einen Augenblick der Gedanke, was wohl geschehen wäre, wenn sie nicht das Geld, sondern den Vorschlag des Mannes angenommen hätte. Bedauern durchflutete sie und der Wunsch, ihn zurückzuhalten. Dann riss sie sich jedoch zusammen und schüttelte über sich selbst den Kopf. Was war nur los mit ihr – das war sicherlich die Schuld des Rums! Ob frische Luft ihr den Kopf wieder aufklaren würde? Entschlossen steckte Inken die Geldbörse in die Tasche und verließ den Schankraum.

Draußen hatten sich Wolken vor den vollen Mond geschoben, doch im Schein der Laterne konnte sie schemenhaft eine große Kastanie ausmachen. Seufzend lehnte sie sich mit geschlossenen Augen gegen den Stamm und atmete tief durch. Abgesehen von den Geräuschen aus der Kneipe herrschte völlige Stille. Der Geruch des Geißblatts stieg ihr in die Nase und erinnerte Inken schmerzlich an Borkum, wo dieser Duft in Sommernächten allgegenwärtig war. Wie sehr sie die Insel vermisste, die Insel und ihren Vater! Bilder stiegen in ihr hoch, Bilder von Abenden, die sie mit ihm zusammen am Meer verbracht hatte, und von Wellen im silbrigen Mondlicht.

„Die Wellen sind wie das Schicksal", hörte sie ihren Vater

sagen. „Sie rollen über deine Sandburg hinweg, und die Flut nimmt all deine Träume mit sich. Dann aber tragen die Wellen auch wieder unverhofft Neues an Land, Holz vielleicht, und du kannst daraus ein Haus bauen. Sei niemals ängstlich! Alle Schicksalsschläge halten auch neue Möglichkeiten bereit. Und sollte mein Kahn an einem Riff zerbersten, so würde ich aus seinen Trümmern ein neues Schiff bauen!"

Wo mochte ihr Vater jetzt nur sein? Ob er an sie dachte? Ob er überhaupt noch denken konnte?

Inken ballte ihre Hände zu Fäusten. Der Kloß in ihrem Hals wuchs. Selbstmitleid stieg in ihr hoch und umhüllte sie wie der schwere Duft des Geißblatts. Was um alles in der Welt tat sie hier eigentlich, eine Ewigkeit von ihm und ihrer Heimat entfernt?

Überwältigt von Einsamkeit und Verzweiflung, glitt Inken am Stamm entlang zu Boden und bedeckte ihr Gesicht mit den Händen. Sie ließ ihren Tränen freien Lauf, bis sich endlich ein Gefühl der Erleichterung in ihr ausbreitete und sie gleichzeitig instinktiv spürte, dass sie nicht mehr alleine war. Erschrocken fuhr sie hoch und spähte in die Nacht. Doch es war niemand zu sehen, bis sich schließlich langsam, mit fast sinnlichen Bewegungen eine Gestalt aus dem Dunkeln löste. Inken erstarrte und tastete unwillkürlich nach dem Messer in ihrer Tasche.

„Keine Angst, ich bin es nur." Voller Erleichterung erkannte Inken Cirks Stimme. „Mich hat die Stille und die Einsamkeit hier draußen genauso gereizt wie dich. Sag, warum hast du geweint?"

Inken atmete einmal tief durch. Das passte zu diesem blauäugigen Teufel, dass er sie beim Weinen beobachtet hatte.

„Ich dachte, ich wäre allein. Wenn Sie ein höflicher Mensch wären, dann hätten Sie sich bemerkbar gemacht."

Cirk trat näher an sie heran. „Mit Höflichkeit kann ich nicht dienen, aber ich entschuldige mich hiermit in aller Form. Das Weinen hat gutgetan, nicht wahr?" Keine Spur von Spott lag in seiner Stimme. „Ist es wegen eines Mannes?"

„Nein!" Inkens Stimme war wie ein Peitschenhieb. „Außerdem wüsste ich nicht, was Sie das angeht."

„Ich wollte nur mitfühlend sein." Cirk hob abwehrend die Hände. „Zudem ging mir durch den Kopf, dass ich dich vielleicht würde trösten können." Er breitete auffordernd seine Arme aus, doch Inken verzog nur den Mund.

„Da lass ich mich doch noch lieber von einem Seehund trösten."

„Diese Frau verwendet Worte wie Speerstiche." Cirk griff sich ans Herz. Dann aber blieb sein Blick an ihrer Mütze hängen, und Inken wusste im gleichen Augenblick, was er tun würde. Ihre Hände fuhren nach oben, aber Cirk war schneller. Mit einem einzigen Ruck zog er ihr die Mütze vom Kopf. Hingerissen hingen seine Augen an der rotgoldenen Pracht, die sich über Inkens Schultern ergoss.

„Wie schön du bist! Ein Feuerkopf, daher also das Temperament. Wieder ein Fuchs und keine Flinte." Das weiße Aufblitzen seiner Zähne im Lampenschein verriet, dass er lächelte. Spielerisch ließ er seine Finger durch ihr Haar gleiten. Inken warf den Kopf zurück. Sie wollte gehen, doch noch ehe sie etwas sagen oder einen Schritt tun konnte, hatte Cirk schon beide Hände links und rechts von ihr gegen den Stamm der Kastanie gestützt.

„Lass uns einen Augenblick die Einsamkeit teilen."

Inken schüttelte den Kopf. „Aber nicht so, wie Sie es sich vorstellen! Ich möchte sofort gehen." Ihre Augen sprühten Feuer.

Cirk beobachtete sie genießerisch. „Wirklich?" Seine Frage

hatte einen trägen, sinnlichen Klang, und sein Gesicht kam näher. Inken stemmte beide Hände gegen seine Brust und wollte ihn fortstoßen, doch in diesem Moment gaben die Wolken den Mond frei, und Cirks Augen nahmen sie gefangen. Ihr Atem stockte. Unter seinem Hemd spürte sie die Wärme seiner Haut und seinen Herzschlag.

Inken fuhr sich mit der Zunge über die Lippen. „Was wollen Sie eigentlich von mir?"

„Das weiß ich selbst noch nicht so genau. Vielleicht möchte ich dich zähmen oder auch nur wissen, wie deine Lippen schmecken."

Er hatte den Kopf geneigt, und seine letzten Worte waren nur noch ein warmer Hauch auf ihrem Mund. Dann küsste er sie, und Inken fühlte, wie sich all ihre Vorbehalte gegen ihn in einem Strudel, einem Taumel der Gefühle auflösten. Sie vermeinte die Sonne zu sein, fühlte sich eins mit den Wellen des Meeres und mit Cirk, in dessen Armen sie lag. Seine Lippen glitten suchend über die ihren, seine Zunge erforschte fragend ihren Mund, und Inkens Körper antwortete ihm. Die Finger in die ihren geschlungen, presste er sie mit seinem Gewicht gegen den Baumstamm, und eine wohlige Trägheit ergriff Besitz von Inken.

Doch dann löste sich Cirk auf einmal von ihr und hielt sie auf Armeslänge von sich gestreckt. Er blickte ihr ins Gesicht und betrachtete das Spiel der Gefühle, die sich auf ihm malten. Schon näherte sich sein Mund wieder dem ihren, da setzte Inkens Verstand ein. Das durfte ja wohl nicht wahr sein! Stumm verfluchte Inken ihre Schwäche. Erst brachte dieser unmögliche Mensch sie in Rage, danach dazu, seinen Kopf zu retten, und nun setzte er auch noch ihren Verstand außer Kraft. Cirk schien zu spüren, was in ihr vorging, denn er lächelte Inken verschmitzt an.

„Du küsst gut, Feuerkopf. Dein Mund ist süß wie Honig und dein Körper ..."

„Schluss jetzt!" Inken wischte sich mit dem Handrücken über die Lippen, doch sein Kuss ließ sich dadurch nicht auslöschen.

„Warum? Ich gefalle dir und du gefällst mir." Cirk umfasste ihr Handgelenk und hielt sie fest. In seinen Augen stand pure Belustigung. „Für eine brauchbare Gefährtin bist du mir allerdings ein bisschen zu widerspenstig. Dein Temperament muss ich noch zügeln, außerdem kommt es mir so vor, als ob es dir an Erfahrung fehlt. Nun, dem können wir schnell abhelfen."

„Wir" – Inken spie ihm die Worte nahezu ins Gesicht –, „wir helfen gar nichts ab. Sie sind der abscheulichste, widerwärtigste, arroganteste ..."

„Nicht doch, Feuerkopf." Cirk unterbrach sie mit einem nachsichtigen Kopfschütteln. „Nicht in diesem Ton, nicht nach unserem leidenschaftlichen Kuss." Er rückte wieder näher an sie heran.

Inken merkte, wie sie von einer unbändigen Wut ergriffen wurde. Sie war wütend auf den Schmuggler – und auf sich selbst. Wie hatte er sie nur in eine solche Lage bringen können? Sie musste wirklich den Verstand verloren haben. Und dazu noch sein aufreizendes Lachen. Der Kuss war ihr von dem Draufgänger aufgezwungen worden, dennoch hatte sie ihn nicht nur hingenommen, sie hatte ihn sogar genossen! Dass Cirk sie überrumpelt hatte, war dafür keine Entschuldigung.

„Und das Schlimmste ist", dachte Inken, „dass ich auch noch am liebsten sofort wieder in seine Arme zurückkehren würde."

„Es muss dir nicht peinlich sein, dass du mich gerne küsst.

Ich wusste, dass es dir gefallen würde – dass ich dir gefallen würde!“ Diese Worte und sein wissendes Lachen brachten das Fass zum Überlaufen und ließen Inken mit aller Kraft auf seinen rechten Fuß treten. Cirk schnappte nach Luft, und sein Lachen verwandelte sich in einen Schmerzenslaut.

„Ich sagte ja schon“, raunte er zwischen zusammengebissenen Zähnen, „am Temperament werden wir noch arbeiten müssen.“

Inken bückte sich nach ihrer Mütze. „Wir werden an gar nichts mehr arbeiten!“ Mit diesen Worten bedeckte sie wieder ihr Haar, hob stolz den Kopf und lief entschlossen Richtung Wirtshaus.

„Sei dir da nur nicht so sicher. Ich jedenfalls freue mich schon jetzt auf unser Wiedersehen, Feuerkopf“, holte sie Cirks Stimme ein. „Und dann werde ich dich bändigen und all deine geheimen Wünsche wahr werden lassen.“

Nie zuvor hatte sie eine Tür so heftig zugeschlagen. Schwer atmend, wie nach einem langen Kampf, lehnte Inken sich von innen dagegen. Der Wirt kam fragend auf sie zu.

„Soll ich dir das Zimmer zeigen?“

Inken nickte nur. Ihr Hals war wie zugeschnürt, und es waren nicht die Tränen der Erleichterung, ihm entflohen zu sein, die ihr nun in die Augen stiegen. Cirks Gesicht schien sich ihr eingebrannt zu haben. Mit den Fingern berührte sie ihre Lippen, auf denen sie seinen Kuss noch immer zu spüren glaubte. Sie würde ihn wiedersehen, hatte er gesagt, und Inken wurde plötzlich bewusst, dass sie sich nichts sehnlicher wünschte.

Die Geldverleiherin

Inken hastete durch die Altstadt von Emden. In einer Stunde schon fuhr der Torfkahn, und bis dahin musste sie noch Cirks Geld loswerden. Auf keinen Fall wollte sie es mit ins Moor nehmen, denn dort bestand die Gefahr, dass ihr Onkel seine Hand darauflegen würde.

Auf dem Weg durch die engen Gassen wurde sie von Fußgängern angerempelt. Die Altstadt war auf eine höher gelegene Warft gebaut, einen Hügel, der durch breite Treppen mit den tiefer liegenden Stadtteilen Emdens verbunden war. Die Häuser standen hier dicht an dicht und boten keinen Platz für einen Garten oder Hof, weshalb auch die Wäsche auf der Straße getrocknet wurde. Wäschegestelle, sogenannte *Rackjes,* prägten das Bild der Altstadtgassen. Hafengerüche nach Teer, Fisch, Tabak und Holz stiegen Inken in die Nase und erinnerten sie an Borkum. Energisch verscheuchte sie ihre Gedanken an die Insel. Für Heimweh hatte sie jetzt keine Zeit.

Endlich entdeckte sie das Haus der Geldverleiherin. Der Gastwirt des *Seewolfs* hatte ihr eine gute Beschreibung gegeben. Es war ein hohes Gebäude mit vielen Fenstern und einer Treppe, die zu einer Eingangstür aus schwarzem Eichenholz hinaufführte. Inken zögerte einen Augenblick, stieg dann aber schnell die Stufen hinauf und betätigte den Klopfer, einen Ring mit Löwenkopf. Sofort steckte eine ältere Frau den Kopf nach draußen.

„Ah, du bist sicher der Rotfuchs!“ Zufriedenheit schwang in ihrer Stimme mit. „Zier dich nicht, sondern komm herein!“

Inken hätte fast aufgeschrien, so fest schüttelte die Geldverleiherin ihre Hand.

„Ich bin Tjalda! Willkommen in meinem Heim.“

Mit offenem Mund starrte Inken die Geldverleiherin an.

Woher mochte sie nur von ihrem Kommen gewusst haben? Tjalda schien in ihrem Gesicht lesen zu können.

„Cirk war heute Morgen noch kurz bei mir und hat von dir erzählt, von deinem Seemannsaufzug und deinem roten Haar. Er sagte, er habe die ganze Nacht an dich denken müssen."

Obwohl Inken sich über ihre Aussage ärgerte, fand sie die Geldverleiherin und das Lachen, mit dem sie ihre Worte begleitet hatte, doch sympathisch. Es war warm und aufrichtig und passte so gar nicht zu dem wettergegerbten, ledrigen Gesicht mit den vielen Falten und dem grauen Haar. Aber trotz oder gerade wegen ihres einnehmenden Wesens fasste Inken ein gewisses Vertrauen zu der älteren Frau.

„Nun komm schon herein, oder willst du etwa hier festwachsen? Wir haben schließlich noch etwas zu tun, oder?" Energisch schob Tjalda ihren Gast durch eine der Türen hindurch, die von der Diele abgingen.

Das Innere des Hauses passte nicht zu seiner Besitzerin. Alles war klein und irgendwie vornehm. Tjalda dagegen sah gewöhnlich aus, so gewöhnlich wie jeder Matrose am Hafen. Sie war schlank, nicht sehr groß und sehr einfach gekleidet. Sie trug eine graue Bluse und Hosen, die zu tragen sich für jede anständige Frau, die etwas auf sich hielt, verbot. Außerdem hatte sie keine Haube auf dem Kopf, wie es bei Älteren üblich war. Stieß sie ihre Kunden damit nicht vor den Kopf? Um sie nicht länger anzustarren, betrachtete Inken das Gemälde eines Segelschiffes in voller Fahrt. Das Bild war so lebensecht, dass man vermeinte, den Wind in den Segeln singen zu hören.

„Gehörte meinem Vater", erklärte Tjalda unaufgefordert, „ist mit Mann und Maus abgesoffen." Trotz des burschikosen Tonfalls hörte Inken Betroffenheit und Trauer aus ihren Worten heraus.

„Aber reden wir nicht länger von mir." Mit einer nachlässigen Handbewegung wischte Tjalda ihre Gefühle beiseite. „Cirk sagte, du musst ins Moor fliehen?"

Inken nickte, und ihr wurde bewusst, dass sie noch kein Wort gesprochen hatte. Auch Tjalda schien dies zu bemerken.

„Warum sagst du eigentlich nichts? Bist du taub?"

„Sie wissen ja schon alles, wozu also noch Worte verlieren?" Inkens Ton war schnippisch. Es missfiel ihr gründlich, dass Tjalda sie schon erwartet hatte. Dieser Schmuggler war sich also sicher gewesen, dass sie seinen Ratschlag annehmen würde. Sie spürte die Neugierde in Tjaldas Blick. Was mochte Cirk nur über sie erzählt haben? Ob er noch hier war? Suchend wanderten ihre Augen durch den Raum.

„Wenn du nach Cirk suchst – der ist schon fort. Musste sich ja verstecken – du weißt warum! Und ich habe ihm einen sicheren Unterschlupf besorgt. Da werden die Häscher lange suchen können, diese Strohköpfe!" Sie grinste zufrieden.

Tjalda wies auf einen Ledersessel und bedeutete Inken, sich zu setzen. Dann ging sie nach draußen, erschien kurze Zeit später wieder mit Tee und Kuchen und setzte sich Inken gegenüber an einen großen Schreibtisch, über dem das Bild eines Mannes und einer jungen, hübschen Frau mit hellem Haar und einem Kleid aus edlem Stoff hing. Die beiden sahen glücklich aus.

„Mein Vater und ich!" Wieder hörte Inken die Trauer in Tjaldas Worten. Tief beugte sich diese vor und blickte ihr direkt in die Augen.

„Überleg dir gut, ob du dein Herz an Cirk verschenken willst. Er ist ein Seemann, und das Meer ist ein furchtbarer Gegner. Es kann dir den Mann rauben, den Freund und den Vater!" Sie machte eine Pause und seufzte. „Auch wenn das Meer freundlich aussieht und Sonnenstrahlen auf dem Wasser tanzen, ist dies nur eine Maske. Wie eine Spinne lauert die kalte Flut auf ihre Opfer und macht Frauen frühzeitig zu Witwen und Kinder zu Waisen. Das hab immer vor Augen, wenn du dein Herz an einen Seemann verschenkst. Aber" – sie blickte Inken eher mitleidig an – „das Herz lässt sich nicht befehlen. Es liebt, wen es will, nicht wahr?"

„Wer sagt denn überhaupt, dass ich mein Herz an diesen Schmuggler verschenken will?", fuhr Inken die Geldverleiherin an.

Tjalda legte den Kopf zur Seite. „Er selbst sprach davon, dass es ihm gehört."

Inken verschlug es die Sprache. Dann jedoch brach sich ihre Empörung Bahn. „Wie kann dieser freche Kerl nur so etwas behaupten. Ein einziger Kuss, und schon bildet er sich wer weiß was ein. Glauben Sie ihm kein Wort."

Tjalda zog eine Augenbraue hoch. „Nein? Sollte ich nicht? Sei's drum. Schluss mit meiner Lebens- und deiner Liebesgeschichte. Wir befinden uns hier schließlich nicht im Beichtstuhl. Du willst ein Geschäft mit mir machen, habe ich Recht?"

„So ist es." Inken nickte. „Cirk hat Sie mir als ehrlich und anständig empfohlen. Ich möchte, dass Sie Geld für mich aufheben."

Tjalda stützte die Ellenbogen auf den Tisch. „Und ich möchte, dass du zunächst einmal das *Sie* sein lässt. Natürlich kann ich das Geld für dich aufheben. Die Meisten wollen allerdings, dass ich ihnen Geld leihe. Und eigentlich siehst du ebenfalls so aus, als könntest du etwas Bares gut gebrauchen. Warum soll ich das Geld für dich anlegen?"

„Musst du das wissen?" Inken blickte der Geldverleiherin herausfordernd ins Gesicht.

„Nein, aber ich möchte es gerne wissen.“ Tjalda schenkte Tee ein und rückte dann ihren Stuhl zurecht.

„Ich muss ins Moor fliehen, das hat Cirk richtig erkannt. Die Schwester meines Vaters, Tante Tine, lebt in Großefehn. Ihr Mann verwaltet dort für die Obererbpächter das Compagniehaus. Doch Onkel Eggo, bei dem ich Aufnahme zu finden hoffe, ist ein Lump. Was glaubst du, würde er als Erstes tun, wenn ich Geld bei mir hätte?“ In Inkens Stimme schwang Bitterkeit mit.

Tjalda verschränkte ihre Arme vor die Brust. „So ist das also. Gut, das ist ein Grund. Hast du keine andere Möglichkeit, als bei diesem Lumpen Unterschlupf zu finden?“

Inken schüttelte den Kopf. „Außerdem wohnt dort noch meine Tante, die sehr nett sein soll. Es ist ja auch nur für kurze Zeit. Was glaubst du, wie lange die Franzosen bei uns noch das Zepter führen werden?“

„So lange, wie die Ostfriesen es zulassen! Bis zu einem gewissen Grad lassen sich die Menschen hier beugen. Sie stören sich nicht an den wechselnden Regierungen, sondern führen ihr Leben unabhängig davon. Es interessiert sie nicht, ob der Bürgermeister jetzt *Maire* genannt wird oder die Verwaltungsaufgaben nun von Beamten in französischen Uniformen wahrgenommen werden. Es interessiert sie so lange nicht, wie sie das Wesentliche, ihre Freiheit, nicht im Kern bedroht sehen. Und im Augenblick merken meine Landsleute noch nicht, dass Napoleon diese schon mächtig untergräbt. Unsere alten Namen gelten nichts mehr. Gleichbleibende, erbliche Familiennamen will dieser selbsternannte Kaiser einführen. Und wenn du heiraten willst, muss dies vor dem *Maire* geschehen. Gottes Segen ist nur noch zweitrangig. Unsere Maße und Gewichte werden abgeschafft – du siehst, der Kaiser bemüht sich redlich, unseren Widerstandsgeist zu wecken. Und die Ostfriesen werden sich erheben! Napoleon unterschätzt uns, und das wird ihn teuer zu stehen kommen. Aber wann er zahlen muss, weiß niemand." Sie schaute Inken offen an. „Doch mein Weitblick hilft uns wenig. Im Augenblick ist nur von Interesse, was ich mit deinem Geld anfangen soll."

Inkens Blick war verständnislos. „Es aufheben natürlich, bis ich es wiederhaben will. Notfalls zahle ich auch dafür."

Tjalda schüttelte den Kopf. „Mädchen, ich bin doch diejenige, die zahlen muss. Du hast sicherlich schon einmal etwas von Zinsen gehört." Inken nickte zögernd. „Also, solange du mir dein Geld überlässt, zahle ich dir Zinsen dafür. Und da ich eine ehrliche Haut bin, bezahle ich auch einen gerechten Zins." Den letzten Satz hatte Tjalda geradezu grimmig ausgestoßen. „Gerade das ist vielen Männern dieser Stadt ein Dorn im Auge", fuhr sie wieder etwas ruhiger fort. „Ich bin nicht wie diese Geldwechsler am Hafen, die den Seeleuten Summen leihen und sie danach zu einem horrenden Preis wieder zurückfordern. Meinen Verdienst lege ich immer gleich zu Anfang schriftlich fest, sodass später keiner überrascht sein kann. So, jetzt weißt du, mit wem du es zu tun hast. Und nun möchte ich gerne wissen, worin ich dein Geld anlegen soll!"

Sie bemerkte Inkens Unsicherheit und seufzte. „Also, es gibt beispielsweise die Möglichkeit, sich an Fischkuttern zu beteiligen. Ich kann dein Geld aber auch in die Finanzierung eines Ladens oder einer Werft stecken. Manchmal zahle ich Seeleuten Vorschüsse auf ihre Heuer. Auch dazu könnte ich dein Geld verwenden. Bislang war allerdings am meisten mit Anlagen in Schiffsanteilen zu verdienen, doch jetzt hat ja dieser kleine Wichtigtuer aus Frankreich den Handel fast lahmgelegt." Sie legte einen Finger an die Nase und blickte Inken fragend an. „Nun, was meinst du?"

Inken zögerte. Sie wollte schon Tjalda die Wahl überlassen, da fiel ihr Blick auf die Tasse Tee vor ihr auf dem Tisch. Plötzlich wusste sie, was mit dem Geld geschehen sollte. Aufgeregt ergriff sie Tjaldas Hand. „Kannst du es in Tee anlegen? Egal, wie schlecht die Zeiten sind, danach verlangt es die Menschen immer."

„Hm." Tjaldas Augenbrauen fuhren in die Höhe. „Das ist ein guter Vorschlag. Allerdings ist, wie gesagt, die Einfuhr von Tee und der Handel mit China im Moment nur mit Genehmigung möglich." Sie runzelte die Stirn, doch dann blinzelte sie Inken verschwörerisch zu. „Das hindert die Ostfriesen allerdings nicht daran, sich ihren Tee anderweitig zu besorgen. Wenn du einverstanden bist, könnte ich dein Geld in dem etwas riskanteren Teehandel anlegen – du weißt schon, was ich meine! Das bringt dann aber auch wirklich einen Batzen Geld. Und falls irgendwann der Chinahandel wiederbelebt wird, können wir immer noch zu Schiffsanteilen wechseln."

Inken nickte zögernd. Sie hatte begriffen, dass Tjalda ihr Geld in Schmuggelware anlegen wollte, und fasste nun nach ihrer Tasche. Tjalda zählte mit zusammengekniffenen Augen und pfiff dann durch die Zähne.

„So viel ist diesen Halunken Cirks Kopf also wert!"

Sie zog ein Buch aus der Schublade des Schreibtisches, blätterte darin, tauchte eine Feder ins Tintenfass und begann zu schreiben.

„Also", Tjalda kam um den Schreibtisch herum, „hier, lies es dir durch und unterzeichne dann rechts."

Inken tat, wie ihr geheißen, schob danach das Buch zurück und ließ Tjalda die Tinte mit einer Löschwippe trocknen.

„So, nun ist alles erledigt. Hier, das ist deine Quittung."

Fast zögernd erhob sich Inken aus dem Sessel. „Ich muss

mich beeilen, der Torfkahn wird nicht auf mich warten." Sie wunderte sich, dass ihr der Abschied von Tjalda auf einmal schwerfiel, deren einnehmende Art sie plötzlich nicht mehr störte. Was vielleicht an ihrer Güte und Weisheit lag. Einer Güte, die nicht der Neugier, sondern der Anteilnahme geschuldet war. Zudem schien diese Frau auf jede Frage eine weitsichtige Antwort zu wissen, und eine eigentümliche Standhaftigkeit ging von ihr aus. Sie war hart im Nehmen, und ihr scharfer Verstand beeindruckte Inken.

„Mädchen" – Tjalda legte ihr eine Hand auf die Schulter und blickte ihr ernst in die Augen –, „Cirk liegt etwas an dir und mir auch. Wenn du dich nicht mehr verstecken musst, und wenn dieser kleine Winzling von Kaiser seinen Hut nimmt, dann komme gerne wieder zu mir – nicht nur des Geldes wegen und um deine Zinsen einzufordern."

„Danke." Inken ergriff Tjaldas Hände.

„Soll ich Cirk Gruß und Kuss von dir bestellen?" Die Ernsthaftigkeit war aus ihren Augen verschwunden.

„Bloß nicht. Darauf würde er sich nur übermäßig etwas einbilden." Fast fluchtartig eilte Inken zur Tür. „Ich glaube, es wird Zeit." Grüßend hob sie ihre Hand, dann sprang sie behände die Treppenstufen zur Straße hinunter und hastete durch die verwinkelten Gassen davon. Dieser Schmugglerkönig ging ihr nicht mehr aus dem Kopf. Warum nur konnte sie ihn nicht vergessen? Wo mochte er sein, wo mochte Tjalda ihn versteckt haben? Inken stöhnte leise auf. Was hatte dieser Schmuggler nur an sich, dass alle Welt dazu bereit war, den Kopf für ihn zu riskieren?

3. England

Suche der französischen Douanen und Soldaten nach englischen Waren zur Beschlagnahmung und öffentlichen Verbrennung:

„Eine hohe Strafe wird demjenigen zuteil werden, in dessen Händen oder Haus die folgenden englischen Erzeugnisse aufgefunden werden:

- *Kaffee, Tee und alle Sorten Zucker, er sei in Hüten oder lose*
- *Alle Sorten von so genanntem Manchester-Stoff. Alle englischen, schottischen und irischen Strümpfe*
- *Alle Mützenmacherwaren. Männer- und Frauenhüte aus Filz oder Stroh. Knöpfe aller Art*
- *Leder, gefärbt oder gegerbt*
- *Lederfelle, dienend zum Machen von Handschuhen, Hosen und Westen*
- *Allerhand feine Eisen- und Stahlarbeiten*
- *Uhren, goldene und silberne Schnallen, Uhrketten, Ringe und Fächer*
- *Alle Sorten von englischer Glas- und Kristallarbeit*
- *Walfischtran, der nicht von Dänemark, Schweden oder Nordamerika gebracht wird*

Rosegarden

Es war später Vormittag, als die Reiter endlich ihr Ziel erreicht hatten, und Cirks Blick schweifte über die gelbbraunen Felder voller Heu zu der im Tal liegenden Stadt. Die Pferde nutzten die Gelegenheit zum Grasen und gaben jedes Mal, wenn sie an dem üppigen Gras zupften, zufrieden schnaubende Geräusche von sich. Die Luft war erfüllt vom Duft sommerlicher Weiden, und Cirk spürte voller Freude, wie die Sonne seine Haut wärmte.

Bereits gestern waren sie mit der *Marie*, dem Schiff, über das sein Freund Thomas das Kommando führte, in London angekommen. Thomas hatte seinen Auftrag zur Zufriedenheit ausgeführt und im Anschluss daran den Wunsch geäußert, noch ein paar Tage bei seiner Familie zu verbringen. Sein Auftraggeber hatte ihnen daraufhin kurzerhand Pferde aus seiner Stallung überlassen. Cirk liebte das Reiten, genau wie sein Freund. Es war einfach etwas anderes, als die Heimfahrt in einer stickigen Kutsche anzutreten.

Für einen kurzen Moment schloss Cirk die Augen und gab sich ganz dem Genuss von Wärme und Freiheit hin. Besonders Letztere empfand er als Geschenk, denn er hatte es Thomas zu verdanken, dass die Sonne ihre Strahlen nun auf ihn hinabschicken konnte. In allerletzter Sekunde war es dem Engländer gelungen, ihn aus den Fängen der Franzosen zu befreien, und dies auch nur dank einer Finte. Cirk lachte beim Gedanken daran laut auf.

„Was amüsiert dich denn so?“ In Thomas’ Augen blitzte es neugierig. „Ich wette, du stellst dir gerade die Gesichter der Franzmänner in dem Moment vor, in dem sie statt deiner nur eine verschnürte Strohpuppe in ihrem Beiboot vorgefunden haben.“

„Richtig“, nickte Cirk bestätigend. „Da glauben sie, den fetten Fisch schon an der Angel zu haben, und dann kommt ausgerechnet einer der verhassten Engländer und schnappt ihnen die Beute vor der Nase weg. Aber“ – Cirk wurde unvermittelt ernst – „es war verdammt knapp, mein Freund. Innerhalb kürzester Zeit bin ich diesen Kerlen nun schon fast zum zweiten Mal in die Hände gefallen.“

„Man sagt eben nicht umsonst, dass du wie eine Katze sieben Leben hast“, meinte Thomas bedeutungsvoll.

„Glaub mir, es war jedes Mal nur Glück“, entgegnete Cirk trocken. „Und jedes Mal hat ein anderer den Hals für mich riskiert. Ich denke, ich sollte mein Schicksal nicht so bald wieder herausfordern und erst einmal hier in England bleiben.“

„Wer hat dich denn vor mir aus der Schlinge gezogen? Kenne ich ihn?“ Neugierig beugte Thomas sich vor.

„Es war eine *Sie*“, antwortete Cirk und wünschte sich im gleichen Moment, die Worte zurückgehalten zu haben. Er konnte und wollte im Augenblick einfach mit niemandem über dieses Mädchen sprechen. Hoffentlich hakte Thomas nicht weiter nach! Wie jedes Mal, wenn er an das Zusammentreffen mit Inken dachte, fragte Cirk sich ärgerlich, wie er sich nur so lächerlich hatte aufführen können? Aber es war das für ihn typische Verhalten gewesen, das er immer an den Tag legte, um seine Unsicherheit zu überspielen, sobald er sich bedrängt fühlte oder etwas seine Seele berührte. Und seine Seele war an jenem denkwürdigen Abend vom ersten Augenblick an von dieser faszinierenden Frau berührt worden. Also hatte er den Clown gespielt und war großspurig aufgetreten. Bei jeder anderen Frau wäre das vielleicht nicht weiter schlimm gewesen. Da war ihm diese Maskerade schon fast zur Selbstverständlichkeit geworden. Die Meisten sahen in ihm eh nur den Helden und Draufgänger, eine Rolle, die er nur zu gerne spielte und mit der er dafür sorgte, dass ihm kein weibliches Wesen zu nahe kam. Aber Inken war keine Frau wie die anderen! Das hatte er gleich gewusst! Cirk schloss die Augen und sah, wie so oft in den letzten Tagen, ihr Bild vor sich. Kopfschüttelnd stieß er die Luft aus, als erneut Teile ihrer letzten Unterhaltung in sein Bewusstsein traten.

„Ich gefalle dir, du gefällst mir“, hörte er sich sagen. *„Für eine brauchbare Gefährtin bist du mir allerdings ein bisschen zu widerspenstig.“* Cirk duckte sich wie unter einem unsichtbaren Schlag hinweg. *„Dein Temperament muss ich noch zügeln, außerdem kommt es mir so vor, als ob es dir an Erfahrung fehlt. Nun, dem können wir schnell abhelfen.“*

Wie hatte er nur derart platt sein können? Dafür gab es keine Entschuldigung! Dieses Mädchen war nicht eine von jenen Frauen, mit denen er sonst seine Spielchen trieb. Was musste sie nur von ihm denken? Dieses Mädchen - Cirk lächelte grimmig in sich hinein. Denn genau das war der Punkt. Er hatte vor sich selbst nicht zugeben wollen, dass dieses junge Mädchen ihn mehr als alle anderen Frauen vor ihr faszinierte, weshalb er sich hinter einer Maske aus Spott versteckt hatte. Ein Spott, der nicht zuletzt ihm selbst galt. Wie viele erfahrene Frauen hatten sich ihm im Laufe der Jahre angeboten? Immer mit einem mehr oder weniger gewagten Äußeren. Und dann kam eine blutjunge Frau in Männerkleidung daher und brachte ihn vollkommen durcheinander.

Dabei stand ihm überhaupt nicht der Sinn danach, sein Herz zu verlieren. Denn wohin unerwiderte Liebe führen konnte, wusste Cirk nur zu gut. Er biss sich auf die Lippen. Warum konnte er dann aber, verdammt nochmal, Inken nicht mehr aus seinem Kopf bekommen? Sie schien ihn verhext zu haben. Was hatte sie nur an sich, dass ihr Bild ihm ständig gegenwärtig war? Zuerst waren da nur ihre Augen gewesen, die ihn in ihren Bann gezogen hatten. Kurze Zeit darauf hatte ihn ihr Mut beeindruckt. Da setzte dieses Mädchen selbstlos ihr Leben für einen völlig Fremden aufs Spiel! Es lag so viel Stärke in ihrem Handeln und eine Selbstständigkeit, die ihm Respekt abnötigte. Denn Frauen, die ihr Leben in die Hand nahmen, kannte er nur wenige. Mit Ausnahme von Tjalda, doch das war etwas anderes. Diese junge Frau war ja fast noch ein Kind, und doch ging etwas Besonderes von ihr aus. Vielleicht war es ihre innere Stärke, gepaart mit Liebreiz und einer guten Portion Halsstarrigkeit, die ihn nicht mehr losließ. Nochmals später, draußen vor der Gaststube, war es dann mehr gewesen. Er konnte sich nicht erklären, wie oder wann genau es passiert war, musste sich aber eingestehen, dass dieses Mädchen sein Herz gestohlen hatte! Kaum hatte er es ertragen können, sie gehen zu lassen. Da war tatsächlich der Wunsch gewesen, sie festzuhalten, sie anzuflehen, mit ihm zu kommen. Mit ihm wohin? Verächtlich kräuselten sich seine Lippen. In Tjaldas Versteck, das kaum mehr war als ein kleiner Bretterverschlag? Gerade einmal eine Woche hatte er es dort ausgehalten, um dann lieber wieder der Gefahr ins Auge zu sehen. Ha! Der Gefahr ins Auge sehen! Damit belog er sich doch nur selbst! Cirk schlug sich mit der Faust in die linke Handfläche. Denn die kleine Hütte in der Einöde hatte er nur verlassen, um nach Inken zu suchen!

Aber er war kaum aus seinem Versteck herausgekrochen, als ihn auch schon die Franzosen in die Enge getrieben hatten. Thomas war ihm in allerletzter Sekunde zu Hilfe gekommen. Cirk holte tief Luft. Er hatte nicht einmal mehr die Möglichkeit gehabt, Tjalda aufzusuchen, geschweige denn nach Inkens Verbleib zu forschen. Und jetzt war er hier, weit fort von ihr, in England. Dabei war immer noch der brennende Wunsch in ihm, sie wiederzusehen. Stattdessen musste er sich verstecken. Hoffentlich hatte Inken seinen Rat angenommen und Tjalda aufgesucht, damit er später ihre Spur verfolgen konnte.

Cirk verzog das Gesicht, als er an die Geldhändlerin dachte. Er hatte sich nicht nur vor Inken lächerlich gemacht. Seine Verwirrung nach ihrer Begegnung war so groß gewesen, dass er sogar Tjalda davon berichtet hatte. Cirk stöhnte, als er an ihre blitzenden Augen und den Triumph in ihrer Stimme dachte. „Es hat dich erwischt, mein Junge!" Hätte er nur den Mund gehalten! Hoffentlich nutzte Tjalda ihr Wissen nicht aus, denn sie würde es nur zu gerne sehen, wenn er endlich „einen Hafen für sein Herz", wie sie es nannte, fände, und dies glaubte sie nun in greifbare Nähe gerückt.

Was hatte Tjalda an dem Abend gesagt? „Liebe ist nicht leicht zu finden, und meist kommt sie zu denen, die nicht danach suchen." Ja, die Geldverleiherin kannte ihn nur zu gut und wusste, dass er sich nicht verlieben wollte. Und das war es auch, was ihn mit seinem Schicksal hadern ließ. Er hatte nicht um Liebe gebeten und er wollte und brauchte sie auch nicht. Vor allem wollte er die widersprüchlichen Gefühle nicht, die sie in ihm auslöste! Zu lieben brachte nur Probleme mit sich.

Aus dunklen Tiefen tauchte das Gesicht seiner Mutter wieder vor ihm auf, und Cirk schloss gequält die Augen. Bedingungslose Liebe konnte den Tod bedeuten, das hatte er durch sie gelernt. Und einmal mehr glitt sein Leben an ihm vorbei wie die Landschaft auf einer Kutschfahrt. Ein bewegtes Leben! Verbitterung stieg in ihm auf. Eine lächerlich kurze Kindheit mit einer liebenden Mutter, die zu schwach gewesen war, um ihm wirklich Halt geben zu können. Die ihr Glück von einem Mann abhängig gemacht hatte, der sie weniger achtete als das Schwarze unter seinen Fingernägeln. Und dieser Mann, sein Vater, hatte sich auch niemals einen Deut um seinen Sohn gekümmert. Cirk biss die Zähne zusammen und versuchte die Schatten der Vergangenheit zu vertreiben. Diese leidende Frau, dieses abhängige Wesen, die ihm vor ihrem qualvollen Tod eine fast unmenschliche Last aufgebürdet hatte. Eine Last, die er nicht tragen wollte und doch musste. Der Preis, den er für jeden Tag, den seine Mutter überlebt hatte, hatte zahlen müssen, war hoch gewesen. Und als er endlich frei davon gewesen war, hatte Cirk sich geschworen, nie wieder in eine ähnliche Abhängigkeit zu geraten.

All die Jahre hatte er diesen Schwur gehalten: keine Bindung, keine Liebe, keine Verpflichtung. Doch jetzt lehnte sich sein Inneres gegen ihn auf, und er spürte nur noch eine schale Leere in sich, nachdem er Inken in seinen Armen gehalten und wieder verloren hatte. Die Umarmung – Cirk lachte grimmig in sich hinein. Da hatte er tatsächlich geglaubt, ein Kuss von ihr würde ihn kurieren, ein Kuss würde ihm zweifelsfrei klarmachen, dass Inken auch nicht anders war, nicht anders schmeckte und sich anfühlte als jede andere Frau. Aber so war es nicht gewesen. Ganz im Gegenteil! Dieser Kuss hatte einen Hunger in ihm geweckt, der ihn nun jede Nacht mit einer Heftigkeit überfiel und nicht mehr aus seinen Klauen ließ. Cirks Nägel gruben sich tief in seine Handballen. Diesen Hunger teilte Inken ganz gewiss nicht mit ihm! Nicht nach dem, was er von sich gegeben hatte!

„Also wirklich, Cirk!“ Thomas' Stimme riss ihn aus seinen Gedanken. „Jetzt frage ich dich schon zum dritten Mal, wer denn nun diese geheimnisvolle *Sie* ist, und du hörst mir gar nicht zu.“

Cirk fuhr sich mit der Hand durchs Haar. „Niemand, den du kennst.“ Seine Stimme klang abweisend und endgültig.

„Schon gut.“ Thomas machte eine wegwerfende Handbewegung. „Behalte dein kleines Geheimnis ruhig für dich.“ Er machte ein verständnisvolles Gesicht. „Muss ja ein verdammt tapferes Mädchen sein. Sie hat dich beeindruckt, nicht wahr? Und das gefällt dir nicht! Du denkst mehr an sie, als dir lieb ist, hab ich nicht Recht?“, fragte er schadenfroh.

Cirk gab keine Antwort, sondern schaute seinen Freund nur finster an. Dieser lachte. „Ist sie wenigstens hübsch?“

„Schluss jetzt!“ Cirk riss an den Zügeln und gab seinem Pferd die Sporen. „Du hast deine Geheimnisse und ich habe die meinen. Frage ich jemals, wohin du manchmal ohne ein Wort verschwindest, egal, in welcher Stadt wir auch sind? Oder schere ich mich darum, welches Laster du hast, das dich all dein schwer verdientes Geld kostet?“

„Hör auf!“ Thomas hob abwehrend die linke Hand, zum Zeichen dafür, dass er klein beigab. „Darüber möchte ich jetzt auf keinen Fall reden.“ Für einen kurzen Moment glitt ein düsterer Ausdruck über sein Gesicht, und Cirk wünschte sich, das Thema erst gar nicht angesprochen zu haben. Er wusste, dass Thomas nicht mit ihm darüber sprechen würde. Schon oft hatte er dem Freund finanziell aus der Enge helfen müssen und sich dabei gefragt, ob er wohl irgendwo eine sehr teure Gespielin aushielt. Doch dies war allein Thomas’ Angelegenheit und nichts, was ihre Freundschaft belastete. Jeder nahm den anderen so, wie er war, und ließ ihm seine Freiheiten. Es war eine Freundschaft ohne Zwänge, die sich nicht ständig beweisen musste.

„Mach ein fröhliches Gesicht, mein Freund.“ Cirk nickte aufmunternd in die Richtung des kleinen Wäldchens, auf das sie zuritten. „Wir haben es gleich geschafft.“

Thomas lächelte glücklich. „Großmutter wird staunen, wenn sie dich an meiner Seite sieht."

„Tja, diesmal konntest du meinen Besuch wirklich nicht vorher ankündigen", kommentierte Cirk trocken. „Diese Rettungsaktion war alles andere als geplant."

„Bei uns bist du allezeit herzlich willkommen. Bleib so lange in England, bis die Franzmänner ihre Segel streichen." Thomas warf seinem Freund einen einladenden Blick zu. „Außerdem weißt du nur zu gut, dass meine Großmutter einen Narren an dir gefressen hat. Und nicht nur sie, wie mir scheint."

„Spielst du etwa auf deine Schwester an?" Cirk lachte ungläubig. „Das glaubst du doch nicht wirklich! Du weißt genauso gut wie ich, dass Lucia nichts und niemanden mehr liebt als sich selbst."

Thomas verzog das Gesicht. Er nahm seinem Freund die Ehrlichkeit nicht übel. Dazu kannten sie sich zu lange und hatten zu viel gemeinsam erlebt. „Du hast sie durchschaut, nicht wahr? Ganz im Gegensatz zu vielen anderen Männern, denen sie den Kopf verdreht. Aber es wäre schön gewesen, dich als Schwager zu haben. Großmutter hofft noch immer heimlich darauf." Er lächelte, wurde dann aber unvermittelt wieder ernst. „Cirk, du weißt, dass ich mir nichts aus einem sesshaften Leben und der Vorstellung von Weib und Kind mache. Mir reichen die netten Mädchen, die mir in den Gaststuben bereitwillig ihre Herzen und Türen öffnen. Aber dich hat diese Art von Frauen ja nie gereizt. Also, worauf wartest du eigentlich, mein Freund?" Ehrliches Interesse stand in Thomas' Gesicht geschrieben. „Du willst frei sein, nicht wahr? Bist du deshalb so ungnädig, was die unbekannte *Sie* angeht? Ist es, weil diese Frau an deinem Herz rührt?"

Für einen Augenblick war Cirk versucht, seinem Freund

doch noch von Inken zu erzählen, unterließ es dann aber. Die Begegnung mit ihr konnte und wollte er einfach mit niemandem teilen. Und während Cirk sich noch um eine Antwort bemühte, gab sich Thomas bereits mit seinem Schweigen zufrieden.

„Lass gut sein, mein Freund. Jetzt ist nicht die Zeit für Grübeleien und finstere Gedanken. Jetzt sind wir in England und für eine Weile dem Krieg entronnen. Vergiss getrost deine Sorgen und Nöte und lebe einfach!"

Thomas' aufmunternde Worte brachten ihm einen dankbaren Blick ein. Wärme stieg in Cirk auf, als er den Engländer musterte. Was für eine Wohltat war es, sich in diese Freundschaft fallen lassen zu können. Anfangs hatte er Thomas zwar für einen Draufgänger und Frauenheld gehalten, und vielleicht war er das auch. In diesem Fall jedoch wenigstens ein sehr sympathischer. Seine Erscheinung trug dazu bei, dass die Frauen ihn mochten. Er war überdurchschnittlich groß, hatte breite Schultern und dunkles Haar. Seine Augen, die fast schwarz waren, leuchteten stets voller Übermut und verliehen ihm den Charme eines großen Jungen. Ein Eindruck, der noch durch sein mitreißendes Lachen verstärkt wurde. Von Thomas Devon ging eine Leichtigkeit aus, die ansteckend wirkte und die die Menschen für ihn einnahm. Bei jedem anderen hätte Cirk diese Leichtigkeit wahrscheinlich für Oberflächlichkeit gehalten, doch bei Thomas wusste er es besser. Er hatte kein leichtes Leben gehabt. Sein Vater war sehr früh gestorben, und seine Mutter hatte nach mehreren Jahren erneut geheiratet. Diesmal keinen Engländer, sondern einen Emder Geschäftsmann – woher auch Thomas' Verbundenheit mit Ostfriesland herrührte. Ein Schatten lag über dieser Heirat, den Cirk nie richtig zu deuten gewusst hatte. Wann immer Thomas von seinem Stiefvater sprach, war er voller

Hass. Als Thomas' Mutter dann im letzten Jahr gestorben war, hatte Cirk für eine Weile geglaubt, sein Freund würde sich von diesem Schlag nicht wieder erholen, denn er schien sich die Schuld an ihrem Tod zu geben. Doch mittlerweile hatte sein Freund das Schlimmste überwunden, auch wenn seit dem Tod der Mutter die Verantwortung für den Rest der Familie schwer auf seinen Schultern lastete.

Da waren Thomas' Großeltern, einst einflussreich und mächtig. Heute jedoch, nicht zuletzt durch den Krieg, verarmt und ihrer Stellung beraubt. Viele Menschen hungerten, und der Adel, zu dem auch Thomas' Familie zählte, musste schon lange auf den gewohnten Luxus verzichten. Die anfängliche Euphorie, mit der die Engländer den kleinen Kaiser in seine Schranken hatten verweisen wollen, war einer bleiernen Müdigkeit gewichen. Als England Napoleon 1803 den Krieg erklärt hatte, waren die Menschen noch voller Patriotismus gewesen. Mit Stolz hatten sich die jungen Soldaten in den schönen neuen Uniformen präsentiert und waren gefeiert und bejubelt worden. Es schien kein großes Unterfangen zu sein, die Franzosen zu besiegen. Viele Männer hatten sich freiwillig gemeldet, und jeder einzelne Soldat hatte sich als Held zurückkehren sehen.

Doch mittlerweile dauerte der Krieg schon sieben lange Jahre. Viele Soldaten waren seitdem wenig glorreich gestorben, und das Land trauerte. Der Realität ins Auge sehend, glaubte niemand mehr an einen schnellen Sieg. Und freiwillig meldete sich kaum noch jemand, um zu kämpfen. Stattdessen erzählte man sich hinter vorgehaltener Hand sogar von arglosen Burschen, die von der Straße weg und unter Androhung von Gewalt zu Soldaten verpflichtet und auf das nächste Schiff geschleppt wurden.

Zu der Trauer um die gefallenen Männer und Söhne kam

die Wirtschaftskrise, in die Napoleon seinen verhassten Feind zu treiben versuchte. Die gesamte Bevölkerung litt unter der Kontinentalsperre. Selbst den britischen Schiffen, die mit Waren aus den westindischen Kolonien kamen, wurde aufgelauert und ihre Fracht beschlagnahmt. Gerade heute Morgen war es einem der Schiffe gelungen, glücklich und noch reich beladen, unter Jubel im Londoner Hafen anzukommen, und die Seemänner hatten mit Stolz in den Augen davon berichtet, wie sie den Franzosen mit knapper Not entkommen waren. Sie wurden wie Helden gefeiert.

Thomas dagegen gehörte zu den Männern, die ihrem Land auf andere Weise dienten. Er und seine Leute fuhren trotz aller Gefahren aufs Meer hinaus und setzten ihr Leben aufs Spiel, um die Not der Bevölkerung zu lindern. Thomas' Großeltern wussten natürlich um die Lage im Land, hielten innerlich aber immer noch an den alten Zeiten fest und versuchten, den Krieg weitgehend zu ignorieren. Sie schoben die Tatsache zur Seite, dass Thomas' Leben wieder und wieder an einem seidenen Faden hing.

Beim Gedanken an Thomas' Großeltern zog ein Lächeln über Cirks Gesicht. Sie mochten weltfremd sein, dafür aber auch übermäßig herzlich und liebevoll. Schon bei ihrer ersten Begegnung hatten die Devons ihn aufgenommen wie einen Sohn.

Und dann gab es da noch Thomas' Schwester Lucia, die weiß Gott kein Segen war und sich großartig darauf verstand, ihre Großeltern um den Finger zu wickeln und dazu zu bringen, ihr jeglichen Willen zu lassen.

Wie lange kannte er die Familie Devon nun schon? Wie lange kannte er Thomas? Acht, neun Jahre? Zuerst, vor dem Krieg, war es nicht mehr als eine gute Geschäftsbeziehung gewesen, die hinter ihren Treffen steckte. Doch nach und nach war Freundschaft daraus geworden. Und als die Franzosen den Handel mit den Engländern verboten, war es ganz selbstverständlich gewesen, dieses Verbot mit Thomas' Hilfe zu umgehen. Immer wieder waren ihre Schiffe nach Helgoland gefahren, und Thomas hatte Waren aus England mitgebracht, die Cirk dann an seine Landsleute verteilt hatte und umgekehrt.

Und nun dieser ganz besondere Freundschaftsdienst. Thomas hatte sein Leben gerettet! Weshalb Cirk tief in seiner Schuld stand und Thomas' Angebot, bei seiner Familie unterzuschlüpfen, auch nicht ablehnen konnte. Die Tatsache, einem anderen, und sei es dem besten Freund, etwas schuldig zu sein, nagte jedoch an ihm. Dennoch würde er den Aufenthalt in England genießen, dass wusste Cirk. Der einzige Wermutstropfen war Thomas' Schwester. Sie war nichts weiter als ein verwöhntes Kind, das es gewohnt war, seinen Kopf durchzusetzen – notfalls mit List und Tücke. Cirk seufzte. Schon bei seinem letzten Besuch hatte er ihr klarzumachen versucht, dass ihre Wünsche in Bezug auf ihn sich nicht erfüllen würden. Hoffentlich konnte er sich die Lady diesmal vom Leib halten. Niemals würde er es so direkt vor seinem Freund aussprechen, aber diese Frau war mannstoll, das stand fest. Wie viele Liebhaber mochte sie schon verschlissen haben? Umso wichtiger war, Lucia einfach klarzumachen, dass ihre Spielchen bei ihm vergeblich waren, dass sie ihn nicht reizte. Sonst würde sie ihm den Aufenthalt auf *Rosegarden,* wie das Anwesen der Devons genannt wurde, zur Hölle machen.

Und als ob die Realität seinen Gedanken Folge leisten würde, lichtete sich der Wald und gab einen Blick auf das Anwesen frei. Die Auffahrt zum Haus war gewunden und von kleinen blühenden Wildrosenbüschen begrenzt. Farne säumten den Wegrand, und der Waldboden zu ihren Füßen war übersät von kleinen weißen und herrlich duftenden Blumen, deren Name Cirk einfach nicht einfallen wollte. Sie schienen den Waldweg mit Licht zu erfüllen, und Cirk nahm ihren Duft tief in sich auf.

Thomas ritt nun schneller. Es war, als könne er die Ankunft nicht mehr erwarten. Cirk verhielt dagegen für einen Augenblick sein Pferd. Wie immer war er überwältigt von der schlichten Schönheit des Gebäudes und seiner Umgebung. Das Haus lag inmitten der Landschaft wie eine wunderschöne Blume auf grünem Samt. Ein solides Bauwerk mit hohen Bogenfenstern und zwei kleinen Erkern. An den Mauern wuchsen tiefrote Rosen und Waldreben von einem so intensiven Weiß, dass sie mit den Wolken am Himmel konkurrierten.

Ja, so musste es sein, nach Hause zu kommen! Für einen Augenblick verspürte Cirk Neid. Er lenkte sein Pferd zum vom Goldregen berankten Tor, das breit genug für einen zweispännigen Heuwagen war, und beeilte sich, Thomas einzuholen. Im Obstgarten konnte er eine kleine Gestalt ausmachen, die ihnen mit einem freudestrahlenden Lächeln entgegenkam.

„Großmutter!" Thomas sprang vom Pferd und umarmte sie.

„Thomas – wir hatten dich noch nicht so schnell zurückerwartet." Die alte Dame trug ein braunes Kleid, das schon längst aus der Mode war, ihr aber vorzüglich stand. Das Haar war zu einem Knoten geschlungen. Aufgeregt rang sie die Hände. „Und dann bringst du uns auch noch deinen Freund mit. Cirk, wie schön, Sie wieder einmal bei uns begrüßen zu können." Sie streckte ihm die Hand entgegen. „Du Böser." Tadelnd wandte sie sich wieder ihrem Enkelsohn zu. „Warum hast du uns sein Kommen nicht angekündigt?"

Cirk war ebenfalls abgestiegen. „Ihn trifft keine Schuld."

Mit einem um Verzeihung bittenden Lächeln begrüßte er die ältere Dame. „Thomas hat mich ganz spontan eingeladen, besser gesagt, einladen müssen, nachdem die französischen Häscher mit Nachdruck versucht haben, mich dingfest zu machen, was Thomas natürlich nicht zulassen konnte. Dafür hat er mich nun am Hals." Er bedachte seinen Freund mit einem schiefen Grinsen. „Ich bitte daher inständig um Unterschlupf für einen hoffentlich nur kurz währenden Zeitraum." Er verbeugte sich leicht vor der alten Dame.

„Ach, Cirk." Thomas' Großmutter strich ihm über den Arm. „Sie wissen doch, dass Ihnen stets ein herzliches Willkommen gilt. Stimmt's nicht, Lucia?"

Sie wandte sich der jungen Frau zu, die mit federleichten Schritten auf sie zukam. Lucia wirkte wie eine kindliche Elfe, die sich in eine fremde Welt verirrt hatte. Sie war von kleinem, zierlichem Wuchs, und ihre schlanke Gestalt brachte jeden Mann dazu, sich um sie bekümmern zu wollen. Das halblange, pechschwarze Haar hüllte ihr Gesicht, das von einer trügerischen Lieblichkeit war, wie einen Schleier ein.

„Cirk!" Die letzten Schritte rannte sie. Ihre Arme flogen um seinen Hals. „Was für eine großartige Überraschung. Ich habe dich vermisst."

Fast hätte sie ihn geküsst, doch Cirk löste sich abrupt von ihr. „Ach, Lucia, schwindele bitte nicht so. Zum Vermissen hast du doch gar keine Zeit." Er zwinkerte ihr zu. „Wie war das noch? Gab es da zuletzt nicht diesen Offizier mit der vielversprechenden Karriere, der immer so nette Geschenke für dich mitgebracht hat?"

Lucia machte eine wegwerfende Handbewegung. „Ach, das ist längst vorbei."

„Es war vorbei, als die teuren Geschenke ausblieben", warf Thomas trocken ein.

„Hör auf damit." Lucias Augen wurden schmal. Sie schenkte ihrem Bruder einen wütenden Blick und wurde noch nicht einmal rot dabei. „Liebes Bruderherz, wir wollen die alten Geschichten jetzt nicht wieder aufwärmen." Ihr Tonfall war hart. Doch dann streckte sie, wie um dem Bild eines verzogenen Kindes doch noch gerecht zu werden, Thomas die Zunge heraus. „Cirk ist hier, wenn das kein Grund zum Feiern ist!"

Warum Cirk allerdings so überraschend in England weilte, schien Lucia nicht zu interessieren. Auch über den Krieg konnte man mit ihr nicht reden, da sie alle unangenehmen Dinge des Lebens nur allzu gern zur Seite schob. Lucia bereitete der Krieg erst dann Verdruss, wenn er sie direkt betraf. Alles Gerede über Siege und Niederlagen fand sie verabscheuenswürdig.

Leicht abschätzend glitten ihre Augen nun über Cirks Gestalt und sein mit Bartstoppeln überzogenes Gesicht. Cirk spürte ihren Blick, ignorierte ihn jedoch. Aber ignoriert zu werden gefiel Lucia überhaupt nicht.

Wieder verengten sich ihre Augen zu Schlitzen, und sie sah ihren Bruder herausfordernd an. „Thomas, die Schneiderin hat sich über dich beschwert. Es ist ihr, wie auch immer, gelungen neue Stoffe zu besorgen. Sie will mir ein Kleid nähen, besteht aber darauf, dass du zuerst die offenen Rechnungen begleichst."

„Lucia!" Entsetzt schlug ihre Großmutter die Hände zusammen. „Was soll dieses Gerede, noch dazu vor einem Gast. Du brauchst kein neues Kleid."

Cirk sah den berechnenden Ausdruck in Lucias Augen und begriff, dass sie diese Sache ganz bewusst in diesem Moment zur Sprache gebracht hatte, nachdem sie bei seinem letzten Besuch auf *Rosegarden* Zeuge eines Gespräches zwischen ihm und Thomas geworden war, in dem er seinem Freund Geld für Außenstände angeboten hatte."

„Und wenn das Kleid fertig ist", fuhr Lucia fort, als habe sie die Einwände ihrer Großmutter nicht gehört, „dann werde ich es beim nächsten Besuch im Theater tragen, und ich möchte, dass Cirk mich begleitet." Mit einer herausfordernden Geste warf sie den Kopf in den Nacken.

„Jetzt erlaube mal. Bietest dich einfach unserem Gast an!" Ihre Großmutter schüttelte den Kopf. „So etwas hätte es zu meiner Zeit nicht gegeben. Solche Rede gehört sich nicht für ein junges Mädchen. Zum einen ist Cirk gerade erst angekommen und hat Besseres zu tun als mit dir über einen Theaterbesuch zu plaudern. Zum anderen hat er Schlimmes erlebt und ..."

Lucia ließ ihre Großmutter nicht ausreden. „Wen soll ich denn sonst fragen?" Sie hatte den Tonfall eines störrischen Kindes angenommen. „Alle annehmbaren Männer sind doch in den Krieg gezogen, um sich mit den Franzosen zu schlagen." Lucia verzog angewidert das Gesicht. „Wenn ich mich nicht selbst um eine Begleitung bemühe, werde ich noch als alte Jungfer enden."

Cirks Lippen zuckten amüsiert. „Ich glaube alles andere als das! Aber Lucia, mir steht im Augenblick wirklich nicht der Sinn nach einem Theaterbesuch. Davon hatte ich in letzter Zeit mehr als genug." Er warf Thomas einen beredten Blick zu.

Beleidigt und mit einem Schulterzucken wandte Lucia sich von ihnen ab und ging auf das Haus zu. Ihre Großmutter schüttelte verzweifelt den Kopf. „Hätte nur ihr Vater ein paar Jahre länger gelebt. Er war der Einzige, dem es gelang, dieses Kind zu bändigen."

„Machen Sie sich nicht zu viele Sorgen", versicherte Cirk

der alten Dame beruhigend. „Eines Tages kommt bestimmt der richtige Mann für Lucia."

Dankbar nickte sie ihm zu. „Ich hatte ja gehofft..." Sie führte den Satz nicht zu Ende. „Aber nein, Sie sind viel zu schade für dieses Kind, Cirk."

Cirk schüttelte den Kopf und schmunzelte in sich hinein. Eigentlich war diese alte Dame viel zu schade für ihre Enkeltochter. Aber davon würde man Lucia schwerlich überzeugen können. Sie hielt sich für den Nabel der Welt, und das würde nichts und niemand ändern können.

Während Thomas und seine Großmutter munter plaudernd durch den Garten schritten, gab Cirk sich einfach dem guten Gefühl hin, auf *Rosegarden* zu sein. Die mütterliche Freundlichkeit, mit der ihm Thomas' Großmutter begegnete, tat ihm gut und ließ alle Anspannung von ihm abfallen. Hier war er willkommen und brauchte sich nicht zu verstellen. Für alle anderen mochte er ein Held sein, ein Blockadebrecher, ein Pirat, der den Franzosen ein Schnäppchen schlug. Doch was ihn diese Auflehnung an Kraft kostete und wie sehr sie ihn belastete, vermochte keiner zu ermessen.

Eine leichte Brise strich über Cirks Haut. Der schwere Duft von Rosen stieg ihm in die Nase, und er sog ihn gierig ein. Auf dem Dach des Hauses kauerten Tauben und erfüllten die Luft mit ihrem leisen Gurren. Spatzen balgten sich tschilpend am Boden, und Bienen flogen summend von Blüte zu Blüte. Cirks Augen folgten den Schwalben, die am blauen Himmel ihre Kreise zogen. Eine Schläfrigkeit lag über dem Anwesen, die den Krieg unwirklich erschienen ließ. Und Cirk beschloss, sich für eine kleine, heilsame Weile diesem Gefühl von Unwirklichkeit zu überlassen.

„Heirat!“ Lucia trat vom Fenster zurück und stampfte mit dem Fuß auf. Die wilden dunklen Wolken, die dicht über dem Dach des Hauses dahinjagten, entsprachen ganz der Stimmung der zornigen jungen Frau, die Cirk nicht aus den Augen ließ.

„Heirat, pah“, stieß sie das Wort erneut aus. „Meine Großmutter spricht nur noch davon, mich unter die Haube zu bringen. Und Großvater unterstützt natürlich alles, was sie sagt. Sie sind ganz versessen darauf, mich an einen der Söhne ihrer hochwohlgeborenen Freunde zu verschachern. Aber da mache ich nicht mit. Ganz bewusst habe ich heute darauf verzichtet, sie zu einem dieser merkwürdigen steifen Zusammentreffen zu begleiten. Kannst du dir vorstellen, wie die vermeintlichen Heiratskandidaten aussehen? Einer noch beleibter als der andere. Zerrbilder von Männern. Und natürlich genau wie wir verarmt.“ Das letzte Wort hatte Lucia fast ausgespien, als würde sie sich davor ekeln.

Gedankenvoll blickte Cirk durch die Scheiben der Fenster auf den gepflasterten Gartenweg. Die Bäume waren kaum mehr als dunkle Schatten im peitschenden Regen.

„Wäre ich nur ein Mann wie du, Cirk!“ Lucia sprang in Kampfstellung und schwang die Hand, als befände sich ein Messer darin. „Dann würde ich Abenteuer erleben, mich mit Menschen umgeben können, die mir gefallen, und bräuchte mir keine Sorgen um das Morgen zu machen. Und schon gar nicht um eine Heirat!“ Sie sah ihr Spiegelbild in der Fensterscheibe, streckte sich selbst die Zunge heraus und nahm dann wieder eine betont gesittete Haltung an. „Nun bin ich aber kein Mann, sondern leider nur eine Frau“, fuhr sie mit einem zuckersüßen Lächeln, das Cirk galt, fort. „Das wird mich aber nicht daran hindern, mir meinen zukünftigen Mann selbst auszusuchen. Da kann Großmutter sich noch so sehr bemühen."

Wer nur ihre Stimme hörte, hätte Lucia für ein trotziges Kind gehalten. Doch als sie sich nun vom Fenster abwandte und langsam auf Cirk zukam, war sie alles andere als das. Lucia trug ein weinrotes, seidig schimmerndes Kleid, das die Schultern frei ließ und ihre zarte Figur zur Geltung brachte und einen schmeichelhaften Kontrast zu ihrem schwarzen glänzenden Haar bildete. Cirk spürte Lucias Anziehungskraft, und er wäre kein Mann gewesen, wenn ihn die Schönheit dieser Frau kaltgelassen hätte. Mit einer wie unbeabsichtigt anmutenden Geste legte Lucia den Kopf graziös in den Nacken. Ihr Ausbruch von vor wenigen Minuten schien vergessen zu sein.

„Cirk, wie schön, dass *du* heute Abend ebenfalls nicht ausgegangen bist." Mit einem Lächeln, das nicht zum Ausdruck ihrer Augen passte, blieb sie dicht neben ihm stehen. Cirk blickte auf sie nieder. Ihre Hand lag auf seinem Arm, warm und feingliedrig. Ihre Schultern hoben sich glatt und weiß aus dem Kleid, und Cirk bemerkte ihren leisen, gleichmäßigen Atem. Er wusste, warum sie sich so auffallend gekleidet hatte. Und er fühlte sein Blut in den Adern pochen. Er räusperte sich. Wie konnte sie nur so zudringlich sein und kaum, dass ihre Großeltern aus dem Haus waren, den letzten Rest an Zurückhaltung fallen lassen? Er wollte diese aufgezwungene Nähe nicht! Dennoch glitten seine Augen ungewollt über ihren Körper. Dunkel und schön war Lucia und verlockend. Wie ein Blitzstrahl durchzuckte Cirk die Erkenntnis, dass sie eine Löwin war, die jagte, und er ihre Beute. Voller Unbehagen löste er sich von ihr und trat einen Schritt zur Seite.

„Cirk, man könnte meinen, du hättest Angst vor mir", schmollte sie mit gurrender Stimme.

„Genau das", dachte er. Mit ihrer herausfordernden Art würde diese Frau jeden halbwegs normalen Mann verrückt machen. Und auch für ihn war es nicht gut, diesem Weib zu nahe zu kommen. Sobald man ihr, wenn auch nur aus Höflichkeit, den kleinen Finger reichte, nahm sie die ganze Hand. Das hatte er in den letzten Wochen zur Genüge erfahren. Hätte er sich nur heute gleichfalls ein auswärtiges Ziel gesucht. Aber er hatte angenommen, dass Lucia die Großeltern begleiten und er allein im Haus zurückbleiben würde.

Es wurde wirklich Zeit, dass er seine Zelte hier abbrach. Lucias Annäherungsversuche zerrten an seinen Nerven, und er vermisste Ostfriesland mehr, als ihm lieb war. Ostfriesland – Cirk schüttelte über sich selbst den Kopf. Er machte sich etwas vor! Es war Inken, die er mehr vermisste, als ihm lieb war. Seine Träume waren voll von ihr, und er würde sich wohl oder übel mit der Tatsache anfreunden müssen, dass dieses Mädchen sein Herz gestohlen hatte. Jetzt galt es nur noch, sie davon zu überzeugen, ihn in das ihre zu lassen. Cirk seufzte. Er wollte, er musste sie suchen und finden.

Doch noch immer lag die Hand der Franzosen schwer auf seiner Heimat. Der Handel mit englischen Gütern war mittlerweile fast völlig zum Erliegen gekommen. Gerüchte hatten Cirk erreicht. Gerüchte, nach denen die Bevölkerung Ostfrieslands hohe Strafen zu erwarten hatte, wenn englische Erzeugnisse in ihren Häusern gefunden oder sie beim Kauf derselben erwischt wurden. Auch der für die Friesen lebensnotwendige Tee stand auf der von Napoleon aufgestellten Liste. Cirk wusste, dass selbst diese Gefahr seine Landsleute nicht von ihrem Tun abhalten würde und die Schmuggler schon gar nicht. Aber die Zahl derer, die noch ihr Leben wagten, wurde beständig geringer. Cirk durchmaß das Zimmer mit großen Schritten. Er hatte es satt, hier in der Fremde zu hocken und die Hände in den Schoß zu legen, während die Ostfriesen den Widerstand probten. Thomas warf ihm Leichtsinn vor. Doch Cirk fühlte sich wie in Ketten gelegt. Auch wenn ihm alle auf *Rosegarden* freundlich begegneten. Manche sogar *zu* freundlich. Er maß Lucia mit einem Seitenblick. Sie erinnerte ihn an ein Spinnenweibchen, das seine Männchen auffraß, wenn es sie leid war.

Um sich von ihr und der Tatsache, dass sie alleine waren, abzulenken, ließ Cirk seinen Blick durch den anheimelnden Raum gleiten, der ohne die Anwesenheit von Thomas' Großeltern seltsam verlassen und in dem Lucia mit ihrem auffallenden Kleid wie ein Fremdkörper wirkte. Der Raum besaß eine niedrige, von Eichenbalken getragene Decke und einen dunklen Fußboden. Die mit Chintz bezogenen Sofas und Sessel wirkten einladend und freundlich. Es gab eine geräumige, mit bunten Kacheln verflieste Kaminecke, in der Feuerholz aufgestapelt war, und einen Tisch aus Walnussholz, der wie poliertes Gold funkelte.

Lucia glitt in einen Sessel nahe beim Fenster. Für einen Moment gestattete sie Cirk einen Blick auf ihre langen, vollkommen geformten Beine, bevor der schimmernde Stoff sie wieder verhüllte.

„Würdest du mir einen Whisky einschenken."

Widerstrebend kam Cirk ihrem Wunsch nach und füllte auch sich selbst ein Glas. Er setzte sich in das Sofa ihr gegenüber und stellte die Gläser auf den Tisch. Sofort erhob sich Lucia mit geschmeidiger Anmut und kam auf ihn zu. Bevor Cirk wusste, wie ihm geschah, drängte sie sich an ihn. Ihre vollen Lippen zeichneten unsichtbare Spuren auf seinem Hals nach. Einen Augenblick lang war Cirk zu überrascht, um zu reagieren. Zurückgelehnt ließ er die Liebkosungen mit geschlossenen Augen über sich ergehen, gab sich sogar der Illusion hin, es sei Inken, die ihn liebkoste. Seine Hände vergruben sich in der Haarflut. Lucia schlang eine Hand heftig um seinen Nacken und küsste ihn. Dann aber ließ ihn eine innere Stimme innehalten. Was tat er hier? Dies war nicht Inken. Hatte die Sehnsucht nach ihr ihn so fest im Griff, dass schon jede Frau in seiner Vorstellung ihre Gestalt annahm? Atemlos schob er Lucia von sich.

„Nein!", sagte er entschieden.

Sie hob ihm die Arme entgegen, doch er schüttelte nur den Kopf und drehte sich zur Seite, um sie nicht mehr ansehen zu müssen. Insgeheim fragte er sich, ob er verrückt war. Ausgehungert, wie er war, ließ er eine wie sie aus! Sein Verlangen, das allerdings nicht ihr galt, machte ihn schwindelig. Wenn das kein Wahnsinn war! Aber zum Teufel! Warum sollte er sie sich nicht einfach nehmen? So wie sich ein Mann eben eine willige Frau mit einem schönen Körper nahm, und Lucias war wirklich wunderschön. Doch seine Träume und Sehnsüchte in der Nacht, die sich auf eine andere richteten, standen dagegen. Und außerdem wusste er nur zu gut, dass Lucia Verderben bedeutete. Sie hatte bislang noch keinem Mann Glück gebracht.

„Gefalle ich dir nicht?" Ein schmollender Ton lag in ihrer Frage. „Ich liebe dich sehr."

„Kannst du denn überhaupt lieben?", stellte Cirk eher tonlos fest, als dass er es fragte.

„Ich liebe dich wirklich." Sie zerrte an seinem Arm. „Ich liebe dein Aussehen, wie du dich bewegst und wie du küsst. Es hat dir gefallen mich zu küssen, oder? Und du wolltest mich! Warum also ..." Sie ließ den Satz unvollendet.

„Ich glaubte für einen Moment, du wärst jemand anderes."

Seine Worte waren hart, das wusste Cirk. Doch es musste sein! Seine Stimme war kühl. Er war wieder Herr seiner Sinne. Solange er denken konnte, hatte er seine Stimme und auch seine Gefühle stets beherrschen müssen.

Mit ihren dunkel lodernden Augen sah Lucia zu ihm auf. „Du glaubtest, ich sei jemand *anderes?*“ Ungläubigkeit schwang in ihrem Ton. Für einen Augenblick schien sie sprachlos. Doch dann fasste sie sich wieder. „Als Versteck sind wir dir gut genug, aber bezahlen willst du nicht.“ Ihre Leidenschaft konnte nicht echt sein, wenn sie ihr so rasche Forderungen und ungerechte Vorwürfe folgen lassen konnte.

„Lucia.“ Cirks Stimme klang müde. „Ich bin dir nichts schuldig, gar nichts!“

„Ich gebe dich nicht so einfach auf“, erwiderte sie wie ein Kind, dem man seinen innigsten Wunsch abschlug.

„Du kannst nur etwas behalten, das dir gehört.“ Cirk blickte ihr fest in die Augen. „Und ich gehöre dir nicht.“

Lucia hängte sich an seinen Hals und begann zu weinen. „Nein“, murmelte sie. „Schick mich jetzt nicht fort. Oh, bitte, tu es nicht. Ich kann nur noch an dich denken, seit Tagen. Und ich will dich, ich will dich jetzt, sofort!“

Cirks Magen zog sich in kalter Abwehr zusammen. „Du machst dich lächerlich, Lucia. Hör sofort auf zu weinen. Hast du nicht erst gestern noch diesen jungen Burschen – Mark, so hieß er doch, wenn ich mich nicht irre – genauso angeschaut wie du mich jetzt anschaust.“

„Du bist grausam“, murmelte sie erstickt. Lucia griff nach ihrem Glas und stürzte den Whisky in einem Zug hinunter. Danach schenkte sie sich erneut ein und betrachtete die bronzefarbene Flüssigkeit im Glas. „Weißt du“ – sie maß Cirk mit einem Blick aus halb geschlossenen Augen –, „dabei sind wir heute Nacht ganz alleine in diesem Haus.“ Ihr Atem ging plötzlich wieder schneller. „Die Großeltern kommen erst morgen zurück, und Thomas schlägt sich wieder einmal die Nacht um die Ohren. Es überkommt ihn ab und zu wie ein Rausch, daran kann nicht einmal die Anwesenheit seines besten Freundes etwas ändern. Ich kenne ihn.“ Sie schien wieder neuen Mut zu fassen und fuhr sich mit der Zunge genüsslich über ihre Lippen. Ihre Augen lockten ihn, und ihre Worte kamen so leise, dass Cirk sie kaum verstand. „Warum kommst du nicht zu mir heute Nacht?“ Die Berührung ihrer Finger war so leicht wie eine Feder und zugleich unerhört aufreizend. „Es könnte so schön sein ...“

Mit einem Ruck drehte Cirk sich zu Lucia um. „Lucia, du bist eine unerhört attraktive Frau. Aber ich habe es dir bereits gesagt und wiederhole es noch einmal: Ich liebe dich nicht!“

„Wer spricht denn von Liebe.“ Verächtlich kräuselte Lucia die Lippen. „Vergiss die Liebe! Vergiss, wer du bist und was du bist. Lass uns einfach nur Mann und Frau sein und der Einsamkeit entfliehen. Lass uns für eine Nacht Freude aneinander haben.“

Trotz seiner ablehnenden Haltung spürte Cirk erneut Hitze in sich aufsteigen. Ihre Spannung übertrug sich auf ihn.

„Ich bin frei und du bist frei.“ Lucias Stimme war lockend. „Wem würden wir schaden?“

„Mein Herz ist nicht frei.“ Cirk hielt überrascht inne. Hatte er diese Worte wirklich gesprochen?

Lucia blickte ihn für einen Augenblick wie erstarrt an. Dann trat ein höhnischer Ausdruck in ihre Augen.

„Ach, das ist ja etwas ganz Neues! Wer ist sie?“ Ihre Stimme klang schrill. „Irgendeine ostfriesische Landpomeranze, deren Anblick dich etwa bis hierher nach England verfolgt? Was bist du doch für ein Narr, eine Gelegenheit wie diese auszuschlagen. Bist du überhaupt ein Mann, oder fließt Fischblut durch deine Adern?“

Sie erhob sich mit einem Ruck und ging auf die Treppe zu. Auf halbem Wege drehte sie sich noch einmal zu ihm um. „Weißt du eigentlich, dass ich immer bekomme, was ich will? Und ich will dich!“ Zusammen mit einem eiskalten Lächeln warf sie ihm für einen Augenblick unter hochgezogenen Brauen solch einen unheilvollen Blick zu, dass selbst dem unversöhnlichsten und tapfersten Gegner der Mut gesunken wäre.

Cirk versuchte der Kälte in ihren Augen mit Gleichmut zu begegnen, doch es wollte ihm nicht gelingen. Ein eiskalter Schauer lief ihm den Rücken hinunter.

4. Im Moor

Frühling 1812

Öffentliche Anzeige, um einen Geflohenen aufzufordern, freiwillig zurückzukehren:

E. E., Conscribirter der Classe 1812,
welcher bei der letzten Losung Nr. 12 gezogen
und sich nach seiner Aufforderung bei dem Appell nicht gestellt hat, wird hiermit von seinem alten Vater dringend aufgefordert, sich von Stund an wiederum freywillig einzustellen, damit ich wie auch er selbst und auch sowohl die Commune von den unglücklichen Folgen verschonet werden."
(Westeraccum, H. E.)

Gefangen

Inken straffte den schmerzenden Rücken, seufzte und fuhr sich mit der Hand über die Stirn. An diesem Tag fiel ihr die Arbeit besonders schwer. Dann konzentrierte sie sich wieder auf den großen Teig aus Mehl und Wasser, den sie gerade auf dem Tisch knetete.

Es war der erste warme Frühlingstag des Jahres, und die Sonne lockte sie nach draußen. Ihr Blick fiel durch die geöffneten Fensterläden auf den *Fehnkanal*, der sich nicht allzu fern vom Haus dahinzog. Erneut hielt sie für einen Moment inne und schaute sehnsuchtsvoll auf das Wasser. Der Kanal schien so einladend, unendlich und geradeaus nach Osten zu ziehen. Das blinkende Wasser, die Enten mit ihren flaumigen Küken und der sattgrüne Ufersaum verzauberten sie. Ein Torfkahn mit windgeblähten braunen Segeln trieb vorbei. Inkens Augen folgten ihm, und unwillkürlich entfuhr ihr ein weiterer Seufzer. Wenn sie nur mitfahren und einfach davonsegeln könnte! Wenn sie nur fliehen könnte von hier! Irgendwohin, nur fort, einfach wegfahren, ohne Ziel, mit dem erleichterten Gefühl, allem entronnen zu sein.

Doch Inken wusste, dass dies unmöglich war. Der schwere Atem von Tante Tine, ihr nicht enden wollendes Husten hielten sie bereits seit zwei Jahren hier gefangen. Zwei endlos lange Jahre, so trostlos, dass es Inken schwerfiel, sich an glückliche Zeiten zurückzuerinnern. Wann war sie jemals unbeschwert gewesen? Und wie war es, ohne Angst aufzuwachen? Inken wusste es nicht mehr. Alles war wie ausgelöscht.

Die Ursache für ihre Angst aber kannte sie ganz genau. Sie lag in diesem Augenblick im Zimmer nebenan auf der Bank. Schon jetzt, am frühen Vormittag, war Onkel Eggo wieder einmal angetrunken. Die Schnapsflasche stand jeden Tag auf dem Tisch, und jeden Tag musste Inken auch den Hass und die Bosheit dieses Mannes ertragen. Von Neid und Missgunst zerfressen, freute er sich unbändig über das Schicksal ihres Vaters und ergötzte sich daran, Inken auszumalen, wie schlecht es ihm in der Gefangenschaft ergehen musste.

Es war ungerecht! Immer noch den Blick in die Ferne gerichtet, ballte Inken die Hände zu Fäusten. Sie war in eine Falle geraten, aus der sie nichts und niemand befreien konnte!

Ein Räuspern zwang Inken in die Wirklichkeit zurück, und sie wandte sich zögernd wieder ihrer Arbeit zu. Ein rascher Blick in die Nebenkammer zeigte, dass Onkel Eggo sie mit zusammengekniffenen Augen argwöhnisch beobachtete.

Inken spürte, wie sie zu zittern begann, und hoffte, dass ihr Onkel es nicht bemerken würde. Den Triumph, ihre Angst zu spüren, gönnte Inken ihm nicht. Es reichte schon, wenn Tante Tine vor ihm kuschte. Ihr Ton war daher auch alles andere als unterwürfig. „Was starrst du mich so an?"

Die Augen ihre Onkels waren blutunterlaufen und glitzerten nun bösartig.

„Du faules Luder sollst arbeiten und nicht in den Tag hineinträumen. Dein Vater hätte dir die Flausen aus dem Kopf treiben sollen, statt dich lesen und schreiben zu lehren. Aber Hinderk war wohl nicht der Hellste. Wie sonst könnte es angehen, dass er sich wegen ein paar lausigen Engländern jetzt den Kopf kürzen lässt. Geschieht ihm ganz recht. Hat mich zeitlebens behandelt wie ein Stück Dreck. Und nun bin ich gut genug, um seine Tochter zu verstecken. Der große Walfänger würde sich wundern, wenn er das hochwohlgeborene Fräulein so sehen könnte, nicht wahr?"

Hämisch glitten seine Augen von ihrem abgetragenen Kleid, dessen Farbe kaum noch zu erkennen war, zu den verschlissenen Schuhen hinab. „Dafür, dass du heute Vormittag Löcher in die Luft gestarrt hast, kannst du heute Nachmittag noch die Ställe ausmisten. Hast wohl geglaubt, dich ins gemachte Nest setzen zu können und keinen Finger rühren zu müssen!" Seine Stimme triefte vor Hohn. „Wolltest einfach hier unterkriechen und uns zur Last fallen. Aber nicht mit mir! Wer essen will, der muss auch arbeiten. Und wer den Kopf zu hoch trägt, für den ist das Ausmisten des Stalls genau das Richtige. Der Kerl, der dich einmal kriegt, wird mir dankbar dafür sein. Zurechtstutzen muss man euch Frauenzimmer! Besonders solche wie dich, die meinen, einen Mann mit ihrem Äußeren einfangen zu können. So, und nun trödele nicht, du faules Stück, sondern sieh zu, dass wir heute Abend etwas zu essen auf dem Tisch haben."

Inken biss die Zähne zusammen und zwang sich, nicht zu widersprechen. Denn Tante Tine würde es ausbaden müssen; Onkel Eggo verging sich nur zu gerne mit dem Gurt an ihr. Er war nicht nur niederträchtig und gemein, sondern auch äußerst gewalttätig. Inken spürte Übelkeit in sich aufsteigen. Wie konnte ein Mann nur so grausam sein und eine kranke Frau schlagen? Eine Frau wie Tante Tine, die so sanft und gut war, so zart und liebevoll. Wie konnte er nur?! Inken atmete tief aus. Es war nicht auszuhalten mit Onkel Eggo, und doch würde sie es aushalten müssen.

Sein wissender Blick erinnerte Inken an das eine Mal, als sie bereits mit gepackten Sachen an der Tür gestanden hatte. „Wenn du gehst, dann schlage ich Tine tot!", waren seine Worte gewesen, und Inken hatte keinen Grund gehabt, daran zu zweifeln, dass dies keine leere Drohung war. Manchmal glaubte sie fast, an ihrem Hass ersticken zu müssen. Genau wie jetzt, wo die Augen ihres Onkels jede ihrer Bewegungen verfolgten. Die Einschätzung ihres Vaters hatte nicht getrogen. Dieser Mann war ein Lump! Auch sein Äußeres passte gut ins Bild. Von Gestalt her war Onkel Eggo eher klein und gedrungen. Sein Gesicht mit dem fettigen schwarzgrauen Haar und dem ungepflegten Bart besaß einen grausamen Zug um den Mund herum, und in den Augen lag immer ein gewisser Ausdruck von Verschlagenheit.

Jetzt wuchtete er seine Massen von der Bank hoch und donnerte mit der Hand gegen die Türen des Wandbettes, in dem Tante Tine lag. Sie hatte eine schlechte Nacht gehabt.

Trotz mehrerer kühlender Tücher war es Inken kaum gelungen, das Fieber zu senken. Der Einzige, dem dies nicht zu schaffen machte, war ihr Mann.

„Wach auf, Alte. Hast lange genug gefaulenzt. Sieh zu, dass du dir dein Gnadenbrot verdienst!"

Worauf Tante Tine mit zittriger Hand die Holztüren des Verschlages aufstieß, nach dem Tau mit dem Holzgriff fasste, das von der Decke herunterhing, und sich daran hochzog. In ihren Augen stand die nackte Angst geschrieben.

„Ist ja schon gut, ich komme, Eggo." Ächzend erhob sie sich von ihrem Lager, und der Husten setzte ein, kaum dass sie sich aufgerichtet hatte. Ein Anfall erschütterte ihren ganzen Körper, und Inken bebte vor Mitleid. Tante Tine war klein, ihre Arme und Beine so knochig und dünn wie die eines Kindes, und sie ging mit leicht gebeugtem Rücken. Das graue Leinenkleid schlotterte um ihren Körper und ließ erkennen, wie es um die Gesundheit der älteren Frau bestellt war. Ihre Augen lagen tief in den Höhlen und blickten leidvoll aus dem Gesicht. Das Haar trug sie zu einem kleinen runden Knoten am Hinterkopf festgesteckt.

„Lange machst du's nicht mehr." Mitleidlos musterte der Alte seine Frau. „Ist auch besser so. Ist ja eh nichts mehr los mit dir."

Inken schauderte es. Sie führte ihre zitternde Tante zur Bank. „Ich wünsche dir, dass du nur einmal ihre Schmerzen leiden musst", schleuderte sie ihrem Onkel hasserfüllt entgegen.

„Was maßt du dir an?" Mit wutverzerrtem Gesicht holte der grobschlächtige Mann aus und schlug Inken mitten ins Gesicht. „Undankbare Bettlerin! Wo wärst du denn heute, wenn ich dich nicht aufgenommen hätte, hä? Hättest dich mit Huren zusammengetan. Wage es noch einmal, den Mund aufzumachen, und ich schlag dich tot, oder aber“ – er maß sie mit einem berechnenden Blick –, „oder aber ich rede mal mit unseren französischen Freunden. Vielleicht springt dabei ja noch etwas für mich heraus.“

„Halt ein, Eggo! Sie meint es nicht so, nicht wahr, Inken?“ Tante Tines Stimme bebte, und ihr Weinen wurde erneut von schwerem Husten unterbrochen. Gelblichgrüner Schleim und Blut auf dem Leinentuch brachten Inken dazu, ihre vorlaute Zunge zu verfluchen. Sie versuchte verzweifelt, Tante Tine zu beruhigen. Ihr Onkel verschwand derweil ungerührt in die Schlafnische, und schon bald darauf hörten sie sein Schnarchen.

„Kind, du kannst nicht länger hierbleiben. Es wird immer schlimmer mit ihm.“ Sanft streichelte die alte Frau Inkens Arm.

„Ich muss aber hierbleiben. Wohin soll ich denn sonst? Du weißt, die Franzosen suchen mich“, beruhigte Inken ihre Tante, der sie den wahren Grund für ihr Bleiben nicht nennen wollte. Sie legte ihre Hände um das Gesicht der Älteren. „Wenn die Franzosen endlich fort sind, Tantchen, dann werde ich dich von hier wegbringen. Vater kommt wieder frei, und wir können gemeinsam auf Borkum leben – ohne ihn.“ Mit dem Kopf nickte sie in Richtung des Wandbettes.

„Borkum.“ Ein verträumter Ausdruck schlich sich auf das Gesicht der älteren Frau.

„Wie weit fort die Insel zu sein scheint und wie weit die Zeit zurückliegt, als wir alle noch jung waren. Gut, dass man nicht weiß, was einem das Leben bringt. Ich wäre sonst schon in jungen Jahren verzweifelt!“ Tante Tines Stimme klang brüchig, und sie ließ wie eine vertrocknete Blume den Kopf hängen.

Inken setzte sich neben die alte Frau auf einen Stuhl und

legte ihr einen Arm um die Schulter. „Denk nicht an die schlechten Zeiten. Erzähle mir lieber von meiner Mutter. Vater ist meinen Fragen immer ausgewichen. Und als Mutter starb, war ich noch zu klein, um mich zu erinnern. Manchmal, zumeist unerwartet, lassen Düfte oder Klänge jedoch Bilder in mir aufsteigen. Dann glaube ich zu wissen, dass sie eine sehr schöne Frau war und mich geliebt hat."

„Deine Mutter." Tante Tine seufzte, und ein verklärter Ausdruck legte sich auf ihre Züge. „Ihr Name war Amke, aber das weißt du ja. Sie ist mir allezeit wie ein Engel vorgekommen. Dieses lange, helle Haar, und die Haut so fein und fast durchscheinend. Sanft und nachgiebig war Amke gegen jedermann und doch taten alle das, was sie wünschte. Deine Mutter war ein ganz besonderer Mensch, Inken."

„Ich weiß." Inken nickte betrübt. „Sie war wohl ganz anders, als ich es bin. Die Leute sagen, ich komme nach meiner Großmutter, die auch dieses lockige, rote Haar hatte." Inken wickelte eine Strähne um ihren Finger. „‚Stur wie ein Esel', sagt Vater immer, wenn er von ihr spricht. ‚Und ein Mundwerk wie ein Fischweib.'" Inken seufzte. „Für meinen Vater ist es sicher gut, kein Spiegelbild vor Augen zu haben, aber ich hätte gern mehr von der Lieblichkeit meiner Mutter gehabt. Vater hat sehr unter ihrem Tod gelitten und tut es immer noch."

Tante Tine schien Inkens letzte Worte kaum wahrgenommen zu haben. Sie war tief in Gedanken versunken. Ihre Augen blickten in eine weite Ferne. „Deine Mutter war ein Kind der Insel, Inken. Sie liebte das Meer und den Strand, die Stürme und die Schreie der Möwen im Wind. Doch es waren die Menschen, denen ihre besondere Zuneigung galt. Ich habe das am eigenen Leibe erfahren. Sie hat mich immer vor den Insulanern in Schutz genommen. Auf der Insel hielten mich alle für ein überängstliches Wesen. Das stimmte in gewisser Weise auch. Als Kind bin ich einmal bei einer Schiffsfahrt fast ertrunken. Seit dieser Zeit habe ich einen Heidenrespekt vor den Gewalten der Natur. Beständig saß mir die Angst vor dem Meer und seinem Tun im Nacken, und vielleicht war diese Urangst auch der Grund dafür, dass ich deinem Onkel so bereitwillig ins Moor gefolgt bin. Dabei waren all seine Beteuerungen nur leere Versprechen. Eggo hat niemals die Frau in mir gesehen, sondern nur die dumme Tine-Trine mit dem hohen Erbteil. Das hat er dann ganz schnell durchgebracht, und nur ein gütiges Schicksal hat ihm danach das goldene Kalb in Gestalt der Obererbpächter geschickt."

Sie zuckte geringschätzig mit den Schultern. „Reden wir lieber nicht mehr von diesem Kerl." Sie nickte mit dem Kopf zum Schrankbett. „Eigentlich wollte ich dir ja von deiner Mutter erzählen. Sie war so offen und frei gegen jedermann, wie dein Vater verschlossen und eigenbrötlerisch war. Niemand konnte sich vorstellen, dass Hinderk sich einmal solch eine Frau suchen würde, er selbst am wenigsten. Doch als Amkes Vater vom Walfang nicht zurückkehrte, ergab es sich, dass er sie bei sich aufnahm. Amke brauchte Arbeit und Hinderk jemanden, der sich um ihn sorgte.

Tja, die Leute sagen, Amke hätte deinen Vater bezirzt und wie eine Sirene eingefangen. Aber ich glaube nicht, dass sie dies absichtlich tat. Es war die große Liebe zwischen den beiden, da bin ich mir ganz sicher. Hinderk soll sich zuerst dagegen gewehrt haben, denn schließlich wollte er niemals eine feste Beziehung eingehen. Dein Vater liebte seine Freiheit. Außerdem war er damals schon nicht mehr jung. Die Insulaner tuschelten hinter vorgehaltener Hand, dass es nicht gut gehen könne mit ihm und dem jungen Mädchen unter einem Dach. Sie sagten, er habe versucht, ihrer Nähe zu entkommen, und sei wie ein Besessener zur See gefahren. Doch die Liebe ist wohl stärker gewesen, und einen ganzen Sommer lang ging er nicht mehr auf Walfang. Im Herbst dann ließen die beiden einen Pfarrer kommen, einen, der sein Handwerk verstand, und wurden auch offiziell ein Paar. Ich war nicht dabei, denn schon damals hielt mich Eggo wie eine Gefangene. Davon habe ich deinem Vater natürlich nie erzählt. Was man nicht wahrhaben will, schiebt man gerne beiseite."

Tante Tine sah Inken in die Augen, als wolle sie sie dafür um Verzeihung bitten. Dann fuhr sie fort. „Während dein Vater zur See fuhr, verwandelte deine Mutter den Garten des Hauses, der noch zu meiner Zeit von Disteln und Brennnesseln überwuchert war, in ein kleines Paradies. Ich habe ihn nie gesehen, aber Hinderk schrieb mir davon. Ganze Schiffsladungen Humus muss er vom Festland mitgebracht haben, damit Malven und Hortensien, Päonien und Lilien und auf dem Boden Kissen von Grasnelken und Anemonen zum Blühen gebracht werden konnten. Deine Mutter hat die Pflanzen jeden Tag eigenhändig mit Süßwasser aus den Regenwasserzisternen versorgt. Sie muss Blumen sehr geliebt haben, Inken. Dein Vater nannte sie seine Inselrose. Ach, Inken, wie gerne hätte ich mein Elternhaus von Amkes Blumen umrahmt gesehen."

„Du wirst es sehen." Inken nahm die Hände ihrer Tante und streichelte sie sanft. „Die Blumen gibt es immer noch, obwohl Mutter schon so lange tot ist. Vater sorgt Jahr um Jahr dafür, dass es ihnen an nichts fehlt." Inken schloss die Augen und gab sich einen Augenblick ganz ihrem Heimweh hin. In der eigenartigen Weise, in der man sich selbst manchmal im Traum sieht, sah Inken sich plötzlich als Mädchen von zehn Jahren mit langem, lose fallendem Haar, den Weg vom

Strand kommen. In der Hand hielt sie die Ranke eines Geißblattes, dessen betörenden Duft sie noch jetzt zu riechen vermeinte.

„Ich kann mich erinnern, dass die Blumen am frühen Abend am schönsten aussahen, wenn ihre Farben im glutroten Schein der im Meer versinkenden Sonne aufleuchteten", hörte Inken sich mit belegter Stimme sagen. „Doch die harte Stimme, mit der Tante Rinelda mich zum Essen rief, ließ den Zauber schnell verfliegen."

„Rinelda, ach ja." Tante Tine lachte leise. „Sie war nicht sehr umgänglich zu meiner Zeit, und das wird sich mit den Jahren wohl nicht geändert haben. Ich weiß, dass Hinderk nur der Not gehorchte, als er ihr nach Amkes Tod das Zepter in die Hand gab. Ihn lockte das Meer mehr denn je, und du warst noch ein kleines Kind."

„Ich mochte sie nicht." Inken schauderte.

„War sie nicht eine entfernte Verwandte deiner Mutter?" Tante Tine zog die Nase kraus.

Inken nickte. „Ihr Cousine, um genau zu sein. Als ich begann, ihr Aussehen wahrzunehmen, kam Tante Rinelda mir immer wie ein Walross vor, so dick und unbeweglich. Während ich selbst ein wieselflinkes Kind und äußerst lebhaft war. Das hat Tante Rinelda großen Kummer bereitet. Trotz all ihrer Bemühungen schaffte sie es nicht, ein zurückhaltendes Mädchen aus mir zu machen, das Freude an der Hausarbeit hat. Außerdem störte sie sich beständig an meinem roten Haar. ‚Rotes Haar und Sommersprossen, sind des Teufels Artgenossen', pflegte sie zu sagen und hätte mich im Sommer am liebsten eingesperrt, um zumindest den Sommersprossen Einhalt zu gebieten." Inken schüttelte den Kopf. „Ich bin ihr so gut es ging aus dem Weg gegangen. Die Insel bot viele Fluchtmöglichkeiten. Aber häufig genug konnte ich ihr nicht entkommen und war ihren Versuchen, eine brauchbare Hausfrau aus mir zu machen, hilflos ausgesetzt."

Inken schloss die Augen, und in ihrem Kopf nahm die Küche ihres Elternhauses Gestalt an. Der Duft von frisch gebackenem Brot stieg ihr in die Nase. Sie sah die Anrichte, auf der sich das Geschirr stapelte, und die Porzellanwanne, in der es gereinigt wurde. Daneben eine Schale mit frischen Eiern. An den Eichenbalken in der Küche hingen duftende Kräuterbündel aus dem Garten ihrer Mutter. Neben dem schwarzen, offenen Herd saß, verdrießlich schauend, Tante Rinelda in einem Schaukelstuhl. Sie selbst rollte auf dem sauber gescheuerten Holztisch Teig aus. Inken sah alles so deutlich vor sich, als bräuchte sie sich nur zu recken, um Tante Rinelda berühren zu können. Tante Rinelda mit der gestärkten weißen Schürze und den missbilligend vorgeschobenen Lippen, klein und rundlich. Das weiße Haar trug sie unter dem altmodischen Spitzenhäubchen zu einem Knoten frisiert. Und jetzt, im Schaukelstuhl, glühten ihre Wangen, die Augen blitzen böse, und mit dem Nudelholz in der rechten Hand brachte sie das junge Mädchen vor sich fast zum Weinen. „Ich bleibe jetzt so lange hier sitzen, bis die Brote braun und nicht mehr schwarz aus dem Ofen kommen", hörte Inken sie sagen.

„Es war schier unmöglich für mich, ihren Ansprüchen zu genügen. Weißt du, Tante Tine, meine Gedanken waren zumeist nicht in der Küche bei der Hausarbeit, sondern am Strand beim Meer. Das hat mir Tante Rinelda natürlich sehr übel genommen. Sie konnte sich dann die wunderbarsten Strafen ausdenken."

„Dein Vater hat zugelassen, dass sie dich schlägt?" Entsetzt schlug Tante Tine eine Hand vor den Mund.

Inken verneinte. „Nicht doch. Sie hatte ganz andere Möglichkeiten, mir wehzutun. Verfehlungen in der Küche führten zum Beispiel dazu, dass ich Garrelt nicht besuchen durfte. Oder aber sie ließ mich stundenlang Textstellen aus der Bibel auswendig lernen. Damals fand ich jedoch, dass sie selbst die größte Strafe war, die mir auferlegt wurde, und ich verstand Vater nicht. Aber heute sehe ich, dass Tante Rinelda auch ihr Gutes hatte."

Inken lächelte in sich hinein. „Sie hat für mich gesorgt, wenn Vater auf Walfang war. Dank ihr bin ich Wildfang regelmäßig zur Schule gegangen. Und in welcher Kleidung wäre ich herumgelaufen, wenn Tante Rinelda nicht ein Auge darauf gehabt hätte. Ja, in gewisser Weise muss ich ihr dankbar sein. Aber andererseits hat sie mich auch viele Tränen gekostet. Für Tante Rinelda war ich wohl nur eine geballte Ladung Widerstand. Sogar meine wilde rote Mähne widersetzte sich all ihren Bändigungsversuchen. Gleichgültig, wie oft Tante Rinelda zur Bürste griff, aus den Flechten lösten sich immer einzelne Strähnen. Das Zusammensein mit Garrelt fand ebenso wenig ihre Zustimmung wie die Tatsache, dass ich mit den anderen Inselkindern nichts anfangen konnte. Weder mochte ich mit den Mädchen und ihren Puppen spielen noch mit den Jungen und ihren Holzbooten. Mir reichte die gemeinsame Zeit mit den Inselkindern in der Schule.

Dreimal in der Woche kam ein Lehrer vom Festland herüber und unterrichtete uns. In der Schule kam ich gut zurecht. Der Lehrer hielt mich wohl für klug, doch die Insulaner gaben meinem Vater den Ratschlag, meinen wachen Verstand zu dämpfen. Es sei nicht gut, wenn Mädchen zu viel wüssten und zu neugierig wären. Gott sei Dank scherten weder mein Vater noch ich uns um diese Frage. Mir war es nur recht, dass mir die Schule ein Leichtes war. Sobald ich die Schulaufgaben und die Hausarbeit erledigt hatte, trieb es mich an den Strand. Ich verbrachte viele

Stunden im Freien und war wild und ungestüm wie das Meer. Zerrissene Röcke und nicht vorhandene Schuhe, nasse Kleidung und verfilzte Haare machten mir nichts aus. Tante Rinelda aber sehr wohl. Sie war der Ansicht, mein Vater ließe mich verwildern. Mir gefiel das unstete Leben mit Vater jedoch weitaus besser als die Tage in der Obhut meiner Tante. Doch auch sie gingen vorbei.

Wenn Vater da war, verbrachten wir oft die langen hellen Abende mit Garrelt, dem Fischer. Wir tranken zusammen Tee, und die beiden Männer vertrieben mir die Zeit mit Seemannsgarn. Die Insulaner hatten wohl Mitleid mit mir, dem Mädchen ohne Mutter, fanden mich aber auch seltsam. Und als seltsam erachteten sie auch Vaters Erziehungsmethoden. Hinter vorgehaltener Hand hörte ich sie sagen, dass sich kein halbwegs anständiger Mann jemals für mich interessieren und es ein böses Ende mit mir nehmen würde." Bei diesen Worten stand Inken plötzlich, wie von unsichtbarer Hand herbeigezaubert, Cirks Bild vor Augen. Sie vermeinte seinen streichelnden Blick erneut über ihren Körper gleiten zu fühlen und verspürte eine seltsame Sehnsucht. Mit einer energischen Handbewegung verscheuchte sie das Trugbild wieder.

„Es gab eigentlich außer Vater und Garrelt keinen Menschen, der mir nahestand. Es mag sein, dass ich manchmal einsam war, aber dieses Gefühl konnte ich nicht in Worte fassen. Doch eigentlich hatte ich eine schöne Kindheit, und das trotz Tante Rinelda. Vielleicht tue ich ihr auch Unrecht. Wer weiß, welche Träume sie nach dem Tod meiner Mutter gehegt hat, die sich nicht erfüllt haben. Und dann die schwere Aufgabe, das unbändige Kind, das ich war, zu erziehen. So manchen Tag wird sie verzweifelt gewesen sein. Und das Maß war voll, als Vater dann eines Tages anfing, mir das Schießen beizubringen. Tante Rinelda stellte ihn vor die Wahl: sie oder die Schießübungen. Doch Vater ließ sich von niemandem etwas sagen, und so verließ uns Tante Rinelda. Sie suchte sich eine, wie sie sagte, *dankbarere Aufgabe* an Land. Ich war damals vierzehn Jahre alt."

Mit einem kleinen wehmütigen Lächeln stützte Inken die Ellenbogen auf den Tisch. Für einen Moment überkam sie die glasklare Erkenntnis, dass die Jahre mit Tante Rinelda denen hier im Moor, in denen es keine Freiheit für sie gab, glichen. Inken blickte aus dem Fenster, sah aber im Geiste das Meer und seine Weite vor sich. Und ganz leise schlich sich der unbändige Wunsch nach Freiheit in ihr Herz. Sie wollte, sie musste fort von hier, sonst würde sie noch ersticken. Das Gefühl war so übermächtig, dass es fast wehtat.

Als Tante Tine zu sprechen begann, musste Inken sich zwingen, zuzuhören. Doch schon bei den ersten Worten richtete sie sich hellwach auf. „Ich habe dich einmal als Säugling gesehen, Inken. Du warst der ganze Stolz deiner Eltern. Und die roten Haare hattest du damals schon. Deine Mutter hat gelacht, als mir das Wort ‚Rotfüchsin' entschlüpfte. Sie hat den Kopf geschüttelt und dich ‚Goldkind' genannt." Tante Tine lächelte glücklich, sie schwelgte sichtbar in ihrer Erinnerung.

„Wann und wo hast du meine Mutter getroffen?" Inken saugte Tante Tines Worte förmlich in sich auf.

„Das war in Emden. Da merkte man schon, dass es ihr nicht gut ging. Nein, wirklich nicht. Die arme Amke." Sie senkte den Kopf. „Diese verdammte Krankheit! Sie war wie ein Tier, das deine Mutter holen kam. Zuerst ging es sehr langsam. Deine Eltern klammerten sich aneinander wie Kinder, und wieder fuhr dein Vater nicht zur See. Zu dieser Zeit war es auch, dass es mir gelang, mich heimlich mit den beiden in Emden zu treffen. Hinderk und Amke hatten einen Arzt aufgesucht, der jedoch nicht helfen konnte. Sie hatten dich mitgenommen, und du lagst in einem Körbchen. Ich weiß noch, wie ich Amke beneidet habe. Ich habe Eggo ja als alte Jungfer geheiratet, und ans Kinderkriegen war in unserem Fall nicht mehr zu denken. Wie gesagt, ich habe deine Eltern beneidet um dich und um ihre Liebe. Doch dann, als ich Amke zum Abschied in die Arme nahm, da schämte ich mich. Denn sie war nur mehr ein Schatten ihrer selbst, eine Handvoll Mensch. Amke hat nie über ihre Krankheit gesprochen oder geklagt. Doch als ihr jeder Handschlag zu viel wurde und sie dich in die Obhut einer Verwandten geben musste, da ließ sich nicht länger übersehen, dass sie des Todes war. Und selbst zu ihrer Beerdigung ließ mich Eggo nicht ziehen." Tante Tine begann leise zu weinen, und auch Inken liefen Tränen über die Wangen. Sie lehnte ihren Kopf gegen das Holz. Wellen des Schmerzes schlugen über ihr zusammen, und sie schloss die Augen. Wie sie ihre Mutter vermisste! Diesen Menschen, den sie nie gekannt hatte, nie hatte kennenlernen können. All die Jahre war es so gewesen. Welch ein Verlust. Und allezeit war da das Gefühl, nicht vollständig zu sein. Als ob einem ein Teil seines Selbst fehlte. Und sie wusste, dass es ihrem Vater genauso ging.

„Hinderk wurde nach ihrem Tod niemals wieder richtig froh", sagte Tante Tine, als habe sie ihre Gedanken gelesen.

„Er war mir immer ein guter Vater, aber den Kameraden fand ich eher in Garrelt. Du kennst ihn ja."

Tante Tine nickte. „Hat das Herz auf dem rechten Fleck, dieser Mann. Ihn hätte ich nehmen sollen anstatt den Kerl dort im Bett." Für einen Augenblick nahmen sie die Schnarchgeräusche hinter den Türen des Wandbettes wieder stärker wahr. „War aber leider einige Jährchen zu jung für mich. Mit Garrelt konnte man Spaß haben, und wenn die Mundharmonika aufspielte, dann schwang er einen wie eine Feder über die Holzplanken.“ Tante Tine schloss verträumt die Augen.

Inken lächelte beim Gedanken an den Fischer. „Ich war für ihn wohl so eine Art Ersatztochter, ein Stück weit Familie, die er nicht hatte. Und für mich war er der Freund schlechthin. Wir tollten wie junge Welpen lachend über die Insel. Er lehrte mich das Meer beobachten, bis ich das Wetter deuten konnte und Stürme heraufziehen sah.“ Inken schloss für einen Moment die Augen und erinnerte sich plötzlich mit jeder Faser ihres Herzens an diese unbeschwerten Tage zurück. Borkum, mit seinem Strand voller Abenteuer, mit glutroten Sonnenuntergängen und den Fischerkaten, von denen jede ein anderes Schicksal barg. Die Insel war ihre Heimat und das Haus ihres Vaters allezeit ein Zufluchtsort gewesen. Allezeit, bis die Franzosen gekommen waren. Und nun saß sie hier inmitten dieses gottverdammten Moores und war der Gewalt ihres Onkels ausgesetzt.

Inken drehte ihr Gesicht zur Seite, damit Tante Tine den verbitterten Ausdruck, der darin lag, nicht wahrnahm und sich wieder Vorwürfe machte. Sie musste den Gedanken an die Insel, an ihr Zuhause verdrängen, damit sich die Realität nicht gar zu grausam ausnahm. Doch auch Tante Tine schien in Gedanken immer noch auf der Insel zu sein.

„Borkum, wenn ich doch nur noch einmal dort sein könnte.“ Sie seufzte und ergriff Inkens Hand. „Einmal noch das Meer sehen und die Wellen rauschen hören. Aber ich bin schon zu alt. Meine Zeit ist bald zu Ende, und ich hoffe, die Zeit der Franzosen auch – damit du fortkannst. Man sagt, sie ziehen erneut Ostfriesen zum Wehrdienst ein. Vielleicht wird das die Menschen endlich wachrütteln. Und wenn nicht die

Männer, dann doch wenigstens die Frauen. Sie werden nicht noch mehr ihrer Söhne für Napoleon in den Krieg ziehen lassen."

Inken schüttelte müde den Kopf. „Die Frauen werden nicht viel ausrichten können. Bei der letzten Aushebung in Leer haben sich die wehrpflichtigen Männer geschlossen geweigert, für Frankreich zu kämpfen. Doch du weißt, eine schwer bewaffnete Kompanie Soldaten hat sie schnell eines Besseren belehrt, und die Männer wurden gezwungen, das Los zu ziehen. Und denk daran, wie es den Schiffern und Seeleuten aus dem Bezirk Timmel ging. Auch sie wurden zur Musterung befohlen und wollten sich nicht dem Losentscheid unterwerfen. Der Torfschiffer Harm erzählte von regelrechten Aufständen gegen die Franzosen. Die Rädelsführer wurden ausfindig gemacht und zum Tode verurteilt. Alle anderen hat man verhaftet und unter starker Bewachung nach Antwerpen gebracht. Wie haben die Frauen und Kinder in Timmel und den umliegenden Fehndörfern gelitten! Erst nach einem Jahr wurden die Aufsässigen wieder in ihre Heimat zurückgeschickt. Bis heute hat es keinen Widerstand mehr gegeben. Zu groß ist die Angst vor den Repressalien Napoleons."

Inkens Mund wurde schmal vor Zorn. Die Menschen würden nur noch einmal aufstehen, wenn sie sich alle einig wären. Und der kleine Franzose verstand es sehr gut, die Ostfriesen einzuschüchtern und gegeneinander aufzuwiegeln.

„Solange durch Losverfahren bestimmt wird, wer als Soldat in den Krieg ziehen muss, einigen sich die Menschen sicherlich nicht. Jeder wird versuchen, das Unglück von sich abzuwenden. Man sagt, die Reichen können ihre Söhne freikaufen oder sich ‚Ersatz' besorgen. Warum sollten sie sich also mit den Armen verbünden? Und diejenigen, deren Söhne ziehen müssen, werden dies den Reichen anlasten. Die Zerrissenheit untereinander wird steigen und dem Feind in die Hände spielen.“

Inken spürte die Verbitterung in ihrem Herzen. Was war das für ein Mann, der ein ganzes Dorf seiner Männer beraubte? Was war das für ein Mensch, der sein Kanonenfutter durch das Los bestimmte? Wie grausam musste ein Mann sein, damit ihm ein solcher Schachzug einfiel? Vielleicht so grausam wie ihr Onkel? Erst kürzlich waren Nachrichten vom Russlandfeldzug des französischen Kaisers, besser gesagt vom Rückzug aus Russland, ins Moor gedrungen. Die Wege seien mit toten und sterbenden Menschen gepflastert gewesen, und nicht einmal die Pferde hätten es geschafft, sich gegen den Schnee und den eisigen Nordwind zu behaupten, hieß es. Um sich innerlich wärmen zu können, hätten einige für einen Schluck Branntwein ihren Kameraden umgebracht. Auf diesem Feldzug, seien Freundschaft, Liebe und Mitleid in den Männern gestorben. Inken fröstelte, wenn sie daran dachte, dass Napoleon jetzt wieder neue Soldaten für sein Spiel brauchte. Was würde geschehen, wenn er nun die Söhne der Moorkolonisten einziehen würde? Bislang hatte man das Moor geflissentlich ausgenommen. Hier würde sich niemand freikaufen können. Die Menschen hatten kaum genug zum Überleben und brauchten zum Torfabstechen jede Hand. Einige Wenige besaßen Torfkähne, mit denen sie das abgestochene Brennmaterial in die Dörfer und Städte fuhren. Einzig der Werftbesitzer und ihr Onkel, den die Großefehngesellschaft unterstützte, kamen besser über die Runden.

„Wie kommt es eigentlich, dass die *Fehnherren* gerade Onkel Eggo die Verwaltung des Compagniehauses überlassen haben? Ich habe eigentlich nicht den Eindruck, dass sie ihm besonderes Vertrauen oder Freundschaft entgegenbringen.“

Tante Tine zuckte die Achseln, und wieder wurde ihr

schmächtiger Körper vom Husten geschüttelt. „Eggo hat viele Geheimnisse. Schon damals, als ich ihn kennen lernte, hielt er dieses Haus für die Obererbpächter in Ordnung. Bald werden die Herren wiederkommen und kontrollieren, ob die Kolonisierung voranschreitet. Dann werden wir es etwas besser haben."

Ihre Tante hatte Recht. An diesen wenigen Tagen im Jahr riss sich Onkel Eggo zusammen. Inken würde ihr einziges gutes Kleid tragen dürfen und die *Fehnherren* bewirten müssen. Tee und Butterbrote, Heu und Hafer für die Pferde, Essen und Trinken auch für die Knechte der Obererbpächter. Mittags Braten auf dem Tisch und viel Bier und Wein.

„Gieß Branntwein in die Getränke. Wenn diese Klugscheißer besoffen sind, stellen sie keine Fragen", hatte Onkel Eggo beim letzten Mal angeordnet.

„Sie werden wieder nur trinken und nicht ordentlich kontrollieren", mutmaßte Inken.

„Ja." Tante Tine nickte. „Eggo lässt sie nur sehen, was sie sehen sollen. Die vier Tagwerke Moor, die er selber bearbeiten muss, haben diese Herren noch kein einziges Mal zu Gesicht bekommen. Und wenn ihm die Nase eines Moorkolonisten nicht passt, dann wird er ihm etwas anhängen und dies bei den Buchhaltern vorbringen. Eggo hat nicht nur uns in der Hand, mein Kind, er hat hier alle in der Hand. Darum sagt auch niemand etwas gegen ihn. Er will die Herren diesmal darum angehen, ihm als Nebenverdienst das Krugrecht und die Geneverbrennerei zu geben. Und wer dann sein bester Kunde sein wird, das wissen wir beide ganz genau, nicht wahr? Eggo rechnet sicherlich damit, dass du hier Tag und Nacht ausschenkst." Die Ältere fuhr sich mit der Hand über die Augen. „Kind, ich hoffe von ganzem Herzen, dass die Franzosen endlich vertrieben werden."

Inken umarmte ihre Tante tröstend und führte sie dann nach draußen auf die Bank. Während die alte Frau dankbar die Sonnenstrahlen genoss, glitt Inkens Blick zum Himmel. Endlos war das blaue Meer dort oben, und es sah so aus, als bedürfte es nur eines Schiffes mit gesetzten Segeln, um es zu befahren. Wolken zogen vorbei, und wieder stieg Sehnsucht in Inken auf. Die weißen Himmelsschiffe kannten keine Grenzen, sie waren keiner Herrschaft ausgesetzt und keines Menschen Willkür. Schwerelos, sorglos leicht glitten sie dahin, und nichts und niemand konnte sie aufhalten. Schwermütig blickte Inken ihnen nach und wünschte sich, sie könnte mit ihnen ziehen.

Jebbedine

Es war ein wunderschöner Apriltag und die Luft so mild, dass sie den trügerischen Anschein erweckte, der Sommer wäre schon da. Haselkätzchen fielen auf den Weg entlang dem Wasser, Schlüsselblumen leuchteten unter dem kargen Bewuchs des Moores, und an den Ufern funkelten Sumpfdotterblumen so hell wie Sonnenstrahlen.

Behäbig pflügte der Torfkahn sich einen Weg durch das Wasser des Kanals. Cirk schloss die Augen und gab sich für einen Moment dem Gefühl von Unwirklichkeit hin. Er war nicht mehr in England! Er war wieder hier, und er war auf dem Weg zu Inken. Der Augenblick ihres Wiedersehens, von dem er all die Monate geträumt hatte, stand kurz bevor! Cirk sog die Luft tief in sich hinein. Es war ein äußerst gefährliches Unterfangen gewesen, ihn zurück nach Ostfriesland zu schmuggeln! Doch Thomas hatte es trotz der strengen Bewachung der Küste durch Douanen und Soldaten gewagt, nach

Helgoland zu fahren. Und Cirk hatte den roten Felsen mitten im Meer, dessen Form und Farbe im Dunst der See erst im letzten Augenblick zu erkennen gewesen war, begrüßt wie einen Freund. Es gab immer noch heimliche Verbindungen mit ostfriesischen Schiffen, die Helgoland als Umschlagplatz nutzten. Auf diesem Weg war Cirk auch zurück nach Emden gekommen und hatte sich bei Nacht und Nebel zu Tjalda durchgeschlagen.

Diese hatte die Hände über dem Kopf zusammengeschlagen und ihn einen Narren geschimpft. „Du saßest doch trocken und sicher in England. Was seid ihr Männer nur für Dummköpfe!"

Als Cirk ihr dann jedoch, ganz nebenbei, erzählt hatte, dass er Inken aufsuchen wolle, aufsuchen *müsse*, war ein mildes Lächeln auf Tjaldas Gesicht erschienen.

„Ach, also war es die Liebe, die dich leichtsinnig gemacht hat. Das kann mein altes Herz nun doch verstehen. Gut, dann geh zu Inken. Ich werde dir eine entsprechende Verkleidung besorgen. Aber danach versteck dich im Moor, hörst du! Hier kannst du jedenfalls nicht bleiben. Auf deinen Kopf ist eine hohe Belohnung ausgesetzt. An jedem öffentlichen Gebäude findest du einen entsprechenden Aushang. Und beim Geld hört die Freundschaft auf, das weißt du ja."

Zwar würde Cirk alles andere tun, als sich im Moor zu verstecken, doch davon wusste Tjalda zum Glück nichts. Versteckt hatte er sich, weiß Gott, lange genug. Er hatte es so satt, untätig herumzusitzen und zuzuschauen, wie die Franzosen den Willen der Ostfriesen mehr und mehr brachen. Es war an der Zeit, Widerstand zu leisten. Zuvor musste er jedoch unbedingt Inken aufsuchen.

In den Tagen gleich nach seiner Rückkehr hatte er sich in Tjaldas Haus verborgen gehalten und nicht einmal die Nasenspitze zur Tür hinausgesteckt, während Tjalda, auf seine Bitte hin, vorsichtig Erkundigungen über Inkens Verbleib eingezogen hatte. Da war ihr Onkel, der für die Großefehngesellschaft arbeitete. Und einer von Tjaldas Kunden, ein Obererbpächter, hatte schließlich gewusst, wo Inken zu finden war. Ganz in ihrer Nähe lebte auch eine alte Freundin von Tjalda.

„Eine fürchterliche alte Moorhexe kann sie sein“, beschrieb die Geldhändlerin sie, „doch Jebbedine hat das Herz auf dem rechten Fleck.“

Und zu besagter Jebbedine war Cirk jetzt mit einem Rucksack, der einige Habseligkeiten enthielt, einem Korb voller Lebensmittel und herzlichen Grüßen von Tjalda unterwegs. Schließlich konnte er nicht einfach im Haus von Inkens Onkel aufkreuzen und darauf bestehen, mit Inken zu sprechen. Vielleicht würde sie ihn, wenn er so vorging, ja sogar abweisen. Er musste sich vielmehr versteckt halten und ein heimliches Treffen mit ihr arrangieren. Da war es gut, bei Jebbedine um Gastfreundschaft zu bitten. Vielleicht kannte sie Inken sogar und würde ihm helfen.

Beim Gedanken an das Zusammentreffen mit Inken fühlte Cirk Unruhe in sich aufsteigen. Es war verrückt, was er tat, ohne Frage. Doch er musste sie einfach wiedersehen! Cirk holte tief Luft und versuchte den Gedanken, die ihn bedrückten, zu entkommen.

Tjaldas Abschiedsworte kamen ihm in den Sinn, und für einen Augenblick plagte Cirk dann doch das schlechte Gewissen. „Bevor die Luft nicht wieder franzosenfrei ist, darfst du dich auf keinen Fall hier blicken lassen!“ Ihre Stimme war eindringlich gewesen, und ihre Augen schienen bis auf den Grund seiner Seele zu schauen. Er hatte sich gewunden unter diesem Blick, es aber nicht übers Herz gebracht, ihr die Wahrheit zu sagen.

Das leise Glucksen des Wassers brachte Cirk in die Gegenwart zurück. Seine Augen folgten dem Kanal, der ihn an eine silberne Seeschlange erinnerte, die sich in mooriges Land gebettet hatte. Der Kopf der Schlange schien mit dem blauen Himmel, dem braunen Bodenbewuchs und dem Grün der wenigen Birkenbäume zu verschmelzen. Und in diesem Augenblick merkte Cirk überrascht, dass das Moor auch schön sein konnte, nicht nur wild und grausam.

Als der Kahn in der Nähe von Jebbedines Hütte festmachte, stieg Cirk ein wenig beklommen aus. Die Hütte bestand aus in die Erde gerammten Holzpfosten, die mit Flechtwerk umwickelt und mit Lehm verputzt waren. Zwei winzige Fenster ließen Licht ins Haus. Das Dach war mit Schilfrohr gedeckt. Cirk ging auf die Moorkate zu, vor der eine alte Frau auf einer Holzbank saß. Cirk hatte in seinem Leben schon viele Menschen kennen gelernt, doch niemals zuvor war er so verblüfft gewesen wie beim Anblick von Tjaldas Freundin. Die Alte saß mit einer Pfeife in der Hand auf der Bank und stieß Rauchwölkchen in die Luft. Sie trug eine bunte Mischung aus mehreren Lumpen übereinander, und Cirk vermochte nicht zu sagen, ob es Röcke oder Hosen waren. Auf dem Kopf prangte ein lilagraues Tuch, dessen Enden unter ihrem Kinn zusammengebunden waren. Weißes Haar lugte darunter hervor. Ihr Gesicht war von tausend Falten durchzogen und ihr Kinn mit einigen dunklen Härchen bedeckt. Als sie aufstand, bemerkte Cirk, dass Jebbedine so gebeugt war wie ein Birkenbaum, der zeit seines Lebens dem Wind hatte trotzen müssen.

„Oh, ein Jüngling besucht mich!" Die Stimme klang fest und klar und wollte so gar nicht zu Jebbedines Gestalt passen. Genauso wenig wie die hellen blitzenden Augen, die man eher bei einem jungen Menschen vermutet hätte. „Was verschafft mir altem Weib diese Ehre? Meiner Schönheit wegen kommst du sicherlich nicht!“ Sie kicherte leise.

Cirk lachte und verbeugte sich leicht. Er gab ihr die Hand, den Korb und überbrachte ihr Tjaldas Grüße.

„Tjalda, dieses liebe Menschenkind. Wie lange habe ich sie nicht mehr gesehen?“ Wehmut klang in den Worten der Alten. „Hat mir einmal sehr geholfen, die Tjalda. Gibt niemanden, der so ist wie sie!“

„Ich weiß.“ Cirk lächelte.

Jebbedine maß ihn mit einem prüfenden Blick. „Hast dich gut verkleidet. Aber wenn mich meine alten Augen nicht trügen, steckt ein ansehnlicher Mann unter diesen Lumpen und diesem lächerlichen Hut. Wenn Tjalda dich zu mir schickt, dann musst ich dich wohl im Moor verstecken, eh?“

„Mmh.“ Zögerlich kam seine Antwort. „Das könnte man so sagen. Eigentlich will ich nur eine kurze Weile hierbleiben, wenn das möglich ist.“

„Ich habe schon lange kein junges Blut mehr in der Hütte gehabt.“ Sie gab ein meckerndes Lachen von sich. „Du kannst bleiben, solange es dir gefällt. Willst wohl mit deiner Person nicht die große Armee des kleinen Kaisers aufstocken, was?“ Beifällig nickte die Alte, um sich dann wieder ihrer Pfeife zuzuwenden, auf die Cirk immer noch einigermaßen ungläubig starrte.

„Eine gute Entscheidung“, fuhr die Alte unbeirrt fort. „Hier ins Moor kommen die französischen Häscher nicht. Haben Angst vor den Moorgeistern.“ Sie gab ein paar gackernde Laute von sich. „Und wenn einer kommt, dann sorgen wir dafür, dass er auch bleibt, wenn du verstehst, was ich meine!“ Sie hob bedeutungsvoll eine Augenbraue, um sich dann mit der freien Hand quer über die Kehle zu fahren. „Weißt du, im Moor ist Platz für viele tote Franzosen.“

Cirk lachte und wusste, dass er der alten Frau vertrauen konnte.

„Ich suche eine junge Frau." Er wurde ernst und blickte ihr direkt in die Augen. „Sie heißt Inken."

„Och, Inken." Die Alte nickte. „Ist ein gutes Mädchen. Der Tine ihr Augenstern. Die hat weiß Gott auch einen Lichtblick nötig, um es neben ihrem versoffenen Kerl von Ehemann aushalten zu können. Sie ist sehr krank. Ich verdiene mein Brot damit, Leiden zu lindern, aber bei Tine ist mein bescheidenes Können vergebens. Ihre Krankheit wird unweigerlich zum Tod führen." Mit gespitzten Lippen stieß sie nachdenklich einige Rauchringe in die Luft, um Cirk dann mit einem abschätzenden Blick erneut zu mustern. „Zu Inken willst du also. Bist du ihr Liebster?"

„Das wäre ich gerne." Zu niemandem sonst hätte Cirk diese Worte sagen können, aber bei Jebbedine kamen sie ihm leicht über die Lippen.

„Ich kann euch zusammenbringen, aber du musst mir versprechen, dass du das Menschenkind noch eine kleine Weile hier im Moor lässt. Ihre Tante, die Tine, die macht es nicht mehr lange. Und wenn Inken geht, dann könnte ihr das Sterben zur Qual werden." Ihre Augen schienen ihn zu durchbohren.

Voller Unbehagen trat Cirk von einem Fuß auf den anderen. Auch wenn die Vernunft ihm sagte, dass Inken sich weiterhin im Moor verstecken musste, so war sie ihm in seinen Träumen doch stehenden Fußes und allen Gefahren mutig ins Auge sehend gefolgt.

Die Alte sah ihn noch eine Weile durchdringend an, doch dann zuckte sie die Achseln. „Kannst getrost bleiben, bis es wieder freundlicher wird in der Welt. In der Hütte habe ich noch eine Schlafbank frei." Sie nickte zur Tür hin.

„Danke, aber ich glaube, sehr lange werde ich dein Angebot nicht nutzen.“ Cirk zögerte. „Und meine Anwesenheit hier sollte unter uns bleiben. Die Franzosen würden meiner sehr gerne habhaft werden und dafür sogar den Weg ins Moor nicht scheuen.“

„Oh, so ein guter Fang bist du?“ Die Alte pfiff leise durch die Zähne. „Ich bin schweigsam wie ein Fisch. Nachdem mein Alter das Zeitliche gesegnet hat, habe ich das Sprechen eh fast verlernt.“

Sie ging vor Cirk her ins Haus, das nur aus zwei Kammern bestand. Die hintere Kammer diente ihr offensichtlich zum Schlafen, und durch die offene Tür hindurch sah Cirk, dass sie winzig war. Der vordere Raum war spärlich mit einigen Holzstühlen und einem grob gezimmerten Tisch eingerichtet. An der einen Wand befand sich eine Schlafbank mit einem Schaffell darauf. Die bot Jebbedine ihm nun mit einer Handbewegung an. Die beiden Truhen an der Wand auf der gegenüberliegenden Seite schienen ihre ganze Habe zu beinhalten. Jebbedine entfachte das Feuer in der Herdstelle, hängte einen Topf darüber und murmelte etwas von Suppe und sich stärken. Dann kramte sie zwei Tonkrüge hervor, um kurze Zeit später beide, mit Dünnbier gefüllt, auf den Holztisch zu stellen. Aus dem winzigen Fenster blickend, sah Cirk eine Kuh, die ihn mit ihren großen Augen neugierig anstarrte.

Seufzend legte er sein Bündel auf die Schlafbank und setzte sich an den Tisch. Wieder ein Versteck! Wenn diesmal auch nur für eine kurze Weile. Wie lange mochte Napoleon das Land noch knechten? Cirks Hass auf den Franzosen war in diesem Augenblick so groß, dass er ihn mit eigenen Händen hätte erwürgen können. Tjalda hatte von geheimen Abreden gesprochen, von Plänen eines Zusammenschlusses mehrerer Verbündeter zum Kampf gegen Napoleon. Doch bislang spielte sich der Widerstand nur im Verborgenen ab. Und er wollte Anteil an ihm haben.

Cirk stützte den Kopf in beide Hände. Manchmal war da die Frage in ihm, wofür er eigentlich kämpfte. Für die Menschen? Für die Heimat? War Ostfriesland denn seine Heimat? Das Meer war sein Zuhause! Glücklich war er nur dort. Auf See schien alles so einfach zu sein. Da waren die salzige Luft, mit der er seine Lungen füllte, und das Rauschen der Wellen, das seine Ohren betäubte. Manchmal glaubte Cirk, Gottes Atem im Herzen zu fühlen und seine Gedanken zu erahnen. Wenn er dem Meer so sehr verbunden war, konnte es an Land überhaupt so etwas wie ein Zuhause für ihn geben?

„Eigentlich weiß ich nicht, wohin ich gehöre", dachte Cirk und sehnte sich plötzlich verzweifelt danach, wieder Schiffsplanken unter seinen Füßen zu spüren.

Dunkelheit und Licht

Die Nacht schien ihren schwärzesten Punkt erreicht zu haben. Der Mond war gekommen und wieder gegangen, und in seinem Licht hatten Cirks Augen Wolkenfetzen ausmachen können, die zwischen den Sternen hingen. Die Feuer in den Moorkaten waren heruntergebrannt und die Menschen vom Schlaf umfangen.

Das nächtliche Treffen mit Inken in der alten Holzkirche auf dem Grabhügel war Jebbedines Idee gewesen. „Dort wird dich niemand zu Gesicht bekommen. Außer an den Sonntagen ist das Gotteshaus menschenleer. Und da Eggo Lübbers abends gerne einen über den Durst trinkt, mag die Nacht auch für Inken die richtige Zeit sein, um seinen Argusaugen entkommen zu können."

Jebbedine hatte ihm von Eggos Charakter erzählt, und nur mit Mühe war es ihr gelungen, ihn davon abzuhalten, Inken sofort aus den Fängen ihres Onkels zu befreien. Wut stieg erneut in ihm auf, wenn er an Jebbedines Schilderungen dachte. Doch sie hatte Recht! Er konnte es sich nicht erlauben, seinem Verlangen nachzugeben. Er konnte Inken nichts bieten, nicht einmal ein Versteck!

Bitterkeit stieg in Cirk auf. Was wollte er hier überhaupt? Sein Anblick würde Inken nur verwirren. Wie hatte er nur annehmen können, dass sie sich so einfach von seinen Gefühlen für sie überzeugen lassen würde. In seinen Träumen hatte es keinerlei Zweifel gegeben und keiner Worte bedurft. Inken hatte sich in seinen Augen verloren und war dann in seine Arme gesunken. Doch so würde es nicht sein, das wusste er. Was wollte, was konnte er ihr eigentlich sagen? Hier bin ich, weil ich dich liebe? Bitte erwidere meine Liebe, sonst kann ich nicht mehr leben? Das war doch lächerlich! Sie würde ihn für verrückt halten, ihm nicht glauben, ihn vielleicht sogar auslachen. Wie hatte er nur so selbstverständlich davon ausgehen können, dass sie etwas für ihn empfand? Nun, da der Augenblick, von dem er so lange geträumt hatte, gekommen war, kam ihm alles so falsch und unüberlegt vor. Doch es war zu spät für Grübeleien.

In der Nacht zuvor hatte Cirk schlecht geschlafen. Immer wieder war er aus einem Traum erwacht, der sich als Albtraum herausstellte. Von seinem Schiff aus hatte ihn eine schöne Meerjungfrau mit Inkens Zügen und langem, rotem Haar mit erhobenen Armen ins Meer gelockt. Er war ihrer Bitte nur zu gerne nachgekommen. Aber in dem Augenblick, wo er sie in den Armen gehalten hatte, war das Meerwesen höhnisch lachend davongeschwommen. Cirk schrie, und Wasser füllte seine Lungen. Er wollte Inken festhalten, aber es war nur Seetang in seinen Armen zurückgeblieben und er selbst sterbend auf den Grund des Meeres gesunken.

Cirk erschauderte in der kühlen Nacht und schob dies seinen schwachen Nerven, seiner bösen Vorahnung und allem anderen, was ihn quälte, zu. Zitternd sank er auf eine der Kirchenbänke nieder. In der Stille um ihn herum ließ das Hämmern in seinem Kopf nach. Eine Weile verharrte er so, bis das leise Knarren des trockenen Holzes der Kirchenbank ihn hochfahren ließ. Er durfte sich nicht in seinen düsteren Gedankengängen verlieren.

Entschlossen stand er auf und schritt zu dem schlichten Altar, auf dem neben dem Abendmahlkelch ein Kerzenleuchter stand. Der eiserne Fuß des Leuchters schrammte leicht über den Altartisch, als Cirk ihn mit zitternden Händen zu sich heranzog und eine Kerze anzündete. Lange verfingen sich seine Augen in dem Kranz aus Licht, und schließlich wurde er wieder etwas ruhiger.

Wie viele Menschen mochten in dieser Kirche schon um die Erfüllung ihrer Wünsche und Hoffnungen gefleht haben? Cirk trat seufzend ans Fenster und blickte in die Dunkelheit. Geduldig wartete er. Und dann, endlich, sah er Inkens Gestalt im Mondlicht mit zögernden Schritten auf den kleinen Seiteneingang zukommen, den sonst nur der Prediger benutzte. Inken trug keine Lampe bei sich. Ohne das Licht des Mondes wäre ihre Gestalt, umhüllt von einem schwarzen Umhang, völlig mit der Dunkelheit verschmolzen. Cirk wandte sich vom Fenster, trat zurück zum Altar und blickte auf die Tür.

Langsam betrat Inken das Gotteshaus. Ihre Schritte hallten in der Kirche wider. Licht ergoss sich durch ein Fenster und fiel auf ihr Gesicht. Kreidebleich war sie, und ihre Augen blickten verwirrt und ungläubig. Ihr Schritt stockte, als sie ihn sah, und ihre Finger verkrampften sich im Stoff ihres

Umhangs. Einen Augenblick lang glaubte Cirk sogar, sie würde sich umdrehen und davonlaufen. Doch dann ging Inken weiter über die Steinfliesen auf ihn zu. Ihr Mantel raschelte weich über den Boden. Vor dem Altar hielt sie an. Das Kerzenlicht tauchte ihr Gesicht in ein warmes Licht, und Cirks Herz tat einen Sprung. Er brauchte sie nur anzusehen, und all seine Gefühle brachen sich Bahn. Inken war ihm so nah und gleichzeitig doch so fern. Wie gerne hätte er sie einfach in die Arme genommen, aber er holte tief Atem und riss sich zusammen. Seine Augen hielten sich an den wenigen Holzbänken und dem schmalen Gang dazwischen fest.

Auch Inken vermied, ihm direkt in die Augen zu sehen. Sie sah an ihm vorbei auf den Altar und auf das leichte Flackern der einsamen Kerze, während sie nach den richtigen Worten suchte.

„Ich..." – ihre Stimme klang brüchig – „... ich sollte nicht hier sein. Es ist gefährlich, den Unmut meines Onkels herauszufordern."

„Das weiß ich." Wärme schwang in seinen Worten mit. „Und ich danke dir, dass du trotzdem gekommen bist."

Cirk versuchte ein Lächeln. Wie anders Inken heute aussah als an jenem denkwürdigen Abend ihres ersten Zusammentreffens. Er hatte sie schon damals als schön empfunden. Aber hier im Mondlicht vor den kargen Holzbänken sah sie einfach atemberaubend aus. Ihre Haare lösten sich aus einem widerspenstigen Zopf, auf dessen Fülle das Mondlicht rotgoldene Punkte zauberte. Doch die Veränderung betraf nicht nur ihr Äußeres. Es war Cirk, als hätte Inken zusammen mit der Männerkleidung einen Teil ihres aufbrausenden Wesens abgelegt. Sanft wirkte sie, gereifter und fraulicher. Aber vielleicht hatten auch die Jahre unter dem Dach ihres tyrannischen Onkels Spuren bei ihr hinterlassen.

„Ich habe nicht erwartet, dich hier im Moor wiederzusehen.“ Inkens Worte rissen ihn aus seiner Betrachtung. Das Du war ihr ganz selbstverständlich über die Lippen gekommen.

Cirk räusperte sich. „Ich habe es selbst nicht erwartet. Zumindest mein Verstand riet davon ab. Doch“ – er zuckte mit den Schultern – „mein Herz wollte es so. Ich hatte Zeit genug, um über mein Tun nachzudenken.“

„Dein Herz?“ Ungläubig blickte sie ihn an.

Cirk atmete tief ein und wappnete sich. „Ja, mein Herz“, sagte er fest und schaute sie unverwandt an. „Ich musste dich einfach wiedersehen, Inken.“

Inken sah ihn zweifelnd an, und eine zarte Röte stieg ihr ins Gesicht. „Du hättest nicht kommen sollen.“

„Warum nicht?“ Noch immer ließ er sie nicht aus den Augen.

„Ich ...“ Sie stockte. „Ich weiß nicht, was ich von deinen Worten halten soll.“ Verzweiflung stahl sich auf ihr Gesicht. „Was willst du eigentlich von mir? Das, was dein Mund und deine Augen mir sagen, kann ich einfach nicht glauben. Heute suchst du nach mir, morgen vielleicht nach einer anderen Frau. Ich habe wenig Erfahrung mit Männern.“ Sie blickte ihn fest an. „Doch das, was ich bei unserer ersten Begegnung von dir kennen gelernt habe, kann ich sehr wohl deuten. Du brauchst mir nicht zu erzählen, dass ich der Grund für dein Auftauchen im Moor bin. Jebbedine erzählte mir heute Morgen von deiner Zeit in England und auch, dass du dich weiterhin verstecken musst. Gib zu, dass du deshalb hierhergekommen bist. Und nun suchst du mich auf, um mich zu verwirren und um dir einen Spaß mit mir zu machen. So wie damals vor dem Gasthof. Glaubst du etwa, es genügt ein Wort von dir, damit ich dir die Wartezeit bis zum Ende des Krieges versüße?“ Sie war immer wütender und lauter geworden, bis ihre Stimme schließlich von den Kirchwänden widerhallte. Cirk berauschte sich daran, dass Inken ihr Temperament nicht verloren hatte. Doch was sie sagte, tat ihm weh.

„Inken, so ist es nicht!“ Beunruhigt suchte er nach den richtigen Worten. „Dein Bild von mir ist so falsch wie Schnee im Sommer. Ich bin nicht der leichtlebige zügellose Mann, den du in mir siehst.“ Er hob die Hände, wie um seinen Worten Nachdruck zu verleihen. „Den du zwangsläufig in mir sehen musstest nach unserer letzten Begegnung, das ist mir klar.“ Nervös fuhr Cirk sich durchs Haar. „Doch was ich dir von mir gezeigt habe, war nur eine Maske, eine Hülle. Der wahre Cirk steht hier und jetzt vor dir und konnte einfach nicht in den Krieg ziehen, ohne dich vorher noch einmal gesehen zu haben. Alles, woran ich die letzten zwei Jahre denken konnte, bist du. Diesen Zustand kenne ich nicht, habe ich nie zuvor gekannt. Zeit meines Lebens bin ich ziellos umhergewandert. Verpflichtungen und Bindungen habe ich gemieden wie ein Seemann das Riff. Aber jetzt ist alles anders.“ Er rang mit sich. „Weißt du, es ist alles so neu für mich. Ich kann mit diesen Gefühlen noch nicht so gut umgehen und weiß nicht, ob es richtig ist, sie dir einfach zu gestehen.“ Er schloss die Augen, und seine Stimme wurde leiser. „Ich liebe dich, Inken. Und im Inneren meines Herzens wünschte ich, du würdest alles stehen und liegen lassen und mit mir zusammen fortgehen.“

Atemlose Stille herrschte nach Cirks Worten. Die Kerze flackerte weich, und ein leichter Duft von Weihrauch lag in der Luft. Konnten Cirks Worte die Wahrheit sein? Sollte dieser Mann sie wirklich lieben? Hier an diesem heiligen Ort schien es ihr zumindest möglich, dass seine Worte wahr waren. Inken stand wie erstarrt und gab sich dem unvergleichlichen

Zauber des Augenblicks hin. Sie konnte keinen klaren Gedanken mehr fassen. Mit allem hatte sie gerechnet, nur damit nicht.

„Wer ist dieser Mann wirklich?“, fragte sie sich. Wie gerne würde sie seinen Worten Glauben schenken! Wie gerne würde sie darauf vertrauen, dass Cirk ihr hier und heute die Wahrheit sagte. Die Sehnsucht nach ihm war in all der Zeit nicht gewichen und wie oft schon hatte sie sich dafür eine Närrin geschimpft. Und nun stand Cirk tatsächlich vor ihr und sprach von Liebe. Er streckte seine Hand aus und ergriff die ihre. Inken ließ es geschehen.

„Du kennst mich überhaupt nicht. Wie kannst du mich da lieben?“ Verwirrung und Zweifel klangen aus ihren Worten. „Und wenn doch, wie kann ich dir glauben? Es ist nicht so, dass ich nichts für dich empfinde.“ Sie errötete. „Doch ich kenne dich nicht.“ Sie senkte die Augen und holte tief Luft. „Cirk, und selbst wenn ich dich besser kennen und vielleicht sogar lieben würde, könnte ich dir nicht folgen. Nicht in diesem Augenblick.“

„Ich habe auch nur ausgesprochen, was mein Herz fühlt und sich wünscht“, erwiderte Cirk leise. „Ich weiß, dass du bei deiner Tante ausharren musst. Doch ich verspreche dir, wenn der Krieg vorbei ist, wirst du den wahren Cirk kennen lernen, und ich werde dir alle deine Fragen beantworten.“

Inken starrte ihn an. „Du willst also tatsächlich zurückgehen und gegen die Franzosen kämpfen?“ Es war mehr eine schmerzliche Feststellung als eine Frage.

„Ja“, sagte Cirk schlicht. „Doch ich kann nur mit dem Trost in den Kampf ziehen, dass du auf mich wartest. Wirst du mir diesen Trost geben?“

Inkens Lippen zitterten. „Ich bin so durcheinander, Cirk. Ich weiß nicht mehr, was richtig oder falsch ist. Ich weiß nicht, wer du bist und wie du bist. Aber ich bin gerne bereit, auf dich zu warten."

Cirk umschloss ihre Hand ganz fest. „Dann werden wir uns wiedersehen! Sobald das Kämpfen beendet ist, werde ich auf schnellstem Weg zu Tjalda eilen. Es wäre schön, wenn wir uns dort treffen könnten."

Inken nickte nur. Sie fragte nicht, warum er sich in diesen Kampf stürzen musste. Stattdessen wanderten ihre Augen zu seiner Hand, die die ihre umschlungen hielt.

„Du hast mich im Moor gesucht. Gibt es denn niemanden sonst, den du sehen wolltest, der sich um dich sorgt, der Angst um dich hat?", fragte sie immer noch ungläubig mitten aus ihren Gedanken heraus.

Sein Mund spannte sich, und der Ausdruck seiner Augen wurde plötzlich härter. „Nein, niemanden sonst." Er breitete die Arme aus, und seine Stimme klang gespielt heiter. „Ich hatte bislang nur den Himmel."

„Hast du nie ein Zuhause gekannt mit Menschen, die dich lieben?", fragte Inken noch einmal nach.

Cirk senkte den Kopf. „Nicht so, wie du es dir vorstellst."

„Das muss schwer sein!"

„Warum glaubst du das?", forschte er nach. „Ich war immer frei und konnte gehen, wohin es mir gefiel. Ich war niemandem Rechenschaft schuldig. Weder einem zänkischen Weib noch einer Hütte voller Kinder. Da war keiner, der mein Tun jemals infrage stellte, keine Mutter, kein Vater. Weißt du" – seine Züge wurden wieder weich –, „der Wunsch, einen Menschen um mich zu haben, ist mir erst gekommen, seitdem ich dich getroffen habe."

„Aber ..." Inken zögerte. „Da müssen doch Menschen gewesen sein, die dich lieben!"

Cirk wandte sich von ihr ab. Er ließ ihre Hand los und vergrößerte den Abstand zwischen ihnen. „Warum hätten andere Menschen mich lieben müssen? Warum hätte ich Liebe geben sollen? Damit sie mit Füßen getreten wird?"

Er brach ab, zitterte leicht in dem Bemühen, sich selbst und seine Gefühle unter Kontrolle zu halten. Er wollte sich nicht in dunklen Erinnerungen verlieren, und nun brachte Inkens Frage seine dunkelsten Momente wieder zurück.

„Weißt du ..." Langsam gewann er seine Beherrschung wieder zurück. „Deshalb habe ich anfänglich auch versucht, gegen meine Gefühle für dich anzukämpfen. Ich wollte nicht lieben."

„Was ist dir passiert?", fragte sie weich. „Hat eine Frau dich so sehr verletzt?"

„Nein, keine Frau." Sein Hals schnürte sich zusammen, und er machte eine abwehrende Handbewegung. „Ach, es ist so lange her. Sehr lange! Und ich weiß nicht, ob es gut ist, ausgerechnet hier und heute davon zu sprechen!"

Inken sah die Qual in seinen Augen und wünschte sich, ihn nicht danach gefragt zu haben, aber da fuhr er auch schon fort. „Ich war ein Kind damals, zehn Jahre alt. Ein kleiner Junge, der seinen Vater nie kennen gelernt hatte. Der einen ihm unbekannten Mann auf einen Thron stellte und der Mutter die Schuld daran gab, dass ihre Beziehung zu ihm zerbrochen war." Er lachte bitter. „Da war mir noch nicht klar, dass es niemals eine Beziehung gegeben hatte. Dass es nur die Liebe meiner Mutter und das Ausnutzen dieser Liebe durch einen Schuft gegeben hat, deren Resultat ich war. Aber davon, dass mein Vater ein Schuft war, hat Mutter nie gesprochen. Im Gegenteil. Ich wuchs in dem Glauben auf, dass mein Vater ein durch und durch guter Mensch sei, der sie nur deshalb nicht heiraten konnte, weil er zu einer Heirat mit einer anderen Frau gezwungen worden war."

Wieder wandte Cirk sich von ihr ab und blickte zum Kerzenlicht, das die Farben, die er vor seinem geistigen Auge sah, jedoch nicht aufzuhellen vermochte.

„Wie sehr habe ich mich nach einem Zusammentreffen mit meinem Vater gesehnt. Wie sehr! Ich glaubte, er bräuchte mich nur zu sehen und würde seine Liebe zu mir entdecken. Mich wie einen verlorenen Sohn in die Arme schließen. Jede Nacht betete ich darum. Für mich war er das große Vorbild, denn meine Mutter erzählte Geschichten von ihm, in denen er ein tollkühner Held war. Immer auf See und daher auch ohne Zeit für mich, seinen Sohn. Ich dagegen wünschte mir nichts sehnlicher als nur eine Stunde mit diesem Mann. Und dann, eines Tages, erfüllten sich meine Gebete." Er senkte den Kopf. „Noch heute erwache ich manchmal aus einem Albtraum, der diese Begegnung zum Inhalt hat. Dann wappne ich mich und versuche verzweifelt, die Ablehnung meines Vaters auszuhalten." Leise, fast flüsternd, waren seine letzten Worte gekommen.

„Es war im Hochsommer eines trockenen Jahres. Ich schlenderte mit meiner Mutter an einem Samstag über den Markt, der voller Menschen war. Wie immer ließ ich mich am Hafen von den Schiffen ablenken, und so bin ich für kurze Zeit von ihr getrennt worden. Und da begegnete ich dem Mann, dem meine Träume galten. Er stand plötzlich vor mir, erstarrt wie ich selbst. Die äußerliche Ähnlichkeit war so groß, dass es keinen Zweifel für mich gab. Für einen kurzen Moment schienen wir aus der Menge herausgehoben zu sein. Es gab nur noch meinen Vater und mich. Ich wollte mich in seinem Arme werfen, doch dann sah ich in seine Augen. Niemals werde ich vergessen, wie der Ausdruck des Erschreckens langsam einer abgrundtiefen Abscheu wich. Wenn Blicke töten könnten, wäre ich heute nicht mehr am Leben. Vielleicht lag es daran, dass meine Mutter ihm allein durch ihre Anwesenheit so viel Ärger bereitete. Später erfuhr ich, dass seine Frau ihn zeitlebens verachtet und ihm den unehelichen Sohn vorgeworfen hat. Ihr waren nur Töchter vergönnt gewesen. Doch damals sah ich diese Abscheu alleine in meiner Person begründet. Und sie vernichtete alle Gefühle für diesen Mann. Sie vernichtete sogar fast mich selbst. Mit niemandem habe ich jemals über diese Begegnung gesprochen, und danach war ich nur noch einsam. Die Geschichten meiner Mutter verstärkten meine inneren Qualen. Sie waren nichts als Lügen, und ihre Liebe zu mir, so dachte ich damals, wäre es auch.“ Er schwieg.

Inken sagte zunächst kein Wort, sondern legte ihm nur die Hand auf den Arm. Aber er konnte die Betroffenheit in ihren Augen wahrnehmen. „Vielleicht musstest du als Kind diese traurige Erfahrung machen, um zu dem zu werden, der du heute bist“, meinte sie schließlich. „Ein Mann, der unbeirrt seinen Weg geht, der sich weder von Gefahren noch von Franzosen schrecken lässt und der voller Mut sein Leben für andere lässt. Gott hat dich so geformt, denn sonst wäre deine Trauer sinnlos gewesen. Dann hätte die erfahrene Ablehnung dich auch töten können.“

„Wie oft habe ich mir als Kind gerade dies gewünscht.“ Bitterkeit klang in seinen Worten.

„Ja“, dachte Inken und Mitleid überflutete sie. Zu gerne hätte sie mehr über Cirks Vergangenheit erfahren, doch das Leid auf seinem Gesicht hielt sie zurück. Sie sah die tiefen Furchen auf seiner Stirn und wünschte, sie mit ihren Fingerspitzen fortstreichen zu können. Aber ihr Wunsch ging nicht über den Gedanken hinaus. Ihn in die Tat umzusetzen war zu gefährlich. Sie hatte diesen neuen Cirk gerade erst kennen gelernt, und sie musste sich erst noch an die Vorstellung gewöhnen, dass er ein anderer war als der, dem sie in Emden begegnet war.

„Cirk ..." Sie maß ihn mit einem weichen Blick. „Wir alle müssen unseren eigenen Weg finden. Wir müssen ein Zuhause finden, bei Menschen, die uns lieben. Und dieses Zuhause gibt es für jeden von uns. Daran glaube ich!"

„Dann sei du mein Zuhause." Cirk umklammerte ihre Schultern. „Bisher fühlte ich mich nur auf dem Meer geborgen. Sag mir, was ich tun muss, damit ich Heimat bei dir finde, und ich tue es!" Verzweiflung lag in seinem Blick. Cirk wirkte wie ein Seemann, der unbekanntes Gewässer befuhr und nicht wusste, wohin er sein Schiff steuern sollte.

„Dein Leben gehört dir, und du musst deinen Hafen selber finden", sagte Inken leise und löste sich von ihm.

„Nein, in dir habe ich etwas gefunden, das ich nicht mehr missen möchte. Das ist das Einzige, was ich weiß. Mein Leben gehört dir!"

Inken war unfähig, darauf zu antworten. Instinktiv wusste sie, dass diese Worte wahr waren, dass sie tief aus einem Teil seines Selbst kamen, das sie zuvor nicht gekannt hatte. Das er vielleicht selbst nicht gekannt hatte.

„Ich kann das nicht annehmen", sagte sie fest. „Niemand kann das Leben eines anderen annehmen. Es gehört allein ihm selbst. Ich ..." Sie zögerte, doch dann schüttelte sie ihre Bedenken ab wie Regentropfen. „Ich bin frei, und ich werde auf dich warten, Cirk. Dies ist das einzige Versprechen, das ich dir geben kann."

Cirk hob den Kopf. Inkens Worte hatten eine Spannung zwischen ihnen aufgebaut, der sie sich beide nicht entziehen konnten. Weder das leichte Knacken des Holzes noch das Rauschen des Windes drangen in ihr Bewusstsein. Es war, als ob sich ein Vorhang zwischen sie und die Welt geschoben hätte. Ein Vorhang, hinter dem sie sich Stück für Stück aufeinander zubewegten. Als Cirk nur mehr eine Haaresbreite von ihr entfernt war, spürte Inken, wie ihre Augen sich fanden, und sie vergaß den Krieg, die Vernunft, einfach alles um sich herum.

„Ja", flüsterte Inken, ohne zu wissen, worum sie bat.

Doch als Cirk sich daraufhin zu ihr hinabbeugte, um sie zu küssen, kam Inken wieder zu sich. Mit einer schnellen Bewegung wandte sie sich von ihm ab, und die Spannung zwischen ihnen löste sich wie ein Wolkenschleier in der Sonne auf.

„Nein! Küss mich nicht, Cirk. Denn dann könnte ich dich nicht mehr einfach so gehen lassen." Ihre Stimme klang flehend.

Cirk tat einen tiefen Atemzug und blickte Inken lange an. Schließlich trat ein Lächeln auf sein Gesicht. „Keine Sorge! Ich küsse dich nicht. Aber wenn wir uns wiedersehen, wird mich nichts mehr davon abhalten."

„Darauf freue ich mich jetzt schon." Sie lächelte zurück.

Cirk wies mit einer Hand auf eine der Kirchenbänke und sie ließen sich darauf nieder. Eine Weile saßen beide still nebeneinander. Doch dann begann Cirk unaufgefordert von seinen Reisen zu erzählen, von seinen Wünschen und Träumen, von dem, was er mochte und hasste, und von seinen Gefühlen auf See. Nur seine Vergangenheit sparte er aus. Inken hörte zu, fragte nach und sog alles in sich auf. Dann berichtete sie ihm ihrerseits von ihrer Kindheit auf Borkum, ihrem Vater, den Tagen am Meer und dem Alleinsein mit den Wellen. Sie vertrauten sich in dieser kurzen Zeit mehr an als andere Menschen manchmal in Jahren. Und als die Morgendämmerung heraufzog, war es Inken, als würde sie den Mann an ihrer Seite schon lange kennen. Mehr und mehr gefiel ihr sein Wesen, das so viele verschiedene Facetten aufwies. Mehr und mehr vertraute sie ihm. Und doch war da immer noch eine letzte Unsicherheit. Konnte es wirklich sein, dass er sich in sie verliebt hatte? Konnte man sich seiner Gefühle nach so kurzer Zeit sicher sein? Und doch: Cirk war hier bei ihr im Moor. Das alleine zählte.

Als es Zeit war, Abschied zu nehmen, ergriff Cirk Inkens Hände. „Bring du deine Aufgabe hier im Moor zu Ende, und ich werde das meine dazutun, dass der Krieg endlich vorbei ist. Und wenn wir beide frei sind von alldem, werden wir gemeinsam einen neuen Anfang wagen.“

„Ich ... ich werde jeden Tag in Gedanken bei dir sein.“ Inken zitterte leicht. Unbewusst streckte sie eine Hand aus und berührte sein Gesicht. Strich über seine Wange und spürte die rauen Stoppeln, aber auch seine zarte Haut. Dann ließ sie abrupt ihre Hand sinken. Sie fiel ins Bodenlose.

Cirk drehte sich um und ging. Er schaute nicht zurück. Auf seinem Gesicht spürte er noch die Berührung ihrer Hand. Das musste für lange Zeit genügen.

5. Abschiede

Sommer/Herbst 1813

Bittbrief zur Freilassung verschleppter Seeleute an den französischen Präfekten in Aurich:

„Wir Unterzeichneten bezeugen hierdurch, dass die Vorzeigerin ... eine mit von den bedürftigsten Weibern dieses Fehnes ist, von welchem die Männer entführet sind.
Erstlich ist diese Frau im verwichenen Frühjahr mit vier noch sehr kleinen Kindern alleine geblieben ...
Da nun die Frau sich und ihre Kinder mit Unterhalt versorgen muss ... haben sie auch keinen Mist mehr für ihr Land kaufen können und daher im verwichenen Sommer fast keine Früchte erhalten.
Auch können, wenn alle ihre Güter jetzt verkauft würden, bei weitem ihre Schulden davon nicht bezahlt werden.
Dass dieses die gründliche Wahrheit ist, bezeugen wir mit der Unterschrift unseres Namens

Felde Theyen Bauman, Schullehrer
I. A. Holtz, Pastor
Jan Arljets

Der Krug zerbricht

Vorsichtig betastete Inken die roten Striemen am Körper ihrer Tante. Diese stöhnte, während ihre Nichte eine lindernde Salbe auf die Wunden auftrug. Gestern hatte Inken wieder einmal Onkel Eggos Unwillen erregt, und in jäh aufflammendem Zorn hatte er seine Wut an Tante Tine ausgelassen. Diesmal war ihm ein Reisigbesen gerade recht gekommen.

„Kind." Tante Tine scheuchte sie fort. „Lass gut sein. Ich werde mich ein wenig hinlegen und ausruhen. Ich fühle mich heute so erschöpft. Zieh du dir schnell das Kleid über, sonst wird Eggo wieder wütend. Die Herren Kontrolleure warten nicht gerne."

Nur ungern ließ Inken ihre Tante alleine, denn deren Husten war in den letzten Tagen schlimmer geworden, und die alte Jebbedine, Arztersatz für die Moorkolonisten, hatte bedenklich den Kopf geschüttelt.

„Schwindsucht", hatte ihre klare Stimme nüchtern das Urteil gefällt. „Hätte besser ihren Mann treffen sollen. Wird noch schlimmer werden, jetzt, da der Herbst kommt, und ich weiß nicht, ob sie den Winter übersteht. Aber vielleicht ist da oben" – sie hatte zum Himmel gedeutet – „nicht so ein Jammertal wie hier unten. Weißt du, Mädchen, eigentlich müsste Tine fort von hier." Sie war nahe an Inken herangetreten. „Die Krankheit ist ansteckend. Aber deine Tante hält sich ja seit Jahren eh nur in diesen vier Wänden auf. Du bist jung und kräftig, da sucht sich die Schwindsucht lieber andere Opfer. Mit ein bisschen Glück wird es Eggo doch noch erwischen." Ein freudloses Lachen war über ihre Lippen gekommen. An der Tür hatte sie sich noch einmal umgedreht. „Viel Sonne, Inken. Gönne ihr die letzten schönen Sonnentage dieses Jahres. Mehr kannst du nicht tun."

Inken nahm sich zusammen und eilte in die Abstellkammer, wo ihr Bett stand. Jeden Augenblick konnten die Obererbpächter ankommen, und bis dahin musste sie einigermaßen präsentabel aussehen. Inken griff nach ihrem einzigen guten Kleid, und wehmütig strichen ihre Hände über den weichen Stoff. Es war ein Geschenk ihres Vaters, und sie sah noch immer sein strahlendes Gesicht vor sich, als er sie damit überrascht hatte.

Mit einem Seufzer zog sie es über die abgetragene Unterwäsche. Der blaue Leinenstoff spannte sich eng über ihre Brust, und der tiefe runde Ausschnitt wirkte gewagt. Aber Inken hatte keine andere Wahl. Es würde so gehen müssen. Ihr gewaschenes Haar glänzte, und Inken fuhr genussvoll mit der Bürste hindurch. Endlich durfte sie es wieder einmal offen tragen.

„Vaters ganzer Stolz", dachte Inken. Wie oft hatte er ihr liebevoll Zöpfe geflochten und dabei von ihrer Großmutter erzählt. „Das gleiche Haar und ganz das gleiche unbezähmbare Wesen", waren seine Worte gewesen. Worte, die nicht hierher zu gehören schienen. Inken war, als sei ihre Unbezähmbarkeit verloren gegangen. Doch dann straffte sie die Schultern. Nein, so war es nicht! Onkel Eggo hatte sie nicht gezähmt, er nutzte nur ihre Liebe zu Tante Tine aus – und das war ein Unterschied.

Ein Fluchen riss Inken aus ihren Gedanken. Schnell legte sie die Bürste zur Seite und eilte in die Küche. Onkel Eggo betrat hustend und keuchend das Haus, und hinter ihm traten drei weitere Männer ein. Die feine Kleidung der Obererbpächter verriet Geschmack und Geld. Weste, Rock und Hosen waren aus demselben Tuch. Weiße Hemden mit steifen hohen Kragen blitzten darunter hervor. Auch Onkel Eggo trug seinen Sonntagszwirn. Zudem hatte er sich den Bart gestutzt und tänzelte nun aufdringlich um die Männer herum und biederte sich an.

„Meine Herren, welch eine Freude, Sie wieder einmal begrüßen zu dürfen. Bevor wir zum Fußvolk eilen, lassen Sie uns einen Schluck nehmen. Die Torfstecher werden eh nichts als Tee anbieten können. Inken" – er drehte sich zu ihr um –, „hol uns den besten Tropfen." Mit einer Handbewegung scheuchte er sie aus dem Zimmer.

Nachdem die Männer versorgt waren, beschloss Inken, noch einmal einen Blick auf Tante Tine zu werfen. Kein Laut war aus dem Wandbett zu hören.

„Wie schön", dachte Inken erleichtert, „endlich schläft sie wieder einmal ruhig." Leise öffnete sie die Holztüren und lugte hinein. Ein friedlicher Ausdruck lag auf dem Gesicht der älteren Frau. Inken berührte vorsichtig ihre Hand, um sie unter die Bettdecke zu schieben. Wie kalt ihre Finger waren – eiskalt! Sanft strich sie ihrer Tante über die Wange. Ebenfalls eiskalt! Inken zuckte erschrocken zurück. Doch dann trat sie zögernd wieder näher heran, um ihre schreckliche Vermutung zu überprüfen. Verzweifelt lauschte sie nach Atemzügen, konnte aber keine vernehmen. Das war doch nicht möglich! Das durfte nicht wahr sein. Entsetzt ließ Inken sich auf den nächstbesten Stuhl sinken und verharrte dort wie gelähmt. Tante Tine war tot, das wusste sie mit plötzlicher Gewissheit. Verzweiflung schlich sich in ihr Herz. Niemals wieder würde sie die sanfte, gütige Stimme hören, niemals wieder die liebevollen Berührungen ihrer Tante spüren. Das war mehr, als Inken ertragen konnte. Aber sie riss sich zusammen. „Für Tante Tine ist es besser so", ging es ihr durch den Sinn. An sich selbst wollte sie jetzt nicht denken. Sie musste Onkel Eggo holen, egal, was für ein Schuft er war. Und danach ... Inken wandte sich entschlossen um. Darüber, was danach war, würde sie später nachdenken.

Die Obererbpächter sprangen auf, als Inken mit bebender Stimme und einem Gefühl, als sei gar nicht sie diejenige, die zu den Männern sprach, von Tante Tines Tod berichtete. Ihrem Onkel dagegen schienen ihre Worte kaum ins Bewusstsein zu dringen. Er hatte dem Branntwein wohl wieder einmal mehr zugesprochen, als ihm guttat. Seine Augen blickten glasig.

„Was sagst du? Tine ist tot?“ Wankend kam er auf sie zu. „Nun ja, sie hat uns auch lange genug mit der Husterei genervt.“ Er hob seinen Becher. „Ein Hoch auf den Herrn Gevatter, der weiß, wann es Zeit ist zu gehen. Dann hab ich jetzt das Wandbett künftig für mich alleine. Oder“ – anzüglich musterte er Inken, und ihm schien eine Idee zu kommen –, „oder es gibt Ersatz für die Alte.“ Gierig glitten seine Augen über Inkens Körper, als sähe er sie zum ersten Mal. „Ich wusste gar nicht, was für eine Perle sich unter all den Lumpen versteckt. Meine Herren, wie steht es nun mit der Schankerlaubnis und dem Geneverbrennen? Geben Sie mir die Genehmigung, und es wird Ihr Schaden nicht sein.“ Er zeigte auf Inken. „Die da kann künftig hier die Gaststube führen und wird Sie in jederlei Hinsicht verwöhnen.“ Er zwinkerte den Männern zu, trat einen Schritt vor und zog Inken mit einer einzigen Bewegung das Kleid von der Schulter.

Inken schrie auf und rückte den Stoff wieder zurecht. Das Gefühl ohnmächtiger Trauer wich, und unbändige Wut stieg in ihr hoch. „Tante Tine ist tot, du versoffener Mistkerl, geht das nicht in deinen Kopf?“

„Ist doch gut so!“ Er beugte sich zu Inken vor und kniff ihr in die Brust. Sie fuhr mit einem Schmerzeslaut zurück und starrte ihn fassungslos an. Was war das nur für ein Mensch? Wie hatte sie nur glauben können, Onkel Eggo würde anders reagieren? Auch die Obererbpächter waren unangenehm berührt von seinem Verhalten, und einer der Männer erbot sich, Inken zu helfen. Er stand auf und folgte ihr. Nach einem Blick auf Tante Tine übernahm er es, den Pfarrer zu holen. „Ich werde auch die nächsten Nachbarn schicken – wie es üblich ist."

Inken nickte nur. Am liebsten hätte sie sich irgendwo verkrochen und alles um sich herum vergessen. Trauer hüllte sie ein, und die einsetzende Betriebsamkeit drang kaum zu ihr durch. Jebbedine war eine der ersten Nachbarn, die kamen, und sie war auch diejenige, die Inken in ihre Arme nahm.

„Gräme dich nicht zu sehr, mein Kind. Du warst der Trost ihrer letzten Jahre. Sie hat nun all ihre Leiden überstanden. Und wenn es etwas gibt, was Tine sich mehr als alles andere gewünscht hat, dann ist es, dass du fortgehen kannst von hier." Jebbedine neigte flüsternd den Kopf. „Die Tage der Franzosen sind gezählt. Der Obererbpächter sagte vorhin, Österreich, England und Schweden hätten sich dem preußisch-russischen Bündnis gegen Napoleon angeschlossen. Sie werden uns bald befreien, glaub mir, ich spür's in meinen alten Knochen."

Doch Inken schüttelte nur müde den Kopf. Ihr waren die Regierungsverhältnisse egal. Ihr war alles egal! Sie konnte an nichts anderes mehr denken, als dass Tante Tine tot war.

Jebbedine schloss, wie es üblich für ein Trauerhaus war, die Fensterläden zur Hälfte. Andere Nachbarn begannen, das für die Trauerversammlung bestimmte Zimmer auszuräumen, die Spiegel zu verhängen und die Uhren anzuhalten.

Während der Pastor kam und der Leichenbitter, der den Todesfall bekannt gibt, sich auf den Weg machte, trank Onkel

Eggo ungerührt weiter. Unter zusammengekniffenen Augen beobachtete er scheinbar gleichgültig das Treiben um sich herum. Inken fragte sich, was in seinem Kopf wohl vorgehen mochte. Bisweilen maß er sie mit einem berechnenden Blick, und die Gier in seinen Augen erschreckte sie.

Keiner der Nachbarn sprach mit Inkens Onkel, niemand drückte seine Trauer ihm gegenüber aus. Sie kannten ihn genau und hatten nur Verachtung für ihn übrig. Die Obererbpächter hatten fast fluchtartig das Haus verlassen.

Jebbedine schickte Inken nach draußen. „Wir wollen Tine ein wenig herrichten. Dazu braucht es dich nicht, mein Kind. Oder möchtest du, dass eine von uns mit dir geht?"

Inken schüttelte den Kopf. Sie wünschte sich nichts sehnlicher, als mit ihren Gedanken für sich zu sein. Eine eigenartige Gefühllosigkeit machte sich in ihr breit, legte sich wie ein Panzer um ihr Herz. Nichts schien sie mehr zu berühren, nicht einmal die letzten Sonnenstrahlen. Es war ihr, als könne nichts und niemand sie jemals wieder verletzen, als könne sie aber auch niemals wieder jemanden lieben. Nicht einmal der Gedanke an Cirk brachte Licht ins Dunkel ihrer Seele. Wie eine Schlafwandlerin lief Inken lange Zeit am Kanal entlang, kehrte dann zurück und betrat den Pferdestall. Sie wollte alleine sein mit sich und ihrer Trauer. Tief ausatmend sank sie ins Stroh.

Inken wusste nicht, wie lange sie so bewegungslos verharrt hatte, doch plötzlich war ihr, als würde sie jemand beobachten. Inken drehte den Kopf und sah ihren Onkel reglos im Türrahmen stehen. Sein Blick durchbrach ihre Gefühllosigkeit. Etwas Lüsternes, Berechnendes lag darin, und Inken spürte Angst in sich aufsteigen, die Urangst des Gejagten vor dem Jäger. Der Blick ihres Onkels versetzte sie in eine größere Furcht, als all seine derben Worte es je vermocht hatten.

Sie sprang auf und rannte zur Tür. Doch mit einer langsamen, fast genüsslichen Bewegung schob ihr Onkel den Riegel vor. Dann torkelte er auf Inken zu.

„Was soll das? Lass mich hier raus!“ Sie hörte die Panik in ihren Worten.

„Leg dich ruhig wieder ins Stroh, dort ist es genau richtig!“

Inken versuchte den Riegel zurückzuschieben. Flucht war das Einzige, woran sie denken konnte. Nur weg von hier, weg von ihm. Inken schrie aus Leibeskräften.

„Das kannst du dir sparen.“ Ihr Onkel riss sie am Haar zurück. „Sie sind alle fort. Im Haus liegt nur noch Tine, und die wird dir kaum helfen können. Wir beide haben uns jetzt, nach all der Aufregung, ein bisschen Spaß verdient.“

Seine Hände packten ihre Schultern und zogen ihren widerstrebenden Körper an sich heran. Brutal presste er den Mund auf ihre Lippen. Inken glaubte ersticken zu müssen. Zuerst verspürte sie nur Übelkeit, doch dann stieg Wut in ihr auf, eine unbändige Wut! Sie schlug mit den Fäusten auf ihren Peiniger ein, und als er für einen Augenblick ihren Mund freigab, schrie sie erneut aus Leibeskräften. Mit aller Kraft versuchte sie, sich loszureißen. Als er ihr wieder den Mund verschloss, nahm Inken die Unterlippe ihres Onkels zwischen die Zähne und biss zu. Gleichzeitig fuhr sie ihm mit den Fingernägeln schmerzhaft über das ganze Gesicht. Sie biss zu, fester und immer fester, bis der Griff des Mannes sich lockerte. Inken öffnete ihren Mund erst, als es ihr gelang, ihm das Knie in den Unterleib zu rammen. Für einen Moment sank ihr Onkel mit schmerzverzerrtem Gesicht in sich zusammen. Dann sprang er jedoch auf und versetzte Inken eine schallende Ohrfeige. Inkens Wange rötete sich und schwoll augenblicklich an, aber kein Schmerzenslaut kam über ihre Lippen. Ihr Onkel tobte vor Wut.

„Du kleine hinterhältige Hure. Ich werde dich Wildkatze schon noch zähmen!“

Blut rann aus Inkens Mundwinkel, aber sie bemerkte es nicht einmal. „Wie kann ein Mensch nur so niederträchtig sein?“

„Du wirst noch erleben, wie niederträchtig ich wirklich sein kann!“

In den Augen ihres Onkels loderte es auf. Mit einem Ruck zog er die Pferdepeitsche aus der Wandhalterung. Inken schauderte. Sie wusste sofort, was er vorhatte, und hob schützend ihre Arme vors Gesicht.

„Diesmal werde ich nicht eher ruhen, als bis du die Knie vor mir beugst und mir Gehorsam gelobst!“

Er hob die Peitsche und holte weit aus, um mit voller Kraft einen ersten Hieb zu platzieren. Inken versuchte ihm auszuweichen. Obwohl die Peitsche nur ihren rechten Oberarm traf, zog sie vor Schmerzen dennoch geräuschvoll die Luft ein, worauf sich ein zufriedener Ausdruck auf dem Gesicht ihres Onkels zeigte.

„Wenn ich mit dir fertig bin, wird es mit der Widerspenstigkeit vorbei sein.“ Er fuhr sich mit der Zunge über die Lippen, gierig tasteten seine Augen ihren Körper ab. „Ich glaube, es lohnt die Mühe!“

Wieder holte er aus, doch in diesem Augenblick stürzte sich Inken, der die Angst ungeahnte Kräfte verlieh, auf ihren Onkel. Der schien zu glauben, dass sie ihm die Peitsche entreißen wollte, doch Inken zog mit einer einzigen Bewegung die Pistole aus seinem Gurt. Die Waffe war sein ganzer Stolz. Wiederholt hatte er Tante Tine und sie damit bedroht, und nun lag sie schwer in Inkens Hand.

Von einer Sekunde zur anderen hatte sich der Spieß gedreht. Nun war es ihr Onkel, der vor ihr zurückwich, als sie sich mit der auf ihn gerichteten Waffe langsam in Richtung Tür bewegte.

„Gib mir sofort den Revolver wieder. Du hast sowieso nicht genug Mumm, um mich zu erschießen“, trumpfte er auf. „Mach schon, gib die Waffe her!“ Er stürzte sich auf sie und wollte die Pistole an sich reißen. Verzweifelt setzte sich Inken gegen seine Attacke zur Wehr, als sich im Handgemenge plötzlich ein Schuss löste und Inken ihren Onkel mit einem erstaunten Ausdruck auf dem Gesicht zu Boden sinken sah. Die Pistole glitt ihr aus der Hand, und sie begann zu schreien. So lange, bis kein Laut mehr aus ihrer Kehle drang. In der nun folgenden Stille vernahm sie schließlich ein Rufen.

„Inken, wo bist du? Inken, mach die Tür auf!“

Mit zitternden Händen schob sie den Riegel beiseite und fiel Jebbedine in die Arme. Diese überschaute mit einem Blick die Lage.

„Dieser Widerling. Wir versuchen schon seit einer Weile in den Stall zu kommen und haben alles mitangehört.“

Inken griff nach Jebbedines Arm. „Ich wollte ihn nicht erschießen“, sagte sie flehentlich. „Es ... es ist einfach so passiert!“

„Ja.“ Die alte Frau wiegte den Kopf. „Manchmal greift das Schicksal eben ein. Und diesmal war es schon richtig. Inken, dich trifft keine Schuld, und es ist wahrlich nicht schade um diesen Schuft. Was meint ihr“ – sie wandte sich an die anderen Moorkolonisten – „wollen wir ihn verschwinden lassen?“

„Ja.“ Derbe Stimmen wurden laut. „Er hat kein anständiges Begräbnis verdient. Lasst ihn uns den Moorgeistern zum Geschenk machen!“

„Recht so“, ließ ein anderer verlauten. „Wir werden sagen, er sei nach Tines Tod einfach verschwunden.“

Entschlossen trat Jebbedine auf den leblosen Körper des

Mannes zu. „Helft mir. Wir laden ihn in die Schubkarre und lassen ihn noch heute Nacht verschwinden. Grete“ – sie wandte sich an eine der jüngeren Frauen –, „kannst du Inken mit zu dir nach Hause nehmen?“

„Ja, sicher.“ Die Angesprochene nickte. „Ich werde uns eine gute Tasse Tee ansetzen, und morgen werden wir Tine die letzte Ehre erweisen.“ Sie wandte sich an Inken. „Du hast ihr Freude geschenkt, und dafür ist das Moor dir wahrlich etwas schuldig.“

Am nächsten Tag war der Himmel klar und blau und schien sich bis ans Ende der Welt zu erstrecken. Die rotgoldene Sonne brachte das Wasser des Kanals, der sich durch saftige Wiesen mit üppigen Wildblumen wand, zum Glitzern. Ein Fischreiher stand am Ufersaum, und Möwen kreischten hoch über Inkens Kopf.

Während der Torfkahn eine breite Spur durch das dunkle morastige Wasser zog und wie auf einem verwunschenen Strom durch das Grün glitt, sogen sich ihre Augen an den bunten Farben fest. Nach so langer Zeit im Moor hatte sie fast vergessen, wie verschwenderisch die Natur sein konnte. Mit einer unbekümmerten Leichtigkeit war hier, in Küstennähe, alles gezeichnet. Die warme Luft streichelte ihr Gesicht, und es roch nach Sommer und Leben. Selbst die Bauernhäuser aus rotem Stein wirkten wie malerische Farbtupfer.

Wie anders war es dagegen im Moor. Verwitterte Hütten aus behauenen Baumstämmen, deren Spalten mit Lehm verschmiert waren, säumten dort den Kanal. Die Dächer bestanden aus Grassoden oder Reet. Nichts war üppig oder verschwenderisch. Das Moor hatte sein eigenes Gesicht. An einigen Tagen wirkte es liebenswert und friedlich, doch im Grunde war es wild und grausam, aber das hatte Inken immer gewusst. Im Moor war die Einsamkeit zu Hause, und für einen Augenblick überfiel sie die Angst, die abgrundtiefe Einsamkeit, die dort herrschte, niemals wieder abschütteln zu können.

Dann aber wandte sie ihr Gesicht entschlossen der Sonne zu, denn die Zeiten der Einsamkeit lagen hinter ihr!

Das Rauschen des voll beladenen Torfkahns mutete Inken wie ein wunderschöner Gesang an. Das Holz knarrte in der Besegelung, und glucksend floss vorne am Bug das Wasser ab. Der Schiffer saß an der Ruderpinne und nickte ihr freundlich zu. Sie waren auf dem Weg nach Emden. Das Torfschiff lag tief im Wasser, und die Ladung war rundum sorgfältig geschichtet, damit während der Fahrt nichts ins Rutschen kam. Der Fahrtwind war günstig, und der Schiffer hatte Stagfock und Segel gesetzt.

Vor ihnen auf dem *Fehntjer Tief* zogen, in einer langen Reihe, weitere *Binnenfahrer* dahin, gedrungene schwarze Kähne mit großem Laderaum. Beinahe schwerelos glitten sie mit ihren braunen Segeln durch das flache Land.

Ein verträumter Ausdruck lag auf Inkens Gesicht, der den Schiffer lächeln ließ.

„Es ist nicht immer so, Mädchen. Bei Windstille oder Gegenwind müssen wir treideln. Dann legt sich der da“ – sein Kopf wies in Richtung des Schiffsjungen – „ins Geschirr und zieht von Land aus, während ich selbst das Schiff mit einer langen Holzstange lenke, denn es darf auf keinen Fall an die Böschung stoßen. Das ist Pferdearbeit, kann ich dir sagen. Und dann verflucht man die gewichtige Torf- oder Schlickladung an Bord, egal wie fruchtbar sie auch ist.“

Er griff nach seiner Pfeife und stopfte sie, während seine Hand mühelos das Schiff lenkte.

„Bald haben wir es geschafft.“ Sein Blick streifte sie neugierig. „Grete sagte, ich solle dich beim *Seewolf* absetzen.“ Ein fragender Tonfall lag in seinen Worten.

„Richtig. Einige Tage werde ich dort bleiben und dann – mal sehen.“ Inkens ausweichende Antwort schien dem Schiffer zu genügen.

Während das Torfschiff gemächlich seine Bahn zog, wurde Inken von schweren Sorgen geplagt. Wie mochte die Lage in Emden sein? Es hieß, die Franzosen seien so gut wie besiegt. Napoleon zöge alle französischen Soldaten zum Heerdienst ein, und Ostfriesland habe sich nun wieder selbst in der Hand. Wenn etwas Wahres daran war, würde sicher nicht mehr nach einer rothaarigen Borkumerin gesucht werden, und sie konnte wieder unverkleidet durch die Stadt laufen. Inken seufzte. „Morgen werde ich Tjalda aufsuchen. Denn wenn die Franzosen wirklich geschlagen werden, erfährt sie eher von deren Niederlage als die Besiegten selbst“, dachte sie.

In Inkens Innerem breitete sich ein Gefühl von Wärme aus. Sie freute sich auf das Wiedersehen mit Tjalda.

Die sanften Bewegungen des Torfkahns lullten sie ein. Und in diesem Zustand zufriedener Mattigkeit gestand sie sich ein, dass es eigentlich Cirk war, auf den sie sich am meisten freute.

6. Begegnungen

Emden, Herbst 1813

An die Bewohner von Ostfriesland

Im Namen des Königs von Preußen, ... bin ich mit den unter mir stehenden Truppen gekommen, Besitz von Ostfriesland zu nehmen; eures Eides und aller Verpflichtungen gegen die französische Regierung seid ihr hiermit entbunden. Ihr kehrt, von diesem Augenblick an, in das Verhältnis preußischer Untertanen zurück.

(Karl Friedrich Friccius, Kommandeur des 1. ostfriesischen Landwehr-Bataillons)

Sumi

Es war früh am Morgen, und die beiden Frauen saßen beim Frühstück. Ein feines Lächeln umspielte Inkens Lippen, während sie Tjaldas Redefluss lauschte. Mit gestenreichen Bewegungen schilderte diese, wie sich einer der Stadtoberhäupter bei ihr die Hörner abgestoßen hatte.

„Tja, und dann musste er mir das Dreifache zahlen." Tjalda beugte sich triumphierend zu Inken, die sich bequem in einen der gepolsterten Stühle gekuschelt hatte. Ihre Füße ruhten auf einem Hocker, und in der rechten Hand balancierte sie eine Tasse Tee.

„Das Dreifache, stell dir vor, und nur, weil er mir nicht glauben wollte. Hat einen Tanz aufgeführt wie ein wild gewordener Stier, aber genutzt hat es ihm nichts. Unterschrieben ist unterschrieben. Da habe ich an einem Tag 23 Stüber verdient, so viel wie ein Schiffbauer in einem Jahr."

Bewunderung stand in Inkens Augen. „Weißt du, Tjalda, manchmal bedaure ich die Männer geradezu, die an dich geraten. Du wirkst so" – sie zögerte einen Augenblick – „unbedarft, so, als könnest du kein Wässerchen trüben. Dabei bist du gewitzter und weißt besser Bescheid über Geld als der schlitzohrigste Geschäftsmann dieser Stadt. Dass sich die Männer überhaupt noch hierher trauen, wundert mich."

Tjalda verzog spöttisch den Mund. „In der Öffentlichkeit beschimpfen sie die Geldverleiherin, aber heimlich findet manch einer den Weg zu mir. Wenn ich das Geld der feinen Herren vermehren kann, wissen sie plötzlich nichts mehr von all den vorangegangenen bösen Worten und Verleumdungen."

Inken zog die Füße an sich heran und stellte ihre Tasse mit Schwung auf dem Tisch ab. Schon seit drei Wochen lebte sie als Gast in Tjaldas Haus und fühlte sich so wohl wie lange nicht mehr. Keine zerrissene Kleidung, kein karges Mahl. Niemand, der die Hand oder das Wort gegen einen erhob. Langsam wurde die Zeit im Moor zunehmend Vergangenheit und Tjalda und ihre Geschäfte Gegenwart. Die Geldverleiherin wirkte inmitten der Brandung des Lebens wie ein starker Fels. Sie besaß Herz und einen Verstand, der Inken beeindruckte. Innerhalb der letzten Wochen hatte sie viel von ihr gelernt – mehr als in ihrem ganzen bisherigen Leben. Darüber, was Zahlen bedeuten konnten. Wann man sich bei Investitionen vorwagen und wann man sich lieber zurückhalten sollte.

Worauf es ankam, beim Geldanlegen oder -verleihen. Tjalda wusste mit einem Blick, ob ein Mensch ehrlich und aufrecht war oder ein Taugenichts, der sie übers Ohr hauen wollte. Und in solchen Situationen erkannte Inken auch, wie hart und unbarmherzig Tjalda sein konnte, wie sehr sie Lügen und Betrügereien hasste.

„Doch für die Menschen, die Zugang zu ihrem Herzen gefunden haben", dachte Inken, „würde sie durchs Feuer gehen." Ein warmes Gefühl der Zuneigung durchflutete sie. Wie gut, dass sie zu Tjaldas Freunden zählte, sie und natürlich auch Cirk, der zu ihrem Bedauern noch nicht zurückgekehrt war. Ohne dass sie es sich eingestand, war Cirks Abwesenheit bei ihrer Ankunft ihre größte Enttäuschung gewesen. Dabei hätte sie damit rechnen müssen, dass er sich dem preußisch-russischen Heer gegen Napoleon anschloss. Angst überkam sie. Was, wenn er jetzt, wo der Kaiser bald besiegt war, noch auf dem Schlachtfeld bleiben würde? Sofort verbot sie sich diesen Gedanken, genauso, wie sie sich auch jeden Gedanken an ihren Vater verbot. Für einen Augenblick schloss sie die Augen. Was mochten drei Jahre Gefangenschaft ihm angetan haben? Welche Sorgen musste er um sie ausgestanden haben. Wann würde er endlich nach Hause zurückkehren? Wenn er überhaupt zurückkehren würde. Inken holte tief Luft und schob die dunklen Gedanken entschlossen zur Seite.

Tjalda legte ihr eine Hand auf den Arm. Ein Lächeln lag um ihren Mund und verlieh ihrer entschlossenen Miene eine ungewohnte Sanftheit. „Mein Kind, ich habe viel über dich nachgedacht. Darüber, was du jetzt tun solltest. Warum steigst du nicht in den Geldhandel ein, zumindest, bis dein

Vater aus der Gefangenschaft heimkehrt. Ich brauche dringend eine rechte Hand, und du hast dich nicht schlecht angestellt in den letzten Wochen."

Inken ergriff Tjaldas Hände. „Ich danke dir für deine Großzügigkeit."

Tjalda winkte ab. „Das hat nichts mit Großzügigkeit zu tun. Ich brauche wirklich Hilfe."

Ihre energisch vorgebrachten Worte zauberten ein Lächeln auf Inkens Gesicht. „Ich weiß noch nicht so genau, was ich mit mir und mit dem Geld, das du für mich angelegt hast, anfangen möchte. Es ist schwer zu erklären, aber irgendwie bin ich noch auf der Suche" – sie runzelte die Stirn – „nach dem, was ich am besten tun *sollte*."

Tjalda drückte beruhigend ihre Hände. „Du hast alle Zeit der Welt, um dich zu entscheiden. Mein Angebot steht auch morgen noch, und dieses Haus wird dir immer offen stehen – ob du nun für mich arbeitest oder nicht!"

Dann, als sei die Sache damit erst einmal vom Tisch, wies sie auf den Einkaufskorb neben der Tür.

„Willst du heute wirklich alleine auf den Markt gehen?"

Inken nickte. „Weißt du, was mir der Weinhändler gestern erzählt hat?"

Tjalda hob fragend die Augenbrauen.

„Die Aufständischen haben alle Franzosen aus Emden vertrieben!" Inken beugte sich zu Tjalda vor. „Die französischen Wappen wurden von den Wänden gerissen, die Gesetzbücher zerstört und die Papiere der Bürgermeistereien in den Dreck getreten. Kein Mensch muss sich jetzt noch vor den Franzmännern fürchten."

„Na, wenn Bonné Behrends das erzählt hat, wird es stimmen. Geh also ruhig zum Markt – du hast dich ja schließlich lange genug verstecken müssen." In ihre Augen trat ein hoffnungsvolles Leuchten. „Wenn Napoleon jetzt wirklich die Segel streichen muss, dann wird auch Cirk bald wieder hier sein.“

Inken hörte die Freude in ihrer Stimme. Die Geldverleiherin wusste, dass Cirk ihr ins Moor gefolgt war, doch mehr hatte Inken ihr nicht erzählt, und Tjalda hatte trotz ihrer Neugierde keine Fragen gestellt. Nun seufzte sie. „Er ist wie ein Sohn für mich. Als Halbwüchsigen habe ich ihn von der Straße geholt. Cirk hat mich beeindruckt, mit seinem Mut und der unaufdringlichen, aber beharrlichen Forderung, ich solle ihm Arbeit geben. Schließlich tat ich es. Die anderen haben mir prophezeit, er werde schon nach zwei Tagen mit den Tageseinnahmen auf und davon gehen. Aber ich habe mich auf ihn verlassen und bin nicht enttäuscht worden. Wenn er nur schon wieder da wäre!“

Auch Inken erlaubte sich für einen Augenblick, an Cirk zu denken. In aller Deutlichkeit sah sie sein Gesicht vor sich und träumte davon, sein Gesicht zu berühren, seine Stimme zu hören, ihm nahe zu sein. Hätte sie ihm damals in der Dorfkirche nur einen Kuss geschenkt, und vielleicht sogar noch mehr! Wieder und wieder hatte sie sich jede Einzelheit ihres Gespräches vor Augen geführt. Und noch immer war sie sich nicht sicher, ob sie ihrer beider Worte, zu zweit in der Dunkelheit, nicht zu viel Bedeutung beigemessen hatte. Gewissheit würde ihr nur eine weitere Begegnung mit Cirk bringen, der sie mit ihrem ganzen Sein entgegenfieberte. Doch noch war es nicht so weit! Um sich abzulenken, wechselte sie rasch das Thema.

„Es heißt, dass kein Beamter Napoleons mehr in Ostfriesland sei. Was ist eigentlich aus Hugues, dem französischen Zöllner, geworden?“

„Du meinst aus dem Ditzumer Hugues?“ Tjalda schmunzelte. „Er hat sich ja von Anfang an sehr heimisch bei uns gefühlt und gleich mit einem ostfriesischen Mädel, der Trientje, angebandelt. Nach Frankreich zieht ihn nichts zurück, im Gegenteil! Vor drei Monaten ist er Vater einer Tochter geworden. Das Kind heißt Henriette Metje. Henriette nach dem französischen Großvater und Metje nach der ostfriesischen Großmutter. Du siehst, es kann zu durchaus fruchtbaren Beziehungen zwischen Franzosen und Ostfriesen kommen. Als vor einigen Tagen alle Franzosen aufgefordert wurden, sich mit Schiffen nach Delfzijl bringen zu lassen, hat beim Verlesen der Namenslisten ein anderer an seiner Statt „Hier!" gerufen. So fiel keinem auf, dass Hugues in Ostfriesland geblieben ist. Vorsichtshalber ist er jedoch untergetaucht, und angeblich weiß niemand, wo er sich aufhält."

Tjalda beugte sich zu Inken vor, zwinkerte ihr zu und wisperte: „Es gibt da eine alte Hütte im Moor namens *Aantennüst*, Entennest. Das Gehöft gehört Trientjes Familie, und ich glaube, da hat sich ein französischer Erpel versteckt."

Inken musste lachen. Es gab wirklich nichts, was Tjalda nicht wusste.

„Aber statt mit mir alter Frau zu schwätzen, solltest du dich lieber auf den Weg machen." Auffordernd wies die Geldverleiherin zur Tür, und Inken sprang gehorsam auf und griff nach dem Korb und der Geldbörse.

„Alte Frau, dass ich nicht lache. Deine Energie reicht noch immer für zehn!"

„Bring Fisch mit, damit ich meine Energie behalte", rief Tjalda ihr nach.

Inken trat aus dem Haus und verlangsamte ihre Schritte. Als sähe sie alles zum ersten Mal, nahm sie das Bild der geraden, gepflasterten Straßen, die gepflegten Häuser mit den geschmückten Giebeln und die kleinen Gärten konzentriert in sich auf. Das Rathaus mit seiner prächtigen Fassade ließ Inken einen Moment innehalten. Gegenüber verband eine Brücke die Ufer eines kanalisierten Flussarms, der es den Kaufleuten ermöglichte, Schiffe innerhalb der Stadt zu ent- und zu beladen.

Fast genüsslich holten ihre Füße wieder aus. Wie würzig und frisch die Luft schmeckte! Noch ließ der kühle Wind, der vom Hafen her kam, sie frösteln, doch bald schon würde die Sonne die Luft erwärmen. Welche Erleichterung und welche Wohltat es doch war, sich nicht mehr ständig furchtsam umsehen und verstecken zu müssen, nach so langer Zeit alles wieder ganz bewusst wahrnehmen zu können. Die Menschen, die Häuser, selbst die Spatzen, die sich um Brotkrumen balgten und schließlich tschilpend auf und davonflogen.

Inkens Blick streifte den Hafen mit den haushohen, schwankenden Schiffsmasten. Gespenstisch wirkten sie, jetzt, da die Sonne noch nicht hoch genug stand, um den grauweißen Dunst, der wie ein weißes Tuch über dem Hafen hing, hinwegzubrennen.

Wie von selbst fanden ihre Füße den Weg zum Marktplatz mit seinen vielen Buden und Ständen. Hier wurden alle erdenklichen Arten von Waren verkauft, und selbst jetzt, am frühen Morgen, ging es zu wie in einem Bienenstock.

Inken blieb stehen und sog das Gemisch unterschiedlichster Düfte ein. Am liebsten hätte sie den ganzen Marktplatz umarmt! Welch ein Gefühl von Freiheit, nach so vielen Jahren des Eingesperrtseins im Moor und der Angst vor Entdeckung. Erst jetzt konnte sie ermessen, was Freiheit überhaupt bedeutete, welch ein Geschenk sie war. Das kostbarste Gut an und für sich! Wie sehr es ihre Seele in all der Zeit nach ihr verlangt hatte. Wie schwer das Träumen geworden war, nachdem sich alles, was ihr sicher erschienen war, gewandelt hatte. Dazu die übergroße Angst, für immer gefangen zu sein.

Aber es war anders gekommen! Es gab ein Leben nach dem Moor, und seine Verwandlung hatte schon begonnen! Inken erkannte in diesem Augenblick, dass jede ausweglose Situation auch einen neuen Anfang in sich barg, und ihre Angst vor der Zukunft wich einer heiteren Gelassenheit. Das Wesentliche steckte in jedem einzelnen Tag, in dem, was er für einen bereithielt – darauf galt es sich einzustellen! Nicht auf das Gestern oder das Morgen. Die Vergangenheit war tot und die Zukunft, das, was kommen mochte, unvorhersehbar. Das Heute galt es zu riechen, zu schmecken und zu erleben. So wie sie sich an diesem Tag über das Getriebe des Marktes und die Strahlen der Morgensonne freute, die Leben verhießen. Ein Strahlenkranz, der sich wie ein Netz über die Erde legte, Wärme spendete und die Nacht in ihre Schranken wies.

Inken fuhr aus ihren Gedanken hoch, als ein älterer Mann sie anrempelte. Überdeutlich wehte der Geruch von Käse zu ihr herüber. Unwillkürlich musste sie lächeln. Das Heute riechen und schmecken – weshalb also nicht mit Käse anfangen?

Entschlossen bahnte Inken sich ihren Weg durch die Menschenmenge und erstand ein Emder Pfund des stark duftenden *Holländer Handkäses*. Behände drängte sie sich durch die Stände und kaufte Obst, Gemüse und Brotwaren ein. Mit Genuss hörte sie den Mägden und Hausfrauen zu, die mit den Händlern um Preise feilschten. Ausrufer überboten sich in der Anpreisung ihrer Waren. Das Geklapper von Pferdehufen und Fuhrwerken übertönte zuweilen sogar das Geschrei der Händler und das Zetern der Käufer.

Zufrieden ließ Inken den lebhaften Marktbetrieb hinter sich und spazierte langsam zurück zum Hafen. Dort boten die

Fischhändler direkt von den Booten aus ihren Fang an. Es roch – oder besser gesagt, es stank – nach Hering und Aal. Am Nachmittag, würde der Geruch wie eine Glocke über dem Hafen liegen.

Mit leuchtenden Augen und flinker Zunge erstand Inken eine gute Portion Krabben und Fisch. Der Einkaufskorb wog schwer, weshalb Inken beschloss, eine Abkürzung zu wählen, und in eine der schmalen Seitengassen einbog.

Mittlerweile hatte die Sonne den grauen Morgenschleier gelüftet, und es versprach einer der letzten heißen Tage dieses Sommers zu werden. Inken entfernte sich immer weiter vom Hafen, bis die Geräusche der Händler nur noch gedämpft an ihr Ohr drangen.

Plötzlich aber wurden andere Stimmen laut. Gejohle drang zu ihr herüber.

„Sieh zu, dass du wegkommst. Pack wie dich können wir hier nicht brauchen!"

Erschrocken ließ Inken den Korb fallen und blickte sich furchtsam um. Angst stieg für einen Augenblick in ihr hoch. All die Leichtigkeit und das Gefühl unendlicher Freiheit verloren sich. Mit wildem Blick suchte sie nach den Verfolgern.

Ein Stein traf sie an der Wange und ließ sie aufschreien. Auf einmal sah sie weiter unten auf der Straße drei schmutzige Burschen stehen, die ihr höhnisch entgegenlachten. Erneut hoben sie Steine vom Boden auf und wogen sie in ihren Händen. Trotz der Furcht, die ihr die Beine lähmte, sondierte Inkens Verstand im Bruchteil weniger Sekunden, was in ihrer Lage wohl am besten wäre. Zum Hafen zurückrennen oder den Burschen entgegentreten?

Schließlich gewann ihr Temperament die Oberhand. Was fiel diesen Kerlen überhaupt ein? Kaum waren die Franzosen fort, glaubten diese halbwüchsigen Bengel, sich aufspielen zu müssen! Und dann noch zu dritt gegen eine wehrlose Frau! Aber nicht mit ihr! Die sollten sie kennen lernen. Sie hatte nicht drei Jahre im Moor überstanden, nur um sich von einigen milchbärtigen Jungen Angst einflößen zu lassen! Entschlossen wandte Inken sich den Burschen zu. Angriff war immer noch die beste Verteidigung.

Doch noch bevor sie ihr Vorhaben in die Tat umsetzten konnte, begriff Inken, dass sich der Angriff der Halbwüchsigen gar nicht gegen sie gerichtet hatte.

„Wir wollen hier keine Schlitzaugen."

Die Worte galten einer Chinesin, die eng an eine Wand gepresst im Schatten eines Baumes stand. Sie war klein und zierlich. Einer der Steine hatte sie offensichtlich getroffen, denn Blut tropfte aus einer Wunde an ihrer Schläfe. Obwohl die Burschen zu allem fähig schienen, blieb das Gesicht der Chinesin so ausdruckslos wie eine Maske. Keine Gefühlsregung zeichnete sich darauf ab, und das schien die Halbwüchsigen erst recht in Rage zu versetzen.

„Lasst sofort die Frau in Ruhe, oder ..."

„Oder was?" Die Burschen lachten unverschämt, und als hätten die Angreifer sie erst jetzt wahrgenommen, wandte sich einer von ihnen in ihre Richtung. Die anderen bewarfen die Chinesin erneut mit Steinen.

Die Frau sank an der Mauer zu Boden, und ein Päckchen entglitt ihrer Hand. Als Inken diesen Akt sinnloser Grausamkeit verfolgte, konnte sie nicht länger stillhalten. Sie sprang vor und rannte ungeachtet der Gefahr den Burschen entgegen. Einer von ihnen wollte sich auf sie stürzen, doch in diesem Augenblick bog ein Pferdefuhrwerk in die schmale Gasse ein. Die beiden Männer auf dem Kutschbock durchschauten die Situation mit einem Blick. Und dank des entschlossenen Ausdrucks auf ihren Gesichtern und der erhobenen Peitsche in der Hand des einen Kutschers suchten die Burschen unaufgefordert das Weite. Vor Inken kam die Kutsche zum Stehen.

„Sind Sie verletzt?“

„Nein, mir geht es gut. Doch diese Frau ist verletzt worden. Ich werde mich gleich um sie kümmern.“ Inken wies auf die Chinesin, die noch immer am Boden kauerte. „Vielen Dank für Ihre Hilfe.“ Erleichterung stand Inken ins Gesicht geschrieben, „Ich weiß nicht, was wir getan hätten, wären Sie nicht aufgetaucht.“

Der Kutscher lüftete den Hut. „Diese Burschen werden immer dreister. Wenn sich nicht bald jemand für Lumpereien dieser Art zuständig fühlt, wird die Stadt noch zu einem Raufplatz verkommen!“

Er schnalzte mit der Zunge und fuhr davon.

Inken eilte zu der verletzten Frau und wollte ihr hochhelfen, doch die Chinesin streifte behutsam ihre Finger ab. Langsam und bedächtig erhob sie sich. Ihr Gesicht mit den hohen Wangenknochen hatte einen elfenbeinfarbenen Teint. Das Haar war mit Kämmen und Nadeln aufgesteckt. Ihre mandelförmigen Augen glichen schwarzen Kohlestückchen, und als sie die Stimme erhob, klangen ihre Worte wie Musik.

„Diese unwürdige Frau dankt für die Hilfe.“

Mit gesenktem Kopf und geradem Rücken verneigte sie sich vor Inken. Dann hob die Chinesin langsam das Haupt und blickte ihr ins Gesicht. Für einen Augenblick verschwand die Ausdruckslosigkeit darin und machte offensichtlichem Erstaunen Platz. Mit einer Hand ergriff sie eine Strähne von Inkens Haar.

„So leuchtend wie glühende Kohlen“, murmelte die Chinesin, „wie fließendes Feuer.“

Ihr Lächeln war sanft und erhellte ihr Gesicht wie ein verirrter Sonnenstrahl. Obwohl die Frau nicht mehr jung war, konnte Inken kein Grau in dem ebenholzschwarzen Haar ausmachen. Die Chinesin schob ihre Hände in die Ärmel des weiten roten Gewandes, das mit Goldfäden durchwirkt war. Unbewusst trat sie einen Schritt in die Sonne. Ihr schlanker Körper bewegte sich voller Anmut und verlieh ihr zusammen mit der Kleidung etwas Vornehmes, Königliches. Und wie eine Königin neigte sie nun auch den Kopf in Inkens Richtung.

„Voller Dankbarkeit verneigt sich dieses Geschöpf vor dem Mädchen mit dem Feuerhaar. Welcher Mut muss in seinem Herzen wohnen, dass es einer unwürdigen Chinesin in einer solchen Lage geholfen hat. So viel Mut verdient eine gute Tasse Tee. Der Tee wird den Schrecken verjagen und die Herzen wieder leicht machen. Diese dankbare Chinesin bittet ihre Retterin darum, sie in ihr bescheidenes Heim zu begleiten." Sie blickte Inken mit unverhohlener Bewunderung an und schien tief beeindruckt.

Inken unterdrückte ein Lächeln. Die blumige Ausdrucksweise der Chinesin erheiterte sie.

„Das Angebot nehme ich gerne an, aber Sie sind verletzt. Sollten wir nicht zuvor einen Arzt aufsuchen?" Inken wies besorgt auf die Schläfe der Fremden.

Aber diese winkte ab „Oh nein. Es ist nichts." Sie betastete die Wunde. „Es tut kaum weh. Ein wenig Berglack wird die Blutung stoppen und Mandelöl die Haut schnell wieder schließen."

Inken runzelte die Stirn. „Warum haben diese jungen Burschen mit Steinen nach Ihnen geworfen?"

„Weil diese Frau eine Fremde ist. Noch dazu eine, der man es auf den ersten Blick ansieht." Traurigkeit lag in ihrer Stimme.

„Das ist doch kein Grund!", meinte Inken bestimmt.

„Es ist sehr wohl ein Grund. Die Menschen fürchten sich vor allem, was sie nicht kennen und was ihnen nicht vertraut ist. Und die Furcht vor allem, was anders ist, kann sich leicht in Hass verwandeln. Ohne erkennbaren Grund und auch ohne, dass ein Sinn darin liegt. Es gibt Menschen, die hassen einfach, und sie merken nicht, dass dieses Gefühl sich gegen sie selbst wendet und sie zerstört."

Die Chinesin hatte ohne jede Bitterkeit gesprochen, doch Inken spürte den tiefen Schmerz hinter ihren Worten. Stimmte denn, was sie da sagte? Tatsache war, dass Inken ihren Onkel gehasst hatte und dass ihm ihre tiefe Abneigung, wie sie nun erkannte, Macht über sie gegeben hatte. Hass und Liebe lagen eng beieinander. Beides bedeutete, dass man jemandem tiefe Gefühle entgegenbrachte und dadurch angreifbar, verletzlich wurde. Da war Gleichgültigkeit in jedem Fall besser! So wie die Burschen dieser Chinesin gleichgültig waren. Ihre Abneigung traf sie nicht. Doch die Jungen selbst wurden von ihrem Hass zerfressen. Das war das Geheimnis!

„Es tut mir leid, dass diese Leute ihre Ablehnung durch Steine ausdrücken. Wie schlimm muss es sein, mit der Angst zu leben, dass ..."

Die Chinesin unterbrach Inken. „Ach, dieses kleine Spielchen war doch nichts. Es gibt so viel Schlimmeres auf der Welt. Man darf sich nicht zu lange mit vergangenem Schrecken belasten!"

Mit schräg gelegtem Kopf musterte sie Inken.

„Diese unwürdige Frau freut sich vielmehr darauf, jetzt eine Tasse Tee zu trinken."

Inken lächelte.

„Ich freue mich auch." Schalk trat in ihre Augen. „Wie heißt diese ‚unwürdige' Frau eigentlich?"

„Ihr Name ist Sumi", lachte die Chinesin hinter vorgehaltener Hand. „Und wie wird die Frau mit dem Feuerhaar genannt?"

Als Inken ihren Namen aussprach, verneigte sich die Chinesin erneut. Dann, als habe sie schon zu viel gesagt, hob Sumi das Päckchen, das ihr vorher aus der Hand geglitten war, wieder vom Boden auf und lief voran.

Inken griff schnell nach ihrem Korb und sammelte ihre herausgefallenen Waren wieder ein. Sie musste sich beeilen, wenn sie die Chinesin nicht aus den Augen verlieren wollte.

Vom Tee und von der Liebe

Wie ein Wiesel eilte Sumi durch die Straßen, bis sie in die Nähe des Marktplatzes kamen, wo sich die Häuser dicht an dicht drängten. Schließlich blieb die Chinesin vor einem schmalen Gebäude aus roten Backsteinen stehen.

„Da ist es!"

Das Haus, auf das sie zeigte, besaß im oberen Bereich drei Sprossenfenster. Darunter war ein Schild angebracht, auf dem „Willems Kruiderrie" stand. Neben einem großen Fenster im Untergeschoss führte eine rot gestrichene Tür ins Innere des Hauses.

Inken maß die grelle Farbe überrascht und wies unbewusst mit der Hand darauf.

„Rot hält Unglück fern."

Sumi schien diese einfache Erklärung für ausreichend zu halten und bat Inken einzutreten. Im Luftzug der Tür drehte sich ein Windspiel, und dunkle, sanfte Töne erklangen.

Sumi ging Inken voran. Das Haus hatte zwei Haupträume im Untergeschoss: die zur Straße gelegene Kruiderrie und einen rückwärtigen Lagerraum, dazu noch eine kleine Waschküche.

Während Sumi sich in diese zurückzog, um ihre Wunde auszuwaschen, sah Inken sich mit großen Augen um. Quer durch den Krämerladen verlief eine Theke. Dunkel gestrichene Holzbalken mit Schubfächern und Regalen, auf denen beschriftete Büchsen standen, reichten vom gefliesten Boden bis unter die Decke. Fach für Fach waren die verschiedensten Lebensmittel und Haushaltsartikel darin einsortiert. Auf dem Boden waren Fässer und Kisten abgestellt. Es gab so gut wie alles hier zu kaufen.

Über dem bemalten Verkaufstresen schwebte ein bunter Holzdrache, an dessen Unterseite Haken befestigt waren, an denen wiederum griffbereit einige Messgeräte und Papiertüten hingen. Auf dem Tresen standen eine große Waage und Gläser mit Bonbons.

In einer Ecke des Zimmers, etwas abgetrennt vom Verkaufsraum, befand sich ein gekachelter Kamin. Daneben standen ein paar verschnörkelte Holzstühle um einen niedrigen Tisch. Ein würziger Geruch stieg Inken in die Nase, und während sie schnupperte, betrat Sumi wieder den Raum.

„Wonach riecht es hier?“

„Das sind die Kräuter für einen Magenbitter, die so duften.“ Trauer lag in Sumis Stimme. „Der hoch geschätzte Mann dieser Chinesin mischte die Zutaten für den *Emder Aufräumer* selbst. Der Schnaps fand guten Absatz, zumindest bis zu Willems Tod vor einigen Wochen.“

Inken schwieg einen Augenblick betroffen. Sie wandte sich zu Sumi um.

„Ich wollte keine leidvollen Erinnerungen wecken.“

Diese schüttelte den Kopf und blickte zu Boden. „Das Herz dieser Frau ist zwar traurig, doch die Erinnerung an ihren verstorbenen Mann nicht leidvoll. Er hat, unter großen Schmerzen, lange auf seinen Tod gewartet, den er zuletzt wie einen Freund begrüßt hat." Sie seufzte. „Doch die Einsamkeit ist schwer zu ertragen."

Inken hob den Kopf. „Mein Vater wusste ein Gedicht über das Schicksal, in dem viel Wahrheit liegt und das mir stets ein Trost war." Sumi blickte sie erwartungsvoll an. Zuerst zögerlich, doch dann klar und deutlich flossen die Worte aus Inkens Mund und ließen sie beide über die unterschiedlichen Wege des Schicksals nachdenken.

„Du musst lernen, mit deinem Schicksal zu leben!
Teile deine Zeit nicht ein,
plane nicht, zähle nicht die Tage.
Alles geschieht, wie es geschehen soll.

Du musst lernen, mit deinem Schicksal zu leben!
Lehne dich nicht auf,
nicht gegen den Wind, nicht gegen das Meer.
Das Unvermeidliche lässt sich nicht hindern.

Du musst lernen mit deinem Schicksal zu leben!
Umarme die Zeit,
genieße den Wind, genieße das Meer.
Lass das Unvermeidliche geschehen –
und werde Teil des Lebens!"

Die Chinesin zeigte keinerlei Gefühlsregung, doch Inken spürte, dass Sumi Trost aus ihren Worten zog.

Dankend neigte sie den Kopf. „Noch kann diese Frau die Zeit nicht umarmen, noch hadert sie mit ihrem Schicksal. Dabei weiß diese untröstliche Frau jetzt, dass die gemeinsame

Zeit zweier Menschen nur ein Geschenk ist. Man kann nicht erwarten, das, was man besitzt, auch behalten zu können. Man kann nicht erwarten, immer gute Zeiten zu haben. Auch eine Rose blüht nicht hundert Tage! Jeder Augenblick ist nur ein Teil allen Werdens und Vergehens. Manchmal muss man etwas hergeben, um Neues zu gewinnen. Manchmal muss man Abschied nehmen, um anzukommen! Die Natur zeigt uns, dass Leben Veränderung ist. Der Übergang vom Frühling in den Sommer, vom Herbst in den Winter ist sein Atem und der Beweis des Lebens überhaupt.

Wenn man wie zwei Teile eines Ganzen war, ist die Trauer besonders groß. Was bleibt nach dem Abschied? Was kann ein halber Mensch mit sich anfangen? Vielleicht danach trachten, dass der Geliebte nicht ganz verloren geht, dass etwas von ihm lebendig bleibt. Diese Kruiderrie war wie ein Kind für den Mann dieser Chinesin, und sie hat ihm versprochen, den Laden weiterzuführen. Ein Versprechen, das sie nicht halten kann, denn die Kunden bleiben aus. All die Jahre hat der verehrte Mann hinter dem Tresen gestanden, und nun sieht diese Frau mit Verbitterung, dass die Menschen ihr, die sie so lange an seiner Seite war, immer noch misstrauen. Eine Fremde wird niemals den Weg zu den Herzen der Ostfriesen finden!" Sumi wandte ihr Gesicht ab, und Inken sah, wie sie sich mit der Hand kurz über die Wange fuhr. Für einen Augenblick überließ die Chinesin sich ihrem Schmerz und ihrer Enttäuschung. Dann aber fuhr sie mit leiser Stimme fort: „Die Lebensmittel verderben, und das Geld für neue Ware fehlt. Wozu auch etwas erwerben, das danach doch niemand kauft?" Sie schüttelte resigniert den Kopf. „Ein Versprechen gegeben zu haben, das sich nicht erfüllen lässt, nagt schlimmer an einem als die Trauer."

Sumi verzog das Gesicht zu einem gequälten Lächeln.

„Ist diese Frau nicht ein selten jammervolles Geschöpf? Was ist das für eine Gastfreundschaft, die keinen Tee, sondern nur Tränen reicht?"

Sie schien über sich selbst entsetzt zu sein und zog Inken energisch aus dem Raum.

„Jetzt wollen wir Tee trinken und aller Trübsal für eine Weile entfliehen. Das Alltägliche verliert sich in einer Tasse Tee!"

Sie ging Inken voran, und die beiden Frauen stiegen eine schmale Treppe nach oben, wo Inken mit großen Augen eine andere Welt betrat. Im oberen Stockwerk erinnerte nichts mehr an den Verkaufsladen. „Hier wohnt und lebt Sumi", dachte Inken, und so war es wohl.

Bunte Fische schwammen in großen Glasbehältern. An den Wänden hingen Seidentücher mit Fabeltieren und Drachen bestickt. Rot war die beherrschende Farbe des Raumes, Rot und Gold. Weiche Kissen luden im Wohnbereich überall zum Sitzen ein. Windspiele verbreiteten eine allgegenwärtige sanfte Musik, und ein feiner frischer Duft hing im Raum. Alle Möbel standen weit von den beiden schmalen Fenstern entfernt, selbst das Bett.

„Etwas dicht ans Fenster zu stellen bedeutet, sein Glück zu verspielen. Während des Schlafes könnten alle Hoffnungen und Träume in die Gasse fließen. Dafür, dass keine bösen Träume das Leben beschweren, sorgt ein Gefäß mit Wasser." Sumi wies unter das Bett.

Inken war etwas verwirrt, doch dann blinzelte sie Sumi verschmitzt zu. „Nutzt es etwas?"

„Natürlich." Sumi blieb ganz ernst. „Die bösen Träume ertrinken darin. Aber dieses Haus lädt nicht zu bösen Träumen ein. Es hat ein gutes *Qi*. Hier oben kann es ungehindert fließen. Unten, im Laden, wird das *Qi* ein wenig durch die vielen Waren behindert.

Dieses wählerische Geschöpf suchte lange nach einem Haus wie diesem. Es hat vier gleich lange Seiten und liegt zu ebener Erde – so kann das Glück nicht davonrollen. Außerdem scheint die Morgensonne schon früh ungehindert durchs Fenster. Auch das ist gut. Die rote Eingangstür, die aufgehängten Windspiele, die gutes *Qi* einfangen und wieder ausstrahlen, und der rote Drache über dem Tresen – all das bietet Schutz vor bösen Geistern."

In Sumis Sprachsingsang klang immer ein rollender Laut mit, der Inken schmunzeln ließ. Ihre Aussprache hatte etwas zauberhaft Leichtes, etwas ganz Eigenes, Kindliches. Doch ihren Worten selbst haftete nichts Kindliches an. In ihnen lag, ganz im Gegenteil, eine Weisheit und Tiefe, die Inken fremd war.

So fremd wie die Einrichtung, die Inken zum Staunen brachte. Mit großen Augen starrte sie an die Decke, wo ein Spiegel in einem Bronzerahmen über dem Bett hing.

„Er dient dazu, die bösen Geister durch ihr eigenes Spiegelbild zu erschrecken." Sumi nickte bestätigend. „Hier braucht sich das Mädchen mit dem Feuerhaar nicht vor bösen Mächten zu fürchten. Hier kann man getrost ausruhen."

Sie wies auf eines der Kissen. Zögernd und ein wenig verwirrt ließ Inken sich darauf nieder. Sumi ging nach unten und kam kurze Zeit später mit einem Tablett zurück, auf dem ein wunderschönes, mit Päonien bemaltes Teegeschirr stand. Sumi stellte die henkellosen Tassen auf den niedrigen Tisch, und Inken fuhr sacht mit einem Finger über die feinen Malereien.

„Ein chinesisches Motiv." Sumi nickte Inken zu. „Die Päonie steht für das Erwachen. So wie der Frühling das Leben erwachen lässt, soll der Tee die Lebensgeister neu entfachen." Mit anmutigen Bewegungen, die Teil einer Zeremonie zu sein schienen, ließ die Chinesin zunächst kristallartige Gebilde in die Tasse gleiten. Aufmerksam verfolgte Inken ihr Tun. Als Sumi schließlich den heißen Tee eingoss, erklangen leise Knistergeräusche, als würden Äste im Feuer verbrennen.

„Gibst du keinen Zucker in den Tee?"

„Doch." Die Chinesin lächelte. „Eine besondere Art von Zucker, kristallisierter Zucker. Der verehrte Mann dieser Chinesin liebte es, seinen Tee mit dieser besonderen Beigabe zu süßen. Er nannte es *Khand*, was wohl auch so viel wie ‚süß' bedeuten kann. Es ist nichts Geheimnisvolles daran."

Während Inken ihr mit großen Augen lauschte, erzählte Sumi von der Herstellung des *Khand*. Dann wandte sie sich wieder dem Tee zu und goss mit einer kleinen Schöpfkelle eine winzige Menge Milch hinein. Danach setzte sie sich Inken gegenüber und lehnte sich behaglich zurück.

Der herbe Geruch des Getränks umfing Inken, und der Mandelkuchen auf den Tellern brachte ihren Magen zum Knurren. Sumi lachte leise und wies auffordernd auf den Kuchenteller.

Inken maß sie mit einem neugierigen Seitenblick. „Eine Chinesin in Ostfriesland – das ist so ungewöhnlich wie Schnee im Sommer. Willst du mir nicht erzählen, was dich hierher geführt hat? Ich werde derweil meinen knurrenden Magen füllen." Sie griff nach dem Teller.

Sumi legte den Kopf auf die Seite. Ihr Gesicht war ernst. „Was bringt eine Chinesin nach Ostfriesland? Was hat die Macht, einen verwurzelten Baum aus seiner vertrauten Erde und ureigensten Umgebung zu reißen? Diese Macht hat nur die Liebe. Sie kann es vollbringen, dass im Sommer Schneekristalle fallen und im Winter die Kirschbäume blühen. Nur sie kann bewerkstelligen, dass eine Chinesin dem Mann ihrer Liebe in seine Heimat folgt." Anmutig beugte sich Sumi vor und griff nach ihrer Schale Tee. „Er brachte die Frau, die er liebte, zunächst nach Amsterdam, doch nur für kurze Zeit. Danach zog es ihn hierher nach Emden, um eine Kruiderrie nach holländischem Vorbild zu eröffnen. Es war eine gute Entscheidung. Willem stand Tag für Tag hinter dem Tresen, und die Menschen liebten ihn – genauso wie die Chinesin. Doch sie blieb für die Emder immer eine Fremde!" Sumi seufzte.

„Hast du es je bedauert, deine Heimat verlassen zu haben?" Inken betrachtete die Chinesin gespannt.

„Nein" – ein sanftes Lächeln legte sich auf Sumis Gesicht –, „nicht wirklich. Es war anfänglich nicht einfach, hier zu leben. Immer sehnt sich das Herz nach seiner Heimat zurück. Alles war so fremd und erschreckend. Diese Endlosigkeit – nur Grün, so weit das Auge reichte. Wogendes Gras, das sich bis zum Himmel erstreckte. Oft klammerten sich Herz und Geist an die Wolken, um der endlosen Weite zu entrinnen, als wären sie schwerelos. Nur das Gewicht des Körpers verhinderte, dass diese traurige Chinesin sich wie ein Papierdrache in die Lüfte erhob und höher, immer höher stieg. In der ersten Zeit flog sie in ihren Träumen manchmal bis nach China, und nur die Liebe machte Ostfrieslands Kälte erträglich. Ostfrieslands Kälte und die endlose Weite, der ewig raue Wind und die schroffen Stimmen der Menschen. Hier schien es nichts Liebliches und Zartes zu geben, nichts Sanftes und Reines. Alles war hart und unerweichlich.

Später wurde es noch schlimmer. Es kamen die langen kalten Wintertage und die stürmischen Gewalten des Wassers, dessen Kraft und Unberechenbarkeit einen das Fürchten lehren." Sumi nahm einen langen Schluck und seufzte. „Doch dann eines Tages schlug die Ablehnung für dieses Land in Liebe um. Und so, wie diese Chinesin den Holländer, diesen einstmals fremden Mann, lieben gelernt hatte, so verliebte sie sich in das raue Land. Denn man liebt ja nicht nur das an einem Menschen, was man verstehen kann. Man liebt auch das, was ihn ausmacht und einem manchmal sinnlos scheint. Man liebt das ganze Wesen eines Menschen. Und so kam es, dass auch die Liebe dieser Chinesin mit der Zeit dem ganzen Wesen Ostfrieslands mit all seinen Schroffheiten galt. Und diese Liebe ist geblieben. Hier sitzt eine Chinesin, eine Fremde in einem fremden Land, und doch gehört ihr Herz hierher."

Nachdenklich blickte Inken Sumi in die Augen. Konnte die Kraft der Liebe wirklich so stark sein? Unwillkürlich tauchte Cirks Gesicht vor ihr auf, und plötzlich wusste Inken, dass es allein sein Bild in ihrem Herzen gewesen war, das sie die Jahre im Moor hatte überstehen lassen. Ein protestierender Laut kam über ihre Lippen, der Sumi aufschauen ließ. Mit fragenden Augen musterte sie Inken, doch diese schob den ihr unerwünschten Gedanken zur Seite.

„Wie konnte es eigentlich geschehen, dass du dich in einen Holländer verliebt hast? Wie konntet ihr euch überhaupt verständigen?"

Sumi lächelte, und Trauer umwölkte ihren Blick. „Daran trägt der verehrte Vater dieser Chinesin die Schuld. Er war einer der holländischen Dolmetscher. Die *Co-Hongs*, die Teehändler, bedienten sich seiner, um Verträge schließen zu können. Obwohl diese Chinesin ganz in der chinesischen Tradition aufwuchs, war sie für ein Mädchen sehr wissbegierig. Als ihr sehr verehrter Vater eines Tages erkrankte und lange Zeit das Bett hüten musste, begann er seiner Tochter zum Zeitvertreib Holländisch beizubringen. Die Teehändler hörten davon, und nun durfte auch die junge Tochter des Dolmetschers für sie arbeiten. Es war eine große Ehre für die Familie." Sumi blickte beschämt zu Boden. „Eine Ehre, die diese unwürdige Frau beschmutzt hat. So sehen es die Chinesen jedenfalls. Frauen, die sich mit einem der ‚großen behaarten Nasen', so nennen sie die Christen, einlassen, werden aus der Gemeinschaft ausgestoßen. Man wird dadurch zu einem Schatten. Zu einem Menschen, der zwar noch lebt, aber von allen behandelt wird, als wäre er nicht mehr vorhanden. Diese Frau wird niemals nach China zurückkehren können." Sumi hob den Kopf und blickte Inken in die Augen. „Dabei bestand ihre Schuld ausschließlich darin, dass sie sich in einen Holländer verliebt hat. Er kaufte im Auftrag der Asiatischen Compagnie Tee, Porzellan und Seide ein. Viele Ostfriesen heuerten als Seeleute auf den Schiffen der Compagnie an, aber für die Auswahl des Teetesters wählte die Gesellschaft zumeist Holländer. Lange Jahre lag der Teehandel ausschließlich in holländischer Hand, und der feine Gaumen schien ihnen in die Wiege gelegt. Zumindest der verehrte Mann dieser Chinesin besaß ein untrügliches Gespür für guten Tee. Und er besaß unwiderstehliche Augen! Über eine Tasse Tee hinweg verlor sich diese Chinesin in seinen Augen, und alle Vorbehalte ertranken in ihnen. Es war Liebe auf den ersten Blick. Der Holländer suchte die Nähe dieser Chinesin in jeder freier Minute, und sie trauerte, als er wieder heimfuhr.

Mehr als ein Jahr verging, bis der Holländer erneut nach Kanton kam. Mehr als ein Jahr, in dem die Sehnsucht der tägliche Begleiter dieser Frau war, die mit bangem Herzen auf seine Rückkehr wartete. So viel konnte auf der langen Reise geschehen. Piraten lauerten auf die mit kostbaren Gütern beladenen Handelsschiffe, in deren Frachträumen auf der Hinfahrt nach Kanton Holzfässer voller Silbermünzen lagerten. Doch das Schiff trotzte allen Widrigkeiten und brachte der

Chinesin ihre Liebe zurück. Das Leuchten in Willems Augen erzählte ihr, wie sehr auch er sich nach ihr verzehrt hatte. Sein Wunsch war es, dass diese unwürdige Chinesin ihm in seine Heimat folgen solle, und er schenkte ihr einen Ring als Zeichen seiner Liebe. Es ist eine schwere Entscheidung, alles aufzugeben und in die Fremde zu ziehen. Doch wenn das Herz wählt, kann die Vernunft nicht siegen. Und das Herz dieser Chinesin gehörte dem Holländer. Wieder fuhr er davon, und diese Frau, seine Braut, nahm lange Abschied von allem, was ihr lieb war. In dieser Zeit trug sie seinen Ring heimlich in der Nacht und sehnte sich in jeder Stunde nach ihm. Weder die Zeit noch die Entfernung konnte, die Liebe aus ihrem Herzen reißen. Dann endlich kam der Holländer ein drittes und letztes Mal nach Kanton, und alle Träume wurden Wirklichkeit!" Sumi hielt einen Augenblick inne. Dann seufzte sie tief. „Diese Frau kann nie mehr nach China zurückkehren, aber sie will es auch gar nicht! Das Leben ist Veränderung, alles ist endlich. Dieses Wissen lehrt sie, das Glück, die Blumen, den Regen, die Sonne, einfach jeden Augenblick bewusst wahrzunehmen, zu genießen und als winzigen Mosaikstein des Lebens im Herzen zu bewahren."

Mit angehaltenem Atem hatte Inken den Worten der Chinesin gelauscht. Sie war beeindruckt von der Lebensweisheit dieser Frau, von ihrem Mut und dem Opfer, das sie ihrer Liebe gebracht hatte. Vor ihren Augen erstand das Bild der jungen Sumi, die dem Mann ihres Herzens in die Fremde folgte. Wie aufregend das gewesen sein musste! Wie gut geplant. Und doch gab es da etwas, das ihr unerklärlich schien. „Wie ist es dir gelungen, aus China zu fliehen? Man sagt, dass nicht einmal eine chinesische Maus an Bord eines fremden Schiffes kommt."

Ein verklärter Ausdruck legte sich auf Sumis Gesicht. „Es

gibt etwas, das die Chinesen nur zu gerne für Silbermünzen verkaufen: den Tee. Und er wird außer Landes gebracht. Wenn Tee das Einzige ist, was auf die Schiffe gelangt, wie ist dann wohl diese Chinesin an Bord gekommen?“

Ungläubig musterte Inken Sumi, und nur zögernd kam ihre Antwort. „Du bist in einer Teekiste gereist?“

Sumi nickte. „Ja, es war die aufregendste Tat im Leben dieser Frau. Doch mit dem Mut der Verzweiflung greifen wir nach den Sternen. Es hätte den Tod für diese Chinesin bedeuten können, ihren und den des Holländers. Aber niemand hielt eine solche Tat für möglich, und so blieb sie unentdeckt. Wer liebt, wird das Unmögliche wagen. Die Liebe hält alles für möglich – und es ist alles möglich! Diese Chinesin ist der Beweis!“

Sumi beugte sich zu Inken vor. „Doch diese schlechte Gastgeberin erzählt und erzählt, während der Tee kalt wird. Tee ist etwas Zartes, Wundervolles an Duft und Geschmack. Er wischt die Sorgenfalten von der Stirn und lässt, was den Sinn verdunkelt, in ruhiger Gelassenheit zerfließen. Teetrinken ist wie ein Lächeln über die Rastlosigkeit des Lebens, über die Torheit der Ungeduld.“

Inkens Hände umfassten die dünnwandige Schale und spürten für einen Moment der Wärme nach, während sich ihre Augen an der bernsteinbraunen Farbe satt tranken. Der Atem des Tees, sein feiner herber Geruch, umhüllte sie wie eine Wolke und ließ Sumis Geschichte lebendig werden. Schließlich goss Inken das Getränk in die hochwandige Untertasse, trank einen Schluck – und vergaß alles um sich herum. Verzückt schloss sie die Augen und gab sich dem Genuss des leicht bitteren und doch süßen Getränkes hin. Wann hatte sie zum letzen Mal solch einen guten Tee getrunken? Inken schüttelte unbewusst den Kopf. Sie konnte sich nicht mehr erinnern. Hatte sie überhaupt jemals einen so guten Tee getrunken? Und so, wie sie am Morgen den Tag mit all ihren Sinnen gefühlt hatte, fühlte sie jetzt das Leben selbst. Es schien mit jedem Schluck durch ihre Adern zu fließen. Der Tee tränkte die Wurzeln ihrer Seele und rief Visionen hervor. Visionen, die Inken die Augen aufreißen ließ.

Ihre Reaktion ließ Sumi wissend lächeln. „Nicht wahr – eine gute Schale Tee gibt einem die Träume zurück!"

Inken spürte, dass die Begeisterung für den Tee eines der Dinge war, die sie verband. Welche Träume schenkte er Sumi? Vielleicht Visionen von vielen verschiedenartigen Menschen, die einträchtig beieinandersaßen und Tee tranken? Bilder tauchten vor ihren Augen auf. Sie selbst stand hinter dem Tresen des Krämerladens und verkaufte lächelnd Waren, während eine anmutige Sumi von Tisch zu Tisch eilte und Tee einschenkte. Eine Sumi, die nicht beschimpft wurde. Eine Sumi, der dankbare Blicke galten, weil sie einen so herrlichen Tee zubereiten konnte. Sollte so etwas möglich sein? War dieses Bild vielleicht die Antwort auf Tjaldas Frage, was sie, Inken, mit ihrem Leben und ihrem Geld anfangen wollte? Staunend öffnete Inken den Mund, um Sumi davon zu erzählen. Diese neigte lächelnd den Kopf, und Inken hatte den Verdacht, dass die Chinesin Gedanken lesen konnte. Jedenfalls schien sie kein bisschen überrascht, als Inken ihr von ihrer Vision erzählte.

„Das hätte dem geliebten Mann gefallen." Ein leichtes Beben lag in Sumis Stimme. „Und dieser unwürdigen Frau gefällt es auch!"

Inken fasste sich mit beiden Händen an die Schläfen. „Ich bin ganz durcheinander. Noch heute Morgen wusste ich nicht, wie mein Leben weitergehen soll, und nun schießen mir tausend Pläne durch den Kopf. Alles nur, weil ich dir begegnet bin und du einen so wunderbaren Tee zubereiten kannst."

„Ja, der Tee mag seinen Anteil daran haben" – Sumi goss erneut ein –, „doch dieses Zusammentreffen war kein Zufall. So wie es kein Zufall war, dass eine Chinesin mit dem Tee nach Ostfriesland kam. Niemand kann seiner Bestimmung entrinnen! Das Schicksal gleicht einem Fluss auf dem Weg zum Meer. Unausweichlich fließt es ihm entgegen. Selbst dann, wenn man den Lauf seines Schicksals ändern will, wenn ein zerstörerisches Verlangen den Fluss zum Anschwellen bringt, so dass er sich außerhalb seines Bettes ergießt. Man meint einen neuen Weg gefunden zu haben, einen, der anders und besser ist, doch letztendlich ergießen sich alle Flüsse ins Meer, denn das Meer ist Anfang und Ende!"

„Und unser Schicksal ist der Tee, Sumi." Inken sprang auf.

„Es wird kein leichter Weg sein. Die Menschen misstrauen einer Fremden."

„Doch einem guten Tee werden sie nicht widerstehen können. Und wenn die Ostfriesen erst einmal etwas in ihr Herz geschlossen haben, dann ist es für immer." Ein verschmitztes Lächeln breitete sich auf Inkens Gesicht aus. „So wird es ihnen mit dem Tee gehen und mit dir, Sumi!" Sie tanzte durch den Raum. „Und nicht wahr – du wirst dafür sorgen, dass sie den besten Tee bekommen, den es in Emden jemals gegeben hat!"

Heimkehr

Inken lief, nein, sie rannte fast den gesamten Weg zu Tjaldas Haus zurück. Wie schwer der Einkaufskorb wog, nahm sie kaum wahr. Ihre Gedanken drehten sich nur um Sumi und den Krämerladen. Ob Tjalda auch so begeistert sein würde wie sie? Hoffentlich unterstützte sie die Idee!

Atemlos stürmte sie, nachdem sie das Haus der Geldverleiherin endlich erreicht hatte, die Treppenstufen zur Tür hoch und fing schon an zu reden, kaum dass diese sich öffnete.

„Du kannst dir nicht vorstellen, Tjalda, was passiert ist! Ich...“ Doch dann brach sie mitten im Satz ab, und ihre Augen weiteten sich.

„Cirk!“ Ihre Stimme war nur mehr ein Hauch, als sie ihn wie in einem Traum im Eingang stehen sah. Er zog sie ins Haus. Ein Lächeln lag auf seinem Gesicht, und Inken spürte, wie ihr Herz schneller schlug. Wie von unsichtbaren Fäden gezogen, trat sie auf ihn zu, während Cirk ihr seinerseits entgegenkam.

„Feuerkopf!“ Cirks Augen leuchteten, wenn seine Stimme auch heiser und müde klang. „Ich hatte gehofft, dass du hier sein würdest. Du hast mich vermisst ...“ Seine Hand fuhr hoch zu ihrer Wange und strich sanft über sie hinweg. „Ich lese es auf deinem Gesicht.“

„Ja, mehr als ich sagen kann.“ Inken überließ sich seiner Berührung. Es war, als wären sie nie getrennt gewesen, und all ihre Fragen verloren sich im Nichts. Wie sehr hatte sie sich nach diesem Mann gesehnt! Und nun standen sie einander gegenüber. Er war wieder da! Zögernd, fast ängstlich glitt Inkens Blick zu seinem Gesicht. Was würde sie darin lesen? Was hoffte sie darin zu lesen?

Bis auf den ungepflegten Bart wirkte es unverändert. Vielleicht etwas zerklüfteter. Kampf und Widerstand schienen ihren Tribut gefordert zu haben. Doch die Falten machten ihn nur noch attraktiver. Seine ausdrucksstarken Augen suchten die ihren, und die Zeit stand still. Es lag etwas Bezwingendes in Cirks Augen, etwas, das Inken wünschen ließ, er möge sie in die Arme nehmen und nie wieder loslassen.

„Du hast auf mich gewartet. Und jetzt ist der Augenblick, dich zu küssen, endlich gekommen, nicht wahr?“ Schalk blitzte in seinen Augen.

Inken löste sich aus ihrer Verzauberung und trat einen Schritt zurück. Sie versuchte ihre widersprüchlichen Gefühle zu ordnen. Ja, sie wünschte sich, dass dieser Mann sie küsste, dennoch suchte sie nach einer passenden Antwort. Bis sie sich erneut in den Tiefen seiner Augen verlor. Cirks glückliches Lachen drang an Inkens Ohr. Sein Gesicht näherte sich dem ihren, sie spürte seinen Atem auf ihrer Wange und schloss die Lider. Doch Inken entkam dadurch zwar seinem Blick, aber nicht seinen Berührungen. Sacht glitten seine Hände über ihre Schultern und den Rücken hinab, zogen sie näher an sich. Und dann spürte Inken seine Lippen – sanft und zart, so unvermittelt, dass sie zusammenzuckte. Als ob er fürchtete, sie werde fliehen, zog Cirk sie noch enger an sich. Fast schmerzhaft vergruben sich seine Hände in ihrem Haar. Ein erstickter Laut drang an ihr Ohr, und jegliche Sanftheit verschwand. Wie ein Verdurstender küsste Cirk sie. Wie ein Mann, der etwas lang Ersehntes auskostet und nicht genug davon bekommen kann. Inken versank in einem Taumel der Gefühle. Schwerelosigkeit überfiel sie, und ihr Körper wurde von einem sanften Beben erfasst. Sie dachte an gar nichts mehr, sondern erwiderte leidenschaftlich sowohl seine Umarmung als auch seinen Kuss.

Erst ein leises Stöhnen Cirks brachte sie wieder in die Gegenwart zurück. Schwankend gab er sie frei.

„Du bist verletzt!“, rief sie voller Angst.

„Nein, eigentlich nur müde.“ Cirk fuhr sich mit den Händen durchs Haar. Plötzlich wirkte sein Gesicht nur noch erschöpft und grau. Und erst jetzt bemerkte Inken, dass sein Hemd zerrissen war. Die hochgekrempelten Ärmel gaben neben seiner kräftigen Armmuskulatur auch den Blick auf viele blaue Flecken frei, und die dunklen Hosen hingen in Fetzen an ihm herunter. Er schien gerade erst angekommen zu sein, doch trotz seiner körperlichen Schwäche ging etwas ausgesprochen Männliches von ihm aus.

„Ich bin so müde wie noch niemals zuvor in meinem Leben", versuchte Cirk wieder zu einer leichten Heiterkeit zurückzufinden und zwinkerte ihr zu. „So müde, dass nicht einmal die Aussicht auf einen weiteren Kuss mich davon abhält, in den nächsten Stuhl zu sinken!"

Er schleppte sich in Tjaldas Wohnstube und ließ sich stöhnend in einen Sessel fallen.

„Krieg spielen macht müde! Doch nun ist es endlich vorbei, und ich bin wieder da. Ich bin wieder da, doch andere werden nie mehr zurückkehren", fügte er bitter hinzu und schloss die Augen.

Inken kniete sich neben ihn nieder und ergriff seine Hand.

„Das ist nicht deine Schuld. Sie haben ihr Leben für eine gute Sache gegeben, für die Befreiung ihrer Heimat. Sie haben unsere Feinde besiegt!"

„Unsere Feinde." Cirk schnaubte verächtlich. „Wer hat sie denn zu unseren Feinden gemacht? Napoleon hat den Franzosen eingetrichtert, dass wir ihre Feinde sind und dass es nichts Besseres, ja Heiligeres gibt, als uns zu töten oder zu unterwerfen. Und die Soldaten haben ihm geglaubt. Sie sind verblendet und belogen worden. Nur so ist es zu erklären, dass Brüder einander auf dem Schlachtfeld begegnen müssen. Doch einerlei, welcher Trommel wir folgen, einerlei, welche edlen Gedanken uns eingetrichtert wurden – beim Krieg, bei allen Kriegen geht es in Wirklichkeit nur um Macht und Geld,

Menschenleben zählen nicht. Aber das begreifen die Wenigsten. Ihre Köpfe und Ohren sind voll vom Schlachtruf und Feldgeschrei, sie vermeinen um Ehre und Ruhm zu kämpfen und für das Richtige, das Wahre. Einmal ist es die Befreiung des Grabes Jesu aus den Händen der Ungläubigen, ein anderes Mal der Kampf um die Freiheit. In alldem liegt eine solche Sinnlosigkeit." Cirk verstummte resigniert.

„Du wirst diese Sinnlosigkeit aber nicht ändern, mein Junge." Tjalda stand in der Tür. Mit großen Schritten kam sie auf den Sessel zu, um Cirk in ihre Arme zu schließen. Für einen Augenblick lehnte er seinen Kopf an ihre Schulter.

„Aber du könntest es schaffen, Tjalda. Gegen dein Mundwerk würde selbst der größte Kriegsaufwiegler nicht ankommen. Bin ich froh, wieder zu Hause zu sein."

„Und ich erst, mein Junge, und ich erst!"

Mit einer energischen Geste wischte sie sich die Tränen aus den Augenwinkeln. Dann erst bemerkte sie seine Erschöpfung.

„Wir packen dich, glaube ich, zunächst einmal besser ins Bett. Du siehst ja aus wie ein Geist. Schlaf ist immer noch die beste Medizin. Außerdem werde ich uns etwas Gutes kochen. Reichlich abgemagert ist er, nicht wahr, Inken? Und ein Tee wird ihm auch guttun."

„Und ein Bad", fügte Inken trocken hinzu und rümpfte die Nase.

Cirk grinste die Frauen an. „Ach, wie gut fühle ich mich hier doch aufgehoben. Das habe ich auch all die Monate vermisst: diese Ehrlichkeit." Er ließ sich seufzend in den Sessel zurückfallen. „Und die Bequemlichkeit eines Bettes."

Für einen Augenblick hielt Tjalda inne. Ihr Blick war ernst geworden. „Eines muss ich noch wissen: Sind die Franzosen jetzt wirklich besiegt, Cirk?"

Dieser wiegte den Kopf. „Es sollen noch mehr als 1000 französische Soldaten und Douanen die Festung Delfzijl besetzt halten. Ein hoher Wall und ein tiefer morastiger Graben machen ihre Erstürmung so gut wie unmöglich. Wir werden die Festung belagern und die Franzosen zur Aufgabe zwingen müssen."

Als den Frauen die Bedeutung seiner Worte bewusst wurde, senkte sich für einen Augenblick lähmende Stille über den Raum.

„Das heißt also, dass du wieder fortmusst!", stellte Tjalda ungläubig und auch traurig fest. Ihre Augen ruhten wissend auf Inken, deren Hand erschrocken zum Mund fuhr.

Cirk nickte. „Schon in wenigen Tagen. Doch die Kosaken werden uns bei der Belagerung helfen. Sie waren auch diejenigen, vor denen sich Napoleons Soldaten am meisten gefürchtet haben. In ihrer seltsamen Kleidung, bewaffnet mit langen Lanzen, haben sie die Franzosen in die Flucht getrieben. Ohne die Kosaken hätten wir es kaum geschafft, und jetzt lagern sie vor der Stadt und weigern sich, die Gastfreundschaft der Emder anzunehmen. Sie sind schon ein eigensinniges Völkchen, genau wie wir Ostfriesen."

Einen Augenblick sagte niemand etwas, dann aber strafften Tjalda energisch die Schultern.

„Die Festung dort in Delfzijl werdet ihr schnell ausgeräuchert haben, mein Junge. Vielleicht ist es auch ganz gut, dass die Kosaken vor den Toren der Stadt lagern. Denn je weniger Kraft sie bei den willigen Weibern Emdens verbrauchen, desto mehr können sie darauf verwenden, den restlichen Franzosen Beine zu machen."

Sie legte nachdenklich einen Finger an die Nase. „Hier, innerhalb Emdens, brauchen wir also wirklich keine Franzmänner mehr zu fürchten?"

„Nein, Gott sei es gedankt. Wir haben alle vertrieben." Cirk beugte sich zu Tjalda vor und zwinkerte ihr schelmisch zu. „Tun dir die Kosaken denn gar nicht leid? Wo sie doch im Gegensatz zu mir von keiner einzigen Frau umsorgt werden. So ein kerniger Kosak, dass wäre doch was für dich, Tjalda, oder?"

„Hör mir auf mit Männern!" Tjalda hob abwehrend die Hand. „Was ich von ihnen weiß, reicht, um sie mir auf ewig vom Leib zu halten. Und was sollte ich noch dazu mit einem Fremden anfangen, den ich nicht einmal verstehen kann? Er würde ja doch nicht das tun, was ich ihm sage. Und nach Vergnügungen fleischlicher Art steht mir in meinem Alter sowieso nicht mehr der Sinn."

„Aber, aber", witzelte Cirk, „so ein leidenschaftlicher Kosak würde dich auch ohne Worte verstehen. Und die Freuden der Lust könnten dich beflügeln, so dass du – um es mit den Worten der Heiligen Schrift zu sagen – *wieder jung wirst wie ein Adler.*"

„Nach dieser Art von Jugend lechze ich nicht." Tjalda schüttelte den Kopf. „Ich genieße meinen Lebensabend lieber alleine und in Frieden und brate mir einen Fisch – das gibt Kraft und hält gesund. Jungchen, mach dein loses Mundwerk zu, nimm ein Bad und geh ins Bett. Wir werden derweil etwas Gutes zum Essen brutzeln und dich dann beizeiten wecken."

Scheinbar resigniert erhob Cirk sich und folgte ihrer Aufforderung. Tjalda sah ihm nach, doch kaum hatte er den Raum verlassen, glitt ihr Blick zu Inken, die sich jetzt nicht mehr länger zusammenreißen konnte. Tränen traten in ihre Augen, und Tjalda ergriff eine ihrer Hände.

„Dir gefällt es also auch nicht, dass er wieder fortmuss! Das habe ich mir gedacht."

Inken wollte widersprechen, doch Tjalda schnitt ihr das Wort ab. „Du brauchst nichts zu sagen. Ich bin ganz gut darin, in den Gesichtern anderer Menschen zu lesen. Du liebst diesen Kerl, auch wenn du es dir immer noch nicht ganz eingestehen willst. Außerdem habe ich vorhin schon etwas länger in der Tür gestanden."

Inken schoss das Blut in die Wangen. Abwehrend hob sie die Hand. „Ehrlich gesagt, ich weiß nicht, ob es Liebe ist. Ich kenne ihn doch kaum. Natürlich tut es mir leid, dass er wieder fortmuss. Es tut mir leid für dich und für ihn ..."

Sie hörte selbst, wie falsch ihre Worte klangen, und senkte den Kopf.

„Und es tut dir leid für dich selbst!" Tjalda nickte bekräftigend. „Nun hör auf, mit mir zu streiten. Dieses alte Mädchen kennt dich doch mittlerweile besser als du dich selbst. Weißt du, hör einfach nicht auf deinen Verstand, sondern folge deinem Herzen, mein Kind. Cirk ist einsam, genauso einsam wie du! Die Menschen hier sehen in ihm einen Helden. Cirk, der Abenteurer, der Blockadebrecher. Doch er gehört nicht wirklich zu ihnen. Cirk ist ein Mann mit Vergangenheit. Ein Mann, von dem keiner weiß, wessen Blut in seinen Adern fließt. So jemand lässt sich nicht einschätzen, noch dazu wenn er spöttische Reden führt. Das lässt die Menschen zurückschrecken. Sie vertrauen ihm nicht wirklich. Die Herzen der Mädchen fliegen ihm zu, seinem Äußeren, dem, was er tut. Doch niemals würden ihre Mütter eine Verbindung mit einem Mann wie ihm gutheißen. Dabei ist er mittlerweile reich und verdient sein Geld im Schlaf. Drei Schiffe fahren für Cirk, und manchmal, wenn das Fernweh zu stark wird, fährt er als Kapitän auf der *Anna* in die Karibik, oder wohin auch immer die Sehnsucht ihn treibt. Ich sterbe jedes Mal tausend Tode, wenn Cirk auf dem Meer ist."

Tjalda seufzte.

„Er weiß das, und trotzdem bleibt er nie lange an Land. Weil es hier nichts gibt, was ihn hält, weil er hier nicht wirklich zu Hause ist. Denn zu Hause ist man nur dort, wo das Herz wohnt. Dieser Mann ist immer auf der Flucht vor sich selbst und auf der Suche nach neuen Herausforderungen. So, als ob er sich immer wieder von Neuem an seine Grenzen bringen muss. Inken, Cirk ist ein Mensch, der jemanden braucht, der ihn liebt. Ich glaube, die Suche danach treibt ihn um. All seine Leichtigkeit, seine Gleichgültigkeit, all sein Spott sind nur vorgetäuscht. Doch wie lange hält ein Mann es aus, immer eine Maske zu tragen? Wann wird das Herz bitter und resigniert auf der Suche nach einem Menschen, dem es sich ganz anvertrauen kann? Inken, ich glaube, du bist der Mensch, nach dem Cirk zeit seines Lebens gesucht hat. Sag ihm, dass du ihn liebst. Lass nicht zu, dass er ohne dieses Wissen wieder in den Kampf zieht!“

Inken saß wie angewurzelt auf ihrem Stuhl. Tjaldas Worte berührten etwas in ihrem Inneren, und sie erkannte, dass sie diesen Mann liebte – vom ersten Augenblick ihrer Begegnung an. Diese Erkenntnis traf sie wie ein Schlag.

„Du brauchst nichts zu sagen, mein Kind. Überleg es dir gut, doch überlege nicht zu lange. Das Meer ist *mein* großer Feind, das Schlachtfeld könnte deiner werden. Lass Cirk nicht ohne Hoffnung gehen, denn ein Herz, das mutlos und verzweifelt ist, gibt eher auf als eines, auf das die Liebe eines Menschen wartet.“

Immer noch war Inken nicht in der Lage, sich zu rühren. Was sollte sie nur tun? Ihm einfach ihre Liebe offenbaren? Wenn es aber nicht so war, wie Tjalda vermutete? Und Cirk gar keine Maske trug? Was war die Wahrheit?

„So, jetzt wollen wir uns aber dem Essen zuwenden“,

unterbrach Tjalda ihre Gedanken. Resolut griff sie nach dem Einkaufskorb und angelte sich den Fisch heraus.

„Zu viel Grübeln hilft nicht dabei, die richtige Entscheidung zu treffen. Vertreib deine Sorgen, Inken, und erzähl mir lieber, wie es heute Morgen auf dem Markt war."

Nur schwerlich konnte Inken in die Gegenwart zurückfinden. Dann aber fiel ihr Sumi wieder ein. Und während Tjalda mit geübten Handgriffen den Fisch zubereitete, erzählte Inken ihr von der Chinesin, dem Krämerladen und vom Tee.

„Du willst also die Emder an ihrer schwachen Stelle packen, was? Du willst sie mit gutem Tee einlullen, gefügig machen und dadurch zum Kaufen deiner Waren verführen." Tjalda betrachtete Inken mit zusammengekniffenen Augen. Dann legte sie ihr eine Hand auf den Arm. „Ich sehe schon, du hast in den Wochen bei mir viel gelernt. Der Krämerladen könnte ein Erfolg werden. Obwohl die Tatsache, dass zwei Frauen eine Kruiderrie betreiben, den Männern nicht schmecken wird. In Emden gibt es keine Frauen, die geschäftlich tätig sind – außer mir, versteht sich. Und du weißt, was die Männer davon halten. Die Meisten kommen nur, wenn die Not sie treibt. Was zum Glück nicht selten geschieht." Tjalda lachte trocken.

„In den Augen der Männer sollten Frauen, die das Unglück ereilt, etwas Geld verdienen zu müssen, um in diesen schweren Zeiten die ihren zu unterstützen, dies auf stille frauliche Art tun. Vielleicht so wie die Witwe Büscher, die Kuchen zum Verkauf backt, oder wie die junge Frau Mansholt, die ihren kranken Mann und die Kinder mit Näharbeiten durch die Zeit bringt. Auch Zimmer vermieten oder Musikstunden geben – all das ist in den Augen der Emder redlich. Die Damen verdienen Geld, bleiben aber dabei im Haus – wie es sich für eine Frau gehört. Aber ein weibliches Wesen, das sich in die raue

Welt der Männer wagt, ihnen im Geschäft gar Konkurrenz macht ..." Sie ließ den Satz unbeantwortet und blickte Inken fest in die Augen. „Ihr werdet nur dann Erfolg haben, wenn die Frauen der Stadt auf eurer Seite sind. Und stellt es euch nicht so einfach vor, diese Damen zu gewinnen. Mit mir reden sie schon seit Jahren kaum ein Wort. Ich bin allerdings auch nicht darauf angewiesen."

„Du würdest uns also nicht unterstützen?" Enttäuscht wandte Inken den Blick ab.

„Da hast du was falsch verstanden, Inken. Ich wollte dich nur ein wenig auf den Boden der Tatsachen zurückholen. Selbstverständlich werde ich euch unterstützen. Es wird mir sogar ein ganz besonderes Vergnügen sein, den Männern dieser Stadt wieder einmal zu zeigen, dass sie nicht der Nabel der Welt sind. Und die Frauen werden wir schon einfangen. Ist es nicht wie im Krieg? Wenn man um die Schwächen seiner Gegner weiß, dann müsste Siegen doch ein Leichtes sein, oder? Und wir wissen, dass bei einer Tasse guten Tees jede Ostfriesin schwach wird!"

Liebe und Schatten

Im Dachgeschoss gab es nur einen einzigen Raum, vor dessen Tür Inken nun stand und wartete. Es war Cirks Zimmer in Tjaldas Haus. Sie hatte geklopft und leise seinen Namen gerufen, doch nichts rührte sich.

Am späten Nachmittag hatte Tjalda bereits schon einmal nach Cirk gesehen und danach entschieden, ihn nicht zu wecken und das Fischessen auf den nächsten Tag zu verschieben.

„Cirk schläft wie ein Toter. Nun gut, ich glaube, Schlaf ist wichtiger als Nahrung. Lassen wir ihn sich bis zum Morgen ausruhen."

Aber Inken, die von ihren Gefühlen hin und her gerissen wurde, war unruhiger denn je. Was sollte sie nur tun? Nicht einmal heute Abend würde sie Cirk zu Gesicht bekommen. Und wenn er morgen schon wieder fortmusste? Dann ergäbe sich vielleicht gar keine Gelegenheit mehr, sich ihm zu offenbaren. Andererseits – wollte sie das denn wirklich? Und ließen sich überhaupt Worte für das finden, was sie empfand? So viele Fragen verwirrten ihr den Sinn. Und nun stand sie hier vor der Tür zu seinem Zimmer. Langsam, zögernd nur, streckte sie ihre Hand nach dem Türknauf aus.

Vom Fenster fiel das letzte Licht des Abends auf den rotgrau gefliesten Boden und das frei stehende Holzbett. Nur flüchtig nahm Inken den großen dunklen Schrank an der einen Wandseite und einen Tisch mit zwei Stühlen wahr. Ihre Augen waren auf den schlafenden Mann gerichtet. Die Stille im Raum wurde nur vom Geräusch seines Atems unterbrochen. Cirk hatte nicht einmal die Vorhänge zugezogen, sondern sich einfach so, wie er war, auf das Bett fallen lassen. Mit angehaltenem Atem kam Inken zögernd, fast widerstrebend näher. Selbst im Schlaf noch hatte er die Macht, ihr Herz schneller schlagen zu lassen. Die Decke war von seinem Körper gerutscht, und zum ersten Mal konnte Inken ihn betrachten, ohne dass seine Augen sie verwirrten. Ein herber Duft ging von ihm aus, und sein dunkles Haar lag ausgebreitet auf den hellen Kissen. Er schlief auf dem Rücken, seine linke Hand hing über dem Bettrand.

Langsam ließ Inken ihren Blick über seine Gestalt zu seinem Gesicht gleiten und verweilte dort. Der Schlaf hatte jegliche Härte und alle Spuren von Anspannung aus ihm getilgt und ließ es gelöst, fast jungenhaft aussehen, und Inken ertappte sich bei dem Wunsch, seine Konturen mit den Fingern nachzuzeichnen. In Gedanken fuhren ihre Hände durch sein Haar. Kopfschüttelnd trat sie einen Schritt zurück, doch seine Gestalt schien sie magisch anzuziehen. Das offene Hemd gewährte ihr den Blick auf seinen nackten Oberkörper, und Hitze stieg in ihr auf. Sie wollte die Hand auf seine Haut legen und trat schließlich, als folge sie einem inneren Zwang, wieder näher. Inken setzte sich auf den Bettrand und umfasste mit zitternder Hand vorsichtig seinen Unterarm. Ihre Fingerspitzen fuhren sanft über seine Haut. Sie schloss die Augen und genoss die Empfindungen, die die Berührung in ihr auslöste. Als Cirk sich stöhnend bewegte, ließ Inken ihn rasch los, aber es war bereits zu spät.

Cirk war aufgewacht und fuhr sich nun mit der rechten Hand etwas verwirrt über die Stirn. Dann setzte er sich auf und bemerkte Inken. Schlaftrunken streckte er die Arme nach ihr aus, als ob dies etwas ganz Selbstverständliches wäre. Und als Inken sich nicht rührte, umfassten seine Hände ihre Schultern. Etwas Fragendes lag in seinen noch vom Schlaf benebelten Augen, diese Augen, denen sie sich nicht entziehen konnte. Warum nur hatte er die Macht, mittels eines einzigen Blicks ihr Herz gefangen zu nehmen?

„Ich liebe dich“, sagte sie leise, „und bin gekommen, um es dir zu sagen.“

Cirk sprach kein Wort. Inken schlug die Augen nieder. Nun gut, er wusste es! Sie sollte gehen, sie sollte jetzt sofort gehen. Doch als Inken den Blick wieder hob, war da die Sehnsucht in Cirks Augen. Sie sahen sich unverwandt an, ohne eine Bewegung, ohne ein Wort. Inken wurde schwindelig, und ihre Hände gehorchten nicht mehr ihrem Willen. Wie von selbst griffen sie nach den seinen, und der Funke, der dabei übersprang, ließ sie zusammenzucken.

„Ich wollte dich nicht aufwecken." Ihre Stimme zitterte, und ihre Worte waren kaum mehr als ein Flüstern.

„Es ist Zeit, dass *du* aufwachst, Inken! Kämpfe nicht mehr gegen deine Gefühle." Der heisere Ton seiner Stimme und die leidenschaftliche Intensität, die in seinen Augen lag, ermutigten sie. Mit zitternden Händen strich Inken scheu über seine Unterarme, um sich dann, zögernd noch und doch zielstrebig, in Cirks dunklem Haar zu vergraben. Kaum merkbar kam er ihr entgegen, und mit einem Mut, der neu für sie war, hauchte Inken einen flüchtigen Kuss auf seine Lippen. Es war kaum mehr als eine leichte Berührung, doch sie genügte, um das Feuer in ihnen zu entfachen. Ein erstickter Laut kam über Cirks Lippen. Mit verzweifelter Heftigkeit zog er Inken an sich, und sie drängte ihm entgegen. Niemals zuvor hatte sie sich so sehr nach einem Menschen gesehnt, nach seiner Wärme, nach seiner Nähe. Sie wollte ihn schmecken, riechen und sein ganzes Wesen tief in sich aufnehmen. Und zum ersten Mal in ihrem Leben erkannte Inken, was es bedeutete, wenn sich zwei Menschen ineinander verlieren wollen. Zitternd legte sie ihre Hände auf seinen Oberkörper. Wieder küsste er sie. Es war ein fragender, ein sehnsüchtiger Kuss, der auf Antwort wartete.

Und Inken antwortete ihm. Es gab kein Fragen und Überlegen mehr für sie. Kein Innehalten, um über die Folgen ihres Tuns nachzudenken. Denn morgen würde Cirk vielleicht schon fort sein. Es gab nur das Heute für sie beide, nur diese eine Nacht. Ihre Blicke versanken ineinander, tiefer und immer tiefer. Suchend, tastend, wünschend, bis Zeit und Raum sich auflösten und ihre Körper die richtigen Antworten gaben.

Inkens Haut schien unter Cirks Händen zu schmelzen. Ihr Herz klopfte wie rasend, doch ihre beiden Körper bewegten sich langsam. Jeder Kuss, jedes Streicheln war wie eine Verheißung. Die Angst, sich selbst zu verlieren, fiel von Inken ab. Sie konnte, sie wollte sich ganz verlieren, sich fallen lassen in die Arme dieses Mannes, der ihr alles bedeutete. Sie wollte ganz und gar bei ihm sein. Was gestern war, zählte nicht mehr. Das Ziel all ihrer Wege war diese Liebe gewesen. Mit jedem Kuss löste sie sich mehr und mehr im Feuer auf, um wieder neu zu werden. Es war ein Nehmen und Geben, ein Sich-Binden, das frei machte, ein Aufgeben seiner selbst, um sich, jeder im anderen, wiederzufinden. Kein Wort fiel zwischen ihnen beiden, und erst als die Nacht schon den Morgen ahnte, schliefen sie eng aneinandergeschmiegt ein.

Als Inken erwachte, durchflutete bereits Morgenlicht den Raum. Cirk schlief noch. Zärtlich strichen ihre Fingerspitzen über seine Nase, Wangen, Wimpern und Augen, als könne sie sich dadurch jede Linie des geliebten Gesichtes unauslöschlich einprägen. Niemals hatte sie zu träumen gewagt, dass Liebe so sein könnte. Niemals zuvor hatte sie sich einem Menschen so verbunden gefühlt.

Tief atmete sie ein. Was immer die Zukunft mit sich brachte, niemals mehr würde sie diese Leidenschaft vergessen, diese Leidenschaft und Cirks Zärtlichkeit. Tränen stiegen ihr in die Augen. Sie wollte nicht, dass er ging. Der bevorstehende Abschied war so grausam, so falsch.

In dieser Nacht hatten sie sich aneinander gebunden, sich einander versprochen mit Herz, Leib und Seele. Inken hatte Cirks innere Wunden gespürt, als wären es ihre eigenen, und Cirk hatte ihre abgrundtiefe Einsamkeit ausgelotet. Und nun würde sie diesen Mann verlieren, kaum dass sie ihn gefunden hatte. Ein Schluchzer entrang sich ihrer Kehle.

Langsam schob sie die Decke zur Seite, schlüpfte aus dem

Bett und schlich auf Zehenspitzen zur Tür, wo sie sich noch einmal umwandte und Cirk betrachtete.

Diese Nacht musste sich dem Morgen beugen, und die Ahnung eines Schattens überfiel Inken. Sie schauderte und wusste nicht, warum. Würde der Abschied, das, was kam, ihrer Liebe etwas anhaben können?

Geschenkte Tage

Der Sommer war noch einmal zurückgekehrt, und warmer Regen klopfte ans Fenster. Tjalda wirbelte durch die Küche und bereitete das Frühstück vor, während Inken mit abwesendem Gesichtsausdruck auf der Bank mit den karierten Kissen saß. Immer wieder streifte Tjaldas Blick sie, doch Inken bemerkte es nicht. Sie fühlte sich von einem Gefühl durchdrungen, das ihr den Kopf leicht werden ließ. Keinen Augenblick verließ sie der Gedanke an Cirk. So musste sich Glück anfühlen! Sie spürte es förmlich in sich pulsieren.

Währenddessen plauderte Tjalda unentwegt mit ihr. „Mir schien es wie ein Traum, als ich gestern plötzlich Cirks Stimme hörte“, meinte die Freundin gerade. Doch der Sinn ihrer Worte drang kaum zu Inken durch. „Sag mal, Mädchen“, baute sich Tjalda schließlich vor ihr auf. „Was ist eigentlich los mit dir heute Morgen? Ich rede und rede und du hörst mir gar nicht zu!“

Die beiden Frauen waren einander in den letzten Wochen sehr nahegekommen. Die gemeinsamen Pflichten, Sorgen, Enttäuschungen, aber auch amüsanten Begebenheiten hatten eine tiefe Freundschaft zwischen ihnen wachsen lassen. Weshalb es Inken nun auch nicht weiter schwerfiel, sich Tjalda anzuvertrauen.

„Ich habe es ihm gesagt." Ganz leise kamen ihre Worte. „So, wie du es mir geraten hast." Sie blickte Tjalda dabei nicht an, sondern schaute nach draußen. Der Regen hatte die Möwen in die Stadt zurückgelockt. Sie ließen sich vom Wind hertragen und gaben schrille Schreie von sich. Und so fern wie die Möwen der Erde zu sein schienen, so fern fühlte sich Inken allem Alltäglichen. Wie eine Schlafwandlerin hatte sie die letzen Stunden zugebracht. Seit der gemeinsamen Nacht mit Cirk kam ihr alles so anders vor.

„Oh!" Tjaldas Augen weiteten sich. „Das finde ich großartig." Sie strahlte die Freundin an. „Und was sagt er dazu?"

„Ich finde es auch großartig." Cirk stand in der Tür und lachte. Inken errötete. Wie lange mochte er schon dort gestanden haben? Sie hatte ihn nicht kommen hören und wagte kaum, ihn anzuschauen. Warum war sie nur so heimlich, wie nach einer verbotenen Tat, aus seinem Zimmer geschlichen? Da war die Angst gewesen, dass Cirk im Morgenlicht sein Tun bereuen könnte. Doch dem schien nicht so zu sein. Er kam auf Inken zu, setzte sich neben sie auf die Bank und nahm sie vor Tjalda in die Arme.

„Das wollte ich schon tun, seit der Regen mich geweckt hat. Ich musste mich einfach davon überzeugen, dass es kein Traum war!" Er lachte glücklich.

Inken presste, von ihren Gefühlen überwältigt, einen Augenblick ihre Stirn gegen sein Brust, bis ihr Atem wieder frei kam und sie klar sehen konnte.

„Ach, Kinder." Mit einem liebevollen Blick bedachte Tjalda die beiden. „Ich habe es so gehofft! Ihr hättet mir keine größere Freude machen können."

Dann war sie mit einem Satz an der Tür. „Mein Gefühl sagt mir, dass es besser ist, euch eine kleine Weile alleine zu lassen. Das Frühstück kann getrost noch warten, nicht wahr." Und schon war sie verschwunden.

Weder Cirk noch Inken blickten ihr nach. Sie hatten nur noch Augen für einander. Inkens Hand lag mit der Innenfläche nach oben auf einem der Kissen. Ihre Finger waren eiskalt. Cirk legte seine Hand darauf. Die Berührung gab ihr Wärme und ließ sie trotzdem erschauern. Sie brauchte diese Wärme, sie brauchte seine Nähe. Das war ihr seit der letzten Nacht klar. Wie sollte sie nur aushalten, dass Cirk bald wieder fortmusste? Tränen stiegen in ihr auf, und sie umfasste Cirks Handgelenk so fest sie konnte.

„Ich liebe dich", sagte Inken erneut wie von selbst, und ihre Stimme klang fremd und zittrig. Sie tat einen tiefen Atemzug und drängte die Tränen zurück.

Cirk lächelte ihr zu. „Ich liebe dich auch, Inken. Vom ersten Moment unserer Begegnung an war das so. Ich konnte an nichts anderes mehr denken als an dich, aber das weißt du ja."

Inken lächelte glücklich. „Mir ging es genauso, nur wollte ich es am Anfang nicht wahrhaben. Sobald du in meiner Nähe warst, bekamen alle Dinge eine andere Farbe. Selbst die dunkelsten Zeiten im Moor konnte ich mit dem Gedanken an dich schöner färben. Aber ich habe mich lange dagegen gesträubt, meine Gefühle für dich als Liebe zu bezeichnen."

Cirk presste Inken so eng an sich, dass sie das Klopfen seines Herzens spüren konnte. Ihr Gesicht lehnte an seiner Schulter. Wortlos, saßen sie so lange eng umschlungen in ihrer eigenen Welt, während die Regentropfen gegen die Scheiben prasselten.

„Was soll nun werden, Cirk?", fragte Inken schließlich.

„Wie meinst du das?" Er schob sie ein wenig von sich.

„Was werden wir nun tun?“

„Uns lieben.“ Er streichelte ihre Wange.

Inken seufzte. „Wenn du nur nicht wieder in den Kampf ziehen müsstest!“ Nun war es heraus.

„Ich möchte es auch nicht, aber leider führt kein Weg daran vorbei. Vier ganze Tage bleiben uns noch bis dahin.“

Vier Tage! Inken schloss die Augen und wusste nicht, ob sie froh oder traurig über diese Frist sein sollte. „Dieser Krieg nimmt und nimmt kein Ende!“

„Doch, er wird ein Ende haben. Vielleicht müssen wir ihm sogar dankbar sein.“ Cirk strich ihr über das Haar. „Der Krieg hat uns schließlich zusammengebracht.“

„Oh nein!“ Inken schüttelte den Kopf. „Wir hätten uns auch ohne ihn kennen gelernt. Irgendwann. Irgendwo. Dessen bin ich mir ganz sicher.“ Sie war plötzlich voller Angst um ihn. „Wann wirst du zurückkommen?“

„Wenn die Franzosen vertrieben sind. Und dann werde ich nie wieder von dir fortgehen.“

„Versprichst du mir das?“ Inken wusste nicht, was sie dazu trieb, ihm dieses Versprechen abzunehmen.

„Wenn es dir hilft zu wissen, dass ich dich niemals wieder verlasse und dass ich dich unendlich liebe, gerne.“ Cirk zog sie wieder enger an sich.

„Ja, das wird es.“ Doch schon während sie die Worte aussprach, wusste Inken, dass es nur ein schwacher Trost sein würde.

Die Tür ging auf, und Tjalda lugte vorsichtig herein. „Entschuldigung, aber mir ist da gerade ein grandioser Einfall gekommen.“ Aufgeregt blickte sie zuerst Cirk und dann Inken an. „Cirk, du musst doch sicherlich nicht gleich morgen wieder in den Kampf ziehen, oder?“

Cirk schüttelte den Kopf. „Vier Tage dauert es, bis alles bereit ist für den Einsatz. Vier Tage, an denen ich sozusagen *Heimaturlaub* habe." Er verzog das Gesicht.

„Oh, das ist sehr gut." Tjalda bewegte nachdenklich den Kopf. „Mir ist da so eine Idee gekommen. Ich habe dir doch von dem kleinen Häuschen auf Norderney erzählt, oder?"

Cirk nickte. „Du hast es dir vor Jahren gekauft, um einen Zufluchtsort zu haben, einen Ort, an dem du dem Alltag entfliehen kannst."

„Sehr richtig. Wenn mir alles zu viel wird und ich für eine Weile nur meine eigene Gegenwart ertragen kann, dann verschwinde ich einfach. Nur diesmal bin nicht ich diejenige, die der Welt entfliehen sollte. Cirk, dir bleiben noch ganze vier Tage. Warum solltet ihr die nicht nutzen, um dort oben für eine kurze Weile den Krieg und alles andere um euch herum zu vergessen. Die Kate ist weder groß noch prächtig, hat aber einen wunderbaren Blick auf das Meer. Ein alter Insulaner schafft ab und zu ein wenig Ordnung für mich. Na, wäre das etwas?"

Mit ungläubigem Staunen maß Inken die Freundin. Welch ein Geschenk bot sie ihnen an! Vier Tage nur sie beide – welch ein Traum. Sie wandte den Kopf und blickte Cirk an. Der las die Antwort auf ihrem Gesicht und lachte.

„Inken sagt ‚Ja', und dem kann ich mich nur anschließen", bedankte er sich strahlend. „Tjalda, du bist wahrhaftig ein Engel!"

Tjalda hatte keine Mühen gescheut, um noch für denselben Tag die Fahrt nach Norderney zu organisieren. Wie ein aufgescheuchtes Huhn war sie umhergerannt und hatte Vorbereitungen getroffen. Inken und Cirk blieb nur noch die Aufgabe, sich mit passender Kleidung einzudecken und das Wichtigste an Nahrungsmitteln auf dem Markt zu besorgen.

Dann war es auch schon an der Zeit, sich auf die *Möwe* zu begeben, ein Schiff, das Holz für die Insulaner geladen hatte.

„Wir brauchen uns nicht einmal zu verkleiden", scherzte Cirk unter Anspielung auf seine erste Begegnung mit Inken und seine eigene Maskerade auf dem Weg ins Moor.

Er griff nach Inkens Korb und dem Reisegepäck und reichte es der ausgestreckten Hand eines Seemanns.

Inken schmunzelte. „Ja, und wir kommen als freie Menschen auf die Insel und nicht als Sklaven Napoleons! Ist das nicht wunderbar?" Behände folgte sie Cirk an Bord.

Schweigend standen sie dicht nebeneinander, als das Schiff den Hafen verließ. Sanft glitt die *Möwe* durch die Fluten, und Inken überließ sich dem Wind und den Geräuschen des Wassers um sie herum. Hier auf See blies der Wind kräftiger und trug all ihre Sorgen mit sich fort. Sie fuhr an Cirks Seite in die Freiheit – wenn auch nur für kurze Zeit. Es war wie in einem Traum, doch niemals in ihrem Leben hatte Inken sich lebendiger gefühlt. Weiter und immer weiter entfernte sich das Schiff vom Festland, von der Welt und ihren Problemen. Das Loslassen fiel Inken leicht, und zurück blieben nur sie beide und ihre Liebe.

Selbst das Wetter meinte es gut mit ihnen. Schon auf dem Weg zum Hafen hatte der Regen aufgehört, und die Sonne war durch die Wolken gebrochen. Langsam kamen sie dem Eiland näher, vor dem sich auf einer kleinen Sandbank Seehunde in der Wärme räkelten.

Die Insel selbst begrüßte sie wie lang vermisste Freunde. Der weiße Sandstrand reflektierte im hellen Licht der Sonne. Die Brandung schob sanfte Wellen vor sich her. Und das Rauschen gab Inken das Gefühl, nach Hause zu kommen. Die Schiffsbesatzung entlud die Ladung. Sie hatte es eilig, die Heimfahrt anzutreten, und Inken und Cirk schauten der *Möwe* noch lange nach, bis sie nur noch ein ferner Punkt am Horizont war. Schließlich wandte Cirk sich zum Gehen.

Denn bis zu Tjaldas Haus, das sich an einem entlegenen Winkel der Insel befand, stand ihnen noch ein langer Weg bevor, der die Mühe jedoch lohnte. Sie folgten der Beschreibung und kamen schließlich zu einem verwunschenen Gebäude, das von einer hohen Mauer umgeben war. Das uralte, schlichte Steinhaus hatte im Laufe der Zeit gelitten, doch Efeu und andere grüne Kletterpflanzen verdeckten gnädig das schadhafte Mauerwerk. An den etwas geschützteren Stellen wuchsen Moos und Farne. Wie Entdecker erforschten Cirk und Inken den kleinen Garten, der wild und ungepflegt war. Von dort aus lockte das Rauschen der Wellen sie an den Strand, der in unmittelbarer Nähe liegen musste. Inkens Augen hatten als Erste die Holztür in der Steinmauer entdeckt, und nun standen sie beide eng umschlungen und blickten auf das Meer.

„Was meinst du, wirst du hier mit mir glücklich sein?" Cirk nahm ihre Hand.

„Ich werde mir zumindest Mühe geben", lachte Inken.

Gespielt sorgenvoll seufzte Cirk. „Was kann ich nur tun, damit du zufrieden bist?"

„Küss mich einfach!" Sie streckte ihm ihr Gesicht entgegen, und er kam ihrer Bitte nur allzu gern nach.

Wenig später traten sie ins Haus und erkundeten die wenigen Räume. Eine steile Treppe führte nach oben in ein kleines Schlafzimmer mit Blick aufs Meer. Inken öffnete das Fenster und gab sich mit geschlossenen Augen den vertrauten Geräuschen hin. „Vielleicht müssen diese geschenkten Tage für ein ganzes Leben reichen", ging es ihr durch den Sinn, und für einen Moment überkam sie tiefe Traurigkeit. „Aber niemand wird sie uns nehmen können!"

Doch dann schüttelte sie sich kurz und eilte leichtfüßig wieder nach unten, wo Cirk im Kamin des Wohnzimmers ein Feuer entfachte, nachdem es mittlerweile an den Abenden schon empfindlich kühl wurde. Er bückte sich, nahm ein Holzscheit aus dem Korb neben dem Kamin und warf es in die Flammen.

„Morgen kommt ein Insulaner und füllt uns die Speisekammer. Tjalda hat scheinbar überall ihre Leute. Sie verwöhnt uns." Er lächelte Inken zu. „Sie weiß, dass man nicht allein von Luft und Liebe leben kann."

„Aber ohne Liebe auch nicht." Inken umarmte ihn von hinten und schmiegte ihr Gesicht an seine Schulter. „Es ist seltsam. Dieses Haus nimmt einem jegliches Zeitgefühl, und doch habe ich mich niemals gegenwärtiger gefühlt als hier und heute."

„Wir werden den Augenblick leben, Inken. Für uns braucht die Zeit nicht wichtig zu sein." Cirk drehte sich zu ihr um. „Was mich angeht, kann sie einfach aufhören zu existieren."

Und so war es auch. Die Tage und Nächte verschmolzen ohne den Zwang fester Mahlzeiten oder nachzugehenden Verpflichtungen zu einer einzigen Einheit. Und das Wetter meinte es gut mit ihnen. Tagsüber schien die Sonne und lockte sie für viele Stunden nach draußen an den Strand, wo sie weite Spaziergänge machten und stundenlang die Schiffe mit ihren geblähten Segeln beobachteten, die wie fremde Wesen an ihnen vorbeizogen. Wenn Inken den warmen Sand durch die Finger rieseln ließ, verbot sie sich, dabei an die verrinnende Zeit zu denken. So wie sie es sich überhaupt verbot, viel nachzudenken.

Manchmal beobachtete sie Cirk heimlich. Sie versuchte, sich sein Bild ins Gedächtnis einzumeißeln. Mitunter drehte er den Kopf, und es entging ihm nicht, dass sie ihn betrachtete. Ein eigentümlicher Ausdruck trat dann in seine Augen. So als quäle ihn ein schlechtes Gewissen. Vielleicht, weil er sie schon so bald wieder verlassen musste.

Dann aber war er wieder ausgelassen wie ein Kind, und sie tollten mit nackten Füßen am Meeressaum und spritzten sich gegenseitig nass. Die salzhaltige Brise würzte die laue Luft. Cirk sammelte Muscheln für Inken, und die größten und schönsten fanden einen Ehrenplatz auf dem Kamin. Immer wieder zog es sie auch in den kleinen Garten des Hauses. Inken bereitete ihnen Tee zu, und Cirk trug Hocker hinaus. Mit dem Rücken an die warme Mauer gelehnt, genossen sie schweigend das Getränk und die jeweilige Nähe des anderen. Später gingen sie meist zurück an den Strand, um dort fasziniert die blutroten Sonnenuntergänge zu verfolgen.

Am schönsten aber waren die Abende. Die Vorhänge wurden zugezogen, und im Kamin prasselte ein Feuer. Sie schoben den niedrigen Tisch dicht an die Wärmequelle und lauschten bei einem guten Wein und einer reichlichen Mahlzeit dem Knistern des Holzes. Manchmal kam ein so starker Wind von See, dass die Fensterscheiben des alten Hauses klirrten. Aber das machte ihre Abgeschiedenheit, ihr Entrücktsein, nur noch intensiver. Lange Gespräche führten sie an diesen Abenden. Allerdings versetzte der Umstand, dass Cirk noch immer Teile seiner Vergangenheit aussparte, Inken manchmal einen Stich. Aber dann beruhigte sie sich mit dem Gedanken, dass die dunklen Seiten seiner Geschichte in diesen wenigen, hellen Tagen vielleicht wirklich nichts zu suchen hatten. Stattdessen erzählte Cirk ihr viel über die Zeit, seit er Tjalda kannte, über seine Reisen in ferne Länder und die Besuche bei seinem Freund Thomas Devon in England.

An einem Abend kam die Rede sogar auf Lucia, und Inken verspürte Eifersucht in sich aufsteigen. Ein Gefühl, das ihr bislang fremd gewesen war.

„Sie hat pechschwarzes Haar“, beschrieb Cirk die Engländerin, „und ist einfach wunderschön, Inken. Ich glaube, kein Mann kann ihre Schönheit ignorieren. Zumal Lucia es mit ihrem ganzen Wesen geradezu herausfordert, sich um sie zu kümmern. Und dies in vielerlei Hinsicht.“ Er zog ein schiefes Gesicht. „Dabei ist sie weiß Gott kein Engel. Ganz im Gegenteil, aber es will einfach niemandem gelingen, dieses Mädchen zu zähmen. Lucia ist wie ein Kind. Was sie will, das nimmt sie sich einfach. Gleichzeitig macht sie es den Männern nur allzu leicht, sich in sie zu verlieben. Stell dir vor, Inken, sie wollte sogar mich bezirzen. Und es war gar nicht so einfach, ihren Fängen zu entkommen.“

Zwar hatte er bei diesen Worten gelacht, doch Inken vermeinte ein leichtes Unbehagen aus seiner Stimme herauszuhören. Sie hatte versucht zu ergründen, woher es kam, doch er war ihren Fragen ausgewichen und hatte sich rasch einem anderen Thema zugewandt.

An ihrem letzten Abend auf der Insel liebten sie sich vor dem knisternden Feuer. Später lagen sie eng umschlungen und beobachteten die glimmende Asche im Kamin. Auch als das Feuer erloschen war, rührten sie sich nicht, sondern verloren sich in ihren Träumen, um der Wirklichkeit noch ein letztes Mal zu entfliehen.

Schließlich räusperte Cirk sich und brach den Zauber. „Das nenne ich Glück“, sagte er mit rauer Stimme.

„Was genau meinst du?“ Inken zeichnete mit dem Finger verschlungene Muster auf seine Haut.

„Wenn es so ist wie jetzt. Ich fühle mich wunschlos glücklich, alle meine Sinne sind wie betäubt und trunken vor

Wonne. Mir ist warm, rundum, und du liegst neben mir. Ich rieche das Meer, ich höre die Schreie der Möwen und das Knistern des Feuers. Wir haben uns geliebt und zudem eine anständige Mahlzeit und einen guten Wein genossen. Mehr kann man vom Leben nicht verlangen. Inken" – er sah ihr ernst ins Gesicht –, „ich kann mir ein Leben ohne dich nicht mehr vorstellen."

„Ich auch nicht, aber wir werden bald ohne einander sein müssen." Inkens Stimme brach, doch dann lächelte sie ihm zu. „Weißt du, Cirk, ich habe vorhin versucht, mich an den Gedanken zu gewöhnen, ohne dich zu sein. Ertrage es aber nur mit dem Wissen, dass es für kurze Zeit sein wird. In Gedanken wirst du jedoch bei mir sein, egal wie weit wir auch voneinander getrennt sein mögen. Am Abend wird dir mein letzter Gedanke gelten und am Morgen mein erster."

„Trotzdem habe ich das Gefühl, dich zu verraten." Cirk blickte an ihr vorbei. Sein Gesicht wirkte traurig. „Ich muss gehen, obwohl wir uns noch nicht einmal richtig kennen gelernt haben. Es gibt so vieles, was ich dir noch sagen muss. Dinge und Seiten meines Lebens, die dich vielleicht erschrecken werden und die ich deshalb nicht übers Herz gebracht habe, dir während unserer geschenkten Tage zu erzählen."

„Quäle dich nicht mit solchen Gedanken", beruhigte Inken ihn. „Wir werden später noch alle Zeit der Welt haben, um uns genauer kennen zu lernen. Und ich kann mir nicht vorstellen, dass deine Vergangenheit meine Liebe zu dir erschüttern könnte."

Cirk biss sich auf die Lippen. „Ich habe Dinge getan, für die ich mich heute schäme. Doch es lässt sich nicht mehr ändern. Weißt du, ich habe Menschen ins Unglück gestürzt." Er schwieg und schaute blicklos auf die Asche im Kamin. Doch dann warf er den Kopf zurück. „Aber was gewesen ist, ist vorbei. Wir werden gemeinsam einen neuen Anfang wagen. Mich von dir zu trennen fällt mir so schwer wie nichts zuvor in meinem Leben."

Inken dachte an das Morgen und den Weg zurück in die Wirklichkeit. „Ich glaube, das Schlimmste wird der Abschied sein, Cirk. Am liebsten würde ich einfach hierbleiben, hier auf der Insel. Oder nein, noch besser auf Borkum. Mein Traum ist es, dort mit dir zusammenzuleben."

„Das werden wir, Inken", drückte Cirk ihre Hand ganz fest.

„Ich möchte um nichts in der Welt, dass unsere gemeinsame Zeit zu Ende ist."

Cirk betrachtet sie mit einem Lächeln. „Sie ist nicht zu Ende, Inken." Er breitete die Arme weit aus. „Glaub mir, unsere gemeinsame Zeit hat noch nicht einmal richtig angefangen!"

Lucia

Bis zu Cirks Aufbruch blieben nur noch wenige Stunden. Am gestrigen Abend waren sie nach Emden zurückgekehrt, und heute, am frühen Nachmittag, würde Cirk sich mit den anderen zusammen auf den Weg nach Delfzijl machen. Tjalda hatte ein besonderes Mittagessen zubereitet, wobei Inken sich fragte, ob sie es unter diesen Umständen auch alle gebührend genießen könnten. Die Freundin stand am Herd und rührte in einer Marinade, die es zum Fisch geben sollte, schmeckte sie mit einem Holzlöffel ab und schnalzte mit der Zunge. „Mmh, nicht schlecht für eine Geldhändlerin. Du kannst Cirk gleich zum Essen rufen. Ich werde diesem Burschen den Abschied damit schwer machen." Sie seufzte. „Wenn er nur nicht wieder fortmüsste. Es ist unglaublich, wie lange wir uns jetzt schon mit diesem Franzosenpack herumärgern." Wütend warf Tjalda den Holzlöffel auf den Tisch. „Und kaum glaubt man, alle Ratten hätten das sinkende Schiff verlassen, da verschanzen sich auch schon die Letzten von ihnen in der Festung. Sie sitzen dort wie Mäuse in der Falle, und doch können unsere Männer nicht an sie heran. Wenn genug Nahrungsmittel und Wasser in der Festung sind, kann die Belagerung noch Monate dauern. Ausräuchern müsste man die ganze Meute."

Nach Tjaldas Ausbruch herrschte für einen Augenblick Schweigen, bis ein wildes Hämmern an der Tür die Stille unterbrach.

„Wer kann das sein?" Tjalda wischte sich die Hände ab und war mit zwei Schritten an der Tür, die sie nur zögernd öffnete.

Vor ihr stand eine junge Frau, die kaum größer war als ein Kind, aber eine ausgesprochen weibliche Figur besaß. Glattes dunkles Haar fiel ihr über die Schultern, doch das Auffälligste an ihr waren die großen Augen in ihrem schmalen Gesicht.

Das Kleid aus hauchdünner dunkelroter Seide bildete einen reizvollen Kontrast zu ihrem blauschwarzen Haar. Der luftige Stoff des Kleides bedeckte die Arme, doch ein tiefer Ausschnitt lenkte die Aufmerksamkeit des Betrachters auf ihre wohl geformten Brüste, die von der hohen Taille des Kleides noch zusätzlich unterstrichen wurden.

Die Fremde wirkte in Tjaldas Haus wie ein Paradiesvogel, der sich verirrt hatte. Jedenfalls stand ihre Aufmachung in strengem Gegensatz zu Inkens einfachem blauem Kleid und Tjaldas dunkler Hose und Bluse.

„Kann ich Cirk Hogestraat hier finden?" Die tiefe nasale Stimme wollte nicht so recht zu der zierlichen Gestalt passen.

Tjalda nickte überrascht und trat einen Schritt zur Seite. „Er wird allerdings nicht viel Zeit für Sie haben."

„Ich habe wichtige Nachrichten für ihn. Sie müssen ihn sofort holen." Die Stimme der Frau hatte einen arroganten, unnachgiebigen Klang. An ihrer Aussprache glaubte Inken die Engländerin herauszuhören.

Tjalda stemmte die Hände in die Hüften und betrachtete ihr Gegenüber abschätzig. „Ich muss gar nichts. Vor allen Dingen möchte ich zunächst einmal wissen, mit wem ich es überhaupt zu tun habe."

Die Frau verzog den Mund, als fände sie es völlig überflüssig, sich Tjalda vorzustellen. „Ich bin Lucia Devon, die Schwester von Thomas Devon", anwortete sie, als sei damit nun alles geklärt. Doch als Tjalda daraufhin nur die Stirn runzelte, stampfte die Frau mit dem Fuß auf. „Also, wo ist Cirk. Ich habe keine Zeit, mich mit Dienstmägden und Gesinde abzugeben. Ich will jetzt zu ihm, und zwar sofort."

Die beiden Frauen maßen sich wie Feinde. Was sie von der Frau hielt, war in Tjaldas Augen deutlich zu lesen, und Inken wusste, dass ihre Freundin mit untrüglicher Sicherheit das richtige Urteil über Lucia Devon gefällt hatte. In ihrem Kopf drehten sich die Gedanken. Cirk hatte ihr von der Engländerin erzählt.

„Was ist denn hier los?" Die Frauen wandten sich um. „Ich habe Stimmen gehört." Cirk stand in der Tür. Sein Haar war noch feucht. Er trug dunkle Hosen und ein frisches weißes Leinenhemd. Seine Augen hatten als Erstes Inken gesucht, doch nun ruhten sie auf der jungen Frau.

„Lucia, wie kommst du denn hierher?" Ungläubigkeit lag in seiner Stimme.

Mit einem Aufschrei warf sich die Fremde in Cirks Arme. Der harte, unnachgiebige Ausdruck auf ihrem Gesicht war von einem Moment zum anderen verschwunden. Als ob Cirks Erscheinen einen anderen Menschen aus ihr gemacht hätte. Sachte versuchte Cirk die junge Frau von sich zu schieben, doch diese zog seinen Kopf zu sich herunter und bedeckte sein Gesicht mit Küssen.

„Endlich, endlich bin ich wieder bei dir. Ich habe von dir geträumt Cirk, Tag und Nacht."

Inken wandte sich ab. Eifersucht jagte feurige Schauer durch ihren Körper. Wie kam diese Frau dazu, von Cirk zu träumen? Was, um Gottes willen, wollte sie von ihm?

Verärgert löste Cirk die Hände der Fremden von seinem Hals. „Lucia, ich möchte jetzt sofort wissen, was das zu bedeuten hat. Was tust du hier?"

„Ich musste einfach kommen, obwohl du es mir verboten hast. Mein Bruder hat durch den Gouverneur Hamilton Nachricht davon erhalten, dass ihr der Franzosen in der Festung Delfzijl nicht Herr werdet. Nun traf es sich, dass er in Kürze einen Auftrag in Emden übernehmen soll." Sie kräuselte überheblich die Nase. „Es geht dabei um die Einfuhr von Tee aus China, glaube ich, und Thomas soll für diesen Schurken fahren, den meine Mutter geheiratet hat. Mit dem Schmuggeln lässt sich mittlerweile ja kein Geld mehr verdienen. Und so hat er dem Gouverneur versprochen, ein wenig eher nach Emden aufzubrechen, um euch zunächst einmal dabei zu helfen, die Franzosen auszuräuchern. Aber nicht nur er ist mit seinem Schiff ausgelaufen, mit ihm zusammen sind diesen Nachmittag noch zwei weitere Briggs in Emden angekommen."

„Das ist eine gute Nachricht. Wir können wirklich jede Hilfe brauchen." Cirk fuhr sich mit einer Hand durch das

Haar. Doch als Lucia wieder die Hände um seinen Hals legte, wehrte er sie ab.

„Weiß Thomas, dass du mitgefahren bist?", fragte er, und seine Augen verengten sich zu Schlitzen.

Lucia machte ein unschuldiges Kleinmädchengesicht. „Oh Cirk, er hätte mich natürlich nie freiwillig mitgenommen. Du kennst ihn doch. Aber ich musste dich einfach wiedersehen."

Inkens Blick glitt fragend zwischen Cirk und Lucia hin und her, und eine düstere Ahnung stieg in ihr auf. Das konnte einfach nicht wahr sein ...

„Lucia, ich habe dir schon in England gesagt ...", setzte Cirk an, wurde jedoch von Lucia unterbrochen.

„Ich weiß! Du willst mich von allen Gefahren fernhalten. Aber wo du bist, will ich auch sein." Theatralisch streckte sie die Hände nach ihm aus. „Und letztendlich bist du jetzt doch glücklich, mich hier zu haben, nicht wahr?"

Sehr glücklich sah Cirk allerdings nicht aus. Er suchte Inkens Blick, die beharrlich zu Boden starrte, worauf er sich seufzend an Tjalda wandte. „Lucia ist die Schwester meines Freundes Thomas Devon, von dem ich dir schon oft erzählt habe", erklärte er, und Tjalda nickte. „Wir haben während der Schmugglerzeit eng zusammengearbeitet. Thomas hat Waren von England nach Helgoland gebracht, und ich habe sie dann aufs Festland geschafft. Eigentlich ist Thomas ein halber Ostfriese."

Er lächelte in sich hinein. „Seine Mutter stammt aus Aurich und hat einen Engländer geheiratet. Thomas und Lucia sind in England geboren und aufgewachsen. Doch nach dem Tod des Vaters hat das Heimweh ihre Mutter wieder in ihre alte Heimat zurückgetrieben, wo sie eine zweite Ehe mit einem Geschäftsmann aus Emden einging." Er blickte Tjalda an. „Reemt Neehus, du kennst ihn."

Tjalda verzog das Gesicht. „Ja, den kenne ich genau.“ Ihr Tonfall war ablehnend.

Cirk nickte ihr beifällig zu. „Thomas hat sich nie mit seinem Stiefvater verstanden und mehr Zeit bei den Großeltern in England verbracht als hier. Mittlerweile ist seine Mutter gestorben, doch noch immer hält er die Verbindung zu alten Freunden wie mir aufrecht und fährt auch gerne als Kapitän für hiesige Geschäftsleute. Diese junge Dame“ – er wies auf Lucia, die seinen Ausführungen gelangweilt gelauscht hatte – „habe ich bei meinen Besuchen in England kennen gelernt.“

„Er hat mich kennen und lieben gelernt“, stellte Lucia richtig und blickte triumphierend zu Inken hinüber. Diese hatte nach wie vor wie versteinert neben Tjalda gestanden, nun aber maß sie die Engländerin mit einem wütenden Blick. Was sollte das alles? Glaubte dieses kleine Biest etwa, Cirk gehöre ihr? Das konnte einfach nicht sein. Inken griff sich an die Stirn, die zu schmerzen begann. Es war, als ob sie sich in einem schlechten Theaterstück befand. Aber noch weigerte sich ihr Verstand zu glauben, was die Fremde ihr zu verstehen geben wollte und was ganz offensichtlich wahr zu sein schien.

Cirk hob zu einer Erwiderung an, doch wieder schnitt ihm Lucia mit einer Handbewegung das Wort ab. „Was trödelst du hier eigentlich noch rum, Cirk. Zieh dich an, Thomas wartet auf dich. Als er mich entdeckte – ich bin natürlich erst hier in Emden aus meinem Versteck gekommen – hat er mich gleich losgeschickt, um dich zu holen.“

Wenn Lucia sprach, tat sie es mit ihrem ganzen Körper. Ihre Augen blitzten, das Haar flog, und selbst Inken konnte nicht umhin anzuerkennen, dass sie außergewöhnlich schön war.

„Nun beeil dich endlich, damit wir von hier wegkommen." Sie maß Inken und Tjalda mit einem vernichtenden Blick. „Es bleibt nicht viel Zeit, denn heute noch soll es nach Termunterzyl gehen. Im Augenblick werden die Männer der ostfriesischen Landwehr auf 17 Schiffe verteilt, und du sollst eines davon übernehmen. Die englischen Briggs werden euch Schutzgeleit geben. Jedes der Schiffe ist mit 18 bis 20 Kanonen bestückt." Lucia wirbelte zur Tür, ohne Tjalda und Inken noch eines Blickes zu würdigen.

Cirk schüttelte tadelnd den Kopf. „Lucia, du verhältst dich wie ein ungezogenes Kind. Ich werde mit dir kommen, aber erst nachdem ich mit Inken gesprochen und mich ausgiebig von Tjalda und ihr verabschiedet habe. Du kannst derweil zum Schiff zurückkehren und mich ankündigen."

„Nein, Cirk" – Lucias Stimme bebte gekünstelt – „ich werde nicht mehr von deiner Seite weichen."

Erneut schüttelte Cirk leise stöhnend den Kopf, und wieder suchte sein Blick den von Inken. Leise rief er sie beim Namen, doch sie reagierte nicht. Zu erschütternd war die Vorstellung, die sich mehr und mehr in ihrem Kopf breitmachte.

„Nun denn." Ratlos wandte Cirk sich an Tjalda. „Es riecht fantastisch hier, und wenn ich nicht auf dem Weg bis zum Hafen umfallen möchte, muss ich etwas essen. Könntest du es einem hungrigen Wolf nachsehen, wenn er sich ohne Anstand und in größter Eile über deine Leckereien hermacht?"

Tjalda nickte ihm zu. Ihr Blick blieb an Lucia hängen, doch dann straffte sie die Schultern und begann, die Speisen auf den Tisch zu bringen.

Lucia lehnte verächtlich ab, während Cirk sich von allem, was Tjalda zubereitet hatte, reichlich nahm. Inken brachte dagegen kaum einen Bissen hinunter.

Sie hatte ihre Gefühle nicht unter Kontrolle und wollte auf keinen Fall, dass Cirk oder die Engländerin etwas davon bemerkten. In ihrem Inneren wechselten Wut und Verzweiflung einander ab. So hatte sie sich den Abschied nicht vorgestellt! So durfte es einfach nicht enden! Nicht nach den Tagen auf der Insel! Cirk konnte jetzt nicht einfach essen, aufstehen und an Lucias Seite davongehen! An Lucias Seite! Was hatte es mit dieser Engländerin auf sich? Warum schmiss sie sich Cirk an den Hals, als ob sie ein Recht dazu hätte? War da etwa etwas zwischen ihnen gewesen, als Cirk vor wenigen Monaten einige Tage bei seinem Freund verbracht hatte? Lucia hatte versucht, mit ihm anzubandeln, das hatte Cirk ihr selbst erzählt. Und dann war da an ihrem letzten Abend auf der Insel noch etwas gewesen. Inken runzelte nachdenklich die Stirn. Cirk hatte von Taten gesprochen, die ihn reuten und die ihre Liebe zu ihm vielleicht erschüttern könnten. Inken straffte die Schultern. Nein, eine verflossene Liebschaft konnte ihren Gefühlen nichts anhaben. Davon würde ihr Glück nicht zerstört werden, denn sie gehörte der Vergangenheit an. Doch wider alle Vernunft machte sich Enttäuschung in Inken breit, und es fiel ihr schwer, sich an den Gedanken zu gewöhnen. Weder schmeckte sie, was sie aß, noch nahm sie Tjaldas Bemühungen wahr, ein Gespräch in Gang zu bringen.

Die Geldhändlerin ignorierte Lucia völlig. „Cirk, ich möchte noch einmal auf Reemt Neehus zurückkommen. Dein Freund sollte sich lieber vor ihm hüten. Er ist ein übler Zeitgenosse. Wollte vor Jahren Geschäfte mit mir machen, als er noch nicht so reich war. Als ich jedoch erfuhr, dass er einen Großteil seines Vermögens aus dem Unglück der armen Mädchen am Hafen zieht, habe ich jegliche Geschäftsverbindung zu ihm abgebrochen. Tja, das hat dieser Kerl mir nie verziehen. Seitdem hat er immer wieder versucht, mir Steine in den Weg zu legen. Doch zum Glück war ich bislang in keinster Weise auf ihn angewiesen und konnte über seine kleinen Lumpereien nur lachen.“

Cirk nickte Tjalda bestätigend zu. „Thomas ist weiß Gott nicht scharf auf Neehus' Gesellschaft. Warum seine Mutter ihn geheiratet hat, kann ich nicht sagen. Thomas wollte auf diesbezügliche Fragen nie näher eingehen. Er deutete nur einmal an, dass sie zu dieser Heirat förmlich gezwungen wurde.“

Lucia, die bisher geschwiegen hatte, warf nun mit einer erregten Geste ihr Haar nach hinten und blickte Cirk ins Gesicht. „Ein Idiot ist Reemt Neehus. Er glaubte, unsere Mutter kaufen zu können, doch er hat sich geirrt.“ Sie lachte bitter. „Er war ihr nur Mittel zum Zweck. Es führte kein Weg an Reemt Neehus vorbei, darum hat sie ihn geheiratet!“

Härte lag in Lucias letzten Worten, aber selbst Cirks fragender Blick brachte sie nicht dazu, näher darauf einzugehen. Stattdessen versank sie wieder in ihre schweigende Arroganz.

Als Tjalda sich erhob, um das Geschirr in die Küche zu tragen, wollte Inken ihr folgen. Doch Cirk nahm sie zur Seite. „Warte, ich muss mit dir reden, Inken.“

Sie konnte ihm nicht in die Augen sehen, aus Angst, ihre Vermutung darin bestätigt zu finden. Cirk ergriff ihre Hand und zog sie in den angrenzenden Raum. Aus dem Augenwinkel heraus bemerkte sie, dass Lucia ihnen folgte. Inken meinte förmlich, ihre bohrenden Blicke im Rücken zu spüren. Doch dann nahmen Cirks Worte sie gefangen.

„Inken“, sagte er mit weicher Stimme, „so habe ich mir unseren Abschied weiß Gott nicht vorgestellt." Ein sanftes Lächeln stahl sich auf seine Lippen. „Mach nicht so ein entsetztes Gesicht. Es ist alles ganz anders, als es scheint, und es ist einfach lächerlich zu glauben, dass ich ..."

Lucia stieß einen Schrei aus und sank zu Boden. Cirk eilte mit einem leisen Fluch zu ihr. Gemeinsam mit Inken hob er die junge Frau hoch und legte sie auf Tjaldas Sofa, wo Lucia augenblicklich wieder zu sich kam und Cirks Hände ergriff. „Es ist nur wegen des Kindes, Cirk." Sie legte eine Hand auf ihren leicht gewölbten Bauch. „Ich habe immer wieder Schwächeanfälle, aber das geht bald vorbei. Und dann werden wir eine richtige Familie sein, nicht wahr?"

Mit einem Ruck erhob sich Inken, die neben Lucia gekniet hatte. Heiße und kalte Schauer durchfuhren ihren Körper. Ein Kind? Diese Frau bekam ein Kind von Cirk! Taumelnd bewegte sie sich in Richtung Küche. Nur fort von hier. Cirk rief sie zurück, doch Inken, die einen Augenblick lang glaubte, tot zu sein oder bald sterben zu müssen, hörte ihn nicht. Spitze Nadeln durchbohrten ihren Kopf. Nicht einmal die Nachricht von der Gefangenschaft ihres Vaters hatte sie derart getroffen.

Cirk lief ihr nach. Sein Blick war bittend. „Inken, das Kind ... es ist alles anders, als du glaubst. Ich habe dir doch erzählt, dass sich Lucia Männern gegenüber zu leichtfertig verhält. Das mit dem Kind hätte nicht sein müssen. Wenn sie nur endlich vernünftig werden und sich nicht allem, was Hosen trägt, an den Hals werfen würde. Es ist jetzt nicht die Zeit für weitreichende Erklärungen. Du musst mir einfach vertrauen! Ich werde bald zurückkehren, und dann wird sich alles finden. Dann wirst du verstehen. Ich möchte dir zum Abschied nur noch eines sagen, Inken: Die Liebe zu dir ist unaufgefordert und unerwartet in mein Leben getreten. Du hast mich wie ein plötzlicher Sturm völlig durcheinander- und aus dem Gleichgewicht gebracht. Alles, was mir bislang wichtig war, ist unwichtig geworden, alles, was ich einmal war, bin ich nicht mehr. Ich möchte dich festhalten, dich für immer bei mir haben. Geh nicht fort aus meinem Leben. Warte auf mich und vertrau mir, so wie du es schon einmal getan hast. Willst du mir das versprechen?" Inken antwortete nicht, aber Cirk wertete ihr Schweigen als Zustimmung. „Bitte, küss mich zum Abschied."

Doch Inken wandte sich von ihm ab.

„Wenn es wegen Lucia ist – sie ist noch ein Kind. Ein Kind, das ein Spielzeug brauchte und nun an der Realität ihres Spiels zu zerbrechen droht. Doch dies hat nichts mit uns zu tun, gar nichts, glaube mir. Lucia lebt in einer anderen Welt. Sie träumt von mir, wie ein Kind vom edlen Prinzen träumt. Sie hat mich gelockt. Sie wollte mich fangen, mit diesem Kind den Beschützerinstinkt in mir wecken. Doch ich möchte dich an meiner Seite und niemand anders. Es gibt nur uns beide, Inken. Ich liebe dich."

Danach lastete tiefes Schweigen zwischen ihnen. Inken konnte nicht sprechen, sie konnte sich nicht einmal bewegen. Dunkelheit umgab sie, und in ihrem Kopf setzte sich der Gedanke fest, dass alles nur Lüge gewesen war. Sie bedeutete ihm nichts! Schon damals im Moor hatte Inken an der Ernsthaftigkeit seiner Gefühle gezweifelt. Zu sehr haftete ihm noch das Bild des Luftikus aus ihrer ersten Begegnung an. Und nun stellte sich heraus, dass ihre Zweifel berechtigt gewesen waren. Er hatte sie getäuscht. Wie sehr mochte es ihn amüsiert haben, dass sie auf der Insel so bereitwillig in seine Arme gesunken war. Warum hatte sie dem, was sie trennte, nur nicht eindringlicher nachgespürt? Inken fühlte einen Schmerz, der alles übertraf, was sie bislang durchlitten hatte. Unter Aufwendung all ihrer Kräfte riss sie sich von Cirks Händen los und rannte auf ihr Zimmer, wo sie sich auf das Bett warf und ihren Kopf im Kissen vergrub. Es kam ihr alles so unwirklich vor, als befände sie sich mitten in einem Albtraum. Vor zwei Stunden noch hatten sie von einer gemeinsamen Zukunft gesprochen, die es plötzlich nicht mehr gab, die buchstäblich hinweggefegt worden war und sie mit einem Scherbenhaufen verlorener Hoffnungen zurückgelassen hatte.

Wenn doch nur eine Woge aus Zorn die Trauer aus ihrem Herzen vertrieben hätte. Alles war besser als dieser unendliche Schmerz und die Enttäuschung, die sie erfüllte. Sie würde innerlich zerbrechen, sich auflösen, sich selbst verlieren, so wie sie ihn verloren hatte, ihn, den sie nie besessen, nie gekannt hatte. All die Tage, in denen nur sein Bild sie vor dem Wahnsinn bewahrt hatte. Wie hatte sie sich nur so täuschen können! Ein Stöhnen entrang sich ihrer Kehle. Und dann die Nächte, in denen sie sich ihm geschenkt hatte. Was waren sie für ihn gewesen? Nichts! Eine Abwechslung zu anderen Frauen, denen er ebenfalls Liebe versprochen hatte. Er hatte alle getäuscht: Tjalda, die Engländerin, die sein Kind erwartete, und sie. Wenn sie nur weinen könnte. Aber ihre Augen blieben trocken. Inken konnte nicht mehr klar denken. Nur die eine unbeantwortete Frage kam wieder und immer wieder in ihr auf. Warum? Warum musste er andere so verletzen? Weil er seinerseits in der Vergangenheit von Menschen verletzt worden war? Trat er deshalb die Liebe mit Füßen?

Inken musste eingeschlafen sein. Bruchstückhaft zogen Szenen und Bilder im Schlaf an ihr vorüber und lösten Gedanken und Erinnerungen aus, die wahllos kamen und gingen: Bilder von ihrer Flucht vor den Franzosen, den Jahren im Moor, den gemeinsamen Stunden mit Cirk in der kleinen Moorkirche und auf Norderney, dem Onkel, tot zu ihren Füßen liegend, und immer wieder schreckliche Fantasien, die von der Gefangenschaft ihres Vaters erzählten, von Folter und Hunger. Wenn Inken dann vermeinte, es nicht mehr aushalten zu können, erschien über all dem Schrecklichen Cirks Gesicht. Doch gerade wenn Inken sich daraufhin in Sicherheit wog, zerbarst Cirks Kopf unter den rhythmischen Schlägen einer unwirklichen Trommel.

Das Trommeln war real, und etwas in Inken wollte erwachen und auf das Klopfen an der Tür, das Rufen ihres Namens reagieren, aber ein anderer Teil in ihr hielt an der trügerischen Sicherheit des Schlafes fest, um der Wirklichkeit noch für eine Weile zu entfliehen.

Inken wälzte sich hin und her, bis sich endlich der weiche Vorhang des Vergessens schützend um sie legte. Seufzend ergab Inken sich seiner Umarmung, und ihre Seele fand für kurze Zeit Frieden.

Als sie schließlich erwachte, sah Inken über sich Tjaldas besorgtes Gesicht. „Wie geht es dir, mein Kind?“ Inken setzte sich auf, und Tjalda ergriff ihre Hände und betrachtete sie besorgt. Inkens Kopf war leer, und eine unsägliche Schwäche machte es ihr unmöglich, einen klaren Gedanken zu fassen. Dann aber schob sich ein Satz in den Vordergrund, ein Satz, der tonlos aus ihrem Mund kam: „Ich werde Cirk Hogestraat niemals wiedersehen.“

Tjalda drückte Inkens Hände. „Er ist fort.“

Inken schloss die Augen, während Tjalda ihrem Ärger freien Lauf ließ. „Dieses unmögliche Mädchen hat all meine Versuche, vernünftig mit ihm zu reden, zunichte gemacht. Eine schreckliche Person.“ Sie wartete, doch Inken reagierte nicht. „Das alles muss ein schreckliches Missverständnis sein! Cirk liebt dich und ...“

Inken öffnete unter unbeschreiblichen Mühen die Augen. „Nein!“ Ihr verzweifelter Schrei unterbrach Tjaldas Redefluss. „Sprich niemals mehr seinen Namen in meiner Gegenwart aus. Dieser Mann ist für mich gestorben.“

Tjalda löste seufzend ihre Hände und strich Inken sanft über die Stirn. „Es wird sich alles klären. Jetzt ruh noch ein wenig, mein Kind“, meinte sie beruhigend, erhob sich und ging aus dem Zimmer.

Inken ließ sich in die Laken zurückgleiten und schloss die Augen. Tot, sie war tot, obwohl ihr Herz noch immer schlug. Aber der Schmerz in ihrem Körper war wieder allgegenwärtig und sagte ihr im Gegensatz zu ihrem Kopf, dass sie noch lebendig war. Inken empfand den Schmerz als angenehm. Sie überließ sich ihm, bis der Schlaf sie wieder umfing und erneut ins Reich des Vergessens zog.

Als Inken zum zweiten Mal erwachte, kehrten ihre Kräfte zurück, und ihre Gedanken ordneten sich. Noch immer bohrte sich der Schmerz tief in ihr Herz und wühlte darin herum. Aber sie wusste, dass ihre Bitterkeit unberechtigt war. Cirk Hogestraat gehörte ihr nicht, hatte ihr nie gehört. Die wenigen Anzeichen eines Gefühls für sie hatte sie in ein Meer verwandelt, obwohl es doch nur Tropfen waren. Nein, ihn traf keine Schuld. Er war der Mann, den sie von Anfang an in ihm gesehen hatte. Einer, dem man nicht vertrauen konnte. Einer, der in jedem Hafen ein Mädchen hatte. Und was Inken am meisten erboste, einer, der Frauen in Schwierigkeiten brachte und sie danach einfach sitzen ließ. Hatte Cirk zuletzt nicht sogar noch angedeutet, dass er Lucia als Spielzeug gedient hatte?

Endlich stiegen die Wut und der Zorn, auf die sie gewartet hatte, wie ein Sturm in ihr hoch. Was glaubte dieser Mensch eigentlich, wer er war? Jemand, der Frauen nach Belieben benutzte und danach wegwarf? Jemand, der die Gefühle anderer mit Füßen treten durfte? Aber so weit würde es bei ihr nicht kommen. Nicht, solange sie, Inken, noch einen Hauch von Selbstachtung im Leibe hatte. Sie brauchte Cirk nicht, um leben zu können. Alle Träume, alle Bilder von ihm waren doch nur Trug gewesen. Diesen Cirk, dessen anderes Wesen sie im Moor und auf der Insel zu erhaschen geglaubt hatte, gab es nicht.

Wut und Zorn, gepaart mit dem Schmerz des Verlustes verwandelten Inkens Inneres. Es war eine Verwandlung, die Inken zwar spürte, aber nicht in Worte fassen konnte. Gestern noch hatte sie an die Liebe geglaubt, doch heute war das ausgelassene, vertrauensselige Mädchen, das den Torfkähnen nachschaute und von einer gemeinsamen Zukunft mit Cirk geträumt hatte, verschwunden. An seiner Stelle fand sie nun eine nüchterne junge Frau, die nicht mehr an Zärtlichkeiten und heiße Küsse dachte, sondern ein konkretes Ziel vor Augen hatte. Sie, Inken, würde ihre ganze Energie darauf verwenden, erfolgreich zu sein. Nur was man aus eigener Kraft schuf, hatte Bestand!

Inken stand auf. Sie trat zum Spiegel und straffte die Schultern. Sie fühlte sich wie auf der Schwelle zu einem neuen Anfang, zu einem neuen Leben. Ein Leben, in dem Cirk keinen Raum mehr einnehmen würde, nicht mehr einnehmen durfte! Es gab noch etwas anderes auf der Welt! Was ihr blieb, war die Freundschaft zu Tjalda und zu Sumi.

„Manchmal muss man etwas hergeben, um Neues zu gewinnen“, hörte sie die Stimme der Chinesin sagen.

Alles hatte sich geändert und war doch gleichzeitig unverändert. So wie der Durst auf eine Tasse Tee, den Inken nun verspürte. Sie lebte noch, der Tee rief sie! Inken warf den Kopf in den Nacken und ging hocherhobenen Hauptes nach unten und dem Duft des Tees entgegen.

7. Der Anfang

Den geehrten Einwohnern von Emden und Umgebung wird hierdurch die ergebene Mitteilung gemacht, dass ich unter der obigen Adresse und dem Namen „Willems Kruiderrie“ ein Kolonialwaren- und Special-Tee-Geschäft eröffnet habe.
Indem ich um gütige Unterstützung meines neuen Unternehmens bitte, verspreche ich streng reelle Preise und eine aufmerksame Bedienung.
Hochachtungsvoll
*Inken Hinderks**

**Anzeige im Stil der damaligen Zeit*

Die Kruiderrie

„Die Emder sind unglaublich stur.“ Empört hieb Inken mit der Faust auf den Tisch. „Was sie nicht kennen, nehmen sie einfach nicht an.“

Tjalda nickte zustimmend. „Diese bodenlose Ignoranz regt mich auf. Dass die Damen der Gesellschaft mich nicht akzeptieren, daran habe ich mich gewöhnt. Eine Frau in Hosen, die Geschäfte mit Männern macht. Aber dass sie wegen einer Chinesin oder aus was für Gründen auch immer die Kruiderrie meiden, kann ich nicht verstehen.“

In den letzten Wochen hatten Tjalda, Sumi und Inken mithilfe einiger Handwerker „Willems Kruiderrie“ renoviert. Tjalda hatte befunden, dass der Laden zumindest einen neuen Anstrich brauchte, und war als Geldgeberin in das Projekt „Willem“, wie sie es nannte, eingestiegen. Sie orderte auch die Anbringung eines Überstandes an. „Damit ihr Körbe mit Obst und Gemüse selbst im Nieselregen draußen aufbauen könnt.“

Sumi, die traurige Chinesin, hatte sich gerne dazu überreden lassen und war in den letzten Wochen geradezu aufgeblüht. Mit Tjalda verstand sie sich prächtig. Es schien, als ob die beiden Frauen voneinander lernen würden. Tjalda war regelrecht erpicht darauf, sich mit Sumi auszutauschen, deren Meinungen immer so vollkommen anders waren als die ihren, dabei aber nicht weniger klug. Das faszinierte die Geldverleiherin. Und Sumi hatte schnell Tjaldas großes Herz hinter der rauen Schale erkannt. Einmal sagte sie zu Inken: „Die weise Frau ist nur äußerlich hart. Sie hat Augen so sanft und weich wie ein Frühlingsregen. Tiefe liegt darin und ein Berg von Trauer.“

Geldliche Angelegenheiten überließen sie und Inken Tjaldas fachkundigen Händen. Und auch wenn es um bauliche Veränderungen ging, richteten sich Sumi und Inken nach der Meinung ihrer Freundin. Und so war es nicht beim Streichen und beim Überstand geblieben. Bei näherem Hinsehen hatte Tjalda in den Zimmern im oberen Bereich der Wände Flecken festgestellt, die durch eindringendes Wasser verursacht worden waren. Eine undichte Stelle im Dach hatte repariert werden müssen, und die Wände waren neu verputzt und gestrichen worden. Auch die Löcher im Boden wurden ausgebessert. Handwerker nahmen die einzelnen Dielen auf, sägten die beschädigten Teile ab und ersetzten sie durch neue. Das

Ganze wirkte danach zwar ein wenig zusammengestückelt, aber als die Dielen dann abgezogen und neu gestrichen waren, bemerkte man die Übergänge kaum noch.

Auf einem Plan zeichneten Sumi und Inken ein, wo die neue Theke stehen würde und die Regale eingebaut werden sollten. Zum Schluss erhielt auch die Möblierung noch einen neuen Anstrich, und alles sah hell und freundlich aus. Blumen schmückten die Fensterbänke und die Theke.

Doch nicht nur die Räumlichkeiten waren wohl überlegt eingerichtet worden. Auch im Hinblick auf das anzubietende Warenangebot hatten Inken und Sumi viel Zeit und Mühe verwandt. Einige Ideen waren wieder verworfen worden, andere noch nicht ausgereift. Eines aber war allen klar: Tee sollte eine der Haupthandelswaren sein. Nicht irgendein Tee, sondern Sumis Sondermischung. Diese hatte eine ganze Wagenladung verschiedener Teesorten bei *Janssens Teekiste*, einem Großhändler am Hafen, gekauft und ihre ganz spezielle Mischung daraus zusammengestellt.

Einziger Wermutstropfen blieb, dass es ihnen nur mit Tjaldas Hilfe gelungen war, Vertragspartner für die Lieferung der Waren zu finden. War schon der Kauf des Tees bei *Janssens Teekiste* nicht ganz einfach gewesen, wussten Inken und Sumi Gott sei Dank nicht, wie viel Überredungskünste und Drohungen es seitens der Geldhändlerin bedurft hatte, damit die Bauern aus der näheren Umgebung bereit waren, die Frauen zu beliefern – natürlich nur gegen Bares.

Nachdem diese Hindernisse aus dem Weg geräumt waren, fand sich nun jedoch alles in den Regalen, was das Herz begehrte: Gläser mit Marmelade, eingelegte Früchte, Essiggurken in kleinen Fässern, aber auch Pfannen, Teekannen und -geschirr, Stoffballen, Glasbehälter mit Knöpfen und Bändern. Säcke mit Mehl, Salz und Rohzucker, der mit Schneidklemmen vom Block gebrochen werden konnte, Butterblöcke, Frischwaren wie Käse, Wurst und andere Dinge des täglichen Bedarfs. Als Genussmittel waren natürlich Schnupf- und Pfeifentabak vorrätig.

In der Ecke standen ein Kasten mit Holzschuhen und – ineinandergeschichtet – viele Körbe unterschiedlicher Größe, daneben verschiedene Besen und Gerätschaften für den Gemüsegarten. Es gab Tran für die Lampen, und auf einem gesonderten Regal lagerten Gewürze und Schokolade. In Molkereikübeln warteten Milch und Buttermilch auf Abnehmer, und Obst stand in Körben bereit.

Auf dem Tresen standen die große Waage, eine Kasse und verschiedene Sorten Bonbons in Gläsern. Darüber schwebte – wie schon zu Willems Zeiten – der bunte Holzdrache, an dessen Unterseite griffbereit Messgeräte und Papiertüten hingen.

Und dann war da – als Krönung sozusagen – die große Blechkiste mit dem Tee. Sumis eigene Zusammenstellung, die sie „Friesengold" genannt hatte. Sie wartete in einem verschließbaren großen Behälter, der in der wundervoll bemalten Teekiste stand, auf Kunden.

Voller Freude hatten die drei jeden noch so kleinen Fortschritt gefeiert, bis der Laden endlich fertig war! Sie waren oft Tag und Nacht auf den Beinen gewesen und hatten mit viel Mühe ein Kleinod geschaffen, einen Laden, wie man ihn in Emden bislang nicht kannte.

Inken dachte immer wieder an ihren Vater und wie ihm der Laden und die Tatsache, dass sie ihn führte, gefallen würden. Sicherlich gut! Er war in seinem Verhalten ihr gegenüber immer anders gewesen, als es gemeinhin Töchtern gegenüber üblich war. Sogar den Umgang mit der Waffe hatte Inken von ihm gelernt. Sie musste lächeln beim Gedanken an die ob dieses Umstandes Kopf stehenden Insulaner.

„Ich habe zwar keinen Sohn, aber warum soll eine Tochter nicht genauso gut mit Waffen umgehen können?“, hatte er die Unkenrufe ignoriert. „Dem Hasen oder Fuchs ist es egal, ob Mann oder Frau ihn erschießt. Und im besten Fall könnte es Inkens Leben retten.“

Die Insulaner hatten sich mit dem Finger an die Stirn getippt, als sie angefangen hatte, auf Tontauben zu schießen. „Dieser Walfänger ist spinnert“, so sprachen sie hinter seinem Rücken. „Seit dem Tod seiner Frau mehr denn je. Ein Mädchen wird niemals ordentlich schießen lernen. Frauen verstehen sich nicht darauf. Eine ordentliche Köchin sollte er mal einstellen, die ihr das Haushalten beibringt!“

Später lachten sie nicht mehr. Das war, als es ihr mühelos gelungen war, den besten Schützen der Insel zu übertrumpfen.

Die Insulaner hatten über ihren Vater und seine Ansichten stets den Kopf geschüttelt. So war es immer gewesen. Doch wenn einer von ihnen Sorgen hatte oder nicht weiterwusste, dann war es immer ihr Vater gewesen, der noch eine Lösung gefunden hatte. Ihr Vater, der mit seinen Ansichten immer angeeckt und belächelt worden war, weil die Insulaner seiner Weitsicht nicht folgen konnten. Selbst dann noch, als er sie aufforderte, sich Erlaubnisscheine zum Fisch- und Walfang zu besorgen. Denn nach der Kontinentalsperre bedurfte es einer Sondergenehmigung, um aufs Meer hinauszufahren.

„Lasst eure Fahrten registrieren. Ihr gebt besser einen Teil eures Gewinns ab, als dass eure Schiffe im Hafen liegen bleiben müssen.“

Die Borkumer hatten belustigt die Köpfe geschüttelt. „Niemand wird uns das Fischen verbieten können.“

Nur zu schnell waren sie eines Besseren belehrt worden. Einzig ihrem Vater und seiner Besatzung war es noch erlaubt gewesen, auszulaufen. Selbst Garrelt, der Austernfischer, hatte dieses Mal nicht auf seinen Freund gehört. Inken seufzte unglücklich. Es wäre besser gewesen, wenn Vater weniger Klugheit bewiesen hätte und ebenfalls zu Hause hätte bleiben müssen. Doch wie wäre ihr Schicksal dann verlaufen? Hätte sie die Insel jemals verlassen?

„Vieles, was ich erlebt habe, möchte ich nicht missen", dachte Inken bei sich. Doch der Schmerz, den sie noch immer bei jedem Gedanken an Cirk empfand, wäre ihr erspart geblieben. Die viele Arbeit hatte ihr geholfen, nicht mehr andauernd an ihn denken zu müssen. Aber es gelang ihr nicht, ihn aus ihrem Herzen zu verbannen. Mehrmals hatte Tjalda ihr einzureden versucht, dass es sich bei der ganzen Sache um ein Missverständnis handelte. Beim ersten Mal hatte Inken sich nicht beherrschen können.

„Schweig still davon! Dieser Schuft kann sich einlassen, mit wem er will, für mich ist er gestorben!", hatte sie wütend erwidert und war davongerannt.

Bei späteren Gesprächen hatte sie Tjalda, wenn die Rede auf Cirk kam, dann einfach das Wort abgeschnitten und sich anderen Themen zugewandt.

Von Cirk selbst war all die Zeit nach seiner Abreise keine Zeile und kein Wort gekommen. Was Inken nur recht war, bestätigte es doch ihre Meinung über ihn. Gerüchte drangen zu ihnen, nach denen auch die Anwesenheit der Engländer und ihrer Schiffe die belagerten Franzosen nicht dazu bewogen hatten, die Festung Delfzijl aufzugeben.

Und so konzentrierte Inken sich voll und ganz auf das Geschäft. Tjalda hatte es geschafft, die Kunde von der neuen „Kruiderrie nach holländischem Vorbild" in die Wochenzeitung zu bringen.

„Hoffentlich wecken wir damit die Neugier der Emder",

war Tjaldas Hoffnung gewesen, und sie hatte ausführlich die große Warenpalette beschrieben. Inken war in der Anzeige als Geschäftsführerin benannt.

Viele Emder konnten lesen und schreiben, seitdem die Schulpflicht eingeführt worden war. Und jene, die es sich nicht leisten konnten, eine Zeitung zu erwerben, informierten sich meist über die Aushänge am Rathaus der Stadt. Aber auch ohne diese offiziellen Bekanntmachungen war das Vorhaben der Frauen Hauptgesprächsstoff in Emden. Die Meinungen darüber gingen weit auseinander. Viele Frauen fanden es empörend, dass Sumi und Inken es wagten, sich auf eine Stufe mit den Männern zu stellen. Andere hingegen waren genau entgegengesetzter Meinung, wagten diese aber nicht auszusprechen.

Am Tag der Eröffnung liefen Sumi Tränen über die Wangen, als sie draußen vor der Eingangtür stand und auf das Schild „Willems Kruiderrie" schaute, das nach wie vor über dem Laden hing. „Diese dumme Frau weint nur Freudentränen", wehrte sie Inkens besorgten Blick ab.

Und dann warteten sie auf Kunden. Und warteten nun schon seit drei Tagen! Kaum jemand war bislang in den Laden gekommen. Am Eröffnungstag hatte es heftig geregnet, so dass an den Aufbau des Gemüsestandes vor dem Laden nicht zu denken gewesen war. Von innen hatten Inken und Sumi nur erkennen können, dass die Leute draußen vor dem Fenster standen, um sich vor dem Regen zu schützen.

„Sie schauen alle demonstrativ in die andere Richtung", hatte Inken sich erbost. „Keiner dreht sich um und wirft einen Blick in unser Geschäft! Sumi, schnell, zünde Kerzen an und stelle sie ins Fenster. Wir müssen irgendwie auf uns aufmerksam machen."

Als daraufhin tatsächlich eine Kundin vorsichtig die Tür geöffnet hatte, war Inken zunächst wie erstarrt gewesen, danach hatte sie sich förmlich auf die ältere Frau gestürzt. Diese, in Verlegenheit geraten durch so viel Aufmerksamkeit, war, mit Zucker und Mehl beladen, fast fluchtartig wieder verschwunden.

Von Bonné Behrends, dem Weinhändler, und einigen anderen mit Tjalda bekannten Leuten einmal abgesehen, hatte sich auch nach drei Tagen kaum jemand in die Kruiderrie verirrt.

Am Abend des vierten Tages waren die Frauen dann bei Tjalda zusammengekommen, um Kriegsrat zu halten.

Inken und Sumi saßen der Geldhändlerin gegenüber, und ihre enttäuschten Gesichter sprachen Bände.

Sumi legte die Hände aneinander und blickte zu Boden. „Die Ostfriesen werden dieser traurigen Frau niemals erlauben, einen Weg in ihre Herzen zu finden. Dabei wünscht sie es sich so sehr.“

Tjalda strich ihr sanft über den Arm. „Du hast unsere Herzen schon längst erobert, Sumi. Die anderen kennen dich nur noch nicht.“

Ungläubig schüttelte die Chinesin den Kopf. „Es ist alles aus, kaum dass es richtig angefangen hat.“ Mit hängenden Schultern saß sie da. „Die Kunden werden nicht kommen, und wir werden uns fügen müssen. In China sagt man:

Es ist sinnlos, einen Plan auch dann noch zu verfolgen,
wenn er zum Scheitern verurteilt ist.
Wenn die Wirklichkeit alle Hoffnungen zunichte macht,
wenn der Spiegel zerbrochen ist und das Schiff kentert,
opfert man die Träume!

Diese unglückliche Frau wird den Traum ihres geliebten Mannes opfern müssen."

„Nein!" Inken richtete sich kerzengrade auf. „Wir werden unsere Träume nicht aufgeben. Die Ostfriesen würden den chinesischen Worten noch einige hinzufügen:

... opfert man die Träume!
Und fegt die Scherben zusammen, um erneut Segel zu setzen!

Und genau das werden wir tun, Sumi. Wir werden herausfinden, warum die Kunden ausbleiben, und alles daransetzen, sie doch noch für uns zu gewinnen." Sie schloss für einen Moment die Augen. „Mal überlegen. Vielleicht liegt es an mir. Mich kennt hier niemand, und wer, außer dir, Tjalda, traut schon zwei Frauen zu, ein Handelsgeschäft zu betreiben. Sie glauben nicht an uns und an den Bestand des Ladens. Und warum sollten die Emder Frauen auch nur einen Fuß in unsere Kruiderrie setzen – außer aus Neugier vielleicht –, wenn sie ihre Kaufgewohnheiten durch die ansässigen Geschäfte ausreichend befriedigt sehen?"

„Hach, diese Weiber könnten euch doch wenigstens eine Chance geben!" Wut und Unverständnis sprachen aus Tjaldas Worten.

„Warum sollten sie?" Inken biss sich auf die Lippen und wiederholte nachdenklich und langsam den letzen Satz. „Ja, warum sollten sie eigentlich?" Dann sprang sie auf. „Das ist es! Wir müssen den Frauen aus Emden etwas bieten, das es nirgendwo sonst gibt. Etwas, das sie unbedingt haben wollen."

„Ja", überlegte Tjalda, „ihr müsstet euch unterscheiden von den anderen Kaufleuten. Ihr müsstet die Frauen mit etwas anlocken, mit etwas Einzigartigem, etwas Einmaligem." Tjalda holte tief Luft. „Aber selbst dann würden sie immer noch nicht bei euch kaufen."

„Warum nicht?" Inken blickte sie verwirrt an.

„Sie kaufen nicht bei euch, weil niemand es tut! Weil kein Mensch, den sie kennen, bislang einen Fuß in euer Geschäft gesetzt hat. Sie handeln nach dem Herdenprinzip. Ein Schaf tut nur das, was die anderen auch machen. Wenn sich nur eine bekannte Persönlichkeit ein einziges Mal zu euch verirren würde, wäre der Weg auch für die anderen Frauen frei. Ihr könntet sie bei der Neugier packen, ihnen etwas Einzigartiges bieten, was sie anderswo nicht bekommen – was immer das auch sein mag!"

Für einen Augenblick war es still. Die Frauen dachten fieberhaft nach, bis sie ein Klopfen an der Tür in ihren Gedanken unterbrach. Unwillig öffnete Tjalda.

„Ach, du bist es nur." Eher widerwillig ließ sie Bonné Behrends, den Weinhändler, eintreten. Bonné war um die sechzig und von kleiner Gestalt. Mit seiner Knollennase, den kleinen schwarzen Augen, die fast völlig in seinem fleischigen Gesicht verschwanden, erinnerte er stark an einen Waldgnom. Der Haarkranz um Bonnés sonst kahlen Kopf ließ ihn dagegen eher wie einen Heiligen wirken. Der dunkle Anzug umgab seinen dicklichen Körper wie eine Wurstpelle, und trotz der abendlichen Kühle rann ihm der Schweiß aus allen Poren. Und zu allem schnaufte er wie ein Walross.

Doch die Frauen mochten den Weinhändler, der ein Auge auf Tjalda geworfen hatte. Die Geldhändlerin ihrerseits war ihm wohl freundlich gesinnt, gab aber nicht viel auf seine unzähligen, oftmals wenig nützlichen Bemerkungen.

„Bonné ist ein herzensguter Mensch", pflegte sie zu sagen, „doch sein Geschwätz macht mich verrückt. Wie kann ein

Mensch nur so viel reden, ohne etwas halbwegs Vernünftiges zu sagen? Gut, dass er jetzt Stammkunden hat und nicht mehr wie früher von Haus zu Haus ziehen muss, um ein Geschäft zu machen. Die Leute haben ihm den Wein meist nur abgekauft, damit er wieder geht. Sein Geschwätz treibt die Mäuse aus dem Haus und die Läuse vom Kopf. Und da wundert sich Bonné zeit seines Lebens, dass er keine Frau findet."

Dennoch wusste Inken, dass Tjalda den Weinhändler seiner Gutmütigkeit und Hilfsbereitschaft wegen tief in ihr Herz geschlossen hatte.

Bonné streckte Tjalda eine Flasche Wein entgegen. „Wollte die Damen nur etwas aufheitern, zumal es mir selbst unter Anwendung all meiner Überredungskünste nicht gelungen ist, meine Kundschaft in euren Laden zu locken. Es läuft nicht so prächtig, oder?"

Sumi und Inken schauten ihn nur unglücklich an.

„Das wird schon noch, meine Täubchen", versuchte der Weinhändler Optimismus zu verbreiten, „lasst da nur mal den alten Bonné ran. Dem ist noch immer was eingefallen."

Mit einem Schnauben nahm Tjalda den Wein entgegen. „Ich glaube, an unserem Problem beißt sogar du dir die Zähne aus, mein Lieber." Sie holte Gläser und schenkte ihnen ein.

„Also", nahm sie den Faden von vorher wieder auf. „Ihr braucht zunächst einmal wichtige Persönlichkeiten des öffentlichen Lebens, die euren Laden besuchen, dort einkaufen und ihn somit hoffähig für andere machen." Sie ließ die Schultern hängen. „Aber da kann ich euch mit meinem schlechten Ansehen bei den Oberhäuptern der Stadt nun wirklich nicht helfen, leider."

Bonné wurde in aller Schnelle über das Ausmaß des Problems informiert. Er machte ein mitleidiges Gesicht und sprach ansonsten reichlich dem Wein zu. „Es geht wirklich nichts über einen guten Wein", hob er an und versuchte auch den Frauen ein Glas aufzunötigen.

„Betrunken können wir auch nicht besser denken", fuhr Tjalda ihn grob an.

„Wein macht nicht betrunken", behauptete Bonné. „Im Gegenteil: Bei mir schärft er die Sinne!"

„Da habe ich aber schon viele Sinngeschärfte in der Gosse liegen sehen", konterte Tjalda.

Bonné überhörte ihren Einwurf. Er legte den Finger an die Nase und bewegte ihn auf und ab. Dann hing sein Blick wieder an dem roten Wein in seinem Glas. „Der Wein", sagte er langsam. „So könnte es gehen!"

Er wandte sich den Frauen zu, und Inken glaubte, sein Kopf würde gleich zu rauchen anfangen, so gerötet war er. „Meine Freundinnen, ihr werdet mit meiner Hilfe alle wichtigen Persönlichkeiten der Stadt in euren Geschäftsräumen begrüßen können."

„Wie willst du das bewerkstelligen?" Tjalda schüttelte ungläubig den Kopf.

„Tjalda, meine Liebe" – bei dieser Anrede gab Tjalda einen missbilligenden Laut von sich, doch der Weinhändler ließ sich nicht beirren –, „du weißt doch, dass ich jedes Vierteljahr eine Weinprobe veranstalte. Dazu lade ich die prominentesten Männer der Stadt zu mir nach Hause ein. Zumeist kommen alle Geladenen, da ich natürlich nur edle Tropfen reiche und die Weinprobe sie zudem nichts kostet. Sie sichert mir manch guten Auftrag. Denn viele reiche Emder Bürger wollen als Weinkenner gelten, und wenn ich dann sage: ‚Diesen Wein schätzt der Bürgermeister sehr' oder ‚von jenem Wein nimmt der Pastor des Abends ein Glas', dann glaubt ihr gar nicht, was so eine Weinprobe alles nach sich ziehen kann. Selbst wenn – und das sage ich nur im Vertrauen – die Reichen oftmals eher die günstigen Tropfen kaufen. Sind ja zumeist alles Langweiler und Geizhälse. Aber das ist ein anderes Thema." Er hob abwehrend die Hand. „Die Weinrunden – nun, ich denke, dass sie lange genug in meinem Haus stattgefunden haben. In anderen Städten ziehen sich die Weinhändler mit ihren Kunden zur Weinprobe in die Gaststuben zurück, doch das würde den Gattinnen meiner Kunden wenig gefallen. Und da ich diesmal die Frauen dabeihaben möchte – allerdings nur euch zu Gefallen, denn an diesen bissigen Gänsen liegt mir wenig –, könnte die Weinprobe in der Kruiderrie stattfinden. Da ist doch noch dieser Lagerraum neben der Küche im Untergeschoss. Warum richtet ihr ihn nicht ein wenig her, so dass wir Männer dort den Wein einnehmen können? Die Frauen meiner Kunden könnten sich mit euch in die Kruiderrie zurückziehen. Ein schön gedeckter Tisch, Kuchen und dazu deinen wirklich vorzüglichen Tee, Sumi, der, im Vertrauen gesagt, noch besser ist als jeder Wein, den ich anzubieten habe. Was haltet ihr davon, Mädchen?"

Die Frauen hatten ihm mit offenen Mündern zugehört, und nun sprachen sie alle durcheinander.

„Meinst du, sie würden wirklich kommen?", zweifelte Inken.

„Aber gewiss doch! Die Frau des Bürgermeisters ist mir noch einen Gefallen schuldig. Weißt du, ich habe ihren Mann erst vor Kurzem wieder einmal sturzbetrunken bei ihr abgeliefert. Er kam aus einem der ..." Er stockte für einen Moment. „Er hatte sich wohl eine nette Begleitung für den Abend gesucht und war für einige Stunden mit ihr abgetaucht", rettete Bonné sich schließlich. „Das kommt nicht so selten vor, wie man meinen sollte, und seine Frau bedient sich meiner Person dann immer, um ihn wieder aus dem Etablissement nach

Hause zu holen.“ Verlegen schaute er die Frauen an. „Das geht schon seit einigen Jahren so, und ich bitte euch, mit niemandem darüber zu reden.“

Für einen Augenblick herrschte verblüfftes Schweigen, und Bonné setzte seine Erklärung betreten fort: „Nun, ihr seht, wenn ich die Frau Bürgermeister um diesen Gefallen bitte, wird sie gerne kommen. Und sie ist die Leitstute, der alle anderen folgen werden.“

„Das ist ja wohl ...“, setzte Tjalda an, doch dann sprang sie plötzlich auf, als ob ihr erst jetzt die ganze Tragweite des Gesagten bewusst wurde, und umarmte den Weinhändler. „Bonné, du bist unsere Rettung! Und über den Bürgermeister will ich gar nicht weiter nachdenken. Ist das nicht eine großartige Idee?“ Beifall suchend blickte sie zu Sumi und Inken.

Diese nickten sprachlos. Bonné genoss indessen sichtlich die Aufmerksamkeit, die er hervorgerufen hatte, und machte ein verklärtes Gesicht.

„Und nun darf ich euch doch sicherlich noch Wein einschenken“, mutmaßte er. Die Frauen hielten ihm ihre Gläser entgegen.

„Auf Bonné!“, rief Tjalda, „unseren Retter in der Not. Jetzt glaube ich daran, dass der Laden doch noch ein Erfolg wird. Ich werde mich darum kümmern, meine Freunde, dass über die Wein- und Teeprobe – denn so wollen wir sie nennen – auch in der Zeitung berichtet wird. Und nun lasst uns überlegen, mit welchem Speck wir die Emder Hausfrauen fangen können, wenn sie denn erst mal ihren Fuß in die Kruiderrie gesetzt haben.“

Es wurde eine lange Nacht, denn die Weinprobe sollte in vierzehn Tagen stattfinden, und bis dahin gab es noch viel zu regeln. Wie konnte der Nebenraum geschmackvoll gestaltet werden? Woher waren Tische und Stühle zu bekommen? Sollten sie den Nebenraum, der bisher eher stiefmütterlich behandelt worden war, ebenfalls noch renovieren?

Tjalda wollte gerade ihren Wein trinken, als letztere Frage in den Raum gestellt wurde. Abrupt stellte sie das Glas wieder ab.

„Ich hab's!" Ihre Stimme klang triumphierend. „Ich weiß jetzt, womit wir die Emderinnen fangen! Nicht nur die Bürgermeisterin und ihre bissigen Gänse." Sie warf Bonné einen amüsierten Blick zu. „Da gibt es etwas, nach dem sich alle Frauen sehnen. Ihr könnt es ihnen bieten und euch damit von allen anderen Händlern unterscheiden."

„Was meinst du?", fragte Inken neugierig.

„Ratet mal: Die Männer haben einen eigenen Bereich, der nur ihnen vorbehalten ist. Einen Ort, wo sie sich mit ihresgleichen amüsieren und für eine Weile von Frau und Kindern befreit sind."

„Die Kneipen", unterbrach Inken sie. „Wir Frauen sind dort ja wirklich nicht gerade gern gesehen."

„Richtig", lobte Tjalda. „Aber wo ist die kleine Nische der Ruhe und Ungestörtheit für Frauen? Zu Hause? Nein, denn dort fordern Männer, Kinder und Arbeit ihr Recht. In der Kirche auch nicht – da ist es der Pfarrer, dem sie lauschen müssen. Wo also finden Frauen Freiraum für sich in ihrem Leben? Und das ist es! Wir müssen solch einen Ort schaffen. Ich habe von den Matrosen englischer Schiffe gehört, dass es so genannte Teestuben in ihrer Heimat gibt. Räumlichkeiten, in denen Frauen in ruhiger und angenehmer Atmosphäre unter sich sein können. Alles ist aufgeräumt, alles ist hübsch anzuschauen, und für einen Augenblick können die Frauen dem Alltag entfliehen, alle Verantwortung abstreifen, sich bedienen lassen und entspannen. Der Tee hilft ihnen dabei – du weißt es, Sumi. Wie wäre das? Wollen wir nicht den Lagerraum zu einer Teestube umbauen?"

„Ja!", rief Inken, „das ist es! Und bei ihrem ersten Besuch wird jede Kundin zu Tee und Kuchen eingeladen. Mit Speck fängt man Mäuse!"

Aufgeregt schmiedeten die Frauen Pläne, und Bonné sah mit zufriedenem Gesicht zu.

Er schmunzelte in sich hinein. „Da bedarf es also doch eines Mannes, um das Geschäftliche ins Rollen zu bringen", stellte er zufrieden fest.

Sumi und Inken lachten, doch Tjalda wies ihm scheinbar erbost die Faust.

Als für einen kurzen Moment Ruhe eintrat, hob Bonné sein Glas der Chinesin entgegen. „Meine liebe Sumi, wenn du nicht gewesen wärst, dann wären diese beiden munteren Damen" – er prostete zunächst Inken, dann Tjalda zu – „niemals auf den Gedanken gekommen, eine Kruiderrie, geschweige denn eine Teestube zu eröffnen. Ich bin ja nun kein fantasieloser Mensch, doch es will mir einfach nicht gelingen, mir einen Reim darauf zu machen, was eine Chinesin nach Emden verschlägt und warum sie an der Seite eines Holländers ihren Platz ausgerechnet in einer Kruiderrie gefunden hat. Magst du uns nicht ein wenig davon erzählen?"

Ein verschmitzter Ausdruck legte sich auf Inkens Gesicht. „Glaub mir, Bonné, weder deine noch meine Fantasie hätten ausgereicht, um sich Sumis Geschichte auszudenken. Weißt du, sie ist nämlich 1794 in einer Teekiste aus ihrer Heimat geflohen."

Tjalda und Bonné stießen ungläubige Laute aus, doch Sumi nickte nur. Sie neigte den Kopf in Bonnés Richtung. „Sehr gerne erzählt diese nichtswürdige, wenngleich hocherfreute Chinesin ihren Freunden von den Schicksalspfaden, die sie hierher nach Emden führten." Und dann begann sie zu berichten. Von ihrer Liebe zu dem holländischen Teekoster und von ihrer Flucht aus China. Inken weidete sich lächelnd an den verblüfften Blicken von Tjalda und Bonné.

„Das ist ja unglaublich!" Bonné schüttelte immer wieder den Kopf und machte große Augen. Seine Wangen waren vor Aufregung noch geröteter als sonst. „Du bist ja eine Heldin, Sumi! Und alles ist so wunderbar romantisch!"

Die Chinesin wand sich vor Verlegenheit, bis Tjalda sie erlöste. „Lass dich nicht von diesem Süßholzraspler aufhalten, Sumi, sondern erzähle lieber weiter. Da hat dich dein Willem also aufs Schiff geschmuggelt und du hast dich dort sicherlich erst einmal verstecken müssen, oder?"

„Ja." Sumi nickte. „Einige Tage lang, um sicherzugehen, dass man diese ungehorsame Chinesin nicht wieder in ihre Heimat zurückbrachte. Danach hat ihr Liebster sie dem Kapitän des Teehandelsschiffes, der *Melissa*, vorgestellt. Er kannte diesen Mann schon lange und wusste ihn einzuschätzen. Der Kapitän reagierte wohlwollend und verständnisvoll. Seine Augen ließen erkennen, dass ihm dieses Abenteuer gefiel. Vielleicht amüsierte es ihn aber auch nur, dass zwar niemand es schaffte etwas nach China hinein-, aber sehr wohl herauszuschmuggeln. Und noch dazu ein Holländer!

Meine geduldigen Zuhörer müssen wissen, dass besonders die Holländer stets erbost darüber waren, dass ihr Wort in China nichts galt und sie sich in allem den *Co-Hongs*, den chinesischen Kaufleuten, fügen mussten. Anders als der Kapitän beäugte die Schiffsbesatzung diese ungehorsame Frau aber eher misstrauisch. Die Männer verstanden nicht, wie einer der ihren sich in eine Chinesin verlieben konnte. Ihre Blicke taten es kund und kränkten diese Chinesin, doch sie war viel zu glücklich, um sich ernsthaft daran zu stören. Es war so wunderbar, an der Seite des geliebten Mannes in seine Heimat zu reisen. Dies würde seine letzte lange Reise sein, so versprach er, damit nichts und niemand ihn mehr von seiner Liebe trennen möge. Und so geschah es auch." Sumi legte die Hände aneinander und verneigte sich ganz leicht. Eine Geste, die ihrem verstorbenen Mann galt. „Später zeigte sich, dass es für diese Frau ein Geschenk der Götter war, in der für sie so fremden Welt nicht alleine zu sein. Aber während der Schiffsreise wusste diese hoffnungsvolle Chinesin noch nicht, was sie erwartete. Vielleicht hätten die Reaktionen der Schiffsbesatzung sie klüger machen sollen." Ein Anflug von Traurigkeit huschte über Sumis Gesicht.

Inken versuchte sie abzulenken: „Wie war eigentlich die Reise, Sumi? Hast du sie genossen? Man sagt, selbst erfahrene Seemänner würden auf einer so langen Fahrt mehrmals seekrank."

„Die Reise in ihre neue Heimat war vielleicht die schönste Zeit dieser Chinesin auf Erden. Es schien, als ob die Götter die Fahrt gesegnet hätten. Weder griff ein Sturm nach dem Schiff, noch geriet es in andere Unannehmlichkeiten. Kein Besatzungsmitglied erkrankte, kein Pirat interessierte sich für die Fracht, und es gab immer genug Nahrung und Wasser. Für eine kleine Weile war das Leben ein Paradies. Die Fahrt war eine ganz besondere, so sah es auch der Kapitän des Schiffes. Er nannte diese unbedeutende Chinesin ‚kleine Klabauterfrau' und glaubte, mit ihr würde seine *Melissa* unter einem guten Stern fahren." Sumi schloss mit einem verklärten Ausdruck die Augen, und als sei es gestern gewesen, sah sie alles mit verblüffender Klarheit wieder vor sich, spürte förmlich das Gleiten des Schiffes durch das ständig wechselnde Blau des Meeres, das sich in Silber verwandelte, wo der Rumpf seine Spur ins Wasser pflügte. Wie die Farben der Himmelskuppel mit dem Indigo der See am Horizont verschmolzen und das Schiff mit den Wellen um die Wette zu laufen schien. Das Summen der Takelage im Wind klang wie die vibrierenden Saiten eines Instruments und erinnerte ein wenig an Klänge aus China. Wenn sie doch die Farben Chinas auch nur so deutlich vor Augen hätte. Sumi seufzte und wandte sich entschlossen wieder den Freunden zu.

„Ach, es war so wundervoll, im Schoß dieses Schiffes einem fernen Ziel entgegenzufahren", wiederholte sie noch einmal. „Diese unerfahrene Chinesin, die nur Landfahrten kannte, konnte sich nicht sattsehen am Meer. Und sie konnte sich nicht genug an dem Gefühl grenzenloser Freiheit, das sie niemals zuvor gekannt hatte, erfreuen. Doch dann war die Reise zu Ende, und das Schiff legte im Amsterdamer Hafen an."

Beim letzten Satz hatte Sumis Tonfall an Begeisterung verloren. Wie sie damals alles an Amsterdam erschreckt hatte! Allein schon der Hafen, gesäumt von einem Wald aus Schiffsmasten. Durch Deiche abgetrennt, waren einige künstliche Inseln erreichbar. Bereits während der Reise hatte Sumi von den ausgelagerten Salzsiedereien, den Seilereien und Ankerschmieden, Schiffswerften und Lagerhäusern gehört, die auf ihnen untergebracht waren. Aber dies alles mit eigenen Augen zu sehen war noch einmal etwas ganz anderes! Sumi hatte auch davon gewusst, dass die Stadt selbst auf Stelzen gebaut war. Aber wie hätte eine Chinesin sich Amsterdam vorstellen sollen mit all seinen Bewohnern, die wie Vögel in den Baumwipfeln lebten? Grachten durchzogen die Straßen der Stadt, die dem Meer abgerungen worden war, mit Hunderten von Brücken. Die Kanäle waren die Lebensadern Amsterdams, Transportwege zwischen Hafen, Lagerhäusern und dem Markt der Stadt. Vom Hafen bis zum *Dam*, dem zentralen Handelsplatz und Herzen der Stadt, verlief ein Ausläufer der *Amstel,* der *Damrak* genannt wurde. Der *Dam* hatte der Stadt ihren Namen gegeben. Er war Schauplatz von Festen und Märkten, Aufständen und Hinrichtungen. Aber all dies hatte Sumi erst später erfahren. Auf ihren ersten Wegen durch die Stadt hatte sie nur immer wieder den Blick nach oben gerichtet, denn keines der Häuser mit den verzierten Giebeln glich dem anderen. Wie Perlen auf einer Schnur reihten sie sich aneinander.

Damals, am Tag ihrer Ankunft, war sie jedoch wie betäubt gewesen und hatte keinen Gedanken an die Schönheit der Gebäude verschwendet. Viel zu sehr hatten die Menschen der Stadt sie erschreckt. Sie schienen weder Sanftmut noch leise Töne zu kennen. Sumi hatte lange beobachtend an der Reling gestanden. Niemals zuvor hatte sie irgendwo ein geschäftigeres Treiben gesehen. Reiche Kaufleute, auffallend gekleidet, standen zwischen Bettlern und Taschendieben. Matrosen, ihre Mädchen am Arm, schlenderten umher und gaben sich in aller Öffentlichkeit dem Kosen und Küssen hin. Am Kai standen Kutschen und warteten auf Kunden. Straßenverkäufer liefen vorbei und boten laut schreiend Obst und Gemüse an. Schiffe wurden be- und entladen, Männerflüche und Kommandorufe drangen an Sumis Ohren. Frauen sah sie, die mit ihren Kindern zeterten, Jungen, die sich wie Hunde balgten, und Mädchen, die widerspenstig an den Händen ihrer Mütter zerrten. Und zu allem malten das schrille Gekläff der Vierbeiner und die Rufe der Straßenhändler ihre Melodie. Ein buntes Bild alltäglichen Hafenlebens, doch im Vergleich zu Amsterdam wirkte Sumis Heimat wie ein im Schlaf sich befindliches Paradies. Auch in China gab es bunte Menschenmengen und reges Treiben auf den Märkten. Aber das Leben war wohl geordnet. Auf die Einhaltung vieler Regeln wachten die Verantwortlichen mit geschwollenem Kamm, und jeder wusste, was er zu tun hatte. In China galten Zurückhaltung und Freundlichkeit als die größten Tugenden. Die Chinesen wurden nur selten laut. Es galt als unschicklich, die Stimme zu erheben. Vor allem ergriffen Kinder nur das Wort, wenn sie dazu aufgefordert wurden.

Sumi hatte sich damals gefragt, ob sie sich wohl jemals an den Lärm gewöhnen könnte. Während der ersten Tage an dem fremden Ort hatte sie sich unendlich elend gefühlt. Es war ihr, als habe sie nicht nur ihre Heimat und ihre Familie verloren, sondern auch ihre Gliedmaßen. Sie war wie versteinert gewesen. Als der Mond das erste Mal wechselte, war sie dann doch eines sehr frühen Morgens an der Hand des geliebten Mannes am Wasser entlangspaziert. In ihrem Seidengewand, das den Phönix zeigte, fühlte sie sich so fremd und wenig zugehörig wie der Feuervogel selbst. Bis ein leichter Nebelschleier aufgezogen war und sie in der auf ihn folgenden Stille nur das Plätschern des Wassers hatte vernehmen können. Welch ein Balsam für die beschwerte Seele. Diese Ruhe hatte Sumi bewusst gemacht, dass es auch in Amsterdam Momente gab, in denen sie sich wohlfühlen konnte. Danach war es ihr mehr und mehr gelungen, Nischen für sich zu finden, Nischen, die ihr Kraft und Ruhe schenkten. Und wenn das Heimweh sie dennoch zu überwältigen drohte, griff sie stets nach einer Tasse Tee und der Hand ihres Geliebten. Und eines Tages war das Unfassbare dann geschehen: Sie hatte diese fremde Welt lieben gelernt. Doch von dem langen Weg bis dahin wollte sie jetzt nicht berichten. Sumi wandte sich wieder den Freunden zu, die geduldig darauf warteten, dass sie fortfuhr.

Bonné war gedanklich noch immer bei ihrer Ankunft in Amsterdam. „Wie haben die Menschen dich damals empfangen? Ihnen sind doch sicherlich fast die Augen aus dem Kopf gefallen! Eine Chinesin auf einem Teehandelsschiff! Da hast du dich sicher vor neugierigen Fragen kaum retten können, oder?“ Bonné beugte sich vor, um nur ja nichts zu verpassen.

Sumi senkte den Blick. „Wie gerne hätte die Chinesin Fragen beantwortet oder auch nur einen Gruß erwidert. Wir sehr hatte diese gutgläubige Chinesin gehofft, die Menschen in der Heimat des geliebten Mannes würden sie mögen, zumindest akzeptieren. Doch so war es nicht. Es begann schon am Anlegeplatz. Ketten rasselten, Taue flogen durch die Luft, und vom Kai herauf riefen Menschen. Die ersten Beleidigungen trafen an das Ohr dieser traurigen Frau, noch bevor sie einen Fuß an Land gesetzt hatte. Mit dem Finger wurde auf sie gezeigt, und in Abneigung verzogen die Menschen das Gesicht. Und so ist es eigentlich all die Jahre geblieben. Die Familie des geliebten Mannes verstand die Welt nicht mehr, als sie eine Chinesin an seiner Seite sahen. Keine guten Wünsche begleiteten uns, nur die Hoffnung, dieses verzweifelte Geschöpf würde sich in Luft auflösen oder doch zumindest ihrem Mann keine Kinder schenken. Der zweite Wunsch hat sich leider erfüllt.“ Sumi tat einen tiefen Atemzug. „Und sogar der erste Wunsch in gewisser Weise. Allerdings ganz anders, als die Familie des Mannes dieser unglücklichen Chinesin geglaubt hatte. Nicht diese unerwünschte Frau löste sich in Luft auf, sondern ihr geliebter Mann war so unsäglich wütend und traurig über das Unverständnis seiner Familie, dass er den Kontakt zu ihr völlig abbrach. Lange Zeit war diese besorgte Frau unglücklich deswegen. In China gilt es als großes Verbrechen, sich von seiner Familie loszusagen. Die Verwandtschaft ist ein Heiligtum. Doch es gab keinen anderen Weg, um gemeinsam glücklich werden zu können, das begriff dieses dumme Geschöpf dann eines Tages. Und Glück wurde ihr trotz aller Angriffe von außen geschenkt. Die Liebe blieb unversehrt. Sie wurde tiefer und größer, und bis heute hält diese trauernde Frau täglich Zwiesprache mit dem geliebten Mann." Wärme durchströmte Sumi, wenn sie an Willem dachte. An sein Lachen, das stets so laut und fröhlich gewesen war, dass die Pfannen und Töpfe über dem Herd geklappert hatten. Wie er sie immer wieder in seiner überschäumenden Art in seine Arme geschlossen, ihr Gesicht zwischen seine großen Hände genommen und glücklich gelächelt hatte. Willem war es gewesen, der sie das Küssen lehrte. Seine Liebe hatte sie gewärmt, auch wenn die Luft um sie beide herum manchmal eiskalt gewesen war. So war es in ihrem Herzen ruhig geworden, auch wenn die Welt vor Unruhe schier zerbersten wollte.

„Hast du jemals daran gedacht, wieder zurückzukehren? Ich meine nach China?" Tjalda maß die Freundin mit einem prüfenden Blick.

Diese schüttelte den Kopf. „Nein! Die verehrten Freunde dieser unwürdigen Frau müssen wissen, dass es in China den Menschen nicht genügt, zu leben. Wichtiger, als geboren zu werden, als zu leben, ist die Ehre." Die Chinesin blickte Tjalda tief in die Augen. „Diese Frau wird niemals wieder nach China zurückkehren können, da sie keine Ehre mehr hat. Ihre Schande ist es, mit einem nicht für sie erwählten Mann geflohen zu sein. In China werden Ehen von Heiratsvermittlern gestiftet – zuweilen schon vor der Geburt der zukünftigen Eheleute. Manchmal ist so ein Vertrag sehr nützlich. Auf diese Weise werden in China verfeindete Familien wieder miteinander versöhnt." Tjalda schnaubte verächtlich, doch Bonné warf ihr einen Blick zu, der sie schweigen ließ. „Die ausgewählte Frau muss ihre Familie verlassen und gehört nach der Heirat zur Familie des Mannes, dessen Ahnen sie verehren und dessen Eltern sie gehorchen muss." Sumi hob die Hände in einer leicht verzweifelten Geste zum Gesicht. „Diese Frau hat so sehr geliebt, dass selbst ihr Tod in den Augen der verehrten Eltern sie nicht von ihrem Vorhaben abhalten konnte. Sie hat die Ehre verloren, und ihre Schande wird über alle künftigen Generationen kommen, die aus ihrer Person hervorgehen. In den Augen der Chinesen hat diese sündige Frau ihr Leben verwirkt und ihr Gesicht verloren. Sie wäre nur mehr ein Geist unter den Lebenden und dürfte weder den Kopf noch das Wort erheben."

„Das ist ja unglaublich. Die Ehre, das Leben verloren zu haben, nur weil man seinem Herzen gefolgt ist", brauste Tjalda auf und wollte schon fortfahren, als Sumis Blick sie zurückhielt.

„So ist das nun einmal", erwiderte sie fest. „Die Chinesen sind an ihre Ahnen gebunden. Was der Einzelne tut, betrifft die Ehre aller. Die Nachfahren dieser Frau würden in den Augen der Chinesen in der Welt der Geister niemals ihren Frieden finden, genauso wenig wie diese sündige Frau. Und ein ungünstiges Schicksal darf man willentlich keinem Menschen aufbürden."

„Also musstest du schon um deiner fehlenden Ehre willen in Amsterdam bleiben", stellte Tjalda mit trauriger Stimme fest.

Sumi nickte. „Diese Frau wollte aber auch bleiben und sehnte sich nicht nach dem, was sie verloren hatte. In China wäre sie eine Tote gewesen, das mindert den Schmerz darüber, die gelbe Erde der Heimat niemals wiederzusehen. Wenn die Verzweiflung diese damals so traurige Chinesin überfallen wollte, dann suchte sie Hilfe bei einem chinesischen Sprichwort: ‚Aus dem Wald vermeintlicher Schande führen viele Wege der Ehre.'"

„Auch wenn du in den Augen der Chinesen tot bist“ – Inken maß Sumi mit einem liebevollen Blick –, „bist du für mich lebendiger als viele andere.“

Sumi neigte dankend den Kopf in ihre Richtung. „Diese Frau hat in China keine Ehre mehr, aber die Ehre gegenüber ihrem geliebten Mann trieb sie dazu, ihm eine gute Frau sein zu wollen. Es waren glückliche Jahre, auch wenn die Götter uns nicht immer gaben, was wir wünschten. Aber manchmal ist das, was wir uns wünschen, vielleicht auch gar nicht so wichtig und entspricht in keinster Weise dem, was die Götter für uns vorgesehen haben. Der Mann dieser Chinesin wünschte sich nur ein gemeinsames Leben in Frieden. Er eröffnete in Amsterdam eine Kruiderrie nach dem Vorbild seines Großvaters und lebte für den kleinen Laden. Diese nicht sehr nützliche Chinesin half im Hintergrund, so gut sie konnte. Das Haus, in dem sie mit ihrem geliebten Mann damals wohnte, war eines jener vielen Kanalhäuser, schmal und hoch und mit einem geschmückten Giebel.“

Sumi verstummte und verlor sich wieder in ihren Gedanken. Wie gerne hätte sie ihrem geliebten Willem weitaus mehr helfen wollen, und wie wenig nützlich war ihre Anwesenheit gewesen. Doch davon wollte sie nicht erzählen. Warum auch an alten Wunden rühren? Ihre Bemühungen, den Laden mit Dingen aus ihrer Heimat zu verschönern, waren vergeblich gewesen. Die Menschen hatten lachend mit den Fingern auf Zimbeln und Gongs, bemalte Seidenlaternen und Drachenbanner gezeigt. Willem hatte ihre Glücksbringer geliebt und starrköpfig und allem Gelächter zum Trotz dem einen oder anderen Symbol aus China einen festen Platz in der Kruiderrie eingeräumt. Im Gegensatz zu seiner Familie, die nur ihre Nasen gerümpft hatte, liebte er auch die Gerichte, die Sumi ihm kochte. Wie verwirrend die hiesigen Essgewohnheiten anfangs für sie gewesen waren! Hundefleisch galt hier als ungenießbar, ja geradezu ekelerregend. Dafür aßen die Menschen Kühe und tranken auch ihre Milch. An Käse, mit seinem Geruch nach Ungewaschenem, konnte sich Sumi bis heute nicht gewöhnen, und wenn sie alleine war, mochte die Chinesin auch nicht auf ihre Essstäbchen verzichten. In China war es ganz selbstverständlich, die Speisen mit den Händen zu berühren, hier galt man deswegen als unerzogen. Auch die Art und Weise der Zunahme der Speisen hätte unterschiedlicher nicht sein können. In China nahm man sich Zeit, um das Mahl zu genießen. Doch bei den Europäern schien es das Ziel zu sein, in kürzester Zeit möglichst viel Nahrung zu sich zu nehmen. Das hatte Sumi bereits bei den Essenseinladungen erfahren, die zu Ehren der Teekoster in China gegeben worden waren. Stets hatten ihre Augen nicht glauben können, wie schnell die Schüsseln leer waren. Sumi hatte Willem dazu gebracht, sein Essen langsam und genussvoll zu verspeisen. Nichts sollte zu heiß gegessen werden, um die Körpermitte nicht zu erschöpfen, aber auch nichts zu kalt, um den Geist nicht zu schwächen. Den Durst sollte man zwar löschen, doch wiederum auch nicht zu viel trinken, denn das belastete die Mitte gleichfalls und löschte das Verdauungsfeuer.

Sumi hatte sich angewöhnt, Gerichte zu kochen, die sowohl ihr als auch Willem schmeckten. Dazu gehörten natürlich Speisen mit Schweinefleisch, Huhn, Ente und Fisch. Manchmal hatten ihre appetitlich duftenden, in Öl gebratenen Enten für Nachfrage seitens der Kundschaft gesorgt, doch wenn sie hörten, dass es ein chinesisches Gericht war, hatten sie nur die Nase gerümpft.

Sumi seufzte tief. Man musste es schon ertragen können, immer misstrauisch beäugt und verstohlen gemustert zu werden. Doch sie hatte im Laufe der Jahre erkannt, dass dies eine typisch menschliche Eigenschaft war, die ihr selbst auch nicht fremd war. Allem, was anders ist, anders aussieht, schmeckt, sich gibt, begegnet man misstrauisch. Und es braucht Jahre, um dieses Misstrauen und bestehende Vorurteile zu überwinden. Außerdem waren sie und Willem wohl niemals lange genug an einem Ort geblieben, dafür hatte schon der Krieg gesorgt. Am Schlimmsten war es gewesen, von den Kindern missachtet zu werden, die gnadenlos aussprachen, was die Erwachsenen dachten, jedoch meist für sich behielten. Einmal, Sumi war gerade vom Markt gekommen, hatten Kinder einen Kreis um sie herum gebildet. Sie waren um sie herumgetanzt und hatten dabei, sich an den Händen haltend, gesungen: „Eine China-Frau, eine China-Frau, die frisst nur Reis und ist nicht schlau." In ihrem roten Zimmer über dem Laden hatte Sumi lange geweint. Und ihr war dabei durch den Kopf gegangen, dass die Geister es vielleicht doch gut mit ihr gemeint hatten, als sie ihr keine Kinder geschenkt hatten. Denn mit welchen Worten würden diese erst beschimpft werden und wer konnte sie schützen? Doch dann hatte sie sich ein dummes Weib gescholten. Warum sich um das scheren, was andere dachten. War es nicht genug, dass der Mann ihres Lebens sie so liebte, wie sie war? Und war es nicht genug, dass sie nicht Hunger leiden und um ihr Leben zu fürchten brauchten? Es gab kein größeres Missgeschick, als sich nicht begnügen zu können! So hatte sie sich beruhigt, und die Schmähungen der Leute hatten ihr Herz fortan nicht mehr erreicht.

Sumi hob den Blick und schaute in die erwartungsvollen Gesichter um sie herum. Ein warmes Gefühl stieg in ihr auf. Sie hatte sich begnügt, und nun war ihre Geduld belohnt worden. Zu einem Zeitpunkt, wo sie es nicht mehr für möglich gehalten hatte, waren ihr von den Göttern Freunde geschenkt worden.

„Wenn man dein Gesicht sieht, Sumi, könnte man glauben, dass du gerade an einen Honigkuchen denkst. Lass uns teilhaben an deiner Freude“, forderte Tjalda sie auf.

Sumi zierte sich ein wenig. „Diese Frau dankte nur soeben den Göttern für das unverdiente Glück der Freundschaft.“ Ihre Augen blickten in die Runde und erfassten jedes Gesicht.

„Unverdientes Glück.“ Tjalda verzog den Mund. „Wer hätte es wohl mehr verdient als du, Sumi! Und ob wir drei nun wirklich so ein Gewinn für dein Leben sind, weiß ich nicht. Da will ich jetzt auch nicht lange drüber nachdenken. Wo warst du stehen geblieben, Sumi? Ach ja, bei der Kruiderrie. Ihr hattet also einen Krämerladen zu einer Zeit, als sich der Kauf und Verkauf von Waren hier in Ostfriesland noch ausschließlich auf den Wochenmärkten abspielte.“

Diese neigte bejahend den Kopf. „Der geschätzte Ehegatte dieser Frau pflegte zu sagen, dass schon zu Zeiten seines Großvaters die Tage, wo vornehme Damen, gefolgt von der Köchin und einem Küchenjungen, majestätisch über den Marktplatz schritten, um persönlich mit der Fischfrau, der Grünhökerin und dem Schlachter zu verhandeln, der Vergangenheit angehörten. Als der geschäftstüchtige Mann dieser Chinesin seine Kruiderrie eröffnete, war es für viele längst nicht mehr mit dem ‚guten Ton‘ vereinbar, direkt auf dem Markt einzukaufen. An den Marktständen der Bauern und Großhändler drängten sich stattdessen die Besitzer der Krämerläden. Diese mutige Chinesin hat ihren geliebten Mann stets zum Großhandelsmarkt begleitet. Er fand in aller Frühe statt, und die Menschen dort interessierten sich ausnahmsweise weitaus mehr für die dargebotenen Waren als für diese Chinesin.“

Sumi sah für einen kurzen Moment wieder alles genau vor sich: die ehrwürdigen Kaufleute in stilvoll dunklen Röcken mit Zylindern auf den Köpfen. Das Schieben und Drängen an den Ständen, um noch rechtzeitig in den Besitz der Waren zu kommen. Denn manchmal war schon nach nur einem Turmuhrschlag der eine oder andere Stand leer gekauft. Tabak und Tran, Tee und natürlich der unvermeidliche Branntwein standen zum Verkauf. Es gab Stände mit Blumen und Pfeifen, aber auch Fässer, Besen, Metallwaren und sogar Uhren wurden angeboten. Sie hatte sich nicht sattsehen können an all den Waren und Menschen.

Zögernd nur wandte Sumi sich wieder ihren Zuhörern zu und fuhr fort: „Es gab aber nicht nur den Markt, um sich einzudecken. Vieles wurde damals schon – wie es heutzutage üblich ist – direkt bis zum Laden geliefert. Dann stand diese Chinesin voller Neugier am Fenster, wenn die *Schleifen* mit Waren aus den umliegenden Dörfern kamen und eine bunte Mischung aus Korn, Obst und Gemüse, Bauholz und Räucherspeck brachten.“

„Warte kurz.“ Tjalda runzelte die Stirn. „*Schleifen* – was meinst du damit?“

Sumis Hand fuhr zur Stirn. „Ach ja, diese gedankenlose Chinesin vergaß, dass die geschätzten Freunde keine *Schleifen* kennen. Das sind Kutschenschlitten, Kutschen oder Karren ohne Räder, die auf zwei gebogenen Hölzern ruhen und von einem Pferd langsam gezogen werden. In Amsterdam herrschte damals solch ein hohes Verkehrsaufkommen, dass die Händler und Reisenden mit ihren Fuhrwerken vor den Stadttoren halten und die Waren dort auf kleinere Gefährte umladen mussten. Und um die Lärmbelästigung durch die ratternden Räder auf dem holprigen Pflaster zu mindern, verwandte man zum Transport der Waren in die Stadt *Schleifen*.

Damit sie sanft und geräuscharm gleiten konnten, mussten die Kutschenschlitten häufig eingefettet werden, und Männer, mit Seilen und Haken ausgerüstet, verdienten sich ihr tägliches Brot damit, diese oft schweren Gespanne über die stark gewölbten Brücken zu ziehen."

„Das würde ich zu gerne einmal sehen." Mit leuchtenden Augen hatte Inken dem Bericht ihrer Freundin gelauscht.

„Ja, die Kutschen auf Kufen sind etwas Besonderes. Mit ihnen kamen auch die Waren der Fernhändler bis vor die Tür der Kruiderrie: feine Tuche, Wachs und Honig, aber auch Porzellan und natürlich Tee. Über die feinen Seidenstoffe aus China konnte sich diese Chinesin freuen wie ein Kind. Wenn sie die vertrauten Motive sah und ihre Augen deren Farben tranken, dann fühlte sie sich reich beschenkt. Aber am wichtigsten war der Tee, ohne den diese Chinesin nicht leben könnte."

„Das klingt eigentlich nicht so, als ob du damals in Amsterdam nur unglücklich gewesen bist", sinnierte Tjalda. „War es der Krieg, der euch vertrieben hat?" Sumi nickte. „Das habe ich mir gedacht. Damals kamen unzählige Vertriebene zu uns nach Ostfriesland. Alle, die nicht für, sondern gegen Napoleon waren, haben ihre Sachen gepackt, stimmt's, Sumi?"

„Ja, so war es. Für den geliebten Mann war es ein bitterer Weg, denn die Kruiderrie lief sehr gut. Doch der Handel kam von einem Tag auf den nächsten zum Erliegen, als der Amsterdamer Hafen blockiert wurde. Holland war ja schon einige Zeit von den Franzosen besetzt, doch das hatte die Betriebsamkeit der Menschen zuvor kaum beeinträchtigt. Sie schienen deren Herrschaft einfach zu verdrängen. Trotz einschneidender Veränderungen und vieler Verbote bemühte sich jeder redlich darum, ein halbwegs normales Alltagsleben zu führen. Die Blockade aber trieb Angst in viele Herzen.

Der Mann dieser Chinesin war weitsichtig und ein Freund raschen Handelns. So packte er sein Bündel, nahm diese Frau bei der Hand und verließ mit anderen Landsmännern seine Heimat, um unter preußischer Flagge zu leben. Auch viele Schiffer taten diesen Schritt. Sie fuhren lieber unter preußischer Fahne, als zu verhungern, und kauften, was uns zum Vorteil gereichte, auch weiterhin gerne bei ihren Landsleuten ein. Die Entscheidung, Amsterdam zu verlassen, ist richtig gewesen. Bald litten die Holländer mehr und mehr unter den Franzosen, und sie konnten keinen Schritt mehr tun, der nicht kontrolliert wurde. Jede Übertretung der französischen Gesetze wurde schwer geahndet."

Tjalda ließ ein kurzes, freudloses Lachen hören. „Napoleons Bruder Louis hat zu seinen besten Zeiten ja sogar die alte Stadtwaage Amsterdams abreißen lassen, um freie Sicht vom königlichen Palast auf den Hafen zu haben. Ich könnte mir vorstellen, dass einer seiner Leute Stunde um Stunde am Fenster stehen und die Bewegungen auf dem Wasser kontrollieren musste. Da habt ihr wahrlich den richtigen Zeitpunkt gewählt, um zu fliehen. Ich sehe noch wie heute vor mir, wie damals mehr und immer mehr Fremde in die Stadt kamen. Bonné, was sagst du? Konnte man nicht manchmal sogar den Eindruck gewinnen, die Bevölkerung Emdens bestünde nur mehr aus Holländern?"

„Richtig." Bonné nickte zustimmend. „Diese bunte Menschenmischung war wahrlich ein Gewinn, und Emden erlebte einen unglaublichen Aufschwung."

Tjalda zwinkerte den Freunden zu. „Ich will auch nicht verhehlen, dass es mir recht gut ging in dieser Zeit – finanziell gesehen, meine ich. Kruiderrien und auch andere damals in Ostfriesland noch recht unbekannte Handelsgeschäfte schossen wie Pilze aus dem Boden. Die Niederländer schlossen Lücken, deren sich die Emder bis dahin nicht bewusst gewesen waren. Ich habe viele der holländischen Geschäftsleute finanziell unterstützt, während andere Geldverleiher diesen Schritt nicht wagten. Das Wagnis hat sich gelohnt. Ich kann mich an etliche Geschäftsinhaber recht gut erinnern, deinen Mann, Sumi, habe ich allerdings nicht kennen gelernt. Und ich glaube, wir sind uns auch nie begegnet, oder?"

Sumi schüttelte den Kopf. „Diese vorsichtige Frau trat lieber nicht so oft ins Licht der Öffentlichkeit, um ihrem Mann nicht zu schaden."

„Heißt das etwa, du hast dich hier in Emden ständig im Haus aufgehalten?" Tjalda runzelte die Stirn, und Sumi hob in einer beschwichtigenden Geste die Hände.

„Nein, nicht immer. Doch am Anfang erschien es dieser nicht sehr wissenden Frau einfach klüger, sich unsichtbar zu machen. Der geliebte Mann dieser ängstlichen Person respektierte ihre Entscheidung. Manchmal, in heißen Nächten, ging sie stundenlang an seiner Seite am Wasser spazieren. Es waren herrliche Abende! Das Mondlicht schien die Grenzen zu verwischen, und dann war es dieser Frau, als könne sie chinesische Fischer mit ihren Kormoranen angeln sehen."

„Angeln im Dunkeln?", fragte Tjalda überrascht.

Sumis Lächeln trug einen Hauch von Wehmut in sich. Sie nickte. „Die Chinesen locken die Fische mit Lampen an die Wasseroberfläche, wo darauf abgerichtete Kormorane sie vom Boot aus fangen. Die Vögel tragen Ringe um den Hals, damit sie die Fische nicht schlucken können, bevor die Fischer sie ihnen abnehmen." Sumi seufzte leise. „An solchen Abenden griffen Traurigkeit und Sehnsucht nach dieser Frau, doch es war auch ein Trost und Balsam für ihre Seele, dass ihr die Fantasie China ganz nahe kommen ließ. Es war gut zu träumen in diesen schweren Zeiten. Die Wirklichkeit traf die Menschen hart genug."

Inken nickte zustimmend. „Es muss in der Tat für alle sehr schwer gewesen sein. Ich denke gerade an die holländischen Walfänger. Mein Vater hat mir von ihnen erzählt." Sie tat einen tiefen Atemzug. „Sie durften natürlich nicht mehr auslaufen. Ihre Fangschiffe samt der zum Teil geflohenen Besatzung wurden von Ostfriesen übernommen. Damals, ich glaube es war 1797, liefen insgesamt 29 holländische Schiffe unter preußischer Flagge aus. Mein Vater schloss sich ihnen mit seinem Walfangschiff an. Alle kehrten unversehrt und schwer beladen wieder zurück."

„Ja, des einen Not ist des anderen Brot." Tjaldas Stirn legte sich in Falten. „Und wenn die Verantwortlichen etwas klüger gewesen wären, dann hätten wir ein bisschen länger was von dem Brot gehabt. Die neutrale preußische Flagge wurde schließlich von allen akzeptiert. Als die Engländer den Franzosen den Krieg erklärten, lagen auf der Emder Reede Schiffe mit Flaggen aus aller Herren Länder. Aber nein! Mit dem Frieden war es ganz schnell vorbei, weil die Preußen ja unbedingt dieses unglückselige Bündnis mit den Franzosen eingehen mussten." Tjalda gab einen verächtlichen Laut von sich. „Da lassen diese preußischen Narren sich fangen mit dem Versprechen, Hannover, das ja mit England in Personalunion vereinigt war, würde ihnen bei einem Sieg der Franzosen zufallen. Bei einem Sieg! Das konnte doch nur bedeuten, dass wir in einen Krieg mit hineingezogen werden sollten. Gleich nach der Unterzeichnung drängten die Franzosen dann auch darauf, den Engländern das Anlaufen der preußischen Häfen zu verbieten. Und nachdem wir dieser Aufforderung gefolgt waren, kam natürlich umgehend die Kriegserklärung der

Engländer." Sie schauderte. „Wie dumm war es doch, unsere Neutralität aufzugeben! Die typische Weitsicht der Männer eben! Danach ging es natürlich nur noch bergab. Aber das wissen wir ja alle." Sie blickte in die Runde.

„Nur zu gut." Bonné nickte. „Ich sehe noch genau vor mir, wie nur wenige Tage nach der Niederlage bei Jena und Auerstädt im Oktober 1806 französische Truppen des neu gegründeten Königreiches Holland in Ostfriesland einmarschierten. Die Kontinentalsperre wurde verkündet, und wir waren mittendrin, im Krieg."

Für einen Moment hingen alle ihren Gedanken nach. Dann erhob sich Inken. Sie reckte und streckte sich, und erst jetzt wurde den anderen bewusst, wie spät es geworden war.

„Wir haben den Krieg erlebt, jeder auf seine Weise." Tjaldas Worte kamen leise.

„Ja, wir haben ihn erlebt", pflichtete Inken ihr bei und dachte an ihre Flucht von Borkum und ihr Exil im Moor. „Er hat lange gedauert. Doch jetzt ist er vorbei, und wir haben den Frieden zurückgewonnen", schloss sie triumphierend.

„Und das erinnert mich nun wieder an den Anfang des Abends und an unsere Idee. Ich bin mir sicher, dass wir es nun mit vereinten Kräften schaffen werden, die Emder doch noch für unsere Kruiderrie zu gewinnen." Tjalda warf sich in die Brust. „Und das wird dann unser ganz persönlicher Sieg sein!"

Bonné richtete sich zu seiner vollen, wenn auch nur geringen Größe auf. „Vergiss dabei aber nicht, dass es der Idee eines Mannes bedurfte, um das Geschäftliche denn auch ins Rollen zu bringen!", meinte er zufrieden und mit einem ergebungsvollem Blick auf seine Angebete: „Vielleicht solltest du solch einen guten Ratgeber noch mehr an dich binden, Tjalda."

Die drohte ihm zur Antwort scheinbar erbost mit der Faust, und Bonné trat daraufhin gespielt fluchtartig den Heimweg an.

Die drei Frauen schauten ihm lachend nach, bis Tjalda leicht den Kopf schüttelte. „Also manchmal könnte ich ja tatsächlich schwach werden, bei so viel Hartnäckigkeit. Doch ich glaube, ich kann mich beherrschen." Mit einem ernsten Blick wandte sie sich wieder der Chinesin zu. „Sumi, ich möchte diesen Abend nicht in Trauer enden lassen, doch das Ende deiner Geschichte fehlt noch, nicht wahr?"

„Richtig." Sumi legte die Fingerspitzen aneinander. „Die Geschichte dieser Frau hat ihren Anfang genommen mit dem Mann ihres Herzens, und mit ihm soll und muss sie auch enden. Der geliebte Mann dieser Chinesin hat das Ende des Krieges nicht mehr miterleben können. Er verfiel einer heimtückischen Krankheit, die ihn mehr und mehr schwächte. Verschiedene Ärzte taten ihr Möglichstes, doch weder ihre Bemühungen noch die bescheidenen Heilkünste dieser Chinesin vermochten das Leben des verehrten Mannes zu verlängern. Es war ein langer und bitterer Leidensweg. An seinem Ende blickte diese trauernde Chinesin, genauso wie der geliebte Kranke, dem Tod voller Freude entgegen. Denn wenn das Leben zur Qual wird, dann kann der Tod auch ein Freund sein. Aber ich glaube" – sie wandte sich Inken zu –, „dies habe ich der Freundin schon erzählt."

Inken nickte und fuhr ganz sanft über den Ärmel von Sumis chinesischem Gewand. Die leuchtenden Sterne auf dunklem Blau schienen den Himmel zu symbolisieren, in den Sumis Mann womöglich eingegangen war.

„Wenn die Götter Erbarmen haben, dann werden wir dereinst wieder vereint sein. Der geliebte Mann sprach in seinen letzten Stunden oft und voller Sehnsucht von diesem Tag. Er versprach, auf einer Lotosblüte sitzend auf seine Liebe zu warten.“ Die Worte flossen leise und wie Honig über ihre Lippen. „Noch vor Kurzem wünschte diese traurige Chinesin, der Tag möge recht bald kommen. Doch nun“ – sie blickte Inken und Tjalda lächelnd an und straffte die Schultern –, „nun, wo sie Freunde und eine neue Aufgabe gefunden hat, wünscht sich dieses wechselhafte Wesen noch viele neue Tage auf Erden. In China sagt man: Keine Straße ist lang, mit einem Freund an der Seite.“

Friesengold

„Dann hätte ich noch gerne ein Pfund Zwiebeln, ein Päckchen von dem Zucker dort und eine Hand voll Bonbons für die Kinder. Von den Gelben, bitte.“

„Natürlich, Frau Müller.“ Mit einem Lächeln griff Inken in die große Glasdose mit den Honigbonbons.

„Einen Liter Milch nehme ich auch noch.“ Inken rührte die Milch im Molkereikübel um und schöpfte sie dann in den mitgebrachten Krug.

Die Augen der Kundin wanderten mittlerweile weiter. „Ach, wie wunderbar, Sie haben ja auch wieder diesen selbst gebackenen Mandelkuchen. Davon auch noch vier Stücke. Und draußen stehen so herrliche Äpfel. Ich gehe schon mal voran und fülle mir eine Tüte. Kommen Sie nach zum Abwiegen?“

Inken nickte nur. Es war eine gute Ernte gewesen dieses Jahr, und der Sommer machte erst jetzt, Anfang Oktober, einem feuchtkalten Herbst Platz. Inken eilte Frau Müller hinterher, die sich zur Ausgangstür drängte. Ihre Augen streiften die vielen Gesichter der Kunden, die geduldig warteten, bis sie an der Reihe waren.

„Ich bin gleich wieder da!"

In dem ehemaligen Lagerraum wirbelte Sumi mit einer gefüllten Teekanne umher. Abgetrennt vom Krämerladen, luden mehrere Tische und gemütliche Sitzgelegenheiten zum Ausruhen und Teetrinken ein. Inkens Blick streifte das an die Wand gehängte Stickbild mit den drei Freundinnen, die sich in den Armen lagen, während auf dem Tisch schon der Tee in den Tassen dampfte. „Tee und wahre Freunde muss man kosten", war darauf zu lesen. Dieser Aufforderung kamen auch die Gäste in der Kruiderrie gerne nach, und Sumi hatte in der „Teestube" alle Hände voll zu tun.

„Womit kann diese Frau Ihnen dienen?", hörte Inken sie fragen.

Sie lächelte vor sich hin. Es war klar, womit Sumi den Besucherinnen dienen konnte. Dass sie einen fabelhaften Tee servierte, hatte sich in der Stadt wie ein Lauffeuer herumgesprochen. Die meisten Kunden kannten nur preiswerten Schwarztee in dünnen Aufgüssen, der allenfalls das unschmackhafte Trinkwasser würzte, aber nicht mit Sumis Mischung zu vergleichen war.

Der Einfall, eine Teestube einzurichten, hatte sich als wahre Goldgrube erwiesen. Die Idee von Bonné war einfach hervorragend gewesen. Nach der Weinprobe in den Räumlichkeiten der Kruiderrie hatten ganze Besucherströme den Laden aufgesucht, und Inken meinte sagen zu können, dass seitdem alle Emder Frauen zumindest einmal ihre Füße in den Laden gesetzt hatten. Danach waren viele von ihnen treue Kundinnen geworden. Und dafür war nicht zuletzt der Tee mit verantwortlich.

Endlich hatten auch die Hausfrauen einen Ort, an dem sie

sich mit Freundinnen treffen und in aller Ruhe eine Köstlichkeit genießen konnten. Abends gab es mittlerweile sogar feste Kreise, die sich in der Teestube trafen. Selbst die Frauen des kirchlichen Singkreises hatten ihr wöchentliches Treffen dorthin verlegt und nutzten ihre halbstündige Übungspause, um sich von Sumi verwöhnen zu lassen.

Tagsüber brachte allein der immer gegenwärtige Duft des Tees die wartende Kundschaft dazu, sich die Zeit mit einem Tässchen zu versüßen. Der Duft des Tees überdeckte alles – selbst den Geruch des Tabaks und den der Essiggurken in den Fässern.

Jemand zupfte Inken am Ärmel. „Das ist ja ein ganz exzellenter Tee, den die Chinesin dort drüben ausschenkt. Kann man die Mischung denn auch bei Ihnen kaufen?"

Inken bejahte. „Selbstverständlich. Wir nennen sie *Friesengold,* und Sumi füllt täglich neue Spitztüten damit ab. Sie geht sehr sorgfältig mit dem Tee um. Selbst die kleine Schaufel zum Umfüllen ist vorne abgerundet, um den Blatt-Tee nicht unnötig zu zerbrechen. Wir kaufen zudem nur Tee von wirklich guter Qualität ein. Sumi lässt sich Proben ins Haus schicken, und danach entscheidet sie, welche Sorten gekauft werden."

Die Kundin runzelte ihre Stirn. „Kann die Chinesin aus diesen Sorten wirklich den besten Tee *erschmecken*?"

„Ja." Inken nickte zur Bestätigung mit dem Kopf. „Sumi hat wirklich einen beachtlich feinfühligen Gaumen."

Wofür sie aber auch einiges tut, dachte sie bei sich. Denn Sumi aß weder Zwiebeln, noch rührte sie jemals Alkohol an. Nichts, was ihren Geschmack beeinträchtigen konnte. Die Art und Weise des Teeverkostens hatte sie aus ihrer Heimat mitgebracht, und mittlerweile gelang es auch Inken schon, guten von schlechtem Tee unterscheiden.

Sumi nahm für ihr *Friesengold* nur schwarzen Tee. „Diese bescheidene Teekennerin findet, dass der herbe, kräftige Schwarztee besser zu den Menschen hier passt. Sie haben nichts von der Zartheit der Chinesen, denen der grüne Tee gut zu Gesicht steht“, hatte sie ihre Entscheidung begründet.

Wichtig für die Qualität guten Tees waren Frische und Alter der Blätter. Je jünger das Blatt, desto besser die Qualität. Sumi konnte schon anhand ihres Aussehens die Güte der einzelnen Teesorten unterscheiden. Um sicherzugehen, kostete sie den Tee dann aber noch. *„Vorschmecken“*, nannte sie dies. Sumi benutzte dafür acht verschiedene Porzellankannen, in denen sie jeweils die exakt gleiche Menge an Tee mit siedendem Wasser aufgoss. Inken musste lächeln, als sie an das herrliche Aroma dachte, das beim Aufguss der verschiedenen Sorten den Raum erfüllte. Etwas wie Erwartung lag dann in der Luft, als spürten die Teeblätter, die nur eine kurze Zeitspanne ziehen durften, dass eine Meisterin ihren Wert maß.

„Wer zu lange wartet, wird bitter“, pflegte sie zu sagen, „und so geht es auch dem Tee.“

Danach goss sie blitzschnell aus jeder der acht Kannen Tee in dafür bereitgestellte Schalen. Das Verkosten war eine Philosophie für sich!

Inken wusste um das ganz eigene Gefühl, wenn man den Tee schlürfte, um ihn mit der nötigen Menge Luft anzureichern, das Getränk anschließend im Mund umherrollte, gurgelte und dann mit geschlossen Augen dessen Wert beurteilte. Wie von selbst kamen einem Begriffe wie „mild“, „nussig“ und „blumig“ in den Sinn.

Sumi traf ihre Wahl mit untrüglicher Sicherheit. Sie ließ nicht nur den Gaumen, sondern auch ihre Nase entscheiden. Der Duft des Tees, sein lebendiger Atem, war wichtiger Bestandteil des *Vorschmeckens*.

„Dies ist ein sehr feiner, leichter, blumiger Tee der ersten Ernte, mit hohem Knospenanteil", sagte sie beispielsweise und schob die Schale nach hinten. Ein Zeichen dafür, dass sie den Tee kaufen würde. Oder sie verzog das Gesicht und entschied, es sei ein „Tee mit unreifem Geschmack, nicht einmal gut genug für einen Hund!" Dann blieb die Schale an ihrem Platz stehen.

Aus den verschiedenen wirklich guten Teesorten mischte Sumi das *Friesengold,* und so konnte Inken der Kundin guten Gewissens noch einmal bestätigen, dass der Tee in der Kruiderrie auch wirklich der Beste war.

Zufrieden reihte sich diese in die Schlange ein. „Das schmeckt man auch! Mein Gott, es ist Jahre her, dass ich so hervorragenden Tee getrunken habe. Das war noch vor den Franzosen. Dafür warte ich gerne."

„Dann nehme ich auch ein Viertelpfund", schloss sich eine andere Kundin an, und Inken schmunzelte. Der Teeverkauf brummte! Wie ein Lauffeuer hatte sich die Neuigkeit verbreitet, dass hier in der Kruiderrie nicht nur Tee ausgeschenkt, sondern auch eine ganz besonders schmackhafte Mischung verkauft wurde. Sumi kam mit dem Abfüllen kaum nach und arbeitete manchmal bis spät in die Nacht, wenn Inken schon lange nach Hause gegangen war.

Sie wohnte immer noch bei Tjalda, verließ allerdings jeden Tag frühmorgens das Haus und stand schon, bevor der Laden aufmachte, in Sumis Küche, um Kuchen zu backen. Mandelkuchen und Tee, dazu eine Atmosphäre der Ruhe und Behaglichkeit – das war alles, was zufriedene Kunden brauchten.

Morgen würden sie wieder zu *Janssens Teekiste*, der großen Teeimportfirma am Hafen, fahren. Wie gut, dass Sumi ganz genau wusste, welche Sorten sie brauchte. Diese wurden dann kistenweise eingekauft und mittels Tauwerk bis unters

Dach des Hauses gehievt, wo Sumi die Mischungen auf dem „Teeboden" auch gleich zusammenstellte. Dazu verwendete sie ein einfaches, an beiden Seiten abgerundetes Teemischbrett aus Blech. Die genaue Zusammensetzung des *Friesengoldes* blieb ihr Geheimnis. Sie entnahm den verschiedenen Teekisten genau abgestimmte Mengen und vermischte schließlich die Sorten von Hand.

Vor wenigen Wochen erst hatten sie den Laden eröffnet, und bereits jetzt, im Herbst, war er nicht mehr aus Inkens Leben wegzudenken.

„Er ist mein Leben, seitdem Cirk gegangen ist", dachte Inken, und ein Hauch von Bitterkeit stieg in ihr auf. Noch immer musste sie an ihn denken, auch wenn sie Gespräche über ihn nicht mehr an sich herankommen ließ, so wie sie auch die politischen Veränderungen nur noch am Rande zur Kenntnis nahm. Ostfriesland war längst nicht mehr das „Département Ost-Ems", sondern hatte seinen alten Namen zurückerhalten und war wieder eine Provinz des Königreiches Preußen. Die siebenjährige Fremdherrschaft wurde für beendet erklärt, und überall feierten die Menschen ihre Befreiung.

Wer als Soldat für Napoleon gekämpft hatte, kehrte zurück. Die Ostfriesen stellten Listen mit den Namen ihrer als Gefangene verschleppten Angehörigen auf und sandten sie mit der Bitte um Freilassung nach Frankreich. Auch Inken hatte den Namen ihres Vaters auf die Liste gesetzt.

Der Franzosen in der Festung Delfzijl aber schien niemand Herr werden zu können. Gerüchten zufolge hatte die Belagerung durch die so genannte Landwehr, bestehend aus etwa tausend ostfriesischen Männern, nicht den gewünschten Erfolg erzielt. Selbst deren Unterstützung durch die Engländer hatte die Franzosen nicht dazu gebracht, sich zu ergeben.

Von einem verletzten Kämpfer war berichtet worden, dass es fast täglich zu kleineren Schießereien käme, es den Ostfriesen aber letztlich an Waffen und vor allen Dingen an Kanonen fehle und die Franzosen wohl noch monatelang in der Festung ausharren könnten.

Und so wanderten Inkens Gedanken in schwachen Momenten immer wieder zu Cirk. Da waren die Erinnerungen an die gemeinsam verbrachten Tage auf Norderney. Wie hatte er es nur geschafft, sich so gekonnt zu verstellen, so überzeugend zu lügen? „Ich wünsche mir nichts mehr, als an deiner Seite in Frieden zu leben", hörte Inken ihn sagen und fühlte wieder den tiefen Schmerz in ihrem Inneren.

Und abends, wenn der Schlaf nicht kommen wollte, wälzte sie sich stöhnend hin und her, hasste sich am nächsten Tag dafür und arbeitete bis zum Umfallen, um die Sehnsucht aus ihrem Herzen zu vertreiben. Wie lange würde es noch dauern, bis die Wunde zu heilen begann?

Tjaldas Geschichte

Als die letzte Kundin mit einem Gruß das Geschäft verließ, schlenderte Inken zur Tür. Mit einem erleichterten Seufzer warf sie den Schlüssel in die Luft und fing ihn wieder auf. „Ich schließe ab!"

„Das ist gut." Sumis Stimme klang zufrieden. „Während diese müde Frau mit dem Abwasch beginnt, überlässt sie der Freundin mit dem klügeren Kopf das Abrechnen."

Tjaldas missbilligendes Schnauben drang zu Inken herüber. „Ich möchte mal wissen, wer hier den klügeren Kopf hat!"

Lächelnd steckte Inken den Schlüssel ins Schloss. Da

waren sie alle drei so völlig verschieden und doch eine so verschworene Gemeinschaft.

„Was würde ich nur tun ohne Tjalda und Sumi", ging es ihr durch den Kopf. „Wahrscheinlich verzweifeln!" Aber heute würde sie sich den Abend nicht mit Grübeln verderben. Vielleicht gelänge es ihr stattdessen ja, Tjalda oder Sumi dazu zu überreden, noch ein wenig zu bleiben. Mit den beiden Frauen an ihrer Seite war ihr leichter ums Herz.

Gemurmel und Gelächter schallte ihr entgegen, als sie die Tür zum Nebenraum öffnete. Inken griff nach einem Handtuch, und schnell war auch die letzte Tasse abgetrocknet.

„So", meinte Tjalda erleichtert und klappte das Buch zu. „Es war wieder eine sehr erfolgreiche Woche. Sumi, hast du eigentlich schon mal gezählt, wie viele Tassen Tee so an einem Tag getrunken werden?"

Sumi schüttelte lächelnd den Kopf. „Nein, dazu hat diese Frau bislang keine Zeit gefunden. Ihr genügt es zu sehen, dass sich die Kannen immer wieder leeren."

„Ich denke, wir sollten uns jetzt selbst eine gute Tasse Tee gönnen. Was meint ihr dazu, Mädchen?" Tjalda blickte sie auffordernd an, und kurze Zeit später saßen sie gemütlich in der kleinen Teestube, die sonst den Gästen vorbehalten war, und genossen Sumis Aufguss.

Inken lehnte sich entspannt zurück. „Ich bin so froh, dass mich mein Weg hierher nach Emden geführt hat und dass ich euch habe."

Sie schloss für einen Moment die Augen und genoss die Wärme und Süße des Tees. Noch vor Kurzem hatte sie geglaubt, dass es das Schicksal war, das den einen hierhin den anderen dorthin trieb. Das Sumi von China nach Emden reisen ließ, während es sie, Inken, ins Moor geführt hatte. Und felsenfest war sie auch davon überzeugt gewesen, dass es ihr bestimmt war, Cirk zu treffen. Inken starrte blicklos auf den Tassenboden, den eine kleine Muschel zierte. Diesen Glauben hatte sie mittlerweile verloren. Aber nun stieg wieder sein Gesicht vor ihrem inneren Auge auf. Bilder, sie beide, Hand in Hand, am Strand.

Inken biss sich auf die Lippen. Würde der Schmerz denn nie vorübergehen? Nein, sie wollte nicht mehr an die Vergangenheit denken! Sie war hier, in der Teestube, gemeinsam mit Sumi und Tjalda. Die Kruiderrie und das Getränk in ihrer Hand, das war nun ihr Leben. Sie streifte zuerst Sumi und dann Tjalda mit einem liebevollen Blick. Was wohl die ältere Freundin nach Ostfriesland verschlagen haben mochte? Aufmerksam betrachtete Inken das Gesicht, in dem die Jahre ihre Spuren hinterlassen hatten. Und noch bevor sie überlegen konnte, hatte sie die Worte auch schon ausgesprochen.

„Tjalda, du weißt so viel, doch du sprichst kaum jemals von dir selbst. Magst du uns, während wir hier so gemütlich unseren Tee trinken, nicht ein wenig aus deinem Leben erzählen."

„Och." Tjalda machte eine wegwerfende Handbewegung. „Was soll so ein altes Weib wie ich schon zu erzählen haben? Meine Geschäfte sind nicht sonderlich interessant, und Liebschaften pflege ich keine."

Inken lachte. „Tjalda, du bist eine der ungewöhnlichsten Frauen hier in Emden, und das weißt du auch. Und wenn ich deine ketzerischen Reden über die Männer höre und deine Kleidung sehe" – Inken maß mit einem langen Blick Tjaldas Hosen –, „dann möchte ich zu gerne wissen, wo all dies seinen Ursprung hat und wie du zu der Frau geworden bist, die nun vor mir sitzt. Geldhändlerinnen fallen nicht vom Himmel."

„Wer die Schuld an meinem losen Mundwerk und an meiner untypischen Kleidung trägt, willst du wissen?" Tjaldas Augen blitzten vergnügt. „Nun, den fehlenden Respekt vor allem und jedem brachte mir meine Großmutter bei. Und Rock und Haube verloren ihren Reiz für mich, als ich erkannte, dass ich es im von mir verlangten so genannten ‚guten weiblichen Benehmen' niemals weit bringen würde. Das war nach den Jahren in der Töchterschule."

„Töchterschule?" Sumi riss verwundert die Augen auf.

Auch Inken lachte ungläubig. „Du warst auf einer Töchterschule? Das kann ich mir gar nicht vorstellen."

„Glaub mir." Tjaldas Tonfall war mehr als trocken. „Ich konnte mir das damals auch nicht vorstellen, als der Vorschlag von meinem Vater kam. Aber es blieb uns keine andere Wahl, Inken."

„Mag diese gute Freundin uns nicht davon erzählen?", fragte Sumi bittend.

„Mmh? Mein Leben war nicht so amüsant, wie ihr es euch vielleicht vorstellt. Aber" – sie zögerte einen Moment, zuckte dann jedoch die Schultern – „warum eigentlich nicht? Es ist ja noch früh am Abend. Wartet kurz, ja?" Tjalda erhob sich und kehrte wenig später mit drei Bechern und einer Flasche Wein im Arm zurück. „Mir reicht der Tee nicht. Ich muss mir erst etwas Mut antrinken." Sie goss ihnen von der goldgelben Flüssigkeit ein und nahm dann einen großen Schluck. Als Inken schon glaubte, ihre Freundin habe es sich doch anders überlegt, tat diese einen langen Atemzug und begann.

„Wisst ihr, ich bin nicht sicher, ob ich in alten Erinnerungen schwelgen möchte. Manch einer verklärt die Dinge im Laufe der Jahre, aber so ein Mensch bin ich nicht. Ich habe Fehler gemacht, die aus heutiger Sicht kaum verzeihbar sind. Es mag sogar sein, dass ihr mich verurteilen werdet, wenn ihr davon hört. Vielleicht widerstrebt es mir deshalb, in der Vergangenheit zu rühren. Doch andererseits" – sie zuckte die Schultern – „andererseits wärt ihr dann nicht die Menschen, die ich in euch sehe."

Inken beugte sich vor und umfasste Tjaldas Arm. „Nach den Jahren im Moor und allem, was dort geschehen ist, bin ich die Letzte, die über andere ein Urteil fällen dürfte. Und glaub mir, was immer du auch getan hast, es wird nichts an meiner Meinung über dich ändern."

Sumi sah Tjalda fest in die Augen. „Wenn es der Freundin zu schwer fällt, über die Vergangenheit zu sprechen, dann ist es vielleicht ratsamer, in der Gegenwart zu bleiben."

„Nein." Tjaldas Stimme klang nun fest und entschlossen. „Ich werde euch gern alles über mich erzählen. Ich hätte es schon lange tun sollen. Weißt du, Inken, eigentlich ähneln sich unsere Schicksale. Du glaubst gar nicht, wie sehr." Für einen Augenblick hatte ihre Stimme einen bitteren Tonfall angenommen. „Vielleicht fühlte ich mich auch deshalb gleich von Anfang an so tief mit dir verbunden, als du zu mir kamst, um dein Geld anzulegen. Du hast Böses im Moor erlebt, und ich ..." Sie brach ab, fing sich aber wieder. „Lass mich mit meiner Kindheit beginnen. Inken, wir beide haben viel Zeit unseres Lebens damit verbracht, auf Menschen zu warten, die wir lieben, und unsere Mütter sind zu früh gestorben. Obwohl ich die meine kaum vermisst habe. Vielleicht zählt deshalb das Bild meiner Großmutter, die mit einer Kelle Suppe aus einem riesigen Topf schöpft, zu meiner frühesten Kindheitserinnerung. Rosa, wie ich sie nannte, zog nach dem Tod meiner Mutter zu uns nach Bremen. Ich habe immer gedacht, dass sie meine Mutter wäre, obwohl Rosa schon damals nicht mehr jung war. Allenfalls war sie jung im Kopf und blieb es auch zeit ihres Lebens. Bei manchen Menschen ist das so. Ihr

Körper wird alt, aber das Herz, der Verstand und die Augen bleiben jung."

Inken nickte und lächelte. „So wie bei dir, Tjalda."

Diese schüttelte nur den Kopf. „Ich werde nie so jung sein, wie Rosa es war. Dazu nehme ich das Leben viel zu schwer. Rosa war dagegen leicht und lebensfroh, was auch immer geschah. Vielleicht, weil es nichts gab, was diese Frau noch erschüttern konnte. Auch nicht die Tatsache, dass mein Vater die meiste Zeit seines Lebens auf See verbrachte. Als Kind habe ich immer am kalten Fenster gestanden und zum Hafen geblickt. Ich habe erst die Monate und dann die sich dahinschleppenden Tage gezählt, bis Vater endlich zurückkehrte. Die Wochen sind mir wie Jahre vorgekommen und die Monate wie Jahrzehnte. Am Schönsten war es, wenn mein Warten schließlich belohnt wurde. Vater fuhr als Kapitän über alle Weltmeere, aber an Land gehörte er nur uns alleine. Rosa und ich lebten für diese Zeiten, in denen wir drei vereint waren."

„Diese Chinesin kann das gut nachfühlen. Wie sehr hat sie, damals in China, auf die Rückkehr ihres Geliebten gewartet!"

Auch Inken nickte und schloss die Augen. „Und ich auf die Heimkehr meines Vaters. Wie habe ich sein Kommen stets herbeigesehnt. Er war alles, was ich hatte!"

„Für mich gab es glücklicherweise immer noch meine Großmutter. Vater versuchte sie jedes Mal zu überreden, ihre Arbeit als Köchin aufzugeben. Doch Rosa liebte es, die Suppenkelle zu schwingen. In der Nähe des Bremer Marktes hatte sie eine winzige Küche, Teil einer kleinen Schankstube, gemietet, in der sich die Kunden mit einer Mahlzeit eindeckten, nachdem sie sich zuvor in der Gaststube das dazu passende Getränk ausgesucht hatten. Früh am Morgen schon kaufte Rosa die Zutaten für ihre ständig wechselnden Suppen auf dem Markt oder deckte sich aus unserem Garten ein. Das Gemüse war bereits geputzt, wenn ich aufstand. Nach dem Frühstück machten wir uns dann auf den Weg in die Stadt. Seit ich laufen konnte, stand ich jeden Tag mit ihr in der kleinen Küche und verkaufte Suppe. Scharen von Menschen besuchten uns, und viele kamen regelmäßig. Immer hatten sie ein gutes Wort für mich, und es war mir damals, als habe das Leben mir einen besonders guten Platz auf Erden zugeteilt. Die Kunden redeten und lachten miteinander. Derbe Sprüche machten wieder und wieder die Runde. Meine Großmutter, die mit der Kelle in der Hand ihre Suppe austeilte, lächelte nur wohlwollend dazu.

Von Weitem hörten wir den Lärm der Stadt. Die Rufe der Marktschreier wurden ab und an von dem Hufgetrappel der Pferde auf dem Kopfsteinpflaster und dem Rollen der Kutschenräder übertönt. Die Geräuschkulisse hatte für mich immer etwas Beruhigendes. Und wenn wir dann nach einem langen Tag unsere Sachen wieder auf den Karren geladen hatten und nach Hause fuhren, gaben die Händler, an denen wir vorbeizogen, uns gute Wünsche mit auf den Weg, und Rosa und ich fühlten uns wie Könige, denen man huldigte. Aus allen offenen Wirtshaustüren, aus Fenstern und sogar von Dächern winkten die Menschen uns grüßend zu und riefen unsere Namen. Wir beide gehörten zur Stadt und zu den Menschen, die in ihr wohnten.

Mir gefiel es, Rosa mit anderen zu teilen, aber am meisten liebte ich die Stunden, in denen wir beide ganz alleine zusammensaßen. Im Sommer auf der Bank vor dem Haus, im Winter am warmen Feuer. Rosa summte dann vor sich hin oder sang manchmal auch, doch am liebsten erzählte sie mir Geschichten. Meist aus ihrem Leben, aber wir reisten auch in fremde Welten. Ich saß im Schneidersitz zu ihren Füßen und lauschte."

„Warte.“ Inken unterbrach sie. „Wie sah deine Großmutter aus? Ich muss das wissen, damit ich mir alles genau vorstellen kann.“

„Wie Rosa aussah?“ Tjalda kniff die Augen zusammen und überlegte kurz. „Rosa trug stets ein bodenlanges dunkles Kleid und eine schwarze Haube auf dem weißen Haar. An Jahren war Rosa, wie gesagt, schon alt, doch ihre Lebendigkeit verlieh ihrer Erscheinung etwas Zeitloses. Mit ihrem runden Gesicht, den roten Wangen und der kleinen, spitzen Nase sah sie eigentlich eher unauffällig aus. Doch ihre Augen funkelten wach, und wenn sie erzählte, dann tat sie es mit Händen und Füßen. Rosa stand niemals still. Ihre Lebensfreude riss andere Menschen mit sich.

Meine Großmutter war zwar klein und spindeldürr und wirkte, als könne der leiseste Windhauch sie zu Boden werfen, doch sie war von zäher Natur. Lange, harte Jahre in einem heruntergekommenen Viertel, noch dazu an der Seite eines brutalen und versoffenen Ehemannes, hatten sie gestählt. Ihr allein ist es zu verdanken, dass mein Vater als Kind nicht verhungerte oder vom eigenen Vater totgeschlagen wurde. Ihr Mann, der ja mein Großvater war, fand aufgrund seiner Trunksucht keine Arbeit mehr, und so ist es Rosa gewesen, die die ganze Familie versorgt hat. Sie arbeitete in einem hochherrschaftlichen Haus als Köchin. Manchmal erzählte sie mir von dieser Zeit. Allerdings erst, als ich schon kein kleines Mädchen mehr war. Davon, dass sie in einem winzigen feuchten Loch mit gerade einmal zwei Zimmern gelebt hatten, die beide nach Norden gingen und in denen es daher nie hell um sie herum geworden war.

‚Doch glaub mir‘, meinte sie dann, ‚wenn abends mein Mann vom Saufen heimkam, wurde es erst richtig finster.‘ Rosa behauptete, es sei der größte Fehler ihres Lebens gewesen, dass sie ihn geheiratet habe. Mit ihrer gesamten Familie hatte sie sich wegen ihm entzweit. Und ihre größte Sorge war stets, dass mir irgendwann das Gleiche passieren könnte. ‚Pass nur ja auf, Tjalda, dass du nicht bei einem Mann schwach wirst, der es nicht wert ist‘, ermahnte sie mich. ‚Dein Großvater war so gut aussehend und charmant, in dunklen Ecken stets aufs Küssen versessen. Alles wusste und konnte er – wenn man ihm Glauben schenkte – besser als andere. Und dabei war er so ein schwacher Mensch.‘

Mein Großvater hatte, als er Rosa kennen lernte, noch als Matrose gearbeitet und sie in seine Heimatstadt Bremen, weit fort von ihrem Zuhause, gebracht. Das Leben dort schilderte er ihr in glühenden Farben und sie glaubte ihm blind. Sie fiel so tief, dass der Stolz es ihr verbot, zu ihren Eltern zurückzukehren. Auch nach der Geburt meines Vaters wagte sie diesen Schritt nicht. ‚Es hätte ihnen das Herz gebrochen, mich so zu sehen‘, sagte sie einmal zu mir. ‚Ich wollte sie nichts von den vielen Nächten wissen lassen, in denen ich vor Sorgen nicht schlafen konnte. Sorgen um die Miete, die es zu zahlen galt, und das Essen. Und dann lag da neben mir jede Nacht dieser Kerl, dieser unnütze Schuft, und schlief selig seinen Rausch aus. Natürlich brauchte er Geld für den Schnaps. Von mir bekam er freiwillig nichts. Und wenn er mir drohte‘, erzählte sie einmal, ‚dann griff ich nach der Waffe unter meinem Rock. Doch wenn ich die Wohnung verlassen musste, um Besorgungen zu machen oder arbeiten zu gehen, dann fehlte immer wieder etwas bei meiner Rückkehr.‘ Mein Großvater, machte zu Geld, was nicht niet- und nagelfest war. Aber als der Siebenjährige Krieg auch bei ihnen Einzug hielt, kam Rosas große Stunde. Am Tag zuvor noch hatte mein Großvater Rosas einziges gutes Kleid heimlich gegen Schnaps eingetauscht. Großmutter war immer außer sich, wenn sie davon erzählte. ‚Ich wünschte ihm damals mit aller Macht die Pest an den Hals', sagte sie einmal zu mir. Doch die brauchte es nicht mehr. Großvater wurde eingezogen und fiel gleich an seinem ersten Tage beim Heer betrunken vom Pferd. Er war sofort tot, und Rosa und mein Vater waren frei."

Tjalda seufzte. „Ich glaube, niemand weinte diesem Mann eine Träne nach. Und endlich blieb von dem Geld, das Großmutter verdiente, genug übrig, damit mein Vater zur Schule gehen konnte. Er lernte wohl leicht, und im Laufe der Jahre wurde das Leben für die beiden immer besser. Rosa beschloss, das Wagnis einzugehen, nicht mehr für fremde Haushalte zu kochen, sondern eine eigene kleine Suppenküche zu eröffnen. ‚Die beste Entscheidung meines Lebens', nannte sie diesen Schritt später."

„Deine Großmutter war eine mutige Frau, genauso wie du." Nachdenklich betrachtete Inken die Geldhändlerin.

„Aber im Gegensatz zu mir war meine Großmutter sehr beliebt." Inken wollte eine gegenteilige Bemerkung machen, doch Tjalda winkte ab. „Ich weiß, dass die Wenigsten hier in Emden ein gutes Haar an mir lassen. Doch damals, in Bremen, war selbst ich der Liebling vieler Menschen. Vielleicht weil Rosa immer in meiner Nähe war. Sie zog die Menschen an wie das Licht die Motten. Ihre Suppen sorgten nicht nur für gefüllte Bäuche, ihre Lebensfreude erwärmte die Herzen der Menschen. Niemals hörte ich ein böses Wort von ihr. Sie ließ mich völlig ohne Zwänge aufwachsen, vielleicht, weil ihr selbst die Freiheit über alles ging. Im Sommer lief ich barfuß durch das Gras und durfte spielen, mit wem ich nur wollte. Meine Kleidung war stets verdreckt, wie die der Gossenkinder, aber das machte ihr nichts aus. Natürlich hatte ich auch Pflichten. Sie schickte mich zur Schule, und ebenso hatte ich im Haushalt meine kleinen Aufgaben. Das Füttern der Hühner beispielsweise und das Einsammeln der Eier. Oder Unkraut jäten zwischen den Gemüsebeeten."

Für einen Moment schwieg Tjalda. Sie schloss die Augen und sah sich als junges Mädchen summend im Garten arbeiten. Und wie sie es geliebt hatte, nach einem langen Tag noch am Hafen zu sein. In Gedanken sah sie sich die Schürze herunterreißen, aus dem Garten rennen und durch die Stadt den Weg an der Kirche vorbeilaufen, der zum Wasser führte. Da war der große Stein am Hafen, auf dem sie immer gesessen und in den Himmel gestarrt hatte. Und da waren die rosigen Abendwolken, schillernd wie Fischleiber im Sonnenlicht, die sich im Wasser gespiegelt hatten. Wie gern sie mit den Wolken geflogen war, bis ihre Gedanken sich mit denen ihres Vaters auf einem der Weltmeere vereint hatten.

Die Geldhändlerin öffnete die Augen, griff erneut nach ihrem Becher und trank einen Schluck. Es war anstrengend, in alten Erinnerungen zu schwelgen, anstrengend, aber auch schön. Was würde sie dafür geben, noch einmal ihren Vater zu sehen, noch einmal mit Rosa reden zu können. Erneut fühlte sie den Verlust von damals und verstand plötzlich, dass die Zeit ihre Wunden zwar lindern, aber niemals heilen würde. Aber wie glücklich konnte sie sein, dass gerade diese zwei Menschen sie ein Stück weit ihres Lebens begleitet hatten. Und sie konnte ebenfalls glücklich sein für die beiden Menschen, die nun mit ihr zusammen am Tisch saßen. Tjalda lehnte sich im Stuhl zurück. Noch einmal gingen ihre Erinnerungen zu dem ihr unbekannten Großvater zurück, der ihrer Rosa das Leben so schwer gemacht hatte.

„Ich hasse nichts mehr als Trunkenbolde und Großmäuler. Und da fast alle Männer die eine oder die andere Eigenschaft besitzen, halte ich sie mir lieber vom Leib", sagte sie schließlich mit fester Stimme.

„Du kannst doch nicht alle Männer dieser Welt über einen Kamm scheren.“ Inken schmunzelte.

„Das tue ich aber! Kannst du mir eine Frau nennen, die Vorteile davon trägt, verheiratet zu sein?“

Inken runzelte die Stirn. „Wie meinst du das?“

„Was ich mir schon seit Jahren sage, ist, dass Frauen eigentlich fast alles besser können als Männer. Sie sind fleißiger, arbeiten sorgsamer und halten ihr Geld zusammen. Ich weiß es aus eigener Erfahrung. Es gibt zwar auch Frauen, die sich von mir Geld borgen, aber sie zahlen es brav und pünktlich zurück. Da geht es bei den Herren schon anders zu. Und wenn ich nur an all die Frauen denke, die ihr Geld bei mir anlegen. Sie stellen sich dabei geschickter und klüger an als die Männer und bauen mehr auf Sicherheit, während man den Männern nur zu schmeicheln braucht, und schon lassen sie sich auf ein riskantes Geschäft ein. Ich bin eine ehrliche Haut, doch du kannst darauf wetten, dass es viele Geldhändler gibt, die diese Schwäche ausnutzen. Ich glaube, wenn man uns Frauen die Zügel in die Hand gäbe und wir alle wichtigen Entscheidungen zu treffen hätten, dann wäre das Leben geordneter. Männer kommen mir manchmal vor wie große Kinder. Es fehlt ihnen an Weitblick und Einfühlungsvermögen. Außerdem sind sie längst nicht so mutig, wie sie uns glauben machen wollen. An dem Spruch ‚Ein Mann ohne Weib kommt auf den Hund‘ ist viel Wahres dran. Frauen können arbeiten und sich versorgen, wenn man sie nur lässt. Sie bringen auch ihre Kinder durch die Zeit. Aber Männer können oder wollen weder kochen noch nähen, geschweige denn waschen. Sie verkommen, wenn ihr Weib stirbt, und ihre Kinder kann man nur bedauern. Deshalb gibt es auch so viele Frauen suchende Witwer. Da schaffe ich mir lieber einen Ruf, der mich vor solcherlei bewahrt.“

„Tjalda.“ Inken trank belustigt ihren Tee. „Es sind doch, weiß Gott, nicht alle Männer so. Nimm meinen Vater. Er ist ein großartiger Mensch und sorgt auch gut für mich.“

„Dass es Ausnahmen gibt, bestreite ich ja gar nicht. Doch ich glaube immer noch, dass es besser ist, sich diese bärtigen Geschöpfe gar nicht erst aufzuhalsen. So, und jetzt möchte ich nicht mehr über die Vor- oder Nachteile von Männern sprechen. So viel Aufmerksamkeit sind sie nicht wert. Ich werde euch jetzt erzählen, wie ich zu drei Jahren Töchterschule gekommen bin.“

„Oh, bitte, wir sind schon sehr neugierig“, forderte Sumi sie auf.

„Es ist kaum zu glauben, nicht wahr – ich auf einer Töchterschule, doch es waren gerade die Jahre dort, die mich sehr geprägt haben. Allerdings nicht in dem Sinn, wie meine Lehrerinnen es gerne gehabt hätten.“ Tjalda nahm einen langen Schluck aus ihrem Becher, bevor sie von Neuem zu erzählen begann. „Wie hat es mich dorthin verschlagen? Wisst ihr, ich war sehr glücklich in meiner Kindheit. Bis meine Vorstellung vom Leben eines Tages die ersten Risse bekam. Ich war damals 13 Jahre alt. Obwohl es aus heutiger Sicht unverständlich ist, habe ich mir als Kind niemals Gedanken darüber gemacht, dass Rosa eines Tages sterben könnte. Sie war für mich der Inbegriff des Lebens an und für sich. Und Rosa selbst hatte niemals davon gesprochen, dass ihr Herz seit Längerem schon nicht mehr im richtigen Takt schlug. Gut verborgen blieb dieses Leiden vor mir und auch vor meinem Vater. Aber vielleicht habe ich es auch einfach nur nicht sehen wollen.“

Tjalda schwieg für einen Augenblick. Dann fuhr sie leise fort. „Es war an einem dieser Sommertage, an denen nur die leichte Brise vom Hafen für ein wenig Abkühlung sorgt. Die

Hitze machte den Menschen zu schaffen. Die Händler stellten sogar Fässer mit Wasser auf, aus denen sich ihre Kunden kostenlos bedienen konnten. Rosa ging es nicht gut an diesem Tag. Immer wieder griff sie sich an die Brust, und ich übernahm es, die Kunden zu bedienen. Es herrschte großer Andrang, und so konnte ich in meiner Besorgnis nur hin und wieder auf sie achten. Bis sie am Ende des Tages plötzlich wie ein gefällter Baum zu Boden fiel. Ich werde es niemals vergessen, denn dieser Tag beendete meine Kindheit mit einem Schlag. Mein Verstand weigerte sich zu glauben, was geschehen war. Es war, als ob sich um mich herum alles verdunkelte, und das erste und einzige Mal in meinem Leben umfing mich eine gnädige Ohnmacht. Als ich wieder zu mir kam, lag Rosa auf einer Bahre, und der herbeigerufene Arzt stellte ihren Tod fest. Zwei Nachbarinnen nahmen sich meiner an. Und hätten mich ihre Arme nicht geführt, so wären meine Füße vielleicht nicht in der Lage gewesen, den Weg nach Hause zu finden.

Ich blickte mich immer wieder um, obwohl Rosa schon auf eine Trage gebettet lag. Entgegen jedem besseren Wissen hoffte ich, sie würde aufstehen, plötzlich wieder lachen und dann nach der Suppenkelle greifen. Tagelang verkroch ich mich, und als mein Vater schließlich zurückkehrte, drückte ich mich eng an ihn und weinte stumm. Meine Kindheit war vorbei, aber auf das, was nun auf mich zukam, war ich nicht gefasst. Mein Vater musste nach einiger Zeit wieder zurück auf See und beschloss daher, dass ich in einer so genannten höheren Bildungsanstalt für Töchter gut aufgehoben sei. Noch völlig verstört vom Tod meiner geliebten Rosa und nicht ahnend, was das bedeutete, willigte ich in seinen Plan ein und verlor jede Freiheit, die ich bis dahin besessen hatte."

Verächtlich kräuselte Tjalda die Lippen. „Ganze drei unglückliche Jahre habe ich in der ‚Aufbewahranstalt für unglückliche Töchter' verbracht. Wir Mädchen waren in einem düsteren Gemäuer, weitab vom Leben und Treiben anderer Menschen, untergebracht. Es gab nur die Schülerinnen und eine Hand voll Frauen, die uns mehr oder weniger das Leben schwer machten. Sosehr ich mich auch bemühte, es gelang mir nicht, mich an den Schulalltag zu gewöhnen. Wie anders war dagegen das Leben an Rosas Seite gewesen. In meiner Verzweiflung stahl ich mich manchmal an einen See, der in der Nähe lag. Dort saß ich im Gras und stellte mir mit geschlossenen Augen vor, wieder zu Hause zu sein. Selbst die Möwen und ihre Schreie nahmen in meinen Tagträumen Gestalt an. In dieser Zeit betete ich um eine schnelle Rückkehr meines Vaters und lebte nur für die Tage, an denen er mich holen kam. Die Zeit in der Mädchenschule wurde mir immer schwerer. Ich war so ungezwungen aufgewachsen, dass nichts in meinem Verhalten den dort geforderten Regeln für ein zurückhaltendes weibliches Auftreten entsprach. Die Lehrerinnen trieb mein unangemessenes Benehmen regelmäßig zur Verzweiflung. ‚So wirst du niemals einen Mann finden!', warnten sie mich. ‚Jeder halbwegs vernünftige Kandidat wird sich verschreckt von dir abwenden.' Mich interessierten solche Reden jedoch nicht. Und obwohl ich damals recht hübsch war, sollten die Lehrerinnen dennoch Recht damit behalten, dass sich in späteren Jahren, nach näherem Kennenlernen, so mancher Herr meist schleunigst wieder von mir verabschiedete.

Mein loses Mundwerk und meine spöttischen Kommentare sorgten in der Mädchenschule fast täglich für Aufruhr und brachten mir wenig Freundschaften und so manchen Strafdienst ein. Ich sprach zu laut, lachte zu viel und amüsierte mich zu offenherzig über die Kleidung und die Angewohnheiten des Lehrpersonals. In dem, was uns beigebracht wurde, sah und sehe ich bis heute keinen Sinn. Nichts davon hat mir im Leben weitergeholfen, wenn man vom Kochen einmal absieht. Das Ziel der Mädchenschule war es, anschmiegsame, mit Koch- und Nähkünsten ausgestattete, niemals widersprechende Geschöpfe aus uns zu machen. Weiblich nachgiebiges Verhalten und unauffällige Unterstützung des zukünftigen Gemahls standen hoch im Kurs. Allein den wenigen Mathematikstunden fieberte ich entgegen. Niemals durften wir rennen, geschweige denn barfuß gehen, außer bei den Leibesübungsstunden. Bei Ausflügen mussten wir paarweise hintereinander hergehen, und lautes Lachen oder anzügliche Witze, wie ich sie von Rosas Kunden kannte, gab es nicht. Und stellt euch vor, einmal hat mich die Schulleiterin im Schneidersitz im Gras entdeckt. Sie war völlig außer sich und nannte mich liederlich und mannstoll. Ein böses Ende hat sie mir prophezeit, denn ein junges Mädchen, das seine Beine nicht immer geschlossen hielte, fordere die Männer zu den unaussprechlichsten Taten heraus. Mein Verhalten wurde hinter verschlossen Türen debattiert, und ich hatte es nur der guten Zahlungsmoral meines Vaters zu verdanken, dass ich bleiben durfte."

Sumi neigte Tjalda den Kopf zu. „Diese mitfühlende Frau kann sich vorstellen, wie lang der Freundin die Jahre geworden sind."

„Darauf kannst du wetten, Sumi", nickte Tjalda zustimmend. „Ich glaube, die Lehrerinnen waren fast so froh wie ich, als unsere gemeinsame Zeit ein Ende fand. Ich kehrte freudestrahlend und mit einem Gefühl von Freiheit im Herzen nach Bremen zurück und glaubte, es würde alles so sein wie früher. Nach der langen Zeit qualvollen Heimwehs hatte ich mir das Danach immer wie das Paradies vorgestellt. Doch ohne Rosa war nichts mehr so wie früher. Alles hatte sich verändert, und auch ich war eine andere geworden. Wo war das leichtfüßige Mädchen geblieben, das so gerne den Geschichten der Großmutter gelauscht hatte? Verwirrt begriff ich, dass sich eine Tür für immer geschlossen hatte, und eine neue schien sich einfach nicht öffnen zu wollen. Ich war kein Kind mehr, und die Jahre hinter verschlossenen Mauern und ohne Menschen, die mich liebten, hatten mich unzugänglich werden lassen. Viele meiner vermeintlichen ehemaligen Freunde wandten sich von mir ab. Und ich tat so, als ob mich das nicht kümmerte. Doch so war es nicht. Meine Schroffheit, entstanden durch den ständigen Widerstand gegen alles und jeden, war zu einem Teil von mir geworden, den ich nie mehr ablegen konnte."

„Wir lieben dich so, wie du bist", beschwichtigte Inken. „Ohne deine Schroffheit wärst du nicht die Tjalda, die uns gefällt. Außerdem kennen wir deinen weichen Kern."

„Ich kann euch nur dankbar dafür sein. Weißt du, einmal habe ich versucht, lieblicher zu werden, Inken. Das war, als ich Hans kennen lernte. Ob ich ihn geliebt habe, weiß ich bis heute nicht. Vielleicht ist Liebe nur ein Wunschdenken, etwas, das es gar nicht gibt. Sich verlieben und mit dem Kopf in den Wolken hängen ist allerdings etwas sehr Reales. Und genau dazu hatten mich damals wohl die unendliche Einsamkeit – ohne eine sinnvolle Aufgabe – und das Warten auf meinen Vater gebracht. Noch vor seiner Abreise hatte er mich getröstet. ‚Es wird nicht lange dauern, und einer der jungen Männer wird um deine Hand anhalten, mein Kind. Du wirst ihm den Haushalt führen, Kinder haben und glücklich sein.' So stellte er sich meine Zukunft vor, und vielleicht wollte ich es ihm leicht machen und seiner Vorstellung entsprechen. Auf jeden Fall habe ich mich verliebt, nur hat Hans nie um meine Hand angehalten. Kennen gelernt habe ich ihn an einem heißen Julitag am Hafen, wo er mithalf, Kisten mit Waren von einem Schiff zu laden. Er war groß und kräftig, und etwas Animalisches ging von ihm aus, etwas Gefährliches, das ich anfangs jedoch faszinierend fand. Unter den aufgerollten Ärmeln seines Hemdes traten kräftige Muskeln hervor, und über seinem üppigen Bart funkelte ein Paar leuchtendblaue Augen. An diesem Sommertag nun versuchte wieder einmal einer der Hafenarbeiter, mich zu einem Kuss zu überreden. Ich tat, was in solchen Fällen unerlässlich ist. Erst erhielt der Bursche eine Backpfeife, und beim zweiten handgreiflichen Versuch traf ihn mein Fuß an einer besonders empfindlichen Stelle seines Körpers. Hans hatte uns beobachtet, und ein drittes Mal gab es für den Hafenarbeiter nicht. Durch sein beherztes Eingreifen hatte Hans leichtes Spiel mit mir. Und mit der Frage: 'Na, Kleine, schon was vor heute Abend?', begann eine Liaison, die im wahren Grauen endete."

Tjalda schwieg und war für einen Augenblick weit fort. „Mein Gott, wie konnte es nur so weit kommen." Kaum hörbar kamen die Worte über ihre Lippen, und Sumi und Inken tauschten Blicke. In welch dunkler Kammer des Gestern mochte sich Tjalda wohl gerade befinden?

Inken berührte die Geldhändlerin sanft am Arm. „Was auch immer geschehen ist, du musst es uns nicht erzählen."

„Ich will es aber." Tjalda legte ihre Hände an die erhitzten Wangen und fuhr dann entschlossen fort. „Um es kurz zu machen, Hans war nicht weniger ein Haderlump, als mein Großvater es gewesen war. Er trank zwar nicht, war aber für seine Schlägereien überall bekannt. Davon wusste ich natürlich nichts, und am Anfang erzählte mir auch niemand davon. Wahrscheinlich hätte ich auch sowieso jeden guten Ratschlag in den Wind geschlagen. Denn wenn man verliebt ist, ist der Auserwählte immer vollkommen. Oft habe ich mich gefragt, warum Hans gerade mich als sein neues Liebchen auswählte. Vielleicht war ausschlaggebend, dass ich nicht wehrlos geblieben bin damals am Hafen. Vielleicht hat Hans auch instinktiv gespürt, dass ich ein sehr freiheitsliebender Mensch bin, was ihn besonders aufgestachelt hat. Denn er liebte es, Macht über andere auszuüben. Und wenn sich ihm jemand entzog, forderte ihn das erst recht heraus. Anfangs war alles wunderbar. Hans machte mir den Hof, und ich war glücklich. Endlich gab es keine einsamen Tage und auch keine einsamen Nächte mehr, nachdem Hans mir klargemacht hatte, was er von einem Mädchen erwartete. Da war das Haus meines Vaters, und wir hatten es ganz für uns allein. Damals dachte ich, Hans sähe seine zukünftige Braut in mir, ich Dummchen. Doch meine Rolle war nur die einer Bettgespielin, und davon gab es viele. Hans lachte, als ich ihn nach Plänen für die Zukunft fragte. ‚Leben', sagte er, ‚ich will leben und sonst nichts. Familie ist was für Reiche.' An diesem Abend hat er mich zum ersten Mal geschlagen. Nur weil ich es mir erlaubte, Zukunftspläne zu schmieden und ihn mit darin einzubeziehen. ‚Wie kannst du es wagen, mich an die Leine legen zu wollen!', schrie er mich an. Es war derselbe Abend, an dem auch meine Liebe zu ihm starb. Ich wollte unsere Beziehung beenden, doch Hans ließ mich nicht gehen. ‚Ich ganz alleine sage einem Weibsbild, wann ich genug habe', erklärte er mir kalt, als ich es wagte, ihn um meine Freiheit zu bitten, was ich sofort bitter bereute. Dem Arzt erzählte ich später von Schwindelgefühlen, die zu einem Sturz geführt hätten. Bei dem vermeintlichen Sturz habe ich nicht nur äußerliche Wunden davongetragen, sondern auch das Kind verloren, das begonnen hatte, in mir zu wachsen. Vielleicht war es besser so. Obwohl ich dieses Kind zeit meines

Lebens vermisst habe. Ich beschloss, kein zweites Mal von diesem Schuft schwanger zu werden, und es gelang mir.

Zu dieser Zeit wartete ich mit jeder Faser meines Herzens auf die Rückkehr meines Vaters. Er würde alles wieder ins Lot bringen, dessen war ich mir sicher. Allein diese Hoffnung machte das Leben erträglich für mich, denn es war eine furchtbare Zeit damals. Die Angst vor Hans' Brutalität wurde zu meinem täglichen Begleiter. Ich fühlte mich erniedrigt und schwächlich und schämte mich meines Verhaltens, sobald ich an Rosa dachte. Sie hätte sich nicht unterkriegen lassen, das war mir klar. Und in solchen Augenblicken konnte ich die Tränen nicht zurückhalten."

Tjalda schwieg für einen Augenblick. Es war ganz still, und zum ersten Mal bemerkte Inken, wie laut das Ticken einer Uhr sein konnte. Wie lange saßen sie schon hier zusammen? Seit dem frühen Abend war viel Zeit vergangen, und Tjaldas Geschichte war an ihnen vorbeigezogen wie ein bunter Bilderreigen. Zorn überkam Inken, wenn sie daran dachte, was Hans ihrer Freundin angetan hatte. Bitter dachte sie, dass auch Tjalda, genau wie sie, von einem Mann enttäuscht worden war. Wie schrecklich es für sie gewesen sein musste, als junges Mädchen, ganz alleine, in die Fänge eines solchen Mannes zu geraten. Da waren selbst die Jahre im Moor mit Tante Tine an ihrer Seite noch erträglicher gewesen. Warum aber hatte Tjalda keiner ihrer Nachbarn und alten Freunde geholfen? Oder war Tjalda vielleicht zu stolz gewesen und hatte ihre Angst und Verzweiflung vor allen verborgen?

„Wie gesagt, ich hoffte auf die Hilfe meines Vaters", durchbrach Tjalda ihre Überlegungen mit leicht bebender Stimme. „Doch er konnte mir nicht mehr helfen. Sein Schiff war im Sturm untergegangen, und die gesamte Besatzung hatte ihr Leben verloren. Und zusammen mit meinem Vater und seinem Schiff waren auch meine Hoffnungen und all mein Vertrauen, das ich jemals in Gott gesetzt hatte, untergegangen. Als Kind glaubte ich, Gott habe ein Abkommen mit Vater getroffen. Mein geliebter mutiger Vater würde das wilde Meer bereisen und Gutes tun, indem er Nachrichten und Waren von einer Küste zur anderen beförderte. Und dafür würde Gott ihn verschonen. All die anderen, die das Meer sich nahm, waren in meinen Augen schuldig an Gott geworden, auf welche Weise auch immer, und mussten deshalb dafür büßen. So hatte ich es mir als Kind zurechtgelegt, damit die Furcht um Vater mich nicht auffraß. Und dieser kindliche Gedanke hatte sich so sehr in mir festgesetzt, dass er mir zur Gewissheit geworden war. Daher traf es mich wie ein Faustschlag, als die Nachricht vom Untergang seines Schiffes eintraf. Mein Glaube an Gott erfuhr eine so tiefe Erschütterung, dass ich mich nie wieder davon erholte. Und ich beschloss damals, mein Schicksal niemals wieder in seine Hände zu legen, sonders selbst meines Glückes Schmied zu sein. Doch im ersten Moment war ich zu keinem klaren Gedanken mehr fähig und habe den Männern, die mir die Unglücksbotschaft überbrachten, zunächst nicht geglaubt. Ich war überzeugt, sie würden sich täuschen. Der Mensch, den ich am meisten auf der Welt liebte, auf dessen Rückkehr ich flehentlich hoffte, sollte einfach nicht mehr da sein? Aber dann, als mir klar wurde, dass es die Wahrheit war, zerbrach etwas in mir.

Der Leichnam meines Vaters wurde nie gefunden. Es gab eine Trauerfeier ohne Toten, die nur ein kleiner Teil von mir mit großer Klarheit wahrnahm, während der übrige Rest wie in einem Albtraum gefangen war. Ich konnte nicht länger in Bremen bleiben. Ich musste weg von allem, was mich an Vater erinnerte. Und ich musste vor allen Dingen weg von Hans, der eine Heirat nun doch nicht mehr für ganz so abwegig hielt, was vermutlich mit meinem vermeintlichen Erbe zusammenhing. Doch obwohl Vater ein eigenes Haus und ein Schiff besessen hatte, stellte sich meine finanzielle Situation alles andere als rosig dar. Mit anderen Worten, ich stand ohne einen Pfifferling da."

Sumi blickte sie ungläubig an.

„Das ist doch nicht möglich", beugte Inken sich zu ihr vor.

„Leider doch. Denn wenige Wochen vor seiner letzten Fahrt hatte mein Vater noch von einem gewinnträchtigen Geschäft gehört und dafür kurzfristig unser Haus und sein Schiff beliehen. Er wollte wohl das große Geld machen, um mir ein kleines Vermögen für die Zukunft zu sichern. So verstand ich im Nachhinein zumindest seine geheimnisvollen Reden von einer reichen Aussteuer und guten Mitgift. Er riskierte alles, was er hatte – und verlor. Mir blieben nur die Kleider, die ich am Leib trug und wenige andere Habseligkeiten."

Tjalda stöhnte leise. „Ach, Inken, was war ich verzweifelt! Zu der Trauer um meinen Vater kam noch der Verlust meines bisherigen Zuhauses. Wohl wissend, dass ich es verlassen musste, konnten sich meine Augen nicht sattsehen an den Zimmern mit all ihren Möbeln aus matt schimmerndem Holz, den Gemälden, Teppichen und dem alten Porzellan. Mein altes Leben gab es nicht mehr, ich war nur noch voller Trauer und stand ganz allein auf der Welt. Nach einer durchwachten Nacht beschloss ich, heimlich fortzugehen. Es gab keinen anderen Weg, um Hans zu entkommen. Rosas Familie kam aus Holland, das wusste ich, und nach dort wollte ich mich orientieren. Der Verkauf des Hauses mit seinem gesamten Inventar würde reichen, um Vaters Schulden zu decken, und ich leitete heimlich und schnell alles Notwendige in die Wege. Allein das Gemälde mit dem Schiff meines Vaters und ein Bild, das uns beide zeigte, behielt ich und brachte es bei einer Nachbarin unter. Papiere und Wertsachen waren schnell zusammengesucht. Rosas Suppenkelle verschwand in meiner Reisetasche, neben Kleidung und Schuhen. Auch ein kleines Kästchen voller Andenken begleitete mich. Es enthielt eine Haarlocke meiner Mutter, ein Püppchen aus Porzellan und einen Affen aus Holz, den mir Vater einst aus einem fernen Land mitgebracht hatte. In einer Nacht- und Nebelaktion wollte ich verschwinden, hatte die Rechnung jedoch ohne Hans gemacht. Vielleicht war es so, dass er meine Angst witterte, mein Vorhaben erahnte. Hans kam mir manchmal wie ein Raubtier vor. Doch in der Stunde meiner Flucht wähnte ich mich noch in Sicherheit.

Es war an einem sehr frühen Morgen, fast noch Nacht, im November. Ich hatte gefrühstückt und mich mit zwei Tassen Tee gegen die kalte Morgenluft gewappnet. Zitternd, und das nicht nur vor Kälte, machte ich mich zu Fuß auf den Weg in ein neues Leben. Ohne einen Blick zurückzuwerfen, schritt ich immer nur weiter geradeaus, bis ich von dem Wunsch, noch einmal zum Hafen zu gehen, überwältigt wurde. Wieder und wieder versuchte mein Verstand mich davon abzuhalten. Es war dunkel, und ich würde das Wasser eh nicht deutlich erkennen. Warum also nicht gleich zum Droschkenplatz gehen? Doch als der Mond hinter den Wolken hervorkam, fanden meine Füße wie von selbst ihren Weg zum Hafen.“

Für einen Augenblick verstummte Tjalda und lauschte in sich hinein. Sie brauchte nur die Augen zu schließen, und jener denkwürdige Morgen stand wieder in aller Deutlichkeit vor ihr. Da waren die Gerüche nach Salz, Teer, Hanf und Fisch. Die Stille der Nacht wurde nur von den Schiffen, die in ihren Träumen knarrten, unterbrochen. Doch mit der Stille war es schnell vorbei gewesen. Tjalda atmete einmal schwer aus. Ob es ihr gelingen würde, das, was geschehen war, in Worte zu fassen? Sie öffnete den Mund, doch kein Wort wollte ihr über die Lippen kommen. Und so nahm sie einen Schluck Tee und versuchte es erneut. Ihre Stimme zitterte.

„Ich wollte nur Abschied nehmen von meinem alten Leben, aber auf der Kaimauer trat mir Hans in den Weg. Er war mir gefolgt. Wut stand in seinen Augen, als er mich begrüßte. ‚Ach, meine entzückende Tjalda will verreisen. Und das ohne ihren Geliebten?‘ Ich erschrak zu Tode. ‚Du kannst mich nicht aufhalten‘, schrie ich ihm mit mehr Mut, als ich hatte, entgegen. Bis mein Verstand einsetzte und eine lähmende Angst mich aufzufressen drohte. Ich versuchte an ihm vorbeizukommen, aber Hans ließ es nicht zu und drängte mich immer mehr in Richtung Wasser. Aus Angst, Hans würde in seinem Zorn meine wenigen Habseligkeiten fortwerfen, ließ ich mein Gepäck ins Gebüsch sinken. Er sah es, lachte aber nur. ‚Daran liegt mir nichts. Aber dich will ich schreien hören. Dachtest wohl, du könntest mich zum Narren halten.‘ Meine Panik wuchs in gleichem Maße, wie seine Wut zunahm. Ich versuchte ihm zu erklären, dass ich, entgegen seiner Annahme, nicht reich war und er mich doch gehen lassen solle. Doch Hans hörte mir gar nicht zu, und ich merkte, dass er getrunken hatte. Das verstärkte noch meine Furcht, denn Alkohol machte diesen Kerl unberechenbar. Weiter und immer weiter trieb er mich, und schon hörte ich ganz nah die Wellen an die Kaimauer schlagen. Plötzlich dämmerte mir, dass mich dieser Mann umbringen wollte, weil ich mich nicht an seine Spielregeln gehalten hatte. Hans sah meinen Plan, meine Flucht, als großen Verrat an und würde sich rächen. Als ob er meine Gedanken gelesen hätte, zog er lässig eine Hand hinter seinem Rücken hervor. Den Knüppel, der sich darin befand, ließ er betont langsam von einer Hand in die andere gleiten. Dabei kam er näher und näher, und ich fühlte mich wie ein Tier in der Falle.

‚Du weißt, dass ich nicht schwimmen kann', brachte ich in Todesangst hervor.

‚Natürlich', höhnte er. ‚Aber es wäre mir ganz lieb, wenn du nicht sofort ins Wasser springen würdest. Ich genieße es durchaus, dich zuvor noch schreien und flehen zu hören. Ertrinken kannst du später immer noch.'

Und als ob ihm gerade jetzt wieder einfiel, warum ich zu so früher Stunde unterwegs war, fügte er, als spräche er zu einem uneinsichtigen Kind, hinzu: ‚Siehst du, Tjalda, ich muss dich einfach bestrafen. Du hast dich meinem Willen widersetzt und wolltest mich verlassen. Das kann ich dir nicht erlauben.'

Seine Augen sogen gierig die Todesangst in meinem Gesicht auf. Ich sah, wie seine Blicke über meinen Körper fuhren, dorthin, wo er den Knüppel treiben wollte. Mir drehte sich der Magen um, und ich wandte ihm verzweifelt den Rücken zu. Hans würde mich also umbringen und dann in die Fluten werfen. Was sollte, was konnte ich tun, um mich aus dieser verzweifelten Lage zu befreien? Vor mir das Wasser, hinter mir der Mörder. Ich versuchte mit einem halbherzigen Sprung zur Seite auszubrechen, doch Hans war trotz seines schweren Körpers behände, umfasste mit der freien Hand meine Taille und warf mich zu Boden. Ich wehrte mich verzweifelt, und für einen kurzen Moment verlor er den Knüppel und die Oberhand über mich. Dann aber umfassten seine Hände meinen Hals. Er schwang sich auf meinen Körper und würgte mich. Ich versuchte, ihn fortzustoßen, doch sein Gewicht war zu groß. Mir wurde schwindelig, und ich wusste, dass mir der Luftmangel nicht mehr viel Zeit ließ. In aufwallender Panik ruderte ich mit den Händen wie wild über den

Boden, und plötzlich befand sich wie durch ein Wunder der Knüppel in meiner Rechten. Hans war vollkommen damit beschäftigt, seine Wut an mir abzureagieren. Deshalb achtete er nicht auf das, was ich tat, bis ihn der Knüppel mit aller Wucht, die ich in den Schlag hineinzulegen vermochte, am Kopf traf. Mit einem Fluch ließ er von mir ab. Leicht schwankend erhob er sich, doch die Wirkung des Schlages ließ schon nach, bevor sich meine Füße in Bewegung setzen konnten, um zu fliehen. Erneut hatte mich dieser Mistkerl gepackt. Ich kämpfte mit letzter Kraft gegen ihn, doch er lachte nur, ergriff mein Handgelenk und zwang mich, den Knüppel fallen zu lassen. Da wusste ich, dass alles verloren war. Ich gab jeglichen Widerstand auf und ließ mich schlaff zu Boden fallen. In diesem Moment der Überraschung verlor mein Gegner das Gleichgewicht, er stolperte und fiel der Länge nach zu Boden. Sein Hinterkopf schlug mit voller Wucht auf die Pflastersteine. Reglos lag der Mann vor mir, den ich in diesem Augenblick mehr hasste als sonst irgendjemanden auf der Welt. Er hatte mich erniedrigt und mir Gewalt angetan. Durch seine Brutalität war mein Kind noch vor seiner Geburt zum Tode verurteilt gewesen. Er hatte mir die Freiheit genommen und versucht mich umzubringen! In meiner Umnachtung war es mir nicht genug, ihn für kurze Zeit besiegt zu sehen. Ich hätte aufspringen und fliehen sollen, weit, weit fort. Doch mein Wollen zielte auf etwas anderes ab. Zum ersten Mal in meinem Leben verspürte ich den Wunsch zu töten. Ich wollte diesen Menschen töten und griff nach dem Knüppel. Wieder und wieder schlug ich auf Hans ein. Niemals zuvor und niemals danach habe ich körperliche Gewalt ausgeübt. Aber ob ihr es glaubt oder nicht, damals habe ich jeden Schlag genossen. Als mein Verstand dann wieder einsetzte, war Hans tot. Ich weiß nicht, ob durch meine Schläge oder durch den Aufprall zuvor. Niemand wird mir diese Frage jemals beantworten können. Genauso wenig wie mir niemand jemals die Schuld dafür nehmen kann."

Atemlos hatten die Freundinnen ihr gelauscht. Nun sprang Inken auf und griff erregt nach Tjaldas Hand. „Aber es war Notwehr! Was hättest du sonst tun sollen? Was wäre denn geschehen, wenn er nach dem Sturz wieder aufgestanden wäre? Du oder er, nur einer von euch konnte überleben. Und dieser Schuft hatte sein Leben schon lange durch seine Taten verwirkt. Tjalda, du hast das einzig Richtige getan. Sei froh, dass dein Hass dir die Kraft dazu gab. Du musst dir nur verzeihen. Bist du dir auch wirklich sicher, dass er tot war?"

Tjalda blickte in die Ferne. „Ja. Ich legte meine Hand auf seine Brust und spürte keinen Herzschlag mehr. Der Grashalm, den ich daraufhin unter seine Nase hielt, bewegte sich nicht. Und die Blutlache um ihn herum wurde immer größer. Panik und Entsetzen, diesmal nicht durch die Gebote der Vernunft zu beschwichtigen, breiteten sich in mir aus. Ich hatte einen Menschen umgebracht. Verwirrung überwältigte mich. Was sollte ich nur tun? Ich musste Hilfe holen. Doch wer würde mir glauben, dass es Notwehr gewesen war? Und dann war da eine Stimme in mir, die danach fragte, ob es denn tatsächlich Notwehr gewesen war. Hätte Hans es denn wirklich zum Äußersten kommen lassen? Waren die Gefängnisse nicht voll von Frauen, die behaupteten, man habe ihnen Gewalt antun wollen? Und wussten nicht alle, dass Hans und ich ein Paar gewesen waren? Bei niemandem hatte ich mich je über seine Brutalität beschwert. Sie würden mir nicht glauben, wurde mir plötzlich bewusst. Ein Zittern überkam mich, und ich kniete lange neben der Leiche, ohne klar denken zu können. Doch dann ordneten sich meine Gedanken wieder, und ich wusste auf einmal, dass ich fortgehen musste, so wie ich es geplant hatte. Keinesfalls durfte ich hier sein, wenn man Hans' Leiche fand. Wenn man Hans' Leiche fand ... Und plötzlich wusste ich, was außer zu fliehen noch zu tun war. Ich nahm den Knüppel und warf ihn in hohem Bogen ins Wasser. Dann griff ich nach dem Körper des Mannes, der mich so sehr gequält hatte, zog ihn auf die Kaimauer und zerrte so lange an ihm, bis sein eigenes Gewicht ihn schließlich vornüberkippen ließ und er wie ein nasser schwerer Sack im Wasser versank. Der Mond war wieder hinter den Wolken verschwunden, und außer einer dunklen Masse, die in ständiger Bewegung war, konnte ich nichts weiter erkennen. Das Meer hatte mir meinen Vater, den ich so sehr liebte, genommen. Als Ausgleich dafür musste es mir nun helfen, den Mann, den ich hasste, verschwinden zu lassen. Für den Bruchteil einer Sekunde blickte ich noch einmal in die Tiefe, dann suchte ich meine Reisetasche und begann, so schnell mich meine Füße trugen, zu rennen. Immer wieder drehte ich den Kopf. Geräusche um mich herum machten mich glauben, verfolgt zu werden, doch niemand hielt mich auf. Ich lief und lief. Schließlich musste ich stehen bleiben, um Atem zu holen, und lehnte mich erschöpft gegen die rohe Steinmauer eines Hauses. Ich hatte niemanden gesehen und hoffte, dass auch mich niemand gesehen hatte. Meine Lungen drohten zu zerspringen, und ich versuchte, meine Fassung wiederzugewinnen. Nur nicht mehr rennen, denn das war zu auffällig. Ich befand mich ganz in der Nähe des Marktes und damit nicht weit entfernt vom Droschkenplatz. Also würde ich ganz ruhig dorthin gehen und die nächstbeste Kutsche nehmen, egal wohin die Reise ging. Fort, nur fort, dröhnte es in meinem Kopf.

Und so geschah es. Ich ließ mich einfach fahren, weiter und immer weiter. Dann, irgendwann, nahm sich eine ältere

Frau meiner an. Sie hatte etwas Mütterliches und spürte vielleicht, wie verstört ich war. Meine Reisegefährtin befand sich auf dem Weg zu ihrer Tochter nach Emden. Auf ihre Fragen, woher ich kam und wohin ich wollte, antwortete ich einsilbig, und bald gab sie ihre Neugier auf. Und ich selbst habe danach für lange Zeit meine Vergangenheit ganz einfach tief in mir begraben. Es gab kein Gestern mehr für mich, nur noch das Heute und Pläne für die Zukunft. Als wir zur Übernachtung in einer Gaststube einkehrten, lieh ich mir von der Wirtin eine Schere."

„Eine Schere?", fragte Sumi verblüfft.

„Ja." Tjalda lächelte, und für einen Moment sah Inken das junge Mädchen vor sich, das sie einmal gewesen war. „Als meine Reisegefährtin schlief, schnitt ich mir im Mondlicht das lange dunkle Haar ab. Zum einen tat ich es, um nicht erkannt zu werden, aber auch, um eine andere zu werden. Mit dem Haar wollte ich meinem alten Leben entfliehen. Natürlich kann man seine Vergangenheit nicht ablegen, aber das begriff ich erst später. Damals jedoch wollte ich ein Zeichen setzen und brauchte einen symbolischen Neuanfang. Am nächsten Morgen war meine Begleiterin entsetzt, doch ich fühlte mich befreit, und es ging mir so gut wie lange nicht mehr. Dies war der erste Schritt auf dem Weg in die Freiheit. Der zweite Schritt waren die Hosen, die ich mir zulegte. Ich brauchte und wollte keine Männer mehr in meinem Leben, nie mehr. Und tilgte daher alles, was sie an meiner Erscheinung locken könnte. Niemals wieder würde ich beim so genannten starken Geschlecht schwach werden, das habe ich mir damals geschworen."

„Und diese standhafte Frau hat ihr Versprechen wohl auch gehalten." Sumis Mundwinkel zuckte.

„Richtig." Tjalda nickte. „Und die Hosen haben dazu beigetragen, die Herren abzuschrecken, außerdem ging mir später noch auf, dass Hosen und kurzes Haar außerordentlich praktisch sind. Und heute würde ich um nichts auf der Welt mehr darauf verzichten. Weder auf das eine noch auf das andere. Damals kam ich mir anfangs allerdings noch recht lächerlich vor. Wie ich es nur wagen könne, rief man mir auf der Straße nach, und einmal hat mich sogar eine ältere Frau direkt darauf angesprochen. Sie fragte, was denn um Gottes willen in mich gefahren sei. Wozu ich Hosen bräuchte, wenn da nichts wäre, wozu ein Hosenstall nötig sei. Aber die Emder haben sich schließlich an mein Aussehen gewöhnt."

„Die Emder." Inken blickte ihre Freundin erstaunt an. „So hat also der Zufall, in Gestalt deiner Reisebegleiterin, dafür gesorgt, dass du nach Emden gekommen bist."

„Zufall oder Schicksal?" Tjalda zog die Schultern hoch. „Auf jeden Fall stand ich mittellos in Hosen und mit kurzem Haar in dieser wildfremden Stadt. Und wer weiß, wie es mir ergangen wäre, wenn meine Reisebegleiterin mir keine Arbeit besorgt hätte. Schon drei Tage nach meiner Ankunft fing ich als Köchin und Mädchen für alles bei einem Emder Geschäftsmann an, der das Handwerk eines Geldverleihers ausübte."

„Ah." Inken hob einen Zeigefinger. „Da kommen wir der Sache schon näher."

„Nicht wahr." Tjalda nickte. „Arthur Groote, so hieß mein Arbeitgeber, war ein sehr wohlhabender Mann. Sein Haus war gediegen eingerichtet, obwohl er auf Äußerlichkeiten keinen großen Wert legte. Da war er schon eher auf eine gute Mahlzeit erpicht. Und nachdem die Jahre an der Seite meiner Großmutter nicht spurlos an mir vorbeigegangen waren, konnte ich ihn diesbezüglich leicht zufrieden stellen. Arthur besaß weder Familie noch Freunde. Ich habe nie herausgefunden, warum das so war, denn ich habe meinen Arbeitgeber immer als liebenswert empfunden, obwohl er sich scheinbar nur wenig um mich bekümmerte. Vielleicht war es das, was andere abschreckte. Dieses vermeintliche oder auch tatsächliche Desinteresse, das er an seinen Mitmenschen hatte."

Tjalda lächelte milde in sich hinein. „Wie habe ich die Jahre bei ihm genossen. Arthur störte sich nicht an meiner Art oder meinem Äußeren. Ich glaubte manchmal sogar, er würde mich gar nicht richtig wahrnehmen. Aber bei ihm fand ich eine Geborgenheit und eine Form von Zuneigung, die keinerlei Ansprüche an mich stellte. Dieses Für-mich-sein-Können war Balsam für meine Seele, hätte ich es damals doch nicht ertragen, über die Dinge, die ich erlebt hatte, sprechen zu müssen. Mir waren die Distanz und das Desinteresse an meiner Person gerade recht. Doch so zerstreut Arthur manchmal auch wirkte, wenn es um seine Arbeit ging, war er stets hellwach, und das zahlte sich aus. Arthur hatte das richtige Gespür dafür, wann man kaufen musste und wann es am günstigsten war, wieder zu verkaufen. Ein geringer Teil seines Geschäfts bestand in Beteiligungen an Fischkuttern oder kleineren Läden. Die größeren Einnahmen kamen jedoch von den Zinsen auf die Darlehen, die er gewährte. Und da Arthur die Leute nicht ausnahm, mangelte es ihm auch nicht an Kundschaft. Er konnte es sich sogar erlauben, Leute, die ihm nicht gefielen, wieder fortzuschicken, was nicht einmal selten geschah.

Irgendwann, eher durch Zufall, stellte mein Arbeitgeber fest, wie gut ich schreiben und mit Zahlen umgehen konnte. Ein Umstand, den er dann zu unser beider Zufriedenheit weidlich ausgenutzt hat. Nach und nach brachte er mir alles bei, was man wissen musste, um das Geldgeschäft zu beherrschen. Und als Arthurs Kraft im Laufe der Jahre abnahm, konnte er einen guten Teil der Arbeitslast auf meine Schultern legen. Ich hing viel lieber mit dem Kopf über den Büchern als über dem Kochtopf. Und das sagte ich ihm auch. Bald waren mir die Zahlen und Namen der Kunden besser bekannt als ihm. Ich wusste genau, wer eine gute Zahlungsmoral besaß und wem wir auf die Füße treten mussten. Natürlich durften die Kunden nichts von alledem wissen. Das wäre geschäftsschädigend gewesen. Doch eines Tages wurde Arthur schwer krank. Er hatte Schmerzen in der Brust, die ihn nicht mehr verließen und immer schlimmer wurden, und so musste ich mehr und mehr Geschäftsaufgaben übernehmen. Nur mit äußerster Mühe konnten wir den Schein nach außen hin wahren. In seinen letzten Monaten allerdings verzichtete er darauf, seinen Kunden etwas vorzumachen. Ich begriff damals nicht, dass Arthur sein Ende kommen fühlte und seine Klienten darauf vorbereitete, dass ich fortan das Geschäftliche regeln würde. Er wollte mir eine Zukunft bieten, auch auf die Gefahr hin, geschäftliche Verluste zu erleiden. Allerdings hatte Arthur bei so vielen Sachen die Hände mit im Spiel, dass er seine Schäfchen selbst dann noch im Trockenen hatte, wenn etwa die Hälfte seiner Kunden aufgrund meiner Anwesenheit bei Geschäftsabschlüssen zur Konkurrenz wechselte.

Damals begriff ich auch zum ersten Mal, dass Arthur sich sehr wohl etwas aus mir machte. Nur war er in all den Jahren klug genug gewesen, sich dies nicht anmerken zu lassen. Jetzt sprach er es jedoch offen an und erzählte mir von seiner Angst, ich könnte ihm den Rücken kehren, sobald er mir seine Gefühle offenbart hätte. Und ich musste ihm Recht geben. Ich wäre gegangen. Wir redeten viel, damals in den letzten Wochen seines Lebens, und niemals wieder bin ich einem Menschen in so kurzer Zeit so nahegekommen. Er war der Fels in der Brandung gewesen, der mich nach der größten Katastrophe meines Lebens gerettet hatte. Wer weiß, was ohne ihn aus mir geworden wäre.

Arthur hat mich so vieles gelehrt! Bis heute kann ich nicht in Worte fassen, was ich für ihn empfunden habe. Es waren nicht die Gefühle einer Tochter für ihren Vater. Sie ähneln schon eher denen einer Frau für ihren Mann, aber auch das trifft es nicht ganz. Manchmal denke ich, es war am ehesten ein Gefühl der Dankbarkeit, wie es eine Schülerin wohl für ihren guten und weisen Lehrer haben mag. Auf jeden Fall habe ich Arthur nach seinem Tod unendlich vermisst. Es wurde mir alles so schwer ohne ihn.

Mein Freund hinterließ mir zu meinem Erstaunen nicht nur sein Geschäft und die verbliebenen Kunden, sondern auch sein Haus, in dem ich noch immer wohne, und einen guten Teil seines Bargelds und Anlagepapiere. Um der Trauer und der Leere zu entfliehen, stürzte ich mich Hals über Kopf in die Arbeit. Und die Emder Kaufleute mussten wohl oder übel zur Kenntnis nehmen, dass ich künftig in der Geschäftswelt mitzumischen gedachte. Das schmeckte vielen natürlich überhaupt nicht, und so mancher Mann versuchte, mir Knüppel zwischen die Beine zu werfen. Doch ich war es Arthur schuldig, dass ich mich nicht so einfach vergraulen und seine Kunden hängen ließ. Außerdem wollte ich selbst um alles in der Welt das Geschäft weiterführen. Der Widerstand, der mir von allen Seiten entgegengebracht wurde, spornte mich geradezu an. Aber so ist es schon immer gewesen."

Tjalda lehnte sich mit einem zufriedenen Brummen im Stuhl zurück und Inken betrachtete die Freundin stumm. Diese Frau mit ihrem wettergegerbten Gesicht und dem unter weiter Kleidung verborgenen Körper, der für immer auch das Mädchen von einst in sich tragen würde. Diesem Körper, dem nie Gelegenheit gegeben worden war, einen Mann zu lieben und geliebt zu werden.

„Es gab genug schwarze Schafe unter den Geldverleihern“, fuhr Tjalda unvermittelt fort. „Dennoch gingen viele Kunden lieber zu ihnen, anstatt Geschäfte mit einer Frau zu machen. Dafür gewann ich auf der anderen Seite aber viele weibliche Klienten. Manche nahmen lange Wege auf sich, um mich aufzusuchen, denn ich war bereit, ihnen Geld zu leihen, mit ihnen Geschäfte zu machen. Es gab und gibt ja schließlich noch mehr Frauen, wenn auch in anderen Geschäftszweigen, die in der Männerwelt zu Hause sind. Die Männer haben verständlicherweise Angst vor ihnen, und auch mir schlugen am Anfang Furcht, Neid und Groll entgegen. Einzig Bonné Behrends, der Weinhändler, ist ein alter Freund. Er war mir von Anfang an wohlgesinnt. Ich kannte ihn schon zu der Zeit, als er noch mit Weinen übers Land zog. Ab und zu kaufte Arthur bei ihm ein. Weißt du, Bonné hat das Talent, so lange zu reden, bis ihm selbst noch ein Abstinenzler eine Flasche abnimmt. Er hat mir damals sogar eine Arbeit bei sich in der Weinhandlung angeboten. Aber ich hatte ganz andere Pläne. Anfangs führte ich Arthurs Geschäfte wie gewohnt weiter, doch dann zogen die verrücktesten Ideen durch meinen Kopf, und ich sann auf ganz neue Geschäftsmöglichkeiten.

Um die Seeleute an mich zu binden, bot ich ihnen gegen geringen Zins Vorschüsse auf ihren Lohn an. Das war und ist gängige Praxis. Doch bei mir konnten sie zudem noch ein ganz besonderes Geschäft abschließen. Ich nannte es die ‚Notabsicherung‘. Es war eigentlich ganz simpel: Ich versprach den Seeleuten, ihren Familien im Fall ihres Todes eine zuvor ausgehandelte Summe auszuzahlen und sie für die Dauer von einem Jahr mit einem monatlichen Betrag zu unterstützen. Natürlich gegen entsprechende Bezahlung. Die

Angst vor dem eigenen Tod steckt in allen Männern, die zur See fahren. Was viele dazu trieb, es mit meinem Angebot zu versuchen. Die ‚Notabsicherung' war und ist ein großer Erfolg. Und ich bin immer ehrlich gewesen. Es gibt so manche Familie, die ohne mich vielleicht vor die Hunde gegangen wäre. Denn viele Männer bleiben auf See – wie ihr wisst. Tja, und so habe ich noch manch andere frische Idee umgesetzt. Es macht mir bis heute ungeheuer viel Spaß, mit dem Geld anderer zu arbeiten, und ich möchte weiß Gott kein anderes Leben haben." Tjalda breitete die Arme aus, als wolle sie die beiden Freundinnen umfangen. „Ach, es hat so gutgetan, mir einmal die ganze Last der Vergangenheit von der Seele reden zu können. Das schafft Luft hier drinnen." Tjalda klopfte sich mit beiden Händen auf die Brust. Dann warf sie einen Blick aus dem Fenster. „Mein Gott, es ist ja bereits stockfinster da draußen. Nun habt ihr den ganzen schönen Abend damit vertan, meinen wenig ruhmreichen Taten zu lauschen."

„Es war mir eine Freude, dir zu lauschen." Inken griff wieder nach Tjaldas Hand und drückte sie.

„Und dieser faszinierten Frau nicht weniger." Sumi erhob sich geschmeidig, verbeugte sich leicht vor Tjalda und trug das Teegeschirr hinaus.

Auch als sie schon längst in ihrem Bett lag, kreisten Inkens Gedanken noch immer um Tjaldas Geschichte. Das Leben war nicht immer freundlich mit der Freundin umgegangen, und die Erfahrungen hatten sie gelehrt, den Männern nicht zu trauen. Und dennoch hatte ihr alles Leid nichts anhaben können. Sie war innerlich nicht erfroren, obwohl sie sich immer wieder eisigen Winden hatte stellen müssen. Und Inken erkannte am Schicksal ihrer Freundin, dass nur derjenige, der nicht aufgibt, gewinnen konnte.

Denn Tjalda hatte gewonnen! Sie hatte sich ihren Platz im Leben erkämpft. Und dies zu wissen machte Inken Mut. Sie musste sich nicht mehr so schwach und der Zukunft ausgeliefert vorkommen. Dem war nicht so. Wer den Mut aufbrachte und sein Ziel mit aller Kraft verfolgte, der konnte seines Glückes Schmied sein. Getröstet schloss sie die Augen und schlief ruhig ein.

8. Schicksalspfade

Vor der Festung Delfzijl, Oktober 1813

Mein Auftrag ist es, Ostfriesland von feindlichen Truppen zu reinigen ...
... bezüglich der in der Nähe befindlichen, vom Feind besetzten holländischen Festung etwas zu unternehmen ...
... die französische Verwaltung in der Provinz aufzulösen ...
... und eine Landwehr zu errichten.

(Karl Friedrich Friccius, Kommandeur des 1. ostpreußischen Landwehr-Bataillons)

Der Ausfall

Es war später Nachmittag, und das Gewitter erreichte seinen Höhepunkt. Und als geradezu wahre Sturzbäche vom Himmel herabkamen, hörten die französischen Soldaten endlich auf, die Uferböschung nach feindlichen Truppen abzusuchen.

Cirk zitterte vor Kälte und tat sein Möglichstes, um wach zu bleiben. Neben ihm lag Thomas, dem es sehr schlecht ging. Cirk biss sich auf die Unterlippe. Er konnte rein gar nichts für seinen Freund tun! Außer zu hoffen, dass ihn bald wieder eine gnädige Ohnmacht für kurze Zeit von seinen Schmerzen erlösen würde. Am Leben waren sie sowieso nur noch dank seiner Fähigkeit, sich unsichtbar zu machen. Cirk wusste nur zu gut, wie man Jägern aus dem Weg ging, und das nicht erst seit seiner Schmugglerzeit.

Prüfend glitt sein Blick über den mit Blättern bedeckten Körper seines Freundes. Sie waren den im Rückzug befindlichen Franzosen nur entkommen, indem sie sich tief im Schilf verborgen hatten.

Und sie waren allein durch den verdammten Blitzangriff der Franzosen in diese missliche Lage geraten, nachdem sich diese – gleich am Morgen und vielleicht an die zweihundert Mann stark – zusammengerottet und die Festung verlassen hatten. Cirk und Thomas bildeten einen Teil des Vorpostens in Farmsum und waren von den kampflustigen Franzosen völlig überrascht worden. Bei dem zahlenmäßig ungleichen Gefecht, das ihrem Aufeinandertreffen gefolgt war, hatte eine Kugel Thomas' Bein erwischt. Wie tot war er zu Boden gesunken und dort liegen geblieben. Cirk hatte sich versteckt und gewartet, bis die angreifenden Franzosen an ihm vorbeigezogen waren, dann war er zu seinem Freund geeilt. Fast wäre es ihm nicht gelungen, den unter unsäglichen Schmerzen leidenden Thomas tief ins Uferschilf zu schleifen. Halb im Wasser liegend hatten sie sich verborgen, um den suchenden Augen der Franzosen zu entgehen. Nach dem Abzug des Feindes war es ihm dann unter Aufbietung aller Kräfte gelungen, mit dem Verletzten wieder an Land zu kommen. Die Decke aus Blättern, die er danach über dem zähneklappernden Freund ausgebreitet hatte, bot zwar Schutz gegen ungewollte Entdeckung, spendete aber kaum Wärme.

Cirk machte sich Sorgen um Thomas, dessen Wunde nicht zu bluten aufhören wollte. Selbst das Liegen im kalten Wasser hatte den Blutfluss nur für kurze Zeit gestoppt. Thomas brauchte Hilfe, und zwar schnell. Die Franzosen würden von der Verstärkung in Borgsweer und Otterdum zurückgedrängt werden, dessen war er sich sicher. Danach würden sie unstrittig wieder diesen Weg bis zur Ortschaft Farmsum zurück nehmen. Thomas und ihm blieb daher nichts anderes übrig, als so lange im Schilf auszuharren, bis sie nicht mehr französische, sondern nur noch ostfriesische oder englische Laute hören würden.

Das Wetter verschlechterte sich. Dicke schwarze Wolken hingen düster über ihnen, Blitze zuckten, durchbrachen aber nur für einen kurzen Augenblick das Grau des Himmels.

Thomas bewegte sich stöhnend. Cirk versuchte ihn in eine bequemere Lage zu bringen, unterließ es jedoch, als der Verletzte dabei vor Schmerz zu schreien begann und sich Ströme von Blut aus der Wunde ergossen. Erneut verlor sein Freund das Bewusstsein, und Cirk seufzte erleichtert auf. Alles war besser, als Thomas derart leiden zu sehen.

Er rollte sich zusammen. Ihm war schrecklich kalt. Er musste sich warme Gedanken machen. Cirk verlor sich in Träumen von der Karibik, in die ihn seine letzte große Fahrt geführt hatte. Die warme tiefblaue See, deren Farbe je nach Licht der Sonne wechselte. So anders als die grauen Fluten der Nordsee, die er liebte. Und dann dachte er an Inken, die ihm mehr als die Nordsee und mehr noch als jedes Schiff bedeutete!

Wann immer er an sie dachte, fühlte er sich lebendig. Dann hörte er das Rauschen der Blätter, fühlte die Wärme der Sonne und den weichen Regen. Seit ihrer ersten Begegnung war es so gewesen, und ihre gemeinsame Zeit auf der Insel hatte alle seine Träume und Hoffnungen nur noch einmal bestätigt.

Früher hatte seine Liebe den Herausforderungen, den Stürmen des Lebens gegolten. Er hatte Stürme immer gemocht, sogar auf dem Meer. Sie stellten seine Geschicklichkeit auf die Probe. Natürlich hatte er sie auch gefürchtet – ansonsten wäre er ein ausgemachter Narr gewesen. Doch selbst die Erinnerung an die schönsten Tage auf See, wenn er den Kampf mit den Naturgewalten aufgenommen und ein wild sich aufbäumendes Schiff durch das tosende Wasser geführt hatte, reichte nicht an das Glücksgefühl heran, das Inken in ihm auslöste.

„Ich werde nie mehr von ihr loskommen", ging es Cirk durch den Sinn, und er erschauderte, „aber ich will es auch gar nicht."

Und dann dachte er an Lucia, dieses unglückselige Mädchen, das schon so viel Unheil angerichtet hatte. Thomas hatte seine Schwester unverzüglich mit dem nächsten Schiff wieder zurück nach England geschickt. Lucia war kaum zu halten gewesen. Mit Händen und Füßen hatte sie sich gegen den Bruder gewehrt. Doch schließlich hatte Thomas sich durchgesetzt.

Noch einmal durchlebte Cirk ihren empörenden Auftritt in Tjaldas Haus, der ihn umso mehr verzweifeln ließ, je öfter er über ihn nachdachte, denn er wusste nicht, wie Inken die Situation gedeutet hatte. Er hatte zwar versucht, ihr alles zu erklären. Aber irgendwie waren seine Worte nicht die richtigen gewesen, das wusste er. Sie hatten alles nur noch schlimmer gemacht.

Cirk fühlte einen tiefen Schmerz in sich aufsteigen. Es musste ihm einfach gelingen, Inkens möglicherweise falsche Vorstellungen zu zerstreuen. Hoffentlich hatte Tjalda seinen Brief, den alles erklärenden Brief, erhalten. Der Kurierdienst in und aus dem Lager funktionierte nicht besonders gut. Denn mancher Bote überbrachte seine Nachricht nicht dem Empfänger, sondern betrachtete seine Aufgabe als willkommene Möglichkeit, um nach Hause zu Frau, Kind und Hof zu flüchten. Er konnte also nur hoffen.

„Wenn ich heil aus dieser verdammten Situation herauskomme“, versprach sich Cirk, „dann wird mich nichts mehr hier halten, und ich werde stehenden Fußes nach Emden zurückkehren.“

Vorfreude stellte sich ein und verscheuchte für einen Augenblick Kälte und Sorgen. Cirk spürte, wie die Anstrengungen der letzten Stunden ihren Tribut forderten, und kämpfte gegen den Schlaf an.

Endlich, als er schon überlegte, Thomas alleine zu lassen, um Hilfe zu holen, wurden sie von Ole Cramer gefunden. Cirk hatte den hünenhaften Mann bereits entdeckt, bevor er mit weit ausholenden Schritten zur Uferböschung hinabgestiegen war. Ole trug über den Uniformhosen einen weiten schwarzen Mantel und wirkte wie eine riesige Vogelscheuche. Er war ein gutmütiger Mensch, aber nicht gerade der Hellste. Mit seinen dummen Fragen hatte er Cirk schon oftmals fast an den Rand des Wahnsinns getrieben. Doch nun dankte Cirk Gott dafür, dass er auf einmal hier auftauchte.

Er lief ihm entgegen, war dann aber so erschöpft, dass er sich für einen kurzen Augenblick an dem Hünen festhalten musste.

„Biste verletzt, Cirk?“

„Nein“, schüttelte der mit einem flüchtigen Lächeln den Kopf. „Es ist nur eine leichte Schwäche. Wir hatten hier so viele hübsche Mädchen zu versorgen, dass uns das eben eine Menge Kraft gekostet hat.“

Ole runzelte die Stirn. „Wie meinste denn das?“

Aber Cirk winkte nur ab. „Lass es gut sein, Ole. Thomas hat es erwischt. Wir müssen ihn ganz schnell von hier fortschaffen.“

„Ist er ...?" Der Lange sprach das Wort nicht aus.

Cirk machte eine abschlägige Handbewegung. „Nein, er hat eine Schussverletzung am Bein."

Sie traten an den Engländer heran, und Ole schob Cirk sanft beiseite. Dann fühlte er den Puls an der Halsschlagader des Engländers und beugte sich schließlich vor, um sein Ohr an dessen Brust zu legen. Thomas stöhnte laut auf.

„Ja, er lebt tatsächlich noch. Also nichts wie weg hier. Diese verdammichten Kerle von Franzmännern haben schon sechs von uns das Leben gekostet."

Der starke Ostfriese verlor keine Zeit. Vorsichtig schob er seine Arme unter Thomas' Körper und hob ihn hoch. Cirks Angebot, ihm dabei zu helfen, schlug Ole aus.

„Es ist besser für Thomas, wenn ich ihn alleine trage."

Blitze zuckten um sie herum am Firmament, und Cirk schien es, als ob der Himmel sich nun völlig gegen sie verschworen hatte. Dicke Tropfen fielen, so dass sie völlig durchnässt waren, als endlich das nächstgelegene Lazarett in Sicht kam, vor dem zu Cirks Verwunderung niemand Patrouille lief. Im Lazarett wurden schon etliche Opfer des Überraschungsangriffs behandelt, und Thomas wurde sofort von seinen nassen Kleidern befreit und in Decken gehüllt. Der Feldarzt untersuchte rasch seine Wunden.

„Er hat eine größere Verletzung am Oberschenkel und eine Vielzahl kleinerer im Schulterbereich. Aber die Beinverletzung macht mir die meiste Sorge. Die Kugel steckt noch in der Wunde."

Durch den provisorischen Verband, den der Arzt angelegt hatte, blutete die Wunde zum Glück jedoch nicht mehr.

„Das Entfernen der Kugel könnte weitere Probleme verursachen, aber ich kann nicht mehr all zu lange damit warten." Der Arzt strich sich müde mit einer Hand durchs Haar. „Die

Kugel muss raus, sonst wird er mit ziemlicher Sicherheit an einer Entzündung sterben. Allerdings ist der Puls Ihres Freundes verdammt schwach ..."

Dann nahm er Cirk zum ersten Mal genauer in Augenschein. „Mit Ihnen ist aber alles in Ordnung?"

Cirk nickte, nahm aber dankbar die Decke entgegen, die der Arzt ihm reichte. „Außer ein wenig Ruhe fehlt mir nichts. Ich wundere mich nur, dass vor dem Lazarett keine Wachen aufgestellt sind."

Im flackernden Licht der Öllampe bemerkte Cirk, dass ein freudiger Ausdruck über das Gesicht des Mannes huschte. „Haben Sie es denn noch nicht gehört? Ach ja, bis zur Vorhut wird die gute Nachricht wahrscheinlich noch nicht durchgedrungen sein. Diesen Morgen sollte doch eigentlich das große Bombardement stattfinden, die einzige Möglichkeit, die den Belagerern eingefallen ist, um die Franzosen aus der Festung zu locken. Eigens dafür waren ja die Kanonen der Engländer vorgesehen. Nun hat es sich aber ergeben, dass die holländische Regierung es dazu nicht kommen lassen will. Denn der französische Kommandant von Delfzyil hat in einer Proklamation den Einwohnern dieser Gegend gedroht, alles unter Wasser zu setzen, wenn Batterien gegen die Festung gerichtet werden. Deshalb wollen die Holländer nun, dass alle Operationen gegen die Festung eingestellt werden. Zu diesem Zweck haben sie den alten General Graf Limburg-Strysum nach Appingadam gesandt, wo ein Kriegsrat abgehalten werden soll.

Viele wünschen sich den Frieden und möchten die Franzosen am liebsten einfach verrotten lassen. Aber es gibt auch Gegenstimmen, die meinen, die Festung müsse mit allen Mitteln zurückerobert werden, damit wir endlich vollständig von den Franzmännern befreit sind und die ostfriesische Schifffahrt auf der Ems bis an die Nordsee wieder sicher ist. Bei einem erfolgreichen Angriff könnte zudem das neu einzurichtende ostfriesische Regiment sofort mit den besten französischen Waffen versehen werden."

Cirk schloss für einen Moment die Augen. „Ich habe das Kämpfen so satt", brach es aus ihm heraus. „Seit Wochen halten uns die Franzosen doch nur zum Narren. Sie rotten sich zusammen, ziehen mordend und plündernd durch die Dörfer und verschanzen sich danach wieder in ihrem Loch. Mag Gott geben, dass der Kriegsrat die richtige Entscheidung trifft, damit nicht noch mehr tapfere Männer sinnlos geopfert werden. Glauben Sie, Graf Limburg-Strysum wird den Kriegsrat überzeugen können?" Cirk blickte dem Arzt fragend in die Augen.

„Ja!", meinte dieser zuversichtlich. „Selbst unser Bataillonskommandeur Friccius ist nach Appingadam bestellt worden, und das kann nur bedeuten, dass ihm sein Auftrag entzogen werden soll. Limburg-Strysum und auch der Oberst der Groninger National-Garde Busch wollen ein Ende der Belagerung erwirken. Diese beiden Herren sind nicht zu unterschätzen und werden unserem Kommandeur schon sagen, wann Schluss ist." Er wandte sich nun wieder Thomas zu. „Aber für diesen jungen Engländer ist die Belagerung so oder so zu Ende."

Cirk ließ sich erschöpft neben dem Feldbett auf einen Stuhl fallen. Was sollte er jetzt tun? Thomas einfach seinem Schicksal zu überlassen und nach Emden aufzubrechen, kam – selbst wenn die Belagerung aufgehoben werden würde – nicht infrage. Sorgenvoll schüttelte Cirk den Kopf. Es blieb ihm nichts anderes übrig, als seine Rückkehr zu verschieben. Es war, als ob sich das Schicksal gegen Inken und ihn verschworen hätte.

Und während der Schlaf ihn übermannte, sah er in einer schnellen Abfolge von Bildern, wie Inken über einem ausgetrockneten Fluss flehend die Hände nach ihm ausstreckte. Doch kaum wollte er den ersten Schritt tun, um ihr entgegenzueilen, ergoss sich ein Strom aus Blut in das Flussbett, und er konnte Inken nicht mehr erreichen.

Das Geständnis

Schon am frühen Morgen, als die aufgehende Sonne ihre ersten Strahlen durch die versprengten Wolken schickte, kam die Nachricht, dass der Kriegsrat beschlossen hatte, jedes weitere Vorgehen gegen die Franzosen einzustellen.

Die Engländer marschierten noch am gleichen Tag ab. Und auch die Ostfriesen kehrten nach und nach in ihre Heimatdörfer zurück. Allein Cirk war nicht unter ihnen. Er hatte sich zunächst für wenige Stunden auf sein eigenes Lager zurückgezogen. Jetzt saß er wieder am Krankenbett seines Freundes. Thomas war nicht transportfähig und einer der wenigen Kranken, die im Lazarett noch versorgt wurden. Das Krankenlager war spartanisch eingerichtet und bestand aus nicht mehr als zwei Räumen, in denen mehrere Feldbetten aufgestellt waren. Doch Thomas hatte einen der beiden Räume für sich alleine.

Er schlief unruhig. Immer wieder wurde er von Albträumen heimgesucht, in denen er von wilden Dämonen verfolgt wurde. Cirk gelang es nicht, aus den gestammelten Worten seines Freundes klug zu werden.

„Ich werde es nicht zulassen, du elende Kreatur!“, schrie Thomas und ballte seine Hände zu Fäusten. Cirk ergriff die Hand seines Freundes, um ihn zu beruhigen, worauf dieser aus seinen Fieberträumen erwachte und für einen Augenblick verwirrt um sich blickte. Als er Cirk erkannte, wurde der Engländer ruhiger.

„Du wirst es verhindern, nicht wahr? Du wirst nicht zulassen, dass er mir alles nimmt."

Verständnislos runzelte Cirk die Stirn. „Thomas, du hast Albträume. Du bist hier in Sicherheit. Ich werde bei dir bleiben und warten, bis du wieder reisefähig bist. Niemand wird dir etwas zuleide tun."

Cirk kam es vor, als würde er ein Kind beruhigen. Die Hand, mit der Thomas die seine umklammerte, war heiß und zitterte. Von dem hochgewachsenen, stolzen Engländer, dem Draufgänger, den alle Frauen liebten, war nichts mehr übrig geblieben. Thomas' Haar war stumpf, das Gesicht fahl, und in seinen Augen glomm ein irres Feuer.

„Cirk, es sind reale Albträume, die mich quälen. Niemals habe ich darüber gesprochen, aber jetzt, vor dem Abgrund, der sich vor mir auftut ... Cirk, ich habe Todesangst! Ich stehe in der Schuld eines Menschen, und wenn ich sterbe ..." Er brach verzweifelt ab. Cirk wollte ihn unterbrechen, doch Thomas nahm keuchend den Faden wieder auf. „Es ist Reemt Neehus, der mich in meinen Träumen jagt. Er hat mich in der Hand. Und mit mir als Unterpfand kann er meine ganze Familie ins Unglück stürzen. Er hasst uns, weil meine Mutter uns liebte und ihn nicht. Alles konnte er kaufen und erzwingen, doch nicht ihre Liebe. Und nun kämpft er gegen uns, versucht mit allen Mitteln, mich und die meinen in den Dreck zu ziehen. Ich bin nicht der starke Held, den viele in mir sehen, nicht der gute Freund, den du zu kennen glaubst. Für gewisse Dinge würde ich meine Seele verkaufen und sogar unsere Freundschaft aufs Spiel setzen, Cirk. Ich bin nur ein schwacher Mensch, eine Maus, die sich in einer Falle hat fangen lassen.

Wenn ich Reemts Bedingungen nicht erfülle, dann wird er mir all mein Hab und Gut nehmen. Und was soll dann aus Lucia und aus meinen lieben, großzügigen Großeltern werden? Sie verlassen sich doch auf mich. Und Lucia in ihrem Zustand ..." Thomas' Stirn glühte, und Cirk sah, wie er sich mit all seiner verbliebenen Kraft bemühte, nicht wieder in die Dunkelheit der Träume abzugleiten. „Er hat gedroht, mich ins Gefängnis werfen zu lassen. Das wäre vielleicht eine gerechte Strafe." Er lachte bitter. „Doch diese Genugtuung reicht dem verdammten Schuft nicht. Er will uns alle mit Füßen treten."

„Nichts und niemand wird euch etwas anhaben", versuchte Cirk seinen Freund zu beruhigen. „Thomas, es mag sein, dass du Probleme hast, aber sie werden sich lösen lassen, wenn du erst wieder gesund bist. Ich werde dir helfen, vertrau mir. Du musst dich jetzt nur ausruhen und schlafen. Alles ist gut."

„Nichts ist gut, Cirk." Ein Drängen lag in Thomas' Stimme. „Was ich dir erzähle, ist nur allzu wahr. Du weißt von meiner geplanten Reise nach China. Ich soll auf einem von Reemts Schiffen als Kapitän fahren. Das ist der Preis für meine Schwäche. Fast zwei Jahre meines Lebens muss ich diesem Schuft opfern. Zwei Jahre meines Lebens, für ein wenig Pech im Spiel."

Ein Lächeln zog über Cirks Gesicht. „Daraus wird nichts werden, Thomas. Das wird auch Neehus einsehen und für dieses Mal einen anderen Kapitän verpflichten müssen. Du sagst, er hat dich in der Hand. Wenn es um Geld geht, Thomas, ich kann dir jederzeit ..."

„Es geht nicht nur um Geld." Die Stimme des Engländers war tonlos. „Cirk, ich habe Schulden bei Neehus, Wettschulden. Sonst würde ich niemals einen Auftrag von ihm annehmen. Ich hasse diesen Kerl wie die Pest. Aber – wie ich schon sagte – er hat mich in der Hand. Du hast in mir immer nur das Gute gesehen, aber ich bin ein Spieler, und Reemt weiß das. Er hat mich immer schon zum Spielen und Wetten verführt. Was glaubst du, warum meine Mutter ihn geheiratet hat? Reemt drohte ihr damit, ihren einzigen Sohn hinter Gitter zu bringen – und er hätte die Möglichkeit dazu gehabt, Cirk." Von Schmerzen geschüttelt, hatte Thomas die letzen Worte kaum über die Lippen gebracht. „Ich bin ein verdammter Spieler. Und ich kann nicht damit aufhören. Auch nach dem Opfer meiner Mutter konnte ich es nicht. Ich habe nicht nur gespielt, ich habe auch betrogen. Reemt weiß davon. Er hat meine Haut gerettet und einen Meineid geleistet. Zwei Jahre habe ich mich danach von allen Clubs ferngehalten, doch vor drei Monaten kam Reemt mit einem fadenscheinigen Grund zu uns nach London. Er überredete mich zu einem Besuch der Londoner Clubs. Und dort habe ich an den Spieltischen zwischen samtbezogenen Wänden meinen letzten Rest Ehre verloren. Reemt stachelte mich auf. Ich spielte mit hohen Einsätzen, mit Geld, das ich für meine Schwester verwahrte. Dann setzte ich unser Haus, unseren ganzen übrigen Besitz für die vage Hoffnung ein, doch noch zu gewinnen – und verlor. Reemt beglich meine Schulden. Du weißt, er ist immens reich. Und so bin ich ihm in die Hände gefallen. Er hat es darauf angelegt, das schwöre ich. Dennoch ist es meine Schuld, und ich hasse und verachte mich für meine Spielsucht. Aber wenn ich nun nicht für diesen Kerl nach China fahre, dann wird er mich nicht nur wegen Betruges ins Gefängnis, sondern Unheil über meine ganze Familie bringen. Es wird ihnen nichts mehr bleiben, verstehst du, nichts mehr!"

Als ob er sofort aufbrechen wolle, versuchte der Engländer sich aufzurichten.

„Thomas, du kannst auf keinen Fall für Reemt nach China fahren." Cirk drückte seinen Freund auf das Lager zurück. „Wir müssen mit diesem Schurken sprechen. Ich habe Geld, mein Freund. Wir werden dich freikaufen."

„Geld ist es nicht, was Reemt wünscht. Er will mich am Boden sehen, verstehst du. Es macht ihm Freude, dass ich kostbare Lebensjahre für ihn opfern muss. Und selbst wenn er sich auf eine Auslöse einließe" – Thomas knirschte mit den Zähnen –, „wirst du so viel Geld niemals aufbringen können. Reemt braucht einen Kapitän für sein Schiff, und es bleibt nur noch wenig Zeit. Du weißt, ich wollte eigentlich schon vor Tagen nach Emden zurückkehren und Vorbereitungen treffen."

Cirk kniff die Augen zusammen. „Wann genau wird das Schiff auslaufen?"

„Am 25. Oktober muss ich an Bord sein."

„Unmöglich! Reemt Neehus muss die Reise verschieben, wenn er dich als Kapitän haben will."

„Das kann er nicht. Die *Burg von Emden* sticht in See, um Tee, Porzellan und Seide aus China zu holen. Der Fahrplan der *Tee-Schiffe* richtet sich nach dem Rhythmus der Monsunwinde und dem nicht minder verlässlichen Rhythmus der Tee-Ernten in China. Um im Sommer in Kanton vor Anker zu gehen, muss die Fregatte spätestens Ende Oktober auslaufen."

Beide schwiegen für einen Moment. Dann setzte sich Thomas unter Stöhnen auf und umfasste Cirks Schultern.

„Cirk, ich werde hier nicht mehr lebend herauskommen, das weiß ich, und frag nicht woher. Du hast immer geschworen, dass wir Brüder sind und einer das Leben für den anderen gibt. Habe ich nicht deinen Kopf gerettet, damals, als du den Franzosen in Netz gegangen bist? Cirk, ich bitte dich nicht gerne darum. Es ist fast unmenschlich, was ich verlange, aber du musst mich jetzt retten, mein Freund. Mein einziger Freund", fügte er leise hinzu. „Nicht mein Leben, nicht meinen Leib. Ich habe es nicht verdient zu leben. Aber du musst meine Ehre retten. Meine Ehre und die meiner Familie. Fahre für mich nach China!"

Und als ob sein Ausbruch ihn seine letzte Kraft gekostet hätte, sank Thomas wie tot auf das Feldbett zurück, während Cirk fassungslos auf seinen Freund starrte, dessen letzte Worte ihm wieder und wieder durch den Kopf gingen: „Fahre für mich nach China! Fahre für mich nach China!"

Der Freundschaftsdienst

Der Oktober ging zu Ende und mit ihm der Herbst. Es war bitterkalt. Cirk zog den Mantel enger um sich und schlug den Kragen hoch. Er hatte auf dem Seeweg nach Emden zurückkehren müssen, denn morgen, am 25. Oktober, sollte die *Burg von Emden* ihre Reise nach China antreten. Und noch immer trug Cirk die leise Hoffnung in sich, Reemt Neehus, dem er in wenigen Minuten gegenüberstehen würde, mit geldlichen Mitteln abfinden zu können.

Nach all den Wochen der Belagerung, des Patrouillierens auf schlechten Wegen, des Übersetzens über Gräben mittels Sprungstöcken – immer mit einer Waffe in der Hand – kam Cirk der Gang durch die Stadt wie ein geruhsamer Spaziergang vor.

Innerhalb der Befestigungsanlagen waren die Straßen gerade und mit Steinen gepflastert, und die gepflegten Häuser mit den geschmückten Giebeln gefielen ihm ebenso wie die kleinen Gärten und Bleichfelder in den unbebauten Teilen der Stadt. Das Emder Rathaus war dem von Antwerpen nachempfunden, hielt mit seiner beachtlichen Höhe und der prachtvollen Fassade aber jedem Vergleich stand. In der Mitte seiner Fassade befand sich ein Tor, durch welches Cirk nun schritt, um zum Stadthaus von Reemt Neehus zu gelangen.

Sein erster Weg hatte Cirk zu Tjaldas Haus geführt, deren Tür er jedoch verschlossen vorgefunden hatte. Sein zweiter Anlaufpunkt war die Weinhandlung des alten Bonné Behrends auf der gegenüberliegenden Straßenseite gewesen. Aber auch dort fand sich keine Menschenseele. Wo mochten sie nur alle sein? Er würde es nach seinem Gespräch mit Neehus noch einmal versuchen. Tief in Gedanken versunken, nahm Cirk weder die Menschen um sich herum noch die Geräusche der vielen rollenden Fässer und trampelnden Pferdehufe wahr.

Schließlich stand er vor dem Haus des Mannes, der seinen Freund ins Unglück gestürzt hatte. Es war ein prunkvoller Neubau, der die Macht seines Besitzers ausstrahlte.

Eine Bedienstete öffnete ihm auf sein Klopfen und führte ihn durch eine großzügige Halle in einen Raum, in dem er nun auf das Erscheinen des Emder Kaufmanns wartete. Die Möbel waren alt und wertvoll. Bücher in vergoldeten Einbänden reihten sich auf den Regalen, und von den Wänden blickten in kostbaren Rahmen die Ahnen des Reemt Neehus auf ihn herab. Ehrwürdige Damen und Herren in der jeweiligen Kleidung der verschiedenen Epochen. Doch trotz des offensichtlichen Reichtums, mit dem das Haus er- und eingerichtet worden war, wirkte es kalt und verstaubt.

„Es ist kein Leben spürbar“, ging es Cirk durch den Sinn. Und genau so kalt wie das Haus selbst schien auch sein Eigentümer zu sein, der jetzt durch die Tür trat.

„Cirk Hoogestraat.“ Gedehnt kam der Name aus dem Mund des Kaufmanns.

Reemt Neehus war klein und gedrungen von Gestalt. Er trug einen dunklen, geknöpften Gehrock, ein grün-schwarz gestreiftes Gilet und dazu ein weißes Hemd mit spitzen Kragenecken und Spitzenvolant. Eine weiße, unter dem Kinn geknotete Halsbinde vervollständigte sein elegantes Auftreten. Doch selbst die teure Kleidung konnte das gewöhnliche Gesicht des Kaufmanns nicht überdecken.

Die kleinen Augen in den fleischigen Höhlen blickten misstrauisch. „Was verschafft mir die Ehre des Zusammentreffens mit dem großen Schmugglerkönig?“ Sein Tonfall war spöttisch, und er reichte Cirk zur Begrüßung nicht die Hand, sondern ließ sich ächzend in einen Stuhl fallen.

„Ich komme, weiß Gott, nicht freiwillig zu Ihnen“, erwiderte Cirk seine Unhöflichkeit, „sondern im Auftrag meines Freundes, Thomas Devon.“

„Ein schöner Freund, den Sie da haben“, stichelte der Kaufmann. „Ein Spieler und Betrüger, wussten Sie das?“

„Ein liebenswerter Mensch, der von seinem Stiefvater hereingelegt wurde“, konterte Cirk.

„Und nun wollen Sie ihn freikaufen, so wie seine liebe Frau Mama es schon einmal getan hat“, mutmaßte Reemt Neehus und beugte sich vor.

Cirk packte die Gelegenheit beim Schopf und versuchte sein Glück. „So ist es! Thomas ist verletzt, schwer verletzt sogar, und kann Ihren Auftrag nicht ausführen. Sie müssen sich einen anderen Kapitän suchen. Ich werde für die Kosten aufkommen.“

„Für die Kosten aufkommen, so, so“, ließ sich Reemt Neehus sichtbar wütend vernehmen. „Thomas’ Schuld mir gegenüber lässt sich aber nicht mit Geld abgleichen, und das weiß er auch. Wo steckt der Kerl überhaupt? Ich warte schon seit Tagen sehnsüchtig auf das Erscheinen meines werten Stiefsohnes. Hat er sich etwa verkrochen, um seiner Pflicht zu entgehen? Diese Verletzung ist doch nur vorgeschoben, eine Finte. Der Feigling möchte seiner Verantwortung entfliehen, so wie er immer vor ihr geflohen ist. Doch diesmal gibt es keine Mutter mehr, die ihre Hand schützend über ihn hält. Thomas soll sich gefälligst hier blicken lassen, und zwar sofort. Er ist ein Taugenichts, ein Müßiggänger, genau wie der Rest der Familie. Die Schwester eine Hure, die sich den Männern reihenweise an den Hals wirft, die Großeltern verarmter Adel, der glaubt, alle Welt müsse sich rühren, nur sie nicht. Dieses großkotzige Gehabe, dieses Herabschauen auf mich, als ob ich Abschaum wäre. Aber ich habe es ihnen gezeigt. Ich habe sie in der Hand, sie alle. Für Thomas' Mutter war ihr Sohn ein Heiliger, und ich war ein grobschlächtiger Bauer. Aber nun liegt er in der Gosse und kriecht vor mir auf dem Bauch."

Seine lauthals vorgetragenen Auslassungen hatten das energische Klopfen an der Tür fast übertönt. Doch als der Kaufmann nun aus dem Zimmer gerufen wurde, blieb Cirk eine kleine Weile sich selbst überlassen und dachte an Thomas. Mit jedem Tag, der vergangen war, hatte sich dessen gesundheitlicher Zustand stabilisiert. Die Operation seines Beines hatte Cirk aber nicht mehr abwarten können, wollte er vor dem Auslaufen seines Schiffes in Emden sein. Lange hatten sie vor seiner Abreise noch miteinander gesprochen, wobei Thomas wiederholt den Wunsch geäußert hatte, Cirk möge seine Bitte als eine seinen Fieberträumen entsprungene Verrücktheit sehen und ihr deshalb nicht nachkommen. Doch Cirk hatte nicht mit sich reden lassen. Er wusste, dass Thomas die Wahrheit gesprochen hatte! Und er schuldete Thomas etwas! Deshalb konnte er, obwohl ihm jegliche Abhängigkeit verhasst war, nicht umhin, die Schuld des Freundes, seine ausstehende Rechnung, zu begleichen.

„Du musst mich hassen und verachten", hörte er Thomas verzweifelt sagen. Aber Cirk war keineswegs von der Tatsache enttäuscht, dass sein Freund ein Spieler war, vielleicht sogar ein Betrüger. An ihrem Verhältnis zueinander änderte das nichts. Mit Thomas ging es ihm wie mit seiner Mutter. Cirk hatte sie geliebt, und wenn ihr das Rauschgift nicht die Sinne vernebelt hatte, war diese Liebe erwidert worden. Über sieben Jahre hinweg hatte Cirk ihr Abgleiten in die Sucht und den Verfall ihres Körpers mit ansehen müssen. Damals, mit vierzehn, hatte er sich geschworen, sich niemals wieder in Abhängigkeit von jemandem zu bringen. Und nun war da diese Schuld, die beglichen werden musste.

Cirk hatte Thomas von seiner Liebe zu Inken erzählt. Auch über Tjalda hatten sie gesprochen. „Ich werde es ihnen erklären", versprach der Freund.

Und so gab ihm Cirk einen Brief an Inken mit, in dem er mit verzweifelten Worten versuchte, ihr sein Tun zu erklären. Am schwersten war es ihm gefallen, seine Liebe zu ihr in Worte zu fassen.

„Der Brief ist nur für den Fall gedacht, dass ich sie morgen in Emden nicht antreffe", erläuterte er Thomas. „Sie wird mich verstehen und auf mich warten", hatte er sich selbst beschwichtigt. „Wenn sie mich liebt, dann wird sie auf mich warten!"

Es schmerzte ihn, die Verwirklichung seiner Träume um zwei Jahre aufschieben zu müssen. Aber was waren zwei Jahre im Verhältnis zu einem Leben? Er musste es für Thomas tun und für sich selbst. Denn nur dann würde er wirklich frei sein. Inken würde das verstehen. Und vielleicht – doch dies war wirklich nur ein Hirngespinst –, vielleicht würde sie ihn sogar begleiten.

Cirk freute sich, wann immer er an Inken dachte. Er würde alles daransetzen, sie noch heute zu sehen. Und sobald diese unselige Reise zu Ende wäre, würde er für immer bei ihr zu Hause bleiben. An diesen Gedanken klammerte sich Cirk.

Wenn doch dieses Gespräch nur schon beendet wäre und er sich auf den Weg machen könnte! Er wollte Inken sehen, selbst wenn er dafür die ganze Nacht vor Tjaldas Haus stehen musste. Wo konnten sie nur alle stecken? Selbst Bonnés Geschäft hatte geschlossen, obwohl Bonné dort sonst immer zu finden war, war die Weinhandlung doch sein Leben.

Die Rückkehr des Kaufmanns riss Cirk aus seinen Gedanken. Demonstrativ baute Neehus sich vor ihm auf. „Also, wo ist Thomas wirklich?"

„Wie ich schon sagte, es geht ihm sehr schlecht. Er hat eine Schussverletzung am Bein und ist nicht transportfähig." Cirk sah seinem Gegenüber in die Augen. „Wir beide werden daher eine andere Lösung finden müssen, eine Lösung, bei der Thomas keine Rolle mehr spielt."

Der Kaufmann musterte ihn abschätzend, schien seinen Worten aber Glauben zu schenken. Cirk ahnte, dass er sich um eine große Genugtuung gebracht sah.

„Wie stellen Sie sich das vor, mein Freund?", erwiderte der Kaufmann bitter. „So auf die Schnelle werde ich keinen Kapitän mehr für das Schiff finden können. Zudem haben Sie keine Ahnung, wie viel Geld ich in das Unternehmen gesteckt habe. Die *Burg von Emden* muss fahren, sonst ..." Er beendete den Satz nicht, sondern sprang auf und lief unruhig im Zimmer auf und ab. „In Delfzijl wird morgen ein zweites Schiff auf die Reise nach China geschickt. Das kann doch kein Zufall sein. Ich sage Ihnen, meine Konkurrenten haben in aller Heimlichkeit einen Plan geschmiedet. Lange Zeit fehlte ihnen ein letzter potenzieller Geldgeber, um ihr Vorhaben, diesen Feldzug gegen mich, in die Tat umzusetzen. Doch den haben sie scheinbar nun gefunden."

Eine Zornesader trat auf seine Stirn. „Diese Klugscheißer dachten, ich würde nichts davon erfahren, wenn sie alle Vorbereitungen für die Reise in Holland treffen." Er blickte Cirk entrüstet an, gerade so, als sei es ein besonders schändliches Verbrechen, sich ihm, dem mächtigen Reemt Neehus, in den Weg stellen zu wollen. Dann fing sich der Kaufmann wieder. „Es geht um Tee, Tee und nochmals Tee, müssen Sie wissen. Sollte die *Maisje*, das Schiff der *Gemeinsamen Oostindien Compagnie,* eher wieder in Emden eintreffen als mein Schiff, dann werde ich enorme Verluste hinnehmen müssen. Doch die *Maisje* ist ein alter Kahn, und wer als Kapitän für die *Compagnie* fahren wird, weiß ich nicht. Allein schon der Gedanke daran, dass die *Compagnie* versucht, meine Macht zu untergraben, ärgert mich ungemein. Seit Jahren bin ich der Einzige in dieser Region, dessen Geldmittel ausreichen, um Tee aus China zu holen. Selbst mit den Franzosen habe ich ein Abkommen treffen können. Ich bin *der* Teehändler hier in Ostfriesland und Umgebung, und dieses Monopol will ich um alles in der Welt behalten. Darum muss die *Burg von Emden* morgen in See stechen, und sie muss das Rennen um den Tee gewinnen. Und dazu ist ein guter Kapitän unerlässlich." Seine Gedanken schienen sich jetzt wieder Thomas zuzuwenden. „Wo befindet sich mein Stiefsohn nun wirklich?"

„Noch liegt er in einem Lazarett in der Nähe von Delfzijl, doch ich habe Anweisung gegeben, ihn nach einer dringend erforderlichen Operation in einem Gasthaus unterzubringen, bis er wieder reisefähig ist. Ein Freund von mir wird sich um alles kümmern.“ Für einen Augenblick dachte Cirk voller Dankbarkeit an Ole Kramer.

Reemt Neehus durchmaß mit unruhigen Schritten den Raum. „Selbst wenn ich alle Hebel in Bewegung setze, wird es mir bis morgen nicht mehr gelingen, einen Ersatz für Thomas zu finden.“ Er donnerte seine Faust auf den Tisch. „Das wird mir dieser Kerl büßen! Ich werde ihn ans Messer liefern. Er wird sich im Gefängnis wiederfinden. Und dann werde ich meiner angeheirateten Verwandtschaft zeigen, was es bedeutet, arm und abhängig zu sein.“ Unbändige Wut sprach aus den Worten des Mannes.

„All dies werden Sie nicht tun“, unterbrach Cirk ihn bestimmt. Reemt Neehus wollte widersprechen, doch eine Handbewegung ließ ihn schweigen.

„Ihr Schiff wird morgen in See stechen, und Sie werden Ihre Monopolstellung behalten, das verspreche ich Ihnen. Aber dafür werden Sie meinem Freund weder körperlich noch seelisch ein Haar krümmen. Und Sie werden seine Familie in Ruhe lassen. Ihnen wird kein Verlust entstehen, denn ich selbst werde für Thomas als Kapitän auf der *Burg von Emden* fahren.“

Einen Augenblick war es still, dann ließ sich Reemt Neehus verblüfft auf einen Stuhl sinken.

„Sie wollen für mich nach China segeln?“ Ganz langsam kamen die Worte aus seinem Mund. „Der verwegene Cirk Hogestraat, der Mann mit den sieben Leben, fährt für mich nach China.“ Sein Mund stand weit offen, als könne er es nicht glauben. Dann beugte er sich ganz langsam zu Cirk vor. „Warum wollen Sie das tun? Geld ist nicht der Grund, habe ich Recht?“

Cirk wollte ihm zunächst keine Antwort geben, zuckte

dann aber mit den Achseln. „Es ist ein Freundschaftsdienst, nicht mehr und nicht weniger.“

Für einen Augenblick glaubte Cirk, einen Ausdruck von Neid im Gesicht des Kaufmanns zu sehen, wenn seine nachfolgenden Worte auch von Spott getränkt waren: „Ein Freundschaftsdienst, dass ich nicht lache. Niemand gibt zwei Jahre seines Lebens für einen anderen her.“

„Vielleicht nicht für Sie!“

Nur knapp entkam Cirk der vorschießenden Faust des Mannes, der sich aber rasch wieder fing. „Sie müssen ein Dummkopf sein, doch sei es drum. Cirk Hoogestraat fährt für mich nach China.“ Er erwärmte sich für das Thema. „Das wird ein gefundenes Fressen für die Emder sein. Das wird ihnen gefallen! Sie werden die Waren schon Wochen und Monate im Voraus bei mir bestellen, denn so gut wie der Emder Blockadebrecher kann kein anderer Kapitän sein. Sie werden darauf vertrauen, dass die *Burg von Emden* unter Ihrem Kommando auf jeden Fall ihr Ziel erreichen und heil wieder zurückkommen wird.“ Er legte nachdenklich einen Finger an die Lippen und schloss für einen Moment die Augen. „Das ist ein Angebot, mein Freund, ein Angebot, welches ich in dieser Situation und trotz Ihrer unverschämten Art nicht ausschlagen kann. Wenn es Ihnen wirklich ernst ist damit, dann hole ich jetzt sofort Tinte und Papier.“

Cirk fühlte für einen Augenblick ein leichtes inneres Zittern. Ja, es war ihm ernst damit, aber niemand wusste, was ihn dieser Schritt kostete. Er tat etwas, das er nie für möglich gehalten hatte. Unabhängig, niemandes Knecht zu sein, war immer sein Bestreben gewesen! Und nun wurde schriftlich festgehalten, dass er sich für die Dauer der Fahrt an diesen Mann band. Für einen Augenblick wurde der Wunsch zu fliehen übermächtig. Er wollte frei sein, frei sein, um heimzukehren.

Aber er schob die aufrührerischen Gedanken beiseite und setzte mit Entschlossenheit seinen Namenszug unter den Vertrag. Danach hatte er nur noch den Wunsch, dieses kalte Gemäuer so schnell wie möglich zu verlassen.

Cirk konnte nicht abschätzen, wie viele Stunden er schon vor Tjaldas Haus gewartet hatte, war sich aber sicher, dass mittlerweile mehrere vergangen sein mussten. Dennoch waren weder Inken noch Tjalda und auch nicht Bonné Behrends, der Weinhändler, während dieses Zeitraums zurückgekehrt. Nun kam einer der Nachtwächter der Stadt an ihm vorbei und grüßte. Als er schließlich vom Rathausturm zum zweiten Mal das Signalhorn des Turmwächters hörte, schulterte Cirk resigniert sein Gepäck und machte sich auf die Suche nach einem Quartier für die Nacht. In aller Frühe, vor dem Auslaufen der *Burg von Emden*, würde er zurückkehren und darauf hoffen, dass ihm dann jemand öffnete. Und wenn nicht? Nein, Cirk wollte der Verzweiflung, die bei diesem Gedanken in ihm aufkam, keinen Raum geben. Morgen früh, vor Tau und Tag, würde er wieder hier stehen, und dann *musste* einfach jemand da sein!

9. Das Wagnis

Delfzijl
25. Oktober 1813

Es kam zu einem Aufzug von Händlern,
bedeutenden Bürgern und prominenten Ausländern,
welche ihre Neugier befriedigen wollten,
um zu sehen, wie Matrosen, Offiziere
und Cargos zum Schiff gebracht wurden.*
Der Kapitän und der Supercargo waren in Begleitung*
von den edlen und honorabelen Herren Direktoren ...
Sie gaben darauf acht, dass der Schatz auf das Schiff
transportiert und dort eingeladen wurde.

(Jean François Michel, flämischer Kaufmann)

Am Hafen

Im Hafen von Delfzijl herrschte aufgeregte Betriebsamkeit. Trotz des eisigen Windes und heftiger Regenschauer hatten sich viele Menschen eingefunden, um die Abfahrt des Handelsschiffes *Maisje* mitzuerleben. Am grauen Himmel zogen Möwen ihre Kreise, deren Schreien die Aufmerksamkeit der

*Anmerkung der Autorin: Cargo = Kaufmann und Supercargo = leitender Kaufmann

Kinder auf sich zog. Sie warfen Steine nach ihnen und spuckten in das Hafenwasser, das in schmutzigbraunen Wellen gegen die hohen steinernen Kaimauern schwappte. Vor den Gaststuben sah man Pferde, die, vor Kutschen gespannt, mit hängenden Köpfen auf das Wiederkehren ihrer Besitzer warteten. Ab und an war das laute Schreien der Matrosen zu hören, die fluchend Leute beiseiteschoben, um letzte Kisten an Bord der *Maisje* zu bringen.

Inken verglich das Lärmen mit den friedlichen Stunden, die sie noch vor kurzem am Emder Hafen verbracht hatte. Nur das leichte Knarren der Schiffe war zu hören gewesen, und sogar die Schreie der Möwen hatten anders geklungen. Am Meer war es ihr immer, als ob die Wellen und der Wind sie in unendliche Weiten tragen könnten. So wie die Wellen und der Wind die *Maisje* ins weit entfernte China tragen würden.

Seit gestern Morgen schon weilten Tjalda, Sumi, Inken und Bonné in Delfzijl. Das Direktionskollegium der *Gemeinsamen Oostindien Compagnie* hatte Inken und Tjalda für drei Tage hierher eingeladen, und die beiden hatten darauf bestanden, ihre Freunde mitzunehmen. Die Kruiderrie wussten sie bei Wiebke, einer resoluten liebenswerten Witwe, derweil in guten Händen. Seit das Geschäft so gut lief, half die Emderin regelmäßig im Laden aus und verschaffte Inken und Sumi dadurch Zeit für andere wichtige Dinge. Wie für diesen Besuch in Delfzijl, der gestern Abend mit einer großen Feier begonnen hatte, bei der hochrangige Besatzungsmitglieder und natürlich die finanziellen Träger der Fahrt anwesend waren. Sumi war die Attraktion und die Augenweide der Veranstaltung gewesen und hatte vor lauter Verlegenheit über so viel Aufmerksamkeit anfangs kaum einen Bissen hinuntergebracht. Die Farben ihrer Kleidung waren vortrefflich gewählt gewesen: Rot, Gold und apfelgrüne Jade hatten ihren elfenbeinfarbenen, zarten Teint und ihr schwarzes Haar betont. Fast ein wenig neckisch und verspielt hatte die Chinesin in der schillernden Seide, die um sie herumdrapiert war, angemutet.

Inken dagegen hatte mit ihrem geflochtenen und zu einem eleganten Knoten hochgesteckten Haar bewusst älter und kompetenter wirken wollen, als sie war. Doch die Mitglieder der *Compagnie* hatten sie auch trotz der Tatsache, dass sie eine Frau und noch dazu sehr jung war, ohne Weiteres als Partner akzeptiert. Allerdings waren sie auch allesamt Kaufleute, die aus Erfahrung wussten, dass weder Geschlecht, Aussehen noch Alter eine Rolle spielten, solange das Finanzielle stimmte. Und so waren sie sowohl ihr als auch Tjalda mit ausgesuchter Höflichkeit entgegengekommen, obwohl sich diese zur Feier des Tages mit ihrer Garderobe auch nicht mehr Mühe gegeben hatte als sonst. Das einzige Zugeständnis ihrerseits war der Verzicht auf ihre Hosen gewesen. Während Bonné wiederum einen neuen dunklen Zwirn trug und sich darum bemühte, „allen seinen Damen" – wie er sie nannte – gerecht zu werden.

Die Einladung nach Delfzijl hatten sie Tjalda zu verdanken. Inken erinnerte sich noch gut an den Abend vor drei Wochen, als die Geldhändlerin ihr Geheimnis gelüftet und ihr reinen Wein eingeschenkt hatte. Sie beide waren wie so oft am Abend noch auf einen Tee zusammengekommen.

„Du hast was getan?", hörte Inken sich wieder ungläubig fragen.

„Ich habe mich mit einem zehntel Anteil an der *Maisje* bei der *Oostindien Compagnie* eingekauft", hatte Tjalda mit leuchtenden Augen wiederholt. „Am 25. Oktober wird sie von Delfzijl aus nach Kanton segeln, wo Porzellan, Tee, Gewürze und Seide an Bord genommen werden sollen."

Für einen Augenblick war Inken sprachlos gewesen, doch dann hatten alle Alarmglocken bei ihr zu läuten angefangen. Zu viele Wochen war sie Tjalda in der Buchhaltung zur Hand gegangen, als dass sie nicht gewusst hätte, dass die Geldhändlerin keine arme Frau, aber bei Weitem auch nicht reich genug war, um Schiffsanteile bei der *Gemeinsamen Oostindien Compagnie* zu erwerben.

Tjalda hatte ihren Einwurf lachend beiseitegeschoben. „Du hast Recht. Ich bin auch nur an das nötige Kleingeld gekommen, indem ich mein Haus und meinen Anteil an der Kruiderrie verpfändet habe, die ja nun so gut geht, dass die Bankhäuser sich um diese Sicherheit reißen."

Inken erinnerte sich an ihr Entsetzen. „Das heißt, du wärst arm wie eine Kirchenmaus, wenn die *Maisje* nicht wohlbehalten von der Reise zurückkehrt."

„Ich wäre dann wohl nicht mehr sehr vermögend", hatte ihr Tjalda beigepflichtet, „aber ich hätte immer noch meine beiden Hände, um zu arbeiten."

Inken hatte ob solchen Leichtsinns nur den Kopf geschüttelt, aber Tjalda war sich dessen, was sie tat, vollkommen sicher. „Mein liebes Kind, ich habe lange darüber nachgedacht. Dreh- und Angelpunkt unseres Geschäftes ist der Tee. Und wenn wir wirklich unabhängig sein wollen, dann müssen wir dafür sorgen, dass das schwarze Gold aus China direkt zu uns kommt und dass kein halbseidener Geschäftsmann wie Reemt Neehus darüber zu entscheiden hat, ob wir mit ihm beliefert werden oder nicht. Noch hat er vielleicht nicht herausgefunden, dass ich einen gewissen Anteil an der Kruiderrie besitze. In seinen Büchern tauchst ja immer nur du als Großabnehmerin auf. Doch wenn dieser Kerl erst einmal herausbekommt, dass ich meine Finger mit im Spiel habe, wird er dich garantiert nicht mehr beliefern. Und er ist im Augenblick der

Einzige in Emden, dessen Schiffe nach China fahren. Da hat sich dieser Kerl ein feines Monopol gesichert. Schon bald wird sich wieder eines seiner Frachtschiffe auf den Weg machen. Wenn Neehus uns aber nicht mehr beliefern würde, müssten wir uns den Tee auf teuren Umwegen in Holland oder anderswoher besorgen. Das würde die Preise steigen lassen, und das will ich um alles in der Welt verhindern. Der Tee ist das Standbein unseres Geschäftes. Deshalb müssen wir ihn auch weiterhin für alle unsere Kunden erschwinglich anbieten können. Und um dies sicherzustellen, gibt es keinen anderen Weg, als selbst in den Teehandel einzusteigen. Damit ist uns die Menge an Tee, die wir für unser Geschäft brauchen, stets garantiert, und der Rest der Ladung kommt unter den Hammer und wird sicherlich mit gutem Gewinn verkauft. Na, wie klingt das? Nun mach nicht so ein skeptisches Gesicht, Inken. Die anderen Kaufleute, darunter holländische, preußische und flämische Teilhaber, scheuen das Risiko ja auch nicht. Die *Compagnie* wird von zwei Geschäftsführern vertreten, die es sogar geschafft haben, uns das Monopol für die Handelsfahrt zwischen China und Holland zu sichern. Ist das nicht großartig?“

Inken hatte sich von Tjaldas Begeisterung mitreißen lassen, aber die Angst davor, dass das Unternehmen scheitern könnte, war dennoch ihr ständiger Begleiter geworden. Dann, nach Gesprächen mit Sumi, die begeistert von Tjaldas Idee gewesen war, und zwei schlaflosen Nächten, hatte sie sich erneut mit Tjalda zusammengesetzt. Sumi und sie waren sich einige darüber gewesen, dass ihre Freundin nicht allein die Kosten für die Teilhaberschaft am Schiff aufzubringen brauchte. Und sie hatten Tjalda letztendlich überzeugt.

„Du wirst dein Haus aufs Spiel setzen, wir das Geschäft. So ist das Risiko gerecht verteilt!“

Tjalda hatte widersprechen wollen, doch ihre Freundinnen waren nicht von ihrem Vorhaben abzubringen gewesen. In den letzten Tagen hatte die Furcht allerdings erneut wieder Besitz von Inken ergriffen. Tjaldas Waghalsigkeit konnte sie in allergrößte Schwierigkeiten bringen. Bis zuletzt ihr Mut gesiegt hatte. War es nicht immer so gewesen? Hatte sie nicht immer etwas wagen müssen, um zu gewinnen? Warum daher nicht *alles* wagen und alles auf eine Karte setzen? Außerdem gab es sowieso kein Zurück mehr.

Tief in ihrem Inneren wusste Inken jedoch, dass ihre Angst noch andere Gründe hatte. Der Krämerladen war ihr Leben, alles, was ihr noch geblieben war. Sie arbeitete nicht nur, um zu leben, sondern auch, um nicht an Cirk, der noch immer in ihrem Herzen war, denken zu müssen. Warum wollte es ihr nur nicht gelingen, sich von ihm zu befreien? Warum erschien trotz aller Enttäuschung immer wieder sein Gesicht vor ihrem inneren Auge? Was würde geschehen, wenn sie das Geschäft, ihre einzige Zufluchtsmöglichkeit, verlor? An diesem Punkt angelangt, verbot Inken sich jedes weitere Grübeln. Sie hätte nicht die Jahre im Moor überstanden, wenn sie verzagt wäre.

Sumi war bezaubert von dem Gedanken gewesen, das sie nun Anteile an einem Schiff hielten, das in ihre Heimat fuhr. Und sie hatte tausend Einfälle, was die Waren anging, die sie ordern wollten.

Sumi sprach von Teegeschirr, bemalt mit eigenen Motiven, denn sie wusste mittlerweile, was den Emdern gefiel, von Auftragsgeschirr für reiche Bürger, von aufgemalten Familienwappen, von Vasen, kunstvoll bemalten Teedosen und vielem anderem mehr. Selbst für die Teekisten konnte sie sich eine gute Verwendung vorstellen: Sie sollten in China geschmackvoll verziert und mit Samt ausgeschlagen werden, um später den jungen Mädchen als Aussteuerkisten zu dienen.

Viele ihrer Ideen hatte Tjalda dem Direktionskollegium der *Compagnie* vorgetragen, und sie waren sofort umgesetzt worden. Die Kollegiumsmitglieder wussten um die Kreativität der Chinesin und hatten sie deshalb gestern Abend besonders respektvoll begrüßt. Dies schien Sumi, die bislang eine Behandlung ganz anderer Art gewohnt war, verlegen zu machen, aber auch besonders zu gefallen. Am Ende der Feier, als die Stimmung durch den Wein schon gelockert war, hatte es dann viele Trinksprüche auf ein gutes Gelingen der Reise gegeben. Auch Sumi war darum gebeten worden, dem Schiff und seiner Besatzung eine gute Reise zu wünschen, und Inken hatte die Worte, die sie gesprochen hatte, noch immer im Ohr:

„Diese unwürdige Frau will den Seefahrern nicht zu viel Segen mit auf die Reise geben. Dies könnte den Eindruck erwecken, es gäbe immer nur Sonnenschein auf der Fahrt. Doch so ist es nicht. Keine Route hält nur gutes Wetter bereit. Diese Chinesin ist nicht klug, doch sie weiß, dass das Leben Wünschenswertes und Unerbetenes untrennbar miteinander verknüpft hat. Beides wechselt sich ab. Nach dem Sonnenschein auf der Fahrt wird unweigerlich das unbändige Meer gegen die bewundernswerten Seefahrer kämpfen. Der Herr des Lebens gebe diesen Männern Kraft und Mut, den Herausforderungen zu begegnen, und die nötige Klugheit und Weitsicht, um herauszufinden wie."

Und nach all den guten Wünschen des schönen gestrigen Abends war es nun so weit, und sie warteten am Delfzijler Hafen auf die Abfahrt der *Maisje*. Immer noch kamen neue

Kutschen oder einfache Bauernkarren an, und mehr und mehr Menschen gesellten sich zu ihnen.

„Hier weht aber ein verdammt kalter Wind." Tjalda schlug die Arme um sich. „Die Männer segeln der Sonne entgegen, da könnte man direkt neidisch werden. Ist es nicht irgendwie merkwürdig, dass heute gleich zwei Schiffe mit ein und demselben Ziel in See stechen? Dieser großmäulige Reemt Neehus schickt die *Burg von Emden* auf die Reise nach Kanton. Ich bin gespannt, welches Schiff das Rennen machen wird. Neehus hat ja das Gerücht in die Welt gesetzt, wir hätten uns gegen ihn verschworen, was natürlich Unsinn und allein dem Zufall geschuldet ist. Es wäre natürlich von Vorteil, wenn die *Maisje* als Erste zurückkehrt. Denn dann würden viele Emder Großhändler sicherlich nicht den Weg scheuen, um hierher zur Auktion zu kommen."

„Hoffentlich kommt überhaupt eines der Schiffe wieder zurück", warf Inken düster ein.

„Ach, das wird schon." Tjalda machte eine nachlässige Handbewegung. „Harm Jacobs ist ein guter Kapitän, der hat schon so manches Schiff heil wieder nach Hause gebracht. Wer fährt eigentlich für Neehus?"

„Ein Matrose hat dieser unwissenden Frau erzählt, dass ein Engländer das Schiff des unwürdigen und mit Bosheit geschlagenen Emder Kaufmanns steuern wird", wusste Sumi daraufhin zu berichten, die mit Recht nicht gut auf Reemt Neehus zu sprechen war. Denn er hatte versucht, die Kruiderrie schließen zu lassen, indem er darauf verwiesen hatte, dass es generell verboten werden sollte, dass „ausländisches Pack wie die Schlitzäugige sich in Emden breitmache". Aber da Inken den Krämerladen ordnungsgemäß gemeldet hatte und allen Verpflichtungen nachkam, hatten seine Bemühungen nicht gefruchtet.

„Dieser Schweinehund hat überall herumerzählt, ihr hättet euch aus Angst vor ihm heimlich bei den Holländern eingekauft“, schnaubte Bonné.

„Der soll sich nur nichts einbilden“, regte sich Tjalda auf. „Er hätte uns sicherlich keine Anteile an seinem Kahn erwerben lassen. Neehus ist doch so reich, der befrachtet sein Schiff ja fast alleine. Außerdem habe ich nichts verheimlicht. Ich bin nur nicht gleich zu dem Halunken hingerannt und habe ihm mein Tun auf die Nase gebunden.“

„Dieser Neehus ist ein Widerling“, ließ sich Bonné vernehmen, „und zudem noch ein Geizkragen! Säuft den billigsten Wein der Stadt und hortet sein ganzes Geld. Ihr glaubt doch wohl nicht, dass schon irgendeiner von dem einmal ein Trinkgeld bekommen hat.“ Er hob bekräftigend den Zeigefinger. „Jahrelang bin ich mit meinem Traubensaft durch die Lande gezogen, aber an seiner Tür gab es nicht einmal an heißen Sommertagen einen Becher Wasser für mich.“

Das Gespräch über Reemt Neehus kam zum Erliegen, als endlich das Zeichen für die Abfahrt gegeben wurde.

Die *Maisje*, ein ehemaliger englischer Ostindienfahrer, war 150 Fuß lang und 38 Fuß breit. Sie war mit 36 Kanonen ausgestattet und besaß damit die Feuerkraft einer mittelgroßen Kriegsfregatte. Unter der Besatzung von 118 Mann befanden sich außer dem Kapitän und den Kaufleuten, die am Zielort die Geschäfte abzuwickeln hatten, ein Schiffsprediger, ein Arzt und natürlich die Offiziere und Matrosen aus Holland und Ostfriesland. Der Schiffsjunge wäre beim Einzug aufs Schiff, nachdem er von einem Matrosen geschubst worden war, fast ins Wasser gefallen und sorgte für allgemeines Gelächter.

Ganz zum Schluss wurde unter lauten „Aahs“ und „Oohs“

der *Schatz*, mehrere Holzfässer, die bis zum Rand mit silbernen Münzen gefüllt waren, in die Frachträume der *Maisje* eingelagert.

„Und immer noch nehmen die Chinesen nur Silber zum Tausch“, sinnierte Sumi. „Sie sind sich selbst genug und brauchen keinerlei fremde Waren. Was soll nur werden, wenn die Teekäufer einmal nicht mehr bereit sind, ihr Silber zu opfern? Wie lange werden sie es noch hinnehmen, dass ihnen die Bedingungen für den Kauf des Tees von den Chinesen vorgeschrieben werden? Diese Frau kennt die Herzen der Europäer, und sie sorgt sich um ihre Heimat.“

Die Gedanken der Chinesin wurden jäh unterbrochen. „Es geht los“, schrie ein Mädchen und hüpfte von einem Bein auf das andere.

Leben kam in die Schar der Wartenden. Die Menschen drängten sich nach vorn, um nur ja nichts zu verpassen.

Als der alte Ostindienfahrer die Anker gelichtet hatte, stimmte die Schar am Ufer ein Abschiedslied an, und für einen kurzen Augenblick kam die Sonne durch und glitzerte auf dem Wasser. Sie tauchte die *Maisje* in ein sanftes Licht, so dass sie schön und eindrucksvoll wirkte, als sie sanft und hoheitsvoll aus dem Hafen glitt. Einige Frauen und Kinder weinten um ihre Männer und Väter, die so lange fort sein würden. Sie alle schauten dem Schiff so lange nach, bis die Segel nicht mehr zu sehen waren. Viele erschauerten und wurden von Fernweh gepackt. Und Inken sprach aus, was sie dachten: „Wie wunderbar muss es sein, einmal alles hinter sich lassen und mit einem Schiff in eine andere, fremde Welt reisen zu können.“

Von gutem Tee und schlechten Nachrichten

Tjalda hatte darauf bestanden, die Heimreise mit der Kutsche anzutreten, zumal Wiebke, die gute Seele, ihnen versprochen hatte, den Laden noch einen Tag länger zu hüten. „Hin über See, zurück über Land! Sumi, dieses arme Menschenkind, hat in all den Jahren ja nichts anderes als Hafenstädte und Wasser gesehen", befand sie.

Doch die Rückreise nach Emden wurde ihnen lang, und Bonné klagte wehleidig über Schmerzen im Rücken und am Gesäß.

„So schnell bekommt ihr mich nicht wieder in eine Kutsche, Mädchen. Das ist ja kein befahrbarer Weg, sondern eine einzige Aneinanderreihung von Erdkuhlen."

„Na, es werden sich schon keine Schwielen an deinem Gesäß bilden", frotzelte Tjalda. „Sei froh, dass wir dich mitgenommen haben. Aber wenn das mit deiner Meckerei und schlechten Laune nicht bald aufhört, kannst du gleich nach unserer Ankunft in deine dunkle Weinhöhle zurückkehren", drohte sie, woraufhin Bonné in der Hoffnung auf eine gute Tasse Tee am Ende der Reise tatsächlich über einen längeren Zeitraum hinweg schwieg.

Und so fuhren sie nun schon seit Stunden auf Wegen, die sich nur durch häufige Benutzung gebildet hatten, durch Klei und Moor. Auch an diesem grauen und öden Herbsttag gab es in der Natur viel Schönes zu entdecken. Man musste nur ein bisschen genauer hinsehen und etwas länger danach suchen. Doch nicht einmal die reizvolle Landschaft und der Blick über die endlosen Weiten konnten Bonné trösten, nachdem die Reisegefährten nach wie vor ordentlich durchgeschüttelt wurden. Einmal hatte der Kutscher die Pferde sogar querfeldein gelenkt und den Wagen dadurch fast zum Umstürzen gebracht.

„Morgen werden wir jeden Knochen einzeln im Leib spüren“, fing Bonné wieder an zu klagen.

„Das kommt nur davon, dass du deine Knochen sonst nie bewegst. Nun spürst du wenigstens, dass sie noch vorhanden sind“, konterte Tjalda.

„Es ist überhaupt gefährlich, mit der Kutsche zu reisen“, überging der Weinhändler ihre Worte und nickte bekräftigend zu seinen eigenen. Er schien sich genötigt zu fühlen, seinen Ausführungen noch etwas hinzuzufügen, und holte tief Luft. „Und um euch zu zeigen, wie gefährlich es sein kann, werde ich euch jetzt eine Geschichte erzählen, die sich vor 50 Jahren in Eichstädt zugetragen hat. Wenn diese verdammte Kutsche sich vor einer Stunde überschlagen hätte, dann wäre es uns vielleicht genauso ergangen wie dem armen Fräulein, das zur Winterzeit als einziger Fahrgast in Eichstädt den Postwagen bestiegen hatte. Auf sumpfiger Wegstrecke überschlug sich die Kutsche mitsamt seiner Insassin. Der Postillion zog die Ärmste aus dem Seitenfenster und wartete auf Hilfe. Kurze Zeit später kam ein Metzgerschlitten vorbei. Der Schlitten war beladen mit geknebelten Kälbern, die dem Erfrieren nahe schienen. Unser Postillion nun war nicht dumm. Er bat den Metzger, das eingewickelte Fräulein zu seinen Kälbern auf das Gefährt zu laden und sie zu Rothenstein im Wirtshaus abzuliefern. Und ob ihr es glaubt oder nicht: So geschah es.“

„Na, wenn uns solches passiert wäre, hätte der Postillion aber Mühe gehabt, dich aus dem Seitenfenster herauszuziehen“, spöttelte Tjalda trocken, wobei ihr Blick vielsagend an seiner rundlichen Gestalt hängen blieb.

„Du bist einfach köstlich, Bonné.“ Inken maß den Weinhändler mit einem liebevollen Blick. „Weißt du vielleicht noch mehr gute Geschichten zu erzählen, damit uns die Reise nicht so lang wird?"

Während Bonné sich nachdenklich über das Kinn strich, stieß Tjalda ihn mit dem Fuß an. „Bonné, du kannst Inken und Sumi doch mit einigen Anekdoten aus der Zeit, als du noch mit deinen Weinen durchs Land gezogen bist, aufheitern."

„Oder aber" – Inken beugte sich zu dem Weinhändler vor – „du erzählst uns etwas aus deinen Kindertagen. Den kleinen Bonné kann ich mir irgendwie überhaupt nicht vorstellen."

„Du meinst, weil ich jetzt so beleibt neben dir sitze?" Bonné maß sie mit einem Schmunzeln.

Inkens Wangen röteten sich vor Verlegenheit. „Nein. Ich meine, weil du so alleine lebst, ohne Familie. Bei den meisten Menschen kann man sich mit einem Blick in die Gesichter ihrer Söhne oder Töchter meist ganz gut vorstellen, wie sie selbst einmal in ihrer Jugend ausgesehen haben mögen. Doch bei dir ..." Inken machte eine kleine Pause. „Ich würde zu gerne wissen, ob du überhaupt in Emden aufgewachsen und wie du zu deiner Weinhandlung gekommen bist."

So viel Aufmerksamkeit schien Bonné zu schmeicheln. „Ja, nun." Er überlegte kurz. „Wenn ihr unbedingt wollt, dann kann ich natürlich so ein bisschen was aus meinem Leben berichten." Er richtete sich kerzengerade auf. „Ihr seht hier vor euch den Sohn eines Gelehrten von vermögender Herkunft. Leider ließ sich mein Vater von der Liebe leiten und starb deshalb als armer Mann."

„Sohn eines Gelehrten – nun plustere dich mal nicht so auf", unterbrach Tjalda ihn. „Gelehrter wollte dein Vater wohl werden, aber so weit ist es nie gekommen!"

Bonné warf Tjalda einen missbilligenden Blick zu und fuhr, ihren Einwurf ignorierend, fort. „Also, meines Vaters

Familie besaß in Köln eine gut gehende Schneiderei, in die einzutreten er kein Interesse hatte. Vater liebte Bücher, und weil er sich anstellig in der Schule zeigte, beschlossen meine Großeltern, dass ihr kluger Sohn ein Gelehrter werden solle. Seine beiden Schwestern" – Bonné verzog schmerzhaft das Gesicht beim Gedanken an seine Tanten – „begehrten zwar dagegen auf, weil sie im Gegensatz zu ihm schon seit Jahren Tag für Tag Näharbeiten verrichten und im Geschäft mitarbeiten mussten, aber meine Großmutter setzte ihren Willen durch. Sie sah wohl den Sohn schon in einer leitenden Position. Doch daraus wurde leider nichts. Denn auf einer Studienreise nach Frankreich lernte mein Vater nicht nur die schöne Landschaft und Sprache, sondern auch ein wunderschönes Mädchen namens Celine kennen, in das er sich unsterblich verliebte."

„Deine Mutter vermutlich", fiel ihm Inken ins Wort.

„Richtig. Von nun an gab es für die beiden nur noch ein Ziel: Sie wollten heiraten. Allein, weder bei der Familie der jungen Frau noch bei der meines Vaters stieß dieser Gedanke auf Zustimmung. Wieder und wieder setzte man dem jungen Paar zu, es möge sich trennen. Von den Großeltern kam der Vorwurf, sie und die Schwestern hätten sich abgerackert, nur damit Vater eine gute Ausbildung bekäme, die er nun nicht einfach wegwerfen könne. Aber für das junge Paar gab es auf der Welt nur eines, was wichtig war: ihre Liebe. Und so heirateten sie trotz aller Widerstände. Mein Vater verabschiedete sich von der Gelehrsamkeit und sah sich nach einer Möglichkeit um, seine junge Frau zu ernähren. Sie beschlossen, dass es wohl besser sei, weit fort von ihren Eltern ein neues Leben zu beginnen, um nicht ständig deren missbilligenden Blicken ausgeliefert zu sein.

Der Zufall wollte es nun, dass sich mein Vater, der zeit seines Lebens ein Büchernarr gewesen war, auf der Reise in eine neue Zukunft mit Henning Mattes anfreundete. Dieser besaß einen kleinen, aber feinen Buchladen in der Stadt Emden. Dort wurden nicht nur Lesestoff, sondern auch Spirituosen verkauft. Henning Mattes bot meinem Vater eine Anstellung an, und meine Eltern zogen in die Wohnung über dem Geschäft.

Allen bösen Unkenrufen seiner Schwestern Rosina und Helena zum Trotz wurden die beiden sehr glücklich. Sie hatten nicht viel zum Leben, aber ihre Liebe genügte ihnen. Leider wurde das Glück meiner Eltern von einer Krankheit überschattet. Meine Mutter war von sehr zarter Gesundheit. Sie litt an Schwindsucht. ‚Sieh zu, dass sie nur ja kein Kind bekommt', soll Tante Rosina bei einem ihrer ersten Besuche meinen Vater mehr als einmal gewarnt haben. Wisst ihr" – er wandte sich mit leidender Miene an seine Zuhörerinnen –, „ab und zu ließen es sich die Schwestern nicht nehmen, das Leben ihres Bruders in Augenschein zu nehmen."

„Das muss ja für deine Eltern ein Graus gewesen sein." Inken stützte den Kopf in die Hände.

„Das war es auch. Aber ihr könnt euch sicher vorstellen, wie sehr es nicht nur die beiden Schwestern, sondern alle Verwandten aus der Fassung gebracht hat, als sich meine Existenz ankündigte und ich fast genau auf den Tag acht Monate nach der Heirat meiner Eltern zur Welt kam."

„Oho", frotzelte Tjalda vergnügt, „dann wurdest du ja in Sünde gezeugt!"

„Sünde hin oder her", entgegnete Bonné, „vor allem wurde ich in Liebe gezeugt." Er warf sich in die Brust, als sei die Liebe der Eltern sein Verdienst. „Na, jedenfalls waren meine Eltern verheiratet, als ich zur Welt kam, und das genügte. Trotz aller düsteren Prophezeiungen überlebte Mutter meine

Geburt. Die Tanten verstanden die Welt nicht mehr und regten sich auf, dass die Verantwortungslosigkeit ihres Bruders nun auch noch belohnt worden war. Sie setzten denn auch für eine lange Zeit keinen Fuß mehr über die Schwelle meines Zuhauses. Was natürlich auf keinerlei Bedauern seitens meiner Eltern stieß.

Der alte Henning Mattes wurde ein enger Vertrauter der Familie und hinterließ meinem Vater nach seinem Tod den kleinen Buch- und Spirituosenladen. Als ich fünf Jahre alt war, besaßen wir also ein kleines Geschäft, das Nötigste zum Leben und uns selbst. Unsere Kundschaft war nicht besonders groß, denn mein Vater war kein guter Kaufmann. Aber wir konnten von den Einnahmen leben."

„Was brachte mehr Gewinn, der Verkauf von alkoholischen Getränken oder der Buchhandel?" Tjalda, ganz in ihrem Element, betrachtete Bonné neugierig.

„Am besten ließ sich der Alkohol verkaufen." Bonné lächelte. „Zumeist waren es Männer, die ihr Geld dafür gaben. Ihren Frauen gegenüber äußerten sie, sich in geschäftlichem Interesse mit dem Wirtschaftsleben der Stadt auseinandersetzen und Zeitungen kaufen zu müssen, in Wahrheit aber nutzten viele deren Papier nur zum Einwickeln von flüssigen Genüssen."

„Das habe ich mir gedacht!", nickte Tjalda. „Das ist wieder einmal typisch Mann."

„Na, es waren ja nicht alle so. Und" – Bonné wiegte seinen Kopf leicht hin und her – „ab und zu einen guten Tropfen zu genießen, habe ich den Herren gerne gegönnt. Die Meisten hatten es unter dem Pantoffel ihrer Frauen auch nicht immer leicht. Ihr glaubt gar nicht, was für Geschichten wir oft zu hören bekamen."

„Ja, ja, die armen Männer." Tjalda verzog das Gesicht. „Ich

kann es nicht mehr hören. Sag mal, Bonné, habt ihr damals in Emden auch die so genannten Intelligenzblätter verkauft?"

„Ja, anfangs sogar fast ausschließlich. Die Herausgabe wurde von der Landesherrschaft gesteuert, und die Zeitungen enthielten hauptsächlich Handelsanzeigen, Marktpreise und kleine Beiträge für Haus und Hof. Verordnungen, Gesetze und amtliche Nachrichten wurden auch unter das Volk gebracht und haben, nebenbei gesagt, die öffentliche politische Meinung beeinflusst. Ich persönlich machte mir nichts aus den amtlichen Blättern, sondern liebte eher Wochenzeitungen wie die ‚Vielfältigkeit', in der es ein buntes Allerlei von Artikeln, Ratschlägen für die Hauswirtschaft und anderes gab. Tjalda, kennst du noch das ‚Emder Blatt für die Jugend'?"

„Nein." Die Geldhändlerin schüttelte den Kopf. „Das war wohl vor meiner Zeit."

Bonné lachte leise in sich hinein. „Ein Heftchen, das besonders durch seinen sauertöpfischen, schulmeisterlich-pastoralen Ton bestach. Die Herausgeber machten es sich zur Aufgabe, die Sittlichkeit und die nützliche Unterhaltung zu fördern. In drei Jahren brachte es das Blatt lediglich auf zwölf Ausgaben. Der Zuspruch der Jugend war sehr dürftig. Allerdings machten es die immer schärfer werdenden preußischen Zensurbestimmungen den Herausgebern privater Zeitungen damals auch nicht leicht, und viele Blätter verschwanden genauso schnell wieder, wie sie gekommen waren. Mit den Zeitungen ließ sich mehr Geld verdienen als mit dem Verkauf von Büchern. Unseren Jahresbedarf an Lesegut bestellten wir zumeist auf den Buchmessen von Leipzig oder Frankfurt. Natürlich war das riskant, denn niemand wusste genau, welcher Lesestoff Abnehmer finden würde. Das Besuchen der Messen, das Aussuchen und Bestellen, gehörte zu den liebsten Tätigkeiten meines Vaters. Glücklich war er aber eigentlich nur in

Gegenwart meiner Mutter. Meine Eltern liebten einander zeit ihres Lebens abgöttisch, aber für mich blieb auch noch ein wenig Zuneigung übrig."

„Ein wenig Zuneigung." Sumi legte ihre Stirn in Falten. Sie hatte mit ihrem feinen Gespür begriffen, dass Bonnés Kindheit nicht ganz so rosig gewesen war, wie er ihnen glaubhaft machen wollte. „In China bringt man Kindern Liebe entgegen. Zuneigung ist etwas für Freunde."

Bonné seufzte traurig. „Sie liebten mich wohl auf eine eher zurückhaltende Art, weil sie zu sehr ineinander aufgingen. Da blieb in ihren Herzen eben nicht mehr so viel Raum für ihren Sohn. Aber ich will mich nicht beklagen. Nur habe ich deshalb vielleicht allezeit etwas viel, oder auch zu viel geredet." Er warf einen Seitenblick auf Tjalda. „Das war schon immer so. Ich tat es, damit mich überhaupt jemand wahrnahm. Und eines Tages lässt sich so eine Angewohnheit dann nicht mehr ablegen."

Sumi streichelte ihn zart mit ihren Blicken. „Frauen" – sie zwinkerte Tjalda und Inken zu – „lieben es, wenn ein Mann nicht um Worte verlegen ist. Es gibt ja wahrlich genug stumme Ostfriesen, bei denen diese unwissende Frau fast glauben muss, die Zähne seien ihnen festgeklebt."

„Und Bonné", fiel Tjalda in warnendem Ton und etwas spöttischer Miene ein. „Versuche nur ja nicht, dich jetzt noch zu ändern, wo ich mich gerade mit deiner Geschwätzigkeit abgefunden habe. Und jetzt fahre lieber fort mit deiner Geschichte, damit sie noch ein Ende findet."

„Also, wo war ich stehen geblieben?" Bonné überlegte eine Weile. „Ach ja, mein Vater führte die Buchhandlung mehr schlecht als recht. Manchmal lag es jedoch nicht an ihm, wenn das Geschäft nicht lief. Während des Siebenjährigen Krieges beispielsweise. Ich war damals noch ein recht kleiner

Junge und kann mich nur noch dunkel daran erinnern. Emden wurde im Verlauf des Kriegsgeschehens von den Franzosen eingenommen. Mehr und mehr Soldaten und ungezügelte Horden von Kriegsknechten zogen durch die Stadt. Die Franzosen forderten hohe Abgaben und ließen hunderte von Ostfriesen und Pionieren an der Befestigung Emdens arbeiten. Die Kosten für Material und Gerätschaft musste die Bevölkerung selbst aufbringen. Dazu noch Nahrungsmittel wie Weizen, Roggen und Gerste für die Soldaten, Hafer und Heu für die Pferde. Mein Vater wiederholte in späteren Jahren immer wieder den Ausspruch des französischen Generals Dumouriez: ‚Für die Truppen muss gesorgt werden, und wenn dabei ganz Ostfriesland draufgehen sollte.' Einige Handelszweige profitierten zwar von dem Ausnahmezustand, aber die Geschäfte meines Vaters liefen während dieser Zeit nicht gut. Allerdings glich meine Mutter die fehlenden Einnahmen dadurch aus, dass sie für die Franzosen dolmetschte. So überstanden meine Eltern auch diese schwere Zeit.

Der mangelnde Geschäftssinn meines Vaters war auch immer wieder Streitpunkt zwischen ihm und meinen Tanten Rosina und Helena. Sie hatten ihren alten Gram begraben und besuchten uns, zu unserem Leidwesen, nach dem Krieg wieder regelmäßig. Meine Mutter nannte sie ‚die Spürnasen', weil sie stets Wohnung und Laden mit Argusaugen unter die Lupe nahmen. Ihr Augenmerk galt der Sauberkeit – auch meiner! Natürlich auch meinem Schulbesuch und vielen anderen Dingen, die ein Kind nicht gerne hat. Ich erinnere mich, dass ich jedes Mal in Tränen ausbrach, wenn sie ihren Besuch ankündigten.

Mich beschimpften die Tanten als besonders ungeratenes Balg, und auch meine Mutter fand keine Gnade vor ihren Augen. Ihre Mahlzeiten seien ungenießbar, die Wohnung nicht sauber genug und ihre Kleidung unanständig. Außerdem wäre sie viel zu zart. Kein Fleisch sei an ihr dran, und immer wieder brachten die Tanten ihre Verwunderung darüber zum Ausdruck, dass mein Vater sich überhaupt zu so einer Narretei wie dieser Heirat habe hinreißen lassen. Die Schwestern ritten darauf herum, dass sie dem Bruder die Jugend geopfert und zeitlebens hart gearbeitet hätten, nur damit er sich jetzt mit seiner Französin vergnügen könnte. Vergnügt war niemand von uns in den Tagen ihrer Anwesenheit. Alle schlichen betrübt im Haus umher. Aber auch diese Zeiten gingen vorbei, und nach den Besuchen der Tanten herrschte dann stets eine etwas weltfremde Fröhlichkeit.

So verlebte ich meine Kindheit in Emden und fühlte mich dort, sofern Rosina und Helena nicht da waren, zu Hause. Die Schulzeit allerdings war eher ein Ärgernis für mich. Mein Vater sprach nie darüber, aber ich glaube, es betrübte ihn, dass ich nicht seine Klugheit besaß. Dafür half ich aber liebend gern in der Buchhandlung. Für geringes Entgelt trug ich Zeitungen und Spirituosen zu ihren Abnehmern, lernte begierig die feinen Unterschiede zwischen den einzelnen Weinen und Likören kennen und wusste genau, wem ich welches Buch empfehlen konnte.

Unsere Wohnung über dem Laden war klein und gemütlich, ein Zufluchtsort vor der manchmal nicht sehr freundlichen Welt um uns herum. Wisst ihr, in den letzten Jahren des Siebenjährigen Krieges wurden von den französischen Soldaten in Ostfriesland viele Gräueltaten verübt. Wir hatten alle furchtbare Angst, und abends konnte man sich nicht mehr vor die Tür trauen. Es wurde geschlagen, niedergebrannt, vergewaltigt und getötet. Die Franzosen gingen dabei immer brutaler vor. Sie äscherten Häuser ein, erschlugen bei Rahe eine alte Frau mit Gewehrkolben, schnitten Menschen den Leib auf und erstachen ein kleines Kind mit dem Bajonett. Das trieben sie so lange, bis das Maß des Grauens voll war und die geschundenen Ostfriesen zum Gegenangriff übergingen.

Meine Eltern beteiligten sich nicht an diesem Widerstand, aber da meine Mutter Französin war, machten die Emder Bürger sie für das Tun ihrer Landsleute verantwortlich. Missfallen hatte ihnen schon, dass Mutter für den Feind übersetzt hatte, doch im Laufe der später folgenden Gewalttaten wurde sie zunehmend beschimpft und bespuckt. Niemand betrat mehr den Laden meines Vaters. Das änderte sich erst wieder, als es den Ostfriesen mithilfe meiner Mutter gelang, die noch in Emden befindlichen Franzosen in eine Falle laufen zu lassen. Mama, vermeintlich eine getreue Französin, hatte Pläne der Belagerer an die Ostfriesen verraten, denen es mit diesem Wissen gelang, die letzten Soldaten einzukesseln und zum Abzug zu zwingen." Bonné seufzte. „All dies weiß ich natürlich nur aus Erzählungen."

Entgegen ihrer sonstigen Gewohnheit legte Sumi dem Weinhändler eine Hand auf den Arm. Ihre Stimme klang aufgeregt. „Die Mutter dieses Mannes war also auch eine Fremde all die Jahre und hat dann doch noch die Anerkennung der Emder erworben?" Ein hoffnungsvoller Unterton lag in ihrer Frage.

„Ja, so war es. Obwohl meine Mutter sich meines Wissens in den Jahren vor dem Krieg nicht sonderlich darum bemüht hat. Sie lebte in ihrer eigenen Welt, die allein schon durch meinen Vater reich war. Ich glaube, es scherte sie wenig, ob die Emder sie mochten oder nicht. Ihr genügte es, dass Vater sie liebte und vielleicht sogar, dass es mich gab." Bonnés Gesicht bekam einen verträumten Ausdruck. „Ich erinnere mich an Sonntage mit langen gemeinsamen Spaziergängen am

Hafen und an das Fernweh in den Augen meiner Mutter. Ich fand es herrlich, das Leben und Treiben auf den Schiffen zu beobachten, doch fort trieb es mich nie. An ihrer Hand schlenderte ich so manches Mal über den Markt mit seinen vielen Gerüchen. Am liebsten war es mir, nur mit einem Elternteil unterwegs zu sein. Denn dann, und nur dann, wandten sie mir ihre ungeteilte Aufmerksamkeit zu.

Mutter erzählte mir von Frankreich und den Großeltern, die ich nie kennen gelernt habe, und sie brachte mir französische Lieder bei. Das Anwesen, auf dem sie ihre Kindheit verbracht hatte, wurde für mich zu einem märchenhaften Ort. Wenn ich sie dann fragte, ob sie all das gerne wieder einmal sehen wollte, schüttelte sie nur den Kopf, und ich begriff, wie tief ihre Liebe zu meinem Vater war. Damals begann ich wohl zu glauben, dass auch mir eines Tages eine Frau begegnen würde, der ich so viel bedeuten könnte."

Seine Augen suchten Tjalda, doch diese machte ein abweisendes Gesicht.

„Glauben kann man vieles", sagte sie schließlich schroff und blickte zu Boden.

„Aus dieser Zeit", fuhr Bonné nach einer Weile fort, „ist mir auch das wundervolle Gefühl von Sicherheit in Erinnerung geblieben. Es kam mir nie in den Sinn, dass sich mit einem Schlag alles ändern könnte. Ich würde immer mit Vater spazieren gehen, mit Mutter singen und später vielleicht die Buchhandlung übernehmen, so dachte ich. Doch eines Tages erkrankte meine Mutter schwer und wurde und wurde nicht wieder gesund. Tagelang litt sie, bis der Arzt auf unsere Fragen zuletzt nur noch den Kopf schüttelte. Wenig später war es zu Ende mit ihr. Ich habe sehr getrauert, doch mein Vater wurde schier wahnsinnig.

Mit dem Tod meiner Mutter veränderte sich mein ganzes

Leben. Mein Vater konnte sich nicht von der Vergangenheit lösen und der Gegenwart ins Auge blicken. Die Tanten bemächtigten sich schnell unseres Haushalts und ließen mich merken, dass wir solch ein großes Opfer eigentlich nicht wert seien. Ich war damals sechzehn, zu alt in meinen Augen, um die Tage unter der Herrschaft zweier alter Fuchteln zu verbringen. Vater hingegen lebte völlig apathisch in den Tag hinein und ließ sich zu keinem Tun bewegen. Mehr und mehr suchte er Vergessen im Alkohol. Mich erschreckten all diese Veränderungen. Ich war damals zwar als ‚Großmaul' verschrien, doch in Wahrheit steckte in mir noch ein Kind, das unsicher und der Verzweiflung nahe war: die Mutter gestorben, der Vater nicht mehr er selbst. Mehr schlecht als recht versuchte ich die Buchhandlung zu führen. Und dann, nur wenige Monate nach dem Tod seiner geliebten Frau, nahm sich mein Vater das Leben. Ihr könnt euch nicht vorstellen, wie diese Zeit für mich war. Ein Albtraum, der kein Ende nahm. Und die Vorwürfe und Beschuldigungen der Tanten, die all dies schon immer vorhergesehen haben wollten."

Bonné schloss die Augen und schwieg. Auch die Frauen brachten keinen Ton heraus.

„Wenn es zu qualvoll für dich ist, Bonné, dann lass es gut sein mit den vergangenen Tagen", sagte Tjalda schließlich mit rauer Stimme. Doch Bonné schüttelte den Kopf.

„Nein, im Gegenteil." Er blickte in die Runde. „Es tut gut, euch all dieses zu erzählen. Ihr hört mir mitfühlend zu, und das ist mir viel wert. Ich hatte nie viele Freunde. Dazu war mein Elternhaus zu anders, und das hat mich wohl geprägt. Die anderen Kinder fanden mich merkwürdig, und mein wichtigtuerisches Auftreten wurde mir als Arroganz ausgelegt. Nach Vaters Tod gab es dann niemanden mehr, der sich meiner angenommen hätte – außer den Tanten natürlich. Die

Buchhandlung musste verkauft werden. Zu meinem Schrecken stellte sich jedoch heraus, dass Vater viele Schulden hatte, und nachdem diese bezahlt waren, blieben nur noch einige Kisten mit Wein übrig. Tja, und damit sind wir bei dem angekommen, womit ich all die Jahre mein Geld verdient habe. Es war ein schwieriger Einstieg, und obwohl man es nicht mehr sieht" – Bonné klopfte auf sein Bäuchlein –, „habe ich so manchen Abend vor lauter Hunger nicht einschlafen können. Doch ich war und bin genügsam, wenn es sein muss."

„Was ist aus deinen beiden Tanten geworden?" Inken maß Bonné mit einem mitleidigen Blick. „Sie wollten dich doch sicher unter ihre Fittiche nehmen."

Bonné schnaubte. „Und ob. Nur zu gerne hätten sie mich eingepackt und mit nach Köln genommen, wo ich wahrscheinlich noch immer unter ihrem Kommando arbeiten dürfte." Er griff sich an die Stirn. „Soweit ich weiß, sind Rosina und Helena schon vor Jahren kurz hintereinander gestorben. Nein, wisst ihr, ich habe mich nicht vereinnahmen lassen, sondern die beiden kurzerhand aus meinem Leben geworfen. Es war meine erste eigenständige Tat nach dem Tod meines Vaters. Tante Rosina warf mir vor, genauso undankbar zu sein wie mein Vater. Sie haben meine Großeltern – wie auch immer – dazu gebracht, mich zu enterben, und somit war ich die ganze Sippschaft los.

Da stand ich nun also mit meinen Kisten Wein, einem guten Anzug und meinem losen Mundwerk. In meiner Verzweiflung trank ich eine ganze Flasche leer und schloss im Rausch ein Abkommen mit Gott. Wenn es mir gelingen sollte, so versprach ich ihm, diese Weine mit Gewinn an den Mann zu bringen, dann würde ich mein ganzes Leben dem Wein widmen." Bonné lächelte bei der Erinnerung. „Es waren gute Weine, und ich veräußerte sie ohne große Schwierigkeiten. Doch es war ein langer und harter Weg, bis ich dort ankam, wo ich heute bin. Zeit zum Grübeln und Klagen hatte ich keine, und von vergangenen Zeiten zu träumen, wagte ich lange nicht. Zu groß war das Heimweh nach den alten Tagen der Geborgenheit. Ich war sechzehn Jahre alt und wollte überleben. Ein umherziehender Händler nahm mich unter seine Fittiche, und zu zweit wanderten wir einige Jahre von Ort zu Ort. Er verkaufte seine Haushaltswaren und ich meinen Wein. Das Ziehen des schweren Karrens überließ der Alte mir, doch dafür gab es jeden Abend einen Platz zum Schlafen auf seine Kosten. Nach seinem Tod wurde ich ganz unerwartet Erbe eines kleinen Vermögens, das der Alte wohl im Laufe der Jahre zusammengespart hatte. Danach ging es nur noch bergauf, bis ich eines Tages die kleine Weinhandlung kaufen konnte."

„Na, dein Versprechen Gott gegenüber hast du damit ja wohl mehr als gehalten." Tjalda zog eine Augenbraue hoch.

„Ja, ich bin allezeit ein Weinhändler geblieben. Es hat mir nicht leidgetan, diesen Weg gewählt zu haben. Doch manchmal, in stillen Stunden, fehlt mir doch die liebevolle Hand einer Frau." Wieder sah er Tjalda mit seinem treuen Hundeblick in die Augen.

„Liebevolle Hand." Tjalda schoss nun doch das Blut in die Wangen. „Das Liebevolle lässt meistens schnell nach, und übrig bleiben Ärgernisse, mit denen man sich abplagen muss. Weißt du, Bonné, wie viele verheiratete Männer dich um deine Freiheit beneiden? Du kannst kommen und gehen, ohne Rechenschaft ablegen zu müssen. Sogar diese Fahrt nach Delfzijl brauchst du vor niemandem zu verantworten. Welches liebevolle Eheweib hätte dich denn mit drei netten ungebundenen Damen diese Reise antreten lassen?"

„Ja, wenn du es so sehen willst …" Bonné kratzte sich am Kopf. „Aber …"

„Kein ‚Aber'." Tjalda unterbrach ihn resolut. „Es ist so!"

Die Unebenheit der Straße brachte die Kutsche für einen Moment zum Wanken, und die Insassen mussten sich festhalten, um nicht gegeneinanderzufallen.

„Hach", stöhnt Bonné, „Pest und Höllenbrand hole diese verdammte Kutschfahrt. Lasst uns weitermachen mit dem Erzählen, damit zumindest meine Ohren abgelenkt werden."

Beruhigend klopfte ihm Inken auf die Schulter. „Wir lauschen dir gerne, Bonné. Willst du nicht noch mehr erzählen?"

„Nein, ich nicht." Bonné strich sich über das Kinn. „Aber vielleicht weiß diese anmutige Chinesin ja etwas aus ihrer Heimat zu berichten." Auffordernd blickte er Sumi an.

„Oh ja", pflichtete ihm Tjalda bei, „weißt du, Sumi, ich habe immer geglaubt, China sei noch weiter von Ostfriesland entfernt als der Mond. Doch seit nun gestern *unser* Schiff die Reise in deine Heimat angetreten hat, kommt mir Kanton zum Greifen nahe vor."

„Das ist ja wohl ein wenig übertrieben", ereiferte sich Bonné. „Zum Greifen nahe kommt mir im Moment nicht einmal Emden vor." Er strich sich über sein schmerzendes Hinterteil.

„Ach, Bonné!" Sie machte eine wegwerfende Handbewegung. „Sumi, erzähl uns doch ein bisschen darüber, wie aus den grünen Blättern der Teesträucher, die in deiner Heimat wachsen, unser schwarzes Gold wird. Das wird Bonné von seinem gemarterten Hinterteil ablenken."

Sumi schwieg für einen Augenblick, und es schien, als ob sie tief in sich hineinlausche.

„Diese vergessliche Frau versucht, sich der Bilder der Teegärten und der Teepflückerinnen zu erinnern", begann sie schließlich. „Ihre Reisegefährten mögen für einen Augenblick die Augen schließen und dieser träumerischen Frau in die Plantagen Chinas folgen.“ Sie legte die Handflächen aneinander. „Es ist Mai und die Zeit der ersten Ernte. Dicht aneinander in Reihen gepflanzt stehen die immergrünen, von kurz gestielten, lederartigen Blättern überzogenen Teebüsche. Sie überziehen steile Bergrücken, die im Sonnenschein üppig grün glänzen.

Der beste Tee wächst auf Bergen, deren Spitzen von Wolken gestreichelt werden. Der Teestrauch wuchs ursprünglich zu Füßen des Urwaldes und braucht zum guten Wachstum Schattenpflanzen, die ihn vor Sonne und Wind schützen. Seht die vielen Vögel, die in ihnen ein Zuhause finden. Hört ihre Lieder, riecht den betörenden Duft, der in der Luft liegt, und fühlt euch wohl wie die Teepflückerinnen. Sie stehen zwischen den Reihen und arbeiten. Beglückt lauschen die Frauen den Liedern der Vögel, sie singen mit ihnen und spüren die Wärme der Sonne auf ihrem Rücken. An der Beschaffenheit der Teeblätter sehen die Arbeiterinnen, dass es eine gute Ernte werden wird. Das macht sie froh.

Während der Mund singt, greifen die Finger nach den grünen, frischen Blättern des Teestrauches. ‚Der Tee ist so gut wie seine Pflückerin‘, sagt man in China. Die Frauen müssen genauestens auswählen, welche Blätter sie über ihre Schulter in den Sammelkorb werfen. Es sind immer die zwei jüngsten Blattaustriebe und die behaarte Blattknospe. Jede Pflückerin weiß genau, wie gute Teeblätter beschaffen sein müssen. Lu-Yu, der Verfasser der heiligen Schriften vom Tee, hat es vorgegeben:

Manche Teeblätter sehen faltig aus, wie die Lederstiefel tatarischer Reiter, andere regelmäßig wie die Brust eines mächtigen Bullen, andere gekräuselt wie ziehende Wolken über den

Bergen, noch andere wie das vom Windhauch aufgerührte Wasser oder wie feine Erde, die der Regen soeben genetzt hat.

Die Pflückerinnen arbeiten viele Stunden am Tag. Immer wieder leeren sie ihre Kiepen, um dann in die Reihen zurückzukehren. Es werden keine langen Transportwege in Kauf genommen. Nur Tee, der sofort verarbeitet wird, ist von bester Qualität. Deshalb erfolgt auch das Welken, Rösten, Rollen und Verpacken schon auf der Plantage. Je schneller der Tee nach dem Pflücken geröstet wird, desto besser ist er.

Zunächst werden die gepflückten Teeblätter von Arbeiterinnen in flache Bambussiebe geschüttet und zum Welken in die Sonne gestellt. Um die Zellwände zu öffnen und die überschüssige Flüssigkeit entweichen zu lassen, drücken die Frauen den Tee mit ihren Händen und schlagen ihn mit kleinen Stöcken. Durch das Welken wird das Blatt biegsam wie weiches Leder.

Danach wird der Tee über einem Feuer erhitzt. Die Chinesen sagen, sie *rösten* den Tee. Dazu bedarf es erfahrener Männer. Das Rösten geschieht in einem *Hyson Kuo*, einer Art großer Pfanne. Der Kuo wird mit einem Feuer aus trockenem Holz zur Rotglut gebracht. Die Röster geben eine bestimmte Menge Teeblätter hinein. Dampfwolken steigen auf, ein leises Krachen der Blätter ist zu hören. Riecht den Tee, hört das Knistern der Blätter, und spürt die Hitze, die vom Feuer ausgeht. Die Männer rühren die Teeblätter um. Es wird heiß und heißer. Sie können nicht schnell genug ihre Hände wechseln. Ein wirklich guter Röster wirft die Blätter hoch in die Luft, damit der Dampf entweichen kann und sich keine Klumpen bilden. Wenn die Hitze zu groß wird, werden die Blätter in einen bereitstehenden Korb gegeben.

Nach dem ersten Rösten werden sie dann gerollt, das heißt zwischen Platten gelegt, die gegeneinander bewegt werden.

Dies ist der aufwendigste Vorgang bei der Teeherstellung, und die meisten Arbeitskräfte auf der Plantage sind ‚Teeroller'. Durch das Rollen verliert der Tee nochmals Feuchtigkeit. In abgedichteten Körben muss er danach zwei bis drei Stunden gären, um anschließend wieder geröstet und gerollt zu werden. Beim wiederholten Rösten darf allerdings das Kohlenfeuer nicht mehr so heiß sein wie beim ersten Mal. Wehe dem Röster, der die Teeblätter anbrennen lässt. Es wird ihm nicht gut bekommen! Beim dritten Rösten, dem so genannten Trockenrösten, wird das Feuer noch weiter zurückgenommen.

Es ist viel Arbeit, bis aus den Blättern des Teestrauches jenes feine, knistrige, aromatisch duftende Gekrümel wird, das wir Tee nennen. Ist er dann endlich fertig, wird der Tee abgewogen und in prächtig ausgeschmückte Kisten verpackt. Diese sind mit dem Namen der jeweiligen Plantage beschriftet und mit chinesischen Motiven bemalt.

Aus dem Inneren Chinas machen sich die Teeladungen dann auf den beschwerlichen Weg nach Kanton, tief im Süden, zu den Handelsschiffen. Und dort in Kanton", schloss Sumi, „wird auch die *Maisje* auf den Tee aus den Plantagen warten."

In der Kutsche war es so ruhig wie in einer Kirche.

„Wie sehr musst du das alles vermissen", meinte Tjalda mitleidig und öffnete wieder ihre Augen, die sie auf Sumis Geheiß während des Zuhörens geschlossen hatte.

Sumi schüttelte langsam den Kopf. „Nein, diese zufriedene Frau vermisst nichts mehr. Manchmal ist da noch die Sehnsucht nach den Gerüchen und Klängen Chinas in ihr. Doch all dies ist wie der Teil eines Traums aus ferner Zeit. Diese Chinesin weiß, dass Träume wie Schmetterlingsflügel sein können, die die Seele streicheln. Aber der Schmetterling fliegt wieder fort. Dieser Frau aber bleibt – wahrhaftig und allgegenwärtig – der Tee. Wenn diese Chinesin ihn genießt, dann fühlt sie sich ihrer Heimat nahe. Schon das Öffnen der Teedose verströmt den Duft Chinas und versetzt sie in eine heitere Stimmung. Die Ostfriesen haben mit den Chinesen viel gemeinsam, auch wenn ihnen das merkwürdig erscheinen mag. Beim Tee ruhen alle Dinge – hier wie dort. Alles Beschwerliche zerfließt in Behaglichkeit. Teetrinken ist wie ein Lächeln über die Unruhe der Welt und ein Nutzen der Zeit auf andere Art. Es wird nicht viel gesprochen beim Teetrinken – in China nicht und auch nicht hier in diesem Nordseeland. Niemals machen die Ostfriesen viele Worte, und das gefällt dieser Chinesin. In meiner Heimat sagt man: ‚Wenn der Teekessel nicht singt, muss der Chinese reden. Daher achtet er auf Kohle unter dem Feuer.' Dies könnte auch eine Weisheit aus Ostfriesland sein."

„Für alle Ostfriesen gilt das aber nicht", lachte Tjalda und nickte mit dem Kopf in Bonnés Richtung.

„Manche Leute haben halt was zu sagen", versuchte sich der Weinhändler zu rechtfertigen, „während andere ..."

„Ach, hör doch auf. Als ob jemals etwas halbwegs Brauchbares über deine Lippen gekommen wäre", schnitt ihm die Geldhändlerin barsch das Wort ab.

„Und wer hatte die glorreiche Idee, mit der die Kundschaft in euren Laden gelockt wurde?"

Gewichtig setzte sich Bonné auf, doch ein weiteres Schlagloch ließ ihn mit schmerzverzerrtem Gesicht wieder in sich zusammenfallen.

„Die Idee hattest du", beschwichtigte Tjalda, „aber die Umsetzung war ja für dich nicht schwieriger, als eine deiner Weinflaschen zu öffnen oder ein zahmes Kaninchen zu fangen, nicht wahr?"

Bonné machte ein beleidigtes Gesicht, doch als Inken ihm

mit federleichten Bewegungen über den Handrücken strich, lächelte er wieder.

Den Rest der Reise verbrachten sie im Gepräch darüber, wo die Fracht der *Maisje*, die von ihnen georderten Waren, später gelagert werden könnten. Ob Sumi einen größeren Raum und Helfer für die Zubereitung der Teemischung brauchte und – diese Idee steuerte Inken bei – ob man nicht auf Borkum auch eine Teestube einrichten sollte. Nach dem Abzug der Franzosen war die Insel neuerdings Ziel vieler Sommerfrischler. Doch das *Friesengold* sollte nicht nur bei den Insulanern Einzug halten. Inken hatte gezielte Vorschläge, wie der Tee in großem Stil mittels Torfkähnen und Postkutschen unter die Leute gebracht werden könnte.

Unter lautem Geschnatter kam die Kutsche schließlich am späten Nachmittag vor Tjaldas Haus zum Stehen, und die Fahrgäste folgten der Geldhändlerin in der Hoffnung auf eine gute Tasse Tee.

„Hoppla, was ist denn das?", rief Tjalda, als sie aufschloss. „Da scheint jemand etwas unter die Tür geschoben zu haben."

Sie bückte sich und hielt einen Umschlag in der Hand. Verblüfft starrte Tjalda auf das Couvert, dann erkannte sie Cirks Schrift, und ihre Hand fing an zu zittern. Langsam drehte sie sich zu den anderen um.

„Es ist ein Brief von Cirk. Verdammt! Er muss hier gewesen sein. Ausgerechnet dann, wenn ich einmal nicht zu Hause bin."

Tjalda nötigte alle in die Wohnung und ließ sich in einen Sessel fallen. „Hoffentlich gibt es nun endlich einmal gute Nachrichten. Ich habe in Delfzijl einen Boten nach Cirk suchen lassen." Bei diesen Worten blickte sie Inken nicht an. „Er ist unverrichteter Dinge wieder zurückgekehrt. Die Belagerung war zu diesem Zeitpunkt ja schon aufgehoben, und Cirk soll angeblich erst vor wenigen Tagen mit unbekanntem Ziel aufgebrochen sein. Sein Freund, dieser Engländer, liegt schwer krank im Lazarett." Sie holte tief Luft. „Und während ich ihn hab suchen lassen, ist der Junge hier in Emden. Was für ein verdammtes Pech aber auch."

Sumi und Bonné waren nahe zu Tjalda herangetreten, aber Inken hielt sich bewusst abseits und versuchte unbeteiligt zu wirken. Der Brief in Tjaldas Händen ließ sie innerlich zittern. Warum musste Cirk nur wieder von sich reden machen? Warum konnte er sie alle nicht einfach in Ruhe lassen? Das Herz schlug ihr bis zum Hals, als ihre Freundin den Umschlag aufriss und das Blatt auseinanderfaltete.

Tjalda las und wurde blass. „Er ist fort! Wartet, ich lese euch seine Zeilen vor:

Liebe Tjalda,

seit Stunden warte ich nun schon vor deinem Haus, doch jetzt bleibt mir keine Zeit mehr. Ich hoffe, dass dich zumindest meine Zeilen erreichen werden, denn in wenigen Stunden schon muss ich eine Reise antreten, die mich weiter von dir, von euch allen entfernt, als ich es mir je habe träumen lassen. Wie sehr hatte ich gehofft, dich und vor allen Dingen Inken noch vor meiner Abreise zu sehen. Doch mir bleibt keine andere Wahl, als zu gehen. Ich muss eine Schuld begleichen, und dies scheint der einzige Weg zu sein. Du kennst meine Vergangenheit und weißt, dass ich niemandem jemals etwas schuldig bleibe. Bald wird ein langer Brief dich erreichen, der alle meine Beweggründe enthält. Dann wirst du es verstehen!

Tjalda, zwischen Inken und mir haben sich Missverständnisse aufgebaut, die ich so gerne noch aus dem Weg geräumt hätte. Es bricht mir das Herz, gehen zu müssen, ohne mich mit ihr ausgesprochen zu haben. Beim Gedanken daran zittern mir die Finger so sehr, dass es mir fast nicht gelingen will, diesen Brief zu beenden. Du kennst mich und weißt, dass ich nicht der Schuft bin, für den Inken mich möglicherweise hält. Aber ich habe ihr auch nie von meiner Vergangenheit erzählt und bitte dich nun darum, dies für mich zu tun. Dann wird auch sie verstehen, warum ich diese Reise antreten muss, obwohl sie uns voneinander trennt.

Ach Tjalda, es tut mir so furchtbar leid, Inken verlassen zu müssen!

In Liebe
Cirk

Alle blickten sich entsetzt an.

Der Geldhändlerin liefen Tränen über die Wangen. „Der arme Junge. Was hat er nur angestellt? Und warum muss er fortgehen? Zum Teufel mit seinem verdammten Stolz! Niemandem etwas schuldig bleiben – pah! Was kann das nur für eine Schuld sein, die ihn für so lange Zeit und noch dazu so plötzlich von uns forttreibt?"

Inken musste sich festhalten, um nicht zu fallen. Ihre Hände umklammerten die Rückenlehne des Küchenstuhls so fest, dass ihre Knöchel weiß hervortraten. Ein Sturm von Gefühlen brauste über sie hinweg, und sie erkannte, dass sie tief in sich immer noch einen Funken Hoffnung gehabt hatte, der durch Cirks beiläufig dahingeschriebene Worte nun endgültig erloschen war.

„Es tut mir so furchtbar leid, Inken verlassen zu müssen", hallte es in ihr nach, *„es tut mir leid, leid, leid …"* Glaubte Cirk wirklich, ein paar entschuldigende Worte wären genug? Ihr war sofort klar gewesen, welche Schuld Cirk aus dem Weg

räumen wollte oder musste. Es ging natürlich um Lucia. Cirk hatte der Schwester seines besten Freundes ein Kind angehängt. Und so befand er sich nun entweder freiwillig auf dem Weg nach England, um *das Problem Lucia* auf seine Art zu lösen, oder Thomas Devon hatte ihn unter Druck gesetzt. Wozu ein enttäuschter Freund wohl fähig war? Vielleicht ging es ihm um Geld, als Gegenleistung für die Ehre seiner Schwester. Im Grunde konnte es ihr gleichgültig sein. Es musste ihr einfach gleichgültig sein! Tränen stiegen Inken in die Augen, und sie wollte nur noch alleine sein. Mit einer einzigen Bewegung drehte sie sich um und ging hölzern in die Küche, wo sie sich innen gegen die Tür lehnte.

Tjalda würde ihrer Vermutung sowieso nicht glauben. Sie vergab Cirk, was auch immer er tat. Doch sie, Inken, vergab ihm nicht. Allein der Gedanke, dass er sich eingebildet hatte, sie würde immer noch auf ihn warten, versetzte sie in Rage. Die eisige Kälte in ihrem Inneren wich und machte einer unbändigen Wut Platz. Dieser Bastard! Nach all den Wochen ohne ein Lebenszeichen, nach all der Qual und den durchwachten Nächten ein „Es tut mir so leid"! Wie billig, wie einfach!

Schwer atmend stützte sie sich auf den Tisch. Und Tjalda, die ihr gefolgt war, zog die Freundin ohne ein Wort an sich und wiegte sie in ihren Armen wie ein Kind.

Abhängigkeiten

Erschüttert trug Tjalda an diesem Abend das Geschirr in die Küche zurück. Selbst Bonné war es nicht gelungen, sie aufzuheitern. Und Inken hatte mit versteinerter Mine und scheinbar unbeteiligt am Tisch gesessen, während sie Tee tranken, bis die Kanne leer war. Danach waren Sumi und Bonné gegangen.

Tjalda fühlte sich wie eine müde, alte Frau. Langsam und zögerlich ließ sie sich schließlich neben Inken in einen Sessel gleiten. „Inken, ich möchte dir von Cirk erzählen, wie er es sich in seinem Brief gewünscht hat, und weil ich denke, dass es dich ihm wieder näherbringen könnte, will ich es auch nicht weiter aufschieben."

Vor Kurzem noch hätte Inken es nicht erwarten können, mehr über Cirk und seine Vergangenheit zu erfahren. Aber das schien lange her zu sein. Als sie Tjalda jetzt zunickte, tat sie es aus anderen Motiven. Vielleicht erfuhr sie ja etwas, was ihr Urteil über diesen Mann nachträglich noch bestätigte. Vielleicht war ihm die Falschheit schon in die Wiege gelegt worden. Außerdem könnte es eines Tages nützlich sein, Cirks Geschichte zu kennen. Wenn das unberechenbare Schicksal es zu einer Konfrontation kommen lassen würde, hätte sie wenigstens Munition gegen ihn in der Hand. Denn Wut allein würde ihr dann nicht helfen. Deshalb neigte sie Tjalda jetzt betont interessiert den Kopf zu.

„Also, weshalb glaubst du, hat Cirk die Reise angetreten? Oder sollte ich besser fragen, wovor er so plötzlich davongerannt ist? Aus Angst vor mir ja wohl kaum." Obwohl Inken es nicht wollte, klang ihre Stimme bitter.

„Angst." Tjalda blickte Inken ins Gesicht. „Doch, gerade das ist es, was ich glaube. Allerdings denke ich dabei eher an eine Furcht, die Cirk vor sich selbst und seinen Gefühlen haben könnte. Vielleicht täusche ich mich aber auch. Wenn es wirklich stimmt, dass diese Frau, diese Lucia, sein Kind erwartet, mag es sein, dass er aus Furcht vor der Verantwortung oder einer Bindung geflohen ist. Obwohl ich das einfach nicht glauben kann."

„Weil du es nicht glauben willst!“ Inken schnaubte empört. „Aber genau so ist es. Wir beide haben uns getäuscht in diesem Mann. Nur willst du es nicht sehen.“

„Ich bin mir tatsächlich nicht sicher. Deshalb suche ich noch immer nach einer Erklärung, die mein Urteil über Cirk bestätigt. Denn in meinem Inneren weiß ich, dass dieser Mann nicht der Schuft ist, für den du ihn hältst, Inken. Ich kann es nicht begründen, es ist nur ein Gefühl, und ich wünschte, ich könnte dieses Empfinden und dieses nicht Greifbare, was Cirk betrifft, in Worte kleiden, aber das ist nicht leicht. Vielleicht kannst du besser erahnen, was ich meine, wenn ich dir eine Geschichte erzähle, Cirks Geschichte oder, besser gesagt, die seiner Mutter. Fasse es bitte nicht als Entschuldigung für sein Verhalten auf. Denn das ist nicht zu entschuldigen, das weiß ich. Aber vielleicht lernst du ihn dadurch besser verstehen, sein Verhalten begreifen. Das ist es auch, was er sich erhofft. Weißt du, Cirk ist durch eine harte Lebensschule gegangen, und das von frühester Kindheit an. Vor einer halben Ewigkeit schon hat er mir davon erzählt.“ Tjalda fuhr sich mit der Hand über die Stirn, als wolle sie eine widerspenstige Haarlocke zur Seite schieben. „Ich hatte nie die Absicht, mein Wissen über ihn mit einem anderen Menschen zu teilen. Aber nun, da er es wünscht ...“ Sie holte tief Atem und begann.

„Weißt du, vermutlich hängt Cirks Verhalten mit seiner Mutter zusammen. Sie war eine Frau, die nur eine Art von Liebe kannte: die bedingungslos aufopfernde Liebe. Ihr Name war Anna. Sie stammte aus einem sehr religiösen Elternhaus. Ihr Vater war der Dorfpfarrer, und das, was er seinen Schäfchen predigte, lebte er ihnen auch vor – mit allen Konsequenzen, wie du noch hören wirst. Er hielt sich streng an das heilige Wort und erwartete von seinen Gemeindegliedern das

Gleiche. Jedes Fehlverhalten galt als Sünde und wurde streng verurteilt. Der Tugendhaftigkeit galt sein besonderes Augenmerk. Anna muss sehr streng erzogen worden sein. Zu den anderen Dorfkindern hatte sie keinen Kontakt. Lesen und Schreiben brachte ihr die Mutter bei. Kaum jemals verließ sie das Haus und noch seltener den kleinen Ort, in dem ihre Eltern wohnten. Sie muss ein sehr einsames Kind gewesen sein.

Eines Tages, Anna war damals gerade siebzehn Jahre alt, traf es sich, dass ein wandernder Handwerksgeselle durch das Dorf zog und auf der Suche nach Arbeit auch am Pfarrhaus verschiedene Schäden ausbesserte. Es stellte sich heraus, dass der Bursche der Sohn eines reichen Kaufmanns war, der erst zeigen sollte, was in ihm steckte, bevor er die Position seines Vaters übernehmen durfte. Seine vornehme Herkunft und auch die Art des jungen Mannes, seine Weltgewandtheit und seine Bibelkenntnisse imponierten den Eltern von Anna, und sie luden ihn hin und wieder zum Essen ein. Der Handwerksbursche, Cirk hat mir niemals seinen Namen genannt, war ein guter Schauspieler. Er schmeichelte sich nicht nur beim Pfarrer und seiner Frau ein, sondern verdrehte auch Anna den Kopf. Es war die letzte Reise des Burschen vor der Übernahme des väterlichen Betriebes, und das Wissen darum schien ihn anzuspornen. In jedem Dorf suchte er sich ein Mädchen, denn daheim wartete nicht nur sein Vater auf ihn, sondern auch eine Braut. Der Hochzeitstermin stand schon lange fest.

Von alldem wusste Anna natürlich nichts. Sie sah nur die Augen des jungen Mannes, die so ehrlich schienen, und hörte seine Versprechungen. Bald erlag sie seinem Charme. Und du kannst dir sicherlich vorstellen, was danach geschah."

Tjalda wischte sich kurz über die Augen, wartete Inkens Reaktion aber nicht ab. „Eines Tages war der Handwerksbursche über Nacht verschwunden. Einfach fort, so als ob er niemals einen Fuß in das Dorf gesetzt hätte. Alle anderen verschrien ihn als undankbaren Tropf, so ohne Gruß zu gehen, doch Anna verlor fast den Verstand, denn sie liebte diesen Kerl. Und wie verzweifelt muss sie erst gewesen sein, als sich nach kurzer Zeit auch noch herausstellte, dass sie schwanger war."

Tjalda holte tief Luft, und Inken zog sich das Tuch fester um die Schultern. Es war unheimlich von dieser Frau zu hören, die Cirks Mutter gewesen war und deren Schicksal sie frösteln ließ. Nur zu gut konnte sie sich vorstellen, wie die Eltern der jungen Frau reagiert hatten.

„Annas Liaison war wohl nicht allen im Dorf verborgen geblieben. Und als ihr Vater davon erfuhr, kochte er vor Wut. Tagelang ließ er seine Tochter in der kalten Kirche stehen, damit Anna in der Stille und Dunkelheit über ihre Untaten nachdenken und Buße vor Gott tun konnte. Das Schweigen der Dörfler erkaufte er sich mit Drohungen, und seine Tochter war in seinen Augen von nun an nicht mehr wert als ein Fußabtreter. Verachtung schien das Einzige zu sein, was ihr Vater noch für sie empfand. Anna ließ all dies über sich ergehen. Weder der Abscheu des Vaters noch die ablehnende Haltung der Mutter, die sich in allem ihrem Mann unterwarf, berührten sie, denn sie war in ihrer eigenen Welt gefangen. Sie wartete auf den schönsten aller Tage, den hellsten aller Nächte – den Tag, die Nacht, den Augenblick, an dem ihr Geliebter zu ihr zurückkehren würde. Nur dafür lebte sie noch. Anna war felsenfest davon überzeugt, dass sein Verschwinden nur ein Irrtum war. Es musste einfach ein Irrtum sein! Er würde sie holen kommen, das stand für sie fest. Wahrscheinlich gab es noch viel zu regeln in seinem Heimatort, und von ihrer Schwangerschaft wusste er ja nichts, so dachte sie. Die Schwangerschaft! Sie hing wohl wie ein dunkler Schatten über Anna, und ihre Gefühle müssen zwiespältig gewesen sein: einerseits die Freude auf das Kind, andererseits die Furcht vor der Entdeckung, bevor der Geliebte zurückkehrte.

Aber der Geliebte kehrte nicht zurück. Solange es möglich war, verschwieg Anna ihre Schwangerschaft. Doch irgendwann ließ sie sich nicht länger verleugnen. Ihr Vater war außer sich! Der Gedanke, dass seine Tochter außerhalb der heiligen Ehe einem Mann gehört hatte, war ihm schon zuwider gewesen. Doch darüber hatte er zumindest noch den Deckmantel des Schweigens breiten können. Die nun sichtbare Schwangerschaft ließ dies allerdings nicht mehr zu. Dass seine ledige Tochter ein Kind erwartete, war schlechtweg unverzeihlich! Sie widersprach allem, was ihm heilig war. Sein eigenes Kind widersetzte sich dem, was er jahrelang gepredigt hatte. Und so entschied er sich für die Tugend und gegen sein Kind. Mit den Worten: ‚Eine Hure kann ich in meinem Haus nicht dulden', setzte er Anna auf die Straße. Und auch ihre Mutter wandte sich, wenn auch unter Tränen, von ihr ab.

In ihrer Not beschloss Anna, das in ihren Augen einzig Richtige zu tun. Sie wollte den Mann suchen, der sie geschwängert hatte. Er würde ihr helfen, dessen war sie sich sicher, denn Anna fand immer noch tausend Gründe, um sein Fernbleiben zu entschuldigen. Sie glaubte felsenfest daran, mit offenen Armen von ihm empfangen zu werden. So packte sie ihr Bündel und verließ das Dorf. Durch den Verkauf weniger geerbter Schmuckstücke konnte sie die Reise nach Hamburg finanzieren, wo der Handwerksbursche zu Hause war, wie sie wusste. Und sie kannte seinen Namen, sonst nichts. Anna brauchte lange Zeit, um in die Stadt zu gelangen und noch länger, um das Haus des Mannes zu finden, der sie geschwängert hatte. Als Anna das Tor schließlich erreichte, brach sie dort zusammen. Die Geburt des Kindes stand unmittelbar bevor."

Inken fuhr aus ihrem Sessel hoch. „Cirk wurde also im Haus seines Vaters geboren", unterbrach sie Tjalda mit gerunzelter Stirn.

„Ja, gewissermaßen. Cirk wurde an einem Feiertag geboren. Die Familie seines Vaters war an diesem Tag in der Kirche, und die Dienstboten erbarmten sich der jungen unbekannten Schwangeren. Cirks Vater muss der Schreck wohl in alle Glieder gefahren sein, als er sah, wer dort im Dienstbotengebäude untergebracht war. Als Anna wieder zu Bewusstsein kam, erbot sich einer der Dienstboten, sie ins Armenhaus zu bringen, doch Cirks Vater ließ es nicht zu. Vielleicht plagte ihn doch das schlechte Gewissen. Schließlich war es sein Kind, das zur Welt kommen sollte. Er beschwor Anna zu schweigen. Tausend Entschuldigungen brachte er vor, und sie glaubte ihm. Seiner Familie erzählte Cirks Vater, die Fremde sei eine gute Bekannte, der er aus seiner Wanderzeit etwas schuldig sei. Deshalb habe sie auch an sein Tor geklopft. Tja, und so gebar Anna ihren Sohn im Hause seines Vaters. Dessen Schwiegermutter fungierte sogar als Hebamme, wie sie es schon oft bei schwangeren Dienstboten getan hatte. Und das war das eigentliche Unglück. Man könnte aber auch sagen, es war Gerechtigkeit, dass dadurch zu Tage trat, was verborgen bleiben sollte. Aber davon erzähle ich gleich mehr."

Tjalda schwieg einen Augenblick. Dann nahm sie einen Apfel aus der Obstschale und rieb ihn mit einem Tuch sauber. Erst nachdem sie den Apfel geteilt und gegessen hatten, fuhr sie mit der Geschichte fort.

„Stell dir vor, was Anna in dieser Zeit durchgemacht haben muss!" Sie schlug mit der flachen Hand auf den Tisch. „Da reist dieses junge Mädchen Tage und Wochen durch fremde Dörfer und Städte. Verlassen von ihrer Familie, ganz allein, mit einem Kind unter dem Herzen. Immer in der Hoffnung, den Mann zu finden, der diesen Albtraum beendet. Sie findet ihn auch, allerdings verheiratet mit einer anderen Frau. Und just in dem Moment, wo ihr so richtig bewusst wird, was das bedeutet, drängt ihr Sohn mit Macht auf die Welt. Wie verzweifelt muss Anna gewesen sein! Wie schrecklich und erschütternd ist es, in solch einer Lage auch noch der Gnade desjenigen ausgeliefert zu sein, der einen nur benutzt hat. Anna konnte das nicht ertragen. Sie konnte der Realität nicht ins Auge sehen und hat sich deshalb ihr eigenes Bild von Cirks Vater zurechtgemacht. Sie liebte ihn immer noch, diesen Mann, der ihr verboten hatte, die Wahrheit zu sagen, der sie den scheelen Blicken seiner Familie und der Dienstboten auslieferte. Anna sagte zu keiner Menschenseele ein Wort in der Hoffnung, dass der Anblick des gemeinsamen Kindes ihrem Geliebten die Augen öffnen würde. Sein erstes Kind! Blut von seinem Blut! Dem würde er sich nicht entziehen können! Außerdem redete sie sich ein, dass seine Ehe nicht glücklich sein könnte. Vielleicht wäre für Anna, mit dieser Vorstellung im Kopf, sogar ein Leben als Geliebte in seinem Haus möglich gewesen. Es gab viele Dienstboten, und sie hätte eine von ihnen sein können. Du hörst schon, Inken, Anna war und blieb zeit ihres Lebens eine Träumerin. Doch dann geschah etwas, mit dem weder Anna noch Cirks Vater gerechnet hatten. Das Schicksal griff ein! Gott in seinem unergründlichen Ratschluss beschloss, die Wahrheit ans Licht zu bringen, und zwar im Augenblick der Geburt, bei der Cirks Vater natürlich nicht zugegen war, dafür aber seine Schwiegermutter. Sie war auch diejenige, die als Erste in das Gesicht von Annas Sohn sah. Er hatte noch keinen

Namen, aber seine Augen und ein besonderes Muttermal auf der Stirn bezeugten eindeutig seine Abstammung. Die Schwiegermutter fiel in Ohnmacht, nachdem sie Cirk gesehen hatte, und als sie erwachte, war sie nur mehr eine wütende Furie. Sie befahl ihrem Schwiegersohn, diesen Bastard und seine Mutter sofort aus dem Haus zu bringen, bevor ihre Tochter etwas mitbekam. Und so wurde Anna innerhalb kürzester Zeit zum zweiten Mal vor die Tür gesetzt. Diesmal zwar mit reichlichen finanziellen Mitteln ausgestattet, aber mit einer Verantwortung auf dem Arm, die zu tragen ihr kaum möglich war. Aber immer noch liebte sie diesen Menschen, der ihr Unglück verursacht hatte. Und immer noch brannte die Sehnsucht nach ihm in ihrem Herzen."

Mitternacht war schon vorüber und die Lampen fast heruntergebrannt. Tjalda erhob sich und füllte Petroleum auf. Danach ging sie in die Küche und kehrte nach kurzer Zeit mit zwei Bechern warmer Milch und einer Schale Gebäck zurück. Inken starrte auf das Gebäck, ohne es jedoch richtig wahrzunehmen. „Das grenzt ja schon an Dummheit!" Ohne dass sie es wollte, schwang ein Hauch von Verachtung in ihren Worten. „Ich verstehe diese Frau einfach nicht. Niemals hätte ich so gehandelt. Einen Fußtritt hätte ich diesem Kerl verpasst, und danach hätte ich hoch erhobenen Hauptes mit meinem Sohn auf den Armen sein Haus verlassen. Ein solcher Verrat muss doch alle ihre Gefühle für ihn getötet haben!"

Tjalda nahm sich Zeit mit ihrer Antwort. „So einfach ist das nicht. Anna war nicht wie du, Inken. Es gibt Frauen, die ihr Leben lang Schutz brauchen, weil sie zu weich für die raue Wirklichkeit sind. Sie halten die Realität nicht aus.

Ich habe viele solcher Frauen gekannt, und mit den meisten hat es kein gutes Ende genommen. Außer natürlich, es fanden sich ein paar starke Arme, die sie hielten."

„Starke Arme, pah!" Inken schnaubte verächtlich. „Da konnte sie bei Cirks Vater wohl lange warten. Was ist das nur für ein Mensch gewesen? Er muss doch etwas gefühlt haben für seine Geliebte, und wenn nicht für sie, so doch wenigstens für seinen Sohn, seinen Erstgeborenen!"

„So war es auch auf irgendeine Art und Weise. Jedenfalls, wenn man dem Bericht von Cirks Mutter Glauben schenken kann. Sie erhielt monatlich einen gewissen Betrag von ihm, doch niemals suchte er Kontakt zu ihr. Wahrscheinlich lag ihm seine gesellschaftliche Stellung zu sehr am Herzen. Er war ehrgeizig, und deshalb setzte er sich auch nicht über die gesellschaftlichen Normen hinweg. Außerdem führte er wohl, entgegen Annas Meinung, eine glückliche und zufriedene Ehe, aus der im Laufe der Zeit viele Kinder hervorgingen. Anna war nur ein Abenteuer für ihn gewesen. Ich denke, er empfand nicht einmal mehr Leidenschaft für sie, sondern nur noch Mitleid. Seine Schuldgefühle geboten ihm, ihr zu helfen, außerdem war da immer noch die Furcht, Anna könnte ihr Geheimnis verraten und ihn damit diskreditieren."

Tjalda nahm einen Schluck Milch, zog die Beine an und kuschelte sich in den Sessel.

Inken wollte nach einem Stück Gebäck greifen, zog ihre Hand aber wieder zurück. Sie konnte jetzt einfach nichts essen. „Was geschah dann, Tjalda?"

„Nun, die Furcht von Cirks Vater war unbegründet. Anna vertraute sich niemandem an. Allein ihrem Sohn erzählte sie die ganze Geschichte. Allerdings erst sehr viel später. Anna lebte von dem Geld, das der Vater ihres Sohnes ihr zukommen ließ. Sie nahm sich in der Hafengegend eine winzige schäbige Wohnung und kam mit ihrem Kind mehr schlecht als recht über die Runden. Lange versuchte sie eine ehrbare Stellung zu finden, doch niemand wollte eine ledige Frau mit einem Säugling einstellen. Und so geschah es, dass Anna immer öfter in einer der Kneipen am Hafen aushalf. Sie war eine Schönheit, auch wenn ihr das anscheinend nicht bewusst war. Annas unschuldige Augen, die Weichherzigkeit, mit der sie jeden so annahm, wie er war, all dies war selten in der Hafengegend zu finden. Anna lockte die Männer an, und deshalb akzeptierte der Wirt auch ihr Kind, das im Hinterzimmer schlief. Es gab ehrliche und unehrliche Männer unter den Kunden. Und Letzteren fiel Anna in ihrer Unschuld zum Opfer. Anna die Träumerin, Anna, die immer noch an die große Liebe glaubte. Viele Besucher nutzten die Kneipe nur, um gemeinsam mit anderen zu trinken, vielleicht auch, um weniger einsam zu sein. Doch die Kneipe war nicht nur ein geselliger Treffpunkt, sie war auch ein Umschlagplatz. Du musst wissen, dass mit den Schiffen nicht nur normale Handelsgüter nach Hamburg gelangten, sondern auch Waren, die nicht überall frei käuflich waren. Opium zum Beispiel. Das Gift wurde in kleinen Mengen und von geschulten Händen als Medikament gereicht. Unter der Hand verkaufte man das Rauschmittel jedoch als Garant für Träume jeglicher Art und als Fluchtmittel vor einer oftmals schalen Wirklichkeit. Und dafür, dass das Opium verborgen blieb, sorgte Anna."

Tjalda ließ auf einmal den Kopf hängen und blickte zu Boden, als falle es ihr besonders schwer, den nun folgenden Teil der Geschichte zu erzählen. Schließlich griff sie nach dem Becher mit der inzwischen kalt gewordenen Milch und trank langsam und bedächtig aus ihm, als müsse sie sich für das Ende der Geschichte erst noch wappnen. „Kennst du die Wirkung von Opium?"

Inken hatte kaum zu atmen gewagt. Nun antwortete sie leise. „Ja! Es macht süchtig. Wird dieses Gift nicht aus den Samenkapseln des Schlafmohns gewonnen?"

„Richtig." Tjalda nickte. „Meistens wird das Rohopium in Opiumpfeifen geraucht. Es kann aber auch in Alkohol aufgelöst getrunken werden. Die Kneipe, in der Anna arbeitete, war ein idealer Umschlagplatz für das Rauschgift. Kaum vom Schiff geladen, wurde es dort verborgen und verkauft. Zuerst war es Anna gar nicht bewusst, wozu sie da benutzt wurde. Sie sorgte lediglich dafür, dass sich das Opium gut versteckt in Schirmmützen und Tabakdosen, in Schnupftücher und Handmuffen wiederfand, es füllte geheime Fächer in Geldbörsen und war nicht zuletzt Bestandteil von Kräuterkissen, die auch in die Hände wohlhabender Damen und Herren gelangten. Denn das Rauschgift unterschied nicht zwischen Reich und Arm, zwischen Alt und Jung. Es machte alle abhängig, ohne Ausnahme. Und auch Anna blieb nicht von ihm verschont. Sie erhielt für ihre Arbeit natürlich Lohn. Mehr, als sie sich jemals erträumt hatte, auf ehrlichem Weg zu verdienen. Mit diesem Lohn konnte sie sich und ihrem Sohn nach vielen entbehrungsreichen Jahren endlich ein angenehmeres Leben verschaffen. Sie sorgte dafür, dass Cirk auf eine gute Schule kam, und er, der von alldem noch nichts verstand und wusste, freute sich mit ihr. An Annas freien Tagen gingen sie gemeinsam am Hafen spazieren und träumten von einer Zukunft, in der Cirk als Kapitän seiner Mutter die ganze Welt zu Füßen legte. Sie malten sich Tage auf einsamen Inseln und an weißen Stränden aus. Doch die Wirklichkeit sah anders aus. Sie war rau und hart. Und als Cirk alt genug war, um mitzubekommen, welchen Preis seine Mutter für das bisschen Luxus zahlte, war es bereits zu spät. Die Schmuggler hatten sich Annas Schweigen nicht nur mit Geld, sondern auch mit Opium erkauft.“

Die Tonlosigkeit, die sich nun in Tjaldas Stimme schlich, machte Annas Elend nur noch deutlicher. „Mit jeder Dosis, die sie ihr gaben, versiegelten sie ihr den Mund. Bis Anna nicht mehr ohne das Gift leben konnte. Anfangs nahm sie es abends als Schlaftrunk zu sich. Eine Mischung aus Wein und Opium gaben die Männer ihr. Das Gift versetzte sie in einen Höhenflug und begleitete sie in eine Traumwelt, in der die elende Wirklichkeit keinen Raum hatte. Anna taumelte allabendlich in einen seligen Schlaf, der sie dem Vater ihres Sohnes in die Arme trug. Bald wollte und konnte Anna nicht mehr ohne diese Träume leben. Sosehr sie die Tagträume mit ihrem Sohn auch liebte, in den Nächten gehörte ihre Liebe immer noch dem Mann, der sie niemals gewollt hatte. Mehr und mehr wurden die Träume, oder besser gesagt das Gift, das die Träume verursachte, zu Annas Lebensinhalt. Was, so muss sie sich gefragt haben, blieb ihr noch, wenn die Hoffnung, die zunehmend schwand, abends nicht wieder zum Leben erweckt werden konnte? Als Cirk zehn war, konnte seine Mutter keine Nacht mehr ohne Opium sein. Sie war dem Gift hoffnungslos verfallen, daran änderte auch die Liebe zu ihrem Sohn nichts. Wieder und wieder flehte Cirk sie an, es nicht mehr einzunehmen, doch Anna kam nicht mehr ohne Opium aus, obwohl sie nur mehr ein Schatten ihrer selbst war. Das Gift machte sie abhängig von den Opiumhändlern, machte sie zu deren Sklavin, und als dann eines Tages noch Cirks Vater starb, verlor Anna jeglichen Lebenswillen. Nun, da ihre Träume nie mehr Wirklichkeit werden konnten, gab sie sich völlig auf. In ihrem Kopf gab es nur noch den Gedanken an das Opium. Damit waren Tür und Tor für einen noch tieferen Fall geöffnet, einen Fall, der Anna ihrer Würde beraubte. Sie brauchte immer größere Mengen Gift, und schon bald tat sie alles dafür, um es zu bekommen. Sie nähte das Gift nicht mehr nur in Stoffe ein, sondern verkaufte auch ihren Körper."

Tjalda schwieg, und Inken schloss die Augen. „Was geschah dann?"

„Als Anna schließlich so schwach war, dass sie ihre Arbeit nicht mehr erledigen konnte, musste Cirk für sie einspringen. Nicht das Verbergen des Rauschgifts wurde seine Aufgabe, sondern das Verteilen."

„Cirk musste für sie einspringen", rief Inken entsetzt. „Du willst damit sagen, dass er diesen Bastarden, die das Opium verkauften, dabei helfen musste?"

Tjalda nickte. „Ja. Sonst hätte es kein Opium mehr für seine Mutter gegeben. Zu diesem Zeitpunkt war Anna bereits zu hinfällig, um irgendeiner anderen Tätigkeit nachgehen zu können. Cirk hasste das, was er tat, und schwor sich damals, niemals in seinem Leben wieder in eine Abhängigkeit zu geraten – welcher Art sie auch immer sein möge. Schnell stellte sich heraus, dass Cirk ein guter Botengänger war. Niemals ließ er sich erwischen, und so bedienten sich die Opiumhändler seiner gerne. Cirk durfte sich nicht erwischen lassen, das war ihm klar, denn sonst wäre es zu Ende gewesen mit seiner Mutter. Sie hatte außer ihm ja niemanden. Dadurch kam er in den Ruf, sieben Leben zu haben."

„Sieben Leben", kam es leise von Inkens Lippen. „Welche Todesfurcht muss Cirk als Junge ausgestanden haben. Was für eine Kindheit!" Und sie dachte an die Nacht in der

Moorkirche und daran, was Cirk ihr über das Zusammentreffen mit seinem Vater erzählt hatte. Was für elende Jahre! Und niemand, dem er vertrauen konnte, der ihn liebte.

„Cirk musste früh erwachsen werden", fasste Tjalda ihre Überlegungen zusammen. „Und immer lag die Verantwortung für seine Mutter auf seinen Schultern. So lange, bis das Opium sie eines Tages zur Gänze vernichtete und sie ihre letzten Jahre in einer Scheinwelt verbrachte. Nach einer hohen Dosis Opium setzte ihr Atem eines Tages schließlich einfach aus."

Tjalda schüttelte den Kopf. „Und weißt du, was Cirk zu mir sagte?"

Inken blickte sie fragend an.

„Er sagte: ‚Und dann war sie endlich frei und ich war es auch.' Noch am selben Tag verließ er Hamburg. Niemals wieder wollte er einen Fuß in diese Stadt setzen, die so viel Elend über seine Mutter gebracht hatte. Cirk beschloss, seinem Leben eine neue Richtung zu geben. Nichts und niemand konnten ihn nun mehr dazu zwingen, das unheilvolle Gift unter das Volk zu bringen. Und Cirk schwor sich, in seinem zukünftigen Leben immer unabhängig und frei zu sein. Sein eigener Herr. Für niemanden verantwortlich, niemandem etwas schuldig – und jetzt kommt das, was ich dir eigentlich vermitteln wollte –, Cirk beschloss, niemals wieder in seinem ganzen Leben einem Menschen Macht über sich zu geben, und sei es die Macht der Liebe. ‚Ich werde niemals mein Herz verschenken', sagte er einmal lachend zu mir, ‚ich werde nicht so dumm sein wie meine Mutter. Liebe ist eine süße Abhängigkeit, aber sie kann auch tödlich sein. Und ich will leben!' Es mag daher sein, Inken, dass er mit seiner Liebe zu dir nicht fertig geworden ist.

Dass er vor ihr, vor dir, davongelaufen ist. Obwohl", sie seufzte nachdenklich, „danach klangen die Worte in seinem Brief eigentlich nicht."

Tjalda unterbrach sich und schwieg für eine Weile. Trotz des warmen Feuers, an dem sie saßen, waren Inkens Hände eiskalt.

„Das glaube ich auch nicht, Tjalda", sagte sie schließlich. „Du versuchst mein Verständnis zu wecken für diesen Mann und sein Tun. Du willst die Vergangenheit als Entschuldigung für das plötzliche Gehen dieses Mannes heranziehen, der immer wie ein Sohn für dich war."

Tjalda blickte Inken fest in die Augen. „Ja, das will ich. Ich kenne Cirk nun so viele Jahre und kann nicht glauben, mich so in ihm getäuscht zu haben. Nach außen hin war er immer ein Windhund, ein Bruder Leichtfuß, ein Schmuggler mit sieben Leben, der keinerlei Furcht kennt. Doch ich habe in all den Jahren oft in sein Inneres gesehen, Inken, und weiß, wie verletzlich er ist. Und diese Verletzlichkeit wurde in seiner Kindheit geboren. Überlege doch einmal, wie das damals für ihn gewesen sein muss! Aufzuwachsen ohne eine Familie, die ihm Halt gab. Ohne die Geborgenheit eines Zuhauses. Vielleicht sogar ohne Freunde und mit einer Mutter, die er liebte, aber der er nicht helfen konnte. Wie verzweifelt muss Cirk als Kind gewesen sein. Das hat ihn geprägt, hat diesen starken Hang nach Unabhängigkeit in ihm wachsen lassen. Und dann kamst du, Inken. Und mit dir überfiel die Liebe diesen Mann, der vorher immer ein Einzelgänger war. Natürlich hat es Frauen in seinem Leben gegeben. Aber niemals hat er eine von ihnen nahe an sich herangelassen."

„Lass es gut sein mit deiner Theorie, Tjalda", winkte Inken ab. „Lucia hat er ja offensichtlich sehr nahe an sich herankommen lassen. Aber darüber will ich jetzt nicht mehr nachdenken. Du machst dir im Hinblick auf Cirk etwas vor. Aber, sei es wie es will. Ich möchte allerdings nicht mehr mit dir über seine Gefühle reden. Was für mich zählt, sind allein Taten. Aber vielleicht erzählst du mir zum Schluss noch, was geschah, nachdem er als junger Bursche an deine Tür geklopft hat."

„Da gibt es nicht mehr viel zu erzählen. Ich nahm ihn bei mir auf und gab ihm Arbeit und Brot. Wir lernten schnell, einander zu vertrauen, als die Außenseiter der Gesellschaft, die wir waren. Die Leute zerrissen sich das Maul über uns. Sprachen von der alten Geldhändlerin und ihrem jungen Geliebten. Aber all dies störte uns nicht. Wir waren es gewohnt, in der Verachtung unserer Mitbürger zu baden. Mir machte es sogar Vergnügen, wenn ich manchmal die neidischen Blicke der jungen Frauen sah, die mir das Zusammensein mit Cirk missgönnten. Mehr und mehr verließen Cirk und ich uns nur noch aufeinander. So fielen auch die meisten meiner Ratschläge bei ihm auf fruchtbaren Boden. Nur die Idee, sich seinen Erbteil von der Familie seines Vaters zu holen, hat Cirk nie umgesetzt."

„Das kann ich gut verstehen." Inken nickte wie zur Bekräftigung mit dem Kopf. „Mit der Familie des Mannes, die meine Mutter ins Elend gestürzt hat, hätte ich auch nichts zu tun haben wollen!"

„Aber es wäre finanziell vielleicht von Vorteil gewesen. So musste sich Cirk aus eigener Kraft seinen Traum, Kapitän zu werden, erfüllen. Das nötige Geld dafür verdiente er sich abends, indem er über meinen Büchern saß. Dieser Mann besitzt eine angeborene Begabung dafür, gute Geschäfte zu wittern. Es hat mir nie leidgetan, ihn entgegen allen Unkenrufen bei mir aufgenommen zu haben. Außerdem eroberte er in

Windeseile mein Herz. Ich liebte ihn bald wie einen Sohn, aber das weißt du ja. Deshalb bin ich nun auch so verzweifelt."

Tjalda wischte sich die Tränen aus den Augen. „Ich vermisse ihn unendlich. So, wie ich ihn allezeit vermisst habe, wenn er auf große Fahrt ging. Wie oft war ich dem Schicksal gram. Hat es mich nicht schon oft genug leiden lassen? Da verliere ich meinen geliebten Vater an das Meer, und dann schickt mir Gott erneut einen Menschen, der mir etwas bedeutet, der sich aber nichts sehnlicher wünscht, als ausgerechnet Kapitän zu werden."

„Für wen ist er gefahren?", versuchte Inken sie abzulenken.

„Och, für verschiedene Reeder. Kurz vor dem Krieg zumeist auf Frachtschiffen nach England und Dänemark. So manches Mal bin ich mit fliegenden Fahnen zum Hafen geeilt, wenn die Nachricht kam, dass Cirk zurück sei. Oft habe ich zugeschaut, wie die Waren direkt vom Schiff von Hand zu Hand auf Pferdefuhrwerke oder kleinere Schiffe verfrachtet wurden. Ein kleiner Teil der Ladung verschwand zumeist in den Speichergebäuden der Stadt, die meisten Waren aber wurden auf Treidelwegen weiter ins Binnenland verschifft. Auf solch einem Treidelschiff ist Cirk in seiner Anfangszeit auch gefahren. Arbeit fand er immer. Du weißt ja, die Schifffahrt floriert, sofern nicht gerade Krieg ist. Fast alles, was wir brauchen, kommt auf dem Wasserweg zu uns. Doch Cirk war es nicht genug, einfach nur zu fahren, er wollte sein eigenes Schiff, um sein eigener Herr zu sein. Ehrgeizig verfolgte er sein Ziel, und nach sechs Jahren konnte er sich seinen Traum erfüllen. Von diesem Augenblick an war er mehr auf seinem Schiff als bei mir. Die *Anna* wurde sein Zuhause."

Inken überhörte den Hauch von Bitterkeit in Tjaldas Stimme. „Cirks Schiff trägt den Namen seiner Mutter?"

„Ja, sein erstes Schiff benannte er nach ihr. Cirk fuhr mit der *Anna* zumeist nach England, wo er sich mit einigen seiner Handelspartner besonders gut angefreundet hatte. Seine Zuverlässigkeit brachte ihm einen ausgezeichneten Ruf ein, und so blieben die Aufträge niemals aus. Cirk ist ein guter Kapitän, musst du wissen, und auf seine Mannschaft konnte er sich bedingungslos verlassen. Für sie war er ein Held, denn für die meisten seiner Leute war das Fahren auf seinem Schiff so etwas wie eine zweite Chance. Cirks Mannschaft bestand größtenteils aus Männern, die von der Gesellschaft fallen gelassen worden waren. Aber Cirk hat immer gesagt: ‚Du, Tjalda, hast mir eine Chance gegeben. Und das Gleiche tue ich nun auch für meine Leute.' Die Männer hätten ihr letztes Hemd für ihn gegeben.

Doch dann kam die Zeit, in der kein Handel mehr möglich war, weil Napoleon durch die Kontinentalsperre die Geschäfte mit den Engländern zum Erliegen brachte. In allen Hafenorten und Sielen setzte er Grenzwächter ein, die kein Schiff mehr hinein- oder hinausließen – aber das ist dir ja alles bekannt. Für Cirk, der lieber ein Segel zu Schanden fuhr, als im Hafen eingesperrt zu sein, wurde das Verbot zu einer Herausforderung und er und seine Mannschaft die Schmugglerbande schlechthin. ‚Was habe ich zu verlieren?', hat er mich einmal gefragt, als ich ihm Vorhaltungen machte. ‚Ich bin niemandem Rechenschaft über mein Tun schuldig. Und außerdem macht es mir unglaublichen Spaß.'" Tjalda seufzte. „Du weißt, wie er sein kann. Dass ich fast umkam vor Angst, zählte natürlich nicht. Cirk machte es sich also zur Aufgabe, Waren von und nach England zu schmuggeln. Er übertölpelte die Aufpasser oder machte gemeinsame Sache mit ihnen. Du kennst ja die Geschichte mit dem kleinen Franzosen."

Inken nickte. „Du meinst Hugues, den mit der ostfriesischen Liebschaft?"

„Genau. So wurden Cirk und seine Männer zu bekannten Schmugglern, und allerorts erzählte man sich von seinen Heldenstückchen. In dunklen Sturmnächten kreuzte er auf England zu oder schmuggelte von Helgoland aus Tee, Zucker Rosinen, Tabak und vieles mehr. Cirk kennt alle Untiefen und Tücken im friesischen Fahrwasser genau, und die Dunkelheit konnte ihn nicht schrecken. Außerdem profitierte er bei seinem Tun natürlich von den Erfahrungen seiner Kindheit. Aber Cirk hatte nie den Profit im Auge, wie so viele andere Schmuggler. Er gab vielmehr denen, die nichts mehr hatten und Not litten. Vielleicht wollte er wiedergutmachen, was seine Mutter unwillentlich verbrochen hatte." Tjalda holte tief Luft und stieß den Atem dann mit einem dumpfen Geräusch wieder aus.

Die Nacht war schon längst hereingebrochen, und Mondlicht schien durch das Fenster. Inken maß den Mond mit ungläubigem Staunen. Der Blick in Cirks Vergangenheit hatte die Stunden unbemerkt verstreichen lassen. Sie hatten geredet und an Dinge gerührt, die Inken immer noch in ihren Bann schlugen. Ein Schauern lief ihr über den Rücken, und schließlich stand sie fast zögernd auf. Sie durfte nicht zulassen, dass Cirks Geschichte ihr zu nahe kam, denn was würde ihr sonst noch als Waffe bleiben, wenn sie die Wut über seinen Verrat nicht mehr schützte?

„Danke, Tjalda", sagte sie schließlich. „Danke, dass ich teilhaben durfte an deinem Fühlen und Denken. Du hast vielleicht geglaubt, es könnte meine Einstellung zu Cirk ändern. Das tut es nicht. Aber zu wissen, dass auch Cirk

Zeiten unendlicher Verzweiflung in seinem Leben gekannt hat, mildert das Gefühl von Bitterkeit, das ich in mir habe. Gleichzeitig entdecke ich Züge meines Vaters in ihm, der auch immer für seine Ziele eingetreten ist. Für ihn gab es niemals ein Aufgeben, auch wenn die Niederlage unvermeidbar schien. Von ihm habe ich gelernt, Feiglinge zu verabscheuen und jeden zu verachten, der seine Pläne aufgibt, ohne die Umsetzung seiner Träume nicht wenigstens versucht zu haben.

Mein Vater hätte Cirk gemocht, doch er würde mir auch raten, jeden Gedanken an ihn zum Teufel zu schicken. Und das solltest du auch tun. Wir beide, nein" – sie verbesserte sich –, „wir drei, denn Sumi gehört auch zu uns, haben jetzt Besseres zu tun. Wollen wir nicht ebenfalls einen Traum verwirklichen? Daran sollten wir nun alles setzen. Denn ein Ziel zu verfolgen lenkt von zu vielem Nachdenken und Trauer ab. Cirk ist fort, aber wir sind hier. Und hier haben wir unsere Aufgabe. Lass uns die Herausforderung annehmen."

Inken schloss für einen Augenblick die Augen. Ja, zur Hölle mit Cirks Vergangenheit. Sie war keine Entschuldigung für das, was er ihr angetan hatte. Durch Tjaldas langen Bericht waren für eine Weile Vergangenheit und Gegenwart wieder ineinander verwoben worden, und sie hatte den Verlust ihrer Liebe erneut schmerzhaft gefühlt. Doch Inkens Gedanken waren jetzt wieder in der Realität angekommen, und dieser Mann hatte sie verletzt wie niemand zuvor in ihrem Leben. „Sollte Cirk jemals wiederkommen und in mein Herz wollen", dachte Inken, „so werde ich auf das seine zielen und treffen!" Es war diese Vorstellung, die ihr die innere Ruhe zurückbrachte.

Doch Cirk hatte sich nicht einfach davongeschlichen, wie Inken glaubte, sondern war dabei, ein Opfer zu bringen. Ein Opfer, das völlig sinnlos war, denn zwei Tage, nachdem die beiden Handelsschiffe in See gestochen waren, starb Thomas Devon an den Folgen seiner schweren Operation. Zusammen mit seinem Nachlass gelangte auch der alles erklärende Brief, der Tjalda und vor allen Dingen Inken die Beweggründe für sein Handeln deutlich machen sollte, in die Hände seiner Schwester Lucia.

10. Schwarzes Gold aus China

Kanton, Juli 1814

... nach neun Monaten und neunzehn Tagen
Gefangenschaft auf Meeren und Flüssen
haben wir jetzt – Gott sei Dank –
wieder festen Boden unter den Füßen.
... Zusammen mit dem Hoppo kamen die*
Mandarinen an Bord, um unser Schiff zu messen und die*
mitgebrachten Münzen zu wiegen.
Der Kapitän empfing sie
mit süßem spanischen Wein und Kuchen.

(Jean François Michel, flämischer Kaufmann)

In China

Er hatte sich vorsichtshalber mitsamt dem Schiffsjungen ans Ruder geseilt. Schwarz wie die Nacht war es. Der Wind heulte, und Regentropfen peitschten ihnen ins Gesicht. Zwei Blitze durchzuckten gleichzeitig den Himmel und die Dünung nahm zu. Das Schiff hob und senkte sich. Cirk wurde von

**Anmerkung der Autorin: Hoppo = hoher kaiserlicher Beamter, der verantwortlich für den Handel mit den Europäern war. Mandarin = hoher Beamter und Würdeträger im ehemaligen chinesischen Kaiserreich*

einer unvorstellbaren Furcht ergriffen. So hatte er das Meer noch nie erlebt! Es war zu einem unberechenbaren, gefräßigen Ungeheuer geworden, das mit Macht über das Frachtschiff und dessen Besatzung herfiel.

Die Männer um ihn herum schrien, was er aber nur aus den Bewegungen ihrer Lippen schließen konnte. Denn das Unwetter lärmte ohrenbetäubend, und dann, als seien der Schrecken noch nicht genug, sah Cirk, wie sich eine Riesenwelle vor ihnen auftürmte. Ein Ungetüm, eine Ausgeburt der Hölle, ein grün und grau gefärbter Höllenhund, der zum Todesschlag ausholte.

Der Schiffsjunge griff entsetzt nach seiner Hand, doch der Sturm entriss sie ihm wieder. Cirk spürte, wie alles Blut aus seinem Gesicht wich, sein Körper schlaff und leblos wurde. So musste sich ein Gefangener fühlen, der zum Schafott geführt wurde, ein Mörder vor seinem Henker, ein Kranker vor dem Tod. Nur eines schien ihm gewiss: Er, nein, sie alle würden hier und jetzt sterben.

Reflexartig duckte sich Cirk, als die Welle über Bord schlug und eine Ewigkeit über das Schiff hinwegbrandete. Cirk spürte, wie ihn kalte Finger in das nasse Grab zu ziehen versuchten. Er wehrte sich nicht, begehrte nicht mehr auf – nur das Seil gab nicht nach.

Donnerschläge krachten ohrenbetäubend, und im Halbdunkel der Blitze leuchteten die Wellenkämme gespenstisch weiß. Cirk sah, wie sich die nächste Wasserwand vor ihnen auftürmte und ...

Ein Klopfen an der Tür ließ ihn hochfahren. Für einen Augenblick fragte er sich, warum der Boden unter seinen Füßen nicht schwankte. Dann glitt sein Blick über die weißen Wände und die rot und golden bemalten Einrichtungsgegenstände. Ein Lichtstrahl fiel durchs Fenster und warf ein helles Muster auf den Ebenholzboden. Es roch nach getrockneten Rosenblüten, die in Musselinsäckchen an den Bettpfosten herabhingen.

„Sicherlich, um böse Nachtgeister zu verscheuchen", dachte Cirk und sank erleichtert wieder auf sein Lager zurück. Er war nicht mehr auf See, sondern in China. Die Reise war gelungen! Der Sturm war nur ein Albtraum gewesen, der die gefahrvollste Situation auf ihrem Weg dorthin wiedergegeben hatte. Gleich zu Beginn der Fahrt waren sie in ein mörderisches Unwetter geraten, in dem er, was noch nie zuvor passiert war, die Kontrolle über das Schiff verloren hatte. Bis heute wusste er nicht zu sagen, wie es ihnen gelungen war, dieses Unwetter heil zu überstehen.

Durch ein wiederholtes Klopfen an der Tür wurde Cirk aus seinen Gedanken gerissen. Das Geräusch von vorhin war also doch keine Einbildung gewesen.

„Ja, bitte."

Lachend und unter vielen Verbeugungen betrat ein Chinese das Schlafzimmer. Er trug ein Tablett mit Teegeschirr in den Händen, das er auf einem Tischchen im Raum aufzudecken begann. Cirk machte eine dankende Geste, bedeutete dem Mann aber, dass er aufstehen würde, um sein Frühstück einzunehmen.

„Oh, dieser Europäer muss nicht mit den Händen reden", amüsierte sich der Chinese und lachte glucksend. „Dieser unwürdige Sohn eines Kochs hat schon vielen weißen Männern zu einem vollen Bauch verholfen. Allezeit ist er seinem Vater zur Hand gegangen, der früher – genau wie sein Sohn heute – die fremden Kaufleute bewirtete. Dabei hat dieser Mann mit Namen Hong nicht nur den Geschmack der Europäer kennen gelernt, sondern auch ein wenig von ihrer Sprache."

Nach diesen erklärenden Worten verbeugte sich Hong noch einmal.

Unbewusst erwiderte Cirk die leichte Verneigung. Allein wegen ihres Auftretens konnte man nicht umhin, die Chinesen mit Höflichkeit zu behandeln.

„Du bist also Hong, und der kaiserliche Beamte hat dich abgestellt, um uns zu bekochen", fasste Cirk zusammen.

Der Chinese nickte. „Aber dieser Kapitän braucht sich keine Sorgen zu machen, was das leibliche Wohl angeht. Die Chinesen essen alles, was schwimmt, fliegt oder vier Beine hat. Dieser Koch weiß, dass die Männer mit weißer Haut andere Essgewohnheiten haben, und wird weder Hunde noch Schlangen servieren."

„Da bin ich aber beruhigt", antwortete Cirk trocken.

Hong sammelte das Geschirr wieder ein und ließ ihn allein. Cirk schwang die Füße aus dem Bett und streckte sich. Langsam, ganz langsam kam nach den vielen Stunden, die er geschlafen hatte, die Erinnerung an den gestrigen Tag zurück.

Nach neun Monaten auf See hatte die *Burg von Emden* endlich die Mündung des Perlenflusses und damit ihr Ziel erreicht. Es war wie in einem Traum gewesen. Cirk hatte sich nach der langen Zeit auf dem Schiff nicht sattsehen können an den wunderschönen fremdartigen Blumen, die zu beiden Seiten des Flusses blühten. Eine Zauberwelt tat sich vor ihm auf. Unbekannte Anblicke, Düfte und Geräusche umgaben sie. Dazu statt der harten Brise, die sie gewohnt waren, ein warmer lauer Wind, der die Haut umschmeichelte. Vier Meilen vor Kanton hatte die *Burg von Emden* bei einer kleinen Insel namens Wampou geankert.

Der Eindruck von Unwirklichkeit hatte sich durch den überaus höflichen Empfang der Chinesen noch verstärkt.

Unter vielen Verbeugungen war ein Hoppo, ein hoher kaiserlicher Beamter, der künftig die Verhandlungsgespräche mit den Kaufleuten über die Waren führen würde, zu ihnen aufs Schiff gekommen. Ihm war eine Gefolgschaft von Würdenträgern gefolgt, die das Schiff vermessen und die mitgebrachten Münzen gewogen hatten. Cirk hatte darüber gestaunt, mit welcher Gelassenheit die Chinesen ihren Aufgaben nachgingen. Hand in Hand arbeiteten sie, und alles schien nach einem wohl durchdachten Muster zu geschehen.

Einige Besatzungsmitglieder der *Burg von Emden* waren, wie Cirk, niemals zuvor in China gewesen und hatten die Männer mit offenen Mündern angestarrt. Zu fremd waren ihr Aussehen und ihre Kleidung. Die Stellung der Männer ließ sich an ihrem äußeren Erscheinungsbild ablesen, an ihren kostbaren Stoffen und ihrem wertvollem Schmuck, wofür nur der Ausdruck „würdevoll" gewählt werden konnte. Sie trugen lockere Gewänder, die mit der Mythologie entsprungenen Tierfiguren gemustert waren.

„Die Tiere auf der Kleidung sollen den Träger schützen", hatte einer der Matrosen gewispert. „Der Kranich symbolisiert ein langes Leben. Und schaut nur, der Drache auf dem Gewand des Hoppo hat vier Krallen. Das muss ein wahrhaft wichtiger Mann sein. Bei meiner letzten Chinareise habe ich gehört, dass der fünfkrallige Drache einzig der kaiserlichen Familie vorbehalten ist."

„Sie tragen irgendwie weibische Kleidung", hatte ein anderer Matrose naserümpfend befunden, „und schaut euch nur mal die Zöpfe an!"

„Und die Schuhe erst." Der Schiffsjunge hatte nicht umhingekonnt, darauf zu zeigen.

„Ja", hatte der Chinakenner amüsiert genickt, „die hohen kaiserlichen Beamten tragen diese Absätze, um sich von den einfachen Landsleuten zu unterscheiden. Sie stehen über ihnen und über dem Schmutz der Straße."

Ein älterer Seemann war skeptisch gewesen und hatte sich am Kopf gekratzt. „Ich verstehe nicht, wie man sich so verunstalten kann. Verdammt, das sind doch keine richtigen Männer. Bist du sicher, Focke, dass diese Kerle nicht doch spezielle Neigungen haben? Du weiß schon, was ich meine, dass sie vom anderen Ufer sind oder so. Die sehen doch wie die aufgetakelten Weiber in den einschlägigen Kneipen bei uns aus."

„Na, so ein Weib würdest du aber nicht von der Bettkante stoßen, oder?", frotzelte sein Nebenmann.

„Gut, dass die euch nicht verstehen können", hatte sich Cirk lachend in ihr Gespräch gemischt. „Und glaubt nur ja nicht, dass euch irgendeine Frau diesen Männern vorziehen würde." Er hatte demonstrativ auf die längen Bärte der Seeleute und ihre zerlumpte Kleidung gezeigt. Die Monate auf See waren nicht spurlos an der Besatzung vorbeigegangen. „Ich werde diesen Männern" – er hatte das Wort *Männer* besonders betont – „jetzt erst einmal den letzten in Spanien gekauften Wein als Begrüßungstrunk anbieten. Wir wollen uns ja gut mit ihnen stellen, nicht wahr."

Die Chinesen waren dem Wein nicht abgeneigt gewesen, und mittels eines Dolmetschers hatte es auch mit der Verständigung keine Probleme gegeben.

„Diese edlen Herren" – der Dolmetscher hatte sich vor den Beamten verneigt – „haben für die ehrwürdigen Kaufleute und den Kapitän ein Wohnhaus mit Lagerräumen am Hafen für die Dauer des Aufenthalts in Kanton vorbereiten lassen. Dort werden die Kaufleute dann auch die chinesischen Tee-, Seiden- und Porzellanhändler empfangen. Die Gesandten des Kaisers wären überaus glücklich, die Kaufleute und den Kapitän der *Burg von Emden* als Gäste in der bescheidenen Behausung begrüßen zu dürfen."

Noch am selben Tag waren sie aufgebrochen. Die Behausung hatte sich als Palast erwiesen, und der Empfang durch die Bediensteten war warmherzig und freundlich gewesen. Allerdings hatte Cirk gestern Abend weder von den Räumlichkeiten noch von der Einrichtung des Hauses etwas wahrgenommen. Nachdem seine wenigen Habseligkeiten verstaut waren, hatte er ein schnelles Bad genommen, sich den Bart gestutzt und war danach sofort in einen tiefen Schlaf gefallen.

Heute jedoch fühlte er sich erfrischt und bereit für den neuen Tag. Gleich nach dem Frühstück wollte er sich mit dem Kapitän der *Maisje* treffen, dem er im Dezember vergangenen Jahres auf der Kapverdischen Insel San Jago begegnet war, wo ihre Frachtschiffe nebeneinander auf Reede gelegen hatten. Cirk wusste, dass er den Kapitän der *Maisje* eigentlich als Konkurrenten hätte betrachten müssen. Doch stattdessen hatte er den alten Haudegen schätzen gelernt und herausgefunden, dass dieser ein verdammt guter Schachspieler war. Außerdem sah er keine Veranlassung, dem Kapitän der *Maisje* mit Ablehnung zu begegnen, nur weil Reemt Neehus dies vielleicht erwartete. „Im Gegenteil", ging es ihm durch den Kopf, und er hatte dabei etwas im Sinn, mit dem Reemt Neehus noch weniger einverstanden sein würde! Mal sehen, wie seine Idee dem Kapitän der *Maisje* schmecken würde.

In der Küche traf Cirk nicht nur auf Hong, den Koch, sondern auch auf einen der drei Kaufleute an Bord der *Burg von Emden*. Es war der Flame Jean François Michel, den Cirk besonders mochte. Die Männer begrüßten sich höflich. Der Kaufmann schien äußerst begierig auf alles Neue zu sein, und man sah ihn nie ohne seinen Schreibblock. Immer notierte er mit der Zunge zwischen den Zähnen etwas in sein Büchlein und versah seine Notizen danach mit ansprechenden Bildern.

Michel saß am Tisch, der reichlich mit allem, was ein europäisches Herz begehrte, gedeckt war. Neben ihm stand Hong und gab mit gerunzelter Stirn Auskunft auf seine Fragen. Cirk achtete anfangs nicht auf ihr Gespräch, sondern stürzte sich auf den Tee, verschlang heißhungrig ein Ei und aß ein Brot mit Honig dazu. Als der erste Hunger jedoch gestillt war, konnte er nicht umhin, seine Ohren zu spitzen.

„Also", fasste der Flame gerade zusammen, „die Essstäbchen der einfachen Leute sind aus Bambus hergestellt. Höhergestellte Persönlichkeiten verwenden dagegen geschnitzte Stäbchen aus Jade oder Elfenbein. Das Essen wird in der Küche klein geschnitten, damit sich die mundgerechten Stücke gut mit den Stäbchen aufnehmen lassen. Man führt dabei die Schale mit der linken Hand direkt an den Mund. Die Chinesen essen an niedrigen Tischchen und setzen sich dazu auf Bastmatten."

Hong nickte und neigte sein Ohr wieder dem Kaufmann zu.

„Und nun erzählt mir noch einmal vom Markttreiben! Wir Kaufleute sind ja hier sozusagen *hinter verschlossenen Türen* und können dieses fremde Land nicht sehen, riechen und schmecken."

„Dieser bescheidene Chinese will gerne versuchen, Augen und Nase für den sehr geachteten Kaufmann zu sein." Hong neigte den Kopf auf die Seite und überlegte kurz. „Wenn dieser Langschläfer von einem Koch auf den Markt geht, um neue Vorräte zu besorgen, dann sind die Händler schon seit vielen Stunden auf den Beinen und bieten im Licht unzähliger Öllampen ihre Waren an. Die Verkaufsstände stehen so eng zusammen, dass die Träger wie Hasen Haken schlagen müssen, um an ihnen vorbeizukommen. Buntes Treiben herrscht auf dem Markt: Habichthändler präsentieren ihre Vögel. Perlen und Seide werden angeboten, duftende Kräuter, Tee, Gold und Silberschmuck, Jade und Rhinozeroshorn. Später am Morgen kommen dann vermehrt Frauen auf den Markt, um Schafsköpfe und Mägen, Nieren, Euter, Hasen, Tauben, Krebse und Muscheln zu kaufen. Aber nicht nur Fleisch findet Abnehmer. Es gibt auch Schätze für die verwöhnte Kundschaft: Klöße aus Datteln, kandierte Früchte und mit Honig überzogene Teigfiguren. Für den unverwöhnten Chinesen Reis in allen Variationen. Meist allerdings zu kleinen Bällchen verarbeitet. Natürlich" – er verzog amüsiert das Gesicht – „bietet ein guter chinesischer Markt auch Waren, die für fremde Augen wie die der hoch geschätzten Gäste dieses Hauses, ungewöhnlich erscheinen mögen. Nützliche Dinge wie in Blätter gewickelte lebende Weberameisen, die man in mit Fett gefüllte Schafsblasen lockt. Besitzer von Plantagen mit Orangenbäumen brauchen diese Tiere, die sich an Heuschrecken und schwarzen Ameisen laben. Auf dem Markt werden zudem Seepferdchen und Seesterne, Schlangen – sowohl frisch als auch gehäutet –, Frösche, Kröten und Skorpione verkauft. Von den Fröschen und deren Verarbeitung möchte dieser wissende Chinese den empfindsamen Ohren dieses Kaufmanns lieber nichts erzählen."

In fliegender Eile hatte der Flame alles notiert. „Oh, so empfindsam bin ich nicht. Im Gegenteil, gerade das Ungewöhnliche interessiert mich besonders." Auffordernd blickte er dem Koch ins Gesicht, der sich aber offensichtlich nicht mehr länger über die Waren auf dem Markt auslassen wollte.

Hong verneigte sich leicht. „Dieser viel beschäftigte Koch wird sich jetzt an die Zubereitung des Mittagsmahls wagen."

„Eine Frage noch, bitte." Der Flame zupfte an dem Gewand

des Chinesen. „Nur eine einzige, und dieser neugierige Flame gibt Ruhe." Er lächelte verschmitzt. „Wenn Sie zu Hause für Ihre Liebste kochen, was für ein Gericht würden Sie ihr dann machen?"

Etwas verlegen griff Hong zu der Seidenquaste am Ende seines Zopfes. „Ach, diesem stets arbeitenden Chinesen fehlt die Zeit für eine Liebste. Seine Liebste wäre vielleicht noch die alte Frau der Familie zu nennen, die Mutter seiner Mutter. Sie wird ab und zu bekocht von ihrem Lieblingsenkel. Eine Spezialität dieses untalentierten Kochs, Drache-und-Tiger-im-Kampf genannt, mag die verehrte alte Frau besonders. Es ist ein Ragout aus Katzen- und Schlangenfleisch."

Mit aufgerissenem Mund hörte der Flame zu. „Katzen- und Schlangenfleisch sagen Sie?" Seine Zunge fuhr aufgeregt zwischen den Lippen hin und her, und die Finger fegten nur so über das Papier.

„Klein geschnitten, ganz klein", bestätigte Hong.

Während Cirk noch überlegte, ob er nicht lieber das Weite suchen sollte, fuhr der Koch fort: „Ihr Lieblingsessen aber heißt *Drei Piepser*, eine Leckerei aus ganz jungen Rattenbabys." Er schien sich sichtlich für das Thema zu erwärmen. „Das erste Mal piepsen sie beim vorsichtigen Hochheben mit den Stäbchen. Das zweite Mal, wenn man sie lebendig in Honig wälzt. Und dann noch ein drittes Mal ..."

Das dritte Mal ersparte sich Cirk, indem er die Tür von außen schloss. Er atmete tief durch. Wenn man den Ausführungen Hongs lauschte, schien es geradezu ein Segen zu sein, dass ihr Markt für die Europäer unerreichbar war. Cirk legte keinen gesteigerten Wert darauf, enthäutete Frösche und Schlangen zu Gesicht zu bekommen. Stattdessen würde er sich lieber für die Begegnung mit Kapitän Jacobs wappnen.

Da war noch immer diese Idee in seinem Kopf, ein Plan,

mit dem sie vielleicht Reemt Neehus an der Nase herumführen könnten.

Die Absprache

Obwohl es noch früh am Morgen war, versprach es ein heißer Tag zu werden. Schon jetzt brachte die feuchtwarme Luft Cirk zum Schwitzen. Tief in Gedanken versunken schlenderte er am Hafen entlang zum Wohnhaus des Kapitäns der *Maisje*. Cirk hatte keinen Blick für die vielen Häuser mit ihren Lagerräumen, in denen die Chinesen die Kaufleute aus aller Herren Länder untergebracht hatten. Er beachtete weder die preußische Flagge, die seit gestern zwischen denen der anderen Nationen wehte, noch die kleinen Dschunken im Hafen.

Wenn seine Geschäfte bald abgeschlossen wären, könnten sie bereits um die Jahreswende die Anker lichten und mit günstigem Nordwestmonsun im Frühjahr wieder in Emden sein. Das wäre ihm am liebsten. Tief sog er die feuchte Luft ein. Es war zwar aufregend, hier in China zu sein, doch er wollte um alles in der Welt so schnell wie möglich nach Hause zurück! Er wollte zu Inken, und manchmal haderte er mit dem Schicksal, das ihn für so lange Zeit von ihr fernhielt. Er fühlte sich verloren ohne sie. Die lange Reise, die Fremdheit Chinas, all das verstärkte noch das Gefühl in ihm seelenlos, ziellos, heimatlos zu sein. Sogar auf See hatte ihn die selbstgewählte Einsamkeit, obwohl sie ihn seit seiner Kinderzeit ständig begleitete, manchmal fast verzweifeln lassen. Doch die Liebe zu Inken hatte sie ihm zur Qual werden lassen. Ein Leben ohne Inken schien ihm sinnlos.

Cirks Gedanken wanderten zu den gemeinsamen Tagen, die sie auf Norderney verbracht hatten, zurück. Dort hatte er begriffen, was wahres Glück ist. Und hatte geglaubt, dass nichts und niemand sie jemals wieder trennen würde. Nicht einmal der Krieg. War das immer so, wenn zwei Menschen einander liebten? Er wusste es nicht. Er wusste nur, dass diese Monate ohne Inken die Hölle waren. Die Sehnsucht nach ihr brachte ihn fast um. Er dachte an sie, träumte von ihr, doch damit nicht genug. Wenn er sie im Traum in den Armen hielt, spürte er nach dem Aufwachen eine unerträgliche Leere in seinem Inneren. Bevor er Inken gekannt hatte, war er wie ein einsamer Vogel heimatlos ins Nichts geflogen. Heute wusste Cirk jedoch, dass er durch sie auch wieder ins Leben zurückgefunden hatte.

Lucias Theaterspiel ging ihm durch den Sinn, ihr billiger Auftritt, der ihn zum Vater ihres ungeborenen Kindes gemacht hatte. Für einen winzigen Moment durchzuckte Cirk die schreckliche Vorstellung, Inken könnte diese Lüge immer noch glauben und in ihrer ablehnenden Haltung verharren. Doch nein, sein Brief, der sie durch Thomas längst erreicht haben musste, hatte mittlerweile sicher alle Missverständnisse aufgeklärt. Inken würde über Lucia lachen und verstehen, warum er diese Reise nach China angetreten hatte. Und wenn sie außerdem noch durch Tjalda von seiner Vergangenheit erfuhr, würde sie wissen, dass er seine Schuld abtragen wollte, um frei für eine gemeinsame Zukunft zu sein.

Warum hatte er ihr nur nicht schon auf Norderney von seiner Kindheit erzählt? Damals waren sie einander so nahegekommen, dass es ein Leichtes gewesen wäre. Doch er hatte den Zauber ihres Zusammenseins nicht mit den dunklen Seiten seiner Vergangenheit zerstören wollen und dafür in Kauf genommen, dass er für Inken stückweit noch ein Fremder geblieben war. War dies der Grund, warum sie Lucias Posse überhaupt erst hatte ernst nehmen können?

Cirk verspürte einen bohrenden Schmerz hinter seiner Stirn. Es hatte keinen Sinn, sich länger den Kopf darüber zu zerbrechen. Er konnte sowieso nichts mehr daran ändern. Sein Brief würde Inken die Wahrheit erkennen lassen, obwohl er die Gründe für seine Fahrt nach China darin nur angedeutet hatte. Denn ein Brief konnte in falsche Hände geraten, und sein Wissen über Thomas' Verfehlungen ging niemanden etwas an. Davon würde er Inken später erzählen, wenn sie wieder glücklich vereint waren.

Bilder stiegen in ihm auf. Sie beide Hand in Hand am Meeressaum. Fast vermeinte er das Rauschen der Wellen zu hören und dann von weither ihre Stimme, die ihn liebevoll beim Namen rief. Er wollte die Hand heben und sanft ihre Wange berühren, drängte seine Erinnerungen aber entschlossen zurück. Hier und jetzt durfte er ihnen keinen Raum geben. Monatelang würde er noch von Inken getrennt sein, und so lange mussten die Träume warten!

Cirk legte den Kopf in den Nacken und nahm zum ersten Mal den blauen Himmel und die weißen Wolken bewusst wahr. Mit festen Schritten näherte er sich dem Domizil des Kapitäns der *Maisje* und ihrer Kaufleute am äußeren Ende des Hafens. Kapitän Jacobs wartete schon auf Cirk. Auch hier an Land war er formell gekleidet und trug das graue Haar – ganz nach der neuesten Mode – ins Gesicht gekämmt. Trotz des schwülen Wetters wirkte er kühl und gelassen.

Mit einer Handbewegung bat er Cirk in einen abgeschiedenen Raum, in dem sie sich an einen großen Tisch setzten. Der Kapitän trug dem chinesischen Personal auf, ihnen Tee zu bringen.

„Wie haben Sie die Nacht verbracht, mein Freund?" Kapitän Jacobs klopfte Cirk auf die Schulter.

„Mein Schlaf endete in einem Albtraum, aus dem mich

unser chinesischer Koch, der mir das Frühstück bringen wollte, gerettet hat. Nach diesem Traum freut es mich umso mehr, wieder festen Boden unter den Füßen zu haben."

Zufrieden stöhnend streckte Cirk seine langen Beine unter dem Tisch aus. Sein Blick folgte dem Chinesen, der nach einer Verbeugung zur Tür eilte.

„Wie höflich sie sind", überlegte er laut, „und alle tragen sie Zöpfe."

„Nein, nicht alle", widersprach der Kapitän.

„Nicht? Ich habe noch keinen Einzigen ohne gesehen." Cirk blickte sein Gegenüber fragend an.

„Hier wird Ihnen das auch kaum gelingen. Es ist ja so, dass der Zopf mit der ausrasierten Stirn den Chinesen nach ihrer Unterwerfung von den Mandschu-Herrschern aufgezwungen wurde. 1645 wurde unter Androhung der Todesstrafe befohlen, dass jeder Chinese einen Zopf tragen müsse. Diese Tracht, diese Mode, hatten die Herrscher ihren treuesten Dienern abgeschaut – den Pferden. Damit unterschieden sich nunmehr die Chinesen von der zopflosen mandschurischen Führungsschicht."

Cirk runzelte die Stirn. „Die Männer scheinen den Zopf aber nicht mit Widerwillen zu tragen."

Kapitän Jacobs nickte und lächelte. „Ja, sie haben das Zeichen der Unterwerfung zu ihrem Stolz gemacht. Und das zeichnet sie aus. Im Laufe der Jahrzehnte wurde es zur Selbstverständlichkeit, dass Männer Zöpfe tragen. Die tägliche Rasur verschafft ihnen eine kleine Pause in ihrem arbeitsreichen Tag, die sie genießen. Haben Sie schon einmal einem chinesischen Barbier bei der Arbeit zugesehen?"

Cirk schüttelte den Kopf.

„Sie haben ihre Friseurstühle am Hafen, am Markt oder wo auch immer sonst Menschen sich aufhalten. Kulis, Schiffer,

Bauern – alle nutzen die tägliche Rasur. Zumindest jeder, der Arbeit hat und den Friseur bezahlen kann. Das Haar wird rund um den Zopf herum geschoren. Der Zopf sitzt in der Mitte des Schädels. Ein gepflegter Zopf endet mit einer schwarzen Seidenquaste. Die Chinesen scheinen ihre Zöpfe zu lieben. Daran kann man sehen, wie sich im Laufe der Zeit Dinge und Sinnbilder verändern können und eine gegenteilige Bedeutung erlangen."

Der Tee wurde zusammen mit einem süßlichen, knusprigen Gebäck gebracht, und Kapitän Jacobs schenkte ein. Für einen Augenblick herrschte Stille zwischen den beiden Männern, die das Miteinander und den Tee, der ihre Sinne belebte, genossen.

Hier in China wurde so selbstverständlich und so häufig Tee getrunken, als gäbe es kein anderes Getränk. Sein Duft schwebte beständig durch die Häuser, und am Tag ihrer Ankunft hatte Cirk den Eindruck gehabt, geradezu von einer ganzen Teewolke eingehüllt zu werden. Er sprach seine Vermutung aus, und der Kapitän nickte bestätigend.

„Dem könnte durchaus so gewesen sein, denn gestern sind neue Teelieferungen von den Plantagen gekommen." Er griff nach einem Stück Gebäck. „Haben eigentlich alle Ihre Männer die Fahrt nach China gut überstanden?"

„Ja. Es gab keine Toten und nur wenige Erkrankungen während der neun Monate. Ich glaube allerdings, dass die gesamte Besatzung ein wenig an Gewicht verloren hat. Wir hatten zwar Hühner und sogar Schafe und Schweine mit an Bord, aber der Großteil der Mahlzeiten bestand aus Salzfleisch, Speck und Zwieback. Die frischen Eier landeten wie immer auf den Kaufmannstischen, und das Fleisch wurde an die Kranken ausgeteilt. Als wir in die Nähe der Kanalinseln kamen, fanden erschöpfte Landvögel den Weg auf unser

Schiff. Das war eine willkommene Abwechslung. Meine Männer schnappten sich die Tiere mit der bloßen Hand und schlossen Wetten darüber ab, wer den größten Vogel fängt." Cirk schmunzelte in sich hinein. „Dank eines glücklichen Zufalls trug ich den Sieg davon. Ein Rebhuhn flog durch das offene Fenster in meine Kajüte."

Kapitän Jacobs lachte. „Wir haben während der Überfahrt auch unter der kargen Kost gelitten und sogar Schildkrötenfleisch gegessen. Unser Koch hat eine vortreffliche Suppe daraus zubereitet."

„Wie ist es Ihnen ergangen seit unserem letzten Zusammentreffen auf San Jago?" Cirk trank einen Schluck und stellte dann seine Schale zurück. „Hat Sie der Gouverneur eigentlich auch mit seinem Besuch beehrt?"

Kapitän Jacobs lachte laut auf. „Er kommt auf jedes Frachtschiff, ob man will oder nicht. Bei uns tauchte er tatsächlich am Weihnachtstag auf. Ich glaube, dieser alte Kerl sucht nur einen Grund, um mit den Kaufleuten und Kapitänen zechen zu können. Bot er nicht einen merkwürdigen Anblick?"

„Und ob." Cirk schlug sich auf die Knie. „Jean François Michel, unser flämischer Kaufmann an Bord, meinte, er sehe mit dem großen alten Hut, den weiten Hosen, seinem Mantel und dem Kruzifix um den Hals aus wie ein reumütiger Pilger auf dem Weg nach Santiago de Compostela. Aber der Rum, den er mitbrachte, war so klar wie Wasser und hatte es in sich."

Kapitän Jacobs nickte. „Die Mannschaft bekam ja leider nichts davon ab, und am nächsten Tag hätte ich gerne mit ihr getauscht." Er fasste sich demonstrativ an den Kopf. „War Ihre Besatzung auch so begeistert von den kleinen Booten, voll beladen mit Kokosnüssen, Bananen, Melonen und Orangen, die das Schiff umschwärmten wie Motten das Licht?"

„Ja. Meine Leute haben mit den Einheimischen Tabak, Pfeifen und selbst alte Kleider und Strümpfe gegen Früchte eingetauscht. Ich fürchtete schon um alles Bewegliche an Bord." Cirk nahm einen Schluck Tee „Danach sind wir weiter Kurs Südwest gesegelt, um vor der Küste Südafrikas die starken Passatwinde nutzen zu können. Anfang März sahen wir dann den Tafelberg am Kap der Guten Hoffnung vor uns. Vor einer kleinen Insel haben wir noch einmal geankert und uns mit Früchten eingedeckt. Nur wenige Tage vor der *Maisje* erreichten wir die Mündung des Perlenflusses und gingen in Wampou vor Anker."

Wieder führte Cirk die Schale zum Mund und warf dann einen anerkennenden Blick auf die rotbraune Flüssigkeit. „Die Chinesen verstehen es wirklich, einen guten Tee zuzubereiten."

„Ja." Der Kapitän schloss die Augen und genoss das Getränk. „Tee", sagte er schließlich, „damit sind wir dann beim Thema. Hauptsächlich seinetwegen sind wir nach China gekommen."

Sie schwiegen beide einen Augenblick.

„Tja." Kapitän Jacobs blickte Cirk an. „Und eigentlich sollten wir verhasste Konkurrenten sein." Er zog demonstrativ fragend die Augenbrauen hoch.

„Nur dem Willen unserer Auftraggeber nach", ergänzte Cirk. „Stattdessen begegnen wir einander als Freunde."

„So ist es", nickte der Kapitän. „Oder legen Sie großen Wert auf ein Kopf-an-Kopf-Rennen bei der Heimreise?"

„Nein, im Gegenteil." Cirk blickte seinem Gegenüber prüfend ins Gesicht. „Ich würde es stattdessen begrüßen, wenn wir gemeinsam, im Zweierverbund reisen. Das könnte uns, bei allen unliebsamen Begebenheiten, die uns auf der Rückreise begegnen, eine große Hilfe sein. Außerdem, Kapitän Jacobs, habe ich diesbezüglich noch einen Angriff auf Sie vor!"

„Nicht doch", wehrte dieser ab. „Mir reicht immer noch der Angriff der Piraten Mitte Dezember. Habe ich Ihnen davon schon erzählt? Nicht? Also, wir waren gerade an den Kanareninseln La Palma und Teneriffa vorbeigesegelt, als uns ein Schiff auflauerte. Es war ein kleineres Fahrzeug, aber gut bestückt mit Waffen. Die Seeräuber ließen uns wissen, dass sie die Herausgabe unseres Silbers verlangten." Kapitän Jacobs seufzte schwer bei der Erinnerung. „Mir blieb nichts anderes übrig, als ihnen mit Beschuss zu drohen, sollten sie ihren Kurs nicht unverzüglich ändern."

„Und, taten sie es?" Neugierig beugte sich Cirk vor.

„Nachdem ich demonstrativ Gewehre, Säbel und Pistolen, Schießpulver und Kugeln an die Mannschaft hatte verteilen lassen und die Kanonen geladen wurden, haben die Kerle wohl erkannt, dass wir ihnen überlegen waren, und sind schnellstens verschwunden. Aber meine Meinung, dass man ein Kriegsschiff braucht, um sicher bis nach China zu segeln, ist damit wieder bestätigt worden."

„Tja, wenn ich noch ein Schmuggler und Seeräuber wäre, hätte mich der Schatz im Inneren der *Burg* vielleicht auch locken können." Cirk drehte seine Hand abwägend hin und her. „Aber eine solche Torheit habe ich nicht im Sinn. Mir liegt nichts an Ihrem Schatz, Kapitän Jacobs, mir liegt etwas anderes auf der Seele. Ich habe Ihnen doch erzählt, dass ich diese Reise eigentlich aus einem Zwang heraus, einer Verpflichtung einem Freund gegenüber, angetreten habe. Mir steht nicht der Sinn danach, Reemt Neehus einen großen Gewinn einzufahren. Allerdings, und da muss mich der Teufel geritten haben, gab ich ihm ein Versprechen. Es geschah unüberlegt und aus einer verfahrenen Situation heraus. Neehus wusste, dass sich die *Maisje* ebenfalls auf die Reise macht, und ich habe ihm zugesichert, eher als Ihr Schiff, Kapitän Jacobs, wieder heimatliche Gefilde zu erreichen."

Kapitän Jacobs maß Cirk mit einem nachdenklichen Blick. „Meinetwegen können Sie das gerne tun, mein Freund. Ich habe lediglich den Auftrag, einen Teil der Fracht direkt in Emden zu löschen. Es sind besonders ausgesuchte Waren für einen Teilhaber der Compagnie, besser gesagt eine Teilhaberin. Die Frau besitzt, soweit ich weiß, eine Kruiderrie und hat Tee, Porzellan und verschiedene andere Waren für den eigenen Bedarf geordert. Diese Waren werden zuletzt aufs Schiff gebracht und in Emden als Erste wieder ausgeladen. Dann fährt die *Maisje* weiter nach Delfzijl, wo die restliche Fracht gelöscht wird. Ich denke, der Kruiderrie-Besitzerin wird es nicht schaden, wenn ihre Bestellung einige Tage später als die Ladung der *Burg von Emden* eintrifft. Ihre Ware kommt ja nicht unter den Hammer wie die von Neehus, sondern soll direkt in ein Lagerhaus gebracht werden. So kann die Händlerin sofort über die Lieferung verfügen und muss nicht, wie beispielsweise die Großabnehmer von Neehus, erst die Auktion abwarten."

„Hier haben wir also genau das, was Neehus fürchtet", sinnierte Cirk und machte große Augen. „Einen Konkurrenten, der den neuen Tee aus China eher anbieten kann als er. Das wird ihm nicht schmecken, auch wenn die Händlerin das schwarze Gold nur im eigenen Laden verkauft. "

„Ja, das sehe ich auch so", pflichtete Kapitän Jacobs ihm bei. „Ansonsten hat Neehus eigentlich nichts zu befürchten. Bis die Waren in Delfzijl ausgeladen, verzollt und unter den Hammer gebracht sind, dauert es Tage. Den größten Teil der

Fracht übernehmen die Anteilseigner direkt, es ist also nur ein kleiner Teil, der dann vielleicht konkurrierend zur Lieferung der *Burg von Emden* auf den Markt kommt."

„Es wird also wirklich nur ein Teil des Tees in Emden ausgeladen." Cirk tippte sich mit einem Finger an die Nasenspitze. „Ich glaube, dass Neehus von dieser Regelung überhaupt keine Kenntnis hat und denkt, dass die ganze Ware in Emden gelöscht und auch zum Kauf angeboten wird. Er will sich seine Stellung als der alleinige Teehändler in Emden unter keinen Umständen streitig machen lassen. Er allein will bestimmen, wer Tee bekommt und ihn zu welchen Preisen verkaufen darf."

Cirk lachte in sich hinein. „Es wird diesem Kerl guttun, dass er Konkurrenz bekommt, und dazu noch von einer Frau! Eine Teehändlerin in Emden – das wird ihm nicht schmecken. Mir gefällt es, und doch" – er verzog das Gesicht – „muss ich diesem alten Halsabschneider den Wunsch, als Erster mit dem Tee im Hafen einzutreffen, erfüllen. Ich halte nämlich immer meine Versprechen. Aber es wird ihm keinen Gewinn bringen. Wir werden Neehus einen Streich spielen. Wie wäre es, wenn ich genau einen Tag vor Ihnen mit der *Burg* in Emden ankommen würde? Bevor die Ladung meines Schiffes gelöscht und in die Lagerhäuser gebracht ist, hat die Teehändlerin schon längst ihren kleinen Anteil vorrätig."

„Gerne. Ich denke, das ließe sich machen", Kapitän Jacobs schmunzelte in sich hinein. „Wir werden einfach die Heimreise gemeinsam antreten und immer in Verbindung bleiben. Ich kann ja vor Borkum oder sonst wo einen kleinen Ruhetag einlegen und die *Burg von Emden* vorbeiziehen lassen." Er schob entspannt seine Teeschale zurück. „So, das wäre geklärt. Und dank des Tees fühle ich mich jetzt auch so richtig entspannt. Wie wäre es mit einem Schachspiel, mein Freund? Kennen Sie die chinesische Variante?"

Cirk schüttelte verneinend den Kopf.

„Sie unterscheidet sich von unserer Spielart. Auf dem Spielbrett befinden sich zwar ebenfalls vierundsechzig Felder, aber die Figuren werden auf deren Grenzlinien gezogen, und die Könige können ihre vier Felder großen Paläste nicht verlassen. Die Figuren haben alle die gleiche Form und Größe, ihre Funktion ist anhand einer Inschrift zu erkennen. Es gibt Pferde, Wagen, Minister und Soldaten, aber auch Elefanten, Wachen und Kanonen. Kommen Sie" – er nickte Cirk aufmunternd zu und zog das Schachspiel hervor – „ich werde Sie einweihen. Die Monate können uns noch lang werden, hier in Kanton."

Abschied von Kanton

Anfang Dezember traten die beiden Schiffe endlich die Heimreise an. In den letzten Wochen hatte es mehr geregnet als in den ganzen Monaten zuvor. Die Kaufleute waren froh, all ihre Geschäfte abgewickelt zu haben, und die Chinesen schienen gleichfalls sehr zufrieden zu sein. Cirk stand neben Kapitän Jacobs am Hafen von Kanton, in den ihre beiden Schiffe gebracht worden waren, und wartete auf die Verladung der gekauften Waren in die Frachträume. Genau wie die Kaufleute konnte auch Cirk die Abreise kaum noch erwarten, doch der Abschied von Hong war allen schwer gefallen. Sie würden sowohl ihn als auch sein Essen vermissen. Er war ihr guter Geist während ihres Aufenthalts in China gewesen.

Gestern hatte der Koch noch einmal das Leibgericht der Männer zubereitet: Dim Sum, oder *Kleine Herzwärmer*, wie der Flame es einmal genannt hatte. Die Mahlzeit bestand aus verschiedenen Gerichten, die in Bambuskörbchen gereicht wurden. Die Körbe wurden zum Dämpfen übereinandergestapelt. Die Gerichte bestanden aus Teigtaschen, die mit Fleisch, Meerestieren und -früchten, aber auch mit Eiern oder Süßem gefüllt waren. Dazu gab es Soßen und den unvermeidbaren chinesischen Tee.

Ihre wenigen persönlichen Habseligkeiten waren schon auf den Schiffen verstaut worden, und die *Maisje*, wie auch die *Burg von Emden*, würden noch heute auslaufen und gemeinsam nach Hause segeln, wie Kapitän Jacobs und Cirk es vereinbart hatten. Jetzt standen die beiden Männer am Hafen und harrten der Dinge.

Die anstehende Abreise ließ Cirk seit langer Zeit wieder intensiv an Inken und an Tjalda denken. Wie er sich auf die offenen Arme der zwei Frauen freute! Er musste nur noch die Monate auf See überstehen.

„Und dann werde ich niemals wieder eine längere Reise antreten", schwor Cirk sich.

Seine Augen ruhten auf dem Wasser. Was mochte Inken jetzt tun? Ob die Sehnsucht sie in gleichem Maße plagte wie ihn? Und ob ihr Vater inzwischen aus der Gefangenschaft heimgekehrt war? Wenn nicht, würde Tjalda sich sicherlich um sie kümmern. Nein, um ihr Wohlergehen musste er sich keine Sorgen machen. Sorgen bereitete ihm eher Lucia, deren Bild nun vor seinem inneren Auge erschien. Hoffentlich hatte Thomas nach England zurückkehren und seine Schwester endlich zur Raison bringen können. Die Großeltern würden ihrer wohl kaum Herr werden. Was war es nur, das Lucia trieb, alle ins Unglück zu stürzen? Zuerst die junge Braut, der sie den Verlobten ausgespannt hatte. Aus Langeweile, wie Lucia zugab, nachdem die Liebschaft schon nach kurzer Zeit wieder von ihr beendet worden war und seine Verlobte sich von einer Brücke gestürzt hatte.

Dann der junge Mann, der, nur um in ihrer Nähe bleiben zu können, eine große Karriere aufgegeben hatte. Als er ihr deshalb keine kostbaren Geschenke mehr machen konnte, hatte Lucia befunden, er sei nicht mehr gut genug für sie. Und zu guter Letzt noch ihre Affäre mit dem verheirateten spanischen Kapitän. Angeblich ihre große Liebe. Um ihn zu halten, hatte Lucia es darauf angelegt, schwanger zu werden. Doch als der Spanier von dem Ergebnis ihrer Liaison erfuhr, war er auf und davon gegangen. Und Lucia hatte sich, der Not gehorchend, ihm, dem besten Freund ihres Bruders, an den Hals geworfen. Cirk lachte bitter. Dabei musste Lucia doch wissen, dass er sie längst durchschaut hatte. Außerdem liebte er Inken, was er Lucia auch gesagt hatte, nur wollte sie es nicht gelten lassen. Thomas hatte ihm versprochen, seine Schwester zur Vernunft zu bringen. Und Cirk konnte nur hoffen, dass ihm das gelungen war.

Aber das würde er später ja erfahren. Jetzt hieß es erst einmal, Mannschaft und Schiff heil und gesund wieder nach Hause zu bringen.

Ein Sonnenstrahl brach durch die Wolken und ließ das Wasser im Hafen silbern glänzen. Weiße Schwäne glitten auf seiner Oberfläche. Handelsschiffe und kleine chinesische Dschunken dümpelten, in Sonne getaucht, vor sich hin. Welch ein himmlischer Anblick!

„Was für ein Tag!“ Kapitän Jacobs schlug ihm auf die Schulter. „Dieses herrliche Wetter, nach all dem Regen. China zeigt sich uns zum Abschied von seiner schönsten Seite.“

„Ja.“ Cirk lächelte. „Aber die wahren Schönheiten Chinas habe ich in all den Monaten nicht zu Gesicht bekommen.

Während der ganzen Zeit habe ich keine einzige Chinesin gesehen. Das ist doch geradezu unheimlich, oder?“

„Es gib sie aber, die Chinesinnen“, schmunzelte der Kapitän. „Die Männer verbergen sie nur gut vor uns. Einzig die Kaufleute haben das Glück, sie zu Gesicht zu bekommen. Es ist Tradition, dass bei den Handelsgeschäften Chinesinnen den Europäern die Speisen vorlegen und den Tee servieren. Man sagt, die *Co-Hongs*, die chinesischen Kaufleute, wollen nicht nur die Gaumen, sondern auch die Augen und Herzen ihrer Kunden durch den Anblick chinesischer Schönheiten erfreuen und betören. Noch vor einigen Jahren durften die Kaufleute nicht einmal in der Nähe des Hafens wohnen. Sie wurden entweder von Wampou oder direkt von ihren Schiffen aus mit kleinen Booten nach Kanton gebracht und waren dann nach all den Monaten auf See natürlich überwältigt von den fremdartigen Speisen, dem Tee und diesen betörenden Geschöpfen, die sie bedienten.“

Cirk nahm die Gelegenheit wahr, noch ein bisschen mehr über die Frauen zu erfahren. „Ich habe gehört, dass die Chinesinnen klein und zierlich sein sollen, wie Kinder. Außerdem, so behauptet Focke, einer unserer älteren Matrosen, hätten sie alle derart winzige Füße, dass sie in keinen europäischen Damenschuh hineinpassen würden.“

„Bei einigen ist das so.“ Traurig schüttelte der Kapitän den Kopf. „Allerdings meist nur bei Frauen aus reicheren Familien. Die Füße der Chinesinnen sind nicht von Natur aus so klein, sie werden so gemacht! Kleine Füße sind hier ein Zeichen von Schönheit. Wer es sich leisten kann, lässt seiner Tochter die Füße binden, um so ihre Heiratschancen zu erhöhen. Die Bandagen werden dabei so eng geschnürt, dass der Fuß sich nicht zu seiner normalen Größe entwickeln kann und verkümmert.“

Verständnislos blickte Cirk den Kapitän an. „Wie soll das gehen?"

„Stellen Sie sich den Fuß eines kleinen chinesischen Mädchens vor, Cirk. Die Großmutter des Kindes – denn sie ist meistens diejenige, die diese Prozedur übernimmt – umwickelt den Fuß mit etlichen Metern nassem Stoffband, so dass alle vier kleinen Zehen in Richtung Fußballen zeigen. Dann legt die Großmutter einen Stein auf den Fuß des Kindes und zerschmettert ihn damit."

„Sie zerschmettert den Fuß?" Cirk verzog ungläubig das Gesicht. „Ich kann nicht glauben, dass eine Mutter oder Großmutter so etwas tun würde."

„Nur zum Besten des Kindes, wie sie meint, damit es schmale spitze Füße bekommt. Denn die *Lilienfüße* entscheiden über eine gute Vermählung. Und viele junge Frauen machen ihren Müttern oder Großmüttern später bittere Vorwürfe, wenn diese aus Mitleid die Bandagen wieder entfernen. Es dauert viele Jahre, bis der Fuß eines Mädchens dem Schönheitsideal entspricht. Tag und Nacht müssen die Füße mit den Bändern auf besagte Weise abgebunden werden, so lange, bis die Knochen nicht mehr zusammenwachsen. Wenn dann der große Tag, ich nenne es mal die ‚Hochzeitsbeschau', gekommen ist, inspiziert die Familie des Bräutigams als Erstes die Füße der Braut."

„Das ist ja unglaublich! Woher kommt denn dieses merkwürdige Schönheitsideal?" Cirk schüttelte verständnislos den Kopf.

„Es soll in alter Zeit eine Dienerin gegeben haben, die für ihre zarte Schönheit und ihre Tanzbegabung berühmt war. Der Kaiser Li Yu ließ eine goldene Lotosblüte anfertigen, sechs Fuß hoch, die kostbar geschmückt war. Diese in vielen Farben leuchtende Blüte stand in der Mitte der Halle, und die

Tänzerin schmiegte sich, die Füße mit hellen Seidenbändern umwunden, hinein. Nachdem sie die Form einer Mondsichel angenommen hatte, glitt Yaoniang, so ihr Name, leicht wie ein Schmetterling wieder aus dem Lotuskelch. Sie schwebte wie auf Wolken dahin. Der Kaiser Li Yu konnte wärend des ganzen Tanzes die Augen nicht von ihren winzigen bandagierten Füßen lösen. Wie ein unwirkliches Himmelskind erschien Yaoniang ihm und dem ganzen Hofstaat. Die Konkubinen des Kaisers verfolgten seine Faszination mit ängstlichen Blicken. Sie fürchteten, die Gunst des Kaisers zu verlieren. Daher wickelte am folgenden Tag jede der Frauen ihre Füße mit engen Bandagen, um für den Kaiser auch zu einem Himmelswesen zu werden. Was von den Konkubinen und Tänzerinnen begonnen wurde, entwickelte sich nach und nach zu einem festen Brauch in China.

„Aber die Frauen haben doch sicherlich große Schmerzen beim Laufen?“

„Und ob.“ Kapitän Jacobs nickte. „Bis ihre Füße verkrüppelt sind, leiden die Frauen über Jahre hinweg furchtbare Qualen, und danach können sie kaum die kleinste Strecke auf ihnen zurücklegen. Dadurch sind sie an ihre Männer gebunden und für alle Zeit auf andere angewiesen. Vielleicht liegt der eigentliche Sinn des Rituals ja auch in der Unterwerfung der Frauen. Ich weiß es nicht.“ Er seufzte. „Es gibt viele Sitten hier, die uns fremd erscheinen. So wie es die Chinesen sicherlich befremdet, dass wir Bärte tragen. Sie haben entweder überhaupt keinen oder nur sehr wenig Bartwuchs. Es wird ihnen auch seltsam erscheinen, dass wir uns, um Ohrringe zu tragen, die Ohren zerstechen. Und dann unser Körpergeruch, den nehmen die Chinesen wohl als besonders unangenehm wahr! Sie selbst haben kaum welchen und schwitzen auch wenig. Ich habe gehört, wie sich ein *Co-Hong* darüber verwundert hat, dass wir stets ‚stinken wie ein Tiger nach langer Dürre'. Und sicher finden die Chinesen noch vieles andere an uns merkwürdig. Andere Länder, andere Sitten!"

Die Männer wurden abgelenkt, als Bewegung im Hafen aufkam und ein Rucken durch die Menge der Wartenden ging. Die Träger kamen und mit ihnen der Tee, Seide und Porzellan – alles in Kisten verpackt.

„Es geht los", rief Cirk und wies mit dem Finger auf die Arbeiter.

Das Verladen der gekauften Waren war gut organisiert. Wie die Ameisen schafften die Träger die Waren direkt von den Lagerhäusern auf die Frachtschiffe. Vom Tee abgesehen, waren Seide und Porzellan die wichtigsten Exportgüter, die die Kulis auf ihren Schultern zu den Schiffen trugen.

Obwohl zerbrechlich, waren Töpferwaren und Porzellan wasserunempfindlich, und so wurden diese Waren zuunterst im Schiffsbauch verstaut. Über dem Porzellan lagerte dann der billige Tee. Deutlich oberhalb der Bilge wurde der wertvollere Tee untergebracht, und über diesem wiederum die gewinnbringenden Seidenstoffe.

„Wenn die Arbeiter die Schiffe weiterhin in dieser Geschwindigkeit beladen, dann kann die Reise bald beginnen", stellte Cirk fest und machte sich zum Gehen bereit. Er streckte dem Kapitän der *Maisje* seine Hand entgegen. „Bis zum nächsten Ankerplatz. Wir sehen uns dann dort."

„Gutes Gelingen bis dahin." Kapitän Jacobs ergriff seine Rechte. „Und unsere Vereinbarung gilt! Sie werden einen Tag eher in Emden eintreffen als ich – das kriegen wir schon hin. Ich wünschte nur, wir wären bereits in Heimatnähe."

„Ja, ich kann es auch kaum noch erwarten, aber mit vereinten Kräften werden wir es schon schaffen", ermutigte ihn Cirk.

Darauf gestattete der Kapitän es sich für einen Augenblick, seine strenge Haltung aufzugeben, und zog den Jüngeren kurz an sich. Die Männer waren sich im Laufe der letzten Monate sehr nahegekommen.

„Ach, Cirk, eine Frage noch." Kapitän Jacobs' Ruf ließ Cirk, der schon auf sein Schiff zusteuerte, innehalten. „Wartet eigentlich in Emden ein Mädchen auf Sie?" Neugier blitzte in den Augen des Älteren.

Cirk wurde unvermittelt ernst. Der Kapitän bemerkte es und bereute seine Frage. Privates hatten die beiden bislang aus ihren Gesprächen ausgeklammert. Dann jedoch zuckte Cirk die Schultern und warf seinem Gegenüber einen belustigten Blick zu.

„Ob ein Mädchen auf mich wartet? Ich hoffe es sehr!"

Mit diesen Worten wandte er sich um und eilte mit raschen Schritten auf sein Schiff zu.

Mit unterschiedlichen Hoffnungen und Erwartungen, aber einem gemeinsamen Plan traten die beiden Männer die lange Heimreise an. Keiner von ihnen konnte ahnen, dass das Schicksal ihr Vorhaben durchkreuzen und die Reise für einen von ihnen tragisch enden würde.

Wie heißt es in China: „Schmiede niemals Pläne, denn wer kann wissen, wie die Lage der Dinge morgen sein wird!"

11. Heimkehr

Borkum, Mai 1815

Auszug aus einer Aufzählung von Heiratsgut, welches ein Hausmann aus Wrisse seiner Tochter zur Aussteuer im Jahr 1810 mitgegeben hat:

... VIII:
– ein runder Theetisch
– ein Spiegel mit goldenem Rand
– sechs Stühle
– vier Stuhlküssens
– ein englischzinnerner Koffjekocher
– sechs Paar Dresdener Theezeug nebst Spulnapf
– einen Theetopf und eine Zuckeruntertasse
– sechs englischzinnerne Teller
– sechs Schüssel von Steingut
– sechs zinnerne Koppkes
– zwey zinnerne Leuchter
– eine Teebüchse lackiert

Am Strand

Nebel hing über der Insel und drängte die wahrnehmbare Welt weit zurück. In einen grauen Schleier gehüllt, drangen alle Geräusche leiser als sonst ans Ohr: das Schreien der Möwen, das Rauschen des Meeres, selbst die traurige Melodie des Regens auf Sand und Muscheln. Träumerisch ging Inken am Strand entlang. Weder der Nebel noch der Regen hatten sie abhalten können.

Wie lange war es her, dass sie zuletzt ganz alleine und für sich am Strand gewesen war? Es kam ihr wie eine halbe Ewigkeit vor. Weit schritt sie aus und ließ die Häuser und die Menschen hinter sich.

Da hörte der Regen, so plötzlich wie er gekommen war, auf, und das Wetter änderte sich.

„Eine Besonderheit der Insel", dachte Inken und musste lächeln.

Der Nebelschleier lüftete sich, die Sonne durchdrang ihn und verwandelte die bislang graue Welt in ein buntes Lichterspiel. Bald würde sich die noch kühle Luft erwärmen, und es versprach ein schöner Frühlingstag zu werden. Begierig nahm Inken die Farben in sich auf, sog den Duft der Insel und des Wassers tief in ihre Lungen ein und breitete die Arme aus.

„Ich bin wieder hier!", schrie sie dem Meer entgegen, dem sie sich in seiner Wildheit und Ursprünglichkeit ganz nahe fühlte. Niemand konnte das Meer zähmen, es war unberechenbar und frei. So wie sie frei war, hier und jetzt. Nichts und niemand hatte sie beugen können, auf der Insel nicht und in der Fremde auch nicht. Sie war sich treu geblieben, so wie sich das Meer treu blieb, dessen Facetten stets zwischen einem sanften Blau, einem verwunschenen Türkis oder einem wütenden Dunkelgrau wechselten. Über seiner unendlichen Weite spannte der Himmel einen gewaltigen Bogen. Himmel und Meer – einander so fern und doch so nah. Eine Einheit in Blau und Grau.

Alles, was bislang wichtig gewesen war, war nun weit,

weit fort. Dafür gewann anderes an Gewicht. Wie die am Himmel kreisenden Möwen. Sie suchten Genießbares am Spülsaum des Meeres, jagten anderen Vögeln ihre Beute ab oder warfen aus großer Höhe Muscheln auf Steine hinab, damit deren Schalen beim Aufprall zersprangen.

Zersprungene Muschelschalen – dieses Bild ließ sie unwillkürlich an zerplatzte Träume denken. An ihre Träume. Und endlich, im Angesicht des Meeres, erlaubte sie sich nach langer Zeit wieder zu weinen. Sie weinte um sich, um Cirk und um das, was hätte sein können. Das Rauschen der Wellen tröstete sie und Inken öffnete sich dem Ruf des Wassers, versank in seinem Anblick, ließ sich treiben und die Grenzen verschwimmen. Wasser verlandete, Land wurde Meer, alles löste sich ineinander auf und ein Gefühl der Haltlosigkeit erfasste sie. Es gab keine Wege, keinen Boden unter ihren Füßen, und doch gewann ihre Seele Raum. Später, sehr viel später verloren sich diese Eindrücke wiederum in einem Gefühl tiefer Zufriedenheit, und die Leere in ihrem Inneren verschwand.

Sie würde niemals wieder einen Menschen so lieben wie Cirk. Aber davon durfte ihre Welt nicht untergehen! All die Monate hatte sie sich von ihrer Liebe zu ihm nicht befreien können. Das würde sich nun ändern. Es würde sich ändern müssen! Für einen Augenblick blieb Inken stehen und genoss es, sich gegen den Wind zu stemmen, genauso wie sie ihren Gefühlen Widerstand leisten wollte und konnte! Sie würde fortgehen von hier, alles hinter sich lassen und einen Neubeginn wagen.

Sumi kam ihr in den Sinn und eine ihrer chinesischen Weisheiten:

Etwas ziehen lassen, aufgeben, loslassen heißt, ein Stück weit Sterben zu lernen, aber auch ein Stück weit Freiheit zu gewinnen, um dem Neuen, dessen Schatten schon sichtbar ist, Raum zu geben.

Und Inken wusste bereits, was Raum gewinnen sollte. Sie würde dafür sorgen, dass auch die einfachen Bürger Emdens Sumis Tee in einem angemessenen Geschirr genießen konnten. Die Idee war ihr schon vor einigen Wochen gekommen, als sie von einem Handelsvertreter aus Wallendorf besucht worden waren. Die Postkutsche hatte ihn und seine Kiepe mit Porzellan direkt vor der Kruiderrie abgesetzt. Sumi war erst blass und dann rot geworden, als sie das wunderschön bemalte Geschirr im Gepäck des Vertreters sah. Es glich ihrem Auftragsporzellan aus China, war aber vergleichsweise günstig. Inken hatte sich nicht sattsehen können an den kleinen Schalen, den *Koppkes,* dem Spülnapf, dem Teetopf und den zierlichen Zuckerdosen. Teller, Schüsseln und zinnerne Leuchter waren vor ihren staunenden Augen aufgebaut worden. Sie hatte dem stolzen Handelsvertreter fast alle Waren abgekauft, und seinen Hut schwenkend war der Mann aus Wallendorf wieder von dannen gezogen. Allerdings nicht ohne das Versprechen, im Juni wiederzukommen.

Ja, und dann waren Ideen in Inkens Kopf gereift, die sie unbedingt in die Tat umsetzen wollte. Lange hatte sie mit sich gehadert, hin und her überlegt, geplant und wieder verworfen. Doch nun war sie sich ihrer Sache sicher und konnte es kaum erwarten, Sumi ihre Entscheidung mitzuteilen. Sumi, die mit ihr nach Borkum gekommen war und im Haus ihres Vaters schon auf sie wartete. Tjalda dagegen war nicht mit ihnen auf die Insel gekommen, sondern hatte sich dafür entschieden, in Emden zu bleiben, um dort die Ankunft der *Maisje* zu erwarten, die nun jeden Tag zurückkehren konnte!

Inken warf einen letzten Blick auf den weißen Strand und die Weite des Meeres, dann wandte sie sich um und lief mit raschen Schritten den alten Fischerkaten entgegen, die sie noch vor einem Jahr nicht mehr geglaubt hatte, jemals wiederzusehen.

„Tatsächlich hätte ich sie nicht mehr wiedergesehen ohne Vater", dachte sie, und Freude stieg in ihr auf. Was war das für ein Freudentag gewesen, als er endlich aus der Gefangenschaft heimgekehrt war. In Gedanken ließ Inken die letzten Wochen und Monate noch einmal Revue passieren.

Vor einem Jahr war ihr Vater „begnadigt worden", wie es offiziell hieß, und danach sofort nach Hause zurückgekehrt. Die Zeit in Frankreich hatte Spuren bei ihm hinterlassen. Nicht so sehr körperlicher als vielmehr seelischer Art. Zwar hielt er sich immer noch stolz und aufrecht. Seine Stimme hatte ihre Kraft nicht verloren, und seine blassblauen Augen blickten ungebrochen scharf unter den buschigen Brauen hervor. Doch sein Haar war schneeweiß geworden, und die Haft hatte tiefe Falten in sein ausdrucksstarkes Gesicht gegraben, ihm aber nicht seine Strahlkraft nehmen können.

Lange hatten sie über die Zeit der Gefangenschaft gesprochen. „Während wir dort in Kutten gekleidet Karren schieben mussten, habe ich immer an dich gedacht, mein Kind, und daran, dass ein sicherer Hafen hier in Borkum auf mich wartet. Ein unschätzbarer Trost waren diese Gedanken für mich. Das Schicksal schickt uns bisweilen auf unergründbare Reisen. Und von jeder Reise kehrt man mit neuen Erinnerungen beladen zurück. Aber nur durch das Meistern des Schicksals, das Annehmen der Fahrt auf stürmischer See gelangen wir in den Genuss von Lebenserfahrung. Ich wurde nach Frankreich gezwungen, doch dort warteten nicht nur Kummer und Leid auf mich. Ich habe dort Schreckliches und Schönes erfahren und Freunde gefunden, wo es nicht zu erwarten war. Ich konnte natürlich nicht ahnen, dass die Franzosen dir unser

Zuhause genommen haben." Mitleidig hatte er ihren Arm umfasst.

„Wie gut, dass du es nicht wusstest, Vater." Inken hatte sich an ihn gedrückt. „Die Zeit unter den Franzosen scheint mir schon so lange zurückzuliegen. Naja, die Regierungsverhältnisse haben sich seitdem ja auch ständig geändert, obwohl das die Menschen hier wenig berührt. Es ist merkwürdig, dass wir innerhalb so kurzer Zeit französisch, holländisch und preußisch waren."

„Letzteres wären wir Ostfriesen gerne geblieben", lächelte ihr Vater, „aber auf dem Wiener Kongress hat man uns dann ja anderweitig verkauft. Wenn die Regierenden wüssten, wie wenig all diese Wechsel die Menschen hier an der Küste berühren. Jetzt gehören wir dem Herrschaftsgebiet des Königs von Hannover an, doch das merken wir nur anhand der englischen Beflaggung auf unseren Schiffen."

Ohne dass die Bevölkerung davon wusste, war bereits im Jahre 1813 in einem Vertrag mit England beschlossen worden, dass einige preußische Gebiete im Falle des Sieges über Napoleon an Hannover abgetreten werden sollten. Ostfriesland gehörte dazu. Und da der König von Hannover gleichzeitig auch König von England war, durfte nur noch unter englischer Flagge gefahren werden.

Aber die Regierungsverhältnisse nahmen eher wenig Raum in ihren Gesprächen ein. Dafür sprachen Inken und ihr Vater stundenlang über die Ereignisse der vergangenen Jahre und natürlich auch über Cirk. Ihr Vater hatte sie in den Armen gewiegt wie ein kleines Kind, als sie von ihrer Enttäuschung, ihrer großen Fehleinschätzung berichtete.

„Vielleicht war alles nur ein Irrtum", war seine erste Reaktion gewesen, bis Inken ihm von dem Brief erzählt hatte.

„Er ist kurze Zeit nach dem Auslaufen der *Maisje* als Eilbrief aus England bei mir abgegeben worden. Er war von dieser Engländerin, dieser Lucia. Sie wollte wohl für klare Verhältnisse sorgen und hat ihrem Schreiben – damit ich keine weiteren Hoffnungen mehr hege – Auszüge aus einem Brief Cirks an sie beigelegt." Ein bitterer Unterton war in Inkens Stimme zu hören gewesen. Sie hatte ihrem Vater nicht erzählt, dass dieser Brief sie wie ein Dolch mitten ins Herz getroffen hatte. „Ich erspare dir den genauen Inhalt der Zeilen, Vater. Aber es waren zu Herzen gehende Worte von Liebe und Sehnsucht. Sie möge auf ihn warten und – was auch immer geschehe – das Vertrauen zu ihm nicht verlieren. Aus Gründen, die er ihr in seinem Schreiben nicht nennen könne, wäre er gezwungen, für Monate das Land zu verlassen, würde aber zu ihr zurückkehren." Inken hatte es merkwürdig gefunden, dass Lucia den Brief zerrissen und ihr einen Teil davon zugeschickt hatte. Sie hätte niemals ein Schreiben ihres Geliebten aus der Hand gegeben!

Lange Zeit war es still gewesen zwischen ihnen, dann hatte Inkens Vater tief Luft geholt. „Du sagst, deine Liebe zu ihm sei gestorben, doch deine Augen und das Zittern deiner Lippen sprechen eine andere Sprache, mein Kind."

Inken hatte nicht weinen können. Ihre Stimme war tonlos gewesen. „Ich glaube, ich werde es nie verwinden, Vater."

Sanft hatte er sie in seinen Armen gewiegt. „Doch, das wirst du. Das Leben hält neue Herausforderungen für dich bereit, und dieser Cirk Hoogestraat ist weit fort."

„Aber er wird zurückkommen", hatte sie geantwortet und damit den Albtraum, der sie quälte, in Worte gefasst. „Du weißt noch nicht alles! Cirk hat Lucia nur geschrieben, dass er für Monate das Land verlassen wird, aber weißt du, wohin er gegangen ist? Nach China! Als Kapitän auf dem Handelsschiff von Reemt Neehus. Kannst du dir Tjaldas Enttäuschung vorstellen, als sie davon erfuhr? Schon alleine dafür, dass er Tjalda so tief verletzt hat, müsste ich ihn hassen." Sie hatte die Hände zu Fäusten geballt. „Sumi, die Cirk nicht kennt, aber mittlerweile alles über ihn weiß, glaubt, dass die Liebe einen Menschen völlig verwandeln, ihn zum Spielball anderer machen und falsche Entscheidungen treffen lassen kann. Aber ich glaube, Cirk hat ganz alleine entschieden, dass er für Reemt Neehus nach China fahren will. Dazu hat ihn niemand gezwungen. Es war einfach *die* Möglichkeit für ihn, allem zu entfliehen und zwei Fliegen mit einer Klappe zu schlagen: vor seiner Verantwortung gegenüber Lucia und dem Kind davonzurennen und sich gleichzeitig nicht Tjaldas vorwurfsvollen Augen stellen zu müssen. Von mir ganz zu schweigen. Tjalda hat mir erzählt, dass er schon immer davongelaufen ist, wenn dunkle Schatten ihn verfolgten. Doch wer weiß" – Resignation hatte in ihrer Stimme gelegen –, „vielleicht braucht er auch einfach nur Geld. Und diese Sache mit Reemt Neehus ist gewiss ein lukratives Geschäft."

Dass Cirk ihnen vielleicht bewusst Schaden zufügen wollte, davon hatte Inken nicht gesprochen, obwohl dieser Verdacht wie eine ätzende Säure langsam in ihr hochgekrochen kam. Aber sie biss die Zähne zusammen. Mochte es Cirk auch fast gelungen sein, ihr Herz zu brechen – mehr würde sie sich von ihm nicht nehmen lassen.

Es mochte sein, dass dieser Teufelskerl mit seinem Schiff und Reemt Neehus' Ladung eher in Emden eintraf als der Kapitän der *Maisje*. Neehus hatte schon im Vorfeld triumphierend mit Cirks Fähigkeiten geprahlt und jedem, der es hören wollte, erzählt, dass sein Frachtschiff mit Sicherheit vor der holländischen *Maisje* eintreffen würde. Das wäre natürlich nicht so gut für Inkens Geschäft, denn die Kunden warteten schon begierig auf die Waren aus China. Den Tee würden sie trotzdem in der Kruiderrie kaufen, denn das *Friesengold* war konkurrenzlos gut, und das wussten die Emder mittlerweile. Sumi war sich ihrer Kunden sicher, doch es lag ihnen natürlich auch daran, Stoffe, Arzneimittel, Gewürze, chinesische Kunstgegenstände und vor allen Dingen das bestellte Porzellan vor Neehus anbieten zu können. Gerade das Auftragsporzellan wurde schon sehnlichst erwartet und würde auf jeden Fall abgenommen werden.

„Die Hauptsache ist, dass die *Maisje* mit Mannschaft und Ladung überhaupt wieder heil in Emden ankommt", hatte Tjalda abschließend befunden, und das sah Inken genauso.

Das Einzige, was sie fast keine Nacht mehr schlafen ließ, war die Furcht vor einer erneuten Begegnung mit Cirk. Dazu durfte es nicht kommen, denn das würde sie nicht ertragen. Für einen Augenblick überkam Inken das Wissen, dass auch sie im Begriff war, zu fliehen, genauso wie er. Doch diesen Gedanken schob sie schnell beiseite. Es war keine Flucht, es war eine Notwendigkeit! Noch war keines der beiden Handelsschiffe zurückgekehrt, aber sobald die *Maisje* mit ihrer Fracht Emden erreicht hatte, würde Inken die Stadt verlassen. Sie wollte nur noch wissen, dass das in Auftrag gegebene Teegeschirr sicher angekommen war, und auch einige Teile von ihm mit nach Wallendorf nehmen. Denn wenn die Geschäftsverbindung mit der dortigen Porzellanmanufaktur zustande käme, wäre dies ein großer Schritt für die Kruiderrie und damit für sie alle, dessen war sich Inken sicher. Sie musste nur noch Tjalda und Sumi von ihrem Vorhaben überzeugen, was nicht einfach werden würde. Die Freundinnen würden sie nicht gerne gehen lassen.

Tjalda davon zu überzeugen, ihren Vater für einige Zeit in ihrem Haus aufzunehmen, war dagegen leicht gewesen. Ein halbes Jahr hatte der Walfänger Hinderk Inkens in Emden verbracht – besser gesagt verbringen müssen. Denn die Franzosen waren nicht gerade pfleglich mit seinem Haus auf der Insel Borkum umgegangen. Die Renovierungsarbeiten hatten viel Zeit in Anspruch genommen, während der er bei Tjalda das Zimmer bewohnt hatte, in dem Inken so lange zu Hause gewesen war. Inken ihrerseits hatte sich mittlerweile eine kleine Wohnung ganz in der Nähe der Kruiderrie gesucht.

Besonders schätzen gelernt hatte Hinderk den Weinhändler Bonné Behrends. Fast jeden Abend trafen sich die Männer zum Brett- oder Kartenspiel. Auch Wiebke, die Witwe, deren Hilfe sie mittlerweile regelmäßig in der Kruiderrie in Anspruch nahmen, war ihm sehr sympathisch.

Seine freie Zeit verbrachte Hinderk Inkens jedoch mit dem Gravieren von Walfischknochen, die er im Hafen erwarb. Sumi hatte seine Kunstwerke mit großen Augen bewundernd betrachtet, aber Tjalda, ganz Geschäftsfrau, hatte gleich einen Markt für die kunstvollen Szenen gewittert.

„Da beherberge ich einen Künstler in meinem Haus und weiß nichts davon", hatte sie mit den Händen in den Hüften vor ihm gestanden, „die Emder werden uns diese wunderschönen Stücke aus den Händen reißen."

Inkens Vater hatte verlegen abgewiegelt. „Also, das ist doch wirklich nichts Besonderes. Schon an Bord meines Vaters habe ich mich während der langen Flautezeiten damit beschäftigt, Gravuren in Walknochen und -zähnen anzubringen. Ist ein schöner Zeitvertreib."

„Zeitvertreib? Eine gute Einnahmequelle ist das!" Tjalda war sich dessen sicher gewesen. „Wir werden mal eine paar Stücke im Laden ausstellen, und dann werden Sie schon sehen."

Sumi hatte sich auf ihre vorsichtige Art nach der Behandlung der Walfischknochen erkundigt, und Inkens Vater war gerne zur Auskunft bereit gewesen. „Die Werkstücke werden mit Walfischhaut geglättet und dann, am besten mit dem Daumenballen, poliert. Eine Nadel dient mir als Werkzeug für die Gravuren, die später mit einer Mischung aus Tran und Ruß geschwärzt werden, so dass sie sich von der hellen Knochenmasse abheben."

Lange hatte Sumi bei Hinderk Inkens gestanden und beobachtet, wie präzise er die zierlichen Gravuren in Form von Schiffen, Walfangszenen oder auch Personen anbrachte.

Inken hatte immer wieder einen Anflug leichten Unbehagens verspürt bei dem Gedanken daran, dass ihr Vater bald ganz allein in dem großen Haus auf Borkum wohnen würde. Natürlich gab es da den einen oder anderen Freund auf der Insel, aber sie selbst würde sich dort nicht um ihn kümmern können.

Als ihr Vater kurz vor seiner Abreise scherzhaft gemeint hatte: „Ich werde euch alle samt dem Laden vermissen, möchte aber auch gerne nach Hause", war Inken einer ihrer früheren Einfälle wieder in den Sinn gekommen. Wenn ihr Vater nicht mehr in die Kruiderrie kommen konnte, dann musste die Kruiderrie eben zu ihm kommen!

Seit die Franzosen aus dem Land waren, war es bei den wohlbetuchten Herrschaften in Mode gekommen, einige Tage im Jahr auf einer Insel zu verbringen. „In die Sommerfrische gehen", nannten sie das. Die Insulaner auf Norderney hatten diese Entwicklung kommen sehen und profitierten schon kräftig davon. Ihre Gäste scheuten selbst den langen Wasserweg durch den Dollart und über das Watt nicht. In leichten Booten wurden sie über die See geschaukelt. Den Rest der Reise legten die Sommerfrischler dann schwankend auf hochrädrigen Wagen zurück. Garrelt hatte erzählt, dass die Seeleute – sofern gerade kein so genannter Badekarren in der

Nähe war – die Gäste sogar huckepack an den Strand trugen. Die meisten Häuser der Insel waren auf die Gäste eingestellt und boten ihnen Zimmer und Frühstück an. Die Besucher wurden nach der fast einen ganzen Tag dauernden Schiffsreise mit aufspielenden Musikanten empfangen, und Garrelt hatte berichtet, dass die Gäste sogar im Meer badeten. Vollkommen freiwillig ließen sie sich bis zum Hals von den Wellen umspülen, wo doch jeder vernünftige Mensch um die Gefährlichkeit des Seewassers wusste.

Wenn es die Wohlbetuchten also so sehr nach Meerwasser verlangte, so Inkens Idee, warum sollten sie dieses nicht auch auf Borkum genießen? Dazu mussten natürlich Quartiere geschaffen werden. Und als Zuckerstückchen obendrauf würde man ihnen noch eine eigene kleine Kruiderrie auf der Insel bieten. Die Inselgäste und auch die Insulaner wären sicherlich begeistert, und vielleicht würde es sich sogar lohnen, eine kleine Teestube dort zu eröffnen. Hatten die Menschen nicht alle Zeit der Welt, wenn sie zur Erholung nach Borkum fuhren?

Inken hatte ihren Einfall mit den Freundinnen besprochen, und während Sumi eher skeptisch schien, war Tjalda hellauf begeistert gewesen.

„Ja, das ist es! Lass doch unsere Wiebke mit auf die Insel gehen. Sie hat einen Narren an deinem Vater gefressen, Inken. Und wie so eine Kruiderrie geführt wird, weiß sie mittlerweile ganz genau. Außerdem könnte eine von uns regelmäßig rüberfahren und ihr helfen. Und vielleicht übernimmt auch dein Freund, dieser Austernfischer, die Versorgung des Ladens mit Waren. Bräuchte ja nicht zu seinem Schaden zu sein."

„Mein Vater könnte seinerseits in seinem Haus einige Gästezimmer herrichten lassen."

„Ja“, hatte Tjalda begeistert zugestimmt. „Wiebke könnte sich vormittags damit beschäftigen, den Sommerfrischlern ein gutes Frühstück zu bereiten, die Zimmer in Ordnung zu halten und deinem Vater Gesellschaft zu leisten. Nachmittags dann hätte die Kruiderrie einige Stunden auf. Und sollte die Teestube Anklang finden, ließen sich sicherlich einige Borkumerinnen gewinnen, um die Gäste zu bedienen und mit selbst gebackenem Kuchen zu versorgen. Wir wissen ja aus eigener Erfahrung, dass Leckereien immer locken.“

Auch Inkens Vater war von der Idee angetan gewesen, und die Frauen hatten den wohl nicht ganz unbegründeten Verdacht, dass dies nicht zuletzt an Wiebke lag, die ihn nach Borkum begleiten sollte.

„Und Kapitän Inkens“ – Tjalda hatte ihm aufmunternd auf die Schultern geklopft –, „in den Wintermonaten brauchen Sie auch keine Angst vor Langeweile zu haben. Dann können Sie sich gerne ihrer *Knochenarbeit* widmen.“

Tjalda hatte Recht mit ihrer Annahme behalten. Die Knochenkunstwerke verkauften sich in der Kruiderrie außerordentlich gut.

Wiebke ihrerseits war gerne mit nach Borkum gereist. Begeistert hatte die Witwe jedem ihrer Vorschläge zugestimmt. Sie war eine resolute Person, die stets dunkle Kleidung trug und das Herz auf dem rechten Fleck hatte.

„Was hält mich denn noch hier in Emden?“, hatte sie Inkens Einwände vom Tisch gewischt. „Auf zu neuen Ufern! Die Kinder sind groß und können gut und gern für sich allein sorgen. Und unter uns gesagt bin ich heilfroh, dem Kapitän nahe sein zu können. Aber“ – sie hatte mit einer Handbewegung ihre Lippen verschlossen – „diese Gefühlsregungen einer alten Frau behaltet bitte für euch.“

Tjalda hatte ihre Schulter getätschelt. „Das wird schon

noch. Heize dem alten Seebären nur ordentlich ein, dann gehen ihm vielleicht die Augen auf."

Garrelt hatte den Kapitän und die Witwe zur Insel gefahren. Dem alten Austernfischer waren die Tränen in die Augen gestiegen, als er seinen Freund nach so langer Zeit wiedersah.

„Was hab ich gesagt, Mädchen", klangen Inken seine Worte wieder im Ohr. „Was ein richtiger alter Walfänger ist, lässt sich nicht so einfach von einer Horde Franzmänner unterkriegen."

Garrelt war auch derjenige, der die Insulaner dazu brachte, stolz auf die kleine Kruiderrie und die schnell eintreffenden Gäste zu sein. Und die Borkumer hatten bald erkannt, dass sich mit dem Bewirten der Sommerfrischler, mit kleinen Ausflugsfahrten und verschiedenen Kunsthandwerken mehr Geld verdienen ließ als mit Fischfang.

Seitdem ihr Vater wieder auf der Insel wohnte, besuchte Inken ihn häufig an den Wochenenden. Und obwohl sie dieser Tage eigentlich hätte in Emden sein sollen, um auf das Anlegen der *Maisje* zu warten, hatte sie ihrer Sehnsucht nach dem Vater und nach Borkum nicht widerstehen können. Sumi war aus einem anderen Grund mitgekommen. Sie brauchte Ruhe, um einer besonderen Idee Gestalt zu geben.

„Geht nur und lasst mich mit der ganzen Arbeit alleine sitzen", hatte Tjalda sie neckend verabschiedet. „Und grüßt mir den alten Haudegen und die verliebte Wiebke."

Tjalda hatte für die erwarteten Waren vorsorglich einen der Speicher am Hafen angemietet. All ihre gemeinsamen Pläne für die Zukunft hingen nun vom sicheren Eintreffen des Frachtschiffes und seiner Ladung ab.

Vieles hatten sie erreicht in den letzten zwei Jahren. Nur zu gerne machten die Händler mittlerweile Geschäfte mit ihnen, so dass sie alle drei von den Einnahmen ein gutes, wenn auch schlichtes Leben führen konnten. Der Rest des Gewinns wurde in neue Ware investiert.

Zwischenzeitlich gab es sogar einen Verwalter für das angemietete Vorratslager und, neben Wiebke, noch zwei weitere Frauen, die im Verkauf halfen. Der Tee wurde nicht mehr nur im Laden angeboten, sondern auch mittels Lohnkutschern und Spediteuren übers ganze Land geschickt. In schmucken Dosen, aromasicheren Behältnissen aus Weißblech, wurde er als Geschenk verpackt, mit einer Grußkarte versehen und danach mit der Postkutsche weit über die Grenzen Ostfrieslands versandt. Nicht wenige der Beschenkten orderten danach ebenfalls regelmäßig *Friesengold* aus Emden. Torfkähne brachten Tee und Waren bis in die entferntesten Moorgebiete. Auf diese Weise hatte sich ein regelrechter Handelsverkehr zwischen Emden und den Fehnen entwickelt.

Viele Teetrinker erkannten das echte *Friesengold* mittlerweile am Warenzeichen, das Sumi entworfen hatte. Eine aufgehende goldene Sonne, in deren Mitte zwei Teeblätter und eine Knospe zu sehen waren. Darunter stand in zierlichen Buchstaben zu lesen: *Friesengold – und die Sonne geht auf.*

Auch im Laden hatte es einige Veränderungen gegeben. Mehr durch Zufall war Tjalda der Einfall gekommen, eine kleine Nische mit Bekleidung im Krämerladen herzurichten. Der Grund dafür war einer ihrer säumigen Kunden gewesen, von dem sie statt einer geldlichen Rückzahlung Naturalien in Form von Kleidern erhalten hatte.

„Was soll ich altes Weib mit ausgewählten Kleidungsstücken für den Herrn“, hatte sie sich verzweifelt gefragt.

Doch dann war ihr eine ganz neue Geschäftsidee gekommen und ihr Unmut schnell in Begeisterung umgeschlagen. Nur kurze Zeit später konnten sich sowohl Damen als auch Herren in der Kruiderrie einkleiden. Inken hatte eine junge

Schneiderin ausfindig gemacht, die nach den Wünschen ihrer Kundschaft Kleidungsstücke entwarf und nähte. Und entgegen all ihren Befürchtungen war auch dieser Zweig ihres Geschäfts gut angenommen worden.

Eigentlich, dachte Inken, gilt es nur Waren zu finden, die die Leute brauchen oder wollen. Letzteres ist natürlich manchmal schwer abzuschätzen, denn es bedeutet auch immer, Wünsche vorhersehen und wecken zu können. Aber bislang hatte Inken, wenn ihre Kunden etwas wollten, was es so nicht zu kaufen gab, noch immer einen Weg gefunden, es herzustellen zu lassen.

In dieser Zeit als Geschäftsführerin war ihr vieles klar geworden, und sie hatte zwei äußerst wichtige Erfahrungen gemacht. Zum einen, dass Geld das überzeugendste Argument war. Kaltem, hartem Bargeld auf dem Tisch konnte kaum jemand widerstehen. Zum anderen, dass eine Vorauszahlung die Versuchung schlechthin war. Die Meisten verschlossen sich ihrem Vorschlag, der dann folgte, nicht länger. Und schließlich, dass man jede günstige Gelegenheit ergreifen musste. Aber das kam ihrem Naturell entgegen, denn sie war kurz entschlossen und mutig.

Inken lachte in sich hinein, als sie an Sumis entsetzten Gesichtsausdruck angesichts der exotischen Früchte dachte, die sie eines Tages erworben hatte. „Es gibt diese Waren in keinem Geschäft weit und breit“, war ihr einziges Argument gewesen, getreu ihrer Überzeugung, dass man Wünsche erst wecken musste, und hatte auch hierin Recht behalten. Wer exotische Früchte wollte, kam seitdem zu ihnen und kaufte nebenbei auch viele andere Dinge aus ihrem Sortiment. Besonders die Süßwaren der Kruiderrie waren begehrte Mitbringsel. Sie wurden zur Begeisterung ihrer Erwerber wie ein Geschenk in silbernes Papier eingewickelt.

„Für einen Augenblick hat man das Gefühl, es ist Weihnachten“, hatte eine Käuferin kürzlich den Reiz des Einkaufs in der Kruiderrie zusammengefasst.

Sumi und Inken kannten zwischenzeitlich fast jede Kundin beim Namen und schenkten jedem, der zu ihnen kam, ein Lächeln. Sie sprachen mit ihren Kunden über deren Kinder, den Haushalt und die Familienverhältnisse. Und viele von ihnen suchten zuweilen gezielt Sumi auf, um sich bei ihr Ratschläge zu holen. Es hatte sich herumgesprochen, dass die Chinesin besondere Weisheiten zu vergeben hatte.

Inken seufzte. Sie hatten alles in allem ein schönes, wenn auch manchmal kein leichtes Leben. Wie schwer war es ihnen gefallen, besonders in der Weihnachtszeit, morgens in aller Frühe aufzustehen um zu backen, alles zu dekorieren und vorzubereiten. Doch wenn die Kruiderrie dann blinkte und blitzte vor Sauberkeit, der Kuchen duftend bereitstand, die Tische einladend gedeckt waren und sie auf die ersten Gäste warteten, erfüllte sie ein Gefühl tiefster Zufriedenheit. Ja, das war den gebrachten Einsatz wert. Und mit Sumi an ihrer Seite wog alle Arbeit nur noch halb so schwer.

Sumi war ein so guter Mensch und eine wahre Freundin. Inken war dankbar, die Chinesin, die nun im Hause ihres Vaters mit der Ausarbeitung ihrer allerneuesten Geschäftsidee beschäftigt war, an ihrer Seite zu wissen. Mit dieser Idee brachte Sumi – ohne es zu ahnen – auch Inkens Plan, nach Wallendorf zu gehen, ein Stückchen weiter voran. Vorfreude erfasste Inken, wenn sie an die Umsetzung ihrer Pläne dachte, und für einen Augenblick schob sie jeden anderen störenden Gedanken weit von sich.

Inken musste lächeln, als sie die Chinesin mit Handwerkszeug und Malpult, den Pinsel zwischen den Fingern haltend, vor dem Haus auf einer Bank sitzen sah. Welch einen Anblick dieses so fremdartig anmutende Menschenkind mit seinem bunten Gewand aus Seide in dieser Insellandschaft doch bot! Wie ein exotischer Paradiesvogel hob sie sich vor dem mit Efeu bewachsenen Haus aus rotem Stein ab.

Das Haus war umgebaut worden. Inkens Vater bewohnte, wie früher, den vorderen Teil, doch die frei stehenden Stallungen boten nun Raum für Gäste. In dem direkt ans Haus angegliederten Stall war wieder die Ziege untergebracht, und es gab ein kleines Nebengebäude, in dem Wiebke für die Gäste kochen würde. „Das steinerne Dornröschen" nannte Tjalda Inkens Elternhaus auf der Insel, und unter diesem Namen hatten sie die Quartiere auch in verschiedenen Wochenzeitungen angeboten.

Nie würde Inken vergessen, wie Sumi bei ihrem ersten Besuch auf der Insel reagiert hatte. Noch nie zuvor hatte sie die Wangen der Freundin so glühen sehen. Die zierliche Chinesin war wie verzaubert gewesen und hatte ihre Gefühle in der ihr eigenen Art in Worte gefasst: „Diese staunende Chinesin isst den Wind, trinkt die Sonne und hört den Himmel."

Für einen Augenblick lehnte sich Inken gegen den Zaun aus Walkinnladen und beobachtete die in ihre Arbeit versunkene Chinesin. Dann schweifte ihr Blick zu dem in weiter Entfernung stehenden Leuchtturm. Er war ein kantiges Bauwerk, das fast 250 Jahre alt war und wie eine Trutzburg unbeeindruckt von allen Geschehnissen, die Borkum heimsuchten, das Land überragte. Den Leuchtturm verdankten die Borkumer den Emdern, von denen sie, als diese im 16. Jahrhundert ihr beeindruckendes Rathaus gebaut hatten, die übrig gebliebenen Steine erhalten hatten, um den seit Jahrhunderten als Landmarke dienenden Borkumer Turm zu vergrößern.

Inkens Augen glitten weiter und betrachteten die ihr vertraute Landschaft. Die Vegetation auf der Insel wirkte nur auf den ersten Blick üppig grün und saftig. Wer jedoch genauer hinsah, konnte auch ein mattes Graugrün und zwischendrin ein sandfarbenes Gelb entdecken. In Emden hatte bei ihrer Abreise schon alles in Blüte gestanden, doch hier waren viele Inselpflanzen um diese Jahreszeit noch nicht einmal aus dem Boden gekrochen. Inken wusste, dass die Insel erst im Juli so richtig zu blühen und zu duften anfangen würde. Wie sehr liebte sie doch diese Pflanzen, ohne die es Borkum gar nicht geben würde und die zäh und hartnäckig sein mussten, um gegen den ewigen Wind, den stiebenden Sand und das Salz in Luft und Wasser bestehen zu können!

Die Nordfriesischen Inseln waren Reste des Festlandes, doch die Ostfriesischen Inseln ein Geschenk des Meeres. Zu Beginn hatte es nur die Gezeiten gegeben, Wind und Meer. Sand war ihr Spielzeug. Strömungen schufen Sandbänke, Vögel brachten Samen, die aufgingen und in deren Windschatten auch die Insel wuchs. Je mehr Strandhafer und Quecke mit Sand überschüttet wurden, desto heftiger trieben sie aus und erkämpften sich zäh neuen Lebensraum. Auf diese Weise wuchsen die Dünen zusammen mit den Pflanzen und schufen über Jahrhunderte hinweg neues Land. Land umgeben von Meer. Die Hartnäckigkeit, mit der sich die Pflanzen einen Platz auf Erden erkämpft hatten, ließ Inken wiederum an Sumi denken.

Die Chinesin hatte sie gerade in diesem Augenblick entdeckt und rief nach ihr. Schnell trat sie auf die Freundin zu und beugte sich neugierig über ihre Arbeit. Sumis Gesicht war vor Eifer leicht gerötet. Und mit jedem Pinselstrich liebkoste sie das Reispapier und ließ einen Tupfen Farbe darauf zurück. Sumis Bilder erzählten meist von ihrer Heimat. Chinesische Damen in Blumengärten, Granatapfelbäume in Landschaften, Teesträucher, Vögel und Schmetterlinge zierten ihre Zeichnungen. Und immer hatten ihre Motive eine ganz eigene Bedeutung.

„Dieser Wasserbüffel im Vordergrund ist ein Symbol für Beharrlichkeit und Kraft", erklärte Sumi beispielsweise. Oder: „Der Hahn steht für Mut und Wärme. Sein Krähen bedeutet Verdienst und Ruhm."

Wie verzaubert blieben Inkens Augen an den Blumen hängen, die aus dem Pinsel zu fließen schienen. Dass Sumi eine Künstlerin war, hatte sich erst herausgestellt, nachdem sie – der Not gehorchend – Zeichnungen für die vermögenden Emderinnen erstellt hatte, die Porzellan in China ordern wollten, wozu es genauer Zeichnungen und Entwürfe von Tellern und Tassen bedurft hatte. Inken wusste, dass Sumi fast umkam vor Neugierde auf die fertigen Erzeugnisse. Hoffentlich war alles ihren Wünschen entsprechend umgesetzt worden.

Und dann war da noch Sumis Idee, den Emder Bräuten in der Kruiderrie eine Aussteuerkiste mit Porzellan für den täglichen Teegenuss anzubieten. „Diese bescheidene Künstlerin wird für das Geschirr ein Muster mit Blumen entwerfen. Vielleicht mit der Päonie, der Frühlingsblume, die den Beschenkten Freude und Glück bringen soll. Und weil schöne Dinge auch in einer schönen Verpackung präsentiert werden sollten, werden die wunderschön bemalten Teekisten aus China, mit Samt ausgeschlagen und mit Rosenöl bestäubt, zusammen mit dem Porzellen eine Augenweide für die ostfriesischen Bräute sein."

Was in die Aussteuerkiste gehörte, hatte schnell festgestanden: eine Teedose, die passende Kanne, auch liebevoll *Treckpot* genannt, Tassen und eine Spülschale, in der die *Koppkes* ausgespült werden konnten. Dazu würden sie natürlich – und das nicht zu knapp – *Friesengold* hineinpacken.

An der zeichnerischen Umsetzung dieser Idee arbeitete Sumi gerade. Inken war entzückt über die leuchtend rote Rose, die, von dunkelgrünen Blättern umgeben, das Teegeschirr auf der Zeichnung schmückte. Die halbkugeligen Tassen waren den chinesischen Teeschalen nachempfunden, standen aber, wie es die Ostfriesen liebten, auf tiefen Untertassen, *Schöttelkes*, in die manchmal der noch heiße Tee gegossen wurde, um eher trinkbereit zu sein.

„Diese Chinesin denkt gerade darüber nach, dass jeder Teetrinker in der Familie seine eigene Tasse haben könnte. Mit den eigenen Anfangsbuchstaben in Goldschrift auf dem Dekor dieser Frühlingsblume." Sumi hielt für einen Augenblick inne.

„Ideen haben wir genug, Sumi", lachte Inken und dachte an ihren eigenen Plan. Wenn alles gut gehen würde, dann wären sie nicht mehr abhängig von den Porzellan-Lieferungen aus China.

Und bevor sie überlegte, waren ihr die Worte auch schon über die Lippen geschlüpft: „Sumi, ich werde für einige Zeit fortgehen."

Einen winzigen Moment lang starrte Sumi sie nur mit großen Augen an. Dann legte sie langsam den Pinsel aus der Hand. „Um zu vergessen?"

Inken biss sich auf die Lippen. „Vielleicht. Aber auch, um das beste Teegeschirr für uns nach Ostfriesland zu holen. Du erinnerst dich doch noch an diesen Händler aus Thüringen, genauer gesagt aus Wallendorf. Er erzählte davon, dass sich mittlerweile herumgesprochen hätte, dass die Ostfriesen leidenschaftliche Teetrinker sind und gediegenes Porzellan für die Teezeremonie lieben. Deshalb hatte er die lange Reise zu uns ja auch angetreten. Nun will ich die Thüringer davon überzeugen, dass die Ostfriesen nicht nur ein gediegenes, sondern geradezu ein spezielles Porzellan brauchen, ein ostfriesisches. Dein Motiv, die friesische Rose, gehört auf unser Porzellan. Ich will ein außergewöhnliches Geschirr für Ostfriesland, so eigen und besonders wie die Ostfriesen selbst. Passend zu der hiesigen Teekultur. Also werde ich, deine Zeichnungen im Gepäck, nach Thüringen fahren und dort vorstellig werden. Es muss mir einfach gelingen, eine geeignete Porzellanmanufaktur – vielleicht die des Handelsvertreters aus Wallendorf – für mein Vorhaben zu gewinnen. Und weißt du, Sumi" – mit blitzenden Augen maß Inken die Freundin –, „für die Teetassen, da habe ich noch eine ganz besondere Idee. Wie wäre es denn, wenn wir Henkel an den Tassen anbringen würden." Inken schnappte sich ein kleines Stöckchen und zeichnete eifrig eine Teeschale mit Griff in den Sand. „So in etwa stelle ich mir das vor. Du weißt doch, besonders die Männer lieben es, den Tee zu trinken, solange er noch dampft. Und wie schrecken ihre Finger immer vor dem heißen Porzellan zurück. Da wäre so ein Henkel doch Gold wert! Und wenn ich all meine Vorstellungen umgesetzt habe, werde ich als fahrende Händlerin ganz Ostfriesland und die Inseln bereisen, um deinen Tee und unser Geschirr bekannt zu machen. Was hältst du davon? Das bestellte Geschirr kann, in Kiepen verpackt, mit den Postkutschen den langen Weg bis hierher zur Küste gebracht werden."

Sumi hatte Inkens langen Vortrag nicht unterbrochen. Sie lächelte sanft. „Diese besorgte Chinesin freut sich, dass die Frau mit dem Flammenhaar neue Pläne schmiedet. Das ist ein gutes Zeichen. Sie glaubt auch, dass alle Einfälle gut und umsetzbar sind. Eine Teeschale mit Henkel allerdings mutet sie ein wenig merkwürdig an. Schmiegt sich nicht die Schale wie von selbst in die Handinnenflächen des Teetrinkers? Diese ewig fröstelnde Chinesin zumindest liebt es, sich an kalten Tagen am heißen Tee nicht nur innerlich zu wärmen. Doch was die Männer angeht, mag die Vermutung richtig sein. Es wird allerdings viel Fingerspitzengefühl erfordern, den Henkel anzugarnieren. Doch diese Chinesin hat keinen Zweifel daran, dass es den Herstellern des Wallendorfer Porzellans gelingen wird. Ihr gefällt es außerdem, dass die Manufaktur aus Thüringen es sich auf die Fahne geschrieben hat, erschwingliches Geschirr für alle Teetrinker und nicht nur für die Reichen herzustellen."

„Ja", nickte Inken. „Und es gibt eine große Nachfrage. Der Handelsreisende hat von Abrechnungsbüchern gesprochen, in denen die Herstellung von 53000 reich bemalten und teilweise vergoldeten Teekäppchen verzeichnet ist."

„Da muss diese Chinesin ja fleißig sein und die Vorlagen fertig stellen." Sumi griff wieder nach dem Pinsel.

„Ach, so eilig ist es nicht. Ich will das Eintreffen der *Maisje* noch abwarten." Inken seufzte schwer. „Außerdem muss ich Tjalda und meinen Vater noch überzeugen." Sie wandte sich der Haustür zu. „Und Letzteres werde ich jetzt gleich tun. Sofern Vater vor lauter Turteln mit Wiebke Zeit hat."

Sumi hob mahnend den Finger in die Höhe, doch Inken lachte nur.

12. In die Falle gelockt

Versteigerte Ladung der am 6. Juli 1753 zurückgekehrten „König von Preußen“:

... Drachenblut, Alaus, Sago, Kampfer, Curcuma,
Tee, Seide und andere Waren und Drogen.
... 227 verschiedene Tafelservice
... 220 komplette Teeservices
... 600 Teekannen
17000 Punschkumpen
51877 henkellose Teetassen

Das Borkumer Riff

Es musste noch sehr früh am Morgen sein, als ein wiederholtes Klopfen an der Tür Inken aus tiefem Schlaf hochschrecken ließ.

„Kind, du musst aufstehen“, ertönte die besorgte Stimme ihres Vaters. „Es ...“ Er zögerte einen Moment. „Es ist ein Unglück geschehen. Ein Frachtschiff ist auf das Borkumer Riff geraten!“

Mit zitternden Knien zog Inken sich an. Schauer liefen ihr über den Rücken. Es war beileibe nicht das erste Mal, dass ein Schiff vor Borkum strandete. In schlechten Zeiten hatten die Insulaner förmlich auf solche Gelegenheiten gewartet, um ihren kargen Verdienst aufstocken zu können. Das Strandrecht war uralt und sicherte den Küstenbewohnern alles, was das Meer an Land spülte. Viele Fischer sahen in diesem Recht einen Ausgleich Gottes für ihr hartes, mühsames Leben. Dieses Recht erstreckte sich auch auf gestrandete Schiffe. Und so war, wie die Alten erzählten, in früherer Zeit so manches Schiff mittels eines Feuers auf ein Riff oder in eine Untiefe gelockt worden, damit das „Gottesgeschenk", wie sie das Strandrecht liebevoll nannten, sich auch wirklich hin und wieder über die Inselbewohner ergießen konnte. Wenn allerdings ein Mannschaftsmitglied den Schiffbruch überlebte, gehörte das Strandgut dem Finder nur zum Teil.

„Und das bedeutete", hörte Inken den alten Klaas wieder erzählen, „dass es keine Überlebenden geben durfte." So einfach war das! Doch dieses barbarische Treiben lag lange zurück, so dass Inken davon ausgehen konnte, dass das heutige Frachtschiff nicht von den Insulanern aufs Riff gelockt worden war.

Wie aber um Himmels willen hatte das Unglück überhaupt geschehen können? Das Wetter war weder gestern noch heute Nacht tückisch gewesen und die See ruhig. Dann aber, als ob sie eine Eingebung hätte, wusste Inken plötzlich, warum die Stimme ihres Vaters kurz gestockt hatte und warum er so ergriffen war. Es war nicht irgendein Frachtschiff, das dort vor Borkum lag. Es war *ihr* Schiff, das auf dem Riff lag. Es war die *Maisje*!

Ihre Hände zitterten so sehr, dass sie es kaum vermochte, die Knöpfe ihres Kleides zu schließen. Mit bebenden Lippen trat sie nach draußen, wo schon ihr Vater auf sie wartete. Er trug seine Kapitänskleidung und lief, entgegen seiner sonstigen ruhigen Art, aufgeregt hin und her. Unter seinem besorgten Blick straffte Inken die Schultern.

„Du braucht nichts zu sagen. Ich kann mir schon denken, welches Handelsschiff da draußen auf dem Riff hängt."

„Nein, es ist nicht, wie du denkst." Hinderk Inkens warf seiner Tochter einen langen Blick zu. Er legte ihr einen Arm um die Schultern. „Es ist nicht die *Maisje* da draußen. Es ist die *Burg von Emden*."

Inken schloss die Augen. Für einen winzigen Augenblick dachte sie, ihr Herz würde stehen bleiben. Cirks Schiff! Vergessen war auf einmal alles, was dieser Mann ihr angetan hatte, und übrig blieb nur bodenlose Furcht. Was war geschehen? Cirk verstand sich aufs Segeln, und das Borkumer Riff wäre allerhöchstens bei Sturm eine Gefahr für ihn gewesen. Doch es blieb ihr keine Zeit für lange Überlegungen und Mutmaßungen.

„Ich wusste, dass du dich sorgen würdest", sagte ihr Vater bewusst ruhig. „Aber vielleicht ist es nicht so schlimm, wie wir denken."

Er nahm seine Tochter beim Arm, und gemeinsam eilten sie in Richtung Strand, wo Garrelt ihnen auf halbem Weg schon keuchend entgegenkam. „Hinderk, gut, dass du kommst. Wir haben Himmel und Hölle in Bewegung gesetzt, um mit unseren Fischerbooten schnellstmöglich zu Hilfe eilen zu können. Doch ob du es nun glaubst oder nicht – unsere Hilfe wird gar nicht gebraucht." Seine letzten Worte klangen zynisch.

„Das Schiff will oder braucht keine Hilfe? Wie denn das?" Befremdet blickte Hinderks seinen Freund an.

Garrelt lachte bitter. „Zehn fremde Fischerboote sind plötzlich wie aus dem Nichts aufgetaucht und umschwirren die *Burg von Emden* wie Motten das Licht. Abgekartetes Spiel, wenn du mich fragst. Absichtlich aufgelaufen, der Kahn!"

Ungläubig maß Inken ihn. „Glaubst du wirklich, Garrelt?" Sie konnte es sich nicht vorstellen. Und doch ...

„Da segelt ein Schiff mehr als 28000 Seemeilen und strandet dann bei klarem Wetter kurz vor dem Ziel auf unser Borkumer Riff? Ich sage euch, das kann nicht mit rechten Dingen zugegangen sein", sprach Garrelt aus, was Inken sich insgeheim dachte. Grimmig schritt er aus, und die beiden folgten ihm.

„Wann ist das Unglück eigentlich geschehen, und woher wisst ihr davon?" Inken versuchte das Beben in ihrer Stimme zu unterdrücken.

„Das war so ..." Garrelt schnäuzte sich geräuschvoll. „Der alte Abel, du kennst ihn, Inken, hat mich heute in aller Herrgottsfrühe aus dem Bett geholt. Er selbst steht immer schon vor den Möwen auf und sucht den Strand ab. Nun, zwischen Nacht und Tag haben seine Augen die fette Beute entdeckt. Und so kam Abel ganz schnell an meine Tür. Ich bin darauf gleich los, habe die anderen Fischer zusammengetrommelt – das Nachrichtennetz ist hier hervorragend seit der Franzosenzeit –, und nun stehen wir alle bereit um zu helfen, wollten eigentlich gerade auslaufen.

Das Frachtschiff liegt mit Schlagseite auf Grund. Es ist jetzt Ebbe und da wäre es das Beste, den Kahn so weit zu erleichtern, dass er wieder freikommen kann. Allerdings werden wir, wie ich gerade schon sagte, anscheinend gar nicht mehr gebraucht. Zehn Fischerboote dümpeln um den Kahn herum. Und keines gehört einem Borkumer." Er hob bedeutungsvoll die Augenbrauen. „Keine Stunde nach der Havarie war schon der erste Geier da. Diese Tatsache spricht Bände!"

„Du glaubst also wirklich, dass die Schiffer da draußen von der Strandung gewusst haben, bevor sie überhaupt geschehen ist?" Ungläubig musterte Inken den Austernfischer.

„So ist es, mein Mädchen“, lobte Garrelt.

Inken konnte sich nicht vorstellen, dass Cirk solch eine Gaunerei ausgeheckt hatte. Aber hatte sie sich nicht schon einmal in ihm getäuscht? Für einen Augenblick schloss Inken die Lider und versuchte, hinter das Geheimnis zu kommen, was wirklich passiert war. Aber wenn sie in Erwägung zog, dass Cirk an dem Unglück keinen Anteil hatte, was könnte sonst geschehen sein? Keuchend lotete Inken verschiedene Varianten aus. Vielleicht war er gezwungen worden, das Schiff auf das Riff zu fahren, oder aber ... Ein Abgrund tat sich vor ihr auf. Sie musste Gewissheit haben!

„Garrelt.“ Ihre Zunge schien am Gaumen zu kleben. „Wir können doch jetzt nicht einfach tatenlos zusehen, wie die *Burg von Emden* ausgeräumt und die Mannschaft vielleicht sogar ermordet wird!“ Inken dachte an die früheren Strandräuber, die manchmal zu Strandmördern geworden waren.

„Das werden wir auch nicht!“ Grimmig wies Garrelt auf die wartenden Fischer. „Wir schnappen uns diese Meute. Allerdings wird jeder von uns eine Schusswaffe mit an Bord nehmen müssen.“

„Ich will mitkommen!“ Inkens Stimme klang fest. Ihr Vater setzte zu einem Einwurf an, zuckte dann aber resigniert mit den Schultern.

„Nun gut“, fügte sich auch Garrelt. „Dann kommt ihr beide mit mir.“ Er maß seinen Freund mit einem Seitenblick. „Ich bin vielleicht erleichtert, dass du wieder Inselboden unter den Füßen hast, Hinderk. Auf dich hat ja bislang noch jeder gehört, nicht wahr. Vielleicht können wir mit deiner Hilfe diese ganze leidige Sache auch ohne Blutvergießen aus der Welt schaffen.“

„Schauen wir mal.“ Inkens Vater nickte ihm zu.

Kurze Zeit später glitten zehn Fischerboote dicht hintereinander auf das gestrandete Frachtschiff zu. Schwarzblau glitzerte das Wasser im Morgenlicht, und Inken starrte auf die *Burg von Emden*, deren Konturen sich fahl und grau gegen den Himmel abzeichneten. Wie Gegner erschienen ihr die fremden Fischerboote, und für einen Augenblick kroch Furcht in Inkens Herz.

Bald waren sie nahe genug, um einzelne Gestalten an Deck ausmachen zu können. Dann drangen auch die ersten Gesprächsfetzen zu ihnen herüber. Eine Gruppe von Seeleuten hatte sich um einen Mann in Uniform versammelt, der von Deck aus mit einem der Fischer sprach. Es ging um das Leichtern des Frachtschiffes und um Bergelohn. Die Mienen der Besatzungsmitglieder der *Burg von Emden* waren finster.

Ohne zu zögern fuhr Garrelt mit seinem Boot bis dicht an das Frachtschiff heran. Das Gespräch der beiden Männer erstarb, und sie beobachteten argwöhnisch, wie die Borkumer Boote immer näher kamen. Inkens Vater erhob sich, und nun verstand Inken auch, warum er seine Kapitänsuniform trug. Groß und sehnig von Gestalt, hatte er schon früher fast alle überragt, und mit seinen gestrafften Schultern und dem hoch erhobenen Kopf wirkte sein Auftreten auch heute Respekt einflößend.

„Ich möchte sofort mit dem Kapitän dieses Frachtschiffes sprechen." Kraftvoll klang seine Stimme.

„Das tun Sie gerade." Ein listiger Ausdruck lag auf dem gut geschnittenen Gesicht des Mannes mit dem hellen lockigen Haar, der auf den ersten Blick durchaus vertrauensvoll wirkte. Doch seine Augen verrieten ihn. In ihnen lag eine Kälte und Härte, die Inken innerlich zurückweichen ließ. In dem abschätzigen Blick, mit dem er erst ihren Vater und dann sie musterte, lag etwas Raubtierhaftes, und Inken fuhr ein Schauer über den Rücken.

„Sind sie Cirk Hoogestraat?“

„Nein. Hoogestraat liegt halb tot auf seinem Lager.“ Der Mann deutete mit dem Kopf nach unten. „Deshalb habe ich, vormals Erster Offizier, vorübergehend das Kommando übernommen.“

Inkens Hände flogen zu ihrem Mund, um nicht laut aufzuschreien, doch ein kleiner Laut musste sich ihrer Kehle dennoch entrungen haben, denn der Blick des Blonden flog in ihre Richtung. Ein wissendes kaltes Lächeln legte sich um seine Mundwinkel, und er schien Inken erst jetzt bewusst wahrzunehmen. Bewundernd glitt sein Blick über ihren Körper und maß mit blitzenden Augen ihr rotes Haar.

„Mein Name ist Dirk Harms“, warf er ganz allgemein in die Runde, doch die kleine Verbeugung galt ihr, das wusste Inken genau.

„Was fehlt Cirk Hoogestraat?“ Gepresst kamen die Worte aus ihrem Mund.

Dirk Harms zuckte die Achseln. „Zu viel getrunken, denke ich. Leider konnte sich die gesamte Mannschaft gestern Abend nicht so richtig zurückhalten, deshalb hängen wir jetzt ja auch auf diesem Riff. Wie soll man Seeleute befehligen, die nicht mal mehr ein Tau halten können? Es ist nicht meine Schuld und auch nicht die der Lotsen, die gestern an Bord kamen. Unsere Anweisungen waren richtig und mehr als deutlich.“

„Ach!“ Ungläubigkeit schwang in der Stimme Hinderk Inkens.

Doch bevor er noch eine Frage stellen konnte, trat ein Besatzungsmitglied vor.

„Das ist alles nicht wahr!“ Wütend fuchtelte er mit den Händen in der Luft herum. „Richtige Befehle von diesem Möchtegernkapitän und den Lotsen – dass ich nicht lache.“

Verbitterung klang aus seiner Stimme. „Wie waren wir erleichtert, als gestern zwei Lotsen der *Oostindischen Campagne* an Bord kamen, um die *Burg* sicher nach Emden zu bringen. Es waren diese beiden hier." Er wies mit dem Finger auf zwei Männer, deren Gesichtszüge nun wie erstarrt waren. „Der eine heißt wohl Hanno Heyenga und der andere Freerk Harms.

Und jetzt wird Ihnen gleich ein Licht aufgehen! Denn wie es der Zufall wollte – so dachten wir zumindest – ist einer der Lotsen der Bruder dieses Kerls, dieses Möchtegernkapitäns." Er wies mit dem Finger auf Dirk Harms. „Jedenfalls brachten die zwei Lotsen hier" – er spie das Wort fast aus – „ein vermeintliches Geschenk der *Campagne* mit an Bord: ein Fässchen Rum, auf dass uns der klägliche Rest der Fahrt nicht zu lang werden würde. Kapitän Hoogestraat war das gar nicht recht. Alkohol zu trinken, hat er an Bord nicht erlaubt. Doch die Lotsen überredeten ihn, und so bekam jeder von uns gestern Abend ein Tässchen Tee mit Rum. Und danach war uns, als ob wir Blei in den Knochen hätten. Viele hingen mehr über Bord, als dass sie noch standen, geschweige denn irgendwelche Verrichtungen ausführen konnten, und der Kapitän sah aus wie ein Gespenst. Er ist dann auch einfach umgekippt! Und er" – der Seemann wies mit dem Finger wieder auf Dirk Harms" – hat noch gelacht, als wir ihn wankend in seine Koje brachten. Wir alle schwankten, doch Hoogestraat war weiß wie ein Leichentuch, und seine Stirn glühte. Ich sage Ihnen, wir sind vergiftet worden. Und den Kapitän hat es am schlimmsten erwischt. Wir sind vergiftet worden, damit die *Burg von Emden* vorsätzlich auf dieses Riff gesteuert werden konnte. So wurde sichergestellt, dass niemand von uns gegen den Kurs protestierte. Und jetzt muss ich hören, dass man uns sogar noch die Schuld an der ganzen Sache in die

Schuhe schieben will. Dabei haben die Lotsen ganz bewusst einen völlig falschen Fahrweg gewählt. Wie sonst gerät ein Schiff bei klarem Wetter auf das Borkumer Riff? Fragen Sie meinen Freund hier.“ Er wies auf einen Matrosen mit zerzaustem Haar und rotem Gesicht.

Dieser nickte und berichtete unaufgefordert: „Ich stand mit wackeligen Beinen an Bord und maß die Tiefe mit einem Lot, wie wir es immer tun, wenn Untiefen lauern könnten.“ Der Matrose wandte sich an Hinderk Inkens. „Der Faden wechselte ganz unvermittelt von siebzehn auf zehn Knoten und schon saß das Schiff auf dem Riff fest. Wenn das gegebene Kommando nicht falsch war, dann will ich nicht länger Matrose sein!“

„Glauben Sie den Männern kein Wort!“ Dirk Harms Gesicht war wutverzerrt. „Gezecht haben sie die ganze Nacht.“

„Wie es wirklich gewesen ist, wird noch zu klären sein.“ Mit kaltem Blick maß Hinderk Inkens den Ersten Offizier. „Das Vertrauen zwischen Ihnen und der Mannschaft scheint mir jedenfalls zerstört. Deshalb werde ich jetzt an Bord kommen und das Kommando übernehmen.“

„Wir brauchen Ihre Hilfe nicht“, mischte sich jetzt einer der fremden Fischer, die bislang unbeteiligt geblieben waren, ein. Seine Stimme klang erregt. „Auf die glorreiche Idee, den Kahn zu leichtern, sind wir auch ohne Ihre Hilfe gekommen. Und mehr braucht es nicht! Glauben Sie etwa, wir würden uns diesen fetten Fisch von der Angel nehmen lassen? Nein! Unsere Hilfe wird den Eigner eine schöne Stange Geld kosten, nicht wahr?“, wandte er sich an seine Leute und grinste dümmlich.

„Mich wundert nur, wie schnell Sie und die anderen Fischer von dem Auflaufen der *Burg von Emden* erfahren haben.“ Mit stechendem Blick maß Inkens Vater den Fischer, der nach kurzer Zeit die Augen abwandte. „Um wie viel Bergelohn ging es denn gerade im Gespräch mit dem ..." – er zögerte einen Augenblick, als ob ihm die Worte nur schwer über die Lippen kamen – „... mit dem Kapitän?"

„Helfen wollen wir gegen einen Bergelohn von einem Drittel der Fracht", kam es zurück.

Garrelt sog hörbar die Luft ein. „Mein Gott, ihr wolltet dem Eigner wohl Hemd und Hosen gleichzeitig ausziehen. Woher kommt ihr eigentlich?" Sein Blick schweifte von einem Fischerboot zum nächsten.

„Juist", kam die knappe Antwort von einem der Schiffe, und für einen Augenblick trat ein beschämter Ausdruck in die Augen des Mannes.

Einige der fremden Fischer deuteten die Lage daraufhin richtig. Sie wendeten ihre Boote und fuhren ohne ein Wort der Erklärung wieder davon.

Währenddessen war Inkens Vater mithilfe von Besatzungsmitgliedern an Bord der *Burg* geklettert. Und Inken folgte ihm. Sie musste einfach auf das Schiff, unter dessen Deck Cirk lag.

„Sie sind von der Insel aus beobachtet worden", wandte sich Hinderk Inkens schwer atmend an Dirk Harms, der ihn trotzig anstarrte. „Von einem kompetenten Mann noch dazu, dessen Aussage über die Willkür dieses Auflaufens vom Gericht zweifelsfrei anerkannt werden wird."

Inken bezweifelte, ob das Wort des alten Abel vor Gericht von großem Gewicht sein würde, doch ihr Vater sprach sehr überzeugend. „Ich werde Sie vor Gericht bringen", fuhr er mit fester Stimme fort, „und dort werden Sie und ihre Lotsen sich zu verantworten haben!"

Inken wusste nicht warum, aber eine winzige Bewegung ließ sie auf die Waffe am Gürtel von Dirk Harms' Uniform aufmerksam werden. Vielleicht, weil er sie berührte, wie um sich ein Gefühl von Sicherheit zu geben. Es war ein Messer, das in einem silbern glänzenden Schaft steckte.

Einer der Lotsen, es war Hanno Heyenga, der mittlerweile an die Seite des Kapitäns getreten war, schien verunsichert. „An dem, was Sie sagen, ist was dran", sagte er schließlich gepresst. „Ich meine, die beiden da" – er wies auf die Brüder „haben das ausgeheckt – und nicht erst seit gestern. War alles eine abgesprochene Sache – auch das mit den Juister Fischern. Eigentlich wussten wir, was zu tun war, um dem tückischen Riff zu entgehen. Wir hatten Borkum schon fast passiert, als der Kapitän plötzlich den Kurs ändern ließ. Ganz bewusst hat er die *Burg von Emden* auf das gefürchtete Riff gelenkt. Sie kam dann sogar noch einmal frei, doch wieder befahl der Kapitän ein falsches Manöver, und bei der nächsten Welle war das Unglück geschehen. Als ich gestern an Bord kam und erkannte, dass Dirk Harms hier Kapitän spielte, habe ich sofort Lunte gerochen. Er ist schon des Öfteren verdächtigt worden, in die eigene Tasche und die seiner Verwandtschaft auf Juist zu wirtschaften. Nachdem ich von dem Plan hörte, wollte ich aussteigen, doch sie haben mich gezwungen mitzumachen. Ansonsten hätte auch ich den vergifteten Tee zu trinken bekommen, in dem alles andere als nur Rum war. Die Mannschaft sollte benommen genug sein, um alle Anweisungen ohne Aufbegehren zu befolgen. ‚Leichtes Auflaufen', hat Dirk Harms es genannt. ‚Und dann ordentlich kassieren – Neehus ist reich genug.'" Er blickte unsicher zu Inkens Vater.

Dieser nickte ihm zu. „Wir werden das alles an Land klären. Jetzt ist zuallererst mal wichtig, dass Cirk Hoogestraat Hilfe bekommt und wir die Fracht retten. Gibt es noch weitere Männer, denen es schlecht geht?"

Der Lotse schüttelte den Kopf. „Sie wollten nur Hoogestraat völlig außer Gefecht setzen, und es war ihnen egal, ob er dabei stirbt oder nicht." Tonlos klang seine Stimme. „Hoogestraat sollte kein Risiko mehr darstellen."

Eine Welle von Wut und Empörung rauschte durch die Mannschaft, und für einen Augenblick sah es so aus, als ob sich die Männer auf die Brüder stürzen wollten. Diese waren enger zusammengerückt, und Inken glaubte Angst in Freerk Harms Augen zu erkennen. Sein Bruder aber warf die blonden Locken zurück und starrte der Mannschaft furchtlos entgegen. „Er weiß, dass er nichts mehr zu verlieren hat", dachte Inken, „dieser Mann ist gefährlich!"

Hinderk Inkens versuchte die Mannschaft zu beruhigen. „Männer." Seine Stimme übertönte alle anderen. „Männer, wir wollen es diesen Schurken nicht gleichtun. Ein neutraler Richter soll entscheiden, welche Strafe sie verdient haben. Jetzt ist zunächst etwas anderes wichtiger. Garrelt" – er wandte sich an seinen Freund –, „ich habe mich entschieden. Wir werden Cirk Hoogestraat auf dein Boot bringen. Ich will, dass er schnellstmöglich zu mir nach Hause und in fachkundige Hände kommt."

Garrelt nickte. „Alles klar, Hinderk. Ich lass dann gleich nach Arthur schicken. 'nen besseren Arzt gibt es auf dem Festland auch nicht."

„Ist gut. Ich werde hier das Kapitänskommando übernehmen. Die Borkumer Fischer können den Frachter um einen Teil der Waren erleichtern, damit wir bei auflaufendem Wasser wieder flott werden. In Emden werde ich mich mit Neehus zusammensetzen und ihm alles erklären. Er soll entscheiden, was mit den Brüdern geschehen soll, und dafür sorgen, dass die Fischer von Borkum eine ehrliche Entlohnung erhalten."

Aus den Augenwinkeln sah Inken, dass Dirk Harms einen

Schritt zurückgewichen war. Ein böses Glitzern lag in seinen Augen, und plötzlich ging alles ganz schnell. Mit einem Sprung war Dirk Harms an ihrer Seite, bevor sie ausweichen konnte, umschlag mit einem Arm ihre Taille und bedrohte sie mit seinem Messer.

„Ich schneide ihr die Kehle durch, wenn auch nur einer einen Schritt näher kommt“, rief er.

Hinderk Inkens blieb sofort stehen. „So ist es recht“, lobte Dirk Harms. „Und jetzt will ich euch alle, die komplette Besatzung und Sie“ – er nickte Inkens Vater zu – „vor mir in Reih und Glied stehen sehen.“ Schweigend bauten sich die Männer vor ihm auf. „Freerk, komm an meine Seite.“ Triumph klang in Harms’ Stimme.

Inken verharrte unterdessen wie gelähmt in der schmerzhaften Stellung. In ihrem Kopf aber arbeitete es fieberhaft. Wenn sie sich doch nur befreien könnte! Aber wie?

„So.“ Zufrieden blickte Dirk Harms in die Runde. „Niemand wird von Bord gebracht, außer meinem Bruder, diesem schönen Kind hier und mir!“, schrie er. „Und wenn ihr alle hübsch artig genau das tut, was wir euch sagen, wird der Rothaarigen auch nichts geschehen. Ansonsten aber ...“ Er ritzte Inkens Haut, so dass ein dünnes rotes Rinnsal ihren Hals hinabfloss. Hinderk Inkens schrie auf. Aber Dirk Harms lachte nur.

„Nehmen Sie doch Vernunft an“, bat Inkens Vater ihn inständig. „Sie machen durch diese Tat alles nur noch schlimmer.“

„Kein Gerede mehr.“ Mit kaltem Blick maß Dirk Harms sein Gegenüber. „Komm, Freerk, wir verlassen jetzt ganz schnell diesen ungemütlichen Ort.“

Inken blickte zu ihrem Vater und sah die Angst in seinen Augen, aber auch noch etwas anderes, das sie nicht zu deuten wusste. Gleichzeitig spürte sie, wie sich der Griff von Harms' Arm, mit dem er sie umklammert hielt, für einen Moment lockerte. Dies war vielleicht ihre einzige Chance, sich zu befreien. Und so gab Inken vor, ohnmächtig zu werden und glitt wie ein Sack Mehl zu Boden. Ihre unerwartete Reaktion überraschte Dirk Harms. Er ließ sie los. „Jetzt!", ging es Inken durch den Sinn. Sie fuhr herum wie eine Wildkatze, doch bevor sie ihre zur Faust geballte Hand in sein Gesicht schlagen konnte, tat dies schon ein anderer. Wie ein Schatten war Cirk hinter ihr aufgetaucht. Einen Moment lang wankte er, doch dann verengten sich seine Augen zu Schlitzen. Er stürzte sich auf Dirk Harms, und ein durchdringender Schmerzensschrei gellte durch die Luft. Harms' Hände sanken herab, dann fiel er zu Boden. Inken riss ihm blitzschnell das Messer aus der schlaffen Hand und warf es ihrem Vater zu.

Die Mannschaft schrie durcheinander. Zwei Männer hielten Dirk Harms sicherheitshalber auf den Planken fest, während andere verlangten, ihn ins Meer zu werfen. Doch wieder gelang es Inkens Vater, die Wut der Mannschaft zu zügeln.

Niemand schien auf Cirk zu achten, der nur Augen für Inken hatte. Er sah furchtbar aus. Unrasiert und die Augen blutunterlaufen, hatte seine Haut eine grauweiße Färbung angenommen. Inken merkte kaum, dass sie vor Bestürzung einen Schritt auf ihn zugegangen war. Cirk dagegen war stehen geblieben, wo er war, und zunächst hatte es den Anschein, als würde er sie für ein Traumgebilde halten. Dann aber streckte er die Arme nach ihr aus.

„Inken!" Seine Stimme war kaum zu verstehen, doch ein Lächeln flog über sein Gesicht wie ein zögernder Sonnenstrahl.

In Inken kämpften die widersprüchlichsten Gefühle: Wut, Mitleid, Enttäuschung und Verachtung, und doch war da tief in ihrem Inneren auch eine Wärme, die sie verwirrte und die sie nicht deuten konnte und wollte.

Als Cirk einen Schritt auf sie zukam, bemerkte Inken, dass er wankte. Und dann, als ob ihn die letzten Kräfte verlassen hätten, stürzte er vor ihren Augen wie ein gefällter Baum zu Boden.

Böses Erwachen

Cirk bemühte sich, der Finsternis zu entkommen, die ihn umgab. Es war, als müsse er sich tief unter Wasser durch Schlingpflanzen und Seetang einen Weg bahnen, um wieder an die Oberfläche, ans Licht zu gelangen. Er wollte seine Augen öffnen, aber seine Lider waren so schwer, dass er lange Zeit dazu brauchte, bis es ihm schließlich gelang. Als Erstes nahm er Tjalda wahr, die an seinem Bett saß und von ihm abgewandt mit einer anderen Person redete. Einer Person, die ihn fast glauben ließ, er sei noch immer in China. Cirk kniff die Augen zusammen, doch das vermeintliche Trugbild blieb.

„Mein Gott, im hellen Morgenlicht und zwischen der schneeweißen Bettwäsche sieht der Junge aus, als ob er keinen Tropfen Blut mehr im Leib hätte." Tjaldas Stimme klang sorgenvoll. „Anfangs waren da ja noch die Albträume, doch dann hat er geschlafen wie ein Toter. Dabei hat der Sturm heute Nacht das Haus wie ein Riese, der an Türen und Fenstern reißt, hin und her gebeutelt. Was für ein Glück, dass ich mich gleich gestern auf den Weg hierher gemacht habe. Heute wäre kein Fischer mehr dazu bereit gewesen, mich zu fahren."

„Diese Chinesin weiß, dass keine zehn Pferde und erst

recht kein Sturm ihre Freundin von dem Kranken hätten fernhalten können." Ein sanftes Lächeln lag auf dem Gesicht der zweiten Frau, und Cirk lauschte verwundert dem leichten Singsang ihrer Stimme. „Aber es bedarf keiner Sorge mehr. Das Schlimmste ist überstanden. Das Gift hat den Körper dieses mutigen Mannes verlassen, er braucht jetzt nur noch Ruhe, um wieder zu Kräften zu kommen."

„Du hast sicherlich Recht, Sumi." Tjalda seufzte leise. „Inken hat die ganze Nacht an seinem Bett gesessen. Jetzt habe ich sie erst einmal schlafen geschickt. Nachdem ich schon einmal hier bin, kann ich auch für sie einspringen. Hinderk hat übrigens gestern, bevor er zu mir gekommen ist, noch mit Neehus gesprochen. Ich weiß nicht, wie er ihn dazu gebracht hat, aber die Borkumer Fischer können mit dem Bergegeld, das er für sie ausgehandelt hat, zufrieden sein. Und die beiden Halunken, die der Mannschaft das Gift verabreicht haben, sind den Behörden überstellt worden. Neehus soll vor Wut über die Schandtat der beiden Männer geschäumt haben. Also, ich möchte nicht in ihrer Haut stecken! Sie werden sich vor Gericht zu verantworten haben."

Cirk lag mit geschlossenen Augen und lauschte. Er hätte eigentlich wachgerüttelt sein müssen von dem, was er hörte, aber sein Körper war noch nicht so weit, wieder ganz in die Welt zurückzukehren. Einzelne Bilderfetzen zogen an ihm vorbei, und langsam, ganz langsam erinnerte er sich. Da war dieser furchtbare Schmerz gewesen, der ihn hatte glauben lassen, er würde innerlich verbrennen. Die besorgten Blicke seiner Männer, und dann nichts mehr als Schwärze, bis der Ruck kam und das ganze Schiff erbebte. Schreie, Streit, fremde Stimmen, und dann die Stimme, die er unter Tausenden heraus erkannt hätte: Inken. Er war ihrer Stimme gefolgt, mühsam und unter Aufbietung all seiner Kräfte. Plötzlich war da die unmenschliche Wut gewesen, als er das Messer an ihrem Hals gesehen hatte. Nur mittels dieser Wut war es ihm gelungen, ihren Peiniger beiseitezufegen wie die Krumen von einem Stück Papier. Danach gab es wieder nur Schwärze, tiefe, samtene Schwärze und später, sehr viel später, sanfte Hände auf seiner Stirn und kühlende Tücher. Wann war das alles gewesen? Gestern? Heute? Cirk fehlte jedes Gefühl für Raum und Zeit.

Er hörte das leise Knarren eines Stuhles neben seinem Bett und sich entfernende Schritte. Langsam öffnete er wieder die Lider. Sein Blick fiel auf die weiße Zimmerdecke, streifte die hell gestrichenen Wände und blieb schließlich auf dem Boden mit seinen breiten Dielenbrettern hängen. Eine leichte Bewegung brachte ihn dazu, den Kopf zu wenden, und er blickte direkt in Tjaldas Augen. Diese warf ihm ein aufmunterndes Lächeln zu.

„Ah, der Schmugglerkönig hat sich entschieden, wieder ins Leben zurückzukehren." Sie strich mit der Hand über seinen Arm. Ihr Gesichte strahlte vor Erleichterung. Cirk sah sie nur dankbar an, sprach aber kein Wort. Eine lange Zeit hielten nur ihre Augen miteinander Zwiesprache.

Schließlich seufzte Tjalda tief. „Wie wäre es mit einem guten Tee?" Warm klang ihre Stimme und mütterlich.

Es schien keine Frage gewesen zu sein, denn sie stand auf und ging mit einem letzten liebevollen Blick auf ihn aus dem Zimmer. Cirk reckte sich vorsichtig und bewegte langsam seine einzelnen Gliedmaßen. Er fühlte sich völlig zerschlagen, müde und matt, hatte aber keine Schmerzen. Welch ein Gefühl, wieder zu Hause zu sein, auch wenn es nicht Tjaldas Wohnung war, in der er sich befand. Aber allein ihre Nähe reichte aus, um aus einem Zimmer ein Zuhause für ihn zu machen.

Die Tür ging auf, und Tjalda kam mit dem Tee zurück, den sie ohne ein Wort zu sagen einschenkte. Der Duft und die belebende Wirkung des Getränkes holten Cirk wieder ganz ins Leben zurück. Und endlich flossen auch die Worte, um die er zuvor gerungen hatte, wie ein Wasserfall aus seinem Mund. Unaufgefordert berichtete Cirk von allem, was er erlebt hatte. Tjalda erfuhr von der Belagerung der Festung Delfzijl, der Verletzung seines Freundes Thomas und seinem Versuch, sie zu erreichen. Als Cirk von Reemt Neehus und dem Auftrag, den er hatte annehmen müssen, sprach, konnte Tjalda nur ungläubig den Kopf schütteln. Und dann, zum Schluss, nahm Cirk sie mit auf die Fahrt nach China. Er erzählte ihr von den Teeplantagen und davon, wie das schwarze Gold an Bord der Schiffe kam. Tjalda saß mit geschlossenen Augen auf ihrem Stuhl und lauschte. Ab und zu runzelte sie die Stirn oder riss staunend die Augen auf. Als jedoch die Rede auf Kapitän Jacobs und die *Maisje* kam, wurde Tjalda hellhörig.

Sie legte ihre Hand auf den Mund und lachte leise. „Da hast du uns, ohne es zu wissen, einen großen Dienst erwiesen. Wir haben schon seit Tagen sehnsüchtig auf die Ankunft der *Maisje* gewartet, und nun wird keiner von uns in Emden sein, um die Ladung in Empfang zu nehmen. Doch das macht nichts. Der Lagerverwalter weiß genau was zu tun ist, und wir werden unsere Neugier nur noch etwas länger bezähmen müssen."

Als Cirk sie daraufhin verständnislos anblickte, war es an Tjalda, ihm nun ihrerseits zu berichten. Sie erzählte von Sumi und der Kruiderrie, von den Erfolgen und Misserfolgen, davon, dass Hinderk Inkens, in dessen Haus Cirk sich befand, aus der Gefangenschaft heimgekehrt war. Und danach erklärte sie ihm die Beteiligung an der *Maisje*. In all ihre Worte ließ Tjalda weder einen Vorwurf noch eine Anklage gegen ihn einfließen. Erst ganz zum Schluss brachte sie vorsichtig die Rede auf den Tod des Engländers, Thomas Devon. Cirk starrte Tjalda nur an und schwieg eine lange Zeit. Sein Gesicht war noch blasser geworden, als es ohnehin schon war. Die Nachricht vom Tod seines Freundes traf ihn hart und führte ihm außerdem die Sinnlosigkeit seiner Fahrt nach China vor Augen, so dass es ihm fast körperliche Schmerzen bereitete.

„Wie hast du überhaupt davon erfahren?" Seine Stimme klang brüchig.

„Zum einen habe ich lange Zeit versucht, dich zu finden, Cirk." Sie warf ihm einen prüfenden Blick zu. „Zweimal habe ich einen Boten zu dem Engländer geschickt. Beim ersten Mal kämpfte er noch um sein Leben, beim zweiten Mal ..." Sie brachte den Satz nicht zu Ende.

„Tja, und dann war da noch dieser Brief." Zögerlich nur kamen die Worte, doch Cirk nickte erleichtert.

„Dann sind die Zeilen also bei euch angekommen, auch wenn mein Freund dich nicht mehr aufsuchen konnte. Das ist gut!" Zufrieden ließ Cirk sich zurücksinken.

Tjalda blickte ihn befremdet an. Da war nichts Gutes an dem Brief von Lucia gewesen, aber sie beschloss, dass es der Fragen vorerst genug wäre. Für weitere Erklärungen bliebe später noch Zeit, zumal es da auch noch dieses Schreiben gab, das, an Cirk adressiert, vor einigen Wochen aus England gekommen war. Ohne jemandem davon zu erzählen, hatte Tjalda es einfach beiseitegelegt in der Hoffnung, dass Cirk irgendwann doch noch heimkehren werde. Denn in ihrem Inneren hatte sie diese Hoffnung all die Monate über niemals aufgegeben. Und nun war es geschehen. Tjalda seufzte tief. Es konnte noch alles gut werden!

„Cirk, mein Lieber, du wirst dich jetzt erst mal von mir erholen", sagte sie bestimmt. „Ein wenig Schlaf, eine gute

Mahlzeit, und danach sehen wir weiter. Hast du noch einen speziellen Wunsch, bevor ich dich alleine lasse?"

„Ja." Cirk blickte sie an, und ein Strahlen ging über sein Gesicht. „Du weißt ja, wie es um Inken und mich steht. Ich möchte sie um alles in der Welt sehen, und zwar so bald als möglich. Es gibt so viel, was ich ihr sagen will und erklären muss. Tjalda, kannst du sie zu mir schicken? Sie ist doch da, nicht wahr?" Ein Flehen lag in seiner Stimme, und Tjalda maß ihn mit einem schwer zu deutenden Blick „Ja, sie ist hier. Doch morgen schon wird sie die Insel verlassen, um nach Thüringen zu reisen. Ich weiß auch erst seit gestern von ihrem Vorhaben und bin wenig begeistert davon. Aber sie muss sich ganz kurzfristig zu diesem übereilten Schritt entschlossen haben."

„Ach, du musst dich irren." Cirk wischte ihre Worte mit einer Handbewegung beiseite. „Es mag sein, dass sie erst vor Kurzem noch Pläne in diese Richtung geschmiedet hat, doch heute ist alles anders. Wenn sie sich in den letzten Monaten auch nur halb so sehr nach mir gesehnt hat wie ich mich nach ihr, wird sie morgen auf keinen Fall fortgehen."

Cirks Vorfreude auf Inken war so groß, dass er die Augen schloss und sich ganz dem beflügelnden Gefühl ihrer Nähe hingab. Den skeptischen Blick Tjaldas auf sein Gesicht nahm er nicht mehr wahr.

Ein leises Klopfen an der Tür ließ Inken hochschrecken. Für einen winzigen Moment glaubte sie, es sei Cirk, und ihr Herz schlug einen wilden Rhythmus. Panik stieg in ihr auf. Doch es war Tjalda, die den Kopf zur Tür hereinsteckte. Ein Leuchten lag in ihren Augen, und ihre Wangen waren gerötet.

„Inken." Sie trat ein. „Cirk ist vor einiger Zeit aufgewacht, und du glaubst nicht, was er alles erlebt hat! Du musst unbedingt zu ihm gehen und dir seine Geschichten anhören", fügte sie bittend hinzu.

Inken warf Tjalda einen befremdeten Blick zu. In all den Monaten hatte ihnen beiden allein schon der Gedanke an Cirk Qualen verursacht. Was hatten sie nicht gelitten um diesen Kerl, doch kaum war er wieder da, verzieh ihm Tjalda sein ganzes Tun. Das hatte sie zwar nicht anders erwartet, aber dennoch begann Wut in ihr hochzusteigen. Wenn Tjalda glaubte, sie würde Cirk verzeihen, dann hatte sie sich getäuscht! Sie würde nicht einmal in seine Nähe kommen, denn nur zu gut erinnerte sich Inken an die Macht seiner Augen, denen sie noch nie hatte widerstehen können. Und deshalb hatte sie sich auch dazu entschlossen, so schnell wie möglich abzureisen. Cirk zu pflegen, solange er krank darnieder lag, war etwas anderes gewesen. Die lange Nacht an seinem Bett hatte dem Kampf um sein Leben gegolten und alle anderen Gefühle beiseitegedrängt. Gestern hatte Arthur, der auf Borkum die Aufgaben eines Arztes wahrnahm, den Patienten untersucht. Kurz entschlossen und mithilfe Unmengen warmen Wassers war es ihm gelungen, Cirk dazu zu bringen, einen Teil des Mittels, das seinen Körper vergiftete, wieder von sich zu geben. Danach hatte Arthur angeordnet, das Fieber mit kühlen, feuchten Tüchern zu bekämpfen, und Garrelt hatte die erste Schicht an der Seite des Kranken übernommen.

„Er bewundert Cirk", dachte Inken, und Bitterkeit stieg in ihr auf.

Als sie Garrelt am späten Abend abgelöst hatte, waren ihr zum ersten Mal die tiefen Furchen in seinem wettergegerbten Gesicht aufgefallen. Seine blassblauen Augen hatten sorgenvoll und nachdenklich in die ihren geblickt.

„Er ist noch nicht über den Berg! Der Blockadebrecher hat im Traum geredet. Viel wirres Zeug, wie ich meine, doch ab und zu kam die Rede auch auf dich, Inken. Sag's dem alten Garrelt ruhig, dass es ihn nichts angeht, aber ist da was zwischen dir und dem armen Kerl da drinnen?"

„Nein", hatte sie kurz und bestimmt geantwortet.

Worauf Garrelt rot geworden war. Er hatte die Augen zusammengekniffen und ein verständnisloses Gesicht gemacht. „Hm, nach seinem Gestammel zu urteilen sieht Cirk das aber anders, mein Mädchen." Verlegen war er sich mit den Händen durchs Haar gefahren. „Du weißt, wir Männer haben das oft nicht so mit den richtigen Worten. Vielleicht solltest du ihm mal ein bisschen deutlich sagen, dass du ..." Er stockte und kratzte sich am Kopf. „Ich meine, dass ihr ... Na ja ..." Verlegen brach er ab. „Ich mein ja nur so."

„Da gibt es nichts zu meinen, weil es nichts zwischen uns gibt!" Inken hoffte, mit ihren Worten deutlich genug gewesen zu sein.

Garrelt hatte sich umständlich eine Pfeife angezündet. „Es wäre halt so, dass ich es euch nicht missgönnen würde. Ist ein feiner Mensch, dieser Hoogestraat, wie mir scheint."

Inken hatte es nicht über sich bringen können, ihm zu widersprechen. Und nachdem Garrelt fort war, hatte sie zögerlich die Nachtwache übernommen. Doch ihre Befürchtung, Cirk könne die Nacht nicht überleben, war nicht eingetreten. Bei seinem Anblick war ihr Herz fast stehen geblieben. Cirks graues Gesicht, die tiefen Furchen um seinen Mund und die hilflose Lage, in der er sich befand, hatten sie stark berührt. So, wie es normalerweise nur ein Kind zu tun vermag, das völlig auf einen angewiesen ist und dem man helfen möchte, ohne sicher sein zu können, ob man mit seinen Bemühungen Erfolg haben wird.

In der Nacht war das Fieber höher und höher gestiegen, und Stunde um Stunde hatte sie es mit kalten feuchten Tüchern bekämpft. Zwischendurch war Sumi gekommen, um ihr zu helfen oder um ihr Tee zu bringen, das Einzige, was Inken zu sich nehmen konnte. Cirk war unruhig gewesen, hatte unverständliche Worte vor sich hin gemurmelt und sich immer wieder von einer auf die andere Seite gewälzt, das Gesicht totenbleich und nass vor Schweiß. Am Morgen war die Temperatur dann endlich gesunken und Cirk in einen tiefen Schlaf gefallen. Erleichtert hatte Inken die Sorge um ihn in Tjaldas Hände gelegt.

Nein, gestern Nacht war Cirk keine Gefahr für sie gewesen. Doch hier und heute war es besser, ihm nicht zu begegnen. Und morgen würde sie fort sein!

„Nein, ich werde nicht zu ihm gehen, um irgendwelche Geschichten zu hören", sagte Inken schließlich betont ruhig und begann, Tjalda ignorierend, ihren Koffer zu packen.

„Aber du kannst doch jetzt nicht einfach fortgehen, Inken!" Ein Anflug von Panik lag in Tjaldas Stimme. „ Bitte, nimm dir noch ein paar Tage Zeit und versöhne dich wieder mit Cirk. Ich weiß, wenn du dir einen Ruck gibst, wird es gelingen! Tu es mir zuliebe, bitte!"

Inken hielt wie erstarrt in ihrem Tun inne, wandte sich dann aber mit blitzenden Augen zu Tjalda um. „Als Cirk so ohne ein Wort verschwand, hat es mir förmlich das Herz zerrissen. Das weißt du! Und dann kam noch dieser verdammte Brief von Lucia. Jetzt kehrt er freudestrahlend nach fast zwei Jahren zurück, und du vergibst ihm ohne ein Wort. Ich kann das nicht! Nach allem, was ich durchgemacht habe, will ich ihm einfach nicht verzeihen!"

„Ich würde niemals etwas von dir verlangen, was du nicht kannst", versuchte Tjalda sich zu rechtfertigen. „Aber irgendwie glaube ich einfach immer noch, dass alles nur ein großes Missverständnis ist."

„Ach, du.“ Inken stampfte mit dem Fuß auf. „Du würdest diesen Kerl selbst dann noch in Schutz nehmen, wenn er mutwillig deinen besten Freund umbringt.“

Die Geldhändlerin rang weiter nach Worten.

„Tjalda, gib dir keine Mühe.“ Inken schien in ihrem Gesicht lesen zu können. „Ich werde auf keinen Fall zu Cirk gehen. Es ist alles vorbereitet. Gleich morgen früh fährt Garrelt mich zurück nach Emden. Und du brauchst nicht zu meinen, dass ich meine Pläne ändern werde, nur weil Cirk die Güte hatte, versehentlich hier vor Borkum auf einem Riff zu stranden, und seine Vergiftung im Hause meines Vaters auskurieren muss. Im Gegenteil. Es ist für uns beide besser, wenn ich so schnell wie möglich gehe. Ich weiß nicht, wozu ich sonst in meiner Wut auf ihn in der Lage wäre. Und auch mein Vater wird wollen, dass er so bald als möglich wieder sein Haus verlässt. Er weiß, wie ich wegen dieses Kerls gelitten habe.“

Tjalda schüttelte den Kopf. „Inken, es ist einfach so, dass Cirk dich gerne sehen möchte. Um alles in der Welt sogar, und er glaubt ...“ Sie räusperte sich, denn es fiel ihr schwer, die Worte auszusprechen. „Nun ja, er glaubt, dass du ihm vor lauter Freude um den Hals fallen wirst, wenn ich ihn richtig verstanden habe. Das allein zeigt doch schon, dass ihm etwas an dir liegt und es ein Missverständnis zwischen euch geben muss.“

Inken fuhr herum, und der Zorn ließ ihre Stimme beben. „Er glaubt wirklich, ich würde ihm um den Hals fallen? Was bildet sich dieser Mann eigentlich ein?“ Erneut übermannte sie der Zorn, pochte in ihren Adern, benebelte ihre Sinne. Inkens so lange in Schach gehaltenes Temperament brauchte ein Ventil, und plötzlich verspürte sie den unbändigen Wunsch, Cirk ihre Wut ins Gesicht zu schleudern, mehr noch, ihm ins Gesicht zu schlagen. Sie wollte seiner grenzenlosen Anmaßung einen Hieb versetzen, von dem er sich nicht so schnell erholen würde. Und ohne noch länger nachzudenken, war sie schon bei der Tür.

„Du sagst also, dass er mich zu sehen wünscht? Das kann er haben! Aber unser Zusammentreffen wird anders verlaufen, als er es sich vorstellt." Krachend fiel die Tür hinter ihr ins Schloss.

Auf dem Weg zu Cirks Zimmer beruhigte Inken sich wieder ein wenig. Es war wohl besser, diesem Menschen ausschließlich mit Gelassenheit und Kühle zu begegnen. So würde er gar nicht erst auf die Idee kommen, dass ihr etwas an ihm lag und sie ihn vermisst hatte. Ja, so wollte sie es machen. Gelassenheit und Ruhe, Kühle und Zurückhaltung, das würde ihn treffen! Von wegen um den Hals fallen!

Inken atmete tief durch und klopfte an. Cirks dunkle Stimme rief sie herein. Er saß im Bett, sah blass und hager aus, war aber glatt rasiert. Sein Gesicht war jetzt, ohne den gequälten Ausdruck der letzten Nacht, noch faszinierender, als sie es in Erinnerung hatte. Trotz der Blässe seiner Haut funkelten seine Augen vor zurückkehrender Lebensenergie.

„Inken." Er streckte die Arme nach ihr aus, doch sie kam ihm nicht entgegen. Seine Augen versuchten die ihren zu erreichen, doch Inken blickte an ihm vorbei. Endlos dehnte sich die Stille, und eine Wand aus Kälte breitete sich zwischen ihnen aus. Cirk spürte es, und es verunsicherte ihn.

„Ich stehe in deiner Schuld, Inken. Dein Anblick und natürlich die kalten Tücher waren es, die mich ins Leben zurückholten", versuchte er die Situation mit einem Scherz aufzulockern, aber Inken ging nicht darauf ein und verschloss sich der streichelnden Wärme seiner Stimme.

„Ich glaube, wir beide sind einander überhaupt nichts mehr schuldig." Betont ruhig und kühl kamen ihre Worte. Dann holte sie tief Luft und setzte sich kerzengerade auf den Stuhl neben seinem Bett.

Cirks Augen hingen an ihrem Haar, das offen über die Schulter fiel. Es schien, als ob er nur zu gerne über die rotgoldenen seidigen Wellen streichen würde. Inken biss die Zähne zusammen. Jetzt nur nicht in seine Augen schauen und sich von ihnen einfangen lassen. Cirk hob seine Hand, ließ sie dann aber wieder sinken.

„Du wolltest mich sehen, und ich nehme dies gern zum Anlass, um mich von dir zu verabschieden", sagte sie eisig.

Cirks ungläubiger Blick ließ ein Gefühl der Genugtuung in ihr aufsteigen. Verständnislos runzelte er die Stirn. „Verabschieden? Du machst einen Scherz. Inken, waren wir nicht lange genug getrennt?" Und als keine Antwort kam, fuhr Cirk fort: „Tjalda sagte, du willst Teegeschirr in Thüringen ordern." Seine Stimme klang drängend. „Warte noch einige Tage, bis ich wieder auf den Beinen bin, dann komme ich mit dir. Ein Treffen noch mit Neehus, und ich kann diesen ganzen verdammten Auftrag hinter mir lassen und alles vergessen." Er hatte ihre Hand ergriffen und hielt sie fest. „Ach, Inken, lass uns Pläne schmieden für die Zukunft. Lass mich deine verrückten Ideen teilen", bat er sanft und versuchte mit jeder Faser seines Wesens, sie zu erreichen. „Wir können gemeinsam nach Thüringen fahren, und danach überzeugen wir die Ostfriesen weit und breit von Sumis Tee und deinem Geschirr. Kannst du dir eine schönere Hochzeitsreise vorstellen?"

Inken glaubte, ihren Ohren nicht zu trauen. Sie versuchte aufzustehen, doch Cirk ließ sie nicht los. „Was auch immer der Grund für deine Zurückhaltung und den Schmerz auf deinem Gesicht sein mag, lass mich daran teilhaben. Was ist geschehen, Inken? Warum liegen wir uns nicht in den Armen, wie ich es mir all die Monate erträumt habe? Warum bist du wie eine Fremde zu mir? Ich weiß, dass mein Fortgehen und all die offenen Fragen dich verletzt haben müssen. Doch ich musste diesen Schritt tun, um frei zu sein für unsere Liebe. Das wirst du einsehen, sobald ich dir alles erklärt habe!"

Inken starrte ihn nur an. Das konnte er doch nicht ernst meinen! Cirk hatte sich einen Teil ihres Lebens genommen, so wie ein Kind eine kostbare Blume pflückt und danach achtlos fortwirft. Das Wissen um ihren Schmerz und ihre Enttäuschung hatte ihn nicht daran gehindert, sie zu verlassen. Und nun glaubte er allen Ernstes, dass sein Tun nichts an ihren Gefühlen für ihn geändert hätte? Dabei hatte es alles geändert! Sie war nicht mehr bereit, ihm jemals wieder etwas von sich zu geben. Und das musste sie ihm nun unmissverständlich klarmachen!

Inken hob den Blick, schaute Cirk aber nicht in die Augen. „Nun ja, verlassene Geliebte sind ja bekanntlich wankelmütig." Spröde klang ihre Stimme, und ein Hauch von Bitterkeit schwang darin. „Vielleicht hast du geglaubt, dass ich auf dich warten würde. Aber das habe ich nicht getan. Stattdessen habe ich beschlossen zu vergessen, was zwischen uns war. Glaube nicht, dass es mir leicht gefallen ist. Und vielleicht wäre auch alles anders gekommen, wenn du dich von mir verabschiedet und mich gefragt hättest, ob ich bereit wäre, auf dich zu warten. Doch du bist einfach für Monate verschwunden und hast uns alle in Ungewissheit zurückgelassen."

„Inken, ich habe dir einen Brief geschrieben, damals schon von Delfzijl aus, aber vielleicht ist er ist nicht angekommen."

Inken schloss kurz die Augen und wappnete sich gegen den Schmerz. Einen Brief an sie wollte er geschrieben haben?

„Es ist ein Brief gekommen", sagte sie leise. „Allerdings

nicht von dir, sondern von der besorgten Lucia, die mich nicht länger leiden lassen wollte."

„Von Lucia an dich? Ich weiß nichts darüber." Cirk griff sich an die Stirn. „Ich habe keine einzige Zeile an Lucia geschickt. Inken, ich hatte Thomas Briefe an dich und an Tjalda mitgegeben. Er sollte euch aufsuchen und alles erklären. Doch dazu ist er nicht mehr gekommen. Du weißt, warum!" Cirks Stimme klang bei seinen letzten Worten so traurig, dass Inken einen Moment Mitleid mit ihm hatte, dennoch konnte sie ihre Worte nicht zurückhalten.

„Hast du etwa wirklich geglaubt, ein Brief würde ausreichen, um dein kaltblütiges Tun zu entschuldigen. Ein Brief sollte ausgleichen, was du mir angetan hast?" Ihr Zorn ließ sie hart werden wie einen Stein. „Mit welchen Worten wolltest du mir beschreiben, dass ich nur die Geliebte für kurze Zeit war? Oder wie wolltest du Tjalda erklären, warum du plötzlich für Reemt Neehus arbeitest, den sie verabscheut, und warum du wegläufst vor deiner Verantwortung Lucia gegenüber?"

Jetzt waren die Worte ausgesprochen, die Inken sich vorgenommen hatte, besser nicht zu sagen, sondern stattdessen lieber sachlich und kühl zu bleiben. Inken legte beide Hände an den Kopf. Kein Triumph wollte sich einstellen, als sie sah, wie Cirk blass wurde. „Alles, was in diesem Brief an mich, von dem du sprichst, hätte stehen können", fuhr sie fort, „wäre zu spät gekommen. Ich kann dir nicht mehr glauben, Cirk! Nicht mehr, seitdem ich Lucia und dich zusammen gesehen habe."

Sie wollte aufspringen und das Zimmer verlassen, doch Cirk umklammerte ihren Arm. Jetzt lag auch auf seinem Gesicht Wut.

„Du kannst mir nicht glauben, obwohl ich mich dir zu

Füßen gelegt habe? Du bleibst jetzt hier und hörst dir noch einmal die Worte an, die ich geschrieben habe, und dann sag mir nochmal ins Gesicht, dass du mir nicht glauben kannst!" Verbissen und mit geschlossenen Augen rezitierte Cirk Worte und Sätze, die Inken abwechselnd rot und blass werden ließen. Ihr Atem ging schwer, und sie meinte, ihm keinen Augenblick länger zuhören zu können.

„Diesen Brief meinst du ..." Da war sie wieder, die Bitterkeit, die ihr das Herz vergiftete. „Mir scheint, du verwechselst deine Gespielinnen. Diese Zeilen hast du an Lucia geschickt! Und durch sie bin ich auch endgültig von deiner Täuschung überzeugt worden!"

Fassungslos starrte Cirk sie an. „Ich sagte dir schon, dass ich kein einziges Wort an Lucia geschickt habe. Warum auch?"

„Du weißt genau warum! Sie erwartete ein Kind von dir. Ist das nicht Grund genug?"

„Das hast du also wirklich geglaubt!" Cirk ließ sich fassungslos zurück auf das Lager sinken. „Warum hast du mir nicht vertraut?"

„Du verstehst überhaupt nichts!", antwortete Inken gepresst.

„Was verstehe ich nicht?" Sein Blick suchte den ihren, doch sie wandte sich ab.

„Für dich war ich nur ein angenehmer Zeitvertreib. Aber für mich warst du die ganze Welt – meine Welt. Ich gehöre nicht zu den Frauen, die ..." – sie zögerte einen Augenblick – „die sich nur zum Vergnügen verschenken. Ein Teil von dir wird mich für den Rest meines Lebens begleiten. Doch ich werde dir keinen weiteren Raum mehr in meiner Welt geben!"

„Inken", begann Cirk. Seine Wut war verschwunden, und ein bittender Unterton lag in seiner Stimme. Doch Inken schnitt ihm das Wort ab. „Du hast mich lieben gelehrt, in den Wolken zu schweben, fliegen zu können. Doch ich bin längst wieder auf dem Boden der Tatsachen gelandet. Ich habe jetzt ein eigenes Leben, in dem ich ohne dich zurechtkommen werde."

„Habe ich mich so in dir geirrt?" Gepresst kamen die Worte aus Cirks Mund. „Ich dachte, du würdest mich bedingungslos lieben und mir vertrauen. Ich dachte, du wärst kein halbherziges Kind mehr, das vor dem Leben davonläuft", brach es aus ihm heraus.

„Du bist nicht mehr mein Leben!" Wieder mischte sich Wut in Inkens Trauer. „Ich will vergessen, was zwischen uns war, verstehst du?"

„Kannst du es denn vergessen?" Leise kam seine Frage, die Inken dazu brachte, fluchtartig aufzuspringen. Die Tür schlug hinter ihr zu, und zurück blieb nur ihr Duft, so frisch wie ein junger Frühlingsmorgen. Lange Zeit verharrte Cirk reglos. Wie schon einmal hatte er das Gefühl, Inken gegenüber alles falsch gemacht zu haben. Was war nur geschehen, dass sie sich derart verrannt hatten? Was war das für eine Sache mit Lucias Brief? Er musste das Rätsel einfach lösen. Cirk presste die Hände an den Kopf, der zu zerbersten drohte. Er musste Inkens Liebe zurückgewinnen!

Am Strand

Unruhig lief Inken in ihrem Zimmer auf und ab und blieb immer wieder am Fenster stehen. Vom Meer her drang das Schreien der Möwen herein. Es waren schrille, einsame Rufe. Schließlich war die Mondsichel hinter dem Horizont verschwunden. Seufzend ließ Inken sich auf ihr Bett fallen, doch

Stunde um Stunde verging, und sie fand keinen Schlaf. Mit müden Augen verfolgte sie, wie die Nacht langsam zum Tag wurde.

Warum nur war sie so unruhig? Beim Zusammentreffen mit Cirk, vor dem sie sich gefürchtet hatte, war sie zornig und aufgewühlt gewesen. Aber das konnte sie sich vergeben. Aber warum fühlte sie jetzt keine Erleichterung? Erleichterung darüber, dass es endlich vorbei war und sie diese Begegnung unbeeinträchtigt überstanden hatte. Zumindest fast. Denn da waren noch immer diese Unruhe und dieser Zorn in ihr.

Das Zusammentreffen mit Cirk hatte sie entsetzlich viel Kraft gekostet, doch sie war nicht zusammengebrochen! Und plötzlich spürte Inken, wie sich wohlige Wärme in ihr ausbreitete. Wärme und ein Gefühl von Stärke und Ruhe. Sie brauchte nicht mehr zu fliehen, sondern konnte frei und ohne Last auf der Seele ihr weiteres Leben leben. Erschöpft ließ Inken sich in ihr Kissen zurücksinken und fiel endlich in den lang ersehnten Schlaf.

Als Inken erwachte, war im Haus noch alles still, und so beschloss sie, noch ein letztes Mal an den Strand zu gehen, um Abschied zu nehmen. Schnell zog sie sich das grüne Seidenkleid mit dem gelbweißen Streublumenmuster über den Kopf, das sie erst vor wenigen Tagen aus einer Laune, einer Verrücktheit heraus gekauft hatte. Es war kein Kleidungsstück, mit dem man in der Kruiderrie arbeiten konnte. Dafür waren der Stoff zu kostbar und der tiefe Ausschnitt und die betont hohe Taille zu auffällig. Doch für diesen Tag, an dem sie zu neuen Wegen aufbrechen würde, war das Kleid genau richtig.

Draußen war es noch frisch, und Inken fröstelte, denn der zarte Stoff bot kaum Schutz vor der morgendlichen Kühle. Und so vergrub sie ihre Hände in den Taschen des Kleides und lief mit weiten Schritten zum Strand. Der Wind fuhr durch ihr offenes Haar und blies ihr den Rock über die Beine. Aber es kümmerte Inken nicht, denn es würde lange dauern, bis die Gischt wieder ihr Gesicht benetzen könnte, wie jetzt in diesem Moment. Weiße Schaumkronen tanzten auf den Wellenkämmen, und der Wind blies so stark, dass es ihr fast den Atem nahm. Lange stand Inken einfach nur so da und betrachtete das Meer. Dann aber überfielen sie, ohne dass sie sich dagegen wehren konnte, die Erinnerungen. Sie kamen und gingen, erst langsam, dann aber immer schneller, und immer wieder tauchte Cirks Gesicht in der Bilderflut auf, bis Inken glaubte, in ihren Gefühlen ertrinken zu müssen. Da war ihre erste Begegnung mit ihm im *Seewolf*, der alten Emder Kneipe, dann ihr Zusammentreffen im Moor und natürlich die gemeinsame Zeit auf Norderney. Jedes Wort, jede Geste, jede Empfindung schien sie, ohne dass sie es wollte, in ihrem Inneren bewahrt zu haben. Inken blickte auf das Meer hinaus und sah doch nichts als Cirks Gesicht, hörte nichts als seine Stimme. Schließlich, als sie glaubte, es nicht mehr aushalten zu können, sank sie wie ein verlassenes Kind in den Sand und barg den Kopf in den Händen, bis sie sich vollkommen leer fühlte. Sie hatte Abschied genommen von der Insel und dem Mann ihrer Träume. Sie hatte sich der Vergangenheit gestellt. Nun würde die Zeit des Vergessens kommen können. Es galt, alles zurückzulassen, was unwiederbringlich verloren war.

Inkens Finger verkrampften sich für einen Augenblick, lösten sich dann aber wieder und fuhren sanft durch den weichen Sand. Plötzlich fand sich eine Muschel in ihrer Hand, die sie so fest um das Gebilde schloss, als könne sie Kraft daraus schöpfen. Tränen rannen aus ihren Augen, doch schließlich verebbte die Trauer. Inken fühlte sich befreit und tat einen tiefen Atemzug. Sie stand auf und wandte dem Wasser entschlossen den Rücken zu. Es war an der Zeit zu gehen. Ihre Erinnerungen sollte das Meer mit sich nehmen!

Mit gesenktem Kopf, aber leichten Fußes, verließ Inken den Strand. Bald würde sie weit fort sein, je eher, desto besser. Vielleicht sollte sie sich sogar gleich jetzt auf den Weg zu Garrelt machen. Warum erst noch warten, bis er sie abholen kam? Auf dem Weg zum Hafen würden sie einfach einen kleinen Abstecher machen, um ihr Gepäck zu holen. Ein schneller Abschied im Haus ihres Vaters wäre für alle leichter, und vielleicht würde ihr Cirk dabei nicht einmal begegnen.

Inken gestand sich ein, dass die Furcht davor, Cirk noch einmal zu sehen, der eigentliche Grund war, warum sie den Weg zu Garrelts Kate einschlug. Unbewusst schritt sie schneller aus. Fast hatte sie die Dünen schon erreicht, als sie jemand ihren Namen rufen hörte. Inken wandte sich um und vermeinte für einen Moment ein Trugbild zu sehen. Der Schreck durchfuhr sie wie ein Blitzschlag, und ungläubig starrte sie auf den Mann, der immer näher kam. Er schien ihm Mühe zu machen, dieser Weg, den auch sie zuvor gegangen war. Doch davon unbeirrt, verringerte er den Abstand zwischen ihnen. Inken verspürte den unbändigen Wunsch davonzulaufen, doch ihre Füße bewegten sich nicht.

Cirk war ihr zum Strand gefolgt. Inken schloss die Augen, drehte ihm den Rücken zu und versuchte, tief und gleichmäßig zu atmen, um sich wieder zu beruhigen. Außerdem wollte sie nicht, dass Cirk ihre augenblickliche Verwirrung bemerkte.

Warum nur fiel es ihr so schwer, seinen Anblick zu ertragen? Warum konnte sie ihm nun, da sie von allem Abschied genommen hatte, nicht leichten Herzens in Gesicht sehen?

Inken starrte auf den Horizont und rang um Fassung. Sie nahm weder die Sandbank wahr noch die silbernen Strahlen der Morgensonne, die auf den Wellen tanzten.

Konnte dieser Mann sie nicht einfach in Ruhe lassen? War ihr der Abschied nicht schon schwer genug gefallen?

Wut stieg in Inken auf und half ihr, sich der Begegnung zu stellen. Sie wandte sich entschlossen um und verschränkte die Arme vor der Brust. Kühl wirkte sie und unnahbar, doch das Herz klopfte ihr bis zum Hals.

Es trennen uns nur noch wenige Schritte, ging es ihr durch den Kopf, und doch liegt ein Meer aus Tränen zwischen uns.

Schließlich blieb Cirk vor ihr stehen. Sein Atem ging schwer, und Inken erkannte, wie erschöpft er war. Seine Augen blickten ernst, aber auch voller Hoffnung, und in seinen Händen hielt er ein Blatt Papier.

„Inken." Seine Stimme klang atemlos und voller Freude. „Gott sei Dank habe ich dich noch rechtzeitig gefunden! Du darfst nicht gehen!" Seine Augen suchten die ihren. „Du brauchst nicht mehr zu gehen! Siehst du diesen Brief in meinen Händen? Er verändert alles. Wir sind beide von Lucia getäuscht worden. Alles, was du jemals über mich zu wissen glaubtest, ist eine Lüge." Er forschte in ihrem Gesicht nach einer Reaktion. „Bitte lies diese Zeilen." Cirk streckte ihr den Bogen entgegen, aber Inken nahm ihn nicht an.

„Das spielt jetzt keine Rolle mehr", sagte sie schließlich mit entschlossener, fester Stimme. „Ich habe mich entschieden!"

Vielleicht wäre es ihr gelungen, den Anschein von Kühle und Gleichmut zu wahren, wenn Cirk spöttisch oder arrogant auf ihre Antwort reagiert hätte. Doch in seinem Gesicht fand sie nur Bestürzung und eine tiefe Traurigkeit.

„Du hast deine Entscheidung getroffen, ohne die Wahrheit zu kennen. Lucia, dieses verdammte Weibsbild, hat dich angelogen. So wie sie es immer tut. Ich bin nicht der Vater ihres Kindes. Lucia hatte eine Affäre mit einem spanischen Kapitän."

Er streckte die Hände nach ihr aus, aber Inken wich zurück und schüttelte abwehrend den Kopf. Es war ihr gleichgültig, wer der Vater von Lucias Kind war. Sie fühlte sich auf einmal todmüde – an Körper, Geist und Seele. Sie wollte keine Erklärungen mehr, die neue Hoffnungen in ihr schürten. Sie wollte nur noch Ruhe und Frieden.

„Bitte, Inken." Cirk umklammerte verzweifelt ihren Arm. „Geh nicht fort, ohne diesen Brief gelesen zu haben."

Zögerlich griff Inken nach dem Bogen, ließ das Papier dann jedoch wieder sinken. Sie schüttelte den Kopf. „Es wird nichts ändern, Cirk."

„Mein Gott", rief Cirk verzweifelt aus und stieß die zur Faust geballte Hand in die Luft. „Du willst also zulassen, dass diese Intrigantin uns auseinanderbringt?" Er riss sich wieder zusammen und tat einen tiefen Atemzug. „Inken, ich habe dir mangelndes Vertrauen vorgeworfen, doch dein Urteil über mich war gerechtfertigt. Wie hättest du angesichts von Lucias Brief mein Verhalten auch anders bewerten sollen? Meine Zeilen an dich sind in ihre Hände gefallen, und sie hat dies zu ihrem Vorteil genutzt. Wie sehr muss dich mein vermeintlicher Vertrauensbruch getroffen haben. Ich verstehe, dass du den Glauben an mich und meine Liebe dadurch verloren hast. Noch dazu, nachdem ich so schnell und spurlos verschwunden bin, und das auch noch im Auftrag von Neehus. Doch es war alles ein Schwindel, ein großer Irrtum." Beschwörend blickte er sie an. „Bitte lies diesen Brief, und dann lass uns reden. Wir werden deine Zweifel aus dem Weg räumen, das verspreche ich dir!"

Er wollte ihre Schultern umfassen, aber Inken wandte sich

von ihm ab. „Es ist zu spät, Cirk. Mein Vertrauen in dich, in unsere Liebe, ist zerstört. Daran wird auch dieser Brief nichts ändern. Bitte lass mich gehen!“ Sie versuchte, an ihm vorbeizukommen, doch er griff nach ihrem Arm.

„Nein, bitte, Inken! Du konntest nicht anders handeln und denken. Ich weiß das jetzt. Ein vermeintlicher Verrat, den du nicht verstehen, den niemand dir erklären konnte. Das Schicksal war härter zu dir als zu mir, der ich nichts von alledem ahnte und nur unter der Sehnsucht nach dir zu leiden hatte.“

„Hör auf damit!“, schrie Inken ihn an, deren Fassade der Gleichgültigkeit langsam zerbrach. „Hör endlich auf damit und lass mich gehen. Ich wünschte, wir wären uns nie begegnet“, brach es schließlich aus ihr heraus. „Wie anders wäre mein Leben verlaufen.“ Sie entriss ihm ihren Arm, wandte sich um und starrte in die Fluten.

Aber Cirk fasste sie bei den Schultern und drehte sie wieder zu sich herum. „Wir wären uns begegnet – so oder so. Das Schicksal hätte bestimmt dafür gesorgt, denn wir gehören zueinander. Lass uns einen Neuanfang wagen.“

Inken löste sich von ihm und wandte sich ab. Ihr Gesicht war weiß, und in ihrem Inneren schien kein Leben mehr zu sein. „Es tut mir leid. Ich kann nicht. In wenigen Stunden werde ich fort sein. Es ist das Beste so. Wir ...“ Sie zögerte einen Augenblick. „Wir werden vergessen, was zwischen uns war. In Thüringen wartet eine Aufgabe auf mich, und du ...“

Cirk unterbrach sie, und der Schmerz, der in seiner Stimme lag, ließ Inken erschaudern. „Geh nicht fort! Tu mir das nicht an. Du kannst vielleicht vergessen, du bist stark und wirst ein neues Leben beginnen. Du kannst alleine zurechtkommen. Aber ich? Wie wird es mir gehen? Inken, ich werde es nicht ertragen dich zu verlieren. Ich bin kein Fels in der Brandung, kein mutiger Held. Ich bin nur ein lebendiger Mann, der sein Leben nicht verlieren will. Dich, Inken. Ich wollte um alles in der Welt zu dir zurückkehren. Bitte bleib bei mir."

Ungewollt rührten Inken seine Worte. Der Wind hatte gedreht. Jetzt war er derjenige, der schwach und hilflos war und dem Schmerz ausgesetzt, sie zu verlieren.

„Nein. Wir haben unsere Liebe verloren, das musst du begreifen." Wellen von unendlicher Trauer spülten über Inken hinweg. „Ich kann nicht mehr zurück. Die Vergangenheit ist tot. Was war, ist vorbei."

„Hör auf damit." Cirks Stimme zitterte. „Ich, in meiner Überheblichkeit, habe dich überfordert in dem Verlangen, mir zu vertrauen aufgrund eines jämmerlichen Briefes, der dich nicht einmal erreicht hat. Das weiß ich aber erst nach diesen Zeilen hier!" Er wies auf den Bogen, den Inken immer noch in Händen hielt. „Inken, ich möchte um alles in der Welt einen Platz in deinem Leben haben." Seine Stimme klang beschwörend. „Ich liebe dich!"

Inken schloss die Augen. Obwohl sie Mitleid mit Cirk hatte, fühlte sie sich leer und ausgebrannt. Sie konnte einfach nicht noch einmal von vorne beginnen. „Cirk, die Welt außerhalb des Liebeszaubers ist nicht freundlich. Sie ist hart. Ich will nicht noch einmal ihre Härte spüren müssen. Es war genug!" Sie sagte es wie zu einem uneinsichtigen Kind, das nicht wahrhaben wollte, was das Beste für es war.

„Für mich gibt es keine Welt ohne dich." Cirk holte tief Atem, und sein Blick suchte den ihren. Inken wich seinen Augen aus. Sie konnte und wollte seinen Schmerz nicht ertragen. Tränen stiegen in ihr auf, und sie wusste nicht warum. Ein Beben ging durch ihren Körper. Nur nicht vor ihm weinen! Nur nicht schwach werden! Sie musste gehen, musste alleine sein, jetzt sofort. Inkens Finger krallten sich um das Stück Papier in ihren Händen, als könne es ihr Kraft geben. Dann wandte sie sich ohne ein Wort zu sagen von Cirk ab und rannte davon. Sie hörte ihn ihren Namen rufen, drehte sich aber nicht um. Sie rannte und rannte, und erst als Garrelts Kate vor ihren Augen auftauchte, wusste Inken, dass sie instinktiv den richtigen Weg eingeschlagen hatte. Wie zu allen Zeiten würde sie Hilfe und Ruhe bei dem Austernfischer finden.

Der Brief

„Und du bist dir sicher, dass es keinen Neuanfang für euch geben kann?“ Garrelt wischte sich mit einem Tuch über die Augen. Inken hatte die Geschichte ihrer unglücklichen Liebe vor ihm ausgebreitet und fühlte sich nun etwas leichter. Es war ihr, als wäre erst eine kurze Zeit vergangen, seit sie ihn mit verweintem Gesicht um Einlass gebeten hatte, dabei saßen sie jetzt schon seit mehr als zwei Stunden zusammen, tranken Tee, redeten und schwiegen dann wieder.

„Ach, Mädchen.“ Garrelt strich ihr über den Kopf. „Da steckst du ja in einem ziemlichen Schlamassel. Das mit Cirk“ – er stockte kurz – „hast du dir sicherlich lange und ganz genau überlegt, und vielleicht kenne ich diesen Burschen auch nicht gut genug, doch er scheint mir kein windiger Kerl zu sein. Das passt alles irgendwie nicht zusammen. Warum sollte er sich so sehr um dich bemühen, wenn keine Ernsthaftigkeit dahintersteckt?“ Garrelt stützte den Kopf in die Hände. „Weißt du, Kind, ich habe in meiner Jugend einen Fehler gemacht, den ich zeit meines Lebens bereut habe. Und ich will nicht, dass dir das mit deiner Entscheidung, Cirk zum Teufel zu schicken, ebenso geht.“ Umständlich rückte er seine Tasse zurecht. „Ich will dir davon erzählen. Kein Mensch sonst weiß davon.“ Röte war in Garrelts Gesicht gestiegen. „Die Tine, deine Tante, Gott hab sie selig“, seufzte er tieftraurig auf, „in die habe ich mich in jungen Jahren verliebt. Ungehörig war das, denn Tine war viel älter als ich und vermögend noch dazu. Die Leute hätten sich fürchterlich das Maul zerrissen, wenn ich ein Wort gesagt hätte. Du kennst das ja. Man hätte nicht vermutet, dass ich sie liebe, sondern nur den armen Fischer in mir gesehen, der sich nach einer reichen Mitgift umschaut.“ Er schnaubte. „Also habe ich aus Angst vor dem Urteil der anderen geschwiegen. Einmal“ – Garrelt machte ein versonnenes Gesicht –, „da hätte ich es der Tine fast gestanden. Es war an einem jener lauen Abende, an denen es Musik und Tanz auf der Insel gab. Ich war noch sehr jung damals, hatte ordentlich einen gebechert“ – Garrelt machte eine entsprechende Handbewegung – „und war mutig genug, deine Tante aufzufordern. Wir haben den ganzen Abend zusammen getanzt, und sie lag wie eine Feder in meinen Armen. Es war wie in einem Traum.“ Ein verklärter Ausdruck trat auf Garrelts Gesicht, und er schwieg für einen Augenblick und schaute zu Boden. „Da hab ich gespürt, dass sie mich mochte, die Tine. Tja ... Doch dann verließ mich der Mut wieder, und der Augenblick, sich ihr zu offenbaren, ging ungenutzt vorüber.“ Er seufzte. „Wie oft habe ich mein Zaudern danach verflucht! Ich will mich nicht beklagen. Mein Leben war nicht unglücklich. Doch“ – er hielt kurz inne und fuhr dann leise fort – „es hätte um einiges an Liebe reicher sein können.“ Eindringlich betrachtete Garrelt sie. „Ich habe damals den Mut verloren, etwas zu wagen. Ich hatte Angst, die falsche Entscheidung zu treffen, über trennende Mauern zu springen. Doch Liebe kann alle Hindernisse überwinden, das weiß ich heute. Daher überlege dir gut, ob es nicht doch noch einen gemeinsamen Weg für Cirk und dich geben kann. Frage dich, ob du tatsächlich aufgehört hast, ihn zu lieben!“

Aber Inken schüttelte nur den Kopf und erhob sich. Garrelts Geschichte hatte sie getröstet und ihr den Freund und Vertrauten noch nähergebracht. Auch fühlte sie sich jetzt nicht mehr ganz so verzweifelt wie zuvor.

„An meiner Entscheidung kann und will ich nicht mehr rütteln. Eigentlich könnten wir jetzt gehen, doch ich denke, Cirk wird im Hause meines Vaters auf mich warten und wieder versuchen, mich zum Bleiben zu überreden. Und einer weiteren Begegnung mit ihm fühle ich mich heute nicht mehr gewachsen.“ Sie blickte auf ihre verkrampft ineinanderverschlungenen Hände. „Vielleicht sollte ich daher lieber noch eine Nacht hier bei dir bleiben.“

„Ist gut, mein Mädchen.“ Garrelt klopfte ihr auf die Schulter. „Bleib so lange hier, wie es dir gefällt. Ich schicke mal den alten Abel rüber zu euch, damit er deinem Vater Bescheid gibt. Und, Inken ...“ Verlegen blickte er zur Tür. „Du weißt ja, ich hab’s nicht so mit der Kirche. Aber wenn das Leben so richtig an mir nagt, dann tragen meine Füße mich manchmal wie von selbst dorthin. Ich weiß nichts von heiligen Orten oder gesegneten Räumen, aber dennoch finde ich in Gottes Haus Trost. Tausendfach haben Menschen dort gehofft und gefleht. Mit ihnen allen fühle ich mich dann verbunden, und das hilft mir an verzweifelten Tagen.“

Inken war eine lange Zeit am Strand entlanggegangen. Sie war keinem bestimmten Weg gefolgt und hatte auch nicht versucht, Ordnung in ihre Gedanken zu bringen, sondern sich einfach treiben lassen. Es war, als habe der starke Wind für eine Weile alle Sorgen und Nöte aus ihrem Kopf geblasen.

Jetzt war es schon später Nachmittag, und sie saß auf

einem großen Stein und beobachtete die Fischer, die ihren Fang einbrachten. Gewitterwolken brauten sich über der See zusammen, während die Männer die Netze einzogen und ihre Boote vor dem heraufziehenden Sturm in Sicherheit brachten. Inken blickte hinaus auf das schaumgekrönte Wasser und lauschte den Schreien der Möwen, die nach den Fischen tauchten, die von den Booten aus zurück ins Meer geworfen wurden. Es waren schrille, einsame Schreie, die ihren Widerklang in ihrer Seele fanden.

Als die ersten Regentropfen auf den Sand fielen, stand Inken auf und eilte mit raschen Schritten dem Dorf zu. Später vermochte sie nicht mehr zu sagen, wie es gekommen war, denn eigentlich hatte ihr nicht der Sinn danach gestanden, Garrelts Rat zu folgen. Sie hatte niemals Trost in einem Gotteshaus gesucht. Für sie waren die dortigen Besuche stets nur eine lästige Pflicht gewesen. Und ihr Entschluss, auf Cirk zu warten, den sie vor langer Zeit in der Moorkirche getroffen hatte, hatte ihr nur Leid und Tränen gebracht.

Doch nun stand sie, durchnässt und leicht zitternd, in der Inselkirche, zu Füßen des Leuchtturms, wo sie wankend vor dem Altar stehen blieb. Die Stunden am Meer hatten ihr gutgetan, doch sie fühlte sich unendlich müde. Seufzend ließ sie sich auf eine der Kirchenbänke sinken. Während der Franzosenzeiten hatte das Gotteshaus einigen Soldaten als Quartier gedient. Im Winter war ihnen das Kirchengestühl als Brennnmaterial gerade recht gekommen, das jetzt durch einfache Bänke ersetzt worden war.

Um das Gebäude tobte der Sturm, und durch eines der kleinen Fenster sah Inken Blitze am Himmel zucken. Sie würde wohl oder übel eine Weile hier ausharren müssen. Aufmerksam wanderten ihre Augen durch den Raum, der ihr seit ihren Kindertagen vertraut und doch so merkwürdig fremd war. Ein Gang teilte die Holzbänke und führte zum Altar, den Blumen und Kerzen schmückten. An einem Holzkreuz darüber hing der gepeinigte Christus. Trotz aller Qualen wirkte der Sohn Gottes erhaben und unbeugsam. So, als ob nichts und niemand seine Stärke brechen könnte – nicht einmal die Nägel, mit denen sein Leib an das Kreuz geschlagen war, nicht einmal der Tod.

Inken schloss die Augen. Sie war kein göttliches Wesen. Und wenn nur etwas mehr Stärke in ihr gewohnt hätte, wäre sie schon längst auf dem Weg nach Thüringen gewesen. Inken fror. Ihre Kleidung fühlte sich ungemütlich feucht an, und mit einer raschen Bewegung zog sie die von Garrelt geliehene durchnässte Jacke aus. Ihre klammen Hände suchten Wärme in den Taschen ihres dünnen Kleides. Dabei streiften sie ein Stück Papier. Es musste der Brief sein, den Cirk ihr hatte aufdrängen wollen. Das Meer wäre der rechte Aufbewahrungsort für ihn gewesen. Jetzt brachte er mit Macht die Erinnerung an ihre morgendliche Begegnung mit Cirk zurück. Und als ob sie einem inneren Zwang gehorchen müsste, zog Inken das Blatt Papier aus der Rocktasche. Zögernd nur glätteten ihre Hände den zerknitterten Bogen, dann hatten sich ihre Augen auch schon an den Zeilen festgesogen.

Liebster Cirk,

durch deinen Brief an Inken, den ich im Nachlass von Thomas fand, habe ich davon erfahren, dass du für eine lange Zeit nach China reisen musstest. Ich hoffe, dass du mittlerweile wohlbehalten von dort zurückgekehrt bist und meine Zeilen dich erreichen.

Vielleicht tut es dir weh zu erfahren, dass ich leider nicht auf dich warten konnte. Aber zwei Jahre sind einfach zu lang, zumal meine wahre Liebe ja niemals dir, sondern einem an-

deren galt. Und – du wirst es nicht glauben – mein spanischer Kapitän ist zu mir zurückgekehrt! Nachdem er von meiner Schwangerschaft erfahren hatte, wollte er wohl zuerst seine Angelegenheiten in der Heimat regeln. Doch nun hat sich alles zum Guten gewandt: Frederico hat seine unfruchtbare Frau verlassen (ist es nicht ein Glück, dass sie keine Kinder bekommen kann?), und wir haben mittlerweile geheiratet. Ich werde ihm mit unserem Sohn nach Spanien folgen.

Leider kann ich meinen Großeltern aus der Ferne nicht mehr die nötige Sorge angedeihen lassen. Dies bringt mich dazu, eine Bitte an dich heranzutragen: Du bist, aus Gründen, die mir nicht bekannt sind, für meinen Bruder Thomas nach China gefahren. Dies lässt in mir die Hoffnung wachsen, dass deine Verpflichtung meinem Bruder gegenüber auch die Sorge um das Wohlergehen meiner Großeltern mit einschließt. Ich wäre dankbar dafür, wenn du dich – sofern dich deine Reisen nach England führen – um sie kümmern würdest.

Ich weiß, dass du einem gemeinsamen Leben mit mir nachtrauern wirst. Gräme dich nicht zu sehr. Außerdem schien mir, als ob diese rothaarige Ostfriesin sich etwas aus dir machen würde. Leider habe ich dich bei ihr in ein schlechtes Licht gesetzt. Nach Thomas' Tod glaubte ich, auf eine Heirat mit dir angewiesen zu sein. Um Inken jede Hoffnung zu nehmen, gab ich deinen Brief an sie als an mich gerichtet aus. Mir blieb keine andere Wahl damals. Heute gönne ich dich ihr von ganzem Herzen und hoffe, dass du dich mit der Ostfriesin trösten kannst. Du weißt ja, ein Spatz in der Hand ist besser als die Taube auf dem Dach, die man nicht haben kann.

Lucia

Ungläubig starrte Inken auf die Zeilen in ihrer Hand. Sie

wollte nicht glauben, was sie da gelesen hatte. So verlogen konnte doch kein Mensch sein! Obwohl ...

Fassungslos schüttelte Inken den Kopf. Der Brief entglitt ihrer Hand und blieb auf den kalten Steinen des Kirchenbodens liegen. Nur langsam kam ihr die gesamte Tragweite des Gelesenen zu Bewusstsein. Alles war nur ein abgekartetes Spiel gewesen und sie dumm genug, es zu glauben. Ein hysterisches Lachen trat über ihre Lippen, als sie an die letzte Zeile des Briefes dachte. Sie, der Spatz in der Hand! Mit dem Cirk sich trösten sollte! Was war Lucia doch für eine grausame Person, die andere Menschen nur benutzte und als Schachfiguren in ihrem Spiel einsetzte. Der spanische Kapitän war zu bedauern. Ebenso Cirk, der ihr Opfer geworden war.

„Und du selbst bist auch zu bedauern“, raunte eine Stimme in ihrem Inneren. „Weil du dir deine Liebe zu Cirk durch diese Lügen, diese Intrigen hast zerstören lassen.“

Benommen lehnte Inken sich mit geschlossenen Augen gegen das Holz. Stille umgab sie, und doch vermeinte Inken plötzlich Worte von den Kirchenwänden hallen zu hören: „Die Liebe ist langmütig und freundlich ... Sie erträgt alles, sie glaubt alles, sie hofft alles, sie duldet alles ... Die Liebe höret niemals auf!“

„Die Liebe höret niemals auf“, echote es in ihr. Inken presste ihre Hände gegen die Ohren, doch ihre Gedanken ließen sich dadurch nicht verscheuchen. „Die Liebe höret niemals auf!“ Konnte es möglich sein, dass die Liebe tatsächlich unzerstörbar war? Gab man sich der Illusion, sie sei zerstört, nur hin, um die Kraft zum Weitergehen zu haben? Zum Weitergehen ohne den Geliebten? Inken wusste es nicht. Sie wollte es auch nicht wissen. Denn wenn dem so war, war Cirk nicht nur immer noch in ihrem Herzen, sondern sie musste ihm dort auch wieder mehr Raum geben. Nein, das durfte nicht sein. Sie hatte genug gelitten! Sie würde ihm nicht noch einmal vertrauen können.

Lange kämpfte Inken mit sich, bis sie begriff, dass sie vor einem Wendepunkt ihres Lebens stand, an dem Verstand und Herz getrennte Wege gingen. Für welchen sollte sie sich entscheiden? Gab es den Weg mit Cirk überhaupt noch? Und wenn ja, wohin führte er? Sollte sie stattdessen nicht doch lieber gleich die Flucht ergreifen?

Verzweifelt schlang Inken die Arme um sich. Ihr schauderte, und das nicht nur vor Kälte. Draußen tobte der Sturm, doch gegen die Mächte, die sich in ihrem Inneren Bahn brachen, war die steife Brise nicht mehr als ein Säuseln. Inken wiegte sich hin und her. Sie hatte sich geschworen, Cirk aus ihrem Herzen zu verbannen, doch nun brachen die Gefühle der Vergangenheit und der Gegenwart wie eine Flutwelle über ihr zusammen. Halt suchend umklammerten ihre Hände das Holz der Kirchenbank. Mit der Kraft der Vernunft versuchte sie sich in Sicherheit zu bringen, doch es gab kein Entrinnen vor der Wahrheit, die ihr plötzlich klar vor Augen stand: Ihre Liebe zu Cirk war nicht erloschen. Erneut versuchte sie mit allen möglichen Argumenten und berechtigten Zweifeln, diese Liebe infrage zu stellen, doch die Antwort blieb dieselbe und ließ sich nicht mehr verdrängen. Der harte Panzer, der sie so lange geschützt hatte, konnte dem inneren Sturm nicht länger standhalten und zersprang. Und dann, als ob unbekannte Mächte ihn herbeigezaubert hätten, hörte sie Cirk auf einmal ihren Namen sagen. Ganz leise und vorsichtig. Langsam wandte Inken sich um. Über den weiten Raum hinweg sah sie seine Gestalt, sein bleiches Gesicht. Inken traute ihren Augen nicht. Doch dann trat er aus dem Eingang und kam völlig durchnässt auf sie zu.

Inken wollte aufspringen, doch Cirk hob beschwichtigend die Hände. „Bitte lauf nicht wieder davon." Er flüsterte unwillkürlich, als wolle er die Stille nicht durchbrechen. „Ich werde nicht wieder versuchen, dich zum Bleiben zu überreden. Aber wir haben uns Sorgen gemacht, als das Wetter immer schlechter wurde, und nach dir gesucht. Garrelt hat mich schließlich hierher in die Kirche geschickt."

Inken konnte nicht sofort antworten. „Garrelt", sagte sie schließlich und lächelte sanft beim Gedanken an den Freund.

Cirk kam zögernd näher. Besorgt blickte er ihr ins Gesicht. „Ist alles in Ordnung mit dir?"

Inken zwang sich, ihm zu antworten, doch es war ihr, als beobachte sie dabei eine Fremde. „Ich bin nur ein wenig nass geworden."

„Und das alles meinetwegen." Cirk setzte sich neben sie auf die Bank und senkte den Kopf. „Ich werde dich wirklich nicht mehr bedrängen, Inken. In den vergangenen Stunden habe ich über alles nachgedacht und weiß nun, dass ich nichts erzwingen kann. Ich verspreche dir, dich gehen zu lassen." Seine Stimme klang bestimmt und zärtlich. „Doch du kannst mich nicht daran hindern, auf deine Rückkehr zu warten." Bei diesen Worten hob er seinen Kopf wieder und sah ihr in die Augen.

Inken schwieg. Die Stille um sie herum, wurde nur durchbrochen vom Sturm, der mit unbändiger Gewalt an den Holzfenstern rüttelte. Doch weder Inken noch Cirk nahmen etwas von dem Tosen um sie herum wahr.

„Ich habe den Brief nun doch gelesen." Inken spürte, wie ihre Stimme zu zittern begann. „Und du hattest Recht, er verändert alles! Er hat mir klargemacht, dass ..." Sie schloss für einen Moment die Augen, doch dann setzte sie den Satz unbeirrt fort. „... dass ich dich immer noch liebe."

Cirk sog die Luft ein. Er schluckte und öffnete den Mund, um ihn dann wieder zu schließen. Ungläubig starrte er Inken an. Dann nahm er ihre rechte Hand und legte sie auf sein Herz. So saßen sie mehrere Minuten ohne ein Wort zu sagen nebeneinander, bis Cirk Inkens Hand an seine Lippen zog.

„Bist du dir dieser Liebe wirklich sicher?"

Und als Inken nickte, zog er sie sanft in seine Arme. Lange hielten sie sich eng umschlungen.

Schließlich lockerte Inken die Umarmung. „Du bist noch nicht gesund", raunte sie in sein Haar. „Und ich zerdrücke dich fast."

„Nein, so ganz der Alte bin ich wohl noch nicht." Cirk schmunzelte in sich hinein. „Aber ich halte noch ein wenig durch. Allerdings sollten wir weitere aufregende Taten auf morgen verschieben. Eines muss ich allerdings unbedingt noch tun."

Er umfasste ihr Gesicht mit den Händen und küsste sie. Es war ein langer und schmerzlich zärtlicher Kuss. Der Kuss eines Mannes, der eine Ewigkeit auf diesen Augenblick gewartet hatte, und Inken war wie verzaubert. Sie wusste, dass die letzten Jahre sie beide verändert hatten. Doch Cirks Kuss schlug eine Brücke von der Vergangenheit zur Gegenwart. Wieder sprach keiner von ihnen ein Wort und verspürte auch nicht das Bedürfnis danach. Dann aber kehrte Inken mit einem tiefen Seufzer wieder in die Realität zurück.

„Dieser Brief, Cirk." Sie bückte sich widerstrebend nach dem Papier. „Ich konnte einfach nicht glauben, was ich da las!"

„Nicht wahr, er klärt so einiges", kam es abwartend von Cirk zurück.

„Mein Gott, diese Engländerin hat weder ein Gewissen noch ein Herz und ich kann den spanischen Kapitän nur bedauern. Wie gut, dass der Spatz doch nicht ganz so übereilt davongeflogen ist."

„Ach, und es ist so schön, sich mit dir zu trösten", ging Cirk mit leisem Lachen auf ihre Anspielung ein.

„Da hat dir Lucia aber einen guten Rat gegeben, nicht wahr? Und wenn ich es richtig verstanden habe, möchtest du dich ein Leben lang mit mir trösten, oder?"

„Wenn du es zulässt", meinte Cirk schlicht und umschloss ihre Hand dabei mit der seinen. Dann nahm er den Brief an sich.

„Draußen tobt immer noch der Sturm. Was meinst du, ist es nicht genau das richtige Wetter, um diese Zeilen für immer den Meereswellen zu übergeben. Ich glaube, die nötige Kraft dazu bringe ich noch auf.

Und als Inken die Stirn runzelte, stand Cirk entschlossen auf.

„Komm mit an den Strand. Es wird Zeit, die Vergangenheit zu begraben und einen Neuanfang zu wagen, Inken." Er legte den Arm um ihre Schultern. „Und danach gehen wir zum ‚Steinernen Dornröschen' zurück und machen Tjalda und die anderen glücklich. Sie warten auf uns!"

Vollkommenheit

Am blauen Himmel steht die Sonne
inmitten ihrer Wolkengefährten.
Ein leichter Passatwind streichelt das Meer.
Die Brise bläht das Segel.
Nicht eine Kräuselung stört die Vollkommenheit im

Zusammenspiel von Wind und Tuch.
Wie auf dem Wasser schwebend gleitet das Schiff dahin.
J. O.

Als sie das Deck betrat, hielt Inken unwillkürlich den Atem an. Die ersten Sonnenstrahlen tauchten die Wasseroberfläche in schimmerndes Gold, das sich auch in den Federwolken am noch blassen Himmel spiegelte. Der Schiffsrumpf ächzte leise, und in den Segeln sang der Wind, während das Wasser um sie herum plätscherte und gurgelte.

Mit sicherer Hand steuerte Garrelt das Schiff aus dem Hafen und hielt aufs offene Meer zu. Cirk stand, die Hände in die Hüften gestützt, auf dem Vorderdeck. Trotz des noch kalten Windes überlief Inken ein warmer Schauer, als sie ihn sah. Wie sie es liebte, ihn einfach nur zu betrachten. Jetzt wandte er sich zu ihr um und lächelte.

„Und bist du dir immer noch sicher?“, fragte er scherzhaft.

„Ja, auch wenn es bedeutet, eine Piratenbraut zu sein“, entgegnete sie.

„Seid ihr euch etwa noch nicht einig? Dann wird's aber Zeit!“ Bonné prostete ihnen mit einem Becher dampfenden Tees zu.

Tjaldas Augen glitten wohlwollend über das Seidenkleid – ihr Geschenk für Inken. Eigentlich dominierten dunkle Töne als Kleiderfarbe für Bräute, doch Tjalda hatte befunden, dass zu einem Freudentag eine helle Farbe gehörte. Inken trug ihr Haar offen, so dass es wie Feuer auf dem seidigen Weiß lag. Sumi, die neben ihr stand, berührte sanft und ganz entgegen ihrer sonstigen Gewohnheit eine der Locken.

„Wie Flammen auf weißem Schnee. Ein Sinnbild dafür, dass das Unmögliche doch noch wahr werden kann?“ Sanft lächelnd blickte sie zu Cirk hinüber und dieser nickte ihr strahlend zu.

Inken winkte Hugues, dem kleinen Franzosen, der auf einer Holzkiste saß, herzlich zu. Neben ihm führten seine Frau und Harm Jacobs, der alte Kapitän, gerade eine angeregte Unterhaltung, die von Mary und Charles Devon mit interessierten Blicken verfolgt wurde. Die beiden älteren Herrschaften hatten, zur großen Freude von Cirk, die lange Reise von England nach Ostfriesland angetreten, um bei der Hochzeit dabei sein zu können.

Das Gemurmel der Freunde, das sanfte Gleiten des Fischerbootes, die Schreie der Möwen, der Geruch nach Meer und Freiheit – all dies gab Inken das Gefühl zu träumen. Inmitten der Menschen, die sie liebte, würde sich ihr größter Wunsch erfüllen. Dieses Wissen ließ Inkens Augen feucht werden, und als ob Cirk gespürt hätte, was in ihr vorging, legte er einen Arm um ihre Schultern und zog sie an sich heran.

„Ich liebe dich", flüsterte er ihr ins Ohr.

„Borkum in Sicht!", durchbrach da Garrelt diesen Moment der Zweisamkeit, und Inken suchte mit ihren Augen den Horizont ab, bis sie den hellen Fleck auf dem Wasser entdeckt hatte. Da war die Insel, die sie so sehr liebte und auf der sie mit Cirk glücklich sein wollte. Bald schon würden sie dort sein! Und ihr Vater und Wiebke würden mit einer Tasse Tee auf sie warten.

Epilog

Emden, 2009

„Du hast versprochen, mir von der Chinesin zu erzählen, die in einer Teekiste geflohen ist". Mit neugierigen Augen blickte das kleine Mädchen zu ihrer Großmutter hoch, auf deren Schoß sie saß.

„Richtig", die alte Frau nickte lächelnd. „Ohne Sumis *Friesengold* hätte es unser Handelshaus vielleicht nie gegeben."

„Ohne Inken Hinderks aber auch nicht", entgegnete das Kind ernsthaft. „Du wolltest mir doch noch zeigen, wie sie ausgesehen hat."

„Dann komm", verschwörerisch zwinkerte die Großmutter ihrer Enkelin zu, „lass uns heimlich verschwinden."

Die alte Dame war froh, der Betriebsamkeit des Familienfestes entfliehen zu können. Wie sehr sie sich nach Ruhe sehnte – und nach einer guten Tasse Tee. Aus der Küche holte sie Geschirr und goss das Getränk auf. Das Tablett in einer Hand haltend und ihre Enkeltochter an der anderen, schlich die alte Frau zum entgegengesetzten Ende des Hauses, wo sich der Nebeneingang zum Teemuseum befand. Als sich die Tür hinter ihnen schloss, atmete sie auf. Die Unruhe des Tages blieb draußen, und sie betraten eine andere Welt. Die Welt des Tees!

Zielstrebig gingen Großmutter und Enkelin durch die Räume. Vorbei an kostbarem Geschirr, Schiffsmodellen, Bildern aus China und wunderschön bemalten Teekisten. Die Augen des Mädchens leuchteten. Immer wieder musste ihre Großmutter stehen bleiben. Das Kind schien die Eindrücke in sich aufzusaugen. Kein Wort fiel zwischen ihnen. Reden lag der Älteren nicht, und der Kleinen schien die Wärme ihrer Hand zu genügen. Sie war ein ernsthaftes, stilles Kind. Eine kupferfarbene Lockenmähne umgab ihren Kopf wie eine Wolke. Kein Kamm schaffte es, das Haar zu bezwingen.

Lächelnd blickte ihre Großmutter auf die Haarpracht. Auch aus ihrem eigenen elegant gesteckten Knoten hatten sich wieder einmal mehrere widerspenstige Locken gelöst. Dieses rote Haar schien immer eine Generation zu überspringen. Sie selbst besaß es und nun auch wieder dieses Kind an ihrer Hand.

Sie kamen im Ostfriesenzimmer an, wo alles noch so war wie vor 200 Jahren. Die handgefertigten Möbel vermittelten den Eindruck von Gediegenheit. Den Fußboden bedeckten rote Steingutplatten. Über dem offenen Kamin hing ein Teekessel. Der Rauchfang war mit einem Holzbord verkleidet, und blau-weiße Kacheln zierten den gesamten Schornsteinmantel. An der Wand befand sich ein Fliesentableau, das von dem Walfang erzählte.

Das Mädchen kuschelte sich in einen der gepolsterten Stühle. Und während ihr Blick durch den Raum schweifte, deckte die alte Frau den Tisch mit dem Geschirr ein. Ein erstaunter Ruf des Kindes ließ sie innehalten. Die Kleine hatte das Gemälde entdeckt und betrachtete es mit großen Augen.

„Die Frau hat Haare so wie ich." Fragend schaute sie ihre Großmutter an.

Diese strich ihr über die wilden Locken. „Das ist Inken Hinderks."

Das kleine Mädchen stand auf und stellte sich dicht vor

das Gemälde. Sie wies mit dem Finger auf das Gesicht ihrer Vorfahrin. „Sie hat Augen wie du, Oma."

Sanft umfasste die Großmutter ihre Hand und führte das Kind zum Stuhl zurück. „Jetzt will ich dir von Inken erzählen und, wie versprochen, von der Chinesin Sumi, die aus ihrer Heimat geflohen ist."

Das kleine Mädchen schaute sie erwartungsvoll an. Der Tee dampfte in den Tassen, und sein Geruch umgab beide wie ein guter Freund. Die alte Dame nahm ihn tief in sich auf und wurde ganz ruhig. Der Kluntje, ein kleiner Zuckerhügel, lugte aus dem Sahnewölkchen hervor.

Die Kleine kletterte auf den Schoß der Großmutter und kuschelte sich eng an sie. Ihre roten Locken kitzelten den Hals der Älteren, und sanft strich ihr diese das Haar zur Seite. Immer wieder glitt ihr Blick zum Gemälde an der Wand und dann zurück zu dem Kind auf ihrem Schoß. Das gleiche Gesicht, das gleiche Haar. Wie war das nur möglich?

Die Frau auf dem Bild war ihr fremd und doch eigenartig vertraut. Inkens Augen blickten ihr ruhig entgegen. Sanftmut, aber auch Beharrlichkeit lagen darin. Es waren die Augen ihrer Enkelin. Es waren ihre eigenen Augen, die sie sah!

Seufzend nahm die alte Frau einen Schluck heißen Tee. Die Wolke aus Sahne und der süße Bodensatz ließen das herbe Getränk zu einer Köstlichkeit werden. Aufatmend lehnte sie sich zurück.

Das kleine Mädchen zog ihre Großmutter am Ärmel. „Erzählst du mir nun von Sumi?"

Die alte Dame nickte, doch das sah ihre Enkeltochter nicht. „Ja, und davon, wie der Tee zu uns nach Ostfriesland kam."

Die alte Frau stellte vorsichtig ihre Tasse ab. Wieder glitten ihre Augen zu der Frau auf dem Gemälde, die ebenfalls eine

Tasse Tee in ihrer Hand hielt. Es war nicht allein das rote Haar, das die Jahrhunderte überdauert hatte. Ein Schauer lief der alten Dame über den Rücken. Es schien Dinge zu geben, die für die Ewigkeit bestimmt waren. So wie der Tee. Die Leidenschaft für das Getränk währte bis heute fort.

„Es gibt Dinge, für die riskieren Menschen ihr Leben", ging es ihr durch den Sinn. „In Ostfriesland gehört der Tee dazu!"

*

Ob ich morgen leben werde, weiß ich freilich nicht.
Aber dass ich, wenn ich morgen lebe,
Tee trinken werde, weiß ich gewiss.

Gotthold Ephraim Lessing, 1780

*

Nachwort

Es gibt Dinge, für die riskieren Menschen ihr Leben. In Ostfriesland gehört der Tee dazu!

Es war leicht, dies herauszufinden. Was aber ist das Geheimnis der getrockneten Blätter, die mit kochendem Wasser übergossen werden? Was bringt die Menschen dazu, sogar gegen einen Napoleon aufzubegehren, wenn ihnen der Tee verweigert wird? Ist es sein Duft, sein Geschmack, oder geht die Faszination tiefer?

Diese Frage war es, die mich dazu bewogen hat, einen Roman über den Tee zu schreiben!

Meine Suche nach seinem Geheimnis begann dort, wo das Getränk seinen Ursprung hat – in China. Von Kanton aus spannte ich dann einen Bogen bis nach Ostfriesland, auf das Napoleon im Jahre 1810 seine Hand legte. Die Menschen beugten sich seiner Herrschaft, doch als mit der Kontinentalsperre auch der Teehandel verboten wurde, begehrten sie auf. Die seekriegsmächtigen Engländer trotzten dem „kleinen Kaiser", und die Ostfriesen paktierten mit ihnen – zumindest, wenn es um den Tee ging. Unter Einsatz ihres Lebens schmuggelten Blockadebrecher das begehrte Gut von Helgoland bis in die entferntesten Winkel Ostfrieslands.

Was trieb sie dazu? Eine Frage, die mir nicht aus dem Sinn ging, war dies doch bei Weitem nicht der einzige Kampf, den die Ostfriesen um den Tee geführt haben.

Einen ersten Versuch, das Teetrinken zu unterbinden, hatte schon der „Alte Fritz“ unternommen. Über zehn Jahre dauerte der so genannte „Teekrieg“, bis die ostfriesischen Landstände 1779 ein überzeugendes Plädoyer verfassten. Sie schrieben:

„Der Gebrauch des Thees ist hierzulande so allgemein und so tief eingewurzelt, dass die Natur des Menschen schon durch eine schöpferische Kraft müsste umgekehrt werden, wenn sie diesem Getränk auf einmal gute Nacht sagen sollte!“

Warum lassen sich die Ostfriesen den Tee nicht verbieten? Warum können sie das Teetrinken nicht einmal einschränken?

Während des Zweiten Weltkrieges ließen die Behörden des Dritten Reiches Bezugsscheine für Tee verteilen. Den Einzelhändlern wurde der Verkauf von unrationiertem Schwarztee verboten – doch Not macht erfinderisch! Aus niederländischen Labors kamen sogenannte *Teetabletten* auf den Markt. Sie hatten jedoch nur dem Namen nach etwas mit Tee gemeinsam und überzeugten die Ostfriesen nicht. Fehl schlugen auch Versuche, aus Salz und Aromastoffen einen *Teetrunk* herzustellen. Am 06.09.1944, nach einem Bombenangriff auf Emden, spitzte sich die Lage zu. Die Behörden erkannten, dass echter Tee für die meisten Ostfriesen lebensnotwendig war, und lockerten endlich die Bestimmungen.

In den Nachkriegsjahren versorgten sich die Ostfriesen heimlich mit Tee. Schwarzhändler verteilten über Mittelsmänner die Ware zu teilweise horrenden Preisen. Heerscharen von Hamsterfahrern rollten in überfüllten Eisenbahnzügen Richtung Ostfriesland. Mit im Gepäck hatten sie Tee, denn es hatte sich herumgesprochen, dass die Ostfriesen all ihr Hab und Gut dafür hergaben.

Sehnsüchtig erwartet wurden auch die *Teewiefkes*, Bergarbeiterfrauen, deren Männer für besonders schwere Arbeit unter Tage Sonderrationen an Tee erhielten.

Was also ist es, das die Ostfriesen solch eine große Leidenschaft für das Getränk hegen lässt?

Lange suchte ich vergeblich nach dem Grund. Doch dann, während ich mich immer mehr im Fortgang meiner Geschichte verlor, kam ich langsam dem Geheimnis des Tees auf die Spur. Schon die Chinesen hatten es erkannt:

Tee ist nicht nur ein Getränk, Tee ist eine Lebenseinstellung!

Das Teetrinken hat etwas mit Unbeugsamkeit und mit Freiheit zu tun. Der Freiheit des Geistes! Die Kunst des Innehaltens, des Sichzurückziehens vom hektischen Alltagsbetrieb beginnt mit einer Tasse Tee. Das Teetrinken schafft Nischen, Ruheinseln, um der Welt den Rücken zu kehren, um ganz bewusst allen äußeren Einflüssen zu entfliehen. Um sich für eine Weile von nichts und niemandem beherrschen zu lassen und ganz bei sich zu sein.

Tee ist eine Arznei für die Seele. Wenn die Welt zum Schweigen kommt, wenn das Hasten und Eilen ausgesetzt ist, dann kann man neue Kraft schöpfen.

Für uns unbeugsame, freiheitsliebende Ostfriesen gibt es wohl kein passenderes Getränk! Standen unsere Vorfahren ihm anfänglich, wie allem Fremdartigen und Unbekannten, mit einer angeborenen Scheu gegenüber, machten sie das Teetrinken nach anfänglichem, rasch überwundenem Misstrauen doch schnell zu *ihrer* Sache. Und was einmal die Herzen der Ostfriesen erobert hat, behält für alle Zeit seinen Platz darin. Wir Ostfriesen stehen mit einer schon an Sturheit grenzenden Treue zu unseren Eigentümlichkeiten.

Der Tee, das Teetrinken, prägte und prägt bis heute in starkem Maße das tägliche Leben der Ostfriesen. Die alteingesessenen Menschen in Moor, Marsch, Geest und auf den Inseln wirken zurückhaltend, fast kühl. Sie machen nicht viele Worte, und Gefühlsausbrüche sind ihnen fremd. Diese Wesenszüge scheint der Tee noch zu unterstützen. Er kann beleben, aber auch beruhigen. Seine ausgleichende Wirkung entspricht unserem Verhalten, und so gehören Ostfriesen und Tee wohl zusammen wie Teekanne und Deckel.

Erklärungen zum Tee, zur Entstehung der Fehnlandschaft, der politischen Lage während des Handlungszeitraums dieses Romans und den historischen Persönlichkeiten, die tatsächlich gelebt haben:

– Der Tee und seine Verbreitung in Ostfriesland

Bevor der Tee in Ostfriesland Einzug hielt, waren die Trinkgewohnheiten der Friesen vom Bier geprägt. Der Gerstensaft war die allgemeine flüssige Volksnahrung, und fast in jedem Dorf gab es eine eigene Brauerei.

Dies führte zu großen Problemen. Schon der Gelehrte Dr. Henricus Ubbius ließ sich darüber aus und schrieb 1530:

„*Die Frauen sind schön, zum Teil aber dem Trunk ergeben und oft schwer berauscht.*“ Und an anderer Stelle: „*... vom Hamburger Bier wird jährlich eine große Menge gebraucht, zum Vorteil der Stadt Hamburg und der Steuereinkünfte ... aber zum größten Nachteil der Friesen selbst, die ein gut Teil ihres Vermögens darin vertun und sich dabei im Rausch noch gegenseitig totschlagen.*“

Kein Wunder also, dass Gegner dieses berauschenden Getränkes den Tee herzlich willkommen hießen!

Im Jahre 1610 wurde der erste (grüne) Tee von niederländischen Schiffen nach Europa transportiert und eine Kostprobe davon als Geschenk der Ostindischen Kompanie an den Prinzenhof gebracht. Später dann, etwa ab 1635, wurde Holland regelmäßig mit Tee beliefert, insbesondere aus China.

Man kann wohl annehmen, dass die handelstüchtigen Holländer schon damals versucht haben, auch ihre Nachbarn, die Ostfriesen, für den Tee zu begeistern. Es konnten sich aber nur die Wenigsten das unglaublich teure Getränk leisten. So blieb sein Genuss den Reichen vorbehalten. Lange Zeit wurde er als Medizin gehandelt und war nur bei Ärzten und Apothekern in Ostfriesland erhältlich. Später konnte man ihn auch bei den Gewürz- und Kolonialwarenhändlern erstehen. Dort wurde der lose Tee abgewogen und in Spitztüten verpackt.

Im letzten Drittel des 17. Jahrhunderts bestimmten die Niederlande und England den Überseehandel. Die engen Handelsverbindungen zwischen Emden und Amsterdam förderten den Import des Tees in Ostfriesland. Schriftlich taucht die Handelsware 1675 auch in den Büchern auf: Ein Kaufmann aus Leer verweigert die Entrichtung von Waagegeld für Tee.

Ab etwa Mitte des 18. Jahrhunderts gehört Tee bereits zur Aussteuer einer gut betuchten Ostfriesin. In der Aussteuerliste einer Pastorentochter wird 1736 unter anderem ein Teekessel aufgeführt. Und Johann Lüken Jürgens in Wrisse gab 1810, also während der Besatzungszeit durch die Franzosen, seiner Tochter einen runden Teetisch, Teezeug (wohl Geschirr) und einen Teetopf sowie eine lackierte Teebüchse mit in die Ehe.

Der Tee war aus Ostfriesland nicht mehr wegzudenken. Die ostfriesische Fürstin Christine-Charlotte verfasste ein Buch mit dem Titel „Geistlich- und himmlischer Theegebrauch". In ihrem Nachlass fand man später einen Teetisch mit fünf verschiedenen Teebüchsen, Teekessel aus Kupfer, Messing und Zinn und andere Geräte zur Zubereitung von Tee.

Die erste große Teeladung aus China erreichte Emden 1753. Nach sechzehnmonatiger Reise kehrte die „König von Preußen" zurück. Zwei Jahre zuvor hatten Emder Kaufleute und andere Geldgeber die „Königlich-Preußische Asiatische Compagnie in Emden nach Canton und China" gegründet, die nicht nur Tee, sondern auch Seide, Damast und vor allen Dingen Porzellan einführte.

Der Ausbruch des Siebenjährigen Krieges 1756 brachte den ostfriesischen Teehandel jäh zum Erliegen. Friedrich II., dem nach dem Tod des letzten Fürsten Ostfriesland zugefallen war, stand vor einem Problem. Er wollte unter allen Umständen das Geld seiner Untertanen im eigenen Land behalten. Daher verbot der „Alte Fritz" den Genuss von Tee und hoffte, dadurch den Bierkonsum wiederzubeleben, da das Brauen in Ostfriesland selbst vorgenommen wurde. Die Anordnungen, Maßnahmen und Strafandrohungen fielen jedoch auf keinen fruchtbaren Boden. Die Resonanz der Untertanen auf „Klebekrautaufgüsse" und Kaffeeersatz aus Zichorienwurzeln blieb bescheiden.

1778, im zehnten Jahr des „Teekrieges", erhielten die ostfriesischen Landstände Anweisungen unter dem Titel: *„Die Abbestellung des übermäßigen Thee- und Caffeetrinkens."*

Die Landstände folgten den Anweisungen aber nicht, sondern sprachen sich im Gegenteil für den Tee aus:

„Die Erfahrung lehrt ..., dass der Thee den Geist ermuntere und stärke, insbesondere kranke oder mit schädlicher Leibesconstitution behaftete Personen zur Nahrung diene."

Nachdem der „Alte Fritz" den „Teekrieg" verloren hatte,

kühlte ein anderer Herrscher sein Mütchen an Ostfriesland und dem für die Einheimischen unentbehrlich gewordenen Getränk. Napoleon legte seine Hand auf die Teetrinker, als Ostfriesland 1806 von holländischen Truppen unter Befehl ihres Königs Louis Bonaparte besetzt wurde. Um England in die Knie zu zwingen, verbot Frankreich jeglichen Handel mit den Engländern und erließ die Kontinentalsperre. Dies führte zu schweren wirtschaftlichen Einbußen an der Nordseeküste. Ohne Erlaubnisschein durfte kein Schiff ausfahren. Bald fehlte es an Lebensmitteln, Kleidung und nicht zuletzt am begehrten Tee. Zusätzlich wurden die ostfriesischen Bürger von einer höheren Steuerlast niedergedrückt, und so wurde der Schwarzhandel zu etwas ganz Alltäglichem und Helgoland zum Himmel auf Erden für ostfriesische Schmuggler. Bei mondfinsterer Nacht und besonders gern bei Nebel machte man sich von den Küstenorten und Inseln auf zu der Felseninsel, die zum Königreich England gehörte – immer den sicheren Tod vor Augen, mit dem erwischte Schmuggler bestraft wurden. Gut eingespielt mussten die Schmugglerbanden sein, denen Lichtsignale den Heimweg wiesen. Die Ladung verschwand in Kammern und Scheunen, in Gruben und unter Misthaufen. Wenn die Luft dann wieder rein war, wurde sie auf Landwegen zu ihren Bestimmungsorten gebracht, nicht selten sogar bis nach Bremen und Hamburg. Doch auch der Transport war gefahrvoll, denn die Straßen wurden von den Franzosen streng bewacht.

Erst als während der Befreiungskriege die Kontinentalsperre aufgehoben wurde, gelangte auch der Tee wieder ohne Gefahr nach Ostfriesland.

Es gab Kritiker, insbesondere auch Ärzte, die sich gegen den Genuss von Tee aussprachen. Als ein Beispiel dafür stehen die folgenden Worte von Johann Christian Reil, Professor der Medizin, gestorben im Jahr 1813:

„Die ostfriesischen Weiber, die dem Thee-Soff am meisten ergeben sind, leiden an vielen Krankheiten. All ihre Organe sind erschlafft, ihr Säfte rozzicht und stinkend, wie eine faulende Pfütze. Sie sind stets beklommen ... ohne Geist und Leben ... und rölpsen in Gesellschaft mehr, als sie darin sprechen. All diese Krankheiten und mehr kommen bei ihnen aus der Thee-Kanne, wie aus der Büchse der Pandora, hervor."

Demgegenüber gab es aber auch mehr und mehr Befürworter. So schrieb der Historiker Onno Klopp1865:

„Der Kaffee und der Tee beginnen als Ersatz für die spirituösen Getränke ihre sänftigende und mildernde Einwirkung auf das Familienleben."

Aus dem kostspieligen Gebräu für die Reichen war ein Volksgetränk geworden.

– Entstehung der Fehne

Einst war Ostfriesland vom Moor umgeben. Etwas Geheimnisvolles, Schauriges umwob die unwegsame Landschaft mit dem seltsam nachgiebigen Boden. Sagenumwobene fleischfressende Pflanzen und Felder von Wollgrasbüscheln finden sich in den Erzählungen über das Moor wieder.

Im Jahre 1633 gründeten vier wohlhabende Emder Kaufleute das erste von 16 großen ostfriesischen Fehnen – Großefehn (nicht gleichbedeutend mit dem heutigen Großefehn, das aus verschiedenen Gemeinden besteht). Durch die aus den Niederlanden stammende Technik der *Verfehnung* wurde das Hochmoor kolonisiert. Die Fehnkultur erfolgte durch systematische Entwässerung des Moores durch den Bau eines schiffbaren Kanalnetzes.

Auf dem *Fehntjer Tief,* einem kleinen Flusslauf, der von Großefehn bis nach Emden führt und abschnittsweise das frühere Fließgewässer Flumm nutzt, wurde der Torf abtransportiert. Er war wegen Holzmangel als Brennstoff begehrt.

Zu beiden Seiten der Kanäle legte man Wege an, und dort standen auch die Katen der ersten Siedler, die in Untererbpacht und unter enormen Mühen den Torfabbau im Handstich betrieben. Stückweise wurde das Moor Jahr für Jahr abgetorft und kultiviert. Vom 16. bis ins 18. Jahrhundert wurde der künstliche Wasserweg immer wieder verlängert, bekam zahlreiche Abzweigungen (die *Haupt-* und *Nebenwieken*) sowie Dreh- und Zugbrücken und weitere Ansiedlungen. Die Siedler der zweiten und dritten Generation bemühten sich um die Anschaffung von *Muttjes*, Lastkähnen mit flachem Boden und niederlegbarem Mast, mit denen sie den Schwarztorf selbst in die Dörfer und Städte transportieren und dort verkaufen konnten. Schlick und Dünger wurde ins Moor gebracht, um den Boden fruchtbar werden zu lassen. Die nachfolgenden Generationen kamen zu bescheidenem Wohlstand, und langsam setzte eine landwirtschaftliche Nutzung ein.

Typische Merkmale der Fehnlandschaft sind die kilometerlangen Wasserwege. Hauptkanäle, rechtwinklig dazu angelegte Seitenkanäle (*Wieken*), Brücken, Schleusen, Mühlen und dazu die wie Perlen an einer Schnur aufgereihten Fehnhäuser.

Das Wort „Fehn“ stammt aus dem Holländischen und bedeutet Moor oder Torf. Schon Plinius, der römische Schriftsteller (23 bis 78 n. Chr.) schildert mitleidig, wie die Friesen aus dem Moor Nutzen zogen. Sie seien ein „beklagenswertes Volk“ und weiter „mit den Händen gefassten Schlamm mehr durch den Wind als durch die Sonne trocken werden lassen, an der brennbaren Erde ihre Speisen kochen und damit ihre vom Nordwind erstarrten Eingeweide wärmen".

In meiner Geschichte treffen sich Inken und Cirk in einer Kirche im Moor. Ob es schon damals eine Kirche oder einen anderen Versammlungsort für die Gläubigen dort gegeben hat, ist mir nicht bekannt.

– Politische Lage von 1806 bis 1813

In den Jahren 1806 bis 1813 war Ostfriesland wechselnden Regierungen ausgesetzt. Nach der gegen die Franzosen verlorenen Schlacht von Jena und Auerstädt verließen im Oktober 1806 die letzten preußischen Soldaten die Provinz. Ostfriesland war den französischen Truppen ausgeliefert, und holländische Truppen setzten, auf Befehl ihres Königs Louis Bonaparte, eines Bruders Napoleons, über die Ems und zogen in Leer ein. Einige Tage später marschierten sie nach Aurich und Emden. Alle preußischen Schiffe wurden beschlagnahmt, der Handel wurde lahmgelegt. Der wirtschaftliche Ruin traf alle: Kaufleute, Reeder, Seeleute, Handwerker sowie Bauern und Arbeiter. Was nutzten reiche Ernten und eine ertragreiche Viehzucht, wenn die Wege zu den Abnehmern versperrt waren? Nur noch wenige Schiffe durften mit königlicher Sondergenehmigung aufs Meer fahren. Das kleine Ostfriesland war unmittelbar vom großen Ringen um die Vorherrschaft in Europa betroffen.

Im Frieden zu Tilsit 1807 trat Preußen verschiedene Gebiete an Frankreich ab, und Napoleon wies an, dass Ostfriesland, das Jeverland, Varel und Knyphausen dem Königreich Holland als elftes Département angegliedert werden sollten. Der ostfriesische Teil des Rheiderlands dagegen kam zur Provinz Groningen.

Holländisch war nun die alles bestimmende Sprache, und sogar die deutschen Monatsnamen wurden auf königlichen Befehl abgeschafft und durch holländische Namen ersetzt. Das Verhältnis zwischen den Ostfriesen und Holländern war sehr gut. Viele kannten sich als Nachbarn, und manche Familienbande gingen über die Grenze hinweg. Zudem waren die Holländer ebenfalls dazu gezwungen worden, die Befehle fremder Herren auszuführen. Die neue Obrigkeit dagegen wurde abgelehnt. Hohe Steuerlasten lagen auf den Ostfriesen, und die im Land stationierten Soldaten mussten zudem privat von ihnen aufgenommen und verpflegt werden. Nachdem die Franzosen die Kontinentalsperre gegen England verhängt hatten, um den verhassten Gegner in die Knie zu zwingen, wurde das Schmuggeln zu einem einträglichen Geschäft.

Drei Jahre war Ostfriesland eine holländische Provinz, bis Anfang 1810 französische Truppen in Holland und kurze Zeit später auch in Ostfriesland einfielen. Die Verwaltung wurde nunmehr in französische Hände gelegt. Ostfriesland wurde dem Kaiserreich unter dem Namen „Département de l'Ems oriental" einverleibt. Jetzt galten die Gesetze Frankreichs in Ostfriesland. Die französische Sprache wurde eingeführt und gleichbleibende erbliche Familiennamen. Gültige Ehen mussten vor dem Maire geschlossen werden, und einheitliche Maße und Gewichte wurden eingeführt.

Die erste Aushebung von ostfriesischen Soldaten, die für Napoleon kämpfen sollten, fand im Frühjahr 1811 statt. 228 von insgesamt 1049 wehrpflichtigen Männer im Alter von 23 Jahren sollten Soldat werden: 152 waren für die Armee, 76 für die Marine bestimmt. Wer dienen sollte, wurde durch Los entschieden. Wer reich war, konnte sich oder seinen Sohn allerdings freikaufen. Es gab Aufstände gegen den Einzug von Soldaten, und das Freikaufen führte zu Unstimmigkeiten unter den Ostfriesen.

Die freien Friesen, die keine Wehrpflicht kannten, wollten sich nicht „griepen“ (greifen) lassen.

Die Schiffer aus dem damaligen Kanton Timmel zogen, als sie einen Gestellungsbefehl erhielten, unter der Führung von Jan Zacharias aus Klein-Oldendorf mit Knüppeln bewaffnet nach Aurich. Die Knüppel landeten auf dem Tisch des Präfekten, Kronleuchter zerbarsten, und die Tischglocke samt dem Präfekten wurde aus dem Fenster geworfen. Der Übergriff blieb nicht ungesühnt. Zwischen den Männern und französischen Soldaten kam es zum Gefecht an der „Tatjebrücke“. Geschossen wurde seitens der Fehntjer mit „Lepelsteelen“, den Stielen in Stücke geschlagener Zinnlöffel. Einige Männer konnten ins Moor fliehen, etwa 20 wurden verhaftet. Sie mussten sich vor dem Kriegsgericht verantworten. Sieben von ihnen wurden zum Tode verurteilt, die anderen zu Galeerenstrafen. Kurze Zeit später erschienen 600 Soldaten auf dem Fehn und verhafteten auf Befehl Napoleons alle Männer, deren sie habhaft werden konnten. Viele wurden nach Toulon und nach Lille verschleppt.

Heute erinnert die Jan-Zacharias-Straße in Mittegroßefehn an den ostfriesischen Freiheitskämpfer und die Zeit unter Napoleon, die sich bei den Ostfriesen als „Griepeltied“ eingeprägt hat. In Timmel macht ein großer Findling auf die blutige Schlacht bei der „Tatjebrücke“ aufmerksam. Die Inschrift des so genannten „Franzosensteins“ lautet: „Nüms een sien Sklaav! Noit! Schippers Upstand tegen Napoleon. Timmel, de 14. April 1811.“ (Niemandem ein Sklave! Niemals! Aufstand der Schiffer gegen Napoleon)

Der Widerstand der europäischen Völker gegen Napoleon

und sein Regime erreichte seinen Höhepunkt nach dessen verlorenem Russlandfeldzug 1812. Im Februar 1813 schlossen sich Preußen, Österreich, Russland und Schweden zum Kampf gegen Napoleon zusammen. In der Völkerschlacht bei Leipzig wurde Napoleon schließlich geschlagen, und alle von ihm besetzten Gebiete Europas wurden befreit. Der Kaiser musste abdanken und wurde auf die Insel Elba verbannt. Erst spät gelangte die Nachricht von der Vernichtung der französischen Armee nach Ostfriesland. Die Einheimischen bewaffneten sich. Die Sturmglocken wurden geläutet und französische Wappen und Schilder beschlagnahmt. Die Franzosen holten Verstärkung aus Groningen, und es kam zu Gefechten. Schließlich wurden die französischen Beamten und Soldaten aus Ostfriesland vertrieben. Kosaken, bewaffnet mit langen Lanzen, halfen bei der Befreiung.

Nach siebenjähriger Fremdherrschaft rückten wieder preußische Truppen in Ostfriesland ein. Die wehrfähigen Männer wurden aufgerufen, sich zum Kampf für die Befreiung Europas zusammenzuschließen. An der Grenze Ostfrieslands hielten etwa 1000 französische Soldaten die Festung Delfzijl besetzt. Nach einem Treffen mit dem Gouverneur Hamilton auf Helgoland sagten die Engländer Hilfe zu, und am 9. Dezember kamen drei Kutterbriggs von 18 bis 20 Kanonen unter dem Seekapitän Thomas Backer Devon auf der Reede von Emden an. Verstärkt durch die Ostfriesen, ging es am 10. Dezember mit 17 Schiffen von Emden nach Termunterzyl unter dem Schutz der englischen Schiffe. Die Franzosen aber waren auch im Angesicht der Verstärkung durch die Engländer nicht bereit, die Waffen zu strecken. Erst nach einer Belagerung von mehr als sechs Monaten ergaben sie sich.

Im März 1815 hieß es in einer Pariser Zeitung, dass Napoleon, der die Insel Elba verlassen hatte, bei Cannes mit 1200

Mann und vier Kanonen gelandet sei und sich verschiedener Plätze schon bemächtigt habe. Österreich, Preußen, England und Russland schlossen sich gegen Frankreich zusammen, und die Untertanen wurden zum Kampf aufgefordert. Die ostfriesische Landwehr vereinigte sich mit der preußischen Armee. Unter Marschall Blücher eilten die Männer dem verbündeten Heer bei Waterloo zu Hilfe, und die Franzosen erlitten die entscheidende Niederlage. Im Februar 1816 endlich trafen die ostfriesischen Soldaten wieder in ihrer Heimat ein. Napoleon war endgültig besiegt!

Auf dem Wiener Kongress bestimmten die politisch bevollmächtigten Vertreter der Siegermächte, dass die Provinz Ostfriesland nunmehr dem Königreich Hannover zufallen solle. Die Ostfriesen baten darum, auch weiterhin preußische Untertanen bleiben zu dürfen, doch die Wünsche und Forderungen der Bürger blieben unbeachtet.

– Die ostfriesische Rose

Wenn Ostfriesen Tee trinken, dann häufig aus den hauchdünnen Tassen mit der berühmten ostfriesischen Rose oder dem Strohblumenmuster in blau. Händler aus Thüringen zogen mit dem „Dresmer Teegood“ über Land. Die kleinen, fast halbkugeligen Koppkes waren zunächst henkellos. Sie standen auf tiefen Untertassen. Sitte war es, den heißen Tee in die Untertasse zu gießen und ihn dann genussvoll daraus zu schlürfen.

Das Motiv der Pfingstrose auf dem traditionellen Ostfriesengeschirr brachte um 1820 die Familie Graef aus Thüringen mit. Die „Ostfriesische Rose“ hat ihr Vorbild wiederum in China.

– Historische Persönlichkeiten des Romans

Zunächst einmal möchte ich hier **Johann Bünting** nennen, dessen Schicksal mich zu diesem Roman inspiriert hat.

Der Firmengründer des gleichnamigen Teehandelshauses stammte aus dem Ammerland. Seine Familie war adlig, aber verarmt. Als Zweitgeborener stand ihm zudem kein Erbe zu. So beschloss er, in Ostfriesland sein Glück zu versuchen. Für ihn galt: „Wagen und gewinnen.“ Es verschlug den jungen Mann nach Leer, damals eine aufstrebende Handelsstadt. Die neue Karriere begann zunächst wenig aufregend. Als Handlungsgehilfe arbeitete Johann Bünting bei einer Weinhandlung. Dort lernte er das Kaufmännische von der Pike auf. 1806 nahm er seine Ersparnisse und pachtete einen Kolonialwarenladen in der Brunnenstraße. Die Zeiten waren hart. Die Reglementierungen des als Besatzungsmacht fungierenden Königreichs Holland erschwerten den Handel.

Doch Johann Bünting biss sich durch. Nach fünf Jahren harter Arbeit besaß er genug Geld, um den Laden in der Brunnenstraße zu kaufen. Gemäß seinem Motto: „Etwas Neues anzufangen kann mir niemand verwehren“, weitete er langsam seine Geschäfte aus. Bünting beteiligte sich an Handelsschiffen, stieg ins Versicherungsgeschäft ein und kaufte Aktien der Heringsfischerei. Eine gewisse Schlitzohrigkeit dürfte ihm dabei zu eigen gewesen sein, denn die alten Dokumente im Firmenarchiv legen den Schluss nahe, dass Bünting eine diskrete Beteiligung an der ostfriesischen „Schmuggel-Branche“ hielt. Dadurch konnte er die Kontinentalsperre umgehen, mit der Großbritannien ausgetrocknet werden sollte.

Dieses illegale Vorgehen brachte ihm allerdings 1813 eine Verurteilung durch den französischen Gerichtshof in Valenciennes wegen angeblicher Zollvergehen ein: „Zwangsarbeit in Ketten“. Mit dem Ende der französischen Herrschaft wurde Johann Bünting begnadigt und kehrte nach Leer zurück.

Etliches in meinem Roman ist dem Leben des Johann Bünting nachempfunden. So die Verschleppung des Hinderk Inkens nach Frankreich. Viele Ideen des wagemutigen Kaufmanns habe ich aufgegriffen und den verschiedenen Figuren an die Hand gegeben.

– **Jean François Michel** heißt der Flame, der im Jahre 1752 als Assistent Kaufmann mit der *Burg von Emden* die lange Reise nach China antrat. Seine persönlichen Erfahrungen an Bord hielt er in einem Tagebuch fest. Mittels dieses Berichtes und anderer Abhandlungen über Fahrten und Schiffe der preußischen Handelskompanien habe ich versucht, mir die Reise von Emden nach China vorzustellen und zu beschreiben.

Da ich besonders erfreut war über die erfrischenden Schilderungen Jean François Michels, wuchs in mir der Wunsch, ihm eine kleine Rolle in meinem Roman zukommen zu lassen. Meiner Vorstellung nach hat er ein lebhaftes Naturell besessen – und so habe ich ihn auch dargestellt

Michel fuhr 1752 als Kaufmann mit nach China. Im Roman habe ich die Reise in ein anderes Jahrhundert verschoben und mir die künstlerische Freiheit genommen, den Flamen auf fiktives Personal stoßen zu lassen. So kommt es zu Szenen, die in Wahrheit natürlich niemals so stattgefunden haben.

Dies gilt für alle historischen Persönlichkeiten, die in meiner Geschichte mitspielen, und ihre Begegnung. Auch die „Gemeinsame Oostindische Kompanie“, die das Frachtschiff „Maisje“ auf den Weg nach Kanton bringt, ist meiner Fantasie entsprungen.

– **Thomas Backer Devon** war es, unter dessen Leitung drei Kutterbriggs von England aufbrachen, um die ostfriesische Landwehr im Kampf gegen die in der Festung Delfzijl verschanzten Franzosen zu unterstützen. Der Seekapitän Thomas Backer Devon, ein junger, kräftiger Mann, der für seine Umsicht und Kühnheit bekannt war, hatte durch den Gouverneur Hamilton den Auftrag erhalten, die Ostfriesen zu unterstützen.

Ich habe in meinem Roman Thomas Devon einen Charakter verliehen, der sicherlich nicht seinem tatsächlichen entsprochen hat. Seine Neigung zum Glücksspiel ist allein meiner Fantasie entsprungen. Ebenso wie ich ihm seine Großeltern und den Landsitz in England angedichtet habe. Ob er eine Schwester besaß und Verbindung zu Ostfriesland hatte, ist mir nicht bekannt.

– **Hugues Humbert,** der französische Zöllner, hat wirklich gelebt. Ob ich ihm und seinem Wesen nahe gekommen bin, vermag ich nicht zu sagen. Aus meinen Recherchen zu seiner Person geht allerdings hervor, dass er ein ganz besonderer Mensch gewesen sein muss. Er traf seine Entscheidungen nicht nach dem Gesetz, sondern nach dem, was ihm sein Herz diktierte. Dies brachte ihm die Sympathien der Ostfriesen ein.

Als einem in Ditzum eingesetzten Zollbeamten kam Hugues Humbert 1812 und 1813 eine Schlüsselposition bei der systematischen Durchbrechung der verhängten Kontinentalsperre zu. Den Franzosen blieb verborgen, dass Humbert im großen Stil Kolonialwaren aus England, insbesondere Zucker einführte. Mit Schiffen, die er zu kontrollieren hatte, lieferte er im Austausch dafür Getreide.

Als er sich in die Bauerntochter Trientje Homfeld verliebte und diese schwanger wurde, entschloss sich Humbert, zu desertieren. Die französischen Beamten flohen aus Ostfriesland, Humbert aber tauchte auf einem einsam gelegenen Hof unter. Nach etwa einem Jahr kehrte wieder Normalität ein, und Humbert konnte seine Trientje endlich heiraten.

Im Verlaufe von 25 Jahren bekam das Ehepaar zwölf Kinder, von denen acht überlebten. Sie wuchsen in dem 1817 gebauten Ditzumer Anwesen *de Borg* auf und trugen wechselweise ostfriesische und französische Namen.

Wie groß Hugues Liebe zu Trientje gewesen sein muss, geht auch aus einem Gedicht von Molière hervor, das von ihm übersetzt und in einem Heft der damaligen Zeit abgedruckt wurde. Darin wendet sich der Sprecher des Gedichtes, Alceste, an Henri IV., der seinen protestantischen Glauben ablegte, um die Krone Frankreichs erlangen zu können.

Henri gab seinen Glauben für die Krone auf. Humbert aber gab *alles* auf für seine Liebe zu Trientje. Doch was ist schon eine Krone gegen die Liebe!

La Chanson d'Alceste:
Hätte König Heinrich mir ganz Paris gegeben,
und ich sollt' entsagen dir, mein Herzlieb, mein Leben,
„Danke", sagt ich, König Heinz!
Dir Paris! Mein Lieb bleibt mein's!
Hab meinen Schatz juchhe! Tausend Male lieber!"

(gedruckt in: Molière und seine Bühne; Molière-Museum, VI. Heft, Wiesbaden 1884, S. 106)

Besonders erwähnen möchte ich an dieser Stelle noch die Teemuseen in Leer und Norden.

Und für Leser, die sich mit dem Thema Tee oder der Zeit Napoleons näher beschäftigen wollen, sei hier noch auf

verschiedene Quellen hingewiesen, die mir bei meinen Recherchen hilfreich waren:

Adrian, Hans G., Temming, Rolf L., Vollers, Arend, *Das Teebuch*, erschienen im: VMA-Verlag, Wiesbaden

Arian, Hans G., im Auftrag der Firma Paul Schrader und Co, *Lieben Sie Tee?*, erschienen im: Verlag Wigand in Leipzig, 9. Auflage, 1982

Adrian, Hans G., im Auftrag der Firma Paul Schrader und Co, *Tee über den Ozean*, erschienen im: Georg Westermann Verlag, Braunschweig,1978

Das alte China, Herausgeber: arsEdition, München

Behre, Karl-Ernst und van Lengen, Hajo, *Ostfriesland, Geschichte und Gestalt einer Kulturlandschaft*, Herausgeber: Ostfriesische Landschaft Aurich

Bosch-Abele, Susanne, *Eeten un Drinken; Aspekte des Essens und Trinkens in Nordwestdeutschland zwischen 1650 und 1850*, erschienen im: Isensee Verlag Oldenburg 1998, Herausgeber: MUSEALOG

Bruhns, Reinhard, *Emdens Seefahrt*, Herausgeber: Stadtsparkasse Emden

Bünting, J. und Co, *Vom Teestrauch zum Bünting-Tee*, Druck: G. Stallin AG Oldenburg, 2. Auflage von 1959

Dunkmann, Adolf, *Ostfriesland in der Zeit der Befreiungskriege 1813 bis 1815*, ein Gedenkbuch zur Jahrhundertfeier, erschienen im: Verlag A. H. F. Dunkmann, 1913

Garrelts, G. A. von, *Die Ostfriesen im deutschen Befreiungskriege*, Leer 1856

Geo Epoche Nr. 8, *Das alte China*, Verlag: Gruner und Jahr, Hamburg

Haddinga, Johann, *Das Buch vom ostfriesischen Tee*, erschienen im: Verlag Schuster, Leer

Heinze, Till, Heimatforscher und Geologe aus dem Overledingerland (im Süden von Ostfriesland), www.rhaude.de/napoleon/index.htm *Rhaude vor, während und nach der französischen Besetzung unter Napoleon*, sehr informative Seiten

Hoogstraat, Jürgen, *Von reichen Polderbauern und armen Moorhahntjes*, erschienen im: Verlag Soltau Kurier-Norden

Kurowski, Franz, *Die Friesen*, Lizenzausgabe für Manfred Pawlak Verlagsgesellschaft mbH, Herrsching

Luxardo, Hervé, Probst, Pierre, *So lebten sie zur Zeit der Französischen Revolution*, erschienen im: Tessloff Verlag

Maronde, Curt, *Rund um den Tee*, erschienen im: Fischer Taschenbuch Verlag, Frankfurt

Michel, Jean François, *Journal de Voiage á la Chine et courte description de la ville d'Embden (1755)*

Pladies, Harry, *Ostfriesland im Zeitalter Napoleons*, erschienen in: der Schriftreihe „die Leuchtboje", Heft 19, Verlag: D. H. Zopfs & Sohn GmbH, Leer

Pleticha, Heinrich, *Deutsche Geschichte in 12 Bänden*, erschienen im: Bertelsmann Lexikothek Verlag GmbH, Gütersloh

Sailer, *Geschichte mit Pfiff 12/84, Krieger, Dichter, Himmelssöhne, Das alte China*, erschienen im: Verlag Sailer, Nürnberg

Soltau Kurier, Ostfriesland Kalender 1985, erschienen im: Verlag Soltau Kurier, Norden

Soltau Kurier, Ostfriesland Magazin: 11/1985, 10/1986, 1/1987, 7/1989, 5/1991, 5/1992, 7/1992, 3/1993, 4/1993, 7/1993, 9/1993, 3/1994, 10/1996, 10/1997, 11/1997, 4/1998, 5/1999, 12/2001, 10/2004, 10/2005, 4/2006

Unser Ostfriesland, Beilagen der Ostfriesen-Zeitung Nr. 16/2002 und 5/2006

Vollers, Arend, *Zeit für Tee*, erschienen bei: Paul Schrader & Co, Bremen

Vollmer, Emil, *Napoleon und seine Zeit*, erschienen im: Emil Vollmer Verlag, München

Wassenberg, Karl, *Tee in Ostfriesland; Vom religiösen Wundertrank zum profanen Volksgetränk*, erschienen im: Verlag Schuster, Leer, 1. Auflage, 1991

Wikipedia, verschiedene Beiträge aus der freien Enzyklopädie

Zopfs, Ostfriesischer Hauskalender auf das Schaltjahr 1960, erschienen im: Verlag Zopfs und Sohn GmbH

Ich möchte noch darauf hinweisen, dass ich bei den verwendeten zeitgenössischen Quellen manchmal die Worte leicht verändert oder an die heutige Schreibweise angepasst habe.

Katrin Burseg: Das Königsmal

fredeboldundfischer
ISBN: 978-3-939674-06-1
Historischer Roman
Originalausgabe
Preis: 16,95 €
448 Seiten

Eine große Liebe und ihr Schicksal vor dem Hintergrund des Dreißigjährigen Krieges!

Drohend ziehen die ersten Auseinandersetzungen zwischen Protestanten und Katholiken als Vorboten des Dreißigjährigen Krieges über Holstein hinweg. Da wird einem neugeborenen Mädchen mit einem C-förmigen Mal auf der Stirn von einer Zigeunerin prophezeit, dass es weite Wege gehen müsse, bis es schließlich sein Glück an der Seite eines älteren Mannes finden würde.

Jahre später begegnet die zu einer schönen jungen Frau herangewachsene Wiebke König Christian IV. von Dänemark. Der ist von ihr bezaubert. Als Hofdame für seine Frau Kerstin Munk nimmt er sie mit sich an den Hof, wo Wiebke ihm nicht nur das Leben rettet, sondern ihm in den Wirren des Krieges auch eine kluge Beraterin ist. Der König verliebt sich leidenschaftlich in sie. Doch als er seine Frau verstößt und Wiebke als illegitime Frau an seine Seite holt, spricht er damit ihr Todesurteil aus. Denn von diesem Tage an hat sie in Kerstin eine unversöhnliche Feindin, die nur noch ein Ziel kennt: Rache.

Hildegard Burri-Bayer: Die Thronfolgerin

fredeboldundfischer
ISBN: 978-3-939674-15-3
Historischer Roman
Originalausgabe
Preis: 16,95 €
528 Seiten

Gent 1472: Maria, die fünfzehnjährige Tochter Karls des Kühnen und einzige Erbin des Herzogtums von Burgund, wächst wohlbehütet und von den Menschen ihrer Umgebung geliebt und verehrt, im Schloss ihres Vaters auf.

Die Bewerber um ihre Hand kommen und gehen, aber Maria will sich einer Ehe aus politischen Gründen nicht fügen. Das ändert sich jedoch, als ihr Vater eine Verlobung mit Maximilian, dem Sohn Kaiser Friedrich III. in Erwägung zieht. Die beiden verlieben sich ineinander, tauschen glühende Liebesbriefe aus und wollen so schnell wie möglich heiraten.

Doch dann stirbt Karl der Kühne unerwartet auf dem Schlachtfeld und Maria muss nicht nur das schwere Erbe ihres Vaters antreten, sondern auch um ihre Liebe kämpfen. Denn ihren politischen Gegnern ist jedes Mittel recht, um die bevorstehende Hochzeit mit Maximilian zu hintertreiben und die junge Herzogin und damit Burgund doch noch in ihre Gewalt zu bringen.

Peter Orontes: Der Seelenhändler

fredeboldundfischer
ISBN: 978-3-939674-19-1
Historischer Kriminalroman
Originalausgabe
Preis: 16,95 €
608 Seiten

Ein mörderisches Phantom.
Totentanz im Mittelalter.
Und ein grauenvolles Geheimnis.
Lüfte es!
Doch sieh dich vor –
der Seelenhändler naht.

Herzogtum Steiermark; Sommer im Jahr des Herrn 1385.

Eine Reihe mysteriöser Verbrechen versetzt die Bewohner einer abgelegenen Gebirgsregion in Angst und Schrecken. Wer ist für das grauenvolle Massaker an der Familie Arnulfs des Köhlers verantwortlich? Und wer für den blutigen Überfall auf einen venezianischen Kaufmannszug? Im Auftrag des Priors des Benediktinerklosters zu Admont machen sich der geheimnisumwitterte Wolf von der Klause und die schöne Katharina von Klingfurth auf die Suche nach den Tätern. Dabei stoßen sie nicht nur auf die Spur eines verbrecherischen Ordens - sondern auch auf ein viele Jahre zurückliegendes Geschehen, um das sich ein furchtbares Geheimnis rankt. Noch ahnen sie nicht, in welch tödliche Gefahr sie diese Entdeckung bringen wird ...

... Und noch während er über geborstene Säulen hinwegsetzte, Mauerreste umrundete und Trümmerstücke übersprang, tauchte es plötzlich wieder vor seinem inneren Auge auf: das Bild aus seinem Traum, das ihn schon seit vielen Wochen verfolgte. Spätestens in diesem Augenblick wusste Wolf, dass das Spiel um eine schreckliche Dimension erweitert worden war ...

Helga Zeiner: Feuermeer

fredeboldundfischer
ISBN: 978-3-939674-13-9
Frauenroman
Originalausgabe
Preis: 16,95 €
544 Seiten

Drei Freundinnen wandern gemeinsam mit ihren Männern nach Australien aus, wo sie miteinander durch dick und dünn gehen. Bis Johanna von ihrem Mann Kurt gezwungen wird, in der Einöde eine Opalmine mit ihm zu betreiben. Dort leidet sie nicht nur unter Einsamkeit, sondern ist auch den abartigen, sadistischen Neigungen ihres Mannes schutzlos ausgeliefert. Während eines lang ersehnten Besuches der beiden anderen Paare kommt es dann zur Katastrophe: Kurt wird grausam ermordet. Nur von wem?

Die Frauen verdächtigen sich insgeheim gegenseitig, halten aber zusammen und verscharren den Toten im australischen Busch. Offiziell erklären sie Kurt als vermisst, doch ihre Freundschaft zerbricht daran.

Nach dreißig Jahren des Schweigens treffen sie wieder aufeinander. Denn Kurts Skelett ist überraschenderweise entdeckt worden und die drei Frauen müssen sich eine glaubwürdige Version seines Todes überlegen. Dazu rollen sie noch einmal die ganze Vergangenheit auf und entdecken Schreckliches.